学术著作

大后方抗战诗歌研究

吕 进等 著

重庆出版集团 重庆出版社

图书在版编目(CIP)数据

大后方抗战诗歌研究 / 吕进等著. —重庆：重庆出版社，2015.5
ISBN 978-7-229-09488-1

Ⅰ.①大… Ⅱ.①吕… Ⅲ.诗歌研究—中国—现代 Ⅳ.①I207.22

中国版本图书馆CIP数据核字(2015)第037946号

大后方抗战诗歌研究
DAHOUFANG KANGZHAN SHIGE YANJIU

吕　进　等著

出　版　人：罗小卫
责任编辑：周英斌
责任校对：何建云
装帧设计：重庆出版集团艺术设计有限公司　陈　永　吴庆渝

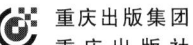重庆出版集团　出版
重庆出版社

重庆市南岸区南滨路162号1幢　邮政编码：400061　http://www.cqph.com
重庆出版集团艺术设计有限公司制版
自贡兴华印务有限公司印刷
重庆出版集团图书发行有限公司发行
E-MAIL:fxchu@cqph.com　邮购电话：023-61520646
全国新华书店经销

开本：740mm×1030mm　1/16　印张：28.75　字数：425千
2015年5月第1版　2015年5月第1次印刷
ISBN 978-7-229-09488-1
定价：57.50元

如有印装质量问题，请向本集团图书发行有限公司调换：023-61520678

版权所有　侵权必究

《中国抗战大后方历史文化丛书》

编纂委员会

总 主 编：章开沅
副总主编：周 勇

编　　委：（以姓氏笔画为序）
山田辰雄　日本庆应义塾大学教授
马 振 犊　中国第二历史档案馆副馆长、研究馆员
王 川 平　重庆中国三峡博物馆名誉馆长、研究员
王 建 朗　中国社科院近代史研究所副所长、研究员
方 德 万　英国剑桥大学东亚研究中心主任、教授
巴 斯 蒂　法国国家科学研究中心教授
西村成雄　日本放送大学教授
朱 汉 国　北京师范大学历史学院教授
任　　竞　重庆图书馆馆长、研究馆员
任 贵 祥　中共中央党史研究室研究员、《中共党史研究》主编
齐 世 荣　首都师范大学历史学院教授
刘 庭 华　中国人民解放军军事科学院研究员
汤 重 南　中国社科院世界历史研究所研究员
步　　平　中国社科院近代史研究所所长、研究员
何　　理　中国抗日战争史学会会长、国防大学教授
麦 金 农　美国亚利桑那州立大学教授
玛玛耶娃　俄罗斯科学院东方研究所教授

陆大钺	重庆市档案馆原馆长、中国档案学会常务理事
李红岩	中国社会科学杂志社研究员、《历史研究》副主编
李忠杰	中共中央党史研究室副主任、研究员
李学通	中国社会科学院近代史研究所研究员、《近代史资料》主编
杨天石	中国社科院学部委员、近代史研究所研究员
杨天宏	四川大学历史文化学院教授
杨奎松	华东师范大学历史系教授
杨瑞广	中共中央文献研究室研究员
吴景平	复旦大学历史系教授
汪朝光	中国社科院近代史研究所副所长、研究员
张国祚	国家社科基金规划办公室原主任、教授
张宪文	南京大学中华民国史研究中心主任、教授
张海鹏	中国史学会会长，中国社科院学部委员、近代史研究所研究员
陈　晋	中共中央文献研究室副主任、研究员
陈廷湘	四川大学历史文化学院教授
陈兴芜	重庆出版集团总编辑、编审
陈谦平	南京大学中华民国史研究中心副主任、教授
陈鹏仁	台湾中正文教基金会董事长、中国文化大学教授
邵铭煌	中国国民党文化传播委员会党史馆主任
罗小卫	重庆出版集团董事长、编审
周永林	重庆市政协原副秘书长、重庆市地方史研究会名誉会长
金冲及	中共中央文献研究室原常务副主任、研究员
荣维木	《抗日战争研究》主编、中国社科院近代史研究所研究员
徐　勇	北京大学历史系教授
徐秀丽	《近代史研究》主编、中国社科院近代史研究所研究员
郭德宏	中国现代史学会会长、中共中央党校教授
章百家	中共中央党史研究室副主任、研究员
彭南生	华中师范大学历史文化学院教授
傅高义	美国哈佛大学费正清东亚研究中心前主任、教授

温贤美　四川省社科院研究员
谢本书　云南民族大学人文学院教授
简笙簧　台湾国史馆纂修
廖心文　中共中央文献研究室研究员
熊宗仁　贵州省社科院研究员
潘　洵　西南大学历史文化学院教授
魏宏运　南开大学历史学院教授

编辑部成员(按姓氏笔画为序)

朱高建　刘志平　别必亮　何　林　黄晓东　曾海龙

总　序

章开沅

我对四川、对重庆常怀感恩之心，那里是我的第二故乡。因为从1937年冬到1946年夏前后将近9年的时间里，我在重庆江津国立九中学习5年，在铜梁201师603团当兵一年半，其间曾在川江木船上打工，最远到过今天四川的泸州，而起程与陆上栖息地则是重庆的朝天门码头。

回想在那国破家亡之际，是当地老百姓满腔热情接纳了我们这批流离失所的小难民，他们把最尊贵的宗祠建筑提供给我们作为校舍，他们从来没有与沦陷区学生争夺升学机会，并且把最优秀的教学骨干稳定在国立中学。这是多么宽阔的胸怀，多么真挚的爱心！2006年暮春，我在57年后重访江津德感坝国立九中旧址，附近居民闻风聚集，纷纷前来看望我这个"安徽学生"（当年民间昵称），执手畅叙半个世纪以前往事情缘。我也是在川江的水、巴蜀的粮和四川、重庆老百姓大爱的哺育下长大的啊！这是我终生难忘的回忆。

当然，这八九年更为重要的回忆是抗战，抗战是这个历史时期出现频率最高的词语。抗战涵盖一切，渗透到社会生活的各个层面。记得在重庆大轰炸最频繁的那些岁月，连许多餐馆都不失"川味幽默"，推出一道"炸弹汤"，即榨菜鸡蛋汤。……历史是记忆组成的，个人的记忆会聚成为群体的记忆，群体的记忆会聚成为民族的乃至人类的记忆。记忆不仅由文字语言承载，也保存于各种有形的与无形的、物质的与非物质的文化遗产之中。历史学者应该是文化遗产的守望者，但这绝非是历史学者单独承担的责任，而应是全社会的共同责任。因此，我对《中国抗战大后方历史文化丛书》编纂出版寄予厚望。

抗日战争是整个中华民族(包括海外侨胞与华人)反抗日本侵略的正义战争。自从19世纪30年代以来,中国历次反侵略战争都是政府主导的片面战争,由于反动统治者的软弱媚外,不敢也不能充分发动广大人民群众,所以每次都惨遭失败的结局。只有1937年到1945年的抗日战争,由于在抗日民族统一战线的旗帜下,长期内战的国共两大政党终于经由反复协商达成第二次合作,这才能够实现史无前例的全民抗战,既有正面战场的坚守严拒,又有敌后抗日根据地的英勇杀敌,经过长达8年艰苦卓绝的壮烈抗争,终于赢得近代中国第一次胜利的民族解放战争。我完全同意《中国抗战大后方历史文化丛书》的评价:"抗日战争的胜利成为了中华民族由衰败走向振兴的重大转折点,为国家的独立、民族的解放奠定了基础。"

中国的抗战,不仅是反抗日本侵华战争,而且还是世界反法西斯战争的重要组成部分。

日本明治维新以后,在"脱亚入欧"方针的误导下,逐步走上军国主义侵略道路,而首当其冲的便是中国。经过甲午战争,日本首先占领中国的台湾省,随后又于1931年根据其既定国策,侵占中国东北三省,野心勃勃地以"满蒙"为政治军事基地妄图灭亡中国,独霸亚洲,并且与德、意法西斯共同征服世界。日本是法西斯国家中最早在亚洲发起大规模侵略战争的国家,而中国则是最早投入反法西斯战争的先驱。及至1935年日本军国主义者通过政变使日本正式成为法西斯国家,两年以后更疯狂发动全面侵华战争。由于日本已经与德、意法西斯建立"柏林—罗马—东京"轴心,所以中国的全面抗战实际上揭开了世界反法西斯战争(第二次世界大战)的序幕,并且曾经是亚洲主战场的唯一主力军。正如1938年7月中共中央《致西班牙人民电》所说:"我们与你们都是站在全世界反法西斯的最前线上。"即使在"二战"全面爆发以后,反法西斯战争延展形成东西两大战场,中国依然是亚洲的主要战场,依然是长期有效抗击日本侵略的主力军之一,并且为世界反法西斯战争的胜利作出了极其重要的贡献。2002年夏天,我在巴黎凯旋门正好碰见"二战"老兵举行盛大游行庆祝法国光复。经过接待人员介绍,他们知道我也曾在1944年志愿从军,便热情邀请我与他们合影,因为大家都曾是反法西斯的战士。我虽感光荣,但却受之有愧,因为作为现役军人,未能决胜于疆场,日本就宣布投降了。但是法国老兵非常尊重中国,这是由于他们曾经投降并且亡国,而中国则始终坚持英勇抗战,并主要依靠自己的力量赢得最后胜利。尽管都是"二战"的主要战胜国,毕竟分量与地位有所区别,我们千万不可低估自己的抗战。

重庆在抗战期间是中国的战时首都,也是中共中央南方局与第二次国共合作的所在地,"二战"全面爆发以后更成为世界反法西斯战争远东指挥中心,因而具有多方面的重要贡献与历史地位。然而由于大家都能理解的原因,对于抗战期间重庆与大后方的历史研究长期存在许多不足之处,至少是难以客观公正地反映当时完整的社会历史原貌。现在经由重庆学术界倡议,全国各地学者密切合作,同时还有日本、美国、英国、法国、俄罗斯等外国学者的关怀与支持,共同编辑出版《中国抗战大后方历史文化丛书》,这堪称学术研究与图书出版的盛事壮举。我为此感到极大欣慰,并且期望有更多中外学者投入此项大型文化工程,以求无愧于当年的历史辉煌,也无愧于后世对于我们这代人的期盼。

在民族自卫战争期间,作为现役军人而未能亲赴战场,是我的终生遗憾,因此一直不好意思说曾经是抗战老兵。然而,我毕竟是这段历史的参与者、亲历者、见证者,仍愿追随众多中外才俊之士,为《中国抗战大后方历史文化丛书》的编纂略尽绵薄并乐观其成。如果说当年守土有责未能如愿,而晚年却能躬逢抗战修史大成,岂非塞翁失马,未必非福?

2010年已经是抗战胜利65周年,我仍然难忘1945年8月15日山城狂欢之夜,数十万人涌上街头,那鞭炮焰火,那欢声笑语,还有许多人心头默诵的杜老夫子那首著名的诗:"剑外忽传收蓟北,初闻涕泪满衣裳!却看妻子愁何在?漫卷诗书喜欲狂。白日放歌须纵酒,青春作伴好还乡。即从巴峡穿巫峡,便下襄阳向洛阳。"

即以此为序。

庚寅盛暑于实斋

(章开沅,著名历史学家、教育家,现任华中师范大学东西方文化交流研究中心主任)

目　录

总　序 ·· 章开沅 1
绪　论 ··· 1

第一章　大后方抗战诗歌概貌 ····························· 11
一、重庆抗战诗歌概貌 ·· 11
二、桂林抗战诗歌概貌 ·· 32
三、昆明抗战诗歌概貌 ·· 47

第二章　大后方抗战诗歌的文体特征 ··················· 53
一、抗战大后方的诗歌文体观念 ································ 53
二、大后方抗战诗歌的文体转变 ································ 61
三、抗战朗诵诗的文体特征 ·· 75
四、抗战街头诗的文体特征 ·· 90

第三章　"文协"与大后方抗战诗歌 ····················· 107
一、"文协"的文学立场 ·· 107
二、《抗战文艺》与大后方抗战诗歌 ························ 112
三、"文协"在重庆的诗歌活动 ································· 127
四、"文协"在昆明的诗歌活动 ································· 138

五、"文协"在成都的诗歌活动⋯⋯⋯⋯⋯⋯⋯⋯⋯⋯⋯⋯⋯⋯ 141

第四章　大后方抗战诗歌的区域文化特征⋯⋯⋯⋯⋯⋯⋯⋯⋯⋯ 150
　　一、抗战时期重庆、桂林、昆明的文化气候⋯⋯⋯⋯⋯⋯⋯⋯ 150
　　二、抗战时期重庆、桂林、昆明的诗歌刊物及活动⋯⋯⋯⋯⋯ 164
　　三、重庆、桂林、昆明抗战诗歌的区域文化特征⋯⋯⋯⋯⋯⋯ 179

第五章　"七月"诗派的抗战诗歌⋯⋯⋯⋯⋯⋯⋯⋯⋯⋯⋯⋯⋯ 193
　　一、七月派的形成及诗歌理论主张⋯⋯⋯⋯⋯⋯⋯⋯⋯⋯⋯ 193
　　二、七月派抗战诗歌的分阶段流派特征⋯⋯⋯⋯⋯⋯⋯⋯⋯ 205
　　三、七月诗派与重庆⋯⋯⋯⋯⋯⋯⋯⋯⋯⋯⋯⋯⋯⋯⋯⋯ 217

第六章　报刊媒介与大后方抗战诗歌⋯⋯⋯⋯⋯⋯⋯⋯⋯⋯⋯ 230
　　一、报刊媒介场域的生成与大后方抗战诗歌的兴盛⋯⋯⋯⋯⋯ 230
　　二、朗诵诗与《大公报》等相关刊物⋯⋯⋯⋯⋯⋯⋯⋯⋯⋯ 246
　　三、歌谣与《新华日报》等相关刊物⋯⋯⋯⋯⋯⋯⋯⋯⋯⋯ 257
　　四、街头诗与《七月》等相关刊物⋯⋯⋯⋯⋯⋯⋯⋯⋯⋯⋯ 265
　　五、叙事诗与《文艺阵地》等相关刊物⋯⋯⋯⋯⋯⋯⋯⋯⋯ 272
　　六、报刊媒介与大后方抗战诗歌的大众化⋯⋯⋯⋯⋯⋯⋯⋯ 284

第七章　抗战大后方对外国诗歌的译介⋯⋯⋯⋯⋯⋯⋯⋯⋯⋯ 295
　　一、"文协"对抗战诗歌的译介⋯⋯⋯⋯⋯⋯⋯⋯⋯⋯⋯⋯ 295
　　二、大后方对俄苏诗歌的翻译⋯⋯⋯⋯⋯⋯⋯⋯⋯⋯⋯⋯⋯ 305
　　三、大后方对美国诗歌的翻译⋯⋯⋯⋯⋯⋯⋯⋯⋯⋯⋯⋯⋯ 319
　　四、大后方对英国诗歌的翻译⋯⋯⋯⋯⋯⋯⋯⋯⋯⋯⋯⋯⋯ 325

第八章　著名诗人在大后方的诗歌创作⋯⋯⋯⋯⋯⋯⋯⋯⋯⋯ 344
　　一、臧克家抗战大后方诗歌研究⋯⋯⋯⋯⋯⋯⋯⋯⋯⋯⋯⋯ 344

二、生命意识的回归与文体自觉:冯至抗战大后方诗歌研究 … 379

三、艾青抗战大后方诗歌研究 …… 411

第九章 大后方抗战诗歌中的旧体诗词 …… 424

一、概说 …… 424

二、大后方旧体诗词的时代特征 …… 426

三、几位有特色的旧体诗诗人 …… 437

四、碧城箫管应难再——沈祖棻抗战词研究 …… 439

后　记 …… 447

绪　论

在抗日烽火中产生的抗战诗歌因为战争和政治因素而从地域上划分为大后方抗战诗歌（亦有人将之称为"国统区抗战诗歌"[①]）、沦陷区抗战诗歌、革命根据地抗战诗歌以及海外抗战诗歌。如果"把中国抗战文学比喻为一棵大树，那么，大后方文学自然便是这棵大树的主干"；如果"大后方文学最能体现出中国抗战文学的完整性与特殊性"[②]，那大后方诗歌在繁芜的抗战诗歌中同样具有整体性的代表意义。遗憾的是，大后方抗战诗歌的研究目前还不尽如人意：没有这方面的专著，相关研究的论文也十分稀少。要在可资借鉴的研究成果相对欠缺的情况下展开对大后方抗战诗歌的研究，我们首先面临的是史料的收集。抗战时期离我们虽然已经比较久远，但是史料是"史观"形成的基础，不可忽略。必须尊重历史，还原历史。我们在当年大后方的省区以及北京等地进行了力所能及的史料收集与抢救，在这个基础上展开的研究才是可靠的科学的。对大后方抗战诗歌的研究究竟应该从何着手，又应该将哪些内容作为研究的主要对象呢？我们认为，有五个方面也许是不可或缺的。

第一，研究大后方抗战诗歌的一般特征。首先是诗歌观念问题。作为心灵的艺术，诗歌具有与非诗文学不同的审美观念，这种观念在不同时期和不

[①] 比如文天行先生在其主编的《国统区抗战文艺运动大事记》（成都：四川省社会科学院出版社，1985年）一书将抗战时期的大后方文学称为"国统区文学"。又比如苏光文先生认为："'大后方文学'，其实就是指1938年10月以后国民党统治区的抗战文学。"（苏光文：《大后方文学论稿》，重庆：西南师范大学出版社，1994年，第3页）

[②] 苏光文：《大后方文学论稿》，重庆：西南师范大学出版社，1994年，第7—8页。

同区域又会呈现出不同的样貌。抗战诗歌是在全民族抗战的时代背景中产生的,而大后方作为战时中国政治文化的中心,其抗战诗歌的观念除了抗战诗歌的共性以外,必然也有自身的独特性:抗战时期大后方诗歌观念最集中地表现为对诗歌情感的"规定性"倡导,对诗歌审美价值的意向性建构,对诗人社会责任和民族担当意识的指认。在重庆展开的抗战诗歌民族形式问题的大讨论,显示出抗战诗歌对主题的重视。同时,大后方抗战诗歌也出现了重内容轻艺术的趋势。从抗战时期大后方对诗歌情感内容的"规定性"倡导和审美价值的意向性建构到诗人创作路向的选择,从诗歌民族形式问题的论争到抗战诗歌艺术性缺失的批判,抗战大后方诗歌观念已经涉及到了诗歌内容、诗歌风格、诗歌形式以及诗歌审美等诸多重要的诗学领域。因此,大后方的抗战诗歌观念值得我们去认真探讨和总结,这是研究大后方抗战诗歌的钥匙。只有首先把握了诗歌观念,才能更加合理地认识大后方抗战诗歌的各种创作现象。

在总体上探讨大后方抗战诗歌,还应该从根源上厘清它在形式和语言艺术上的特色。对这个问题的研究涉及到两个方面的问题:一是大后方抗战诗歌与新诗自身初步形成的传统之间的关系;二是大后方抗战诗歌与中国古诗和民间文艺之间的关系。从1917年2月胡适在《新青年》上率先发表《白话诗八首》至抗战爆发后的1937年,当时新诗只走过了短短的20年历程,其自身传统的积淀尚待进一步深化和完善。抗日民族解放战争对诗歌创作的特殊需要决定了抗战诗歌必须具有与之前新诗相异的精神和形式要素。很多人从战时语境出发看到了新诗诞生以来的诸多似乎不利于抗战的新传统,比如老舍从新诗短暂的历史传统出发,否定性地批判了抒发个人情绪的抒情诗:"廿年来的新诗没有什么成绩,在情绪方面,多数诗人还多注意个人情绪。"[①]因为强调抗战诗歌传播的大众化和情感接受的普适性,很多人从战时的需要出发否定了五四新诗的部分传统。但新诗在短暂的时间里毕竟多向度地完成了诗体和情感的发生发展,因此抗战诗歌难以真正完全地背离五四

---

① 《我们对于抗战诗歌的意见》(诗歌座谈会纪要),《抗战文艺》3卷3期,1938年12月17日。

新诗传统乃至实现对新诗的革命，它只能在新诗开创的道路上前进并成为新诗发展进程中的特殊阶段。但是随着抗战的深入发展，尤其是1940年以后抗战诗歌究竟是否应该继承五四新诗传统就不再成为引发争论的问题了。即便是之前主张利用民间形式的诗人也开始自觉地回归五四新诗传统。抗战诗歌是在抗战时期的特殊语境下诞生的，人们前后期对抗战认识的差异和诗歌传播接受的不同要求决定了抗战诗歌的诸多特殊性。尽管如此，抗战诗歌在形式、内容和品格上都继承了五四以来的新诗的传统，也正是二者的承续关系决定了抗战诗歌的独特性和中国新诗创作历史的丰富性。

和以情节为基本特征的叙事文学不同，诗歌的传播问题尤其特殊。而特殊时期的诗歌更是必然有着特殊的传播方式，因此对大后方抗战诗歌的研究必然涉及到它的传播问题。由于社会对诗歌审美价值取向的改变，诗的阅读和欣赏不再停留在精英读者群中，诗歌的传播也必须有较大的突破。"国家不幸诗家幸"，当民族处于危亡的时刻，社会对诗歌的需求会大大增加。可以说，正是民众广泛的诗歌需求使抗战时期的诗人们在诗歌传播的途径上创造出了很多新鲜而有效的方式，演绎了中国现代诗歌史上关于诗歌传播的丰富图景，比如朗诵诗、街头诗、歌唱诗等等。朗诵是把诗歌和舞台表演结合起来的传播方式，街头诗是把诗歌从桌面推向公众空间，歌唱诗是把诗歌和音乐结合起来。除了这三种方式之外，抗战诗歌还和绘画结合起来，采取举办诗画展的传播方式；和大众熟悉的民间文艺形式结合起来，采取利用民间文艺的传播方式。抗战诗歌正是借助以上这些特殊的传播方式才在鼓舞中国人民英勇抗敌中起到了不可忽视的重要作用，也正是这些战时的诗歌传播方式使抗战时期出现了中国新诗史上诗歌深入民间的罕见的文化图景。对抗战诗歌传播方式的研究可以为今天中国新诗传播方式的重建提供很多有益的启示。

此外，从整体上考察大后方抗战诗歌的特征也不能忽略了它的兴起与抗战时期大量诗人、高校和文艺社团、报刊的内迁的关系。抗战爆发以后，随着国民政府、高等院校以及报纸杂志的内迁，许多当时名满全国的诗人都到了大后方，为大后方文化的发展创造了前所未有的机遇。大后方抗战诗歌也在这次内迁潮流中获得了良好的发展机遇,尤其是"文协"等文艺组织机构内迁之后,带动了大后方抗战诗歌的创作。比如"文协"在大后方的各个分会均组织了诗歌活动、创办了诗歌刊物等,带动了大后方诗歌创作的繁荣。同时,地处西南的大后方多是丘陵多山的地貌,物产并不丰富。抗战时期大量人员的内迁自然增加了这座山城的物质和文化供给压力。自然条件和物质条件的局限在一定程度上又限制了内迁诗人作家的创作,导致大后方抗战诗歌前后期发展的失衡。当然,大后方交通和物质局限导致的诗人创作实绩的下降与大后方抗战诗歌的繁荣之间并非存在悖反的关系。也即是说,内迁诗人创作数量的减少并不意味着大后方抗战诗歌的凋敝。纵向考察诗人的创作,他们内迁前后期固然有明显的变化,甚至到了后期出现了明显的停滞状况,但纵向考察大后方的抗战诗歌,抗战时期始终是该区域诗歌史上的黄金阶段,从来没有如此多的著名诗人如此集中地在此生活并进行抗战诗歌创作。因此,考察内迁潮流有助于我们进一步发现促进大后方抗战诗歌发展的复杂的外围因素。

第二,研究大后方抗战诗歌的文体特征。诗歌的文体特征有"常"的一面,也有"变"的一面,基本模式是常中有变。大后方抗战诗歌在文体发展上经历了比较明显的前后期变化,研究大后方抗战诗歌的文体特征必须首先把握这种变化。从抗战开始到敌我进入相持阶段的1940年前后,大后方抗战诗歌在文体上主要趋向于选取短小精悍的自由诗形式和采用大众喜闻乐见的民间文艺形式。由于抗战时期发动民众抗战激情的特殊需要决定了诗歌传播方式的特殊性,也正是从有利于诗歌传播和接受的角度出发,利用民间的旧形式成了当时推动诗歌广泛传播和接受的有效途径。要使抗战时期的诗歌被更多的人甚至乡村农民喜爱和接受,采用他们喜闻乐见的民间旧形式无疑是最佳选择。当然,抗战文艺不能仅仅只是提倡旧形式,也不能把利用民间旧形式当做抗战初期抗战文学应急的一种手段,因为并不是所有的大众都排斥新文学形式,也不是只有利用旧形式这一条道路才能够满足抗战时期大众对文学的需求。到了1940年以后,国军节节败退,国土沦丧的面积逐渐增多,人们从最初狂热的兴奋状态中清醒过来,开始理性而冷静地认识到中国的抗战是长期而艰苦的过程。于是,随着作家对现实生活体验的深入而抗战文艺开始朝着理性和深广的方向发展。人们开始意识到旧形式在表现力方面的某些欠缺,新的内容必然要求在新的形式中去求得表达,所以抗战三年以后,大后方作家对抗战生活认识的深入而使抗战文学出现了转变。诗人对抗战现实认识的提高导致他们对诗歌文体的选择也与以前有很大的不同。诗人对抗战现实的更加深入的体验已经不再是抗战初期的朗诵诗和街头诗这样的短诗文体所能表现通透的,于是抗战三年之后,叙事诗开始得到了长足的发展,出现了不少优秀之作。

朗诵诗虽然不是抗战时期首创的诗歌样式,但它却在抗战时期的中国得以蓬勃发展,是整个抗战诗歌中特色最为鲜明的诗歌文体。作为抗战文艺的一种特殊的文体形式,朗诵诗的出现应以1937年9月15日出版的《文艺》月刊"抗战诗歌特辑"中注明以"朗诵诗"的名义刊登了蒋锡金的《胡阿毛》等作品为明显的开端。1937年10月19日武汉举行纪念鲁迅先生逝世一周年大会上,由著名演员王莹朗诵的高兰创作的《我们的祭礼》"成功打开了新诗朗诵运动的局面"[①],朗诵诗的创作潮流也开始得以兴起。中华全国文艺界抗敌协会于1938年8月迁往大后方重庆,高兰、方殷等朗诵诗人也随之到了重庆,在"文协"举办的"诗歌座谈会""诗歌晚会"以及"诗人节"活动中,诗歌朗诵成为了必不可少的活动内容,甚至在大街小巷的群众集会上也能见到诗歌朗诵的场面。然而,既然朗诵诗在抗战时期如此盛行和普及,那它与普通的诗歌相比有什么文体特征呢? 从抗战时期朗诵诗的缘起、语言形式特征、诗歌朗诵艺术以及朗诵诗的接受等方面入手来论述朗诵诗的文体特征,以引起人们对朗诵诗文体的进一步探索,弥补学术界一直以来多围绕着朗诵诗的社会历史功用进行研究的不足,就是我们必须完成的功课。

在大后方乃至整个中国的抗战诗歌中,街头诗无疑是最具时代特色的诗歌文体,是抗战诗歌文体研究必不可少的内容。1938年8月7日,西北战地服务团"战地社"和边区文协"战歌社"组织了30多位诗人走上街头,将他们

---

① 沈用大:《中国新诗史》,福州:福建人民教育出版社,2006年,第515页。

的诗歌印成传单或书写在墙头让群众阅读,由此揭开了街头诗运动的序幕。街头诗的创作热潮很快延伸到了抗战前线和大后方的重庆、桂林等地。新中国成立以后乃至今天,街头诗一直在诗坛上顽强地生存着,诗歌批评界不时也有人对之加以研究和评说。但作为特殊时代的特殊诗歌形式,人们对抗战时期街头诗文体特征的探讨往往浅尝辄止,并未从艺术性和文学性层面对其形式和内容因素进行深入的挖掘。我们认为,对街头诗文体特征的研究主要应该从以下几个方面入手。第一,街头诗的兴起原因:抗战时期街头诗的兴起有复杂的社会和文化背景。从社会的角度来看,抗战街头诗的产生是宣传鼓动抗战的产物;从文化和文学的角度来讲,它的产生是中国传统文化和文学孕育的结晶,是对中国新文学和新诗传统的自觉承传,并非"舶来品"。第二,街头诗的形式特征:以街头诗名世的诗人田间认为街头诗"是一种带有鼓动性的韵律语言。它一经诞生,与人民群众相结合,便似乎有了翅膀,可以飞了,它飞往敌后,它飞往战地,它飞往战士的心里"[①]。这句话从文体形式的角度界定了街头诗,但对其文体特征的概括有失全面,还应该从街头诗的文体优势、形式来源和具体表现形式等方面来探讨抗战街头诗的文体特征。第三,从内容上讲:街头诗的内容主要是表现与抗战有关的情感、事迹和人物,最终达到宣传和鼓动人们抗战的目的。第四,从街头诗的传播来看:抗战街头诗既然是为着发动大众抗战的目的而得以提倡并兴盛起来的,那它的传播和接受效果必然对其宣传功能产生巨大的影响。此外,街头诗由于发表的媒介和阅读的对象与其他诗歌有明显的差异,对它的传播方式进行研究也必然是题中之义。

这一时期还有一个值得注意的诗歌现象,就是传统的诗词曲在新文学里沉寂近乎20年之后,奇迹般复苏,发出了响亮的声音。在很多新诗人纷纷投入民族解放洪流的同时,传统诗词的创作也迎来了崭新的春天,并在抗战救国的主旋律下发挥了不可替代的重要作用。很多新诗人都是从传统文化和旧诗词的浸染中成长起来的,在民族危难的关头,他们也创作了很多优秀的

[①] 引自侯耀蓉:《传播学观照下的大众化的街头诗》,《太原城市职业技术学院学报》,2008年1期。

诗词,产生了良好的社会效果,形成了中国现代文学史上传统诗词复兴的美丽华章。这个文学现象很具有启示价值。进入新世纪以后,当代的传统诗词的进一步复兴说明了我们民族传统诗词的生命力和魅力。像五四时期那样粗暴对待传统诗词实在是不智之举。文学史证明:传统形式是打不倒的,重要的是实现传统形式的现代化转换,因此,本书专门对大后方抗战诗词进行了研究,并对沈祖棻等重要的诗词作者作了个案分析。

第三,研究"文协"在大后方的诗歌活动。对抗战时期"文协"的研究实际上也是对党究竟应该怎样领导文艺运动、究竟应该怎样团结作家、诗人开展创作的研究,这种研究其实也具有很大的现实意义。中华全国文艺界抗敌协会(以下简称"文协")在武汉失守以后迁往重庆。从1938年9月至1945年10月10日改称中华全国文艺界协会[①]为止,"文协"及其分会在大后方举办了丰富多彩的诗歌活动。长期以来,"文协"倡导的戏剧和小说取得的成就掩盖了诗歌的光芒,致使人们难以全面地认识"文协"在推进抗战诗歌发展的进程中起到的至关重要的作用。有鉴于此,梳理"文协"在大后方的诗歌座谈会、诗歌晚会以及诗人纪念会等活动,重新展现当年热闹繁荣的诗歌现场就很有必要。由于"文协"总会在重庆,这些在渝的诗歌活动实际上代表了这一时期整个"文协"的诗歌理念,反映出诗歌在抗战时期发挥着重要的社会作用。"文协"在重庆的诗歌活动主要分为两大部分:一是诗歌座谈会。诗歌座谈会是"文协"迁到重庆后最主要的诗歌活动,这几次诗歌活动所讨论的问题对于改进抗战诗歌创作中的不足,规划出以后抗战诗歌合理的发展方向都具有很好的参考价值和实践意义。二是诗歌晚会。"文协"的诗歌晚会不仅进一步促进了抗战诗歌的发展和交流,而且诗歌作为抗战武器或作为鼓舞人们积极抗战的精神食粮,通过这些活动也发挥了更好的社会效用。随着1945年抗战的胜利,中华全国文艺界抗敌协会改称中华全国文艺界协会,其面临的社会现实和革命语境也随之发生了变化,"文协"在坚持了7年以后似乎也

[①] 由于抗战的胜利,中华全国文艺界抗敌协会于1945年双十节起正式改名为中华全国文艺界协会,但其会刊《抗战文艺》一直持续到1946年5月4日第10卷第6期才结束。中华全国文艺界协会的会刊《中国作家》于1947年10月1日创刊于上海。

陷入了"半死不活"①的状态,它的诗歌活动也落下了帷幕。但可以肯定的是,"文协"在抗战时期组织的诗歌活动不仅起到了鼓舞大众积极抗战的社会目的,而且促进了诗歌语言和形式艺术的发展,在中国新诗史上留下了醒目的足迹。因此,考察"文协"在重庆的诗歌活动不仅是对"文协"自身的研究,而且是探讨重庆抗战诗歌的主要内容。此外,"文协"设在桂林、昆明和成都等地的分会也发挥了重要的作用,在抗战期间组织了多种多样的诗歌活动,并创办了《笔阵》《文化岗位》《战歌》等刊物,是"文协"抗战诗歌活动的有机构成部分。

第四,研究大后方抗战诗歌流派。除了"文协"在大后方的诗歌活动之外,抗战时期大后方还活跃着多个诗歌社团和流派,正是这样,大后方诗歌才呈现出欣欣向荣的景象。可以说,这是中国现代文学史上社团流派最为活跃的时期和地区,具有很高的研究价值。对之进行研究当然应该是考察大后方抗战诗歌的重要内容之一。在所有的诗歌流派中,"七月"是最具影响力和时代贡献的诗派,是大后方抗战诗歌研究中不可绕开的重要内容。1937年9月11日,胡风主编的《七月》文学周刊在上海创刊。取名"七月",目的是希望国人不要忘记日本入侵中国的"七七卢沟桥事变",立志把宣传和鼓动神圣的民族革命战争作为这个刊物的光荣使命。以后,胡风先后在上海主编了《七月》周刊,在武汉主编了《七月》半月刊,在重庆主编了《七月》月刊和《希望》月刊,并出版了《七月诗丛》《七月文丛》和《七月新丛》三套丛书。从广义上说,凡是在这些刊物和丛书上发表过诗作的作者,都可称为"七月诗派"的诗人,代表诗人有胡风、田间、彭燕郊、艾青、牛汉、鲁藜、绿原、阿垅、曾卓、杜谷和邹荻帆等。他们在重庆以《七月》《希望》以及《泥土》等为阵地,在诗歌创作过程中以胡风的文艺理论为依据,坚持现实主义原则,主张发扬"主观战斗精神",强调主观与客观的统一、历史与个人的融合,形式上主张多写自由诗,其中又以政治抒情诗为主。七月诗派强调艺术性但拒绝唯美追求,要求诗人在生活中、斗争中去发现诗意并创作出具有美学价值的诗歌。作为一个具有强

---

① 老舍:《文协的过去与将来》,《抗战文艺》第10卷第6期,1946年5月4日。

烈时代激情的现实主义诗歌流派,七月诗派在整体上呈现出的是斑斓浓烈的现实主义特征。该诗歌流派在现实主义原则下又显示出个性特色,胡风的《为祖国而歌》、牛汉的《鄂尔多斯草原》和鲁藜的《泥土》等是该诗派的代表作品,彰显了七月诗派的创作实力。对该诗派的诗歌活动、诗歌作品、诗歌主张以及诗歌论争等进行考察是研究重庆抗战诗歌的重要内容。除了七月诗派之外,抗战时期,重庆还活跃着很多文学社团,比如兼善中学的学生于1940年创办了突兀文学社,出版了《突兀文艺》《突兀旬刊》和《突兀晚报》等,刊登了大量的诗歌作品,但一直以来却没有受到人们的关注。另外还有春草社等诗歌社团的活动和作品也应该是重庆抗战诗歌研究的主要内容。

第五,梳理大后方抗战诗歌刊物。抗战时期大后方还有大量的发表抗战诗歌的诗歌刊物或文艺报刊,其发表的诗作显示出当时大后方抗战诗歌的强大实力。为此,研究大后方抗战诗歌必须考察这一时期大后方的诗歌杂志以及发表诗歌的刊物。除了"文协"及其分会创办的各种刊物刊登诗歌之外,抗战时期大后方发表诗歌作品和诗歌评论的主要报刊多达几百种,展示出大后方抗战诗歌的整体成就和主要诗歌观念。比如《新华日报》从武汉迁来重庆之后,不仅刊登了很多抗战诗歌,而且发表了很多与抗战诗歌有关的诗论文章,为重庆乃至整个大后方抗战诗歌的发展起到了很好的引导作用。又比如重庆最早发表抗战诗歌的刊物是《春云》,这份创立于1936年冬天的刊物在1937年5月转为诗人李华飞主持,他邀请郭沫若、王亚平、覃子豪、任钧和张天授等人撰写了数量和质量都非常可观的诗歌。1937年12月创刊的《诗报》是抗战时期重庆最早的专门诗歌刊物,该刊物张扬民族抗战精神,发表了一系列激情洋溢的诗篇。桂林的《青年文艺》《抗战文艺》《文艺生活》等发表了很多抗战诗歌,表达出青年诗人对祖国和民族真挚的热爱之情,对抗日战争的胜利充满了必胜的信念。1941年在重庆复刊的《中国诗艺》主要发表了著名诗人徐仲年、徐迟、袁水拍、常任侠、邹荻帆、冯志、杜运燮等人的作品。此外,《诗歌丛刊》《诗丛》《诗前哨》《诗文学丛刊》等刊物也发表了大量的抗战诗歌。

除了上述五个方面,我们认为,研究大后方对外国诗歌的翻译、著名诗人在抗战大后方的诗歌创作活动等,也应该成为大后方抗战诗歌研究的重要内容。

从这几个方面出发进行资料发掘和整理,然后再进行深入的分析论述,不仅可以呈现出大后方丰富的抗战诗歌成就,而且抗战诗歌研究也能取得丰厚的成果。也正是基于这样的考虑,本书接下来将主要从这几个方面来探讨大后方的抗战诗歌,以期能够深化该领域的研究。

第一章 大后方抗战诗歌概貌

由于众多作家和报纸杂志在抗战期间迁到了大后方重庆、桂林、昆明和成都等城市,加上这些城市自身的文学氛围比较浓厚,因此在抗战期间演绎了诗歌创作盛况空前的一幕。大后方抗战诗歌是中国新诗史上独具特色的重要内容,对之加以呈现抑或研究必然具有较高的学术价值,因此本章内容以具体的大后方文化城为中心展开对大后方抗战诗歌概貌的扫描。

一、重庆抗战诗歌概貌

抗战爆发以后,随着日本侵略势力的扩张和中国人民生存空间的缩减,国民政府、民族工业、高等院校、报纸杂志和难民等纷纷迁往大后方,形成了中国文化史上罕见的内迁潮流。重庆是战时中国的经济、文化和政治中心,自然成了人们首选的目的地。伴随着抗战内迁潮流来渝的高校、报纸杂志和诗人作家队伍不仅丰富了重庆的战时文化生活,而且促进了该地诗歌等多种文学样式的发展繁荣。

(一)

抗战爆发以后,大批诗人随着国民政府、高等院校以及报纸杂志的内迁来到重庆,为重庆地方文化的发展作出了积极的贡献。重庆抗战诗歌也在这次内迁潮流中获得了良好的发展机遇,尤其是"文协"等文艺组织机构搬迁来渝之后,带动了重庆抗战诗歌创作的繁荣。

  抗战时期的作家身体力行,融入到全民族的抗日洪流中,承担起了知识分子应该承担的社会和民族责任。也正是由于诗人作家们的觉醒,他们内迁到大后方文化中心重庆之后,通过一系列的活动带动了大后方文艺的进步和发展。也即是说,抗战引起的诗人们向大后方的撤退在客观上促进了大后方文化的发展。这种促进作用主要体现在两个层面上:一是促进了大后方文化设备的进步。郭沫若说:"随着北平和天津,上海和南京乃至广州和武汉的相继沦陷,作家们自动地或被动地散布到了四方,近代都市的文化设备也多向后方移动,后方的若干据点便迅速地受了近代化的洗礼,印刷技巧的普及是惊人的事。大后方的城市如重庆、桂林、成都、昆明……等地,都很迅速地骎骎乎达到抗战前某些大城市的水准。这些文艺工作者的四布和后方市镇的近代化,便促进了文艺活动的飞跃的发展。"[①]二是促进了作家与大众的交流,带来了文艺创作的生机;同时促进了人民大众文化素养的提高,有助于改变大后方落后的文化面貌。"战前集中于都市的少数作家们,现在大批地分散到了民间,到了各战区的军营,到了大后方的产业界,到了正待垦辟的边疆,文艺生活和大众生活渐渐打成了一片。作家由生活中得到资源,大众由文艺中得到提炼,这种潜滋默长的交互作用,虽然并不怎么显著,但却是新文艺中的一条主流。"[②]当时迁到重庆的比较著名的报纸杂志有《中央日报》《新华日报》《大公报》《时事新报》《抗战文艺》等,由于报纸的副刊和文学杂志在大众中传播具有优势,因此对重庆抗战文学的发展起到了很大的推动作用。

  为了适应抗战时期的文化教育需要,重庆新设立了很多高等院校,"陪都重庆及其周边巴县、江津、璧山、万县又新设高校有教育部特设大学先修班、私立中国乡村建设育才院、国立边疆学校、国立女子师范学院、私立求精商业专科学校、国立社会教育学院、国立体育师范专科学校、私立中华工商专科学校、私立重辉商业专科学校、私立储才农业专科学校、私立辅成法学院等。"[③]

[①] 郭沫若:《新文艺的使命——纪念文协五周年》,《新华日报》,1943年3月27日。
[②] 郭沫若:《新文艺的使命——纪念文协五周年》,《新华日报》,1943年3月27日。
[③] 韩子渝:《重庆旧闻录·学界拾遗》(1937—1945),重庆:重庆出版社,2006年,第5页。

这些新成立的学校为重庆和全国培养了大量的文化人才,带动了重庆地方文化的发展。除了这些新成立的大学之外,重庆作为抗战时期的陪都,是当时中国政治、经济和文化的中心,在中国高等院校纷纷迁往大后方的潮流中,自然吸引了很多高校。据统计,从抗战爆发到1944年间,迁入重庆的高校有31所,占迁入内地高校的三分之一,其中包括9所大学、10所学院、11所专科学校和1所大学研究所①,使重庆的高等院校数量居全国之首。这些高等院校分布在沙坪坝、北碚、江津、璧山、巴县和万县等地,渗透到了重庆边远的乡村,给这些昔日闭塞的地区带去了文化和文学火种,促进了地方的文化和文学开发。

内迁的高校不仅用丰富的校园诗歌活动繁荣了重庆的抗战诗歌,而且使抗战文学(包括诗歌)的传播和接受深入到了重庆的乡村。当时迁来重庆的很多高校学生都组织了诗歌或文学社团,其诗歌活动作为重庆抗战诗歌活动的重要组成部分,发挥了重要的宣传抗日的作用。比如迁到重庆北碚夏坝的复旦大学校园内就有多种壁报社、文学窗社、文种社、诗垦地社等,在校园内开展了丰富多彩的诗歌活动,为重庆战时诗歌的繁荣增添了亮色。"从沦陷区内移的广大师生,有深刻的国破家碎的亡国之痛,他们与广大的内地师生一起,为唤起民众而奔走呼号,积极参加抗日救亡运动。他们还把'一二·九'运动北平、天津学生组织农村厂矿宣传团的经验带到了重庆,他们背着行装、道具,长途跋涉,情绪高昂,巴县、江津、永川、荣昌、合川、长寿等县的广大乡村和厂矿,都留下了他们宣传的足迹。"②内迁高校的师生们主要以演剧、朗诵诗歌和唱歌等形式向重庆的广大群众宣传抗日精神,这一方面提高了大众的抗敌情绪,另一方面也促进了抗战戏剧、诗歌和歌曲的传播,熏陶了大众的文学审美,有助于重庆地区的文学文化建设。

此外,中华全国文艺界抗敌协会自1938年底迁到重庆以后,通过组织开展一系列的诗歌座谈会和诗歌晚会,丰富了重庆的诗歌活动。而且"文协"通

---

① 《抗战中48所高等院校迁川梗概》,《四川文史资料选集》第3辑,成都:四川人民出版社,1961年。
② 彭承福主编:《重庆人民对抗战的贡献》,重庆:重庆出版社,1995年,第204—205页。

过举行诗歌讨论,针对当前的诗歌创作实际提出了很多有价值的建议,为整个中国抗战诗歌的发展都起到了很好的指导作用。正是这些诗人、高校以及报刊、文学组织的内迁,使"抗战时期'重庆诗歌'早就超越了地域界限,在诗歌史上'重庆诗歌'具有全国意义的内涵"①。

（二）

重庆作为战时的首都,积聚了大量的文艺期刊和出版社,这些杂志和出版社为重庆抗战诗歌的繁荣作出了积极的贡献。为进一步展示重庆抗战诗歌的盛况,本小节接下来将以具体的刊物和出版的诗集为例作微观的探讨。

《新华日报》作为中国共产党在抗战大后方唯一出版的公开刊物,发表了很多宣传和推动全民族抗战的诗歌作品。根据共产党团结抗日的方针,《新华日报》在武汉创刊时开设了《团结》副刊,目的是要号召全民族团结起来,共同抵抗日本军队的入侵,"在今日,军队不及敌人不必愁,武器不及敌人不必愁,经济交通不及敌人不必愁,暂时的战争失利也不必愁,所愁的倒是自己的团结不够,人力不能发挥反上了敌人的阴谋,所以如何健全民族的团结,如何打击亲日汉奸、托派匪徒的阻扰战事,破坏团结,是抗战的重要工作,是每一个战士所应最先努力的工作。由于这样的意义,产生于这抗战时期的我们这日报的副刊,就取名为'团结'。"②《团结》除了刊发时政性文章达到宣传共产党的民族统一战线主张外,还刊发了大量的文艺作品来鼓动人民大众团结抗战。据笔者统计,《团结》从1938年1月11日发刊到同年6月9日终刊,共计发表各类文艺作品如下:文艺理论与批评6篇,作者有冯乃超、茅盾、黎嘉、黄一修、苏艾和阿动;诗歌24首,主要诗人有穆木天、艾青、田间、臧克家、适夷、孙钿、冯玉祥、余修、袁勃、吕剑、辛石等;杂文和散文32篇,主要作者有虞孙、适夷、丁玲、茅盾、张庚、罗衣寒、罗荪、何云等;小说1篇,作者是罗苡;报告和速写2篇,作者是黄明和东平。其中的文艺理论作品如茅盾的《关于大众文艺》(1938年2月13日)、黎嘉的《诗人,你们往哪里去?》(1938年2

---

① 吕进:《20世纪重庆新诗发展史》,重庆:重庆出版社,2004年,第7页。
② 编者:《开场白》,《新华日报》,1938年1月11日。

月20日)和阿动的《关于利用旧形式问题》(1938年5月29日)等显示出《新华日报》对如何开展抗战文艺和如何表现抗战文艺思想的积极引导作用。诗歌作品如穆木天的讽刺诗《一定受了帝国主义的津贴了》(1938年1月15日)、艾青的《我们要战斗一直到我们自由了》(1938年1月16日)和田间的《中国底春天在号召着全人类》(1938年1月28日)等不仅有助于激发大众的抗战激情,而且引导了大后方抗战诗歌的创作路向。散文作品如虞孙的《逃来逃去》(1938年1月12日)、罗衣寒的《从"反民主论"说起》(1938年1月15日)和茅盾的《"战时如平时"解》(1938年2月19日)等有助于去除不利于团结抗战的因素。

《抗战文艺》是抗战爆发后自武汉迁来重庆的文学刊物,是"文协"的总会的会刊,1938年5月4日创刊于武汉。在8年时间里出版了77期刊物,共计发表诗歌作品(含歌谣、译诗和诗剧)110余首,主要诗歌作者是臧克家、任钧、力扬、田间、鲁藜、覃子豪、舒群、高兰、锡金、穆木天、厂民、黄河清、黄药眠、老舍、邹荻帆、孙滨、王亚平、马耳等。这些诗歌作品表现了在抗日的烽火岁月里普通百姓的生活现状。比如鲁藜的《想念家乡》、舒群的《遥想》、王亚平的《麦穗黄的时候》、马耳的《怀念》等表现出迁居大后方的诗人对沦陷的故土家园的怀念之情。田间的《向国民宣告》、沙雁的《诅败北论者》、绿原的《战斗的钢铁》、臧克家的《祖国叫我们这样》和《为抗战而死,真光荣》等表现了中国人民奋起抗敌的激情。方殷的《五月的风》、冯玉祥的《新的血债》、王亚平的《湘北之战》、杜谷的《江·军队·港》、高咏的《年青的兵》等诗篇则表现了抗战前线的战斗和人事。《抗战文艺》上的诗歌作品是中国诗人在国难时期发出的强大抵抗力量,就如该刊物的《发刊词》所说:"在震天动地的抗战的炮火声中,必须有着和万万千千的武装健儿一齐举起了大步的广大的文艺的队伍;笔的行列应该配布于枪的行列,浩浩荡荡地奔赴前敌而去!满中国吹起进军的号声,满中国沸腾战斗的血流,以血肉为长城,拼头颅作炸弹,在我们钢铁的国防线上,要并列着坚强的文艺的堡垒。"[①]抗战诗歌在鼓励中

[①] 《发刊词》,《抗战文艺》1卷1期,1938年5月4日。

国人民英勇杀敌上具有与中国军队相同的爱国情怀，诗人成为抗战时期的"第二支军队"，为民族的解放事业作出了应有的贡献。

比较有代表性的刊物除了中国共产党在国民党统治区公开出版的机关报《新华日报》和"文协"会刊《抗战文艺》外，重庆抗战时期比较有影响的刊物还有沿用原桂林刊号的新《青年文艺》。重庆出版的《青年文艺》通常称为《青年文艺》新一卷，该刊出版的时间是1944年4月到1945年2月，一共6期，由青年文艺社编辑出版，发行人是罗洛汀，重庆新知书店、桂林新知书店经售。《青年文艺》新一卷虽然与桂林《青年文艺》同名，但是二者在内容和人事之间并无直接联系，它是在《文艺阵地》被国民党查封、出版困难的情况下，由邵荃麟和葛琴设法取得了桂林《青年文艺》的登记证后到重庆重新出版的"革新号"，继续《文艺阵地》的文学任务。因而，《青年文艺》新一卷与《文艺阵地》在内容上是一脉相承的关系，与原《青年文艺》是版权上的延续关系。《青年文艺》选稿范围涉及古今中外，刊发的诗歌作品主要有艾青的《村庄》(第2期，1944年9月1日)、穆旦的《潮汐》(第3期，1944年10月10日)、王亚平的《丰收的土地》(第5期，1944年12月20日)以及李广田的《饥饿》(第6期，1945年2月25日)等。《文学月报》于1940年1月15日在重庆创刊，该刊为综合性文学期刊，由罗荪主编，文学月报社主办，读书出版社发行，出版至第3卷第2、3期合刊后被迫停刊。主要的作者有欧阳山、戈宝权、宋之的、葛一虹、穆木天、光未然等，《文学月报》网罗了一大批优秀的抗战诗人，他们的文学素养和诗歌造诣均比较突出，经常组织专门的诗特刊或者诗歌选辑等，如第1卷第4期有"马雅可夫斯基逝世十周年的纪念特辑"；第2卷第3期有诗人"莱蒙托夫一百二十六周年诞辰纪念特刊"；第2卷第5期为"苏联文学专号"，发表了爱沙尼亚、拉脱维亚和立陶宛等加盟共和国的诗歌作品；第3卷第1期中开辟了"美国文学特辑"，发表了惠特曼的诗作《黎明的旗子》和黑人诗人休士的《休士近作二章》，同时该期还特设了"诗辑"，发表了力扬、曾卓、芦冰、蕙冰等人的诗歌作品，其中曾卓的《受难的山城》表达了重庆在抗战时期遭受的破坏和承受的苦痛。《中原》于1943年6月创刊于重庆，郭沫若主编，群益出版社发行。是一本注重文艺理论的刊物，主张"只要是合乎以文艺为中心的范围,只要能认为对于读者多少有一些好处,我们都一律欢迎",但是不允许"袒护法西斯主义"的人来扰乱,也不刊登"一味的食古不化,或拘泥于文言文或旧形式的古董"[①]。《中原》所坚持的正是抗战诗歌的大众化方向,其发表了很多翻译诗歌作品,比如戈宝权介绍了俄国诗人莱蒙托夫并翻译了其作品《莱蒙托夫的诗》,袁水拍翻译的《彭斯诗十首》,柳无忌翻译的《拜伦诗钞》6首均发表在《中原》杂志上。

七月诗派的阵地刊物《七月》和《希望》也由上海迁往重庆。《七月》创刊于1937年9月11日"八一三"后硝烟弥漫的上海,最初为十六开的周刊本,出版三期后被迫迁往武汉,改为半月刊,出版18期之后再度由于战争爆发被迫撤退到重庆。直到1939年7月才恢复出版第4集第1期(月刊形式),1941年9月出至第7集1、2期合刊时停刊。《希望》于1945年12月推出,在艺术风格上与《七月》大抵相仿。两者虽同为七月诗派的核心刊物,但《希望》的选稿范围扩大到小说、散文甚至哲学论文领域,相比《七月》而言发表诗歌的数量减少了。同时,由于《希望》创刊于抗战末期,诗歌作品的抗战内容逐渐减少。《希望》出版至1946年10月18日第2集第4期后停刊。此外,《诗垦地》于1942年2月2日在重庆创刊,由曾卓、邹荻帆和姚奔主编。《诗垦地》是《七月》停刊之后七月诗派的重要诗歌阵地,发表了绿原、曾卓、彭燕郊、力扬、姚奔等40余人的诗作。此外,1937年11月20日南京国民政府宣布迁都重庆,《大公报》鉴于危急形势所迫于1938年12月1日创办重庆版,直到1945年12月9日抗战胜利后才撤离重庆。这7年间由陈纪滢主编的《战线》停刊两周后又开设了《文艺》,刊登了一些抗战诗歌作品,为重庆抗战文学的丰富和发展贡献出了自己的力量。

通过以上简单的梳理我们可以看到,抗战时期重庆诗坛因为刊物众多而发表了大量与抗战有关的诗歌作品,无形中成就了重庆抗战诗坛的繁荣景象。

---

① 郭沫若:《编者的话》,《中原》创刊号,1943年6月。

（三）

重庆抗战诗歌主要表达了大后方人民抗战的激情和顽强的意志。重庆从深居西南腹地的小城一跃而成为战时首都之后，国家机关陆续内迁至渝，大批工矿企业也陆续迁入，重庆经济进入了前所未有的迅猛发展阶段。根据相关资料的记载，在抗战时期，重庆的工商业发展非常迅速，在大后方的诸多城市之中，重庆工业区是唯一一个门类齐全的综合性工业区，其中军工、机械和煤炭行业具有极为重要地位，在太原沦陷之后，重庆更成为全国最大的军火生产基地，全国所需弹药主要依靠重庆供给；从1937年到1942年，重庆的大小百货公司、商店数量增加了30倍，成为全国商业和对外贸易的中心。全国公营、私营银行亦纷纷迁至重庆，除了四大家族控制的国有四大银行，其他省市的银行也在渝营业，重庆成为了全国金融中心；陪都的中心地位日渐显现。而南京国民政府最初便在《国民政府移驻重庆宣言》中阐明了迁都原因："国民政府兹为适应战况，统筹全局，长期抗战起见，本日移驻重庆"，并称"此后将以最广大之规模，从事更持久之战斗"，因此，前方战事愈激烈，后方的稳固愈紧要。

有鉴于此，日本政府虽无法长驱直入攻打重庆，也不会放弃对重庆的攻击。它利用自己的空中优势，对大后方进行了轰炸，重庆自然首当其冲成为了日本的空袭目标。1938年2月18日，日本飞机首次空袭重庆市郊，拉开了长达七年的"重庆大轰炸"的序幕，也为日后震惊全国的"重庆大轰炸较场口惨案"埋下了伏笔。所有经历过大轰炸的人毕生都不会忘记这一段惨烈往事，而当时在渝生活的作家们用笔记录下了这一段历史。年轻诗人李一痕就写下了自己在嘉陵江边的所闻所见："空袭警报，/像恶狼的嚎叫，/朝天门码头上又高悬/血色的红球信号。/……疲劳的轰炸，/标志着太阳旗的炸弹，/目标是中国人的胸膛，/仇恨的火在人民心里燃烧……"（李一痕：《徘徊在嘉陵江上》）[1]诗中描绘的场景是城市遭遇空袭的紧急状态，却是重庆自抗战中

---

[1] 臧克家主编：《中国抗日战争时期大后方文学书系》第6编第1集，重庆：重庆出版社，1989年，第768页。

期开始所处的常态,诗人提到的"疲劳轰炸"便是日军在大轰炸后期所采取的战略。最初,日军对重庆的情况不甚了解,且重庆深居西南腹地,日军尚未在华中地区建立据点,飞行距离较远,长期频密轰炸有一定困难,因此只是试探性轰炸。重庆方面虽然从首次轰炸开始便提出了对策,加强了警报和防空设施的建设,但显然未引起民众足够的重视,加之房屋以土木结构为主,间距狭小,极易大面积燃烧,因此最初的损失极大。所幸的是每年的10月至4月重庆便处于"雾季",城市上空的厚重云层形成天然屏障遮挡视线,不利于飞行,加之山城房屋大都依山而建,层层叠叠,市区亦云山雾罩,肉眼可见的仅为两江和青绿山区,日军认为虽无损失但轰炸效果亦不佳,所以在雾季暂停轰炸。但自从武汉沦陷为日军据点以后,当年年底,日军便宣布开始向重庆实施"战略轰炸",其目的在于制造大量平民伤亡,摧毁陪都的基础设施,动摇政府及民众的抗敌意志,从物质和精神上瓦解中华民族最后的堡垒。

　　1939年雾季过后,日军发动了第一次针对重庆市区的大轰炸,从5月3日到4日,整个过程持续两天,并大量使用了燃烧弹,重庆军民全无准备,撤退躲避不及,山城最繁华的市区瞬间陷入一片熊熊火海,昼夜通明,宛如人间炼狱,商铺街道全部烧成废墟,约有20万人在此次轰炸中流离失所。迁都两年建立起来的繁荣市景,毁于一旦。

　　当时身在重庆的郭沫若便是这段历史的见证者之一。在"五三""五四"大轰炸之后,郭沫若身兼数职,忙于救援,目睹了遭轰炸后的重庆市区处处断壁残垣、死伤者断肢横飞的惨景,愤然挥笔写下《惨目吟》:"五三与五四,寇机连日来,渝城遭残炸,死者如山堆,中见一尸骸,一母与二孤,一人横腹下,一人抱右怀,骨肉成焦炭,凝结难分开,呜呼慈母心,万古不能灰。"[①]重庆初遭轰炸后的惨景从中可见一斑。郭沫若的好友丽尼当时也生活在重庆,《燃烧与埋葬》一诗,就是对这一事件的真实记录:

　　　　燃烧罢,城;燃烧罢,山,旷野,和大地!

[①] 王继权、姚国华、徐培均:《郭沫若旧体诗词系年注释》上,哈尔滨:黑龙江人民出版社,1982年,第240页。

刽子手,敌人,杰作啊,最现代的血的把戏。

用达姆弹和毒瓦斯屠杀了我们底兄弟,在这里,用烧夷弹来毁灭我们底城市。

丽尼在上海时曾亲身经历过日军的轰炸,正是为了躲避战火,他与家人才逃出上海辗转来到重庆,而看着轰炸后的山城如一支燃烧的火炬,眼前火光冲天,耳边惨叫连连,他不禁愤怒地呐喊道:"杰作啊,用铁和火向中国人索取血祭,用屠杀使中国人向着中国屈膝。/无耻无耻,一百个无耻!/对着流着的兄弟们底血液,对着躺着的兄弟们底尸体,我们中间的血债我们是知道的。"此次轰炸,日军特别选择人口密集、商业发达、建筑众多的城市中心区,一则当时的建筑以土木结构为主,抗战时期重庆人口暴涨,住房和店铺数量猛增使得房屋建筑异常密集,加上时值春末夏初,天气和暖干燥,房屋见火就着;二则日军投下的并非普通炸弹,都是可以加大打击力度的特殊炸弹,诗中提到的"烧夷弹"就是燃烧弹,引燃一间房屋以后,大火随风就势,连绵燃烧,很难扑灭,有的地区持续燃烧长达一周才自行熄灭,而"达姆弹"是一种进入人体后会变形"开花"的炸弹,杀伤力巨大,难以救治,瓦斯弹引爆后则会立即扩散在空气中令周围一定范围内的生物中毒迅速死亡。日寇以如此冷血卑劣的手段对待平民,伤亡人数难以估量,在本质上这难道不是一场灭绝人性的大屠杀吗!

大轰炸对陪都所造成的打击是巨大的,却并未如日军所设想的那样动摇人们抗敌的信念,在轰炸中燃烧起来的又岂止是房屋和山河,熊熊燃烧的还有千千万万民众复仇和战斗的决心,丽尼写道:

燃烧起来吧,城;燃烧吧,大地,旷野,森林!

燃烧罢,每一个祖国底儿子;燃烧罢,千万条血管,千万颗祖国底儿子底心!

我们不屈膝,我们不要和平。

我们要继续这光荣的战争。

> 我们没有怀疑,我们只有一个信念(知道么,刽子手,敌人,我们千万人底心里只燃烧着一个惟一的信念):
> 用血与肉将强盗赶出我们的国境!
> ——丽尼《燃烧与埋葬》①

在抗战期间,重庆用他所有的力量支持着前方战场:大轰炸的伤亡没有使青年们胆怯,重庆还一度出现了参军热潮,冒着敌人的炮火,数万人被源源不断地输送到前线战场上;尽管后方物资匮乏、生产条件艰苦、厂区屡遭轰炸,重庆民众仍然节衣缩食以保障钢铁厂和纺织厂的运作,保证前线的军火和日用物资供应;水路和陆路的运输遭敌人轰炸阻击,民众也从未退缩。越来越猛烈的炮火助燃了人民越来越高涨的抗敌热情——我们不要屈辱的和平,日寇一日不除,我们就要继续抗争!

郭沫若的《轰炸诗》便写出了大轰炸中重庆人民的心声:

> 人们忙碌着在收拾废墟,
> 大家都没有怨言,
> 大家又超过了一条死线。
> ——回来了吗?
> 一位在废墟中忙碌着的中年男子,
> 远远招呼着赶回家的女人。
> ——窝窝都遭了,怎么办?
> ——窝窝都遭了吗?
> 女人半静地回问着。这超越了一切的深沉的镇定哟!
> 人民是不可战胜的!
> 生命是不可战胜的!②

---

① 臧克家主编:《中国抗日战争时期大后方文学书系》第6编第2集,重庆:重庆出版社,1989年,第1026页。
② 王学振:《再论抗战文学中的重庆城市形象塑造》,《文学评论》,2010年3期。

是的,家没有了,失去的已经失去,生活要继续,抗战更要继续,否则我们将永远没有家,我们的心中将永远是一片废墟!这就是重庆人山一样坚定的意志啊!眼看几次轰炸不但没有动摇士气,反而民众愈加团结奋勇,1941年,日本政府在发动太平洋战争之前,决定集中火力对重庆狂轰滥炸,企图在短时间对陪都造成致命打击,于是日军宣布开始对重庆实施全方位、无差别的连续性疲劳轰炸,除了一直使用的燃烧弹、达姆弹等常规炸弹,日军还残忍地加入细菌弹以扩大战果。在该时期的轰炸中,政府机关被毁,商业区、平民居住区、学校、医院均遭轰炸,连曾被日本划入安全区的各国使领馆也未能幸免,部分城郊地区屡遭轰炸几成焦土。细菌弹还带来各种疫病的流行,抗战期间生活条件艰苦,医疗卫生条件差,民众身体状况不佳,使得疫病更易传染蔓延,进一步加大了后期的伤亡人数。

生存意志格外顽强的人们还是迅速地适应了这样的生活,他们在一次次轰炸中听熟了警报,摸清了规律,也跑快了腿脚。然而,日军的残暴还是超出了人们的想象,更大的惨剧正在默默的酝酿之中。1941年6月5日,已经习惯了"跑警报"的人们如往常一样,白天全家出城躲避空袭,傍晚陆续返城回家中休息。这天日间,空中还算平静,傍晚,人们却遭遇了突如其来的夜袭,防空警报拉响时,许多人正在返家途中,南岸、江北等码头边正聚集着大量等待渡江的人群,人们惊诧之余只得纷纷涌入附近的防空洞暂避,但这一次日军轰炸的时间长达5个小时,从傍晚一直持续到了午夜,并炸塌了较场口大隧道防空洞的通风口。这个只能承受数千人避难的简易防空洞骤然涌进万余难民,空气本就稀薄,此刻缺少了必要的通风设施,一个洞口又被牢牢锁上,避难人员无法得到及时疏散,洞内氧气很快消耗殆尽,不断有人传来解除警报的消息,虽不知真假,但人们开始躁动不安往出口涌去,其间拥挤踩踏和堆叠窒息造成大量民众伤亡,洞口尸体直达顶部,场面极为惨烈,仅清理就花费一天一夜。事后多方推测死者在三千人左右,但官方并未公布具体数字,到今天这仍是一个谜。"较场口大隧道惨案"起因虽是日军空袭,但造成如此惨重伤亡的罪魁祸首无疑是管理不力的国民政府,不仅如此,连死者人数都不予以确实公布,实在有掩饰罪行之嫌。那些冤死的亡魂,他们没有死在敌军的枪炮之下,他们没有死在敌机的轰炸之中,他们将性命交付给信任的政府,而他们以身家性命支持着的政府竟没有尽力保护他们的安全,甚至在他们死后都无法明确地给他们及其家人一个交代,实在令人痛心疾首,悲愤难抑!

此案一出,重庆为之震动,大后方为之震动,全国上下均大呼政府不仁!郭沫若写下《罪恶的金字塔》一诗,诗尾注明"这首诗是为大隧道惨祸而写的。日寇飞机仅三架,夜袭重庆,在大隧道中闭死了万人以上。当局只报道为三百余人"。

心都跛了脚——
你们知道吗?
只有愤怒,没有悲哀,
只有火,没有水。
连长江和嘉陵江都变成了火的洪流,
这火——
难道不会烧毁那罪恶砌成的金字塔么?

雾期早过了。
是的,炎热的太阳在山城上燃烧,
水成岩都鼓爆着眼睛,
在做着白灼的梦,
它在回想着那无数亿万年前的海洋吧?

然而,依然是千层万层的雾呀,
浓重得令人不能透息。
我是亲眼看见的,
雾从千万个孔穴中涌出,
更有千万双黑色的手

掩盖着自己的眼睛。

朦胧吗？
不，分明是灼热的白昼
那金字塔，罪恶砌成的，
显现得十分清晰。①

  一向激情慷慨大声诵唱的郭沫若在这首诗中沉默了，他沉默地悲痛着，只一句"心都跛了脚"，便将心底无法言说的钝重悲愤表达了出来。诗中"火"与"雾"形成了一组对比意象，"火"既是指轰炸机投下的烈焰，又是指沸腾的民怨；而"雾"则暗喻政府黑暗统治下的高压环境。房屋与生命被火焰吞噬的时候，火焰也同样吞噬着统治者所拥有的财富，而他们曾经拥有的民心，是一旦被烧毁便永不会回来的了。火的光芒虽然灼热伤人，但也同样能够照清楚眼前的事物，国民政府的黑暗统治如浓雾一般企图遮蔽人们的视线，统治者妄图隐瞒真相，一手遮天，想要以此安抚百姓的情绪，这又何尝不是自欺欺人呢？青天白日之下，当烈火将金字塔底座燃烧为灰烬，自以为安全的塔尖也到了轰然堕地的一天。

  艾青在重庆只停留了短短数月的时间，却恰逢日军对渝空袭迅速升级的时期，陪都市面十分惨淡，民众生活困顿。艾青抵渝数日，刚在文协安顿好便亲历了一次日军空袭，之前在桂林跑过警报的艾青明显感到日军对重庆的空袭是下了重手的。几日之后，他在稿纸上写下短诗一首，名为《抬》："这是一个妇人/她的脑盖已被弹片打开/让她闭着眼好好地睡/让她过一阵能慢慢地醒来/让我们抬起她送回她的家/让她的家属用哭泣与仇恨安排。"这样的场景是当时的人们非常熟悉的，经历过大轰炸的人想必都有镜头在脑海中浮现，"……这是一个服务队的队员/灰色的制服上还挂着他的臂章/……/请向他表示悲哀/他已为了减少你们的牺牲而被残害……让我们抬着舁床的走

---

① 臧克家主编：《中国抗日战争时期大后方文学书系》第 6 编第 2 集，重庆：重庆出版社，1989 年，第 1393—1394 页。

来/请大家记住/这些都是血债……"①就在写下这首诗的第二天,"文协"的办公楼在轰炸中被毁,艾青失去了住处,只得搬往小旅馆。事后他著文追述道:"走过了狼藉着电线杆子与电线与瓦砾的十字街口,我们来到我们居住的地方。房子被震坏了……我们的房门被震开了。一切都改变了位置,一切都被压在灰里。弹片从墙上进来,洞穿了天花板出去。窗子上的玻璃完全被打碎,撒满了房子……四面墙上是弹孔,地板上也是弹孔……我们从石灰和泥土和玻璃的堆积里,寻着了友人的信件,我们所爱的书籍和稿子。在那些稿子上,几乎一律地写着对日本军事法西斯的嫌恶和对于中国反侵略战争的赞美……在那些稿子上,几乎全部是火一般的句子,中国的诗人就每日用着这些句子去烧起中国人民比火更絷然的仇恨,去摧毁一个企图灭亡他的敌人——日本法西斯强盗。"②而正是这些法西斯强盗,激起了艾青的爱国热情与创作激情。在重庆的岁月里,艾青将复仇的火焰都从笔端倾泻到纸上,理论和创作都取得了丰硕成果。

日军轰炸愈烈,民众信念愈坚。在民族存亡的关键时刻,再没有了你我的区别。在大轰炸的救援之中,志愿者的参与成为了一股巨大的力量,僧侣亦加入了救助的行列,即便寺庙被炸毁,他们也没有放弃扶危济困,田汉的《轰炸诗》为我们记录下了这一场景:

> 警报忽传成底事,顿教日月暗无光。
> 太虚浮海自南洋,带得如来着武装。
> 今世更无清净地,九天飞锡护真光。③

内迁来渝的作家一方面慨叹日军大轰炸的残酷,另一方面也为山城人民吃苦耐劳、坚忍不拔的品格所深深感动,我们或许可以将之理解为民族共同的感情,但在诸多内迁作家中,有一位特别的诗人不得不提,她就是来自日本

---

① 《艾青初到陪都纪事》,http:/www.cqtzb.org.cn/tzsh/10053.htm;2011—08—19。
② 《艾青初到陪都纪事》,http:/www.cqtzb.org.cn/tzsh/10053.htm;2011—08—19。
③ 王康:《九集历史文献专题片〈抗战陪都〉解说词》,http://www.douban.com/group/topic/23982841/;2011—12—09。

的绿川英子。

绿川英子生在日本长在日本,在读书期间与一位中国男子相知相恋,中日两国发生战争以后,她并不因为自己是日本人就和祖国同声同气,而是坚决地站在了正义的一方,支持中国抗击日本侵略,且不顾家庭反对,执意嫁给了中国人并随丈夫回国参加抗战。这不是用爱情就可以解释的,绿川英子非常明白自己尴尬的处境,她曾经写道:"我既无国可回,也不能进入丈夫的国土,就像一只双方都要捕捉的弱小野兔,漂泊在'中立地带'。"①即便如此,在抗日战争全面爆发之后,她也没有随大批日本侨民回到祖国,而是义无反顾地选择了留在中国继续抗日事业。绿川英子的视野已经超越了国家和民族的界限,她站在全人类的高度去观照这个世界。虽然在中国她多次因为日本人的身份遭人误会甚至辱骂殴打,她也时时牵挂着在日本的父母和兄弟,但她对人类的大爱却将她永远留在了中国的土地上。1938年武汉沦陷之后,她和丈夫一起从武汉来到重庆,在国民政府的国际宣传处工作,同时积极参加文艺界的抗战活动。绿川英子在重庆生活的八年期间,亲眼见证了日军对山城人民犯下的罪行,在经历了"五三""五四"两天的连续轰炸之后,她内心涌动,写下了长诗《五月的首都》:

> 1939 年 5 月
> 您,可爱的大陆首都,重庆呦!
> 银翼飞来了,恶魔出现在天空,
> 轰!轰!轰!
> 我的脚下,大地在流血,
> 您的头上,天空在燃烧。
> 人们这就……
> 啊,您摇动着头,
> 关于这个世界的悲剧,

---

① 前田哲男:《重庆大轰炸》,成都:成都科技大学出版社,1989 年,第 116 页。

我怎么说,您才会高兴,
您失去了几千人,
留下了那么多可怜的孤儿、寡妇,
您哭泣,因为您折断了手,因为您烧伤了……
您正处在痛苦中,
您满身流血——可是您不怕。①

绿川英子从一个女人特有的视角去看这次轰炸,她笔下没有了男人们诗中汹涌的仇恨与燃烧的怒火,只是将重庆视作一位母亲,她具有普通人的感受与感情,有每一位母亲都具有的爱与痛,这样,她便能够感同身受地去体会山城所遭受的苦难。日军的轰炸机被她比作恶魔,残忍地夺走了重庆母亲成百上千的儿女,还留下了许多孤苦无依的寡母与孤雏,而母亲自己也伤痕累累、苦不堪言,但母亲在孩子面前永远是坚强的,她的意志没有被身躯之伤和心灵之痛摧毁,只要还有一个子女活着,她就会勇敢顽强地活下去,继续抵御外侮、保卫家园,继续光荣地战斗下去。绿川英子在重庆生活期间时时刻刻都能感受到中国人和中国政府对敌抗日的坚定信念,也为他们前仆后继的精神所感动,这同时也激励着她为追求正义而坚持不懈地奋斗,所以在诗的末尾,她一改前文温柔悲苦的语气,铿锵有力地表白了自己对中国抗战胜利的信心:"新中国伟大的母亲重庆,不论何时,不管怎样,都会经受住任何考验!"

在陪都时期,重庆用自己的顽强和柔韧书写了中国历史新的一页,作为中华民族的精神堡垒,可谓是当之无愧。诗人们见证了重庆的这段历史,更用笔记录了这段历史,他们记下了为全民族独立解放而舍生忘死的重庆人,他们记下了永远炸不垮烧不毁的重庆城,他们更在心中永远记下了山城展现在全世界面前的永不言弃的奋斗精神!

(四)

地处西南的重庆及其周边地区是丘陵多山的地貌,物产并不丰富。抗战

---

① 前田哲男:《重庆大轰炸》,成都:成都科技大学出版社,1989年,第117—118页。

时期大量人员的内迁自然增加了这座山城的物质和文化供给压力。自然条件和物质条件的局限在一定程度上又限制了内迁诗人作家的创作,导致重庆抗战诗歌前后期发展的失衡。

在抗战最艰苦的时期,重庆以它特有的文化包含心理容纳了大批诗人和作家,最大限度地从物质上帮助他们度过了战乱岁月。美国人凯普(Robert A. Kapp)在《中国国民党与大后方:战时的四川》一文中对四川在整个抗战时期的重要性作了这样的分析:"在战时,四川在这个国土泰半沦丧的国家中的主要功能,是供应一切必要的人力物力以维持中央政府于不坠。虽然在1938年末期以后,就很少有大的战争,但沿着日军前线的军队仍然要补充,给粮、给饷;大量入川避难的政府官员亦需要给予薪水,维持温饱;流亡的大学教职员生也需要养活;而且在1940年后,在大后方的都市人口更加需要便宜的事物以对付人为的短缺现象及都市市场上高涨的粮价。"[①]凯普在写这段话的时候,重庆还隶属于四川,没有被规划为直辖市行政单位,他所分析的内容更多地应该是针对战时首都重庆。从这段话中我们不难看出重庆作为国民政府的临时中心所面临的各种各样的困难,也反映出重庆对维系国民政府抗战需要和帮助克服随中央政府的危机等方面扮演了重要角色。当然,重庆的重要性不只是停留在人力和物力上,在文化上也有体现。比如大量高等院校的师生员工和作家来到重庆,山城既成了他们的避难所,又成了给他们提供生活必需品的"给养场",在"教室里放不下一张书桌"的烽火连天的岁月里,重庆给诗人作家们提供了相对安定的写作环境,一大批诗人和作家的重要作品得以在抗战时期诞生。

重庆抗战诗歌的发展必然受制于客观的物质生存环境。抗日战争进入相持阶段以后,抗战诗歌的发展开始走向理性的思考和情感的提炼,不再像抗战初期那样洋溢着澎湃的激情。诗人的创作于是显得比较沉闷,以至于人们认为1941年以后的抗战诗歌走向了低谷。1941年底,"文协"召开的"一九四一年文艺运动的检讨"的座谈会上,与会者就1941年的文艺发展出现了

[①] 凯普(Robert A. Kapp):《中国国民党与大后方:战时的四川》,《中国现代史论集·八年抗战》,张玉法主编,台北:经济出版事业公司,1982年,第222—223页。

低谷的原因进行了分析,邵荃麟认为客观上的主要原因是:"(一)我们知道文艺运动是文化运动的一部分,而文化运动又不能和整个政治动向分离。政治朝低潮走,文艺运动自然也免不了受影响。(二)整个文化中心据点的转移。从前大后方有重庆、桂林、上海等三大文化据点,现在在重庆的文化人因为环境困难很多待不下去,纷纷走开了,上海也不能立足。留下的只有桂林一大据点。现在虽然又增加了香港这个据点,但因为交通及种种关系,香港这一据点对内地的影响却很少。整个文化工作朝低潮的路走,文艺当然也受了影响。过去文艺运动蓬勃时出版的许多文艺刊物,这时也相继停刊,这是第二个原因。(三)现实主义的困难。我们知道文艺工作需有自由的环境,才能够发展,如表现现实受的限制太大,是能够影响到它的发展的。其次是交通的困难,各地所出东西,无法自由流通。"①除了这些客观原因之外,文艺工作者自身的不足也是造成文艺运动走向低潮的原因。首先是"文艺理论和文艺批评不曾建立",没有理论为作家的创作指明方向,也没有批评文章为作家创作中的不足进行规劝,"文艺理论、文艺批评的贫乏,使创作朝衰落的路走。"第二是"文艺工作者生活的没有保障",抗战开始以后,作家的稿费不断下跌,"在抗战前可以有职业作家,到现在就不可能有了,写作成了一种副业。"比如艾芜抗战前是一个职业作家,但是抗战开始后由于生活所迫而不得不去教书,作家从事第二工作自然会把写作的时间和精力分散,没有时间去创作。第三是"作家跟现实接触的机会少",抗战开始的时候,有大批作家到战地去,"文协"还专门组织了战地访问团,但是1941年以后很多作家纷纷转到了后方。这一时期的作家"和现实生活隔离,生活自然平凡,便难于写出有血有肉的作品,就是勉强写了,也未免失之于概念化。因为在前方的许多事情,是我们在后方的人无法理解的"②。从这次座谈会所谈到的内容来看,作家内迁大后方对他们的创作实际上也会产生很多负面影响,比如物质条件的局限,比如与抗战前线接触不多等等。

---

① 《一九四一年文艺运动的检讨》(座谈会记录)(雷蕾整理),《文艺生活》1卷5期,1942年1月15日。
② 《一九四一年文艺运动的检讨》(座谈会记录)(雷蕾整理),《文艺生活》1卷5期,1942年1月15日。

重庆作为大后方远离战火,使部分作家失去了宣传抗战的激情,进而减少了抗战诗歌的创作。1944年《新华日报》在《祝"文协"成立六周年》的社论文章中批评了内迁作家创作的"滑坡",认为他们把自己局限在后方的小天地里,失去了战斗的激情。文章说:"抗战已经快满七年,而我们的文艺运动却沉滞在黯云低迷的状态之下……我们以为只要拿前面所说的'文协'在武汉成立时的文艺运动,和武汉撤守之后作一比较,就可以知道症结之所在。现在我们的文艺作家,局促在后方的小天地之中,被阻塞了和人民大众接触的路子,出版事业濒于窒息,文艺不当作整个抗日战争的一环而被视为'娱乐'的手段,于是而风花雪月的风气抬头,消闲猎奇,谈狐说鬼的'文艺'继起,文艺变成了少数人茶余饭后的消遣,健康而有益于抗战的文艺反受了阻抑与冷遇。"[①]这种对抗战文艺的认识具有一定的合理性,但却没有考虑作家的实际处境,抗战文艺的萧条不仅只是与作家待在大后方"消遣"有关,也与当时作家的实际处境有关。这是对内迁潮流弊端的最早认识,在很多人看来,诗人应该深入到敌后而不应该"隐居"在大后方,只有这样才能更好地从事抗战诗歌的创作。其实早在1939年4月,《新华日报》在名为《用笔来发动民众捍卫祖国——纪念全国文协成立一周年》的社论中就提出了与作家内迁大后方相异的想法,建议作家从大后方反迁到敌后建立新的文化据点。该文对"文协"今后的工作提出了四点建议:第一,发动广大的作家群到敌人的后方去,进行敌后文化工作。第二,加强"文章入伍"的工作,补充军队中的精神粮食。第三,实现"文章下乡"的口号,以进一步动员广大的同胞积极参加抗战。第四,在伟大的民族抗战中,广大的文艺工作者既要创作出反映中华民族英勇精神的作品,同时也要创作出暴露日寇暴行的作品。[②]这四点建议对"文协"的工作起到了很好的指导性作用,有助于推动和提升全中国人民的团结抗敌精神。尤其是第一点建议对抗战文艺策略的调整和被人们忽视的敌后区域文艺的建设起到了关键性的提示效果,因为在这之前很少有人意识到

---

① 《祝"文协"成立六周年》(社论),《新华日报》,1944年4月16日。
② 《用笔来发动民众捍卫祖国——纪念全国文协成立一周年》(社论),《新华日报》,1939年4月9日。

敌后文化工作建设的重要性和必要性。如果没有中国自己的文艺工作者深入到敌后，日本人很快就会以卑鄙的文化侵略来麻醉民众。虽然当时有很多作家分布在沦陷区，但大多数作家仍然居住在与广大农民相距甚远的城市，因此"文协"应该组织和发动大批作家迁到敌人的后方去，建立起新的文化据点。

1945年老舍在《文协七岁》一文中回应了《祝"文协"成立六周年》一文对"文协"及部分作家的批评，认为"文协"只是"打了个盹"，并没有停止活动，从1938年3月27日成立到1945年快7年的时间里，它不断地做着与抗战有关的工作，其会刊《抗战文艺》也一直持续了7年之久。"文协"在武汉的时候，作家们碰面的时间很多，所以都知道"作协"昨天做了什么，明天将要做什么。但是到了重庆以后情况就有所不同了，以至于《新华日报》的社论把"文协"在武汉和在重庆时期的工作进行对比后得出"文协"后来安顿于大后方而"不思进取"的结论。老舍解释说：在武汉的时候，"大家都新次尝到团结的快乐，自然要各显身手，把精神、时间与钱力，献出一些给团体，那时候，政府与民众之间有着密切的联系，所以大家喜欢做事，政府也愿意给我们事做，那是些愉快的日子!"但是到了重庆以后，"文协"面对的环境就发生了一些变化，由此影响了人们的工作，让人觉得"文协"的工作量减少了，作家没有以前勤勉了，但实际上是对"文协"困难的忽视。老舍客观地分析了作家创作减少和"文协"活动减少的几个客观原因，"一来是山城的交通不便，不像在武汉时彼此捎个口信便可以开会；二来是物价的渐渐高涨，大家的口袋里不再像从前那么宽裕；于是，会务日记仿佛就只有理事们才知道，而会员们便不大关心它了。慢慢的，物价越来越高，会中越来越穷，而在团结的活动上又不能不抱着一动不如一静的态度，文协就每每打个小盹了。"[①]内迁的诗人由于在重庆生活的窘迫，出现创作上的懈怠也是情有可原的。但是"文协"并没有死，它还是一如既往地开展了很多文化活动，有力地支持着民族解放战争。

当然，由于重庆交通和物质局限导致的诗人创作实绩的下降与重庆抗战

----
① 老舍：《文协七岁》，《抗战文艺》(文协成立七周年并庆祝第一届文艺节纪念特刊)，1945年5月4日。

诗歌的繁荣之间并非存在悖反的关系。也即是说,内迁诗人创作数量的减少并不意味着重庆抗战诗歌的凋敝。纵向考察诗人的创作,他们来渝的前后期固然有明显的变化,甚至到了后期出现了明显的停滞状况,但就重庆抗战诗歌而言,抗战时期始终是重庆诗歌史上的黄金阶段,从来没有如此多的著名诗人如此集中地在此生活并进行抗战诗歌创作。

二、桂林抗战诗歌概貌

1939年到1944年间,桂林成为"南中国"的政治经济文化中心,武汉和广州失陷,香港被日本占领,国共两党在桂林设立了政治文化机构。再加上其优越的地理位置,致使一些重要的文艺工作者为了避难而辗转桂林,桂林一时间聚集了大量的诗人,创办和复刊了一些诗歌刊物,这些因素共同促成了桂林诗坛的繁荣局面。据统计,"抗日战争时期来到桂林的文化人士,共1000多人。其中著名的作家、诗人、画家、戏剧家、音乐家、科学家、教授、学者,共有200多人"[①]。先后在这里生活过的诗人有艾青、徐迟、袁水拍、彭燕郊、绿原、欧外鸥、林林等等,创办和复刊的诗歌刊物有《诗文学》《诗创作》《顶点》《拾叶》《中国诗坛》等等,涌现了一批既具时代特点又有自身风格的诗歌作品,这些诗歌不但鼓舞了人们的战斗激情,也显示出诗人们对诗歌艺术的探讨。

(一)

大批诗人以及很多出版机构南迁桂林,为抗战时期桂林诗坛的发展注入了生机和活力,形成了桂林诗歌史上绝无仅有的丰收局面,支撑了桂林作为抗战历史文化名城的殊荣。本小节以在桂林出版的文学期刊为依托,来呈现抗战时期桂林诗坛的概貌。

抗战时期桂林诗坛专门创办了纯诗歌刊物,作为刊发诗歌作品的主要阵

---

① 南方局党史资料编辑小组:《党领导的桂林抗日文化运动》,《南方局党史资料·文化工作》,重庆:重庆出版社,1990年,第348页。

地,这些刊物无疑推动并见证了桂林诗坛的成绩。《诗创作》是专门刊登诗歌作品和理论的刊物,1941年6月19日创刊于桂林,胡危舟和阳太阳任编辑,李文钊任社长,由当时设在桂林新桥北里20号的诗创作社出版。《诗创作》终刊的具体时间不详,而且据国内各大图书馆所藏期刊来看,1—4期目前很难找到原刊,只能从后来的资料中简单了解前面4期的情况。《诗创作》的主要作者有郭沫若、田间、艾青、黄药眠、徐迟、袁水拍、郭小川、方敬、厂民、彭燕郊、魏巍、邹荻帆、光未然、贺敬之、曹葆华、王亚平、臧云远等。很多优秀的诗篇都首发在此刊上,比如田间的《敢死队员》(第5期,1941年11月5日)、王亚平的《中国人民之歌》(第6期,1941年12月15日)、何其芳的《黎明》(第8期,1942年2月20日)、绿原的小诗《花朵集》(第9期,1942年3月30日)和艾青的《赌博》(第11期,1942年5月15日)等。《诗创作》还刊登了大量的诗歌和诗论译作,并且借助纪念有革命倾向的世界著名诗人的方式,翻译发表了很多激进的诗歌作品,比如"普希金一〇五年祭"和"惠特曼五十年祭"等。《诗创作》在1942年1月29日出版的第7期专门设为"翻译专号",发表了苏联(俄国)诗人普希金、莱蒙托夫、海塔古洛夫、雪夫兼珂等,德国诗人海涅、克尔纳等,美国诗人惠特曼,法国诗人雨果、法朗士等,日本诗人最上二郎、南龙夫等,以及英国诗人、西班牙诗人的诗歌作品共47首译作,介绍外国诗人的论文2篇。这是抗战时期大后方对外国诗歌翻译的最集中的一次展示,也是翻译文学的重要收获。除《诗创作》外,《诗》是抗战时期桂林较有影响力的诗歌刊物。《诗》1939年6月创刊于桂平,1940年2月在桂林复刊,出新1卷1期,起初由婴子、周为和胡明树任编辑,后来韩北屏、欧外鸥、洪遒等都参与过编辑,出至四卷后终刊。该刊物创办的目的是依托诗歌来宣传积极的抗战精神,推动抗战诗歌的发展。《诗》月刊经常刊登论文来向读者指出当前诗歌的动态和发展方向,并对诗歌的民族形式问题进行了深入的探讨。经常在《诗》上发表作品的诗人有艾青、袁水拍、徐迟、方敬、鲁藜、彭燕郊等。桂林诗坛创办的另一份诗歌刊物《大千》是以刊登格律诗词(旧体诗词)和文史资料研究为主的刊物,同时也适量刊登一些文艺创作。1943年6月创刊于桂林,陈迩冬任主编,杨扬任经理,符浩任发行人,由当时设在桂林乐群路42

号的大千书屋总经销。专门刊登老先生的古体诗词是《大千》的主要特色,几乎每期都要刊登当年南社主要诗人柳亚子的作品,此外,黄炎培、陈迩冬、端木蕻良、李白凤等也经常在该刊发表文章。尽管《大千》看上去是一个比较传统和"守旧"的刊物,但在翻译介绍外国文学作品和介绍异域风情方面,它显得一点都不保守,该刊每期都开辟了"异国情调"栏目,翻译了很多介绍外国风俗人情的文章,体现出《大千》在抗战时期大后方文学翻译中的独特面貌,即在坚持古体诗创作和正统的文学研究的同时,却对西方的异质文化充满了"好感"并对其进行大量的翻译介绍。其翻译文章的内容看似与抗战无关,但其介绍的人物事迹却又来自与抗战有关的军队和将帅士兵,在严肃和正面的抗战宣传之外,让读者了解到了战时文化的丰富多彩。

抗战时期桂林还有很多刊登诗歌作品的文艺期刊。《野草》是抗战时期很有影响力的以刊登杂文为主的文艺月刊,1940年8月20日创刊于桂林,最初由夏衍、宋云彬、聂绀弩、秦似和孟超等5人编辑,后该由秦似主编,由设在桂林桂西路74号的科学书店出版发行。抗战时期,《野草》在桂林出版了29期,1942年6月被国民党广西省政府勒令停刊,后迁至上海、香港等地复刊出版,到1948年6月20日复刊10期后终刊,前后出版了39期。桂林《野草》继承了鲁迅"野草"的风格,多以刊登短小犀利的杂文为主,反映抗战前后的社会面貌,鼓舞中国军民抗敌的士气,发刊词中有这样的宣言:"它只希望给受伤的战斗者以一个歇息处所,让他们退到野草里,拭干伤口的血痕,再躺一会。如果因疲劳而至于饥饿,则掘几把草菇,也聊胜于无。虽然没有维他命,更不能同时做菜,倒是可以恢复一些元气,再作战斗的。"[①]虽然《野草》的内容主要是针砭时弊和法西斯战争的罪恶,讽刺周作人等卖国求荣的汉奸行为,或者谈论作家的生活和创作经验等,但也发表了不少诗歌作品。《文艺杂志》是抗战时期在桂林出版的大型纯文艺月刊,1942年1月15日创刊,王鲁彦任主编,覃英任发行人,由设在桂林东江路福隆街32—6号的文艺杂志社出版发行。抗战时期,《文艺杂志》在桂林出版了3卷3期,1944年4月因为

---

① 《野草(代发刊词)》,《野草》创刊号1卷1期,1940年8月20日。

主编王鲁彦病重停刊,1944年8月王鲁彦去世后,1945年5月25日由邵荃麟在重庆出版新1卷1期。《文艺杂志》在抗战时期刊登了大量的小说、诗歌和戏剧作品,巴金、老舍、茅盾、彭燕郊、臧克家、胡风等人都曾在上面发表过重要作品。《文艺生活》于1941年9月15日在桂林创刊,司马文森任编辑,陆平之任发行人,由当时设在桂林府前街14号的文献出版社出版发行。由于抗战时期物质匮乏,《文艺生活》的出版往往时断时续,比如1943年的新年号未能在元旦与广大读者见面,从是年的1月至7月,仅仅出版了3期,出版至3卷6期,到1943年8月被迫关闭时一共出版了18期。《文艺生活》具有鲜明的时代性和目的性,那就是"致力于文艺抗战工作"[1],在民族解放战争中发挥文艺抗战和文艺救国的社会功能。该刊并非同人性刊物,具有较强的包容性和开放性,恰如编辑自己所言:"这是一个公共园地,并不是某一些人据为私有。"[2]因此,在这个刊物上发表文章的作者有艾芜、邵荃麟、夏衍、郭沫若、茅盾等,发表的文章涉及小说、诗歌、戏剧、散文、杂感、童话、翻译作品、作家作品研究、座谈会记录以及关于工厂历史的作品。夏衍的著名戏剧《法西斯细菌》最初就发表在这个刊物上。尤其值得关注的是,《文艺生活》非常注重苏联作品的译介,尤其是苏联"工厂史"[3]的翻译介绍一共刊登了8期,反映出该刊对工人生活和地位演变的关注。同时,在苏德战争爆发后,该刊推出了《德苏战争》特辑、《寄慰苏联战士》特辑,翻译发表了A.托尔斯泰的《我号召憎恨》、爱伦堡的《我看见过他们》等与世界反法西斯战争有关的文艺作品。《文化杂志》是发表社会科学和文学艺术类作品的综合性刊物,1941年8月10日创刊于桂林,邵荃麟任主编,陈劭任发行人,由当时设在桂林丽君路的文化杂志社出版,1943年5月1日出版完3卷4期后就停刊了,共出版了

---

[1] 《编后杂记》,《文艺生活》1卷2期,1941年10月15日。
[2] 《编后杂记》,《文艺生活》1卷2期,1941年10月15日。
[3] "工厂史"这种文学实际上是反映工人在"旧社会"中苦难生活历史的作品。苏联成立后,创作了大量此类文章,由此衬托出新社会中的工人在社会地位和物质上的巨大变化,反映出社会主义制度的优越性。"工厂史"的写作方式不仅影响了中国工人阶级投身革命、变革社会制度的激情,而且对中国文艺创作也产生了深远影响,比如《山花》杂志在1958年11月号上就推出过"工厂史"小说,揭露了旧社会工人辛酸的生活和遭受的惨痛剥削,反衬出新中国成立后个人阶级生活的巨大变迁,有利于稳定和巩固社会主义制度。

16期。《文化杂志》用了近2/3的篇幅来刊登与政治、经济、哲学、历史以及分析国内外形势的论文,仅有1/3的篇幅用来刊登文艺作品。臧克家、欧阳予倩、沙汀、袁水拍、田间、司马文森、彭燕郊等人均在上面发表过作品。

桂林诗坛还专门针对青年人了创办了多种刊物,成为青年诗人发表作品的重要园地和关于诗歌的重要读物。《青年文艺》是抗战时期大后方专门以青年为服务对象的文学月刊,1942年10月10日创刊于桂林,葛琴任主编,罗洛汀任发行人,由当时设在桂林中南路75号的白虹书店出版。1944年7月,因为桂林疏散而被迫停刊,共出版了1卷6期。1944年9月在重庆兴隆街二十七号复刊,出版了新1卷5期,目前所能查阅到的仅有新1卷1—3期、5期,缺少新1卷4期。《青年文艺》的创刊目的主要有两个:一是让青年人了解文学创作和评论知识,二是让青年人增强对抗战生活的了解,坚定民族解放战争必胜的信念。创刊号中《编者告白》有这样的话:该刊要引导青年"如何从作品的欣赏和研究中间去理解现实,理解历史,理解生活,如何从一些轻巧的文学形式——如报告、速写、通讯——中间去反映和分析抗战的现实生活,从认识和实践中间去培养我们创作的热情和加强我们对于抗战最后胜利的信心"[①]。该刊主要刊登小说、诗歌、散文和作品研究,穆木天、冯雪峰、胡风、何其芳等人曾在该刊发表诗歌作品。《青年生活》是一份以青少年为读者群体的综合性刊物,1940年10月创刊于桂林,林植任主编,樊克昂任发行人,由科学书店总经销。因为桂林疏散而于1944年6月出版至5卷1期后终刊,一共出版了25期。《青年生活》的办刊宗旨是:"目的在于要青年有健全的人生观和艰苦奋斗的青年作风,要科学地批评一切和认识变动中的世界,要勇敢地革除不良的生活习惯和生活态度,力求不断地进步。"[②]结合当时的时代语境,该刊物刊登的内容有对抗战基本知识的了解、国内外时事分析等,当然也刊登小说、诗歌、散文和评论等文艺作品,推动了青年文艺和抗战文艺的发展。《种子》是为文学青年创办的综合性的文艺月刊,1942年7月5日创刊于桂林,李荣科任发行人,由当时设在桂林中北路184号的繁星书店出版。

[①] 《编者告白》,《青年文艺》创刊号,1942年10月10日。
[②] 编者:《发刊词》,《青年生活》创刊号,1940年10月。

该刊物以刊登青年作家的作品为主,主要栏目有"青年作品""诗选"等。《自学》是以青少年为读者对象的综合性知识月刊,1943年4月20日在桂林创刊,孙怀宗任发行人,因为桂林疏散而于1944年5月25日终刊,一共出版了8期。该刊物刊登的内容很多,文艺作品相对而言所占的份额有限,不过其开辟的"少年文艺"栏目还是发表了一些诗歌作品、散文和旅行游记等。

要全面地展示桂林抗战诗坛的面貌,还必须提及桂林的重要报纸的副刊,因为这些副刊也发表了不少诗作。桂林《大公报》于1941年3月15日创刊,终刊于1944年9月9日,其副刊《文艺》创刊于1941年3月16日,1944年6月27日停刊。《文艺》出刊没有固定的时间,从1941年3月16日起至1943年10月31日,共出版了298期。从1943年11月7日起《文艺》改为《周刊》。女作家杨刚任《文艺》副刊主编,有一段时间她担任重庆、桂林和香港三个地方《大公报·文艺》的主编。桂林的《文艺》副刊在团结西南地区文艺工作者利用文艺作为抗战武器、积极宣传抗日等方面起到了重要作用,也是我们今天研究抗战文学的重要资料。穆旦的《智慧的来临》《还原作用》(第1期,1941年3月16日)、方敬的《邮片》(第3期,1941年3月24日)、鲁琳的《悼漓江死者》(第4期,1941年3月26日)、何其芳的《夜歌》(第5期,1941年3月28日)、罗曼的《子弟兵》(第7期,1941年4月2日)、汪曾祺的《昆明小街景》(第15期,1941年4月21日)、穆旦的《中国在哪里》(第17期,1941年4月25日)、臧克家的《月亮在头上》(第61期,1941年8月11日)、袁水拍的《别》(第167期,1942年6月1日)等都曾刊发在此副刊上。《文艺》上也曾出版过"诗专刊",比如第24期(1941年5月12日)就专门发表了刘云卿、何其芳、莫千、长之以及伯和翻译的诗歌6首,第124期(1942年1月9日)特别发表了魏精忠、张冬宇、虚江等9人的诗歌作品,第128期(1942年1月19日)发表了钟天心、菲北等7人的诗歌,第146期(1942年3月6日)发表了田汉、林楚等7人的诗歌和歌曲作品。《文艺》成为抗战时期桂林报纸副刊发表诗歌作品最多的刊物,推动了桂林诗歌的发展。《救亡日报》的副刊是《文化岗位》,于1939年2月1日创刊,于1941年1月31日终刊,其办刊宗旨在夏衍先生的《关于关山月画展特辑》中表述得十分明显:

"以巩固文化界统一战线为职志……只要是对于抗战救亡多少有点裨益的文化工作,我们都不惜替他尽一点绵薄"。① 为其撰稿的有来自前线的士兵、社会各界人士、中共文化界人士以及世界各反战国家的作家如日本的鹿地亘,这些作品为我们今天研究抗战文艺提供了非常难得的资料。《半月文艺》是桂林《力报》的文艺副刊,每半个月出版一期,1941年1月创刊,张煌任编辑,许多知名作家都曾在上面发表过作品,比如茅盾、胡风、田汉、艾青、何其芳、周立波等。主要发表了俄国伟大诗人普希金和美国诗人惠特曼的翻译作品。

桂林出版的这些诗歌刊物、文艺期刊以及报纸副刊构成了一个巨大的诗歌创作、传播和接受场域,是抗战大后方诗歌创作的构成部分,鼓舞了民族的抗战信心,同时推动了诗歌艺术的发展进步。

(二)

1939年10月桂林成立了"中华全国文艺界抗敌协会桂林分会",带动了桂林诗歌创作和抗战宣传活动。"文协"成立的宗旨是"本会以联合全国文艺作家共同反对日本帝国主义的侵略,完成中华民族的解放,建设中华民族革命的文艺,并保障作家权益为遵旨"②。诗歌是最敏感的文学样式,总是最集中也是最先反映社会的使命感和责任感。时代要求诗人们用诗歌来表现救亡,唤起普通民众的爱国热情。

桂林诗坛创作的作品具有明显的战斗情绪。处在战争旋涡中的诗人胡风结合自己的创作经历,体认到抗战带给诗人太多的感触和激情,认为"战斗的意志一旦投入烈火似的战争生活里面的时候,战争所掀起的各样的生活事件使他激发了太多的悲忿,太多的兴奋,太多的欢喜,使他抖去了被压抑的忧郁,把他底泛滥着的热情歌唱出来",这种"创作底主题所反映的首先就是一般大众以及站在他们里面的优秀的知识分子底爱国主义的英雄主义"③。诗人用自己的笔召唤人民拿起武器保家卫国,激励人们去战斗,同时表达了对

---

① 夏衍:《关于关山月画展特辑》,《文化岗位》,1940年11月5日。
② 中国第二历史档案馆编:《中华民国史档案数据汇编》第五辑第二编,"文化"(一),南京:江苏古籍出版社,1998年,第189—190页。
③ 胡风:《创作一席谈》,《文学创作》2卷2期,1943年11月15日。

敌人的憎恨和对取得民族解放的信心:"草芽/顶开一抔土皮,/怯怯的侧目巡视,惊讶着:/——是谁呼唤我?/一看/雪已不蹲在身边,/自言:/世界又轮到我们做主了,/多谢斑鸠叔叔!"(苏金伞:《斑鸠》)[1]这首诗看起来充满了童话般的谐趣,但每一个字每一行诗都带有爱憎分明的情感,让读者从中看到了中国抗战胜利的希望——"世界又轮到我们做主了"。桂林的抗战诗歌大力赞扬人民的反抗精神,呼唤人民起来反抗奴役并争取独立和自由,因此很多诗人纷纷拿起手中的笔,投入到民族解放战争的洪流中去,如欧外鸥的《不降的兵》:

我来了/从封锁线的隙通过/紧握住/紧握住/盛满了 Quink 的枪

我来了/唱着"不愿做奴隶的人们"的歌/不降不判/从沉默了的岛屿/踏上争自由争独立而存在的大陆

我来了/我是诗的战斗兵/举着为正义而战的 PARKER 版的枪/奔向竖着正义的旗的阵营

未被俘/未受伤/未死亡[2]

这首诗短小精悍,诗歌中写了手拿武器的"我"为了争取自由和正义而毅然投入战斗,"我"唱着不愿被奴役的歌,我手握"盛满了 Quink 的枪"进行反抗,而且"未被俘,未受伤,未死亡",只要生命还在就可以战斗,未来也一定充满着希望。这是一首在抗战语境下诗人和作家的自画像似的作品,"Quink"是派克墨水中的一种,"PARKER"是全球知名的钢笔品牌,因此,诗人手中枪支的子弹是墨水,枪支的式样是派克,表现了诗人要用手中的笔来加入到战争的行列。虽然全诗只有几十个字,但处处充满着激励的斗志和让人热血沸腾的激情,尤其能鼓励诗人积极地投身到民族抗战中。

桂林诗坛的很多作品表现了战争带给中国人民的疾苦。"面向着这个民

---

[1] 苏金伞:《眼睛都睡红了》外一章,《诗创作》第 13 期,1942 年 7 月 15 日。
[2] 欧外鸥:《不降的兵》,《诗》3 卷 3 期,1942 年 7 月。

族解放的战争,面向着勇敢地为祖国而斗争的战士与民众,向旧时代的暗夜与新世界的黎明,我们的诗人们,以对于土地的深沉的挚爱,以对于英雄战士的崇高的敬仰,以对于在火中、血中呻吟着的悲哭着的无数同胞的同情与哀伤,以对于法西斯强盗底暴行的仇恨……我们的诗人歌唱起来了。许多小说家和搁笔已久的诗人,也都歌唱起来了。"[1]作为知识分子群体,诗人在民族危难时应该具有担当意识,面对日军残暴的侵略行为,诗人们再也不能待在象牙塔里刻写小我的情感,他们的笔触伸向了国家在战争中悲惨的现实情景。力扬创作的《仇恨》一诗可以视为战争苦难描写的代表作:"梁栋的余烬/呓喃着倾裂的墙垣,/火场上发散出/被烧烙的尸体底气息。/呼吸了毒焰的/低暗的天/吞咽着血腥的/吼叫的江流。"日本侵略战争引发的现实生活中的苦难深深地刺伤了每一个有血有肉的中国人的心灵,和平安然的生活被烧成了一片焦土,毁坏的房屋、烧焦的尸体点燃了中国人民复仇的火焰。所以,力扬在诗歌的最后怒吼道:"我们/复仇的/枪,/不能扭断。/因为我们知道/这古老的民族,/不能/屈辱地活着,/也不能/屈辱地死去。"(力扬:《仇恨》)这样浓厚的民族情绪和爱国情怀足以唤起人民的反抗情绪,让更多的人投入到战斗中去英勇杀敌,早日终结罪恶的侵略战争,迎来安宁和幸福的生活。又比如艾青的《纵火》写了日寇的轰炸把整个城市变成了恐怖与悲凉的"火海":"火,无耻的燃烧着/烧尽了一座房屋/又是一座房屋/跨过一条街坊/又是一条街坊/它的凶恶的火焰/像要把整个的城市吞灭似的"。《江上浮婴尸》更是通过对儿童悲惨遭遇的描述,控诉了敌人不可饶恕的侵略行径:"可怕的敌人/又用闪亮的针/刺进你们嫩白的小臂/从你们身上/吸取鲜红的血/用这血去喂养/那无数的/到中国来杀人的野兽/最后/他们就狞笑着/把你们抛进江里/江水流着/江水哭泣/江上浮着一具具/被日本人杀害的婴尸。"

桂林的抗战诗歌表现出鲜明的现实性特征。生活和战斗的场面原生态地进入了诗歌的表现领域,诗人们自觉地认为:"反映这一伟大时代的全面生

---

[1] 力扬:《抗战以来的诗歌》,《广西日报》,1939年1月3日。

活。作为对我们这一代人的鼓舞的怒吼,对后一代人的享受而怀念不已的遗产。"①战场上战士流血牺牲的画面、现实生活的苦难、战争摧残下的中国农庄等都成为诗人表现的对象。"太阳"成为这一时期抗战诗歌的主要意象,太阳是希望、光明和未来的象征,是驱逐黑暗的力量,是每个人心中的向往,更是我们这个灾难深重的民族的希望。比如下面的诗行便是对太阳丰富涵义的写照:"我清醒的咀嚼着/生命航行在灾难的日子/灾难里/我几次爬起而又跌落/终于我又/倔强的爬起来……/爬起来肩住黑暗的闸门/让阳光到这阴暗的地方来/来医治/那些已经发霉的心/重新/健康的拥抱在一起/击毁这封闭太阳的闸门/让阳光/永远照耀着我们的国土/永远照耀着我的心。"②在这首诗歌里面,太阳成为了诗人借以鞭挞日本侵略者的正义力量。

　　桂林诗坛举行了抗战诗歌大众化问题的讨论,并在抗战的特殊语境下呼吁诗歌创作应该走大众化的道路。1930年3月,中国左翼作家联盟("左联")在上海成立,"30年代的文艺大众化运动,是左翼文艺运动的一个重要组成部分。它虽未能解决文艺大众化的根本问题,但已在大众化的道路上迈出了重要的一步"③。1932年左联领导下的"中国诗歌会"成立,力主"大众歌调"的方针,"在中国新诗发展史上,是中国诗歌会最早把诗歌大众化的口号提得如此鲜明,并在实践上身体力行,且取得了一定的成绩"④。"中国诗歌会"主张诗歌语言的通俗化口语化,一方面加强诗歌和人民大众的联系,力求诗歌要用现实主义的手法反映人民大众真实生活,另一方面提倡诗歌要采用民间的体式,语言要简洁并接近日常生活。这种主张应和了抗战时期中国社会对诗歌的需求,因为诗歌要鼓舞大众的抗敌激情,就必须短小且易于被大众接受。就像桂林的一首诗中写的:"把你的艺术/穿上草鞋,/跟着时代跑吧!/你写着浪漫与神秘的/诗人。"⑤林山在《到大众中去——给桂林的诗歌

---

① 郭沫若等:《抗战以来的文艺展望》,《抗战文艺论集》,洛蚀文编,上海:上海书店影印,1986年,第35页。
② 枫林:《电流被闸住了——散歌四章·黑暗的闸门》,《诗》3卷4期,1942年8月。
③ 郭志钢、孙中田:《中国现代文学史》上,北京:高等教育出版社,1996年,第281页。
④ 龙泉明:《中国新诗流变论》,北京:人民文学出版社,1999年,第208—209页。
⑤ 李满红:《一个冷嘲》,《诗创作》12期,1942年6月15日。

工作者》一文中针对当时有些人认为诗歌不能大众化的说法进行了反驳,并呼吁桂林的诗人应该将自己的作品传递到大众中去:"已经在战斗中的桂林,应该是桂林诗歌工作者大声歌唱的时候。/让我们走到大众中去吧。/让我们把诗歌贴在街头。写到墙壁上去吧。/让我们在大众中朗诵我们的诗歌吧。/让我们把诗印成诗传单,在街头,在群众大会上,在战壕中散发吧。/我们把诗歌寄到前线去慰劳成千成万的战士吧。"①"文协"桂林分会诗歌组组织桂林街头诗运动、朗诵诗运动、诗广播活动等。但诗歌的大众化也必须顾及到"诗"的艺术性和文字的特殊性,就像鲁迅在《谈文艺的大众化》一文中所说:"读者也应有相当的程度。首先是识字,其次是有普通的大体知识,而思想和感情,也许大抵达到相当的水平线。否则和文艺即不能发生关系。"②

处于灾难岁月中的诗人义无反顾地以笔为武器,诉说了日本侵略者的罪恶行径、鞭挞了日本军人的残暴,同时也鼓舞了中国人民的抗战激情,让中国人民看到了民族胜利的曙光。

(三)

抗战时期,桂林诗坛除创作发表了大量的诗歌作品之外,也借助翻译工作者的努力,从英美、俄苏以及其他反法西斯国家翻译引进了丰富的诗歌作品。这些翻译诗歌与国内诗人创作的作品一道,构成了桂林诗坛五光十色的景致。

武汉沦陷后,大批文化工作者云集桂林,加上太平洋战争后留港人士也纷纷返回桂林,因此,在桂林的文艺工作者和翻译家积聚较多。20世纪80年代末期,王佐良先生在接受采访时曾指出中国翻译家有三个独特的传统,其中之一便是"为了国家民族的需要不辞劳苦地去找重要的书来译。"③抗战时期的翻译家同样具有这样的传统,他们怀着爱国情怀和崇高的使命感,肩负着对民族和社会的责任,自觉地选择翻译与抗战现实密切相关的作品。这些

---

① 林山:《到大众中去——给桂林的诗歌工作者》,《救亡日报》,1940年10月5日。
② 鲁迅:《谈文艺的大众化》,《鲁迅全集》第7卷,北京:人民文学出版社,1981年,第349页。
③ 王佐良:《新时期的翻译观——一次专题翻译讨论会上的发言》,《中国翻译》,1987年5期。

译作集中在反抗侵略、争取民族独立和解放等主题上,用以鼓舞中国人民反抗日本侵略者的勇气。在这些译介的作品中,由于苏联和中国的紧密关系,苏联反抗外敌入侵的历史值得我们关注和效仿,所以翻译者自然地把目光投向了苏联的作家作品,尤其积极进步的作家和能反映人民反抗侵略的作品。于是,一些反映人民苦难生活、投身战斗、满怀希望、讽刺当权者丑态等内容的诗歌被翻译过来。大批诗人集中在桂林,创办了《拾叶》《诗创作》《诗》《中国诗坛》《顶点》《诗绍丛刊》《诗月擢》及《救亡日报》上的《诗文学》共八个诗刊物,还专门创办了《翻译杂志》刊登翻译文学作品,有的诗刊还专门出版了翻译诗歌的专号来介绍外国诗歌、诗人,这些报纸杂志都为文学翻译繁荣提供了有利条件。

抗战时期,桂林的诗歌翻译取得了异常丰富的成就。《诗创作》刊登了大量的翻译作品,包括诗歌和诗论,并且借助纪念有革命倾向的世界著名诗人的方式,翻译发表了很多激进的诗歌作品,比如"普希金一〇五年祭"和"惠特曼五十年祭"等。此外,《诗创作》在1942年1月29日出版的第7期专门设为"翻译专号",翻译了苏联(俄国)诗人普希金、莱蒙托夫、海塔古洛夫、雪夫兼珂等,德国诗人海涅、克尔纳等,美国诗人惠特曼,法国诗人雨果、法朗士等,日本诗人最上二郎、南龙夫等,以及英国诗人、西班牙诗人的诗歌作品47首,介绍外国诗人的论文2篇。这是抗战时期大后方对外国诗歌翻译的最集中的一次展示,也是翻译文学的重要收获。《诗》月刊上发表了大量的翻译作品,比如诗歌、评论以及对外国诗人诗作的介绍等方面的文章。在诗歌翻译方面,从可以查阅的几期刊物来看,《诗》翻译了苏联(俄国)、美国、法国、英国等国的诗歌作品以及文论作品,高尔基、普希金、惠特曼、雨果等人的诗歌也不同程度地得到了译介。《文艺杂志》在抗战时期刊登了大量的翻译文学作品,比如戏剧、小说、诗歌、报告文学以及文学论文等,尤其以翻译苏联的作品居多。孙用、孟十还等发表了大量翻译作品,此外曹靖华、巴金等人翻译的作品多次在《文艺杂志》上刊登。《青年文艺》是当时少有的专门开辟专栏来翻译介绍外国文学作品的刊物,几乎每期最后都有"名著选释",翻译刊登了如高尔基、杰克·伦敦等人的作品。值得注意的是,迁到重庆以后的《青年文艺》虽然出版了5期（目前能找到的只有4期），但是对翻译文学的重视程度却很高，而且译介的目的性也很强，在第5期特别译介了苏联革命作家高尔基、拉浦东诺夫以及德国革命作家海涅的文章和传记，旨在发动更多的作家在民族自救的战争中能够创作出鼓舞人心的作品，声援全民族的抗日战争。

就翻译文学而言，《文化岗位》上的译文有非常鲜明的特色，它主要刊登了翻译自苏联和日本的与抗战有关的文艺论文和文学作品，包括被法西斯侵略的东欧国家的部分文艺作品。在整个抗战大后方翻译文学中，《文化岗位》是刊登日本反战作家作品最多的刊物，先后用大量的篇幅分几十期刊登了邢桐华和冯乃超翻译的日本反战作家鹿地亘的报告文学《和平村记》，夏衍翻译了他的反战戏剧《三兄弟》，并且还先后多次刊登了鹿地亘的书信。另一位被重点译介的日本作家是横仓勘一，徐孔生翻译连载的《烧杀日记》充分暴露了日本军队残暴的侵略行径，从一个人的角度发出了对战争控诉的声音。除了鹿地亘和横仓勘一之外，本刊物还翻译发表了日本抗战期间的反战诗歌、士兵们厌战思乡的书信或日记。这些翻译文学作品极大地鼓舞了中国人民的抗战热情，使身处大后方的中国各阶层人民从日本人身上看到了日本发动的这场战争的非正义性，使他们认识到这是一场不得人心的侵略战争，最终必然会走向失败，从而坚定中国人民抗战必胜的信念。因此，翻译日本的反战文学作品对中国人的鼓舞作用是其他翻译文学作品不可替代的，它让中国人看到了日本内部对这场战争的分歧，从而站在普遍的高度上重新思考战争带给人类的灾难，进而希望早日结束战争，让全世界人民复归宁静的生活。除了翻译介绍日本反战文学之外，《文化岗位》翻译介绍最多的应该是苏联（俄国）文学和文论。爱伦堡关于欧洲战场的报告文学，关于苏联其他加盟共和国或民族的文学艺术，普希金、叶塞宁的诗歌，高尔基的文论和作品等都被大量译介到中国并刊发在《文化岗位》上，这一方面是由于苏联在二战中扮演了重要的角色，也是因为《文化岗位》是在中国南方局和周恩来的秘密指导下编辑运作的关系，这决定了与中国共产党意识形态相似并有相同信仰的苏联文学成了选译的重点。对苏联文学的这种译介态势直接影响到新中国成立后中国翻译文学的发展趋势，新中国成立后的20年左右时间里，苏联文学不仅在文本创作和文艺评论上影响了中国文学,而且在文学制度上也带给了我们丰富的经验,该时期的翻译文学界几乎被苏维埃文学完全垄断。此外,《文化岗位》上刊登得较多的还有美国文学,比如对惠特曼诗歌的翻译,对马克·吐温作品的翻译及作家的介绍等。法国的罗曼·罗兰,英国的雪莱以及保加利亚等国的作家作品也都不同程度地得到了翻译介绍。西班牙二战中出现的英勇的"第五纵队"以及与他们有关的作品也被翻译发表在《文化岗位》上。

　　桂林的翻译诗歌在语言向度上与时代的文学需求保持一致。为了宣传抗战,把抗战的观念深入人心,人们开展了"街头诗"和"朗诵诗"运动,提倡诗歌创作的口语化,提倡写现实主义的作品,提倡诗歌的人民性。1938年田间、柯仲平等在延安发起街头诗运动,在发表的《街头诗运动宣言》中说,街头诗运动是"使诗歌服务抗战,创造大众诗歌的一条大道"。它的特色是"抗战的、民众的、大众的"。号召"有名氏、无名氏的诗人们呵,不要让乡村的一堵墙,路旁的一片岩石,白白的空着,也不要让群众会上的空气呆板沉寂,写吧——抗战的、民族的、大众的!唱吧——抗战的、民族的、大众的"①。这些诗歌运动和创作主张影响了翻译诗歌的语言。桂林抗战时期的诗歌翻译洋溢着强烈的爱国情怀。为了激起人民抗日的决心,翻译诗歌大都是选择反抗外来侵略、对祖国深切的热爱、积极进步的有革命思想的作品来译介。比如由胡危舟、阳太阳主办的大型诗歌杂志《诗创作》第7期(1942年1月出版)就全部是诗歌翻译作品。该期刊登的外国诗歌共49首,其中来自苏联的24首、德国7首、美国1首、法国3首、日本8首、英国1首、西班牙5首。如《西班牙的呼唤》(李崴译,A.马夏多著)、《二兵士之歌》(邹绿芷译,J.R.贝赫尔著)、《雪》(宋玳译,A.主泼令斯卡雅著)、《镀工》(魏荒弩译,柏兹鲁支著)、《我完成我底三十六岁》(长海滨译,拜伦著)等翻译诗歌一方面宣传了抗战的思想,另一方面鼓舞了人民坚持抗战的勇气。这些翻译诗歌的语言不再注重"雅"而是要求要"达",和追求诗歌意象感情的准确传达不同,诗歌的反抗思想是首要的,在语言上有口语化的倾向。我们来看马雅可夫斯基的《开会

---

① 《街头诗运动宣言》,《新中华报》,1938年8月10日。

迷》这首译诗：

> 每天,当黑夜刚刚化为黎明,/我就看见:/有人去总署,/有人去委员会,/有人去政治部,/有人去教育部,/人们都分别去上班。/刚一走进房里,/公文就雨点儿似的飞来:/挑拣出五十来份——/都是最重要的公文！——/职员们就分别去开会。
>
> 每次来到,我都请求:/"能不能给我一个接见的机会？/我老早老早就来等候。"/"伊万·万内奇开会去了——/讨论戏剧部和饲马局合并的问题。"/一百层楼梯爬上好几次,/心中厌烦透了。/可又对你说:/叫你一个钟头以后再来。/在开会:/省合作社/要买一小瓶墨水。"/一个钟头以后/男秘书,/女秘书全都在这里——/室内空无一人！/二十二岁以下的青年/都在开共青团的会议。
>
> ……①

这首诗讽刺了那种热衷于开会而不做实事的人,语言朴实晓畅,不会给普通读者带来任何阅读障碍。这首诗之所以会在抗战的语境中被翻译过来,其实也是对当时部分知识分子和官员消极抗战的讽刺。中国处于日本帝国主义的铁蹄之下,势必要求我们每个中国人能够行动起来,真切地投入到民族解放战争中去。

艾青说:"这伟大而独特的时代,正在期待着、剔选着属于它自己的伟大而独特的诗人。"而他们又"必须以最大的宽度献身给时代","自己诚挚的心沉浸在万人的悲欢、憎爱与愿望当中。他们(这时代的诗人们)的创作意欲是伸展在人类的向着明日发生的愿望面前的。惟有最不拂逆这人类的共同意志的诗人,才会被今日的人类所崇敬,被明日的人类所追怀"②。这个伟大的时代需要诗人们尽情的歌颂,需要诗人激情的吟唱,所以诗歌作品到处都显现着这澎湃的激情和昂扬的斗志,外国翻译诗歌在翻译的过程中也感染了翻

---

① [苏]马雅可夫斯基:《开会迷》,魏伯译,《诗创作》第7期(翻译专号),1942年1月29日。
② 艾青:《诗与时代》,《诗论》,北京:人民文学出版社,1980年,第160页。

译者的主体情感,抗战的精神激越而昂扬。

总之,作为抗战时期的文化名城,桂林的抗战诗歌所取得的成就十分突出,不管是在创作上还是翻译上,都代表了当时中国抗战大后方诗歌的整体水平。

三、昆明抗战诗歌概貌

云南地处西南边陲,风光秀美,人杰地灵。抗战爆发后,随着许多大城市的沦陷,一些机关学校纷纷转迁至云南,最有代表性的如清华大学、北京大学、南开大学迁昆明后改成的"西南联合大学"。一大批文艺界人士和作家也跟随来到此地,与昆明的文化人站在同一战线上,共同促进了昆明抗战的文化发展。昆明文学以异常迅速的速度蓬勃发展起来,呈现出一片繁荣景象,毫无愧色地成为抗战大后方的主要文艺阵地之一。

当前昆明抗战诗歌的研究主要在如下领域取得了成就:首先是对文艺界人士在昆明的抗战生活和创作进行研究。如闻一多在昆明的生活片段、新诗社举行的作家及诗歌前途讨论会等。第二,对抗战时期昆明诗人的研究也涉及到一些著名的地方诗人,比如对彭桂萼抗战诗歌的研究就是突出的例子,民族解放意识作为其诗歌的思想特质,结合地方特色和民众的觉醒标出价值取向原则,服务抗战的诗歌大众化探索等推动了昆明诗歌的发展。在杨宝康先生撰写的《彭桂萼传》记叙的就是作为边疆教育实践家、学者、爱国诗人彭桂萼不平凡的一生。抗日战争时期,大批著名学者和文学家、诗人荟萃于昆明,彭桂萼有更多的机会与他们亲密交往并取得了很大进步。这一时期,他以抗日救亡为主旋律的主题,创作了大量的诗歌,发表了众多的文章,影响深远,被誉为"澜沧江畔的歌者"。该书第五章专门讨论了彭桂萼的抗战文艺观,比如《文艺兵应如何参加战斗》《云南抗战文化的动态》等文章显示出他积极的抗战文艺思想。[①] 第三是结合西南联大诗人群进行的研究。当时一些

---

① 杨宝康:《彭桂萼传》,北京:学苑出版社,2008年,参阅第九章和十章。

著名的诗人如冯至、卞之琳等活跃在昆明诗坛,冯至出版了诗集《昨日之歌》《北游及其它》《十四行集》等,彰显出抗战时期昆明诗歌创作的成就。

抗战时期"文协"昆明分会创办了专门的诗歌刊物《战歌》,成为昆明抗战诗坛最重要的阵地。该诗刊于 1938 年 8 月 16 日创刊,由雷石榆和罗铁鹰担任主编,最初是月刊,出版至 2 卷 2 期后停刊。长期在《战歌》上发表诗歌作品的有穆木天、张镜秋、罗铁鹰、彭桂萼、溅波、青鸟、方殷等诗人。每期刊物都会刊登关于抗战文艺方面的论文,比如楚图南先生的《"我们"之诗歌的开始》(创刊号,1938 年 8 月 16 日)、锡金的《读梁宗岱先生的"谈抗战诗歌"》(1 卷 3 期,1938 年 11 月)、穆木天的《论诗歌朗读运动》和海燕的《我们需要讽刺诗》(1 卷 4 期,1938 年 12 月)、茅盾的《大众化与"诗歌的斯泰哈诺夫运动"》、朱自清的《谈诗歌朗诵》及溅波的《展开我们战斗诗歌的运动》(1 卷 5 期,1939 年 1 月)等就是针对抗战诗歌而发表的论述。其实,《战歌》就是一本抗战的诗歌刊物,我们从栏目的设置和内容便可以看出其与抗战的一致性,比如 1 卷 2 期是"九一八特辑",很多诗人从"九一八"事件出发去思考中国新诗的出路,徐嘉瑞先生的《九一八后中国新诗运动的路标》就指出中国新诗创作应该关注民族疾苦,马子华先生的《怎样发展沦陷区之诗歌战斗》则明确表示沦陷区的诗人应该以诗歌为武器,有力地反击日本侵略者的殖民统治。为配合抗战诗歌的大众化和通俗化运动,《战歌》杂志 1 卷 6 期专门设为"通俗诗歌专号",发表了穆木天的《关于诗歌大众化》、雷石榆的《摄取旧形式与创造新形式》、徐嘉瑞的《大众化的三个问题》、罗铁鹰的《论诗歌大众化》、王一士的《旧瓶子装新酒》、慕华的《诗歌的通俗化和他的价值》以及铁线翻译的论文《大众歌曲是什么样的》。这些文章是整个抗战时期文艺大众化思想的有机构成部分,同时也彰显出昆明诗坛积极地锲入抗战诗歌的创作大潮中,为争取民族的自由与解放贡献出自己的力量。

要描绘昆明抗战诗歌的概貌,就不得不提及西南联大诗人群的创作。一直以来,人们对西南联大诗人群体的研究大多停留在主要诗人诗作上,而这些诗人群体在昆明学习、工作和生活的诗篇很少进入研究视野,大多研究者因为郑敏、袁可嘉、穆旦、杜运燮等人的存在而将之归为现代主义诗派。事实上，作为一个松散的群体，西南联大诗人群的创作是丰富的，除了上面提到的几位之外，还包括冯至、卞之琳、沈从文、马逢华、王佐良、叶华、沈季平、何达、杨周翰、陈时、周定一、罗寄一、林蒲、赵瑞蕻、俞铭传、秦泥、缪弘等，他们有的是老师，有的是学生；既有遵从传统诗学的国学者，又有从国外来的新兴的现代主义诗歌创作者，他们的创作风格和艺术审美取向丰富多样，很难用"现代主义"来加以笼统的归纳和论述。在战争年代，西南联大诗人群的诗歌活动虽然十分丰富，但苦于物质的匮乏而很少用纸质媒介来发表诗歌或记载诗歌活动，因此给今天客观呈现他们当年的诗歌生活带来了难度。20世纪90年代由杜运燮和张同道编选的《西南联大现代诗钞》是目前收集西南联大诗人群作品最齐全的诗集，全书共收集包括卞之琳、冯至、沈从文、李广田、闻一多、燕卜逊等教师的作品以及马逢华、王佐良、叶华、沈季平、杜运燮、何达、杨周翰、陈时、周定一、罗寄一、郑敏、穆旦等学生的诗作共计300余首。西南联大诗人群在诗歌的表现方式上与当时的文艺大众化方向有一定的距离，他们将战争和生活的苦难内化为深刻的生命体验，然后通过艺术的方式表现出来，比同时期其他诗人的作品显得更为智性和沉重。这些诗人并非归隐象牙塔内的与抗战无关的知识分子，他们的作品也会直接表现战争带来的疾苦。抗战爆发后，很多知识分子迁到了大后方昆明，这座昔日安宁的小城随着内迁人群的到来而开始沸腾了，但也随着日本侵略的一步步深入而经历了战争的痛苦。昆明在抗战期间的这种变化，在冯至1943年创作的《我们的时代》一诗中求得最好的诠释，比如该诗的其中一节有这样的诗行：

> 一座偏僻的/小城，承受了从未有过的/繁荣，从大都市里来的/人们给它带来了鼓舞，/也带来了惊慌和恐怖。/在一个熙熙攘攘的清晨，/欢欣正浮在人人的面上，/忽然在天空响起沉重的/机声，等到人们感到时，/四五个死者已经横卧/在街心，他们一样的面容，/一样的姿态，化成一个身体。/惊慌和恐怖从一切隐秘的/角落里涌出，立即湮没了/这座城市，繁荣也随着/商店里陈列的物品收敛。/六年了，这小城化成无数的/小城，只要我想到地球上/任何一个城

市,我就仿佛/看见在它的街头横卧着/那几个死者。①

昆明特殊的地理位置决定了这里的社会生活比较平静和闭塞,抗战爆发后大批文人的迁入给昆明带来了新的局面。但敌人的大轰炸却给昆明带来了灾难和死亡,这首诗用通俗的语言把昆明发生的惨状平静地表露出来,平静的叙述中充满了对敌人罪恶的严厉控诉。

抗战时期的诗歌为了鼓舞人们的抗战士气,其接受对象主要是广大民众,因此"大众化"成为昆明抗战诗坛的典型特征。对大众化的讨论,穆木天认为当时所要讨论的问题已经不是诗歌是否应该大众化,而是应该怎样大众化。他认为诗歌大众化是革命诗歌运动的唯一道路,扩展诗歌运动,可以致力于歌谣和歌曲运动。但对于诗歌的旧形式,因其形式的固化和内容的贫乏,应该批评性地吸收利用。穆木天在《关于诗歌大众化》一文中指出:"为的使诗歌在我们民族革命中发挥出它的充分的机能,必须使诗歌真正地能够深入到大众里边。必须使抗战诗歌接近大众,为大众所接受,所喜爱,进而,使抗战诗歌成为大众的抒发感情的艺术表现形式。这样,是诗歌大众化的目的,我们的诗歌工作者,就是要对准着这个目的,猛进地,去完成他的艺术的实践的。"②穆木天直接将抗战诗歌的大众化与中国的民族革命联系起来,也许今天我们重新阅读这样的言论时会站在诗性的立场上予以否定,但在当时的语境下,穆木天的话还是具有积极的社会作用,它有助于号召广大文艺工作者投身到民族解放大业中,肩负起诗歌的使命。倘若诗歌的受众是生活在下层的没有受过特殊教育的民众,那创作诗歌必须在言语、形式和内容等方面体现出大众化的一面。因此,诗人必须积极和大众靠近并了解群众的心理,诗歌内容反映的现实也须与之相符合才会赢得他们的喜爱。"文协"昆明分会创办的《文化岗位》及诗歌月刊《战歌》上的很多作品,都采用了大众化的诗歌创作方式来抒发抗日战士的心声,暴露敌人的罪恶和残暴,鼓舞人们

---

① 冯至:《我们的时代》,《西南联大现代诗钞》,杜运燮、张同道选编,北京:中国文学出版社,1997 年,第 51—55 页。
② 穆木天:《关于诗歌大众化》,《战歌》1 卷 6 期,1939 年 2 月。

抗战胜利的信心。比如《战歌》上的很多作品采用"歌谣""儿歌""小调""道情"以及"歌曲"的形式来写抗战中让人崇敬的"赵老太太""小战士""三媳妇""大娘"和"模范工人顾正红"[①]等,通过这些人们在日常生活中耳熟能详的人物,使广大群众认识到个人在普通的岗位上也能发挥抗日的力量,从而达到抗战诗歌鼓舞群众积极抗日的目的。

昆明抗战诗歌的大众化运动还表现为鼓舞诗人到前线去体验生活,与普通士兵生活在一起。主张知识分子上前线体验生活,获取创作抗战诗歌的素材等成为诗歌大众化倡导的内容之一。许多诗歌工作者的生活远离大众和战场,作品抒发的情感上至多只是大众立场的情感,并不是大众真正的情感。"抗战"成为整个民族争取自由解放的唯一手段,几乎所有的创作都被抗战主题覆盖。诗人离开抗战便会失去创作抗战诗歌的生活体验,对抗战的现实生活缺乏了解,表现抗战时期大众情感的作品或战争题材的作品只能凭着想象去处理,不能汲取现实生活中充满血肉气息的丰富情感,写出的作品就显得单调枯燥,难以引起大众的阅读兴趣。正是因为这样,"文协"曾鼓励文艺工作者到前线去体验生活,从原生态的战时生活中创作出情感饱满的作品。诗人们积极踊跃上前线或到基层体验生活,为创作寻找素材。

昆明抗战诗歌的艺术形式主要是自由诗。自"五四"新文化运动以后,中国诗歌在新的美学思想的指导下建构起了新的形式,新诗于是成为诗坛上占据主流的诗体形式。抗战时期的昆明,一大批诗人如罗铁鹰、徐嘉瑞、雷石榆等紧密结合政治,用铿锵有力的笔杆创作出了许多优秀作品。为了进一步鼓舞人们抗战的信心,诗歌朗诵成为抗战诗歌的一部分。朗诵诗是将诗歌从视觉转化为听觉的方式,要求诗的情感奔放,形式紧凑,具有可读性和可朗诵性。当时除了理论上的探讨之外,诗坛还刻意创作"听的诗"。朗诵诗偏向于抒情,通过声情并茂的表达和气氛渲染,促使诗歌更贴近民众。为了响应诗

[①] 《战歌》1卷6期为"通俗诗歌专号",发表了老舍的《抗战诗歌》、陶行知的《赵老太太》、袁勃的《小战士》等"歌谣体",发表了何鹏的《儿歌三首》、彭桂萼的《三媳妇》、徐嘉瑞的《新从军行》等"儿歌体",水客的《石屏十二月抗战调》、谷散的《大娘啊》等"小调体"、杨亚宁的《模范工人顾正红》、雷石榆的《冲上去》等"道情体",克锋的《战争摇篮曲》、雪村的《解放交响曲》等"歌曲体"。这些通俗的形式表现出来的诗歌作品,有力地践行了抗战诗歌大众化的道路,同时唤起了人们的抗战热情。

歌大众化号召,一些诗人专门创作抒情短诗,如彭桂萼的《震声》《澜沧江畔的歌声》《边塞的军笳》《怒山的风啸》等都是抒情短章集合起来的集子。从表现方式上来看,昆明的抗战诗歌出现了由抒情转向叙事的变化。诗歌和现实政治的密切关系限制了诗歌形式艺术的发展,大多数诗人在抗战之初满怀激情地歌唱,到了后来逐渐把叙述和抒情融为一体,并更加注重叙事性的描写。很多诗人也就此问题发表自己的意见,认为抒情不只是表达个人小小的哀愁与欢喜,而应与时代紧密结合在一起,否则诗歌情感就会显得空洞无味。

总之,昆明在抗战时期迎来了空前的诗歌创作的繁荣局面,国内外知名诗人学者云集,各种报纸杂志登载了大量的诗歌作品,各种诗歌和文艺活动进入着人们的战时生活,这些都在客观上促进了昆明抗战诗歌的发展,也使这座往日封闭的城市成为了大后方重要的文化中心,在中国抗战诗歌乃至抗战文艺的历史上留下了醒目的一笔。

第二章　大后方抗战诗歌的文体特征

　　大后方诗歌不仅在创作上取得了丰硕的成果,而且在文体创造上也有不小的收获。为了鼓舞人民大众积极投身到抗战救国的洪流中,诗歌作品不仅要抒发强烈的爱国热情,而且在表现方式上也要有别于平时的艺术手段。为此,抗战时期朗诵诗、街头诗等形式应运而生并得到了蓬勃的发展。

一、抗战大后方的诗歌文体观念

　　在大后方抗战诗歌研究进程中,抗战时期文艺界对大后方诗歌观念的阐发最具针对性和现场感,在顺应抗战需要的前提下对大后方诗歌创作和诗歌活动作出了及时的评价和相应的调整。因而本节特地对 20 世纪 30—40 年代的抗战大后方的诗歌文体观念进行梳理,希望廓清抗战时期大后方对诗歌这种特殊文体的特殊认识。

　　首先,从诗歌的情感内容和审美取向出发看抗战时期大后方的诗歌观念。抗战时期大后方的诗歌观念最集中地表现为对诗歌情感的"规定性"倡导和对诗歌审美价值的意向性建构。诗人和文艺工作者们首先认识到诗歌应该和民族的抗战现实结合起来,诗歌的社会责任和民族责任成了人们在特殊的时代环境中衡量诗歌是否适宜生存的主要标尺。1938 年 1 月中旬,艾青、东平、聂绀弩、田间、胡风、冯乃超、萧红、端木蕻良、适夷、王淑明等知名作家和诗人以《七月》社的名义举行了"抗战文艺座谈会",主要就抗战时期的诗歌和其他文学样式进行了如下研讨:首先就诗歌的表现内容而言,冯乃超认为抗战后的文艺动态和变化之一便是"纯消遣性的文学衰退了,离开了抗战生活的文学没有存在的余地",从理论倡导的角度对包括诗歌在内的抗战文学内容作出了的"规定"。其次就抗战时期的诗歌表现形式而言,胡风认为达达主义是抗战中不健康的文学表现形式,不能把它当做一种新形式加以肯定和推广。楼适夷对什么是抗战时期诗歌最适合的表现形式发表了看法:"我们要求的新形式,要更大众化,可以多方面的表现生活,绝不是向神秘的道路走的。如像诗歌的报告诗、朗诵诗。"再次就诗歌与现实的关系而言,艾青、萧红和胡风均要求作家重视实际的生活,要"打进实际生活里面"。关于作家与生活关系的阐述,七月派的观点与后来米兰·昆德拉主张作家要"勘探生活"相似,反映出文学与现实的深刻关系。最后就诗歌的发展方向而言,胡风认为对于今后的文艺方向,"这个问题可以从两个方面讲。一方面是怎样能够动员和团结一切文艺作家参加到抗战工作里面,另一方面是怎样保障现实主义底前进。"[①]抗战时期的诗歌应该与现实相结合的主张并非强调"客观现实主义"的"七月派"诗人的一家之言,而是整个诗坛为了抗战的需要对诗歌审美理念作出的调整。老舍也从诗歌的情感内容、表达形式和价值取向等方面阐述了自己对抗战诗歌的理解:"今天抗战诗歌的任务,我认为有三方面:一、在感情上,激发民众抗战情绪。二、在技巧上,不论音节文字要普遍的使民众接收,普遍的激励民众。三、思想上,正面发展抗战意识,反面检出汉奸的倾向。廿年来的新诗没有什么成绩:在情绪方面,多数诗人还多注意个人情绪……文字上,因为廿年来的新诗一开始即是打倒旧诗,另起途径,好处是形式多变化,但多不简练,音节也不响亮。"[②]

胡风和老舍等人在当时的文坛上享有很高的知名度和威望,他们对抗战时期诗歌表现内容和审美观念的理论倡导和创作实践很容易影响和主导整个大后方的诗歌创作潮流,客观上对大后方抗战诗歌观念的形成起到了某种"规定性"影响,使整个诗坛都把这种诗歌观念作为主要而合理的创作理路。

---

① 《抗战以来的文艺活动动态和展望》(座谈会记录),《七月》2集1期,1938年1月16日。
② 《我们对于抗战诗歌的意见》(诗歌座谈会记录),《抗战文艺》3卷3期,1938年12月17日。

第二章　大后方抗战诗歌的文体特征　55

多数在大后方创刊的刊物或报纸副刊的发刊词都明确提出了诗歌要与抗战结合,要成为国人抗战的有力武器。比如1938年12月16日在重庆创刊的《诗报》半月刊中,编者在《我们的告白》中说:"把握住每一种于抗战有利的武器,这是展开全面抗战的条件,也是争取最后胜利的因素。诗歌,这短小精悍的武器,毫无疑义,对抗战是有利的,它可以以经济的手段暴露出敌人的罪恶,也能以澎湃的热情去激发民族抗敌的意志。"①这既肯定了诗歌文体对于抗战的重要意义,又明确地从理论上"规定"了诗歌应该与抗战的现实结合起来,把暴露敌人的残忍和鼓舞民众的抗战意志作为主要的表现内容。又比如1938年8月16日在昆明创刊的《战歌》诗刊,在第1卷6期上专门讨论了抗战时期诗歌的大众化道路就是要密切地与抗战结合起来,积极地投入到民族解放战争中去应该是抗战诗歌首要的历史使命。②

其次,从诗歌创作主体对创作路向的选择出发看抗战时期大后方的诗歌文体观念。正是由于对诗歌情感内容的"规定性"倡导和诗歌审美价值的意向性建构,抗战时期大后方诗歌观念的另一个焦点是对诗人社会责任和民族担当意识的指认。还在大后方抗战诗歌兴起之前的1937年8月,"中国诗人协会"发表了抗战宣言:"民族战争的号角,已经震响得使我们全身的热血,波涛似的汹涌起来了!""在这种全国抗战的非常时期里,我们诗歌工作者,谁还要哼着不关痛痒的花,草,情人的诗歌的话,那不是白痴便是汉奸。目前最迫切的任务,就是将我们的诗歌,武装起来:我们要用我们的诗歌吼叫出弱小民族反抗强权的激怒;我们要用我们的诗歌,歌唱出民族战士英勇的成绩;我们要用我们的诗歌,描写出在敌人铁蹄下的同胞们的牛马生活。我们是诗人也就是战士,我们的笔杆也就是枪杆。拿起笔来歌唱吧,后方的同胞们正需要我们的歌,以壮杀敌的勇气!拿起笔来歌唱吧,全世界上我们的同情者,正需要听到我们民族争自由平等的号叫!"③1937年9月15日,《文艺》发表了冯乃超的《诗歌的宣言》:"听!抗战的号角已经吹响,/诗人们,起来,保卫我们

---

① 编者:《我们的告白》,《诗报半月刊》创刊号,1938年12月16日。
② 参阅《战歌》1卷6期,1939年12月。
③ 中国诗人协会:《中国诗人协会抗战宣言》,《救亡日报》,1937年8月30日。

的家乡!"①抗战时期的诗歌观念要求诗人关注民族苦难并具备爱国思想。1944年6月25日,迁居大后方的诗人借文化工作委员会之名在重庆举行纪念诗人节的大会,参加者有胡风、臧克家、王亚平、臧云远、柳倩等50余人。胡风致开幕词,何其芳报告了华北敌后诗歌活动,戈宝权介绍了苏联的抗战诗歌,王亚平和臧云远也都讲了话。之后,《新华日报》发表了臧克家的《吊古,自吊》、王亚平的诗歌《遥向汨罗吊屈原》、张西曼的诗歌《发扬屈原救国精神》。臧克家在文章中高度赞扬了屈原高洁的品格,同时指出:"今日的诗人同样有高尚的政治理想——民主与自由;同样有献身民族的意志,也同样有高洁的人格与爽朗的胸怀。可是,在精神上,多少诗人却做了刖足的献宝者!把整个灵肉交给了国家,但,还需双手捧着自己的一颗血淋淋的心到处求人辨认。""今天,诗人节,诗人们吊罢古人,更该自吊,自发、自奋!"②臧克家的话暗含着对否定抗战诗歌观念的言论的反驳,表明抗战时期的诗歌应该和民族命运相连,诗人应该具有爱国情怀。

对诗与现实关系的强调要求诗人在创作过程中把主观情感和客观现实联系起来,要求抗战时期的诗人把自身的情感体验和民族战争的实际相结合。胡风从全国抗战诗歌创作实际出发写了《今天,我们底中心问题是什么?》一文,肯定了徐中玉先生"作家们如果没有能够以一个战士的姿态出现于现实生活的斗争里,他是不能够创造出真实伟大的艺术来的",进而认为"对于特定作品或特定作家底创作过程的评价的分析就能够说出特定作家和客观生活的联结情况或联结程度"。正是从作家与客观生活的联结出发,胡风批评了穆木天对抗战诗歌的看法,认为其关于"抗战诗歌底'大部分'是'个人主义抒情主义','个人主义的感伤主义'"的看法"不是事实"。同时还批评了徐迟关于"干脆地把抒情'放逐'"的观点,认为这"不但把抒情监禁在对自然的感应里面,还把抒情和科学弄成了对立"③。

因此,不关注抗战现实的诗人的创作路向必然遭受诗歌界的批评和质

---

① 冯乃超:《诗歌的宣言》,《文艺》5卷3期,1937年9月15日。
② 臧克家:《吊古,自吊》,《新华日报》,1944年6月25日。
③ 胡风:《今天,我们底中心问题是什么?》,《七月》5集1期,1940年1月7日。

疑。1938年2月20日,黎嘉在《新华日报》上发表了题为《诗人,你们往哪里去?》的批评文章,主要对欧外鸥、柳木下、黄鲁、欧罗巴、胡明树和扬起等自称为"少壮派"的诗人出版的"一种漂亮的诗刊《诗群众》"提出批评,认为他们的作品与当前国内的抗日战争"似乎没有多少关系",其诗歌主张也没有多少新鲜的东西,"他们只是混杂的抄袭着未来派(意大利的未来派和俄国的未来派同样被抄袭)以及日本早就没落了的'新感觉派'的玩意儿而已"。该文最后提醒所有的诗人,在民族解放战争中,"诗人们的诗篇,也必须是帮助这种神圣的战争的。"①抗战时期的诗人在特殊的时代场景中应该抛弃忧郁的自我抒情方式,投入到民族抗战的洪流中才能使诗歌创作走上健康明朗的道路。1943年12月20日,《新华日报》发表了简壤的文章《诗人的忧郁——读王亚平〈生活的谣曲〉》,指出诗人王亚平在其作品《生活的谣曲》中表现出来的忧郁是有代表性的。作者分析了诗人忧郁的原因是他们的"热情容易燃烧,也容易马上冷却","更加上生活的单调和沉闷,他感到淤塞枯寂的烦恼。这正是诗人所以忧郁的原因。"除了分析诗人忧郁的原因之外,作者还为他们摆脱忧郁指明了道路:"为了更大的进步,那末就必须抛弃掉这种病态的忧郁,否则诗人便不能更爽朗地生活,更深入地去思想,更广阔地去接触世界。"②这篇文章是对当时诗人创作内容的研究,由于诗人在诗歌作品中抒发忧郁的内心世界与表达抗战的激情和对祖国的热爱相违背,与抗战时期的诗歌观念存在较大距离,因此受到质疑和批评也在情理之中。1944年4月16日,《新华日报》发表了社论《祝"文协"成立六周年》,对当时文坛中的"风花雪月"和"休闲"诗歌创作路向提出了批评:"抗战已经快七年了,而我们的文艺运动却沉滞在黯云低迷的状况之下","现在我们的文艺作家,局促在后方的小天地之中,被阻塞了和人民大众接触的路子,出版事业濒于窒息,文艺不当做整个抗日战争的一环而被视为'娱乐'的手段,于是而风花雪月的风气抬头,消闲猎奇,谈狐说鬼的'文艺'继起,文艺变成了少数人茶余酒后的消遣,健康而有益于抗战的文艺反受了阻抑与冷遇"。面对这样的文艺创作局面,社论最后提

---

① 黎嘉:《诗人,你们往哪里去?》,《新华日报》,1938年2月2日。
② 简壤:《诗人的忧郁——读王亚平〈生活的谣曲〉》,《新华日报》,1943年12月20日。

出希望:"但是今天,我们还是衷心地祝福和珍重着这个文艺工作者们的节日,春已酣,反法西斯战争胜利的日子已经近了,我们祝祷着全国文艺工作者的奋斗。"①

第三,从诗歌表现形式出发看抗战时期大后方的诗歌文体观念。对抗战诗歌民族形式问题的讨论同样反映出大后方抗战诗歌对抗战主题的重视和对抗战诗歌观念的实践。1939年11月16日出版的《文艺战线》发表了萧三的《论诗歌的民族形式》,文章认为"中国的新诗直到现在还没有'成形'——这是无可讳言的"。为什么中国的新诗到现在还没有成形呢?他从纵向和横向两个方面进行了论述:从纵向的民族诗歌发展历史来看,"自从'白话'战胜'文言'以来,做新诗的一下子从古诗的各种形式和体裁'解放'了出来,于是绝对'自由'……弄得毫无'章法'"。从横向的诗歌发展参照来说,"有少数的新诗人完全学西洋诗的做法。结果呢?中了'洋八股'的毒,写出来的东西不合中国人的胃口,不受一般读者的欢迎"。在分析了"病症"之后,萧三提出中国诗歌要发展,必须走民族化的道路,认为发展诗歌的民族形式有两个根源:"一是中国几千年来文化里许多珍贵的遗产,离骚、诗、词、歌、赋、唐诗、元曲……二是广大民间所流行的民歌,山歌、歌谣、小调、弹词、大鼓词、戏曲……"②萧三的观点对中国新诗的形式建设有很好的借鉴意义,但却引起了人们的不同看法。1940年2月25日,力扬在《文学月报》1卷3期上发表了《关于诗的民族形式》的文章,反对萧三在《论诗歌的民族形式》中提出的诗要"成形"的理论,认为"萧三先生把鲁迅先生等能够做得很好的古诗,以及有些做过新诗的人现在做起旧诗来,作为新诗必须有一个'成形'的论据。我的意见是稍微不同的"。接下来他主要谈论了三点来反驳萧三的话:一是鲁迅等人有"深层的古文根底",以诗歌"作为斗争武器的大众,都是不必要的";二是鲁迅等人的诗,如"惯于长夜过春时",读者如果要能体味非得有"大学的国文程度不可";三是鲁迅等人"对于新诗并不主张有甚么规律"③。

---

① 《祝"文协"成立六周年》(社论),《新华日报》,1944年4月16日。
② 萧三:《论诗歌的民族形式》,《文艺战线》,1939年11月16日。
③ 力扬:《关于诗的民族形式》,《文学月报》1卷3期,1940年2月25日。

关于诗歌是否"成形"的论争实际上反映出诗歌的普适性审美与诗歌的战时性审美的差异。萧三对诗歌形式"批评"的出发点实际上是站在诗歌艺术性的立场上要求诗歌创作应该注意形式的建构;而力扬对萧三的反驳是站在抗战诗歌特质的立场上认为诗歌创作只要是为了宣传和鼓舞抗战,不一定非得"成形"不可。实际上二者的观点都具有合理性,如果能够将诗歌的审美意识和诗歌的使命意识很好地"谐和"起来,那抗战时期的大后方诗歌也许会更好地发挥"战斗"作用。

最后,从诗歌艺术的角度出发看抗战时期大后方的诗歌文体观念。抗战时期大后方的诗歌观念使抗战诗歌无可避免地出现了重内容轻艺术的趋势,大后方的部分诗歌观念因此也表现出对诗歌艺术性缺乏的关注。沈从文1942年在《文学运动的重造》中认为:"谈及文学运动分析它的得失时,有两件事值得我们特别注意:第一是民国十五年后这个运动最先和上海商业资本结了缘,新文学作品成为了大老板商品之一种。第二是时间稍后这个运动又与政治派别发生了关系,文学作家又成为在朝在野工具之一部分。因此一来,如从表面观察,必以为活泼热闹,值得令人乐观。可是细加分析,也就可看出一点堕落倾向。"为什么文学运动与政治派别发生关系就会有"堕落的倾向"呢?沈从文认为文学与政治发生关系,作家不过是"可以得到许多推销便利,不问好坏,一例又都能用作政治上的点缀物罢了"。因此,他号召给文学"一种较新的态度","努力把它从'商场'和官场解放出来,再度成为'学术'一部门,则亡羊补牢,时间虽晚还不算晚"[①]。与沈从文的观点相似,施蛰存在9月8日作了《文学之贫困》一文,将文学分为"纯文学"与"一般文学","纯文学"包括诗歌、小说、戏剧、散文,"一般文学"包括的范围自然还要广泛得多。作者认为:"照现在的情形看来,我们显然可见文学愈'纯'则愈贫困,纵然书店里每月有大量的诗歌、小说、戏曲、散文出版。——这是出版业的繁荣,不是文学的繁荣。""我们的文学世界,即使在这个贫困的纯文学圈子里,也还显现着一种贫困之贫困的现象。抗战以来,我们到底有了多少纯文学作

---

① 沈从文:《文学运动的重造》,《文艺先锋》1卷2期,1942年9月。

品？你也许会说：我们至少有了不少的诗歌和剧本。是的，我也读过了不少的诗歌和剧本，但是如果我们把田间先生式的诗歌和文明戏式的话剧算作是抗战文学的收获，纵然数量不少，也还是贫困得可怜的。"①这些言论是对在轰轰烈烈的抗战文艺运动中创作的抗战文学的冷静而深刻的反思，是站在纯粹文学性立场上来打量抗战以来的小说、诗歌和戏剧等文学样式的得失。我们在半个多世纪后的今天回头打量这段诗歌历程时就会发现，抗战时期的大后方诗歌的确除了创作数量比较可观之外，在质量上显得异常的"贫困"。但追求文学独立品格的创作路向或理论倡导在抗战时期注定了会遭受来自非文学立场的非议。从1942年2月16日起，杨华在《新华日报》上连续发表了《关于文学的民族性》《文学的"商业性"和"政治性"》《文学与真实》《"抄袭论"和"奉命论"》《"拿货色来看"和"文学贫困"论》等5篇时评。在这些文章中，杨华主要批驳了两种观点：一是批判了陈铨提出的抗战爆发"正是民族文学应运而生的时候"，指出这种文学"早在十年前就已'应运而生'了"，揭示了民族文学的荒谬。二是批判了沈从文希望文学"从商场和官场解放出来"，强调作家应在作品中表现政治见解。三是批判了梁实秋文艺"与抗战无关"、文艺脱离政治的偏见，肯定了文艺与抗战的密切关系。

此外，大后方抗战诗歌研究中对诗歌不足的认识还表现为对诗歌形式短小和表现力缺乏的批评等方面。比如1938年秋天，魏孟克代表"文协"发表了《抗战以来的中国文艺界》的报告，指出抗战开始以后，"结构极为庞大的作品渐不多见了，已大抵属于短小精悍、富有煽动性的速写和随想——即报告文学和杂文一类；就是戏剧及诗歌，也往往取着报告的体裁。"②1938年11月25日，"文协"举行诗歌座谈会，厂民认为抗战诗歌的缺点是：一是口号标语化，二是软弱无力，"到今天为止，我们见到了多少描写战斗生活的逼真动人的诗歌呢？"③从诗歌情感内容的"规定性"倡导和审美价值的意向性建构到诗人创作路向的选择，从诗歌民族形式问题的论争到抗战诗歌艺术性缺失

---

① 施蛰存：《文学之贫困》，《文艺先锋》1卷3期，1942年10月。
② 魏孟克：《抗战以来的中国文艺界》，《抗战文艺》2卷6期，1938年10月15日。
③ 《我们对于抗战诗歌的意见》（诗歌座谈会记录），《抗战文艺》3卷3期，1938年12月17日。

的批判,抗战时期大后方的诗歌文体观念已经涉及到了诗歌内容、诗歌风格、诗歌形式以及诗歌审美等诸多重要领域和关键因素。但抗战时期大后方的诗歌创作毕竟是丰富的,而且抗战时期诗歌评论界对大后方诗歌的把握和诉求又具有不可回避的历史局限性,因而这一时期的大后方诗歌文体观念存在诸多不足,还有待我们进一步研究完善。

二、大后方抗战诗歌的文体转变

大后方抗战诗歌在文体上经历了明显的前后期的变化:抗战初期,人们认为抗战诗歌应该在从民间诗歌形式、古典诗歌形式或外国诗歌形式中去吸收营养,初期抗战诗歌主要采用了自由诗形式,结构短小;而抗日战争进入相持阶段以后,诗人们摆脱了初期狂放的激情而开始冷静地思考现实,他们不约而同地放弃了对民间形式的借鉴,转而开始写叙事诗,篇幅较长,内容比较丰富。

(一)

抗日战争爆发以后,为了激发大众的抗战激情,诗人们开始摆脱新诗短暂的传统,在创作上大量采用人们熟悉的民间文艺形式或古典诗歌形式,写出了激情洋溢的自由短诗。很多人认为这种创作路向是为了宣传抗战而采取的文艺救急方法,但实践证明抗战初期诗歌的文体策略收效甚微,激情有余而艺术不足。

抗战初期,人们认为诗歌应该利用旧形式进行创作。由于抗战时期发动民众抗战激情的特殊需要决定了诗歌传播方式的特殊性,也正是从有利于诗歌传播和接受的角度出发,利用民间的旧形式成了当时推动诗歌广泛传播和接受的有效途径。随着抗战的深入发展,人民大众的力量越来越显得重要,发动他们的抗战激情也就成了抗战时期诗歌的主要任务之一。要使抗战时期的诗歌被更多的人甚至乡村农民喜爱和接受,采用他们喜闻乐见的民间旧形式无疑是最佳选择。当时所谓的旧形式指的是民间文艺形式,更直接地说包括民歌和童谣。在谈到利用民间旧形式的积极作用时,胡风说:"对于民间的诗形式的文艺,应尽量的来研究它的大众化的言语和活泼的形式,来补救诗人语言的不够,来挽救诗的贫乏。"①胡风提倡利用民间的旧形式来传播抗战诗歌,并非盲目地不加择取地利用,而是在改造和提高的基础上利用民歌和童谣的形式去发展抗战诗歌。他曾说:"对于民歌和童谣,诗作者应能批判地加以改造,吸收到我们的形式里来,因为要真正的充分的表现我们所要表现的现代复杂生活,则不可能,非改造提高不可。"②利用民间旧形式有利于抗战诗歌自身语言和表现形式的丰富,同时也推动了抗战诗歌在民间尤其是广大农村的广泛传播和接受。

利用民间文艺形式可以弥补抗战诗歌形式上的不足,使诗歌更好地和人民大众结合起来。至于新诗或者抗战诗歌应该怎样在形式上求得发展,老舍认为用民间形式或旧形式来代替新诗的方法不可取,抗战诗歌真正的发展道路应该是吸取民间文艺形式的长处来补足自身音乐性的不足:"有人写鼓词,小调,我不承认可以代替新诗,要新诗人们都睡觉去。但这可以给我们一个刺激,知道民众的爱好。为抗战应当增加新诗的能力,旧的优点要拿出来,通俗也要拿出来……我不希望走上旧的道路,但旧诗的字的调动,音节的妙处,可以供我们参考。这样也可以补助廿年来的缺乏。"③而且,为了使抗战诗歌更好地和人民大众结合起来,也有人认为应该实现新诗和民间旧形式的"合流"。当时蓬子对采用农民喜闻乐见的民间艺术形式作诗表现出很大的支持,看好"新旧诗的合流"趋势:"抗战以后大家感到事实的需要,各种旧的形式被大家广泛地应用着,尤其是鼓词小调一类民间的韵文。这是一个很大的问题,也是决定诗的以后的路向问题……过去的新诗,无论是文字的组织,技巧的运用,思想的抉取,都和农民离开很远——这虽是一种进步,但在全民抗战的今天,却成了问题。目前我们要争取农民到抗战中来,必须用农民所一向熟悉的形式来写诗,使农民看了懂得,看了感动,但我们也必须认识农民将

---

① 胡风:《略观抗战以来的诗》,《抗战文艺》3卷7期,1939年1月28日。
② 胡风:《略观抗战以来的诗》,《抗战文艺》3卷7期,1939年1月28日。
③ 《我们对于抗战诗歌的意见》(诗歌座谈会纪要),《抗战文艺》3卷3期,1938年12月17日。

来可能进步到同我们一样的,新旧诗的合流,是有着远大的前途的。"①

除了利用民间文艺形式之外,抗战初期也有人认为抗战诗歌应该吸收古典诗歌和外国诗歌形式的精华。"五四"以来的新诗一开始便是对旧诗的革命,导致它"对于接受旧的遗产就完全不注意。中国诗的发展,从唐诗,宋诗,宋词发展到元曲,我认为有作为新诗发展参考的地方,元曲可以看做中国诗向伟大处发展的一个解放,但被'五四'以来的新诗人所忽视了,仅仅学习了西洋诗的风格,而没有运用本国文字语言吟咏时代伟大声音的能力,所以一到抗战开始,就不能充分表现它的力量。因此有些诗人就感到了很大的苦闷。抗战诗歌作为唤起大众的工具是无问题的,而且应当加强。可惜没有接受好的遗产,所以,在今天,抗战诗歌本身应当对廿年来新诗的一种革命。抗战诗歌应采用民间歌谣的特点、西洋诗的长处,切实反映抗战的各种伟大的场面"②。袁勃的观点不仅肯定了抗战诗歌应该广泛吸纳古诗和外国诗的长处,而且认为这是对新诗自身二十年来发展历程的一种革命,即从仅仅吸纳西洋诗的长处到回过头来吸纳被"五四"新诗人忽视了的中国古典诗歌的精华,这是新诗发展道路上的一次对诗歌源泉的综合性探讨和论述。

抗战初期的诗歌在形式上主要是自由诗。抗战诗歌的形式十分丰富,"抗战后诗的发达,可由副刊杂志所收得之稿子中诗歌所占的百分比来证实的。"为什么抗战以来诗歌会比较发达呢？ 胡风认为,"诗歌之发达,是由于在这个神圣伟大的战争的时代,对着层出不穷的可歌可泣的事实,作家容易得到感动以至于情绪的跳跃,而他要求表现时所采取的形式,即为诗。"③抗战以来的诗歌在形式上"是走向自由奔放的方面来了。因为很适合悲壮、慷慨激昂的情绪,旧的形式便被冲破了。'八一三'沪战后,诗作品主要的潮流是热情奔放的……今天,为了表现从实际生活得来的诗人的真实情绪,就不得不打破向来的传统,或者说,就不得不继承而且发展诗史上的革命传统,采取了自由奔放的形式"④。在指认出抗战以来的诗歌具有形式上的奔放自由的基

---

① 《我们对于抗战诗歌的意见》(诗歌座谈会纪要),《抗战文艺》3 卷 3 期,1938 年 12 月 17 日。
② 《我们对于抗战诗歌的意见》(诗歌座谈会纪要),《抗战文艺》3 卷 3 期,1938 年 12 月 17 日。
③ 胡风:《略观抗战以来的诗》,《抗战文艺》3 卷 7 期,1939 年 1 月 28 日。
④ 胡风:《略观抗战以来的诗》,《抗战文艺》3 卷 7 期,1939 年 1 月 28 日。

础上,胡风批评了新诗发展历史上的形式主义路向:"当诗作者无所表现的时候,就会走向形式主义。这表现在两方面:消极方面是定型诗,如新月派。行数,分段,韵脚,均有一定形式的限制。另一方面,如现代派的诗。无内容而有'新'的形式,以形式来挽救内容的空虚,使人见了似懂非懂。好像非常玄渺似的。这是积极的形式主义。这些,在战前是存在的,但战后大半消失了。因为它无法表现今天的情绪与现实生活。"[1]

抗战初期的诗歌形式短小。"中国的新文艺作品,自九一八后即以描写民族革命斗争为主要内容,而到全面抗战展开,它本身也就逐渐变成革命斗争的武器。那种态度非常'从容',结构极为庞大的作品渐不多见了,已大抵属于短小精悍,富有煽动性的速写和随感——即所谓报告文学和杂文一类;就是戏剧及诗歌,也往往取着报告的体裁。"[2]这段话从内容到形式上简单归纳出了抗战以来文学的发展倾向。至于早期抗战诗歌的特征,魏孟克在《抗战以来的中国文艺》一文中认为:"中国的抗战是迅速地进展的,中国的抗战文艺也将在这特殊时代中飞跃前进,很快地完成其独具的特征。这种特征,根据其历史的必然演进,应该是:第一,表现作者自身即是这战斗时代的战斗者,他自身的经历和感情,也就是这时代的经历和感情。这就是说,他自己的言语就是这时代的声音。然而这并不是整部的纪录这时代的史诗,这种史诗大概产生在一个伟大时代结束之后。第二,具有敏锐泼辣的简短的形式,它热烈而且勇敢,既如战鼓或喇叭,能鼓动同伴向前迈进,又像口琴或歌谱,使战士于疲劳之际获得欢喜和安慰。第三,虽是简短的形式,而描画又往往一嘴一鼻,然而也能显出概括的典型,并且还给我们看到那代表了这一个时代的民族英雄的真面目。"[3]这表明抗战文学的特征是表现一个时代人们的亲身经历和感受,其形式和内容对抗战具有鼓动作用,能够展现一个时代人们整体的精神面貌和突出一个时代典型的人物形象。同时这段话也说明了抗战初期的诗歌在形式上比较短小,适于抒发战斗的豪情。

---

[1] 胡风:《略观抗战以来的诗》,《抗战文艺》3卷7期,1939年1月28日。
[2] 魏孟克:《抗战以来的中国文艺》,《抗战文艺》2卷6期,1938年10月15日。
[3] 魏孟克:《抗战以来的中国文艺》,《抗战文艺》2卷6期,1938年10月15日。

对于抗战初期诗歌文体形式的诸多看法,很多人后来都持反对意见。比如利用民间文艺旧形式的问题,茅盾曾提出反对意见:"至于'利用旧形式',在当时是被看做应急的手段的;也有把'利用旧形式'估价过高,希望由此得到几条通达文艺大众化的捷径,但这未免太天真了。"①抗战文艺不能仅仅只是提倡旧形式,所以把利用民间旧形式当做抗战初期抗战文学应急的一种手段的认识也是错误的,因为并不是所有的大众都排斥新文学形式,也不是只有利用旧形式这一条道路才能够满足抗战时期大众对文学的需求。"抗战爆发以后,由于客观现实的需要,空前广大的一片'处女地'开放给新文艺了,而新文艺的第一个反应就是(一)通过利用旧形式。(二)加紧创造新形式,以求配合当前的迫切需要。这在一方面看来,确实也是应急,然而同时我们却不能不认清,这也正是新文艺向民族化大众化发展所必经的阶段。我们承认旧形式是宝贵的遗产,但并不以为可以不加批判不加淘洗不经过消化而原封接受;同样,我们也承认在现阶段一般民众还是习于旧形式,但是我们不信一般民众这习惯是不可动摇的,而且事实上证明民众守旧性决不像有些论者所想像那样顽强的。因为是从这样的认识出发,所以利用旧形式和创造新形式并不背道而驰,利用旧形式也不能单纯地视为应急的手段。"②所以,老舍等人认为抗战初期由于抗战现实的需要,很多作家在没有经验储备的情况下选择了大众熟悉的民间旧形式进行创作是应急的一种手段,而随着抗战的深入发展,作家对抗战生活的认识有了显著的变化后,才意识到旧形式不能表现新情况了,于是开始舍弃旧形式而重新回到新形式的创作上,认为这是抗战文学的一种合理的发展。但是茅盾却并不这样认为,因为在他看来,作家采用旧形式和利用新形式并不是只能取舍其一,而是二者可以同时进行。此外,一味地采用旧形式对于推动广大人民群众积极接受新文学新思想也是不利的,阻碍了大众对新的文学形式的接受。

抗战初期为什么人们会选择旧形式作为诗歌发展的形式源泉,并且创作

---

① 茅盾:《抗战以来文艺理论的发展——为"文协"五周年纪念作》,《抗战文艺》文协成立五周年纪念特刊,1943年3月21日。
② 茅盾:《抗战以来文艺理论的发展——为"文协"五周年纪念作》,《抗战文艺》文协成立五周年纪念特刊,1943年3月21日。

出了大量形式短小的自由诗？这实际上与抗战初期人们的精神状况有关。抗战时期的文学几乎是朝着一个总的方向发展，即动员群众抗战。"苦闷得最深，期待得最切的、敏感的文艺家以及知识人，好像铁屑底对于磁石，各个在自己的路径上，自己的强度上升了一个总的方向。文艺在社会里面行动，文艺界是一条战线，于是在总的方向下面团结了；文艺家在创作里面追求，作品是一种武器，于是为着总的方向动员了。"① 抗战初期的文艺"主要地表现在主观精神底高扬和客观精神底泛滥分离地同时发展这一点上"②，就主观精神的高扬来讲，作家由于抗战的兴起而感到精神振奋甚至燃烧起来，由这种亢奋的精神出发去观照外在世界，于是觉得世界的一切均在自己的眼底下和把握中，欢喜和希望充塞着思维和创作，"好像能够使整个世界随着他底欲求运转，在主观精神底这样的高扬里面，现实生活的具体内容就不容易走进，甚至连影子都无从找到。"③ 其次就客观精神的泛滥而言，"文艺家和这伟大的事件相碰，他底精神立刻兴奋起来，燃烧起来，感到时代要求一下子把他吞没了进去，使他达到了一种无我状态的安慰，觉得个人的主观精神性格再也没有什么特殊的意义。"④ 于是，当作家遇到某种政治号召的时候，往往并不经过自身的判断而认为这就是整个抗战的本身，成了抗战政策的直接传布者。事实上，作家应该怎样把全民族的抗战政策和自身的创作事件结合起来？事实上，政治性的号召该经过作家自身的情感和价值判断后，经过艺术的表现形式融入到作品中，然后以文学的形式展示出来，才能赋予作品反映现实的广度和深度，才能赋予作品旺盛的生命力，而不是干瘪的说教式的文学表达，看不到作家的主观精神力量。可见，抗战初期的作品要么是过于张扬主观精神而忽视了现实，要么是过于注重外在的客观精神而泯灭了个体精神，导致抗战初期的作品在总体上成就不高。

抗战文学主观精神和客观精神分离的状态到了1940年前后开始出现了变化，"文协"1940年的座谈会主要讨论了抗战文学的这些变化，但在1944

---

① 《文艺工作底发展及其努力方向》，《抗战文艺》9卷3、4合期，1944年9月。
② 《文艺工作底发展及其努力方向》，《抗战文艺》9卷3、4合期，1944年9月。
③ 《文艺工作底发展及其努力方向》，《抗战文艺》9卷3、4合期，1944年9月。
④ 《文艺工作底发展及其努力方向》，《抗战文艺》9卷3、4合期，1944年9月。

年的报告中却又认为抗战文艺的转变是从 1938 年起,"大约从武汉撤退开始,渐渐发展到了一个新的时期。"也许抗战文学的这种变化是一个逐渐的过程,只是到了 1940 年以后才发现了明显的转变。因为中国抗战的节节败退,国土沦丧的面积逐渐增多,人们从最初狂热的兴奋状态中清醒过来,开始理性而冷静地认识到中国的抗战是长期而艰苦的过程。于是,"原来是使世界变形了的主观精神,渐渐由自我燃烧状态落向客观对象,伸进客观对象;开始要求和客观对象的结合了。原来是无我状态的客观精神,渐渐开始要求主观的认识作用,生活事件更强更深地现出了在全体联结上的潜在的内容。政治号召能够成为认识复杂的现实生活以至历史过去的引线了。这一方面走向主观的分析,综合能力底加强,一方面走向所注视的主观对象底扩大,也就是主观精神和客观精神的彼此融合,彼此渗透底一个现象。"抗战文艺的这种变化"虽然是在萌芽的状态里面,我们开始看到了现实主义的创作要求底多方面的发展现象,这是一个重要的转换期"①。到了 1940 年以后,随着作家对现实生活体验的深入而使抗战文艺开始朝着理性和深广的方向发展,不能不说这一时期作家将主观精神和外在客观精神相融合起到了至关重要的促进作用,更本质地讲,与作家对抗战现实的认识直接相关。于是,抗战诗歌在文体上也实现了从短小自由的激情诗篇向篇幅较长且思想深邃的叙事诗和讽刺诗的转变。

(二)

随着抗战形势的变化,诗歌作品不再似战争开始时期那样充满了激情的呐喊,转而开始冷静思考民族战争的现实问题。反映在诗歌形式上,初期洋溢着激情的短小诗篇逐渐被能容纳丰富深刻思想的叙事诗取代,诗歌的表现力由此增强,诗歌的思想由此深刻而理性。

抗战初期文学(包括诗歌)在形式和内容上存在严重的脱节。阳翰笙这样论述抗战初期文学的弊病:"一般地说,在抗战初期,作者对于当时的现实

---

① 《文艺工作底发展及其努力方向》,《抗战文艺》9 卷 3、4 合期,1944 年 9 月。

的理解实在不够真实,不够深刻,所以创造人物也不够真实,不够深刻,简单化了……至于形式方面,对于旧形式的采用似乎并未考虑到内容的和谐和统一的问题,多半是勉强地套,勉强地塞。对于新形式也有很多大胆的试验,如街头诗,报告剧等等,不过作者似乎也并未考虑这新形式是否能为大众所接受,所爱好。"①这表明初期的抗战文学尽管注重形式的大众化和内容的通俗性,但实际结果还是造成了作品与读者接受的脱节。为什么会造成这样的创作局面呢?阳翰笙认为:"抗战的最初的火焰一旦突如其来冲破了多少年积压在中国人民心上的阴雾,被一种过度的兴奋和过度的乐观冲击着,仿佛光明就在眼前,胜利就在眼前。作家们也同样被这种天真的热情所袭击,他情不自禁地歌颂光明,歌颂胜利!"正是由于有了过于豪迈的激情,导致初期抗战文学在内容和形式上出现了不如人意的地方,归根到底"其实也还是由于当时作家们的情感过于热烈过于激动的缘故"②。因此,在以群看来,新思想只有在新形式中才能求得充分的表现,1940 年以后作品有了变化:"到了一九四〇年,作家对于题材的态度有很大的改变,有许多作家在创作上几乎都有这样一个一致的倾向,不再以直接的印象、片面的观察所得来的材料为满足,必须经过选择、思索、综合和溶化的复杂的过程……据我想,从初期的到一九四〇年的作品,在选择题材上,处理题材的态度上,是有了一个很大的变迁和发展的。"③以群所谓的变迁和发展"就是对于新的现实的尊重和承认……由于作家发现了新的人和新的事,所以在表现上就跟着有新形式的要求"④。为了说明新形式对于表现新的抗战内容的适应性,以群列举了田间等人提倡和实践的街头诗为例进行说明,也许一般的人会认为这种诗歌形式因为刚出现的缘故,不会有太多的人在意,但实际情况是写在墙上、石头上、枪杆上的诗看的人很多,而且在敌后起到了比预想还要好的宣传效果。因此"文艺的新形式是并不一定被民众所害怕的。只要作品有内容,而且和群众的现实生活距离不远,即使你使用的是为过去所没人用的新形式,也还是能

---

① 《一九四一年文学趋向的展望——会报座谈会》,《抗战文艺》7 卷 1 期,1941 年 1 月 1 日。
② 《一九四一年文学趋向的展望——会报座谈会》,《抗战文艺》7 卷 1 期,1941 年 1 月 1 日。
③ 《一九四一年文学趋向的展望——会报座谈会》,《抗战文艺》7 卷 1 期,1941 年 1 月 1 日。
④ 《一九四一年文学趋向的展望——会报座谈会》,《抗战文艺》7 卷 1 期,1941 年 1 月 1 日。

被群众所接受的"①。

抗战进入相持阶段以后,诗人和作家开始冷静地思考抗战文学的形式,人们普遍认为新的思想和生活内容要求使用新的诗歌形式,从而否定了初期对民间文艺旧形式的借鉴之路。1940年底在"文协"的诗歌座谈会上,王平陵认为随着抗战形势的变化,必须采用有利于表现新形势的文学样式:"到了一九四〇年,在武汉时代努力学习旧形式,写作旧形式的诸位先生们,多已放弃旧形式,重新从事新形式作品的写作了。这不是作家又回过头来反对旧形式,而是抗战现实所提出的诸问题,究竟多半不是旧形式所能胜任表现,胜任解决的;作家既要拖着民众在抗战中前进,则必须将当前的现实告诉民众,让民众彻底地了解、感动,这就新形式要比旧形式有力得多,有用得多。"②这说明了随着抗战的深入发展,人们开始意识到旧形式在表现力方面的欠缺,新的内容必然要求在新的新形式中去求得表达,所以抗战三年以后,由于作家对抗战生活认识的深入而使抗战文学出现了转变。很自然地,这种转变是对之前民族形式问题大讨论的最好检阅。至于抗战文学应该采用什么样的表现形式,自然是要抗战的现实来决定,民族形式虽然在抗战初期急于创作鼓动抗战作品的时候起到了积极作用,但其局限性还是会在新形势下暴露出来,作家自觉地摈弃了民间旧有的形式而重新开始创作新形式的作品就充分地证明了这一点。老舍的话更是直接否定了抗战文学中采用旧形式的思路:"由于作家的生活逐渐深入于战争,发现抗战的面貌并不像原先所理解的那样简单,要将这新的现实装进旧瓶里去,不是内容太多,就是根本装不进去,一装进去瓶就炸碎了。所以这一年来不能不放弃旧形式的写作。这个否定就是我对于民族形式的论争的回答。但所要声明的,我这否定并不是怕别人骂我写旧形式,而是三年来的痛苦经验所换来的结论。"③

姚蓬子也认为抗战初期作家从神圣的民族解放战争的狂欢化幻想出发,以为胜利和光明即可实现,对抗战的现实缺乏全面的了解,对抗日战争的艰

---

① 《一九四一年文学趋向的展望——会报座谈会》,《抗战文艺》7卷1期,1941年1月1日。
② 《一九四一年文学趋向的展望——会报座谈会》,《抗战文艺》7卷1期,1941年1月1日。
③ 《一九四一年文学趋向的展望——会报座谈会》,《抗战文艺》7卷1期,1941年1月1日。

难程度和长期性估计不足,反映在抗战文艺上就出现了以下不足:一是内容上,反映在作品中只有浪漫的热情和盲目的乐观,诗歌等文学样式在内容上"多少有点公式化,近于所谓标语口号文学……并非经过复杂的艺术思考的过程,因此内容比较浮浅,粗糙,艺术性比较弱"①。而且,作家所反映的抗争生活全是正面的内容,暴露战争黑暗面的却很少见。二是艺术上,一些作家急于创作为抗战服务的作品,将宣传的功用性目的放在第一位,漠视诗歌的艺术价值。于是"抓住旧形式,以为这就是一般老百姓所喜闻乐见的,亦即最容易收到宣传效果的文学形式"②。因此,抗战初期的诗歌很多在形式上采用了民间的旧形式,在语言上采用了人们日常的生活用语甚至是俗语。这样的作品实在难有艺术性可言,至于老百姓是否真的就容易接受了呢,也是不可能有肯定的正面回答的。三是在作品形式上,抗战初期的文学作品的形式大都是"小型"的,就诗歌而言主要是短诗,目的是为了更好地为鼓动大众的抗战热情起到宣传的效果。

在认识到了抗战初期的文学存在以上这些弊端之后,姚蓬子认为随着抗战的深入发展,文学"不仅在风格上有了很大的变迁,就是选择题材处理题材也不再以表现抗战的一肢一体为满足",诗歌等抗战文学必将出现以下的新倾向:首先是作家的创作态度上,这一时期的诗人和作家们开始冷静地理性地观察现实,不再像抗战初期那样抓住一个片段的材料就开始写作。这一时期的作家对于收集到的材料大多会经过冷静的思考和消化后才进入到作品中,使作品与之前相比多了几分知性,少了几分狂热;多了几分深度,少了几分激情。其次是作品的内容上,作家这一时期开始不再单纯地从正面反映战争,内容较之先前更加丰富厚实,"形式方面也比初期更复杂。特别是一九四〇年,如长篇小说、叙事诗、多幕剧等大形式,都陆续地出现。"③这些文体有助于更加广泛和深刻地去反映抗战生活。第三是形式上,1940年以前抗战文学中关于民族形式问题的激烈论争在1940年以后就显得并不重要了,因为随

---

① 《一九四一年文学趋向的展望——会报座谈会》,《抗战文艺》7卷1期,1941年1月1日。
② 《一九四一年文学趋向的展望——会报座谈会》,《抗战文艺》7卷1期,1941年1月1日。
③ 《一九四一年文学趋向的展望——会报座谈会》,《抗战文艺》7卷1期,1941年1月1日。

着抗日战争相持阶段的到来和作家反映现实生活深度和广度的增加,旧文学形式的局限性很自然地暴露出来,而且作家开始放弃初期激烈的写作姿态,开始追求内容和形式的统一,追求作品思想性和艺术性的协调。即便是抗战初期为了重视宣传而转向"旧瓶装新酒"的作家们,"也因为更关切抗战和更关切艺术的缘故,多数放弃了那种空洞地没有文艺生命的宣传,回过头来致力于新文艺的创作。"①

人们对初期抗战诗歌的认识其实就预示着叙事诗必然成为抗战后期的主要诗歌形式。老舍从新诗发展的短暂历史出发,结合人类社会诗歌发展的普遍规律,对二十年来的新诗发展之弊端做了如下概括:"廿年来的新诗没有什么成绩,在情绪方面,多数诗人还多注意个人情绪。历史上世界的文艺潮流,每一个文艺运动,总是抒情诗先出来,因为它是最易打入人心的。但等问题一深入,抒情诗就不能表现而被别的东西所代替了。中国的'五四'运动先刺激了抒情诗,而后问题深入了,脆弱的抒情诗,就打不过小说和戏剧。今天也一样,好像抗战诗又落到了后面。"②老舍对中国20年来新诗发展的认识有一定的学理性依据,尤其在民族危机的时候,诗歌更不能仅仅表现个人的情绪而应该和抗战的现实结合起来。老舍探讨的抗战诗歌的弱点似乎是抒情诗文体在普遍意义上具有的短处,因为诗歌总是长于抒情而弱于叙事,所以要真正地反映前线或大后方人民的抗战激情和感人事迹,还需要发挥小说和戏剧等叙事文体的长处。这预示着随着抗战的深入发展,叙事诗文体必然受到人们的青睐。而且早在抗战初期,就有人提倡要在短诗和自由诗的基础上多写叙事诗和讽刺诗。"应该把地方语言充分表现在诗中,同时尽量应用旧的语言。在旧戏里在别的许多场合,那种用得多而成为通俗的语言,就可以为写诗的时候作一种参考,这是一。第二,诗没有故事。知识浅的人喜欢听故事,我们以故事去激动他较容易。所以应该走叙事诗的路。三是对于描写后方情形的讽刺诗的忽略,其实这在今天还是很重要的。至于诗歌的朗诵和推动的问题,去年重庆也曾由我朗诵过一次,成绩不好,我们要推动并扩大抗

---

① 《一九四一年文学趋向的展望——会报座谈会》,《抗战文艺》7卷1期,1941年1月1日。
② 《我们对于抗战诗歌的意见》(诗歌座谈会纪要),《抗战文艺》3卷3期,1938年12月17日。

战诗歌运动,可到各学校去组织诗歌朗诵会,诗歌研究会,这样才可推动得很广很深。"①毕飞的观点涉及到了诗歌语言、叙事诗、讽刺诗和朗诵诗等诗歌的文体,同时就诗歌的传播问题深入地探讨了朗诵诗,是抗战时期对诗歌文体论述较为全面的言论。

后期抗战诗歌中叙事诗明显增多。艾青认为,随着抗战的深入发展,诗歌在文体形式上也会出现新变化,他认为1940年诗歌发展的新的特质是"有从抒情诗发展到叙事诗的倾向。这不是说,在一九四〇年以前没有叙事诗,而是说,现在的诗人们更自觉地走向叙事诗的道路"②。郭沫若从作家的创作激情和文体风格的演变两个方面谈到了抗战文学在1940年前后发生的变化:"在抗战初期,战争的暴风雨似的刺激使作家们狂热,兴奋,在文艺创作上失却了静观的态度。特别是在诗和戏剧上,多少有公式化的倾向,廉价地强调光明,接近标语口号主义。等到战争时间延长,刺激就渐渐稀微,于是作家们也慢慢重返静观,在创作上有较为周详的观察,较有计划有组织的活动,因此风格与形式,抗战初期和现在有着显著的差异。"③正是由于作家和诗人对于抗战现实的认识有较大的提高,他们对于诗歌文体的选择也与以前有很大的不同,抗战初期的短诗、朗诵诗和街头诗十分盛行,而随着抗战的深入发展,诗人对现实冷静观察的结果不再是富于激情的短诗所能表现通透的,于是抗战三年之后,叙事诗开始得到了长足的发展。因此,郭沫若认为,1941年以后,"更雄大的叙事诗、更音乐性的抒情诗、多幕剧、长篇小说,将更多地出现。"④郭沫若以一个诗人和剧作家的敏锐眼光看出了抗战诗歌和戏剧在文体上必然发生的变化,肯定了抗战诗歌文体特征的变化是由于诗人对抗战现实认识深化的结果。后来,孟超在谈论1941年的抗战文学时认为,总体上抗战文学低潮中也有发展,就诗歌而言长诗创作取得了很好的成绩,"有一点值得提出的,就是今年度长诗特别多,而且在这些长诗中,技术都比以前有进步。只是在内容方面,没有像抗战开始时那样蓬勃有朝气而已。但是也不容异

---

① 《我们对于抗战诗歌的意见》(诗歌座谈会纪要),《抗战文艺》3卷3期,1938年12月17日。
② 《一九四一年文学趋向的展望——会报座谈会》,《抗战文艺》7卷1期,1941年1月1日。
③ 《一九四一年文学趋向的展望——会报座谈会》,《抗战文艺》7卷1期,1941年1月1日。
④ 《一九四一年文学趋向的展望——会报座谈会》,《抗战文艺》7卷1期,1941年1月1日。

议,诗是已经有了发展了。"①

后期抗战诗歌作品更具表现力,诗歌的情感思想也更加深刻。老舍认为随着抗战的深入发展,抗战文艺也逐渐有了艺术性和深度:"在武汉的时候有不少作家去做鼓词唱本等通俗读物,到今天已由个人或机关专去作这类的东西,而曾经努力于此道的许多作家中,有不少便仍折回头来做新的小说、诗、戏剧等。"②至于为什么会出现这样的转变,老舍在发言中分析认为,这是由于在抗战初期作家对抗战的认识不足,不愿意努力去创造有利于抗战的文学,于是就用一些旧有的形式和空洞的内容去试图达到宣传的效果,虽然很多作品的确起到了鼓舞抗战的作用,但大部分作品从文学的角度来看还只是急救的宣传品。随着抗战的深入发展,作家对抗战有了深刻的认识,逐渐地就放弃了那些空洞的宣传,转而写抗战的艰苦、人民生活的困难,这些源于对战争深刻体验的文章是空洞的宣传所不能表现的,因此文学创作显得更加形象生动且富于表现力。这种转变成为1941年以后抗战文学的主流。阳翰笙认为1940年以后,作家和人民"最初迎接神圣的抗日战争的浪漫的热情,就逐渐从人民心上消失,代之以持久的理性。作家也开始冷静了下来,认识到现实并不如最初歌唱那样单纯,要把握这战争,正如把握万花筒一样,并不是一件简单容易的事。因为作家对于现实的认识逐渐清醒,逐渐深刻,于是表现在他的作品中的抗战,也就不像初期那样表面和浮浅。拿一九四〇年的作品和武汉时代的对照着看,显然有着很大的变化和差异"③。这些都表明抗战进入相持阶段以后,诗歌随着形式的更新而富于表现性和思想性。

并不是所有的人都承认抗战诗歌在文体上存在前后期的变化。艾青并不赞同1940年前后中国的抗战文学尤其诗歌存在巨大的变迁,尤其是在诗歌的形式艺术上。老舍等人认为1940年之前的抗战文学主要采用的是旧形式,而之后逐渐认识到要表现丰富具体的抗战现实,旧形式则面临着局限内容的不足,于是抗战文学以1940年左右为线出现了两种风格不同的抗战文

---

① 雷蕾整理:《一九四一年文艺运动的检讨》(座谈会记录),《文艺生活》1卷5期,1942年1月15日。
② 《一九四一年文学趋向的展望——会报座谈会》,《抗战文艺》7卷1期,1941年1月1日。
③ 《一九四一年文学趋向的展望——会报座谈会》,《抗战文艺》7卷1期,1941年1月1日。

学。在艾青看来,抗战之前的诗和抗战之后的诗主要地都是采用新形式,那些抗战初期采用旧形式应急抗战对文学需要的创作并不是整个抗战诗歌的主流,而且在中国诗坛上,除了抗战诗歌之外还存在着诸如现代诗派等远离抗战现实的诗歌,它们艺术性的表现形式更不是借用旧形式。如此看来,利用旧形式创作对中国诗坛的影响很小,要把中国抗战初期的诗歌和之后的诗歌加以清晰地划分并不适合诗歌创作的实际情况。为此,艾青批驳了老舍等人的观点:"抗战一开始,大部分作家都急于要为抗战服务,旧形式在这个时候就给予作家一种强烈的诱惑。这个意思和不完全赞同。果然,像老舍先生,穆木天先生,在抗战初期都写过许多大鼓词或其他旧形式的作品,但我所接近的诗人们,并没有用过旧形式。"①在否定了很多人普遍认为的抗战初期的诗歌创作主要采用了民间旧形式的基础上,艾青进一步分析了抗战三年以后的诗歌发展现状:"抗战以后的诗还是继承抗战以前的诗的血统发展下来,并未突然中断,虽然有一部分诗人暂时要借用旧形式来加强抗战的宣传,却并不是诗的主流,倘使这看法没有错误,则抗战三年来的诗的发展,仅有程度上的深浅的差别,而没诗的主流的前后变迁。"②在艾青看来,抗战诗歌的主流创作并不存在前后风格的变化,而仅仅是在诗歌反映现实的深度上有所不同。从单纯的热情出发歌颂战争到1940年以后的归于理性,看似诗歌创作发生了变化,其实不过是诗人关于抗战生活经验的丰富和观察抗战现实的深度发生了变化而已,因为"经过了三年来的血与火的锻炼,使诗人们更从本质上了解抗战。知道中国的民族解放战争是中国革命的发展,则作为革命的工具的诗,必须反映社会的变革,才有诗的血肉。所以一九四〇年的诗的收获,不仅是在量上特别丰富,在质上也更加富于社会的价值,而且诗人对于创作大作品的热心和努力,也是超过了先前的限度的"③。这说明艾青在抗战文学内容的转变方面还是赞同大家的看法,即抗战三年后的文学在内容上更加贴近抗战的现实,显得更加理性和冷静。在此基础上,艾青也谈到了抗战生活

---

① 《一九四一年文学趋向的展望——会报座谈会》,《抗战文艺》7卷1期,1941年1月1日。
② 《一九四一年文学趋向的展望——会报座谈会》,《抗战文艺》7卷1期,1941年1月1日。
③ 《一九四一年文学趋向的展望——会报座谈会》,《抗战文艺》7卷1期,1941年1月1日。

改变了如何其芳等主张艺术至上的诗人们的创作路向,"这种诗风格的变迁,是现实逼迫作家重新审查自己的作品所产生的。"①反映出很多诗人因为民族抗战的需要而纷纷改变自己的创作风格,投入到宏大的抗战诗歌创作的潮流中。

抗战诗歌在文体上出现的前后期的变化,说明不同时期有不同的适合于表现该时期现实问题的文学形式。不管是初期篇幅短小但激情洋溢的自由诗,还是后来篇幅较长且思想深刻的叙事诗,它们在各个时期都充分发挥了自己的文体优势,为中华民族抗战的胜利作出了应有的贡献,同时记录了抗战时期中国人民团结抗敌的伟大精神,为我们今天重新体验这段不平凡的民族经历留下了感人的记忆。

三、抗战朗诵诗的文体特征

朗诵诗虽然不是抗战时期产生的诗歌样式,但它却在抗战时期的中国得以蓬勃发展。作为抗战文艺中的特殊诗歌样式,朗诵诗的出现应以1937年9月15日出版的《文艺》月刊"抗战诗歌特辑"中,注明以"朗诵诗"的名义刊登了蒋锡金的《胡阿毛》等作品为明显的开端。1937年10月19日,武汉举行纪念鲁迅先生逝世一周年大会上,由著名演员王莹朗诵的高兰创作的《我们的祭礼》"成功打开了新诗朗诵运动的局面"②,朗诵诗的创作潮流也开始在全国兴起。中华全国文艺界抗敌协会于1938年8月迁往大后方重庆,高兰、方殷等朗诵诗人也随之到了重庆,在"文协"举办的"诗歌座谈会""诗歌晚会"以及"诗人节"活动中,诗歌朗诵是必不可少的活动内容,甚至在大街小巷的群众集会上也能见到诗歌朗诵的热闹场面。因此,朗诵诗成了大后方抗战诗歌的重要文体之一。

既然朗诵诗在抗战时期如此盛行和普及,那它与普通的诗歌相比有什么特殊的文体特征呢?接下来从抗战时期朗诵诗的缘起、朗诵诗的语言形式特

---

① 《一九四一年文学趋向的展望——会报座谈会》,《抗战文艺》7卷1期,1941年1月1日。
② 沈用大:《中国新诗史》,福州:福建人民教育出版社,2006年,第515页。

征、朗诵诗的朗诵以及朗诵诗的接受等方面入手来论述朗诵诗的文体特征，以引起人们对朗诵诗文体的进一步探索，弥补学术界一直以来围绕着朗诵诗的社会历史功用进行研究的不足。

（一）

朗诵诗"充当了诗的抗战先锋队"[1]，成为20世纪30—40年代重要的诗歌文体形式。面对抗战诗歌的历史现状，我们不禁要问：朗诵诗是否能够作为一种特殊的文体形式而存在？为什么抗战时期中国会出现朗诵诗的创作潮流？

朗诵诗是否存在？何谓朗诵诗？当我们说一切诗都可以用来朗诵的时候，似乎就取消了朗诵诗和其他诗歌的界限，朗诵诗自然也不能成为一种独立的诗歌文体，因为一般的抒情诗、叙事诗、报告诗、街头诗等都可以用来激情地朗诵。但在创作和朗诵的实践过程中，朗诵诗又分明表现出与其他诗体异质的文体特征。所谓朗诵诗，最关键的是"要强调一篇诗的可朗诵性。朗诵必须要读出来听得懂，则朗诵的诗必须在用语上格律上和我们原有的僵死的文字的新诗有所不同，朗诵的终极该是语言的诗而不是文字的诗"[2]。这阐明了朗诵诗最基本的文体特征——可朗诵性，它至少包含了朗诵诗两个基本的要素："用语"和"格律"，尤其是朗诵诗在用语上明显地区别于普通诗歌。朗诵诗有两层传播方式，首先是诗人创作时采用与普通诗歌相似的文字或者说语言的书写形态进行传播；其次，朗诵诗最终的传播方式是声音或者说语言的声音形态，而普通诗歌则只有第一种传播方式。就是在第一种传播方式中，朗诵诗和其他诗歌也存在文体差异，一般的新诗仅是文字的诗而不是语言的诗，朗诵出来听不懂甚至不能朗诵。朗诵诗的潜在受众是教育程度不高的人群，其采用的语言和形式通常直接来自民间，一经诵读就很容易被大众接受；而一般意义上的诗歌则多采用书面语和富于艺术性的表现形式，即便可以朗诵，普通大众也难以理解和接受。

---

[1] 陈纪滢：《序〈高兰朗诵诗集〉》，《高兰朗诵诗集》，高兰著，汉口：大路书店，1938年。
[2] 锡金：《朗诵的诗和诗的朗诵》，《战地》第1期，1938年3月20日。

朗诵诗的产生比文字书写的诗还早。关于朗诵诗的缘起和历史，很多人认为朗诵诗不是抗战时期新创的诗歌形式，凡是诗人创作的写在纸上的诗歌都可以朗诵，否则在文字和意义上就会失去诗性，只是朗诵诗较一般的诗而言更容易朗诵，且在特殊的历史语境下更有朗诵的必要。"从诗歌出现于人类的那一天起，他就是以朗诵的姿态而被表现出来的。那也就是说，远在人类用文字写诗之前，就首先有了诗的口头朗诵，然后才是见之于文字，著之于竹帛的。"[①]从朗诵诗的渊源我们可以看出诗歌的最初形态就是语言的语音形态，通过朗诵得以流传，而不是语言的文字形态，通过书写得以流传。在中国传统的诗歌观念中，诗歌和朗诵在内容和外在形式上均是不可分割的整体，"诗"和"诵"可以通用，比如《诗经》中的"家父作诵，穆如清风"、《楚辞》中的"道思作诵，聊以自救兮"等例子就说明了诗和诵的相通性，能诵的语言才是诗。在西方同样如此，荷马史诗中的《伊里亚特》(*Iliad*)和《奥德赛》(*Odyssey*)等均是口头传诵的诗，后来中世纪所谓的"行吟诗人"把朗诵当做职业看待，说明了朗诵在西方文化语境中同样与诗歌有类似之处。因此，抗战时期提倡诗歌的朗诵不是新创也不是复古，该时期的"诵"在意义上是为了更好地激发大众的抗敌情绪，与古代仅仅局限于个人情感的抒发有很大的不同。在内容上同样如此，古代的朗诵诗多是源自民间的口头传唱，多涉及到人们的生活现状和战争疾苦；中国抗战时期的朗诵诗是诗人创作的反映民族抗战精神的"大我"情怀。

抗战时期朗诵诗的兴起源于时代对文艺的特殊需求。中华民族在面临生死存亡的忧患时期"可不是消遣与风雅的时候了"，诗人作为社会的精英阶层，"有着更大的任务，他的诗歌应该是战斗的诗歌，他的诗歌音响，是和所有的战斗的音响相配合，他应该和进步的人群一同迈进，他不再是自我的吟哦自我的表现了，而是反抗者与战斗者的歌声，我们要用这犀利的文艺的武器，向未觉醒的人们呐喊"[②]。诗人创作路向的转变必然带来作品性质的变化，抗战诗歌应该成为抗敌武器的构成部分，"在这种全国抗战的非常时期里，我们

---

① 高兰：《诗的朗诵与朗诵的诗》，《时与潮文艺》4卷6期，1945年2月。
② 高兰：《诗的朗诵与朗诵的诗》，《时与潮文艺》4卷6期，1945年2月。

诗歌工作者,谁还要哼着不关痛痒的花、草、情人的诗歌的话,那不是白痴便是汉奸。目前最迫切的任务,就是将我们的诗歌,武装起来:我们要用我们的诗歌吼叫出弱小民族反抗强权的激怒;我们要用我们的诗歌,歌唱出民族战士英勇的成绩;我们要用我们的诗歌,描写出在敌人铁蹄下的同胞们的牛马生活。我们是诗人也就是战士,我们的笔杆也就是枪杆。拿起笔来歌唱吧,后方的同胞们正需要我们的歌,以壮杀敌的勇气!拿起笔来歌唱吧,全世界上我们的同情者,正需要听到我们民族争自由平等的号叫!"①朗诵诗正是在这样的时代语境下应运而"兴",因此其文体特征也必须符合该时代抗战诗歌的总体审美要求,同时在诸多方面又具备自我的特质。楼适夷对什么是抗战时期诗歌最适合的表现形式发表过看法:"我们要求的新形式,要更大众化,可以多方面的表现生活,绝不是向神秘的道路走的。如像诗歌的报告诗、朗诵诗。"②说明朗诵诗在发动和教育广大群众抗战救国的形势下是最适合的诗歌样式之一。

朗诵诗契合了抗战文艺的发展方向,因而得到了大力提倡和发展。抗战时期的诗歌创作应该顾及到两个重要的向度,一是要重视诗歌作品情感的煽动性,二是要重视诗歌的接受和理解,因此抗战诗歌不仅要在情感上鼓动大众的抗战情绪,而且在形式上也要注意语言和诗句的通俗性和大众化。正是从这个角度讲,那些只追求艺术价值而无艺术功用的诗歌很难在战时的环境中找到生存的空间,因为抗战的现实把中国人民逼上了生存的绝路上,抗战成为全民族的首要任务,诗人很难有精力和时间去建构诗歌的艺术;同时广大民众"还有百分之八十是文盲。换句话说,还有百分之八十不识字的抗敌民众预备着上前线,假如这百分之八十预备上前线的战士没有能力和没有机会看我们的宣传文字,他们的抗敌情绪不高涨,他们对抗敌的理解也不够"③,那中国的抗战还有胜利的希望吗?为了使大众直接受到感动,把抗战的诗朗诵给他们听无疑是最好的方法。由此可见,朗诵诗的兴起是抗战时期大众的

---

① 中国诗人协会:《中国诗人协会抗战宣言》,《救亡日报》,1937年8月30日。
② 《抗战以来的文艺活动动态和展望》(座谈会记录),《七月》2集1期,1938年1月16日。
③ 陈纪滢:《序〈高兰朗诵诗集〉》,《高兰朗诵诗集》,高兰著,汉口:大路书店,1938年。

力量受到重视后,诗人为了鼓动他们的抗战激情而创作的特殊诗歌文体,是"化大众"的产物。

朗诵诗的特殊性决定了其作为独立诗体形式的可能性,中外诗歌发展的历史进一步说明了朗诵诗有着久远的发展历史。中国的抗战现实对文艺的特殊要求以及大众对文艺的接受能力导致了这一时期朗诵诗的兴起和发展。

(二)

既然朗诵诗作为一种历史悠久的诗歌样式在抗战时期得以兴起,那朗诵诗在文体上究竟有什么特殊性呢?接下来,本节主要从朗诵诗的语言、朗诵诗的形式、朗诵诗的情感内容以及朗诵诗的韵律等方面来探讨其文体特征。

首先就朗诵诗的语言特征而论,朗诵诗即使不是为了朗诵而创作出来的,但是由于有了朗诵这个特殊的传播和接受方式,朗诵诗在语言上也有特殊的要求。首先,通俗化是朗诵诗语言最本质的特性。语言在诗歌的文体要素中居于首要地位,语言的通俗化关涉到朗诵诗的成立与否。高兰先生认为,"诗的能否朗诵,第一就在这文字上的是否通俗化,既然是利用听官了,当然以能够听懂为起码的条件,否则,一切都是徒然的。"[①]为什么朗诵诗的语言必须通俗化呢?作为艺术品,朗诵诗首先必须能够在感动作者的同时感染读者,过于艰涩的文字因为阅读和理解的障碍而不可能真正让读者或听者进入诗情并受到感染。更何况在抗战时期,文化素养不高的人民大众的力量决定着抗战的最后结果,为着发动他们的抗战激情,朗诵诗必须在语言上易于被他们接受,才可能感染和鼓动大众的抗战激情。因为"朗诵诗的功用不是写在纸上就完了,还要朗诵给别人听,尤其是朗诵给一般文盲大众听,所以文字必须口语化(可以用方言)。因此在写的时候既不要堆砌生字,更不可造成一句极不流行的话"[②]。只有这样才能实现朗诵诗创作的旨趣,听众才比较容易接受,从而达到宣传的效果。用文字书写的诗歌能够给识字懂文的读者带来形象和感性的审美,而语言"却有它的动的声音的魅力",诗朗诵过程中朗诵

[①] 高兰:《诗的朗诵与朗诵的诗》,《时与潮文艺》4卷6期,1945年2月。
[②] 陈纪滢:《序〈高兰朗诵诗集〉》,《高兰朗诵诗集》,高兰著,汉口:大路书店,1938年。

者根据诗情朗诵出来的语言可以给听众最直接的情感震动。正是由于受众的文化素养的差异,所以在抗战时期若是为朗诵而作的诗就非通俗不可,否则难以有效地发动大众乃至文盲的抗战精神。需要说明的是,朗诵诗语言的通俗化并不是完全抛弃诗歌语言的本质特征而服从于大众的审美价值,通俗化不是庸俗化和肤浅化,"乃是深入浅出的,用极艺术的语言,极形象的文字,表达深邃的感情,和深切的道理。"①

"通俗化"并不是朗诵诗语言俗化的下限,有时候还可以采用口语甚至方言土语。高兰说:"我觉得假如朗诵给文盲大众听,还不仅是通俗化而已,更要口语化。同时因了配合特殊的环境,在必要时还可以用方言土语,才能发挥其更大的效能。"②抗战时期,徐迟认为抗战时期写朗诵诗的诗人只是诗歌的记录者,并不是诗歌的创造者。在他看来,诗人创作的朗诵诗的语言和诗句来自于普通大众的日常话语,并不是诗人通过艺术想象和艺术建构创造出来的。徐迟说:"自从我开头了朗诵诗的试验以来,每次听人们说话,就有些不怀好意。人们谈话着,在任何场合:街头、卧室、咖啡店、厨房、工厂、公共汽车,到处是谈话,不同的人,用不同的话。有时我自己参加在内,有时我偷听他们。为的是甚么呢?想捡到一些诗句,来记录下来。"③徐迟的话表明朗诵诗的语言是诗人记录的各种生活现场的原生态的语言,有助于普通大众轻松地阅读和接受,拉近朗诵诗和受众的距离。为了写好朗诵诗,也为了使朗诵诗能够被更多的人接受,诗人应该"做一个日常生活中人们自然吐露的话语的记录者"。以日常生活语言作为朗诵诗语言是徐迟创作的秘密,他说:"我身上总是带着一些卡纸的,一听到可以采撷下来的话便记下来,这是我现今写诗——如果我写的诗是诗——是那些诗的秘密。"④当然,并不是所有的日常生活语言都可以被记录下来写入诗中,这里还涉及到诗人对所记录的话语的选择和适时使用的问题。从徐迟的创作经验中我们可以看出朗诵诗的语言来自大众使用的原生态的生活话语,尤其是为了激发大众的抗战激情,朗

---

① 高兰:《诗的朗诵与朗诵的诗》,《时与潮文艺》4卷6期,1945年2月。
② 高兰:《诗的朗诵与朗诵的诗》,《时与潮文艺》4卷6期,1945年2月。
③ 徐迟:《诗与纪录》,《文艺青年》创刊号,1940年9月16日。
④ 徐迟:《诗与纪录》,《文艺青年》创刊号,1940年9月16日。

诵诗甚至包括抗战时期所有的诗歌创作都把大众视为潜在的阅读者,因此在语言和文体建构上趋向于大众的审美标准就在情理之中了。由此可见,朗诵诗语言的通俗化、口语化甚至土语化是源于朗诵诗的社会功效,并由此形成了朗诵诗创作过程中对潜在受众接受能力的顾及,进而使语言的通俗化成为朗诵诗重要的文体特征。

其次,就形式来讲,多数朗诵诗采用的是自由诗形式。朗诵诗是诗人"在特定的历史条件下为了表达那种特别强烈的、爆炸式的情感而在诗歌艺术形式上的一种探求"。毕竟朗诵诗与一般的诗歌在文体上存在着较大的差异,"为适应广大的群众场合朗读的诗确是和个人阅读或低声吟咏的诗有不同的特质。"①穆木天认为诗歌朗读运动是"文艺大众化的一个形式……是诗歌运动的一条大路"。就朗诵诗而言,其内容"应当切实于民众的生活",其语言"应当是民众的口语",其情感"应当是抗战总动员中的民众的感情",其朗诵"主要地,要切合听众的要求"②。胡风从朗诵诗的文体特点出发,认为"以现在发表的朗诵诗来看,一定要情绪激昂,而且有韵脚,即半定型的"。由于朗诵诗的目的"即在求得和民众更紧密地结合。先有诗,而后才朗诵地与民众相接近。所以说,朗诵诗,那含义是斗争的,群众的,绝不是否定革命的自由诗的形式"。为什么胡风认为朗诵诗必须是自由诗的形式呢?因为自由诗"对定型诗是一个有力的反抗。要没有拘束的形式,才能自由地表现作者的情绪,才能表现作者在现实生活中的具体形象所得的感应。自由诗的形式是自由的,解放了的"③。为了进一步证明朗诵诗的形式必须是自由的,胡风列举了德国诗人维奈尔特和苏联诗人别斯敏斯基等朗诵诗人的例子,认为他们创作的朗诵诗都是自由诗形式。从抗战时期实际创作的朗诵诗来看,不管是大后方高兰的作品还是延安柯仲平的作品,他们创作的朗诵诗主要以自由诗为主,说明了这种形式更易于表达抗战的激情,更易于被大众接受。

第三,就情感内容来讲,朗诵诗主要抒发的是强烈而现实的抗战情感。

---

① 穆立立:《关于呐喊式的诗》,《吉林师范学院学报》,1988年2期。
② 穆木天:《诗歌朗诵与诗歌大众化》,《时调》第3期,1937年12月。
③ 胡风:《略观抗战以来的诗》,《抗战文艺》3卷7期,1939年1月28日。

朗诵诗在内容上是"富有战斗性的,是现实的,是前进的,不是颓废的"[①]。诗歌抒发的情感即是诗歌的内容,朗诵诗应该摆脱个人化的"风花雪月"的情感内容,也应该摆脱个人英雄主义的宣传,将神圣的民族解放战争和"为祖国牺牲,争生存"作为表现的主要内容。抗战时期的朗诵诗既然是为了感染和鼓动人们的抗战激情,那诗歌本身就应该蕴含着情感和情绪的激烈波动,毕竟不温不火的诗歌情感很难激起听众的情感波澜。同时,什么样的情感最能够感染听众呢? 如果朗诵诗只是歌唱自我的生活琐事,只是满足于自我情感的抒发而不顾及受众的接受,这样的诗歌情感同样不会引起人们的共鸣。尤其是在抗战时期,如果不是抒发爱国情感和民族情绪的诗歌,就更难感染大众了,必然遭受诗歌界的批评和质疑。1944 年 4 月 16 日,《新华日报》发表了社论《祝"文协"成立六周年》,对当时文坛中的"风花雪月"和"休闲"诗歌创作路向提出了批评:"现在我们的文艺作家,局促在后方的小天地之中,被阻塞了和人民大众接触的路子,出版事业濒于窒息,文艺不当做整个抗日战争的一环而被视为'娱乐'的手段,于是而风花雪月的风气抬头,消闲猎奇,谈狐说鬼的'文艺'继起,文艺变成了少数人茶余酒后的消遣,健康而有益于抗战的文艺反受了阻抑与冷遇。"[②]这样的诗歌姑且不去谈论它朗诵效果的好坏,单是其情感内容与抗战的疏离就会导致受众的锐减。因此,朗诵诗的情感之于朗诵效果十分重要,"无论诗的文字和音韵多么优美,如果没有情感,那将是个木雕的美人,而且由于他的缺乏情感,也一定失去韵律的,不能成为一首完美的诗。"[③]

第四,就韵律来讲,朗诵诗一定要有韵。音韵对于中国新诗而言是可有可无的形式要素,最早提倡新诗的胡适在《谈新诗》中认为新诗用韵有三种自由:"第一,用现代的韵,不拘古韵,更不拘平仄韵。第二,平仄可以互相押韵,这是词曲通用的例,不单是新诗如此。第三,有韵固然好,没有韵也不妨。新诗的声调既在骨子里,——在自然的轻重高下,在语气的自然区分——故有

---

① 陈纪滢:《序〈高兰朗诵诗集〉》,《高兰朗诵诗集》,高兰著,汉口:大路书店,1938 年。
② 《祝"文协"成立六周年》(社论),《新华日报》,1944 年 4 月 16 日。
③ 高兰:《诗的朗诵与朗诵的诗》,《时与潮文艺》4 卷 6 期,1945 年 2 月。

无韵脚都不成问题。"①况且后来中国新诗根据文体特征又分为自由诗和格律诗,自由诗的音韵形式更是可有可无的"装饰"。尽管朗诵诗可以写成自由诗,但是朗诵诗应该有自己的格律,虽然"对于格律的讲求固然是有时会牵阻情绪的发展,然而无论什么诗总是有它自己的格律的,冲破了许多旧格律的怀德曼(Whitman)的自由诗也自有他自己的格律,我们的朗诵诗当然也可以造成许多新的自己的格律的"②。因为韵律可以增强诗歌的音乐性效果,不仅更适合朗诵,而且也容易让听者记住,"特别是给没有受过教育的大众朗诵时,有韵的诗歌,一方面便于他们的记忆,一方面又增加诗歌的感染力。"③朗诵诗因为有了音韵而显示了其特殊的鼓动性和可朗诵性。对于诗歌韵律的重要性,鲁迅先生曾不无遗憾地说:"可惜中国的新诗是眼看的,没有节调,没有韵,它唱不出来,就记不住,就不能在人们的脑子里将旧诗挤出占了的地位……新诗直到现在还在交倒霉运! 我以为内容且不说,新诗先要有节调,押大致相近的韵,给大家容易记,又顺口唱得出来。"④鲁迅先生的话其实对于我们理解朗诵诗的韵律同样具有很好的启示作用,朗诵诗如果没有韵律的话,不但朗诵者很难记住,文化素养不高的大众就更难记住了,朗诵诗要达到"化大众"的目的也就更难了。朗诵诗的韵律不只是简单地体现在押韵上,更多地体现在情感节奏和字音的轻重缓急上,包含着外在韵律和内在韵律两种形式。

正是因为语言上的通俗化乃至土白化、形式上的自由化、情感上的强烈化、韵律上的音乐化等文体特征,不仅证明了朗诵诗是独立存在的诗歌样式,而且是最适合在抗战时期发动大众积极抗战的文体形式。

(三)

既然朗诵诗的创作是为了通过朗诵来达到更广泛的传播目的,那朗诵就

---

① 胡适选编:《中国新文学大系·建设理论集》,上海:上海良友图书印刷公司印行,1935年,第306页。
② 蒋锡金:《朗诵的诗和诗的朗诵》,《战地》第1期,1938年3月20日。
③ 陈纪滢:《序〈高兰朗诵诗集〉》,《高兰朗诵诗集》,高兰著,汉口:大路书店,1938年。
④ 鲁迅:《致窦隐夫》,《鲁迅全集》第12卷,北京:人民文学出版社,1981年,第556页。

构成了朗诵诗传播和接受的关键环节。朗诵不仅制约着诗歌的创作,而且本身也是朗诵诗发表和存在的特殊样态。为此,要探讨朗诵诗的文体特征,我们有必要对与朗诵相关的各要素进行研究,比如朗诵的方法、朗诵者的素质和影响朗诵的因子等。

朗诵诗的传播和接受与普通诗歌存在较大差异。首先,从朗诵诗的发表方式来看,一般的诗歌需要在报纸杂志等媒介上刊登以后才算发表,而朗诵诗则可依赖于朗诵行为达到发表的效果。其次,从朗诵诗的传播方式来看,一般的诗歌的传播主要依赖于报纸杂志的流通进行,而朗诵诗的传播主要依赖于朗诵者的声音和部分肢体语言。第三,从朗诵诗的接受方式来看,一般的诗歌主要涉及诗人创作与受众阅读这两个环节,而朗诵诗则涉及到诗人创作、朗诵者朗诵和受众观听这三个环节。因此,要将诗人、朗诵者和听众的情感通过朗诵而达到三位一体的统一和融合,"朗诵者的情绪应与诗作者和听者的情绪相应,而从朗诵的声调,发音重点以及朗诵者的面部表情和简单动作表现出来的。"[1]抗战时期朗诵诗的传播和接受要受到朗诵目的和受众审美意识的制约,"诵是介于读和唱的声音的艺术,不是读,也不是唱,而是一种感情的语言。说他近于读的,则是近于读的'念',就是念出字的声音和含义来;从他的近于唱的,则是近于唱的'咏',就是把念出来的字加以吟味,适当的表现出来。"[2]在具体实践中应该怎样进行诗朗诵呢?较早创作朗诵诗的蒋锡金认为如果采用哼出调子摇头摆脑的旧时学堂诵诗的方式一定会遭到普通大众的反感,他们对"四书五经"一类的学习认知形式由于社会地位的原因隔膜很深;如果袭取与汉语不属于同种文化类型的西洋的朗诵形式,比如配乐诗朗诵和分男女各声部朗诵、戴面具化装的朗诵等也会妨碍大众的接受。最直接地讲,"朗诵的原则,应该是朗诵出来,用一种感情的语言,使听者明白诗的内容,而受感动。"

诗歌朗诵在朗诵诗创作完成后发挥的作用主要与朗诵者的素质相关。为了更好地朗诵诗歌,朗诵者必须具备很多必要的素质,并不是每个人都可

---

[1] 胡风:《略观抗战以来的诗》,《抗战文艺》3卷7期,1939年1月28日。
[2] 蒋锡金:《朗诵的诗和诗的朗诵》,《战地》第1期,1938年3月20日。

以在人口集中的地方将一首朗诵诗加以朗诵后就能收到很好的效果,因为朗诵涉及到朗诵者对诗歌作品的理解以及朗诵素质,比如音质、语音语调、表情、肢体语言等,这也是为什么很多朗诵诗人不能够很好地在舞台上演绎自己作品的原因。就声音而言,朗诵者的声音不仅要响亮清楚,而且还要带着浓厚的感情,才能起到鼓动大众的目的。就肢体语言来说,不同的朗诵内容应当配以不同的身势语言,朗诵者的肢体语言使用得当就可以很好地促进朗诵的效果,让听众轻松地理解朗诵诗的情感。就表情而言,朗诵者的表情往往是配合着诗歌情感的流动和波澜而逐渐生变,这要求朗诵者很好地理会诗歌表情的需要。在具备了这些素质的基础上,朗诵者还应该很好地理解朗诵诗文本的内容,理解文本内容的能力是朗诵者朗诵好一首诗最关键的环节,只有很好地理解了诗歌的情感,才能够掌握声音的抑扬顿挫和轻重缓急,才能够处理好身体语言和表情的搭配,进而完美地演绎出诗歌的情感,达到感动听众的目的。朗诵者的这些必备素质的实践价值远远大于理论意义,因为朗诵诗本质上是行为层面的表演而非理论层面的探讨,正如朱自清所说:朗诵诗"活在行动里,在行动里完整,在行动里完成。这也是朗诵诗之所以为新诗中的'新诗'的原因"[①]。

朗诵者还必须注意朗诵的方法。首先,朗诵者需要背读朗诵作品。明人宋濂在《送东阳马生序》中说:"坐大厦之下而诵《诗》《书》,无奔真诚之劳矣。"说明了"诵"与熟记或背诵有关。抗战时期很多诗歌评论家都注意到了朗诵者首先应该背诗,"若能把所读的诗背熟,则一边朗诵,一边表情,做手势,其效果恐怕也不小。这也可以说是朗读的演剧化。"[②]朗诵诗的这一文体特征得到了诗学界的重视和发扬,后来陈纪滢在给高兰的朗诵诗作序时也谈到了背诵的问题。朗诵时附带的表情和动作可以增加朗诵诗的色彩,决定着朗诵诗的接受效果;倘若朗诵时还照着文字诗宣读,一首很好的诗也许就会"弄得没精彩"。反之,若能加上丰富得体的表情和动作,一首不好的诗也许会收到很好的效果。为了能够在朗诵的时候有丰富的表情和肢体语言,朗诵

[①] 朱自清:《论朗诵诗》,载《论雅俗共赏》(观察丛书之七),上海:观察社,1948年。
[②] 森堡:《关于诗的朗读问题》,《新诗歌》1卷2期,1933年2月21日。

者一定要首先背诵和记忆过朗诵诗,这样他才可以在不看原文的情况下为感官表情腾出空间,给朗诵加上和作品情感一致的表情和动作,最大限度地与听众产生情感呼应。其次,朗诵者应该注意诗歌的音乐性。诗歌的音乐性主要体现在节奏和押韵上,但现代新诗除了这些外在的音乐因素之外,还有内在的音乐性元素,即"情感的跌宕起伏"亦可造成诗歌的内在节奏。郭沫若曾说:"诗之精神在其内在的韵律,内在的韵律(或曰无形律),并不是什么平上去入,高下抑扬,强弱长短,宫商徵羽;也并不是什么双声叠韵,什么押在句中的韵文!这些都是外在的韵律或有形律,内在的韵律便是情绪的自然消涨。"[1]因此,诗歌朗诵必须注重诗歌本身的外在节奏和内在节奏,"应该摄取我们所要朗读的作品中的一贯着的音律(Rythm)而朗读之。所谓音律究竟是什么东西呢?用最通俗的话说来,就是,构成那一首诗的情绪的波动。我们越是能够恰如其分地摄取着所读的诗的音律而朗读起来,也就越益可以把诗中的情意传导给听众。"[2]既然朗诵诗是为了大众而创作并朗诵的诗歌,加上其语言的大众话和通俗性,朗诵者在讲求诗的音律对于朗诵的重要性的同时,在朗诵语调上应该充满激情且采用大众熟悉的语音和口吻。

除了朗诵者应该具备的素质和应该掌握的朗诵方法外,朗诵活动本身也会受到诸多因素的影响。诗歌的朗诵涉及到很多具体的要求,应该充分考虑到听众的接受能力、年龄、职业、性格和性别等因素,朗诵的时间和现场的环境也同样会影响朗诵诗"鼓动的效力"。从朗诵诗的接受对象来看,朗诵诗在群众中朗诵和传播对于诗歌的发展而言并不是坏事,反而使诗歌的缺点更容易清楚地暴露出来,有利于创作者根据大众接受后的反馈意见进一步完善自己的创作。从这个角度来讲,群众既是朗诵诗的接受对象,又是朗诵诗发展的推动力量,恰如胡风所说:"理想中的诗都是能朗诵的。但如果把朗诵诗和群众相结合,那我们现在提倡朗诵诗就有了特殊的意义。"[3]此处所谓的"特殊的意义"至少包含了两个层面的内容:一是群众的需要和接受反应有助于

---

[1] 郭沫若:《论诗三札》,《郭沫若全集》第15卷,北京:人民文学出版社,1990年,第337页。
[2] 森堡:《关于诗的朗读问题》,《新诗歌》1卷2期,1933年2月21日。
[3] 胡风:《略观抗战以来的诗》,《抗战文艺》3卷7期,1939年1月28日。

推动朗诵诗的发展;二是朗诵诗因为在群众中的广泛传播有助于提升人们的抗战激情。从朗诵诗的接受对象出发,胡风认为抗战初期的朗诵诗还存在着传播范围狭小和接受对象稀少的缺点,"现在朗诵诗成问题的是还不能在任何场合都可朗诵。现在可能的大概还限于知识分子群,不能到工厂或农村去。所以诗的朗诵还有一个对象问题"①亟待解决。另外,加强音乐的介入也会促进朗诵的效果,这一点得从两个层次来讲,一是将诗歌谱曲传唱,因为这可以进一步促进诗歌的大众化。当时的很多诗歌比如贺绿汀的《游击队歌》等就是因为谱曲的缘故而传遍了大江南北,直到今天仍然广为传唱。二是在诗歌朗诵的时候"伴奏以音乐",可以烘托出诗歌的情感内容,读者在音乐的感染下增进对朗诵诗鼓动性情感的接受。

朗诵诗是诗歌的一种特殊的诗歌文体形式,诗朗诵则是诗歌的一种特殊的传播方式,也是一种诗歌活动。朗诵诗与诗朗诵是相辅相成的,没有好的朗诵诗,绝不会有好的诗歌朗诵,正像没有好的歌词,绝不会唱出好的歌来一样;同理,没有好的诗朗诵,绝不会有好的朗诵诗,正像没有好的曲子,绝不会唱出好的歌来一样。

(四)

朗诵诗在抗战时期之所以会获得长足的发展,除了与时代语境、朗诵诗的文体特征以及朗诵者的朗诵能力等因素相关外,也与朗诵诗的文体优势密不可分。

朗诵诗情感表达的直接性和煽动性决定了它在抗战时期的兴盛。从宽泛的角度来讲,任何诗歌都不可能离开朗诵而存在,但结合中国20世纪30—40年代的抗战语境,诗歌朗诵运动的出现却有很多具体的原因。首先是诗歌的朗诵能够带给人们更为直接的感动。这涉及到语言和文字的差异性,语言比文字在大众中更具有传播的效力,诗歌朗诵自然就比诗歌阅读更能够激发人们的抗战激情。因为"一般地说来,言语要比文字来得具象化,因此,它也

---

① 胡风:《略观抗战以来的诗》,《抗战文艺》3卷7期,1939年1月28日。

要比文字更容易感动人家。尤其是在富于感情之起伏的诗的场合里,朗读起来更能内容活现"①。其次是诗歌的朗诵能扩大诗歌的传播范围,让诗歌普及到大众中去。抗战时期中国广大的农民甚至城市居民受教育的程度比较低下,很多人由于文字的障碍而不能阅读书报杂志。虽然文化素养不高的大众不能读剧本,但可以听戏;不能读小说,但可以听说书。因此,将诗歌通过朗诵的方式传递给大众是他们接受诗歌的最好方式。第三是诗歌的朗诵比其他任何形式的诗歌传播方式更具有鼓动性,更利于宣传和激发大众的抗战精神。和街头诗相比,朗诵诗在同一时间内具有更多的受众,因为人的从众心理而产生"集团的鼓动性"。街头诗虽然在抗战时期发挥了巨大的社会作用,产生了像田间这样的伟大诗人,但街头诗的传播媒介仍然是文字,"用文字来表现的场合,纵令贴在很大的壁上,但在同一的时间内,因为要受到一定的视觉的限制的缘故,能够看到的到底不多。可是,在朗读的场合里,纵然也要受到听觉的限制;但在同一的时间中,却可以对着几十几百几千甚至于几万的大集团朗读,获得组织上的效果。"②也正是因为朗诵诗具有这样的文体优势,抗战时期由于激发民众抗战激情的现实需要而使朗诵诗获得了长足的生存空间,朗诵诗才成为一种必须产生和推广的诗歌样式。

朗诵诗本身就是一种间杂着多种舞台艺术的诗歌样式,通过朗诵,朗诵诗在音乐性、节奏感和语言的生动性等形式方面的优势比较容易突出,在激发人们抗战激情和煽动大众情绪等内容方面的优势也比较容易表现出来。朗诵诗由于综合了诗歌语言节奏和舞台表现艺术等方面的长处,因而更容易传达出诗歌的情感,在抗战时期也最易于被用来宣传和鼓舞大众的抗敌热情。朗诵诗"采用朗读、合唱、音乐、照明、肉体运动等把诗的节奏表现出来……像伟大的演说一样的东西,它是对于宣传和团结底贵重武器"。③ 相对于其他诗歌样式而言,朗诵诗在抗战时期无疑是最具有"高度的煽动效力的"诗体形式。

---

① 森堡:《关于诗的朗读问题》,《新诗歌》1卷2期,1933年2月21日。
② 森堡:《关于诗的朗读问题》,《新诗歌》1卷2期,1933年2月21日。
③ 戴何勿:《关于大众合唱诗》,《一代诗风——中国诗歌会作品及评论选》,王训昭选编,上海:华东师范大学出版社,1996年,第386页。

作为朗诵诗构成要素的朗诵有助于诗歌的传播和接受。朗诵是诗与生俱来的本质属性,诗歌是综合的艺术,朗诵是其构成要素之一。"诗歌到了任何时候也是不应该脱离音乐性和戏剧性的。而诗的朗诵更是一种综合的艺术,所以如果把诗歌只理解为写成的文字而去欣赏,和其他的散文,小说一样,同样的凭诸视觉,那就不得称之为诗歌。"①诗歌不只是通过阅读就可以完成对其全部美学要素的鉴赏,而需要在朗诵的过程中仔细揣摩并寻找合适的方法来表现诗中的音韵、情调、节奏、旋律、境界等等,然后用恰当的声音和动作表情加以展示。因此,要充分鉴赏一首诗,应该通过朗诵者的感情认知和艺术能力去传达和表现诗歌中蕴含的所要表现的情绪、节奏和意义,在感染听众的基础上使作者、朗诵者、听者的情感和着诗歌的情感一起跳动,这才算对诗歌达到了充分的理解。由此看来,朗诵对于诗歌的传播和接受起着非同小可的作用。另外,朗诵是呈现诗歌音乐性的最好方式,文字形式的诗歌即便有很强的音乐性,如果不对之加以朗读也是很难体现出音乐性优势的,因为诗歌的"强烈的音乐性,只有靠朗诵才可以适度的发挥出来,因为所谓音乐性也者是不允许夸张成为歌唱,也不容许以目代耳完全忽视了它的,是需要运用介于唱和念之间的朗诵把它恰到好处的表现出来的"②。从这个意义上讲,朗诵对于呈现诗歌的音乐性效果起着关键性作用。

朗诵环节反过来可以促进朗诵诗的发展。首先,朗诵促进了朗诵诗的传播和普及,扩大了朗诵诗的受众。朗诵诗一旦被朗诵者朗诵便获得了新鲜而动感的第二层传播方式,即通过朗诵者的声音加以传播,受众则可以从听觉上加以接受,文化素质不高的人又可以抛开不识字的苦恼像欣赏民歌民谣一样地接受朗诵诗。朗诵诗的接受优势正好契合了抗战文艺发动大众抗战的旨趣,有利于鼓动人民大众的抗战激情。第二,朗诵诗在朗诵的过程中还可以吸收更多的来自民间的原生态的语言方式及新鲜的语言,从而进一步促进朗诵诗表达方式的完善,拉近朗诵诗和受众之间的距离。在语言方面朗诵也会对诗歌产生促进作用,"朗诵是自由诗发表的方式之一,它不是为朗诵而朗

---

① 高兰:《诗的朗诵与朗诵的诗》,《时与潮文艺》4卷6期,1945年2月。
② 高兰:《诗的朗诵与朗诵的诗》,《时与潮文艺》4卷6期,1945年2月。

诵。不过，在中国，因为新诗之传统脆弱，缺点太多，现在因为要朗诵，用字须明确，句法须明朗，表演法须愈洗练愈好，对于诗的运动有很大意义。"①

正是由于朗诵诗具备了这么多文体特征和优势，它才在抗战时期得以发展和提高，并且为新诗的发展提供了重要思路。难怪朱自清先生说："新诗不要唱，不要吟；它的生命在朗诵，它得生活在朗诵里。我们该从这里努力，才可以加速它的进展。"②

四、抗战街头诗的文体特征

街头诗和朗诵诗是最具抗战时代色彩的诗歌文体。1938年8月7日，西北战地服务团"战地社"和边区文协"战歌社"组织了30多位诗人走上街头，将他们的诗歌印成传单或书写在墙头让群众阅读，由此揭开了街头诗运动的序幕。街头诗的创作热潮很快延伸到了抗战前线和大后方的重庆、桂林和昆明等地。新中国成立以后乃至今天，街头诗一直在诗坛上顽强地生存着，诗歌批评界不时也有人对之加以研究和评说。但作为特殊时代的特殊诗歌形式，人们对抗战时期街头诗文体特征的探讨往往浅尝辄止，并未从艺术性和文学性层面对其形式和内容因素进行深入的挖掘。有鉴于此，本文拟从街头诗兴起的社会和文学背景出发，重点探讨街头诗的形式、内容、传播优势、历史价值和艺术缺失等，由此较为全面地凸显抗战时期街头诗的文体特征。

(一)

抗战时期街头诗的产生有复杂的社会和文化背景。从社会的角度来看，抗战街头诗的产生是宣传鼓动抗战的产物；从文化和文学的角度来讲，它的兴起是中国传统文化和文学孕育的结晶，是对中国新文学和新诗传统的自觉承传，并非"舶来品"。

抗战时期人们逐渐认识到广大群众是决定战争胜负走向的关键因素，随

---

① 胡风:《略观抗战以来的诗》，《抗战文艺》3卷7期，1939年1月28日。
② 朱自清:《朗诵与诗》，载《新诗杂话》，上海：作家书屋，1949年，第133页。

着人民大众的力量受到重视,宣传鼓励并激发他们的抗战热情就成了文艺工作者战时的创作任务。为此,街头诗的兴起顺应了宣传抗战的时代需要。胡风1942年给诗集《给战斗者》写跋时认为田间参加了战地服务团后,"更深入了生活,而且是需要高度突击性的,群众宣传工作的生活。这就一方面生活对象更明确地在日常事件上出现,另一方面理念上的战斗号召的要求更强烈地在创作企图上鼓励,于是诞生了街头诗。"①田间创作价值取向的转变在抗战时期不是孤立的个案,抗战现实需要诗歌承担起宣传教育的重任,是诗歌对使命意识的指认。虽然我们今天认为街头诗在艺术上没有多少值得提倡的经验,并且在当时"遭到文学豪绅底臭骂",但其在抗战时期鼓动大众提高抗日情绪的历史功绩却是不容抹杀的。艾青从抗战现实对诗歌需要的实际情况出发,认为街头诗"必须成为大众的精神教育工具,成为革命事业里的宣传与鼓动的武器"②。抗战的残酷现实使很多诗人和作家走出"象牙塔",投身到宣传抗战的民族大业中。

没有革命战争和人民大众,街头诗是不可能兴盛起来的。时代语境和文学接受对象在一定程度上会限制甚或规定着作家的创作,"在革命的时代,一个诗人,决不是诗人自己有什么了不起的天才,或者是'天生的诗人'。一个诗人,决不是诗人自己,他是和革命和时代和人民同时应运而诞生的。如果不是抗日战争,如果不是党和革命(以及其他一些同志),对我的抚育,我也写不出什么街头诗。"③《假使我们不去打仗》和《坚壁》等诗歌的创作过程就说明了这点。不只是街头诗,抗战时期所有新兴的文学样式都是在时代的感召下产生的,它们汇聚成反抗强暴的洪大声响,鼓舞着中国人民积极投身民族解放战争的洪流。同样,没有知识分子对社会和民族责任的担当,也不会有街头诗的兴盛,提倡并实践街头诗运动的诗人在民族危亡时毅然直面而非逃避苦难的现实。1942年,田间在《拟一个诗人的志愿书》一文中说:"在神圣的战争里,我必须让我的诗成为它的一个哨子,在侵略的战争里,我必须让我

---

① 胡风:《〈给战斗者〉后记》,《中国新诗集序跋选》(一九一八——一九四九),陈绍伟编,长沙:湖南文艺出版社,1986年,第350页。
② 艾青:《开展街头诗运动——为〈街头诗〉创刊而写》,《解放日报》,1942年9月27日。
③ 田间:《街头诗札记》,《文艺研究》,1980年6期。

的诗成为它的一个叛徒。——无论如何,我决不逃避战争。"①正是诗人的社会担当意识导致街头诗创作形成热潮,成为抗战文学园地中惹人注目的诗歌文体。

街头诗的兴起是对新诗及新文学大众化传统的自觉传承。五四新文化运动以来,新诗在语言的白话化和情感的普适性等方面显示出大众化的发展方向。"提倡白话文,反对文言文"可被视为新诗大众化的滥觞,作为提倡白话新诗第一人的胡适在《文学改良刍议》中提出"不用典"便舍去了文学的陈腐艰涩,"不避俗语俗字"②便容许了大众话语进入文学作品,使文学变得更加清晰、通俗、明白,有利于平民大众的接受。陈独秀在《文学革命论》中提出"推倒雕琢的阿谀的贵族文学,建设平易的抒情的国民文学"③,"以'国民文学'取代'贵族文学',涉及到文学的平民问题。"④五四时期提出的"国民文学""平民文学"和"为人生"的文学虽然抽象空泛,但已有了"大众"的观念。继之而起的文学研究会在1920年关于"民众文学"的讨论中已把民众具体化为工、农、商、学、兵以及其他下层人民,并初步探讨了文学与民众的结合问题。1923年开始的革命诗歌提出了诗歌与工人、农民和士兵相结合的口号,后来中国诗歌会曾提倡创作"大众歌调",代表诗人蒲风就曾尝试创作方言诗、明信片诗等。对文学使命意识的肩负强化了新诗对社会现实的观照,为街头诗的兴起在语言、传播媒介和思想情感等方面积累了经验。此外,丁玲在1931年主编《北斗》杂志时提倡"墙头小说",革命根据地一度兴起的山歌热潮,抗战初期掀起的街头剧运动和朗诵诗运动等为街头诗的兴起奠定了观念和艺术基础。而街头诗在语言和形式上表现出来的特征契合了新文学大众化的发展路向,创作和发表街头诗的目的是引起大众对诗歌的爱好,让广大群众也参加到街头诗运动中来,从而实现抗战诗歌的"真正的大众化"⑤。

抗战街头诗并非外来的诗歌文体。关于街头诗的兴起与外国诗歌的关

---

① 田间:《拟一个诗人的志愿书》,《抗战诗钞》,北京:新华书店,1950年。
② 胡适:《文学改良刍议》,《新青年》2卷5号,1917年1月1日。
③ 陈独秀:《文学革命论》,《新青年》2卷6号,1917年2月1日。
④ 郭志刚、孙中田:《中国现代文学史》上,北京:高等教育出版社,1996年,第59页。
⑤ 史塔:《关于街头诗》,《抗敌报》,1938年10月26日。

系问题,田间曾自述道:"一九三四年左右,我在上海参加革命工作和初学写诗时……当时看过一点有关马雅可夫斯基的论文,对诗如何到广场去,如何在'罗斯塔之窗'①等等,其革命精神,吸引了我。我们后来(一九三八年八月)在延安发动街头诗运动,和这有一些关系。"②这句话引起了人们对街头诗文体渊源的误读,几乎所有研究街头诗的文章都认为马雅可夫斯基的诗歌影响了中国抗战街头诗的创作③,不曾想到这种文体在马雅可夫斯基的作品译介到中国之前就有了。街头诗不是抗战时期才有的诗歌文体,只是宣传抗战的现实助长了它的兴盛。"街头诗是为了抗战而发动的,批判地采用中国民间传统的形式。这类形式,过去也常见。"④田间所说的仅仅是马雅可夫斯基的革命精神对他的创作产生了影响,而不是说街头诗创作在艺术形式上对马雅可夫斯基的作品有所借鉴。田间在《〈给战斗者〉重印补记》中说:"后来,有人(包括有些外国人士)常问我这个问题,我的回答是:他的革命精神,对我有一定的影响,我也没有写过'楼梯诗',有的诗中,诗句排列,有些高低,这是在战争环境中,情绪不稳定,写作不纯熟所致。我说我的那些作品,基本上是长短句。苏联译者,过去曾把我的《给战斗者》按楼梯形式给译过去,显然这是一种误译。"⑤关于这一点,我们还可以从20世纪80年代田间的文字中得到证实:"有不少人问过我,包括一些国外人士,他们问,街头诗和马雅可夫斯基'罗斯塔之窗'有什么关系?我曾经回答过,在抗战前夕,在上海,有人介绍过他对诗的一些理论,其中说到他主张'诗到广场去',我对他的这种革

---

① "罗斯塔之窗"(Window of Losta):苏联国内战争时期国家通讯社罗斯塔印行的宣传画。由马雅可夫斯基和宣传画家切列姆内赫在莫斯科根据通讯社的电讯稿,改编成一种富于战斗性的政治宣传鼓动画,张贴于通讯社的橱窗和街道商店里,故称罗斯塔之窗。其利用诗画并茂的形式,通俗易懂,发挥了战斗作用,得到列宁的好评。在其存在的近3年中,共创作出约1600种作品,被认为是生活直接创造出来的一种新形式。对苏联其他许多城市的画家产生了很大影响。
② 田间:《〈给战斗者〉重印补记》,《文汇报》,1978年7月11日。
③ 比如郭怀仁的《田间与街头诗》(《文艺理论与批评》,1995年4期)认为:"田间虽然没有亲历其境,对马雅可夫斯基的诗也读得甚少,但他们的主张和做法却在田间脑海里留下深刻印象。"潘颂德的《抗战时期街头诗理论批评述略》(《固原师专学报》,2000年5期)认为:"田间等人提倡街头诗,一方面是受了苏联马雅可夫斯基等革命诗人在苏联内战时期将短小的诗作展示在街头橱窗做法的影响。"
④ 田间:《街头诗札记》,《文艺研究》,1980年6期。
⑤ 田间:《〈给战斗者〉重印补记》,《文汇报》,1978年7月11日。

命精神,是很赞同的,对我自己也有某些影响。我们的街头诗,也有他的这种因素。至于他那'罗斯塔之窗',到底是怎么个写法,我是没有见过的。所以,两者在形式上,说不上有多大关系。因而这个问题,无从谈起。而我们对自己的传统形式也有革新。一个民族的传统,可以革新,应当不断地求得革新。街头诗,在抗战中,这是中华民族的雷声和闪电,而不是什么舶来品。"①这段话明确表明:马雅可夫斯基对中国抗战街头诗的影响仅仅停留在精神层面,并未深入到诗歌文体内部。

更直接地讲,抗战街头诗的出现是田间等人积极探索抗战诗歌形式的结果。早在1938年写作《论我们时代的颂歌》一文的时候,田间就曾提出要在朗诵诗和报告诗之外新增抗战诗歌的表现形式:"新的歌颂的形式的发明,底建立,我们不要止于报告诗,朗诵诗,史诗,诗剧等,还可以从我们今天已经提出了的新诗底形式在获取了相当基础以后,我们再挖掘,挖掘出和报告文诗,朗诵诗……另一种的,另一种的。"②虽然田间当时没有提出街头诗的概念,但他对诗歌新形式的急切吁求意味着随抗战形势的发展,新的诗歌文体必然兴起。为了发动人民大众的抗战激情,考虑到他们的文学接受能力,诗人们不得不选择诗歌大众化的创作道路,于是街头诗运动应运而生。20世纪80年代,田间在回忆街头诗运动时写道:"一天,我和柯老相遇,谈起西战团在前方搞的戏剧改革,也谈起苏联马雅可夫斯基搞的'罗斯塔之窗',还谈到中国过去民间的墙头诗。于是我们一致问道:目前,中国的新诗往何处去?怎样走出书斋,才能到广大群众中去,走出小天地,奔向大天地?我们又一致回答,必须大众化,要做一个大众的歌手",于是商定:"我们也来一个街头诗运动。"③

抗战街头诗的兴起是多种因素综合作用的结果,这从另外的角度反映出该诗歌文体在抗战时期存在的合理性。

---

① 田间:《街头诗札记》,《文艺研究》,1980年6期。
② 田间:《论我们时代底颂歌——一个诗歌工作者向中国诗坛的祝福》,《七月》2集2期,1938年2月1日。
③ 田间:《田间自述》(三),《新文学史料》,1984年4期。

（二）

街头诗一旦在抗战的洪流中产生，便会具备自身特殊的文体特征。什么是街头诗？田间认为街头诗"是一种短小通俗、带有鼓动性的韵律语言。它一经诞生，与人民群众相结合，便似乎有了翅膀，可以飞了，它飞往敌后，它飞往战地，它飞往战士的心里"[①]。这句话从文体形式的角度界定了街头诗，但对其文体特征的概括有失全面。本文将从街头诗的文体优势、形式来源和具体表现形式等方面来探讨抗战街头诗的文体特征。

抗战街头诗在形式上具有短小精悍的特点，是中国诗坛上继20世纪30年代后小诗文体的再次中兴。"街头诗把口号的内容，把许多故事形象化了，诗化了，同时又以短小的，精悍的，明快的，像小匕首出现在各处，因而出现打倒敌人和动员群众及慰劳战士的明显作用。"（田间：《现在的街头诗运动》）这说明了街头诗在内容上与标语口号一样，主要是为了宣传鼓动抗战；与故事一样，主要是为了感化大众抗战的激情。在形式上，街头诗可以说是小诗的一种类型，具有短小明快的特征。田间和柯仲平等人创作的街头诗少则两三行，多则六七行，但却能表达完整的意义和思想旨趣，不仅起到了宣传鼓动的效果，而且洋溢着形象生动的诗歌意蕴。这与20世纪20年代后期流行的小诗在艺术和思想旨趣上有异曲同工之妙。比如田间的《假使我们不去打仗》："假使我们不去打仗，/敌人用刺刀/杀死了我们，/还要用手指着我们的骨头说：/'看，/这是奴隶！'"短短的六行诗，不足50字，却能言说清楚"假使我们不去打仗"的后果，充分调动和激发人民的抗战激情。这类街头小诗的艺术与思想成就得到了人们的认可，成为抗战诗歌中最主要的文体。街头诗与小诗在文体上具备的相似性不仅体现在优点和长处方面，而且也体现在弱点和不足上。周作人曾这样评说过小诗："一切作品都像一个玻璃球，晶莹透彻得太厉害了，没有一点朦胧，因此也似乎缺少了一种余香与回味。"[②]闻一多

[①] 引自侯耀蓉：《传播学观照下的大众化的街头诗》，《太原城市职业技术学院学报》，2008年1期。

[②] 周作人：《扬鞭集·序》，载《周作人批评文集》，杨扬编，珠海：珠海出版社，1998年，第223页。

也曾就小诗告诫诗人说,要特别注意内容的充实和形式的精致的巧妙结合,否则就容易走向片面的说理而忽略了诗性,因为"今我们的新诗已够空虚,够纤弱,够偏重理智,够缺乏形式的了,若再加上泰戈尔底影响,变本加厉,将来定有不可救药的一天。希望我们的文学界注意"①。田间创作街头诗的时候,很多人也认为他的诗直白得失去了诗意,短小得容不下浓浓的情感。街头诗和当年小诗的文体困境的相似性进一步证明街头诗属于小诗文体。

抗战街头诗由于在文体上属于小诗的一种类型,因此缺乏叙事诗和一般抒情诗具有的宏大历史叙事模式。街头诗在写作方法上善于抓住抗战生活细节来表现民族精神。"街头诗很少正面书写金戈铁马、硝烟弥漫的宏阔场景,也很少直观激扬刚烈、豪壮澎湃的灼人情怀,而是善于将宏大的民族精神具体化到生活细节中孕育诗思……诗歌以拉家常的口吻……将深刻的民族大义溶解在简单生动的生活场景里,以直观的图景描绘唤起人民群众的抗战热情。"②街头诗常通过细节来达到表现情感的目的,由于篇幅短小,所以必须删减很多情节和素材,田间说:"我想在诗里表现'人'的形象,常常是通过行动和感情来表现的。似乎不见'人',其实有'人'在。我在这首诗(《坚壁》——引者)里,是仅仅采取敌我对话这个细节来表现的。这样可以比较容易达到精炼,突出主题思想,而删除其他不必要的情节。我的其他一些街头诗,写作经过,也大致如此。"③因此,街头诗的文体特征决定了它对宏大叙事和深层结构的舍弃,对"细节"表现力的偏爱。

抗战街头诗的语言明白晓畅。街头诗应该"同人民的日常生活连结起来",使用"群众日常的口语",而"灭除暧昧不清的话语,保存简朴的话语,反对弱不禁风的文体,保持粗犷与野生的力量"④。街头诗运动属于诗歌大众化运动,必然带来诗的语言、形式、风格的变化。虽然街头诗常表达爱国的政治情感,但它的语言必须是明朗、形象的诗歌语言,而不是政论语言,因为"诗的语言和政论的语言,显然是有区别的。音韵、节奏、形象以及构思的不同,它

---

① 闻一多:《泰戈尔批评》,《时事新报·文学》第99期,1923年12月3日。
② 季臻:《论抗战时期的街头诗和朗诵诗运动》,《理论学刊》,2006年9期。
③ 田间:《街头诗札记》,《文艺研究》,1980年6期。
④ 艾青:《开展街头诗运动——为〈街头诗〉创刊而写》,《解放日报》,1942年9月27日。

不是搞加减法,也不是显示作者知识的广博,等等。过去,苏联曾批判过'拉普派',可能是有道理的。诗,不仅是街头诗,都要求意境的塑造,要求情景交融,要求形象鲜明和集中,还要求明朗和含蓄尽可能统一"①。街头诗创作除了需要用形象生动的语言外,还需要用短小精炼的词句,这样更易于为人民所记忆和传诵。因为街头诗"并不要求表现事物多、形象复杂;它要求单纯、明朗(明朗和含蓄是有可能统一的)、深刻,于单纯之中蕴藏丰富的思想"②。但是,街头诗语言的通俗化并非诗意的简单化,"街头诗是'应时'之作,而不是'应景'之作。因为它也需要塑造意境……我们讲通俗,是为了广大读者易于接受,决不是要搞简单化。"③因此,街头诗实质上是用人们习见的语言表达深刻的思想和浓烈的情感。

抗战街头诗具有强烈的音乐性和节奏感。街头诗大都讲求押韵,节与节之间注重协调性和一致性,节奏分明,韵律整齐,读起来朗朗上口,很容易被大众记住。有时候诗中夹杂着几个鼓点式的词语,使街头诗在节奏感之外又增加了气势和力度,使短小的诗行充溢着激情。街头诗凭借着极强的音乐性达到了鼓舞人们抗战的目的,因为阅读街头诗就会感到铿锵有力的节奏,就会热血沸腾,进而产生上前线英勇杀敌的念头。难怪闻一多认为田间的街头诗在音乐性上给人以"鼓"的节奏感,在情感上给人以"鼓"的震撼性,这也是人们把田间称为"时代的鼓手"的原因。街头诗在语言上清晰质朴而富有节奏感,"没有'弦外之音',没有'绕梁三日'的余韵,没有伴音,没有玩任何'花头',只是一句句质朴,干脆,真诚的话,(多么有斤两的话!)简短而坚实的句子,就是一声声的'鼓点',单调,但是响亮而沉重,打入你耳中,打在你心上。"④街头诗在情感内容上充满了"热与力",它的"鼓点"不仅体现在声律上,而且还体现在情绪上。阅读田间的《人民的舞》等诗篇就会使人想起"这是鞌之战中晋解张用他那流着鲜血的手,抢过主帅手中的槌来擂出的鼓声,

---

① 田间:《街头诗札记》,《文艺研究》,1980 年 6 期。
② 田间:《街头诗札记》,《文艺研究》,1980 年 6 期。
③ 田间:《街头诗札记》,《文艺研究》,1980 年 6 期。
④ 闻一多:《时代的鼓手——读田间的诗》,载《诗歌研究史料选》(国统区抗战文学研究丛书),龙泉明选编,成都:四川教育出版社,1989 年,第 445—490 页。

是张衡那喷着怒火的'渔阳掺挝',甚至是,如诗人 Laotevt Londioy 在刚果中,剧作家 Eugene O'Neil 在琼斯皇帝中所描写的,那非洲土人的原始鼓,疯狂,野蛮,爆炸着生命的热与力"[1]。这些形象的比喻生动地表明了街头诗情感内容的热烈和对战斗的鼓动效果。

抗战街头诗主要采用了自由诗形式和民间民谣形式。田间收入诗集《给战斗者》中的《啊,游击司令》《毛泽东同志》等作品的语言近于口语,诗行长短不一,有些时候甚至一个字也可以充当一行诗,是对自由诗形式的合理运用。后来,田间深入人民大众的生活实际,向他们学习语言和民歌民谣的表达形式,从而创作出了更为生动的诗篇。抗战时期,人们认为街头诗在形式上主要借鉴民间歌谣的表达方式,可以"用旧的民歌民谣的形式来写",但利用旧形式并非一成不变地照搬,而应该在批判继承的基础上有所创新:"不要忘记了'批判地,选择地,带创造性的接受优良的遗产',负起'在旧的基础上开拓新的形式',创造明朗通俗口语的任务"[2]。有人认为街头诗的形式来源主要有两个方面:一是"群众在自己的生活中所感动的痛苦要求与希望而发生了感情思想与想像,而流为诗歌的",这是最好的街头诗,因为它抒发了大众真实而浓烈的情感。二是"利用旧形式,灌输新内容,把旧有的好的歌子,加一番改造的功夫就可以成为一首很好的合时的歌子的"[3]。除此之外,诗人也可以利用已有的诗歌形式,或者根据具体情况的变化写出符合实际场景的街头诗。因此后来田间的《地道》《山里人》《提防》《女区长》《芦花荡》等诗歌语言比较整齐,讲求押韵和章节之间的均衡,可以看出对民歌民谣形式因素借鉴的痕迹,一改之前自由诗的写法。但这类街头诗的形式又不完全等同于民歌民谣,只是借鉴了民歌民谣的语言和形式要素后,街头诗更加通俗易懂,更加富于音乐性和节奏感,形式更加考究。

街头诗与民歌民谣的亲近使它在艺术上获得了长足的发展,很多人为"用民间歌谣的形式来写作墙头诗为恰当,既具有短小精悍的形式,又为人民

---

[1] 闻一多:《时代的鼓手——读田间的诗》,载《诗歌研究史料选》(国统区抗战文学研究丛书),龙泉明选编,成都:四川教育出版社,1989年,第445—490页。
[2] 史塔:《关于街头诗》,《抗敌报》,1938年10月26日。
[3] 天刑:《街头诗歌之研究》,《胶东大众》第21期,1944年5月。

大众所喜闻乐见容易接近"。同时认为街头诗是抗战时期诗歌大众化运动的有一种有效形式,"它提出了我们从事大众诗歌运动的一种创造形式和风格,它证明了这是大众诗歌运动的一条可走的路。"①也正是由于街头诗对民歌民谣的借鉴,以至于有人认为它是介于民歌民谣和新诗之间的一种文体。街头诗"接近民谣,而形式比民谣更自由,它也接近新诗,而比新诗更简朗明确,容易为今天的群众接受";在语言上,街头诗(墙头诗)"不应该局限在成语的框子里,应该放手使它'口语化',全部用群众语法"②。由此创作出来的街头诗可以吸引更多的受众,真正实现诗歌的大众化。"我们提倡街头诗(墙头诗),就是把诗歌贴到街头上,写到街头上,给大众看,给大众读,引起大众对诗歌的爱好,使大众也来写诗",这在实际上可以形成大众读诗写诗的热潮,推进诗歌的大众化运动。因此,街头诗不仅是有效的鼓舞抗战的武器,而且是"诗歌的新形式之一种"。③

街头诗的文体特征和优势对抗战诗歌的创作必然起到积极的推进作用,使抗战时期诗人的创作与战争和人民大众更紧密地联系在一起。从诗歌语言上讲,"诗人的诗的语言能够得到澄清和洗练,能够丰富,能够得到新的生命",因为"要歌唱人民大众的战斗与生活,无疑地必须从人民大众中间汲取活着的语言,最真实最美丽的文学语言",这样诗人的语言就会得到提升。从诗歌抒发的情感内容来讲,"更重要的:'街头诗'、'传单诗'是以人民大众为对象,以具体的战争的以及政治的事件为题材的;这种诗在一方面和诗人的诗的'突击'是完全一致的,但是在另一方面,这也正给了诗人以把握完整的生活的思想性与情绪世界的课题。因为只有在完成了这一基本的创作课题之后,诗人的诗篇才能道出人民大众的真实的心的语言,才能燃烧起最光辉的诗的火花,才能激发最伟大的感情的奔流,才能为那些从田野乡村从工厂从矿山走出来的人们的质朴所歌唱。"④

抗战街头诗在文体上存在着抒情有余而艺术不足的缺点。很多街头诗

---

① 陆维特:《苏北墙头诗运动的回顾和前瞻》,《江淮文化》创刊号,1940年7月。
② 钱毅:《盐阜区的墙头诗运动》,《江淮文化》创刊号,1940年7月。
③ 林山:《关于街头诗运动》,《新中华报》,1938年8月15日。
④ 吕荧:《人的花朵——艾青田间合论》,《七月》6集3期,1941年4月。

尤其是抗战初期的街头诗往往流于空洞的呐喊,"许多英勇地为真理与革命而斗争的诗人们,他们的心里燃烧着热烈的火焰,充满了战斗的气氛;然而他们的诗的语言缺乏锤炼,过于粗糙、平庸,而且观念化,他们的诗缺乏纯,常常只是理论的宣讲和理论的汇集,流为空泛的呼喊与冗赘的文章,不能具现真的感情生命的形象去激发人们的心灵。"①以田间为例,其街头诗"形式的最大特征是在利用诗句的分行(读起来的时候就是中止和间歇)形成急驰的旋律,在旋律的起伏中间使读者的呼吸紧张起来,使读者对诗人所歌的意象获得强力的感印,激动起感情的涌流。"这是对田间街头诗的褒扬,但田间"不是燃烧着最高度的斗争的激情的诗人,他把握不住这种闪耀着战斗的火花的意象。他迸发不出这种激荡着战斗的喜悦的感情,他写不出这样的诗篇"②。难怪杨云琏在给胡风先生的信中说:"我非常奇怪田间先生为甚么毫不选择地,把一个完成的句子截成数段来安排。这样做是为了加强印象吗?加重感情吗?抑是为了顾全形式呢?把一个活生生的人,无故地斩成数段来安排,也许是美观一点,但却失去了生命!"③因此,杨云琏把田间分行过多的诗歌比喻成"多节而乏汁的甘蔗",似乎点中了初期抗战街头诗的形式弊病。

抗战街头诗不仅指写在街头或墙头上的诗歌,还包括派生出的岩石诗、传单诗、路边诗、战壕诗、枪杆诗、地雷诗、手榴弹诗、背包诗等等。尽管很多人认为抗战初期的街头诗缺乏艺术价值,并批评了田间等人的作品。但实际上,田间等人创作街头诗时十分注重诗意的营造和艺术的建构,更何况街头诗在中国新诗史上是以内容的鼓动性和战斗性赢得了人们的赞誉。

(三)

抗战街头诗的形式特征为其情感内容的表达作了很好的铺垫。什么是街头诗?胡风认为街头诗"不外是作者从人民对于政治事变的突发的感应里面把政治动员溶化进去了的鼓动小诗"④。这句话从情感内容的角度界定了

---

① 吕荧:《人的花朵——艾青田间合论》,《七月》6集3期,1941年4月。
② 吕荧:《人的花朵——艾青田间合论》,《七月》6集3期,1941年4月。
③ 杨云琏:《关于诗与田间的诗致胡风》,《七月》5集2期,1940年3月。
④ 胡风:《关于诗与田间的诗致杨云琏》,《七月》5集2期,1940年3月。

街头诗,认为该种诗的内容主要是表现与抗战有关的情感、事迹和人物,最终达到宣传和鼓动人们抗战的目的。

抗战街头诗表现的内容十分丰富。从田间和柯仲平等人的作品中可以看出,抗战时期的典型人物形象(如饲养员、游击队员甚至毛泽东)和战事都可以成为街头诗的表现内容。艾青在《开展街头诗运动——为〈街头诗〉创刊而写》中认为街头诗可以有如下表现内容:"团结抗战建国,保卫边区,军民合作,交公粮,选举,救济灾民……以及'今年打垮希特勒,明年打垮日本',整顿三风,劳动英雄吴满有,模范工人赵占魁等。"通过对这些人物和事件的表达,"使人们在诗里能清楚地感到今天大众生活的脉搏。"街头诗"应当毫无间断地关心老百姓,倾听老百姓的话,注意老百姓的事情,留心发生在老百姓之间的每个新的事件。只有这样,才能使诗的内容与形式日益丰富与扩大,才能使诗富有生命。"[①]街头诗的内容,有鼓励民众去战斗:"只要你司令/口哨一吹/我们就来了/我们要把红旗/插在高山之巅!"(《呵,游击司令》)有刻画领导亲切形象:"他的儿子/毛主席也抱过,/还给他的儿子说过:/'长大呵,/做一个/胆大的边区自卫军!'"(《毛泽东同志》)有战士胜利归来增加斗志:"一个义勇军/骑马走过他的家乡,/他回来:/敌人的头,/挂在铁枪上!"(《义勇军》)有对敌人充满了强烈的愤恨:"狗强盗,/你要问我么:/……/来,我告诉你:/'枪、弹药,/统埋在我的心里!'"(《坚壁》)这些街头诗唱出了广大人民投身战斗的壮志和渴望胜利的心声,洋溢着浓厚的战斗感和号召力,鼓舞着人们在抗战时期去热爱自己的民族,去憎恨可恶的日本侵略者,作为一个独立的民族好好地生活在祖国的大地上。

抗战街头诗的情感内容有很强的鼓动性。尽管街头诗在文体上还存在诸多不足,但是街头诗所具有的哪怕是唯一的优点"却是诗的先决条件——那便是生活欲,积极的,绝对的生活欲。它摆脱了一切诗艺的传统手法,不排解,也不粉饰,不抚慰,也不麻醉,它不是那捧着你在幻想中上升的迷魂的音乐。它只是一片枕着的鼓声,鼓舞你爱,鼓舞你恨,鼓舞你活

[①] 艾青:《开展街头诗运动——为〈街头诗〉创刊而写》,《解放日报》,1942年9月27日。

着,用最高限度的热与力活着,在这大地上"①。正是街头诗情感内容的鼓动性使它在抗战文化语境中成为了有生命力的诗歌文体,"从田间的创作特性来看,他对于这一运动(街头诗运动——引者)的热心和这一运动在北方战地的开展,就不难得到理解了。再让我斗胆说一句罢,田间是第一个抛弃了知识分子的灵魂的战争诗人和民众诗人,他这一工作里面是有使他的生命发展的可能的。"②胡风对街头诗运动前景的估计是有根据的,从北方战地轰轰烈烈的街头诗运动中就可以看出该诗歌文体的生命力,以及它在抗战中发挥的"鼓动"作用。

抗战街头诗情感的鼓动性不同于标语口号的宣传作用。街头诗是在抗战中兴起的诗歌文体,目的是为了感化大众去抗战,因此宣传性鼓动性是其首要特征。也正是从这个角度讲,街头诗与标语口号具备了很多相似的功能。《街头诗歌运动宣言》指出:"一句适当的标语,它可以指示某一时期的战斗行动,它也算得一首最有力的诗。但是,假使要我们的情绪更来得丰富,内容更来得具体,而且可以使人容易了解的话,那么,一首抗战大众诗比一句政治标语,在某些地方,就更能发挥效力了。在战斗中,我该用标语口号的地方就用标语口号,该用大众街头诗歌的地方就用它"③。但街头诗却不是标语口号,因为它具有很多诗性特征。田间说:"街头诗并不是象某些人所想象的那么简单,那么粗糙,或者说,这不是诗,而是标语口号之类。写得简单的,写得粗糙的,当然是有的,这么一个广泛的新诗运动,多少人写啊,多少墙壁上写啊,谁能设想都是好的?"④标语口号采用直白的语言达到宣传的目的,而街头诗是通过艺术化形象化的语言来达到宣传和鼓动的目的,它"比标语丰富、具体、复杂,有大体可念的音韵,有情感"⑤。很时候,街头诗的部分诗句可以是标语和口号,利用得当则会增加街头诗的亮色,"口号和诗,如同云彩和风

---

① 闻一多:《时代的鼓手——读田间的诗》,载《诗歌研究史料选》(国统区抗战文学研究丛书),龙泉明选编,成都:四川教育出版社,1989年,第445—490页。
② 胡风:《关于诗与田间的诗致杨云骓》,《七月》5集2期,1940年3月。
③ 《街头诗运动宣言》,《新中华报》,1938年8月15日。
④ 田间:《街头诗札记》,《文艺研究》,1980年6期。
⑤ 林山:《关于街头诗运动》,《新中华报》,1938年8月15日。

暴,云彩是风暴的前奏,风暴是云彩的呼啸。"[田间:《我的回答》(二)]这说明口号可以增强街头诗的宣传效果,街头诗可以达到口号的宣传目的。此外,街头诗和口号相比具有明显的文体优势,它"比标语丰富、具体、复杂,有大体可念的音韵,有情感"①。毕竟街头诗"不是一般的传单,它要通过形象表现的,也要适当讲究音韵和节奏。这是为了便于易写(它要写在墙上或什么地方)、易记(它要尽可能使更多的人记住)、易传诵"②。对街头诗诗性特征的强调和肯定反映出它与标语口号在文体上的本质区别。

(四)

抗战街头诗既然是为着发动大众抗战的目的而得以提倡并兴盛起来的,那它的传播和接受效果必然对其宣传功能产生巨大的影响。街头诗由于发表的媒介和阅读的对象与其他诗歌有明显的差异,对它的传播方式进行研究便会进一步突显其文体特征。

抗战街头诗具有媒介优势。首先,街头诗可以克服抗战时期印刷和纸张紧缺的困难。发动街头诗运动的直接原因之一是因为传播诗歌的物质媒介的匮乏,田间、柯仲平等在《街头诗歌运动宣言》中曾说:"在今天,因为抗战的需要,同时因为大城市已失去好几个,印刷、纸张更困难了,我们展开这一大众街头诗歌(包括墙头诗)的运动,不用说,目的不但在利用诗歌做战斗的武器,同时也就是要使诗歌走到真正的大众化的道路上去,不但有知识的人参加抗战的大众诗歌运动,更要引起大众中的'无名氏'也多多起来参加这运动。"③这段话说明了街头诗在传播时可以克服纸质媒介的限制,在传播学的意义上使诗歌真正走向大众。其次,从印制媒介的角度来讲,街头诗不像普通诗歌那样需要有纸张来印制,也不像朗诵诗那样需要有即时的朗诵者和听众,它的传播只需要有人将诗歌抄写在房屋的墙上、路边的大石头上、电线杆上乃至手榴弹上,然后路过的人能够读到即算达到了传播的效果。第三,从

---

① 林山:《关于街头诗运动》,《新中华报》,1938年8月15日。
② 田间:《街头诗札记》,《文艺研究》,1980年6期。
③ 《街头诗运动宣言》,《新中华报》,1938年8月15日。

语言媒介的角度来讲,由于街头诗的受众主要是普通市民和乡村农民,为了便于传播和接受,它的语言和表达方式往往比较简单和通俗,在形式上也多采用民间文艺形式,这是街头诗最显著的文体特征。用胡风的话说,街头诗"异常通俗,具体。有特别的表现方法,也有利用旧形式的"①。总之,街头诗的传播受物质媒介的制约较少,戏剧的演出必然受到舞台场景的限制,观众的在场也是不可或缺的。街头诗的发表"版面"也是除街头之外的一切可以写字的地方,而且不受读者是否在场的影响。在传播方式上,还有人针对街头诗提出了富有创见的方案:"诗歌可和美术结合,并可写上墙后,有人在那里朗诵给群众听"②,这将进一步促进街头诗的传播。

抗战街头诗的传播范围广泛。街头诗运动发起于延安,其传播的空间不仅仅局限于街头,就像同期产生的街头剧的演出场所并不局限于街头一样。1939年胡绍轩在《街头剧论》一文中认为街头剧可以在"除街头和旷野以外,在土坡、山岗、山洼、桥头、柳阶,以及乡村大路边的茶亭和都市的菜馆里面演出"③。同理,凡是有人烟之处,即乡村的墙上、路边的石头上都能写上街头诗并传播街头诗。前面论述的街头诗的媒介优势表明了它是一种有效的诗歌传播方式,以群在"文协"举办的诗歌座谈会上列举了田间等人提倡和实践的街头诗为例来说明诗歌在大众中传播的有效性。也许一般的人会认为这种诗歌形式因为刚兴起,不会有太多的人在意,但实际情况是写在墙上、石头上、枪杆上的诗看的人很多,而且在敌后起到了比预想还要好的宣传效果。因此街头诗这种"文艺的新形式是并不一定被民众所害怕的。只要作品有内容,而且和群众的现实生活距离不远,即使你使用的是为过去所没人用的新形式,也还是能被群众所接受的"④。抗战街头诗的媒介优势使其成为当时最流行的抗战诗歌文体。街头诗迅速在延安的大街小巷传播开去,继而陕甘宁边区的各个角落、敌后抗日根据地等也都有了街头诗,大后方的重庆、桂林、昆明等地的街头诗创作也形成了相当的声势。我们可以从下面这段回忆文

---

① 胡风:《略观抗战以来的诗》,《抗战文艺》3卷7期,1939年1月28日。
② 陆维特:《苏北墙头诗运动的回顾和前瞻》,《江淮文化》创刊号,1940年7月。
③ 胡绍轩:《街头剧论》,《文艺月刊》2卷11、12合刊,1939年2月1日。
④ 《我们对于抗战诗歌的意见》(诗歌座谈会纪要),《抗战文艺》3卷3期,1938年12月17日。

字中看出当时街头诗的流行势头:"我们从延安出发,在赴晋察冀边区的路上,与搞艺术的同志合作,沿途在村头、路旁岩石上,书写一些街头诗、岩头诗。当时最积极的是田间同志,常见他提着粉桶,拿着毛刷,书写他的短诗。"①以至于后来"随便走到一个极偏僻的乡村都可以看到墙壁上贴满了街头诗,在每一个盛大的集会中都飘荡着'诗传单',在报纸杂志上,街头诗也占了很大篇幅。许多小学生、勤务员与乡下农民等,也都练习写作,自然这是因为街头诗是一种被解放了的诗的形式,接近大众的缘故"②。

抗战街头诗的传播优势可以更好地发挥宣传鼓动的作用。街头诗只有在更迅速更直接地与群众见面的前提下,才能达到宣传抗战、鼓动抗战的即时性效果,街头诗独特的传播方式恰好契合了这一要求。街头诗分别题写在街头或墙头上、岩石上、门窗边、崖壁上、交通要道等地方,很容易被普通百姓阅读到。街头诗几乎达到了处处可见、时时可读的程度,传播方式的多样化使街头诗的传播空间不断扩大,打破了固有的文学阅读模式,加速了诗歌与读者阅读之间的情感交流。诗歌传播空间的扩大意味着诗歌宣传空间的延展,使得街头诗无论形式还是内容都真正地贴近了人民的生活,与最广大的民众保持着紧密的联系,成为了那个特殊时代中大众日常生活的必需品。田间回忆说,街头诗"写在墙头或贴在门楼旁以后,马上便围上一群人,有手执红缨枪的,有手持纪念册的,有牵着山羊的,有嘴含大烟锅的,都在看,都在念"。在高效的传播实践过程中,除了传递激扬的抗战热情外,街头诗的艺术感染力也得到了提升。群众中也产生了创作街头诗的热潮,不同文化层次的人,甚至许多小学生、勤务员与乡下农民等都练习写作街头诗。正是街头诗的传播优势使它势不可当地在人众中迅速传播,从而完成了宣传和鼓动抗战的时代重任。

半个多世纪后的今天,当我们重新阅读那些激情飞扬的诗篇时,眼前似乎又出现了人民大众抗战的英勇身姿和热血豪情。街头诗并非昙花一

---

① 曼晴:《春风杨柳万千条——回忆晋察冀边区的诗歌运动》,引自《田间与街头诗》,郭仁怀著,《文艺理论与批评》,1995 年 4 期。
② 凌云:《晋察冀文化工作的过去与现在》,《西线》杂志,1939 年。

现,它在我们今天的生活中依然发挥着宣传和鼓舞的作用。本文不仅力图完成对抗战街头诗文体特征的全面探究,更希望在此基础上启示当下的诗歌创作延续抗战街头诗的文体优势,承担起诗歌的使命意识,推动诗歌的精神建构。

第三章 "文协"与大后方抗战诗歌

成立于抗战烽烟里的中华全国文艺界抗敌协会迁到重庆之后,相继在成都、昆明、贵阳、桂林等大后方建立了分会,积极组织和引导抗战文艺的创作和研究活动。需要特别说明的是,由于"文协"桂林分会的文艺期刊《文协》资料难以索取和查阅[①],在此仅以重庆、昆明、成都为例作详细论述。

一、"文协"的文学立场

中国文艺工作者在20世纪30—40年代的全民族抗战中表现出空前的团结协作精神和社会激情,1938年3月27日成立的中华全国文艺界抗敌协会(以下简称"文协")是其重要标志。由于"文协"在特殊的时代语境中与抗战现实和民族政治联系过于紧密,以至于人们忽略了它构成主体及活动内容的文学性。事实上,作为张扬抗战文学的主流团体,"文协"参与组织的与抗战时局相关的活动既属于政治历史的范畴,更属于文学观照的重要内容,对"文协"的研究还亟待从文学的角度去还原其文学面貌。

---

① 关于"文协"桂林分会资料遗失和查阅困难的相关论述,专门研究"文协"与抗战时期文艺运动的段从学先生曾说:"分会会刊,是与总会会报同名的桂刊《抗战文艺》。创刊于1940年3月1日,艾芜负责编辑,仅出1期。1940年12月1日,又借《广西日报》出版《文协》旬刊,每期均标明'文协桂林分会编辑'。由于报纸残缺,该刊的具体出版期数和停刊日期不详。笔者见到的最后一期,是1941年3月22日的第11期。"(段从学:《"文协"与抗战时期文艺运动》,北京:北京大学出版社,2012年,第267页。)

"文协"是新文化运动以来最广泛的文艺团体,几乎全中国的作家都加入了这个行列。虽然"文协"成立时到会的人数不多,但在有限的作家群体中包含了多种创作路向和文艺主张,这使它迅速地在全国很多地方建立了分会或通讯组,团结了大量的文艺工作者。《新华日报》对"文协"的构成主体作了这样的报道:"虽然因为文艺人的星散各地,到会的只有六七十人,但其中包含的成分,实在是有新文学运动以来所从未有过的新阵容。抗日的共同目标,把大家毫无间隔的团结起来。"[①]这表明"文协"融合了各种创作流派,最大限度地团结了国内文艺界的知识分子,必将成为新文学史上规模最大的文学社团。"文协"组织部在成立一年后的总结中写道:"惟经一年来的艰苦奋斗,组织的规模,已粗具雏形;全国大学文学院院长,教授,作家,名记者……已大率由于情感的融洽,时代的感召,责任的督促,踊跃入会,将来进一步努力,自不难在抗战中加强文艺武器的力量,在建国中发扬文艺复兴的光辉。"[②]由此可见,"文协"在成立一年后已经吸收了全国主要的文艺界中坚力量,并且在成都、昆明、桂林、香港和宜昌、襄樊等地成立了分会,在长沙等地成立了"全国文艺界抗敌协会通讯处"。无论从会员的分布还是组织机构的分布来看,均超出了以往任何一个新文学社团的规模和广泛程度,不愧为中国现代文学史上最大的文学社团组织。

"文协"是全中国人民在面对日本侵略时的心态的集中体现。"文协"成立的当日,在《告全世界的文艺家书》一文中有这样的话:"中华全国文艺界抗敌协会今天在汉口成立。这个集团的命名就指明了这不是一个普通的文艺集团,而是一切文艺家为反抗暴日帝国主义的大团结;集合在这抗日旗帜下的我们,虽然在文艺的流派上说起来是可以区分为多种多类的,但是我们在政治上只有一个目标一个信念;中华民族必须求得自由独立,而要求得到自由独立,必须全民族精诚团结!"[③]这段话基本上可以还原我们对"文协"的认识,即其性质是不带任何政治派别观念的"文艺集团",其成立的目的是中

[①] 记者特写:《庄严热烈的文艺阵——记全国文艺界抗敌协会筹备大会》,《新华日报》,1938年2月25日。
[②] 组织部:《组织概况》,《抗战文艺》4卷1期,1939年4月10日。
[③] 《告全世界的文艺家书》,《文艺月刊》第9期,1938年4月1日。

国的解放和自由,在承认创作流派存在差异的基础上所有的作家都具有团结抗敌的相同信念。《新华日报》在名为《全国文艺界空前大团结》的社论中认为"文协"是"中国历史上空前的,也是抗战进程中最值得欢欣鼓舞的盛举"。"文协"的成立"表示了全中国的文艺作家,已经凝固的团结在一起,将文艺的武器,英勇的放在中华民族解放战争的疆场上发挥着比以往更强大的战斗力量"①。进一步说明了"文协"是新文学历史上规模最大的全国性文艺社团。周恩来先生在"文协"成立大会上说:"今天到会后最大的感动,是看见了全国的文艺作家们,在全民族目前,空前的团结起来。这种伟大的团结,不仅仅是在最近,即在中国历史上,在全世界上,如此团结,也是少有的!这是值得向全世界骄傲的。"②可见,将"文协"看做中国现代文学史上最大的文学社团实乃名副其实。

与以往的新文学社团或组织不同的是,"文协"周围的所有作家都面临共同的时代难题和生存危机,这使他们能够比以前任何一个组织或社团都更具有向心力和团结协作精神,其构成人员的复杂性同时也说明了"文协"的包容性。"过去中国文艺界虽有过几次全国性的组织,但是因种种原因不能一致,总不能有良好的成果。现在情势已经完全不同了,全国上下,已集中目的于抗敌救亡……已无一不为亲密的战友,无一不为民族的力量。我们应该把分散的各个战友的力量,团结起来,像前线战士用他们的枪一样,用我们的笔,来发动民众,捍卫祖国,粉碎寇敌,争取胜利。"③从这些描述中我们可以看出,"文协"的旨趣并非为了宣传某个党派的意识形态,也并非是某个党派的"传声筒",它是在民族危亡时刻团结所有的文艺工作者,通过作品鼓舞最广泛的人民大众投入到抗战中去,争取民族的独立和自由。也正是如此,"文协"不仅最广泛地团结了中国的文艺工作者,而且最广泛地应和了大众的文化需求,成为中国现代文学史上最为大众化的普及程度最高的文艺社团和文艺组织。"文协"比新青年社、创造社或文学研究会等具有更大的包容性和协作精

---

① 《全国文艺界空前大团结》,《新华日报》,1938 年 3 月 28 日。
② 《全国文艺界空前大团结》,《新华日报》,1938 年 3 月 28 日。
③ 楼适夷:《中华全国文艺界抗敌协会发起旨趣》,《文艺月刊》第 9 期,1938 年 4 月 1 日。

神。之前文学团体之间面对的矛盾主要来自文学观念上的互不认同,现在的文学团体或者说全中国的文艺创作者面对的矛盾来自外敌的入侵和自我生存危机,共同的敌人将持不同文学意见的作家团结在了"文协"周围,形成了自新文学运动以来罕见的作家团结的局面。

秉承新文学二十多年来直面社会动荡的传统显示出"文协"团结、抗战和民族的文学主张。"中国的新文艺运动,是从中国人民大众参加民族解放斗争的过程中产生出来的,因此他一开始便肩起了这个伟大斗争的使命;他还只有很短促的二十年的历史,我们不能对他作过于苛刻的要求,但是在这短短的二十年中,许多卓越的文艺工作者,在苦难的环境,前赴后继,奋发前进,始终没有一时一刻忘却他的时代的民族的责任。一切比较成功的作品,更没有一篇不是民族的心灵的呐喊,他毫不留情的揭发了民族的现实,非常敏感地指出了日紧一日的民族的危机,鼓励无数千万的知识青年投奔于民族斗争的疆场,纵使因此而遭受压迫,也毫不畏怯。"①《新华日报》的社论不仅肯定了新文学诞生的时代背景和所处的语境与民族解放斗争相关联,而且高度赞扬了新文学作家在困难面前不曾屈服的伟大人格。类似的言论也出现在"文协"的成立"宣言"中:"中国新文艺运动的历史,才只有短短的二十年。在这二十年中,内忧外患,没得一日稍停,文艺界也就无时不在挣扎奋斗。国土日蹙,社会动摇,恍如噩梦;为唤醒这噩梦,文艺自动的演变,一步不惜地迎着时代前进。从表面上看,它似乎是浮动的,脆弱的;其实呢,它却似是一贯的不屈服,不绝望;正因为社会激剧的动荡,所以它才不屈不挠的挺身疾走,文艺家因生活窘迫,因处境困难,有的衰病,有的夭亡,可是前仆后继,始终不肯放弃了良心,不肯因身家的安全而退缩。这二十年中的文艺是紧紧伴着民族的苦痛挣扎,以血泪为文章,为正义而呐喊。未曾失节,未曾逃避,能力容有不足,幸未放弃使命。作品在量上容或太少,在质上或嫌微弱,可是检读二十年来所有的著作,到底能看到社会的良心与最辛酸而纯洁的情感。"②正是有了这样的新文学传统和作家精神,中华民族在遭受日本侵略的时候,全国的作

---

① 《全国文艺界抗敌协会成立大会》,《新华日报》,1938年3月27日。
② 《中华全国文艺界抗敌协会宣言》,《文艺月刊》第9期,1938年4月1日。

家"必须把力量集聚到一处,筑起最坚固的联合阵营,放起一把正义之火,烧净了现存的卑污与狂暴"①。因此,"文协"的成立表明抗战文学是对新文学革命精神和爱国情怀的承传,"文协"会员的创作是对社会责任的担当和大众情感的抒发。

注重文学与大众的结合使"文协"在文学体式上主张大众化和通俗性。楼适夷起草的《中华全国文艺界抗敌协会发起旨趣》不仅表明了"文协"的成立是为了团结文艺界人士共同抗敌,而且表明"文协"会员的创作要以发动大众抗战为目的。"半年来抗战的经验,给我们宝贵的教训,一个弱国抵抗强国的侵略,要彻底打击武器兵力优势的敌人,唯有广大的激励人民的敌忾,发动大众的潜力。文艺者是人类心灵的技师,文艺正是激励人民发动大众最有力的武器。数年来为了呼吁抵抗,中国文艺界无疑地尽了最大的责任。但自抗战展开以来,新的形势要求我们更千倍地努力。"②在中国新文学历史上,很多作家因为共同的文学审美价值取向而结社成为文学组织,比如"为人生"的文学研究会、张扬浪漫精神的创造社等均是如此。在认识到了人民大众的力量对于抗战胜利起着关键性作用的基础上,"文协"同人们进而"感到文艺抗战工作的重大",他们必须将文艺宣传的抗战精神和人民大众的接受能力结合起来,进而选择了大众化和通俗性的文艺创作方向。从"文协"会刊《抗战文艺》发表的作品来看,"文协"的各种文艺样式在抗战时期发挥了独特的作用:"在共雪国仇恨,维护正义下,有我们的理论。在善意的纠正,与友谊的切磋中,有我们的批评。在民族复兴,公理战胜的信念里,有我们的创作……我们的工作由商讨而更切实的到民间与战地去,给民众以激发,给战士以激励。"③因此,抗战文艺中曾出现了利用旧形式、利用民间文艺形式和大众话语的创作潮流,也出现了"民族形式问题"等的理论探讨,这其实都是抗战文艺为了满足大众接受能力的结果,从另外一个角度反映出"文协"在文体形式上的通俗性和大众化审美取向。

---

① 《中华全国文艺界抗敌协会宣言》,《文艺月刊》第9期,1938年4月1日。
② 楼适夷:《中华全国文艺界抗敌协会发起旨趣》,《文艺月刊》第9期,1938年4月1日。
③ 《中华全国文艺界抗敌协会宣言》,《文艺月刊》第9期,1938年4月1日。

总之,"文协"的成立源于作家抗战的民族情结,虽然蒙上了较为浓厚的政治历史色彩,但其构成主体、社团特征和文学主张却表明了它的文学社团特质。因此,我们不应该再从政治历史的角度对"文协"加以误读,而应该从文学的维度去把握"文协"这个新文学史上规模最大的文学社团的群体特征,彰显出它在中国现代文学史上的"文学"价值。

二、《抗战文艺》与大后方抗战诗歌

《抗战文艺》是中华全国文艺界抗敌协会总会的会刊。1938年5月4日创刊于武汉,1946年5月4日终刊于重庆,8年内共出版了78期,其中正刊72期,特刊6期。它是抗战期间国统区发行最广、影响最大、存在时间最长的,唯一贯穿抗战始终的进步的文艺刊物,对抗战时期的文学和文艺运动产生了巨大的影响。《抗战文艺》发表了一系列诗歌作品和关于诗歌的观点论述,对抗战时期的诗歌运动有着很大的指导作用并产生深远的影响。

(一)

《抗战文艺》在战火纷飞中诞生,在战火威逼下迁到重庆,其诗歌观念必然与整个中国人民的抗战爱国行为相一致。

抗战诗歌应当大众化。《新华日报》在报道"文协"成立的社论文章中指出:"新时代的文艺,尤其是在这大时代的文艺,早已不是个人的名山的事业,而应该是一种群众的战斗的行动。文艺更应该是人民大众的日常生活的一部分,而不是几个专门家以及少数知识分子的私有品,恰如一切社会,自然的知识,是人人应该享有一样,文艺的修养也必须成为每一个大众的所有……因此文艺的大众化,应该是全国文艺界抗敌协会的最主要的任务。"[①]在随后发表的《纪念五四——为大众的文化而战斗》(适夷)、《文艺的"功利性"与抗战文艺的大众化》(蓬子)、《关于"艺术大众化"》(冯雪峰)等一系列文章都

---

① 《全国文艺界抗敌协会成立大会》,《新华日报》社论,1938年3月27日。

谈到了文艺的大众化问题。冯雪峰说:"'艺术大众化'这口号的根本任务,是配合着整个政治和文化的情势……一方面是迫不及待的革命(抗战)的大众政治宣传,一方面又是艺术向更高阶段的发展。"①诗歌是文艺中的一种,故而诗歌的大众化也急需实行。诗歌的大众化要求诗人根据大众的阅读接受能力进行诗歌创作。茅盾在论述《戏剧的民族形式问题》一文中说:"拿诗歌来说吧,如果我们的诗歌的欣赏者,或被宣传教育的对象,还是像战前似的限于知识分子,如果诗歌朗诵的举行还是像战前似的只在知识分子的书房和客厅,那么,柯仲平或者亦未必那么热心(甚至非常坚决)于民族形式的学习罢!正因为他不是在书房或客厅中朗诵,而是在千数百人的大会场,正因为他的听众虽有知识分子在内,然而大多数都是农民出身的老战士,或者竟是文盲的老百姓,于是他不得不刻意进求一种合适的形式,于是自然而然会中意了他的新的听众们所熟悉的歌调而批判地学取了。"②可见,诗歌的大众化不仅局限于诗歌理论的提倡,在抗战时期它确实深入到了诗人和大众的文学活动中,部分抗战诗歌是整个新诗历史上最为通俗易懂的作品。

  抗战诗歌是民族心灵的呐喊。"文艺家是民族的心灵,民族的眼和民族的呼声,没有一个伟大的文艺家不为着自己民族的健康和繁荣而尽力。"③在民族存亡的生死关头,"诗人是应该交付出最真挚的爱和最大的创作雄心的"④,"应该把分散的各个战友的力量团结起来,像前线将士用他们的枪一样,用我们的笔来发动民众,捍卫祖国,粉碎寇敌,争取胜利。民族的命运,也就是文艺的命运,使我们的文艺战线能够发挥最大的力量,把中华民族文艺伟大的光芒照彻于世界,照彻于全人类。"⑤因此,那些表现风花雪月或自我呢喃的柔婉绮丽,朦胧晦涩的诗句,已不能适应当时我们这个民族的需要。在这个苦难的时代,诗人要拿起诗歌这个有力的武器,肩负起时代和民族的使命,告诉民众中华民族在日本侵略下的惨状,描写出日本法西斯的凶残的面

---

① 冯雪峰:《关于"艺术大众化"》,《抗战文艺》3卷9、10期合刊,1939年2月18日。
② 茅盾:《戏剧的民族形式问题》,《抗战文艺》7卷2、3期合刊,1941年3月20日。
③ 《全国文艺界抗敌协会成立大会》,《新华日报》社论,1938年3月27日。
④ 艾青:《诗论》,《抗战文艺》6卷4期,1940年12月1日。
⑤ 《中华全国文艺界抗敌协会发起旨趣》,《文艺月刊·战时特刊》第9期,1938年4月1日。

目,中国人民在自己的土地上流下的血和泪,呼唤着人民起来抗战,为了全民族的利益和自由,发扬"不破楼兰终不还"的精神。诗人应该反映这个伟大时代的各种现实,其作品应该成为人民心灵的呐喊。

抗战诗歌要暴露黑暗。诗歌不能仅仅表现抗战的光明面,表现人民的英勇抗战和取得的胜利。诗人也应该暴露社会的黑暗面,因为"抗战的现实是光明与黑暗的交错,——一方面有血淋淋的英勇的斗争,同时另一方面又有荒淫无耻、自私自卑,人民大众是目击这种种的,而且又是身受那些荒淫无耻自私卑劣的蹂躏的。消灭这些荒淫无耻自私卑劣,便是'争取'最后胜利之首先第一的要件,目前的文艺工作者必须完成这一政治的任务"[①]。在抗战的过程中,会出现很多阻碍抗战发展的不利情况,对于这些黑暗面我们要将之暴露在大众面前,让大众更深刻地知道抗战的对象不仅是法西斯,也包括被法西斯所笼络的汉奸走狗,"反汉奸这一个任务,应该成为每一个文艺工作者创造作品最主要的主题之一。"[②]抗日战争关系到中华民族的生死存亡和发展,如果我们能够彻底地暴露黑暗,而不是对自身的缺点采取掩耳盗铃的态度,敢于进行自我批评,敢于改正自己的不足,这将进一步促进抗战的胜利。暴露黑暗的目的是为了看到光明,诗歌要暴露黑暗,而且要彻底地暴露黑暗,但最终的目的是要透过黑暗让大众看到抗战的光明曙光,只有这样才能真正做到"在暴露中提高"。

抗战诗歌必须和抗战现实相联系。一时代有一时代的文学,文学是对时代的反映,诗歌也不例外。从中国现代新诗发展的历程中我们可以看见,在中国社会的每一次变革中,新诗都充当了"急先锋",诗人敏感而勇敢地走在时代的前列,用自己的作品及时地反映出动荡的社会现实。抗日战争时期的诗歌,也是对这个特定时代的回应。在和平稳定的时代,很多诗人选择在自己的作品中建构自我的存在方式,其感伤的格调与现实显得格格不入,作品与社会明显脱节。在战火纷争的年代,诗歌不可能也不应该继续守在"象牙塔"里,表现个人的情思哀伤,脱离抗战现实而追求虚幻玄妙的东西,"诗歌已

[①] 茅盾:《论加强批评工作》,《抗战文艺》2卷1期,1938年7月16日。
[②] 蓬子:《文艺上的反汉奸斗争》,《抗战文艺》3卷4期,1939年1月7日。

经再也不会是离开人类活动的各种形式而独立的东西,它有着社会的使命。在目前它已经有组织地和抗战事业取得密切的联系。"①"最伟大的诗人,永远是他所生活的时代的最忠实的代言人;最高的艺术品,永远是产生它的时代的情感、风尚、趣味等等之最真实的记录。"②中国和全世界面对的最大社会民生问题就是反法西斯战争,对于诗人而言,他们最有力的抵抗莫过于用手中的笔记录下这苦难的现实,鼓励人民争取抗战的胜利。《抗战文艺》上的作品和诗论无不阐发出这样的诗歌理念:只有靠近这血淋淋的生活现实,才能为民族的抗战贡献力量,也才能为诗歌找到合理的发展路向。

(二)

面对抗日战争这个变革的时代,面对民族危亡这个特殊的时期,《抗战文艺》发表的诗歌表现出与以往时代不同的情感特质。

《抗战文艺》上的诗歌具有很强的现实目的。在战火连天的动荡年代,诗歌在生命意识和使命意识的天平上必然倾向于使命意识,诗要表现"大我"的精神情怀,张扬"炸弹"和"旗帜"的社会功能。在这样的时代语境中,诗歌的表现主题就是要服从于抗战,积极宣传和鼓动人民大众投身到民族解放事业的潮流中。因此,与社会隔离的纯粹的艺术性的诗歌就会显得与时代格格不入,对中国人民而言,抗日战争就是最高的人性的表现,也是诗歌美学本质在特定阶段的表现,诗歌的政治性成了抗战诗歌最重要的属性之一,文艺服务于抗战不仅是抗日战争的需要,也是社会文化发展的需要。徐中玉说:"我们时代的诗歌必须要做到能够动员大众去和强暴的敌人斗争,必须要做到能够唤起大众革命的精神,必须要做到能够确实成为都市与农村千百万勤劳人众们的指导力。"③

《抗战文艺》上的诗歌呼唤反抗与斗争,憧憬自由与光明。抗战爆发,在人们心头上积压了多年的阴霾被突如其来的兴奋与乐观的情绪冲击着,诗人

---

① 徐中玉:《论我们时代的诗歌》,《抗战文艺》2卷11、12期合刊,1938年11月26日。
② 艾青:《诗论》,上海:复旦大学出版社,2005年,第58页。
③ 徐中玉:《论我们时代的诗歌》,《抗战文艺》2卷11、12期合刊,1938年11月26日。

们爆发出反抗侵略、争取自由的最强音,憧憬着未来的胜利。"自从'一九一八'以来一直被作家们追求着的争取着的神圣的民族解放战争果然梦一般实现了,这在作家们是一种不可想象的强烈的刺激。"①在强烈的抗战刺激下,诗人们高歌自由,追寻着全民族抗战的胜利,大声疾呼人们起来反抗压迫。法西斯残酷的侵略进一步激起了诗人们反抗的热情,尽管他们离开了自己深爱的故乡,但是他们看到了中国的未来,看到了一个新式的民族即将诞生,他们歌颂祖国,呼唤新生活的到来。在广州,"孩子们尝过了引人的齐唱,年青的宣传员嘶哑着高嚷,看啊,随着手舞足顿,热泪先挂在自己的脸上,不识字的汉子也走上台来,哎,请你替我写封信到前方。"②在昆明,"你武装起来了!/我看见,/在你的街头上,/震荡着救亡的歌曲,/燃烧着新的动力!/在你的各个角落上,/新生的猛火都在开始燃烧着。/在你的腹心里,/在锻炼着一切的铜铁的战士。"③全中国都站起来了,压抑了多年的情绪爆发了,诗人们不仅从不同的角度表现了中国人民抗战的决心,而且表达了对于赶走侵略者的信念。中国的大地是属于中国人民的,"战士们歌唱着/——马在驰骋,/迎着翩翩而来的黎明,/奔赴战争……"④黎明就要到来,侵略者的末日即将降临,我们要"毁灭那假造的形象/撕破那冷冷的白布一方,/指示他们以真正的太阳/永远是辉耀在他们的头上"⑤。法西斯注定要被我们摧毁,自由的太阳会照耀在我们身上,因为"这里的铁鹰在天空上高傲地翱翔着,/他们的巨大的声响,/象征祖国的一切的新生的力量。/这里是中国后方的一个铁工厂,/这里是中国后方的一个发电厂!/从这里要发出一切的伟大的力量!/在宽广的大路中,/望着碧油油的田畴,/我心里欢喜着,/我心里憧憬着,/我想着祖国的现在和过去。"⑥过去的祖国充满了灾难,现在的祖国要在灾难中奋起,未来的祖国必将煦日普照。"不错,中国又失了粤汉,/但这绝不是中国的败北!/

---

① 《一九四一年文学趋向的展望——会报座谈会》,《抗战文艺》7卷1期,1941年1月1日。
② 蒋锡金:《广州即景三章》,《抗战文艺》2卷7期,1938年10月22日。
③ 穆木天:《昆明!美丽的山城》,《抗战文艺》3卷1期,1938年12月3日。
④ 力扬:《黎明》,《抗战文艺》4卷2期,1939年4月25日。
⑤ 马宗融:《太阳》,《抗战文艺》8卷3期,1943年1月15日。
⑥ 穆木天:《昆明!美丽的山城》,《抗战文艺》3卷1期,1938年12月3日。

因为今后的抗战,/力量会增加到过去的百倍千倍……"①日本的侵略必将激起中国人民的抗战豪情,全中国人民在"抗战为国"的旗帜下凝聚成强大的力量,把侵略者赶出家门。

《抗战文艺》上的诗歌表现了战争带给人们的苦难。诗歌是直接抒发人们的感情的,而且是直接激动人们的感情的,在成千上万的劳苦大众在遭受法西斯惨无人道的轰炸之下,诗人不可能待在"象牙塔"内寻求"美与真",不能再以自我为表现中心而脱离时代与社会。诗人具有敏感的观察力和体悟力,许多诗人虽然没有战斗在第一线,但是他们在后方通过自己所看到的所感受到的战争给祖国带来的灾难和给人们带来的痛苦,就产生了创作的冲动和勇气,流露出对祖国和人民的深切忧患。在中华民族危难关头,诗人毫不犹豫地站出来,通过诗歌鼓励苦难的民族站起来坚决抗战。战争给人民带来的痛苦是无限的,"在今天/凶残的魔手/敲碎了这一代的/'幸福的基石'/少数的贵人沦为奴隶/多数的奴隶们,被卷入/仇恨的血海中变为沉尸。"②伴随着国土的沦丧,中国人民不仅失去了生存的自由,而且失去了生存的权利,要么被迫为奴,要么"变为沉尸"。战争不仅使个人遭受了苦难,而且使我们生活的家园不再美丽。面对敌人的狂轰乱炸、灭绝人性的屠杀,诗人们按捺不住心中的愤怒,"二月四日,不要忘记!/日帝国主义,兽机,/丢下炸弹,烧夷,/把我们不设防的一个城市,财富,/和几千和平善良的老幼男女,/在顷刻间夺去了;/把贵州的心脏——贵阳,/贵阳的心脏——大小字,/整个,整个地挖去!"③我们不会忘记二月四日,几千和平善良的老幼男女的无辜惨死,我们不会忘记整个贵阳在敌人的炮火中变得满目疮痍。贵阳轰炸仅仅是广袤的中国被残忍轰炸的一个缩影,日本法西斯在中国大地上犯下的罪行触目惊心,比比皆是。想到战火烧到了家乡,诗人的笔下就流露出痛心的哀伤,同时表现出对遭遇战火破坏的昔日美丽家园的留恋和喟叹:"战争的毒焰/烧红了太平洋西岸的天空,/烧过了扬子江流域又烧红了珠江;……敌人的大炮已开

---

① 沙雁:《诅败北论者》,《抗战文艺》3卷2期,1938年12月10日。
② 罗烽:《遗产》,《抗战文艺》4卷5、6期合刊,1939年10月10日。
③ 杨维铨:《二月四日》,《抗战文艺》3卷9、10期,1939年2月18日。

始破坏了我家里的平安。……我永远忆着南方——/那回去不了的,被敌人蹂躏着的河山!"①敌人的战火燃遍了神州大地,南方那片美丽的土地已经遭受了敌人的蹂躏,该诗愤怒地谴责了敌人对祖国河山的侵略和破坏,集中表现了抗战诗歌对苦难的观照。

《抗战文艺》上的诗歌揭露了法西斯的虚伪,努力唤醒法西斯国家人民的反战情绪。表面张狂的法西斯在本质上是虚弱的,它害怕中国人的抵抗,在坚韧的斗士面前显得惊慌失措:"据说老托长得怪漂亮……'我是同情中国的'!——但他的谈话都比脸孔还要强。日本天皇听见了,心里头真有点着慌;连忙把底下人叫了来:'怎么,你们又把他得罪了?……要知道,此刻他对我们正有用场!他要什么酒给他什么吧,千万不要惹得他信口雌黄'!"②法西斯面对伟大的中国人民现出了的原型,表面上的强悍掩饰不了他们内心的惶恐,面对着顽强不屈的民族,面对一颗坚韧的心,他们的懦弱就显现无遗。诗人嘲笑并讽刺这极度虚伪的法西斯,宣扬"一切反动派都是纸老虎",号召人民把法西斯赶出中国。

抗战敌国的苦难人民多是受到了罪恶法西斯的愚弄或者生活所迫而来到中国参与侵略战争,对待他们与对待法西斯要持两种不同的态度。发起这场战争的法西斯军阀利用了日本人对战争目的之"无知",驱使他们进行侵华战争。对于在敌人战壕中被骗和受苦的人,要采取唤醒他们的良知的方式,让他们丢下手中血迹斑斑的枪杆。诗人大声疾呼:"告诉你,/日本的飞行士:/莫学残暴的人,/无人性的屠杀奸淫;/莫学消极的军人,/死谏挽回不了侵略者的心。/只有掉转枪弹,/掉转机头,/扯起反旗反抗欺骗你们的人!"③在《打回老家去吧,"皇军"!》④一诗中,诗人用极具耐心的口吻,向这些"皇军"讲述"天皇"与"军阀"的欺骗,战争随时要夺走他们的性命,家里亲人生活的窘境和对他们的思念,借此愤怒地告诉他们,"饿死你们父母,/冻死你们妻儿,/杀死你们弟兄朋友的强盗们! /——那就是那些人类公敌,日本法西

---

① 黄药眠:《忆南方》,《抗战文艺》3卷2期,1938年12月10日。
② 任钧:《托洛茨基和猫》,《抗战文艺》2卷10期,1938年11月26日。
③ 伍禾:《檄日本飞行士》,《抗战文艺》2卷5期,1938年10月8日。
④ 安娥:《打回老家去吧,"皇军"!》,《抗战文艺》4卷5、6期合刊,1939年10月10日。

斯疯狗?"我们,这"爱为和平的中华民族,——绝对不是你们的仇人"。

从整体上看,《抗战文艺》上的诗歌内容具有大众化的特征。为了发动大众抗战的需要,为了大众能够接受,在诗歌的内容选择上,也应该以大众的所需为出发点。广大的民众处于水深火热之中,他们面对着敌人的残酷、生活的悲惨、境况的恶劣,但他们表现出的坚强的战斗精神、对未来的胜利充满渴望等等,这些都应该是抗战诗歌的表现内容,也是与民众息息相关的生活事件与情感,诗歌只有表现这些内容才能让民众产生共鸣。一旦脱离了现实而与抗战无关的诗歌,在这个以抗战争自由的时代里就会失去它的社会作用。在谈论民族的形式的时候,我们要知道,"内容决定形式,这是颠扑不破的真理。我们既要求民族的形式,就必须要有现实的内容。"①"形式不能与内容分离,决定民族的形式的是民主的内容,正因我们今天在文艺的内容上以反帝的民族主义为号召,所以形式上才会有民族的要求。""关于民族形式这个问题,不能离开抗日的内容来谈。"②内容是与形式相统一的,内容的现实性就是要求内容要面对大众生活,只有表现大众所关心的事件,才不至于使诗歌流于形式。诗歌内容的大众化其实就是诗歌表现主题贴近真实的大众生活,让大众从诗歌中看到熟悉的内容,进一步激发抗战的激情。

《抗战文艺》上的诗歌表明诗人们敢于揭露社会现实的黑暗面。社会不可能只有光明而没有黑暗,诗歌如果只歌颂光明,往往会使民众盲目乐观,麻醉他们的抗战激情。暴露黑暗并不是为了让敌人看到我们的不足,充当他们的笑资,而是为了我们能够更深刻地认识到自身的弱点,认识到对抗战不利的因素,从而更好地指导民族战阵的胜利。"如果能够彻底地暴露黑暗,所得或者并不亚于有实感地颂扬光明,因为不击退黑暗,光明也就难以来到,至于那些单纯在概念上理解最后胜利的作品,更是不在话下了。"③当然,对于那些没有信心、恶意宣传对抗战不利信息的人,我们应该给予严厉的批评,因为"他们只看见侵略的锋芒/听不见抗战的呼声如雷。/他们只看见日本在向中

---

① 郭沫若:《"民族形式"商兑》,《大公报》,1940 年 6 月 9 日。
② 《文艺的民族形式问题座谈会》,《文学月报》1 卷 5 期,1940 年 5 月 15 日。
③ 周行:《关于〈华威先生〉出国及创作方向问题》,《七月》4 集 4 期,1939 年。

国进军,/不知中国安排好的万道重围!"①我们应该始终坚信"今后的抗战,/力量会增加到过去的百倍千倍……",最后的胜利一定属于中国人民。

暴露黑暗不只是针对抗战,到了后期也是针对国民党的倒行逆施。到了抗战后期,国民党政府在政治、经济、文化政策等方面暴露出反动的一面,国统区的物价横飞、民生凋敝,言论自由的限制与出版审核的苛刻导致讽刺诗的兴起,这些诗篇主要暴露了国统区的种种社会弊端。臧克家曾这样描述当年现代讽刺诗所呈现出的空前盛况:"1941 年以后,一直到全国解放之前,讽刺诗成了新诗的主流,每一个诗人都写了大量的讽刺诗。这是时代的使然。置身蒋管区,如果他真是一个诗人,就一定会写讽刺诗。"②在国统区以袁水拍、臧克家为代表的政治讽刺诗人发表了一系列的政治讽刺诗,形象生动地揭露了林林总总的社会问题。诗人王亚平说:"诗人为了抒发自己的,民众的,以及民族的悲苦,仇恨,而不能或不愿用正面讴歌的创作方式的时候,于是就采用了从侧面,背面给予锐利的讽刺。这样产生的作品,便是政治讽刺诗。"③然而在《抗战文艺》中却并没有发表过这样的政治讽刺诗,多数作品仍以抗日宣传、对抗战胜利的乐观为主。如臧克家的《为抗战而死,真光荣》《土的气息》等等。《抗战文艺》作为全国文艺界抗敌协会的机关刊物,是全国文艺界团结抗敌的结晶,没有大量发表针对国民党的政治讽刺诗,也许是基于宣传抗日、争取民族抗战胜利的全局意义的考虑。

(三)

为了适应抗战时期政治与文化的需要,更好地服务于抗战,《抗战文艺》发表的诗歌不仅在内容上朝着大众化的方向发展,而且在形式和语言上也选择了大众化的发展道路。

抗战时期讨论最多的就是文艺的民族形式问题,新诗为了更加有效地为民族解放战争服务,为大众服务,就必须做到新的革命内容与形式的有机统

---

① 沙雁:《诅败北论者》,《抗战文艺》3 卷 2 期,1938 年 12 月 10 日。
② 臧克家:《我们需要讽刺诗》,载《学诗断想》,成都:四川人民出版社,1979 年。
③ 《论政治讽刺诗》,《新华日报》,1942 年 3 月 20 日。

一。从形式的角度来看,就是要创造出为人民大众所喜闻乐见的民族形式。民族形式跟大众化联系在一起,所以诗歌的大众化形式是抗战以来诗歌讨论的焦点。"文协"在几次诗歌座谈会与诗歌晚会上都对此进行过探讨,《抗战文艺》也发表了《论我们时代的诗歌》《我们对于抗战诗歌的意见》等文章来展现文艺工作者对民族形式问题的意见。自从抗战以来,任何文艺工作都应该跟抗战联系起来,蓬子说:"除非你不写诗,写就非写抗战诗不可。一个中国的诗人是无法逍遥于抗战之外的,因此他的诗也就离不开抗战,所以目前只有抗战诗歌。"[①]抗战诗歌所面对的是大众,它的作用是要发动民众进行抗战。

那么,抗战诗歌应该怎样实现形式的大众化和民族化呢?五四以来,随着对新诗形式的不断探索与创新,在向西方诗歌与中国传统诗歌优点学习的基础上,新诗形式获得了长足的进步和发展,创造出了很多为读者所喜欢的诗句,读者的数量也在相应地增多。然而这些读者也都是知识分子和青年学生,文艺还是和先前一样并未真正深入到广大民众中,新诗尚未真正建立起为民众所喜闻乐见的民族新形式。在全面抗战时期,广大民众是抗战的主力军,诗歌是很好的宣传抗战的武器,如果诗歌仅仅还只是以少数知识分子的群体为接受对象,那诗歌在抗战中所起的作用将受到折损,因此诗歌的大众化是历史的选择,也是文艺的选择。抗战时期的诗歌已经不再被认为是个人或少数人的专用品,它必须争取大多数人的接受才有存在的价值。多数文艺工作者认为战时的诗歌"第一要'中国化'。第二要'战斗化',第三要'通俗化'。也就是要创作出适应士兵和农民的'接受文艺的程度',能够'激发他们抗敌的情感',并且人人都欢迎的作品来"[②]。

从形式上看,为了让文艺在抗战中最大限度地发挥作用,更好地表现这个特殊时期的情感,诗人除了在形式上运用多种诗体进行自由奔放的创作外,还利用旧形式来创造新形式,因为旧形式是我们创造新形式的基础。郭沫若在《"民族形式"商兑》一文中认为"民族形式的中心源泉,毫无可议的,

---

① 《我们对于抗战诗歌的意见》(诗歌座谈会纪要),《抗战文艺》3卷3期,1938年12月17日。
② 《怎样编制士兵通俗读物》,《抗战文艺》1卷5期,1938年5月21日。

是现实生活。今天的民族现实的反映,便自然成为今天的民族文艺的形式。它并不是民间形式的延长,也并不是士大夫形式的转变。从这两种的遗产中它是尽可以摄取些营养的"①。因为内容与形式是相统一的,抗战引起的新内容的产生必然需要新的形式来表达。对于"旧瓶装新酒"的作法,从《抗战文艺》上发表的诗歌来看,其数量并不多,多数诗歌积极地创造新形式来适应时代的需要。文艺的形式是内容的外在延续,要真正做到诗歌形式的大众化和通俗性,最关键的还是在情感上与大众保持一致。总之,"说'应该通俗化',但到底能够捉住大多数民众的心的是什么? 不是旧形式,也不是新形式,而是真切地接触到人的心的真实。只要描写真实就好了。创造出能够最切实地表现那真实的形式。"②

《抗战文艺》的诗歌作品在形式上比较自由和奔放。抗战爆发以后,作家们一直呼喊着的争取着的神圣的民族解放战争终于来临了,这给作家们带来了一种难以想象的刺激,高涨的慷慨激昂的情绪急切的需要表达出来。而诗歌对时代情感的抒发表达始终处于先锋,诗人喷发的、狂欢的激情使诗歌不再拘泥于形式主义,它需要更加自由的情感表达方式。"当诗作者无所表现的时候,就会走向形式主义。在战前存在的形式主义,在战后大半消失了。因为它无法表现今天的情绪与现实生活。"③诗人为了真实地表达自己的情感,不得不抛弃有"束缚"的形式传统,而找寻革命情感的自由表达方式。《抗战文艺》上的诗歌形式,不仅有传统形式与现代情感相结合的歌谣、小调,而且朗诵诗、寓言诗、讽刺诗等多种形式都得到了利用。

《抗战文艺》上的诗歌,其形式注重与民间文艺形式的结合。流行于民间的文艺形式,能够在岁月的风尘中保持长久不衰的生命力,自然有它的优点,是大众所喜闻乐见的形式。将这些民间旧形式与以大众为主体受众的抗战建国的新内容相结合,对其进行扬长补短和批判的运用,可以使民间文艺形式更好地服务于抗战的需要。对于民间文艺形式,应尽量运用它的大众化的

---

① 郭沫若:《"民族形式"商兑》,《大公报》,1940 年 6 月 9 日。
② 《宣传·文学·旧形式的利用——座谈会记录》,《七月》3 卷 1 期,1938 年 5 月 1 日。
③ 胡风:《略观战争以来的诗》,《抗战文艺》3 卷 7 期,1939 年 1 月 28 日。

语言和活泼的形式来补救诗人语言和形式创新的贫乏。诗的媒介是文字，文字表达有它自身的优点和不足，将诗与其他的艺术形式相结合，可以更好地发挥诗歌语言的表现力。歌曲的传达以声音为媒介，给人以听觉的感受，吸取民间歌谣的形式亦即诗与歌联系起来，用唱的方式进行传播，有利于大众对抗战诗歌的接受。平林所创作的《难童谣》、何容的《战壕小调》、歌曲《河边草》等等，都体现了诗与歌相结合的优点。绘画的媒介则是线条和色彩。相对于诗而言，画更直观，更容易让人明白其中的内容，多数民众不识字，他们的文化素养比较低，还不能够充分理解诗歌的内容。而画不同，它给民众直接的感官刺激，民众能够形象地理解绘画所表达的内容。如果将诗与画结合起来，在绘画中辅以浅白易懂的诗句，则会更好地给民众传达出抗战的信息。

《抗战文艺》上的很多诗歌运用了新的表现形式。为了适应抗战的需要，加大诗歌在抗战宣传中的作用，诗歌应努力创造新形式，提高诗歌在民众中的影响力，于是兴起了朗诵诗、街头诗等新诗体。这个时期的朗诵诗是斗争的，群众的，决不是否定革命的自由诗的形式。自由诗对定型诗是一个有力的反拨，没有形式的拘束才能自由地表现作者的情绪，才能更好地表现作者在现实生活中的具体感受。朗诵诗在形式上是自由的，因为要朗诵，用字须明确，句法须明朗，表演法须愈洗练愈好。在纪念马雅可夫斯基逝世10周年的纪念会上，方殷、光未然等朗诵了马氏诗歌的中译本，戈宝权等人朗诵了马氏的俄文原作。在"文协"的第一次诗歌晚会上，老舍朗诵了《剑北篇》等，"文协"还组织了诗歌朗诵队等，这些活动有力地推动了朗诵诗在大后方的传播。《抗战文艺》配合这一诗歌运动发表了一些朗诵诗，如艾青的《反侵略》、老舍的《剑北篇》等等。街头诗是在抗战这个特定时期流行起来的诗歌文体。这种短小精悍的诗歌体裁正好适应了抗战时期对及时性宣传的需要，发挥了非常重要的诗歌宣传功能。"文协"在与苏联文艺界密切的文化交流中，对优秀的苏维埃诗人马雅可夫斯基进行了大量的译介，他的像投枪、像子弹一样鼓动人心的街头诗在中国读者群众中产生了很大的影响。田间等人的街头诗在延安解放区、大后方甚至抗战前线的街头、路边岩石、电线杆、墙头等地随处可见,街头诗采用了大众熟悉的民间口语和文艺形式,是整个抗战期间传播最及时、最广泛的诗歌文体。《抗战文艺》上也刊登了街头诗作品,掀起了大后方创作街头诗的热潮。

《抗战文艺》上的很多诗歌采用了通俗化的语言。通俗化的语言是抗战诗歌的显著特点,要实现诗歌的大众化,作家"首先理解中国人民大众的实际生活,语言,感情,希望。如果做到这一点,写出来的不再完全是结结巴巴的欧化句子,不再是完全脱离人民的口头语,而真正走向了大众化"[①]。《抗战文艺》上的诗歌语言顺应着时代的要求而走向通俗化,主要是为抗战摇旗呐喊,鼓舞人们战斗的勇气,煽动全民族人民抗敌的情绪。诗歌是为抗战服务,而抗战的主力军是广大的人民,为了让人民能够更快更好地接受诗歌,诗人就得抛弃晦涩难懂的抽象的语言表达方式,尽可能多地开掘大众口语的平易、朴实、富于自然节奏的语言魅力,用更直白的语言来表达内心的真实感受和爱国情怀。诗的语言与别的文学作品不同,如果更能与读者的感受相结合,才会更好地唤醒大众的抗战意识,更好地为抗战服务。比如在《给一个小机器匠》中有这样的诗句:"等引火线拉开了,/从这里进出的火花/便可使炸弹爆发,/打死日本鬼子……"诗歌中参插着对话,平白朴实的语言表达了小机器匠"期待着/制造一颗胜利的炸弹,/把日本鬼子赶出中国……"[②]在《他和大众在一起》一诗中,那位受伤了的萧同志说:"假若还有两条腿,/我一定仍在火线上"[③],用炽热的感情和明白的口语,歌颂了为祖国而奉献自己的英雄。《抗战文艺》上的诗歌还将俗语、俚语融入到民间文艺旧形式中来,使诗歌达到通俗化的审美效果,例如歌谣、歌曲、抗战鼓书、童谣。这些民间文艺形式中的语言更接近民众,因为它们本身就是民众习闻常见的表达方式,而俗语、俚语跟民众的生活息息相关,这样的诗歌,民众自然更易于理解。

(四)

"中华全国文艺界抗敌协会"云集了全国大多数作家,作为会刊的《抗战

[①] 《宣传·文学·旧形式的利用——座谈会记录》,《七月》3卷1期,1938年5月1日。
[②] 袁勃:《给一个小机器匠》,《抗战文艺》4卷5、6期合刊,1939年10月10日。
[③] 吕剑:《他和大众在一起》,《抗战文艺》4卷5、6期合刊,1939年10月10日。

文艺》无疑代表了全国文艺界的整体声音和作家们的创作方向,引领文艺朝服务抗战的方向健康发展,为抗战文艺的发展作出了不可磨灭的贡献。中国的抗战诗歌作为抗战文艺的一种表现方式,它的发展同样受到了《抗战文艺》上的诗歌作品和诗歌观念的影响。

首先,《抗战文艺》是"中华全国文艺界抗敌协会"的会刊,它是民族团结抗战在文艺上的表现,体现出了文艺界的凝聚力。"文艺家们从来因为阶级、集团、世界观、艺术方法理论的不同,未能调和在一起。他们为民族自由的斗争,仅只是各自为战,因此而致力量的分散,步骤的参差,使文艺这个有力的战斗的武器,没有发挥出他最高的功能,这是文化战线上的一个巨大的缺陷。然而这缺陷,终因政治上的抗日民族统一战线的坚决的执行,逐渐地弥补了……在这面飘扬于拂拂春风中的大旗(全国文艺界抗敌协会的大旗——引者)之下,二十年来从来没有机会相见的全国文艺家,都亲爱地共处一堂,大家紧紧地团结在一起,尽管在阶级,集团,世界观,艺术方法上大家有着各自的特性,然而一个高于一切的共同目标——抗敌,比什么都有力地使大家都成为亲密的战友,这是一个中国文艺史上盛举,值得我们来欢欣鼓舞的。"[1]这种凝聚力对抗战时期的诗人而言极为重要,他们不再各自为政,而是团结起来为着共同的目标写出了一首首激动人心的诗篇。

其次,《抗战文艺》对抗战诗歌的发展具有指引作用。抗日战争时期,全国有着数量众多的刊物,它们在不同的领域中发挥着自己的作用,然而主要撰稿人几乎都是"文协"会员。《抗战文艺》上关于诗歌发展方向的讨论,对抗战时期的诗歌发展具有指引性作用。在《抗战文艺》的发刊词中,就提到了"《抗战文艺》的发刊是首先在这奠石上树起一杆进军的大旗,在这面旗帜之下,我们号召全中国的文艺工作者,为着强固文艺的国防,首先强固起自己阵营的团结,扫清内部一切纠纷和摩擦,小集团观念和门户之见,而把大家的视线一致集中于当前的民族大敌"[2]。它办刊的首要宗旨就是要把大家的视线集中于当前的民族抗战,而不是其他的任何地方。抗战诗歌始终没有离开过

---

[1] 《全国文艺界抗敌协会成立大会》,《新华日报》社论,1938年3月27日。
[2] 《抗战文艺》发刊词,《抗战文艺》1卷1期,1938年5月4日。

这一主题,为扫除民族大敌而歌,为了宣传文学的战斗性、大众化的倾向而不断努力。在《抗战文艺》的第一期中发表的《纪念五四——为大众的文化而战斗》(适夷)、《五四文艺的战斗性》(穆木天)等论文告诉人们,抗战文艺要继承五四文艺的战斗性,以"血泪为文章,为正义而呐喊"①。《论我们时代的诗歌》(徐中玉)、《略论战争以来的诗》(胡风)等文章无不是针对当前诗歌的利与弊提出意见,在内容、形式、语言等等方面给出建设性的观点,指明了当前诗歌的走向。自第三卷起,新开辟的"每周论坛"从翻译作品到新形式探索,从民族形式到国民精神总动员,无不是对当前文艺走向的探讨,诗歌发展紧跟时代的需要,从慷慨激昂的情绪到对战争的冷静观察,从简短形式到长篇结构,《抗战文艺》不断地讨论着诗歌的内容、形式、语言与时代的关系,从而使诗歌跟时代相结合,而不至于滞后于时代的需要。这些文章和讨论为抗战诗歌的发展起到了很好的指引作用。

另外,"文协"为了探讨抗战诗歌的创作问题以及对诗歌的发展应该采取什么样的工作方法,多次举办了诗歌座谈会和诗歌晚会。在这些会议中,针对"抗战诗歌的任务""抗战以来诗歌创作之检讨""诗与歌的问题""如何推行诗歌运动""诗歌的语言问题"、抗战形势下诗歌如何反映现实社会人生,如何吸收中外诗歌并加以应用、如何提高诗歌创作质量,以及确定"诗人节"等等相关问题进行了讨论,这对促进抗战诗歌朝着有利于抗战方向的发展起到了不可估量的作用。

再次,《抗战文艺》对外国诗人及其作品的译介,以及为一些在国内外有声望的诗人作家举行纪念活动,对诗人的创作起到了鼓励作用。《抗战文艺》发表了多篇译诗与诗人的介绍,借助杰出的诗人作家的世界影响力,提高民族的抗战热情。而译诗不仅在内容上为抗战诗歌输送了新鲜的血液,而且在形式与语言方式方面都给抗战诗歌以示范。"世界是一个有机的整体,文学也是一个整体,各民族文学之间,文学与其他学科之间,本来就直接间接地存在着种种联系。不同民族的文化交流,自古即有,由此而产生了民族文化间

---

① 《中华全国文艺界抗敌协会宣言》,《文艺月刊》第9期,1938年4月1日。

的相互碰撞、相互影响、相互吸收。文学间的这种相互关系史客观存在、不容置疑。"①翻译与介绍这些诗歌及其作家能更快地促进中国抗战诗歌的发展,例如,在对苏联的战斗诗人马雅可夫斯基的译介中,通过专刊与纪念活动,介绍了这位苏联伟大的"炸弹"与"旗帜"的诗人,而对他的诗歌的译介,不仅从诗歌充满战斗性的内容上对抗战诗歌有影响,而且他的街头诗、朗诵诗、政治讽刺诗等各种形式都给中国的抗战诗歌以很深的影响。

总之,《抗战文艺》是中国抗战诗歌的缩影,我们从这个刊物上的诗歌作品和诗歌批评文章中可以看到整个抗战诗歌在内容及形式上的总体特征,也看到了这份刊物在中国抗战历程中起到的积极宣传抗战的作用。当然,抗战这个特殊的时代语境赋予了《抗战文艺》及其作品特殊的发展路向,也相应地为其发展带来了局限,总结这份刊物在诗歌方面的成功与缺失,才能为我们今天诗歌形式、精神和传播的重建提供可资借鉴的宝贵经验。

三、"文协"在重庆的诗歌活动

"文协"在武汉失守以后迁往重庆。从 1938 年 9 月至 1945 年 10 月 10 日改称中华全国文艺界协会②为止,"文协"在重庆举办了丰富多彩的诗歌活动。长期以来,"文协"的戏剧和小说成就掩盖了诗歌的光芒,致使人们难以全面地认识"文协"在推进抗战诗歌发展的进程中起到的至关重要的作用。有鉴于此,本文主要梳理"文协"在重庆的诗歌座谈会、诗歌晚会以及诗人纪念会等活动,重新展现当年热闹繁荣的诗歌现场。由于"文协"总会在重庆,这些在渝的诗歌活动实际上代表了这一时期整个"文协"的诗歌理念,反映出诗歌在抗战时期发挥着重要的社会作用。

---

① 陈惇、孙景尧、谢天振主编:《比较文学》,北京:高等教育出版社,1997 年,第 57 页。
② 由于抗战的胜利,中华全国文艺界抗敌协会于 1945 年双十节起正式改名为中华全国文艺界协会,但其会刊《抗战文艺》一直持续到 1946 年 5 月 4 日第 10 卷 6 期才结束。中华全国文艺界协会的会刊《中国作家》于 1947 年 10 月 1 日创刊于上海。

（一）

"文协"迁居大后方重庆后的半年时间里在诗歌方面主要做了以下三方面的工作：第一，到 1939 年 3 月 27 日止，一共举行了 6 次诗歌座谈会；第二，检讨了抗战以来的诗歌，并草成叙述概况的论文介绍到国外，成立了一个 7 人组成的小委员会，开了几次会议，工作已经有了原则上的决定；第三，座谈会决定出版《抗战诗歌》，成立了一个 7 人审稿委员会，本来打算在开第一次年会的时候分发给到会的会员，但是由于印刷没有跟上而搁浅了。[①] 实际上这一时期最能反映出"文协"诗歌成就的是多次成功举办了"诗歌座谈会"，此诗歌座谈会并非某具体活动的称谓，实际上是一个诗歌组织，于 1938 年 10 月底成立，负责人为方殷、袁勃和厂民三人。

第一次诗歌座谈会于 1938 年 10 月举行，出席者有老舍、方殷、蓬子、袁勃、厂民、鲜鱼羊、孟克等 10 人。主要内容是讨论座谈会的性质，并认为有出版诗刊的必要，然后与会者交换了一些诗歌创作的意见。由于第一次座谈会的记录已经丢失，具体的到会者和座谈会内容均无法确切获得，只好由当事人在半年后总结"文协"研究部工作的时候通过回忆写出。第一次诗歌座谈会是"成立会，曾经谈过一些抗战后诗坛的种种动态，那是从促进写诗的朋友们应该有团结，以谋诗歌发展的意义上出发的，并没有接触到开展抗战诗歌的诸种中心问题"[②]。因此可以说第一次诗歌座谈会仅仅是"文协"诗歌活动的发端，尽管没有触及到诗歌创作内部的本质问题，但却为以后的诗歌活动和诗歌研讨在形式方法上奠定了基础。

第二次诗歌座谈会于 1938 年 11 月举行，出席者有厂民、老舍、方殷、何容、李华飞、梅林、长虹、蓬子、孟克、袁勃、鲜鱼羊和程锌。讨论的题目为"我们对于抗战诗歌的意见"。主要检讨了中国新诗在二十年的发展历程所呈现出来的不足——个人抒情成分太浓，在此基础上对今后抗战诗歌的发展给出了很多合理的建议，后来这些发言经过整理以《我们对于抗战诗歌的意

---

① 《研究部报告》，《抗战文艺》4 卷 1 期，1939 年 4 月 10 日。
② 《我们对于抗战诗歌的意见》（诗歌座谈会纪要），《抗战文艺》3 卷 3 期，1938 年 12 月 17 日。

见——诗歌座谈会》为题发表在《抗战文艺》3卷3期上。蓬子认为目前的诗人应该写抗战诗歌,因为"一个中国的诗人是无法逍遥于抗战之外的,因此他的诗也就离不开抗战,所以,目前只有写抗战诗歌"。他同时认为抗战时期的诗歌不应该从旧诗或者外国诗歌中去学习技巧,而应该从抗战的实际生活中去学习。诗人为创作出优秀的抗战作品,应深入到抗战的实际生活中。必要的时候,诗人可以采用农民喜闻乐见的民间艺术形式作诗。老舍从检讨诗歌的立场出发,认为目前的诗歌相对于小说和戏剧而言落后了,接着他从新诗发展的短暂历史出发,结合诗歌发展的普遍规律认为二十年来的新诗发展之弊端主要是抒情的个人化色彩太浓。只有那些抒发民族乃至整个人类"大情感"的诗歌才能成为文学史上不朽的佳作,仅仅抒发个人"纤巧"情感的作品不可能成为诗坛巨作。老舍认为抗战诗歌有如下三个方面的任务:"一,在感情上,激发民众抗战情绪。二,在技巧上,不论音节文字要普遍的使民众接收,普遍的激动民众。三,思想上,正面发扬抗战意识,反面检出汉奸的倾向。"[①]袁勃认为抗战诗歌应该广泛吸纳古诗和外国诗的长处,而且认为这是对新诗自身二十年来发展历程的一种革命,即从仅仅吸纳西洋诗的长处到回过头来吸纳被五四新诗人忽视了的中国古典诗歌的精华,这是新诗发展道路上的一次对诗歌源泉的综合性探讨和论述。方殷进一步检讨了新诗发展的不足,认为新诗还没有一首优秀的作品出现。厂民从正面肯定了抗战以来的诗歌创作,认为诗人们已经或者多或少地开始关注抗战生活,并且摆脱了个人情感的纤巧以及诗歌表现艺术和主题的晦涩。在肯定抗战诗歌的基础上,厂民进一步指出了抗战以来的诗歌的不足,主要体现为"口号标语化""软弱无力""感伤气氛太浓"等。鲜鱼羊的发言是对老舍发言的进一步完善,涉及了翻译诗歌的影响问题。根据他的观点,抗战时期要发展中国的抗战诗歌,必须翻译与之相应的诗歌作品,才能对中国的抗战诗歌有所益处。其次涉及到了诗歌传播问题,认为诗歌除了和音乐戏剧相结合外,还可以和绘画相结合,通过画展来达到传播诗歌的目的。这两点是其他人在讨论抗战诗歌时没

[①] 《我们对于抗战诗歌的意见》(诗歌座谈会纪要),《抗战文艺》3卷3期,1938年12月17日。

有涉及到的新鲜话题，对于抗战诗歌的发展起到了很好的启示作用。毕飞的观点涉及到了诗歌语言、叙事诗、讽刺诗和朗诵诗等诗歌的文体，同时就诗歌的传播问题而言深入地探讨了朗诵诗，是抗战时期对诗歌文体论述较为全面的发言。

第二次诗歌座谈会是有资料可查的"文协"诗歌活动中比较深刻地谈论了抗战诗歌现状及发展建议的会议。但其中的很多观点也有值得商榷的地方，比如老舍对中国二十年来新诗发展的认识虽有一定的学理性依据，尤其在民族危机的时候，诗歌更不能仅仅表现个人的情绪而应该和抗战的现实结合起来。但老舍探讨的抗战诗歌的弱点似乎是抒情诗文体普遍具有的短处，因为诗歌总是长于抒情而弱于叙事，所以要真正地反映前线或大后方人民的抗战激情和感人事迹，还需要发挥小说和戏剧等叙事文体的长处，或者发展叙事诗。又比如方殷认为新诗自诞生之日后的二十年时间里没有优秀的作品出现，这是应该留待历史去评判的话题，诗歌在表现主题上的个人主义情调也仅仅是诗歌文体善于抒发创作主体情感的原因，中国诗歌包括新诗历史上也不乏抒发"大我"情怀的优秀诗篇，就是抗日战争爆发后书写爱国爱民情感的诗篇也不少见。

第三次诗歌座谈会于 1938 年 12 月 15 日举行，胡风、孟克、黄芝冈、程铮、沙蕾、厂民、袁勃、方殷、鲜鱼羊参加了会议。这次诗歌座谈会讨论的题目是"抗战以来诗歌创作之检讨"。与会者举出例子来谈论抗战诗歌发展过程存在哪些合理的和不良的发展倾向，讨论深入到了诗的特质等问题中。第四次诗歌座谈会是一次扩大座谈会，于 1939 年 1 月 10 日举行，向思广、鲜鱼羊、李惠元、姚蓬子、唐积庆、安娥、葛一虹、方殷、袁勃、梅林、沁吾、厂民、程铮、孟克、赵象离、沙雁、胡绍轩、贺绿汀、胡风、夏禄埜、唐泉、高兰、李辉英、沙梅出席了会议。这次扩大会议讨论的主题是"诗与歌的问题"，由胡风提出关于诗的报告《略观抗战以来的诗》，由贺绿汀提出关于歌的报告。二人的报告结束后，与会人员就诗与歌的问题纷纷发表意见，阐述了自己的看法。

胡风在报告中首先认为，抗战以来在所有文学样式的发展中诗歌和报告数量最多。在指出抗战以来的诗歌具有形式上的奔放自由的基础上，胡风批评了新诗发展历史上的形式主义路向。胡风在论述诗人对战争的态度决定他会进行怎样的歌唱的时候，探讨了诗歌的本质问题。在他看来，仅仅认为诗是作者情绪的表现是不够的，"诗是表现作者在客观生活中接触到客观的形象，得到心的跳动，而通过客观的形象来表现主观的情绪。无论作者意识正确与否，旁的文学作品内的主人翁是从客观生活中取来的人物，而诗则是作者自己。但这也不是说不问诗作者对于客观事物的认识正确与否，相反的，正由于作者人生观与世界观的正确，从接触客观生活中所发生的感觉，情绪，才能够走向正确的方向，对于现实斗争才能有积极的意义。"①这个观点可以认为是胡风主观战斗精神的萌芽，因为在胡风看来，诗是用客观的事物来表现主观的情感，抗战诗歌的创作就是要用客观的事物来表现主观的战斗精神。诗人和客观事物之间有三层映射关系，首先是诗人接触到客观事物，然后是客观事物反作用于诗人产生情感，第三是诗人将产生的情感寄托于客观事物，进而加以表现。在这三个层次中，只有诗人和客观事物之间发生关系，所以胡风认为别的文学作品的主人翁是客观生活中取来的人物，而诗歌则永远是诗人自己。在第一层和第二层关系中涉及到诗人对外在世界的认识，诗人的认识是正确的，写出的诗篇才会具有积极的意义，否则，就会对现实生活产生消极影响。

　　胡风在报告中主要探讨了抗战诗歌的传播路径问题。在谈了抗战以来的诗歌的不足之后，胡风分析了抗战以来的诗歌的"积极方面的特征"。归纳起来主要有两点：一是诗人亲自参加或体验了抗战活动，二是诗人为了诗和大众的结合而创造或寻求许多新的表现方式。为什么抗战以后诗歌这种高雅难懂的文学形式会和大众的需要相结合呢？因为抗战的到来使人民大众的力量得到了承认，为了发动他们的抗战激情，必然导致社会对诗歌需求的增加，诗的阅读和欣赏不再停留在少数读者中，诗歌的传播也必须有较大的突破。可以说，正是由于抗战的需要和广泛地接近民众的需要，迫使抗战时期的诗人们在诗歌传播的途径上想出了很多新鲜而有效的方式，演绎了中国

---

① 胡风：《略观抗战以来的诗》，《抗战文艺》3卷7期，1939年1月28日。

现代诗歌史上关于诗歌传播最丰富的图景。首先是朗诵诗。抗战时期最早的诗歌朗诵活动是 1937 年在武汉纪念鲁迅逝世一周年的时候举行的诗歌朗诵会,后来延安对此加以提倡,逐渐地别的很多地方就开始响应了。朗诵诗虽然不是为了朗诵而创作出来的,但是由于有了朗诵这个特殊的传播和接受方式,朗诵诗除了具有半定型诗和自由诗的文体特征、语言需要明确轻快之外,还配合有舞台效果和朗诵者丰富的肢体语言,能够更好地起到传播抗战精神的效果。其次是诗画展。这是一种将诗与画结合在一起的十分形象生动的诗歌传播方式,抗战期间在广东曾举办过诗画展览,收到了很好的效果。不管是诗人先创作出诗歌作品后画家再根据其中的情感内容或意境进行构图,还是画家先构好图后诗人根据其中的意境触发创作灵感,其优势是能够将诗歌爱好者和绘画爱好者同时召集起来,扩大了诗歌或者绘画的接受对象,而且有助于人们更好地结合绘画去理解诗歌作品的内蕴。英国经验主义美学家博克(Edmund Burke)认为诗歌产生的效果和造型艺术不同,造型艺术唤起事物的形象,而"诗在事实上很少靠唤起感性意象的能力去产生它的效果。我深信如果一切描绘都必然要唤起意象,诗就会失掉它的很大一部分的力量"[①]。因此,诗画展可以弥补诗歌"唤起意象"的不足,使受众更形象地理解诗歌精神。第三是街头诗运动。街头诗运动发起于延安,其传播的空间不仅仅局限于街头,凡是有人居住的地方就可以有街头诗的存在。所以街头诗的传播是最为广泛的,它不像普通诗歌那样需要有纸张来印制,也不像朗诵诗那样需要有即时的朗诵者和听众,街头诗的传播只需要有人将诗歌抄写在房屋的墙上、路边的大石头上、电线杆上乃至手榴弹上,然后路过的人能够读到即算达到了传播的效果。第四是利用旧形式。抗战时期发动民众抗战激情的特殊需要决定了诗歌传播方式的特殊性,也正是从有利于诗歌传播和接受的角度出发,利用民间的旧形式成了当时推动诗歌广泛传播和接受的有效途径。最后是诗人多创作歌词。现代诗歌史上乃至中国诗歌史上优秀的诗篇大都被谱成了曲子通过歌唱的方式获得了又一种传播方式,比如古代柳永

[①] 朱光潜:《西方美学史》,北京:人民文学出版社,1983 年,第 246 页。

的诗词,现代新诗中的《教我如何不想她》《雨巷》《再别康桥》等。胡风认为歌词这种类型的诗相当于闻一多所说的"戴着镣铐跳舞",依然可以写出好诗来。在肯定抗战时期歌咏"在救亡运动上功绩甚大"的时候,胡风承认音乐赋予了歌词特殊的魅力,或者说诗与音乐的结合使诗的传播获得了力量。

第五次诗歌座谈会于 1939 年 2 月 6 日举行,出席者有戈茅、袁勃、蓬子、胡风、王礼锡、方殷、何容、厂民、王平陵、程锌、赵象离、安娥、孟克、老舍、鲜鱼羊。这次会议主要是讨论决定了出版诗刊,以及出版诗刊的编辑方针。第六次诗歌座谈会于 1939 年 3 月 1 日举行,出席者有罗烽、蓬子、安娥、孙钿、李华飞、陶生、袁勃、鲜鱼羊、程锌、胡风、王礼锡、老舍、常任侠、方殷、何容、厂民、沙蕾、杨骚、贺绿汀。孙钿和陶生报告了对诗歌座谈会的感想,接着推定了《抗战诗歌》的 7 个审稿委员,又推定了 7 个人组织小委员会,负责检讨抗战以来的诗歌成绩并起草介绍到国外去的论文。

有了"文协"对诗歌文体的重视和诗歌活动的频繁开展,抗战诗歌的创作也取得了可喜的成绩。以"文协"会刊为例,从第 1 卷第 1 期到第 3 卷第 12 期(即到 1939 年 3 月),《抗战文艺》上发表的所有作品有如下统计:"(一)论文三十二篇。(二)小说三十一篇。(三)诗歌四十六篇。(四)通信,报告,六十六篇。(五)速写,特写,十三篇。(六)杂感,随笔,四十二篇。(七)戏剧六篇。(八)翻译,介绍,十三篇。(九)论坛三十九篇。(十)书评三篇。(十一)两个特辑——纪念高尔基,鲁迅逝世二周年,共一十篇。(十二)其他:集体创作,座谈会,讨论,创作经验,鼓词,通俗故事,漫画,木刻,各二三篇不等。"[①]这是梅林在《〈抗战文艺〉一年来底产量》中所作的统计。但是《抗战文艺》在第一年内究竟刊登了多少诗歌作品呢?显然实际的数量要大于 46 篇,因为在翻译作品和两个特刊中也刊登了诗歌作品。笔者查阅了这一年来的《抗战文艺》,发现除了梅林所说的 46 篇诗歌外,还刊登了马利亚翻译的德国人 E. Weinert 的《国际纵队歌》,马耳翻译的法国诗人 N. Babas Varof 的诗歌《哀悼》[②]。因此,《抗战文艺》第一年中发表的诗歌至少有 48 篇,其数量远远超

[①] 梅林:《〈抗战文艺〉一年来底产量》,《抗战文艺》4 卷 1 期,1939 年 4 月 10 日。
[②] 这两首诗歌刊登在 1938 年 8 月 13 日《抗战文艺》2 卷 4 期。

过小说和戏剧,成为抗战文艺中最大的收获。

诗歌座谈会是"文协"迁到重庆后最主要的诗歌活动。根据上面的论述可以看出,这几次诗歌活动所讨论的问题对于改进抗战诗歌创作中的不足,规划出以后抗战诗歌合理的发展方向都具有很好的参考价值和实践意义。

(二)

"文协"成立两周年时由于大轰炸的原因各方面的统计和总结并不完善,等到重庆大轰炸结束以后,"文协"研究部的报告才较为详细地总结了1939年4月到1940年12月间的诗歌活动。从1940年秋天开始("二十九年雾季"),"文协"的"诗歌座谈会"改为"诗歌晚会"。"诗歌座谈会——现改称晚会——不但讨论诗歌创作及理论,而且试验朗诵诗"①,"诗歌晚会与戏剧座谈会已成为固定的组织"②。诗歌座谈会曾活泼地举办过几次,负责人为光未然、陈纪滢、方殷、高兰、安娥、臧云远、常任侠等。由于敌人对重庆的大轰炸,临江门会址被烧掉,"文协"的很多资料和设施在战火中化为了灰烬,很多"文协"会员在敌人的炮火中失去了宝贵的生命,关于这期间的几次"诗歌座谈会"的详细资料也随之散失,只能详细记载的是1940年10月以后的诗歌晚会。

有记录的第一次诗歌晚会于1940年10月27日举行,有60余人出席会议(另有文章认为:"'文协'举行诗歌晚会,50余人出席,胡风主席"③,与"文协"研究部报告的60余人出席会议存在差异,后者的数据因为是当事人提供的缘故,可靠性更强),胡风主持了会议。老舍及常任侠朗诵了诗歌,艾青作了题为"抗战三年来的诗"的报告,对抗战以来的诗歌情形作了大略的扫描。1941年7月艾青在《中苏文化》9卷1期上发表了名为《抗战以来的中国新诗》的文章,是对这次报告的整理和完善。在这篇文章中,艾青从诗歌到创

---

① 《会务报告》,《抗战文艺》6卷1期,1940年3月30日。
② 老舍:《文协第二年——廿九年四月七日在重庆全体会员大会报告》,《抗战文艺》6卷2期,1940年5月15日。
③ 文天行:《国统区抗战文艺运动大事记》,成都:四川省社会科学院出版社,1985年,第159页。

作,从诗集诗刊到诗歌活动,从抗战诗歌的成就到抗战诗歌的若干缺点,最后到对抗战诗歌的展望,比较全面地鸟瞰了抗战以来的诗歌情况。首先,艾青认为在形式和内容上,中国新诗二十年来的历史始终贯穿着"最耀眼的红线"——"对于中国民族解放,和全国人民相一致的民主政体的实现这两种要求的光荣的战斗精神。"①其次,就抗战诗歌本身而言,艾青认为抗战三年来是中国诗歌发展进程中较为繁盛的时段。在这个昂扬着革命斗志的时代,除了众多诗人和作家创作了数量众多的诗篇外,这一时期的诗歌在艺术风格和情感表达上也都有了明显的长足进步,诗人们摆脱了空洞的呐喊和无力的哀述,通过对战争生活的真实的体验而写出了饱含激情的诗歌。比如卞之琳的《慰劳信集》"协入一种必然的大节奏",曹葆华的《抒情十章》是"迸开血管"写成的"一部忏悔录",何其芳的《成都,让我摇醒你吧》"谢绝了个人的感伤和对我的固执的审视"。此外,毕奂午、"布谷鸟"诗人贾芝、李雷、田间、戈茅、骆方、力扬、长虹、常任侠、蒋锡金、孙钿、邹荻帆、老舍、臧克家、王亚平、柳倩、任钧等诗人坚持一贯的抗战热情,写下了大量优秀的抗战诗歌,出版了32部主要的诗集②。诗人在民族解放战争中应该创作出鼓舞人们战斗的诗篇,延续中国新诗的"革命"传统。艾青的话在今天看来似乎过多地强调了诗歌的使命意识而忽视了诗歌对生命意识的观照,但艾青的话在当时的语境中却是合理的,因为时代需要诗人作出这样的选择,需要诗人投身民族和民主革命的潮流中,诗歌当然就应该成为中国革命的构成部分。

有记录的第二次诗歌晚会于1940年11月24日举行,70余人出席会议,艾青主持了会议。讨论的题目是"诗的语言",发言者有徐迟、长虹、任钧、王平陵、蓬子、老舍等人。并由艾青、光未然和常任侠朗诵了诗歌。有记录的第

---

① 艾青:《抗战以来的中国新诗》,《中苏文化》9卷1期,1941年7月25日。
② 据艾青统计,抗战三年来的诗集主要有郑振铎的《战号》、王统照的《横吹集》、臧克家的《从军记》《泥沼集》、征军的《蒙古少女》、王亚平的《中国兵的画像》《祖国的血》、高兰的《高兰朗诵诗集》、力扬的《枷锁与自由》、田间的《呈在大风沙里奔走的岗位们》、胡风的《为祖国而歌》、庄涌的《突围令》、胡明树的《朝鲜妇》《难民船》、覃子豪的《自由的旗》、陈迩冬的《最初的失败》、韩北屏的《人民的歌》、常任侠的《收获期》、汪铭竹的《自画像》、李白凤的《英雄的梦》、吕亮耕的《金筑集》、柯仲平的《边区自卫军》《平汉路工人破坏大队的产生》、毕奂午的《雨夕》、卞之琳的《慰劳信集》、婴子的《季候风》、袁水拍的《人民》、刘火子的《不死的光荣》、艾青的《北方》《他死在第二次》《向太阳》《原野》等32部。

三次诗歌晚会于1940年12月21日举行,50余人出席会议,黄芝冈主持了会议。讨论的题目为"我怎样写诗",由老舍、力扬、王平陵、艾青和任钧等作报告谈了诗歌的创作经验。光未然、郑挹英、李嘉、方殷朗诵了自己的诗歌。

关于"文协"举办的诗歌座谈会和诗歌晚会的次数,学术界目前比较通行的说法有如下几种:根据"文协"研究部1941年的总结,诗歌晚会从1940年秋到1940年12月底一共举办了三次:"二十九年雾季开始以后,(诗歌座谈会——引者)改为晚会,由艾青、常任侠、长虹、力扬负责召集,举行了三次。"①我们上面论述的即是这三次晚会。这句话成了日后人们研究"文协"诗歌晚会的凭据,比如吕进先生在《20世纪重庆新诗发展史》中说:"'文协'在重庆举行了九次诗歌座谈会(最后两次改称'诗歌晚会')"②,其对"文协"在重庆的主要诗歌活动的次数的归纳大抵符合目前人们对"文协"诗歌活动次数的通常说法,但应该最后三次(而不是两次)改称"诗歌晚会"。抗战时期活跃在重庆诗坛的李华飞先生说:"从一九三八年十月至一九三九年三月止,共开了六次讨论会,平均每月一次,比起小说、戏剧两组要开得勤而活跃。"③根据文天行的描述,"总会迁渝起至一九三九年底止,'文协'召开了九次诗歌座谈会(包含晚会)"④。根据这些研究成果我们似乎可以得出"文协"举办诗歌活动次数的结论,即"文协"在重庆举行了9次大的诗歌活动,其中包括6次诗歌座谈会和3次诗歌晚会。

然而,"文协"在重庆举行的诗歌活动远不止人们所说的9次。难道是"文协"研究部的报告有错?实际上,研究部的总结报告只是总结了1940年10月到12月的诗歌活动,而后来举办的诗歌晚会的影响逐渐式微,加之人们常常从别人的研究基础上去认识"文协"的诗歌活动,很难全面阅读所有的相关文献,于是就出现了"文协举办了九次诗歌座谈会(含晚会)"的说法。老舍1942年在"文协"成都分会上的发言稿中这样说道:"最近总会举行过两次

---

① 《研究部报告》,《抗战文艺》7卷2—3合刊,1941年3月20日。
② 吕进主编:《20世纪重庆新诗发展史》,重庆:重庆出版社,2004年,第6页。
③ 李华飞:《从〈诗报〉、"文协"诗歌座谈会到春草社》,《抗战文艺研究》,1983年6期。
④ 文天行:《"文协"概述》,《国统区抗战文艺研究论文集》,重庆:重庆出版社,1984年,第22页。

晚会,这两次晚会不像从前,大家乱谈一阵,完全注意学术研究,一次请郭沫若讲'音乐与文艺的关系',一次请初大告讲关于诗。"① 据文天行先生在《国统区抗战文艺运动大事记》中的记载,1942 年 4 月 10 日,"文协"在义林书院举行诗歌晚会,请初大告教授讲西洋诗歌之沿革及其影响。② 而根据老舍的演讲词,在初大告作"西洋诗歌之沿革及其影响"的报告之诗歌晚会之前,还有一次诗歌晚会应该是郭沫若主讲的。另外,1942 年 6 月 17 日,为了纪念诗人节和高尔基逝世六周年,"文协"举行了诗歌晚会,讨论《目前诗歌之创作及技术》。③ 这三次诗歌晚会较少涉及抗战诗歌,老舍的话表明 1942 年之后,"文协"的诗歌晚会走向了沉寂和萧条,"大家乱谈一阵,完全注意学术研究"等表明"文协"的诗歌晚会与实际的抗战诗歌出现了距离。正是这样的缘故,后来的 3 次诗歌晚会一直不被人们提及。因此,"文协"的诗歌晚会至少举办了 6 次之多,"文协"在重庆的诗歌座谈会和晚会至少有 12 次。

此外,"文协"举办的与诗歌相关的活动还有几次。比如 1940 年 4 月 14 日,马雅可夫斯基逝世 10 周年,"文协"以中苏文化协会的名义举行了诗歌晚会,光未然、高兰等朗诵了马雅可夫斯基的原作或译作。1940 年 6 月 10 日是屈原的祭日,"文协"举办诗歌活动来纪念这位伟大的爱国诗人,《新华日报》出版了"屈原纪念特刊",发表了郭沫若撰写的《革命诗人屈原》、藏云远的《屈原艺术的发展和评价》、戈茅的《关于屈原》等三篇文章,纪念伟大的爱国诗人屈原逝世 2218 周年。1940 年 12 月 1 日,"文协"诗歌朗诵队举行联欢大会,30 余人出席,柳倩、任钧、戈宝权等发了言,徐迟、丘琴、方殷朗诵了自己的诗歌。1940 年 12 月 20 日,"文协"诗歌朗诵队举行扩大座谈会,讨论怎样朗诵诗歌。

"文协"的诗歌晚会不仅进一步促进了抗战诗歌的发展和交流,而且诗歌作为抗战武器,作为鼓舞人们积极抗战的精神食粮,通过这些活动也发挥了

---

① 老舍:《九九茶会小记·老舍先生演词》,《笔阵》新 5 期,1942 年 10 月 15 日。
② 文天行:《国统区抗战文艺运动大事记》,成都:四川省社会科学院出版社,1985 年,第 196 页。
③ 文天行:《国统区抗战文艺运动大事记》,成都:四川省社会科学院出版社,1985 年,第 200 页。

更好的社会效用。"文协"的诗歌晚会和诗歌座谈会最大的不同在于诗歌朗诵成了前者的重要构成部分,是每次诗歌晚会必须的内容之一。说明了大后方对朗诵这种独特的诗歌传播方式的重视,更有效地触动了抗战时期大后方人民的抗战激情。

随着1945年抗战的胜利,中华全国文艺界抗敌协会改称中华全国文艺界协会,其面临的社会现实和革命语境也随之发生了变化,"文协"在坚持了7年以后似乎也陷入了"半死不活"①的状态,它的诗歌活动也落下了帷幕。但可以肯定的是,"文协"在抗战时期组织的诗歌活动不仅起到了鼓舞大众积极抗战的社会目的,而且促进了诗歌语言和形式艺术的发展,在中国新诗史上留下了醒目的足迹。

四、"文协"在昆明的诗歌活动

当中华全国文艺界抗敌协会1938年在汉口成立之际,昆明文艺工作者也积极成立文艺界的抗日团体,并于同年秋天在昆明成立"文协"分会。"文协"昆明分会是"文协"云南分会的改称,而"文协"云南分会又是由云南文艺工作者抗敌座谈会(简称"文协会")改组而成立的。事实上,昆明分会在成立之初并未和总会取得联系,正如老舍所说:"事前,他们来不及通知总会;事后,他们诚恳热烈地来请求总会的指导与援助。"②分会选出朱自清、杨振声、徐嘉瑞、穆木天等人为理事,杨东明为分会秘书。"文协"昆明分会同样提出"文章入伍""文章下乡"的口号,召集作家们抵达前线、战场,举办各类演出及文艺活动,宣传抗日救国。

"文协"昆明分会出版的会刊有综合性杂志《文化岗位》,后改为《西南文艺》。1938年7月13日,会刊《文化岗位》创刊号出版(原定"七七"创刊,但赶印不及),创刊号除发表了希仁的《献诗》和晓阳的《胜利在我们的笔尖上》两首诗歌作品之外,没有发表其他文艺作品。创刊号登载了标志着昆明文艺

---

① 老舍:《文协的过去与将来》,《抗战文艺》10卷6期,1946年5月4日。
② 老舍:《一年来文协会务的检讨》,《抗战文艺》4卷2期,1939年4月25日。

工作者团结抗战决心的高寒起草的纲领性文件《在抗战建国过程中的中国文艺》一文,号召昆明的文艺工作者在民族危难的紧要关头拿起自己手中的笔为抗战胜利作出应有的贡献。若耶的文章《把写作目标集中在剧本的创作上》一文则呼吁昆明文艺界应该注重剧本的创作,因为剧本加上舞台表现更容易让观众受到感染,认识到积极参加抗战的重要意义。秋帆的《介绍〈文艺阵地〉》则是向昆明文艺界介绍推广抗战时期的重要文艺期刊。创刊号主要刊登了昆明"文协"分会的"本会简章""本会通告"以及"本会通知",这些文章不仅宣告了昆明分会的成立,而且使人们看到了该分会是有组织、有章程的正式的文艺社团。《文化岗位》刊登的诗歌作品并不是很丰富,1卷2期上仅仅发表了海燕的诗歌《"中国的玛哈妲丽"》。但"文协"昆明分会善于组织各类有影响力的活动来发动大众的抗战精神,比如1卷3—4合刊是"九月文艺竞赛"的特辑,分会通过举办与抗战相关的文艺竞赛来发动作家们创作抗战文学的激情,在"竞赛文选"栏目中发表了四首诗歌,分别是杨守笃的《纪念九二五的一周年》、张立人的《九月之歌》、光明的《夜战场》和王怀武的《歌吧,歌出我们的胜利》。"文协"昆明分会比较注重抗战文艺与地方文艺的结合,比如高寒发表了《抗战文学的现实主义与云南文艺》1卷2期,1938年8月3日),后来其在《昆明周报》上发表了《抗战文艺的战斗性和地方性》一文,进一步指出了地方文化对抗战文学的重要意义,认为要解决抗战文艺主题和技巧方面的局限,"只有着重于文艺的地方性。前线是一地方,后方是一地方,游击区也是一地方。地方有地方的个性,犹之乎人物有人物的个性一样。能把握了文艺主题的地方性,不单是可以克服了文艺的公式主义,也更能增加了文艺的真实性,使文艺的内容更其[加]充实、活泼,对于读者有更伟大的效果和影响……我们需要以自我的要求而研究学术,我们需要所研究的学术,能适合于自己的环境。文艺的地方性也正是这种自我觉醒所反映在文艺方法上的新态度。"[①]因此,《文化岗位》上发表了很多有云南文化特色的作品,也发表了一些云南地方诗人的作品,比如彭桂萼曾在刊物上发表了《我们

---

① 楚图南:《抗战文艺的战斗性和地方性》,《昆明周报》创刊号,1940年8月2日。

的神鹰到边荒》等优秀的诗作。

"文协"昆明分会创办了专门的诗歌刊物《战歌》。从1938年8月16日创刊号至1941年1卷2期的出版,一共刊行了8期,其发表的丰富诗作成为抗战时期"文协"昆明分会诗歌成就的标志。专门致力于"文协"与抗战时期文艺运动研究的段从学先生认为:"强调诗歌的战斗性和现实功利性,致力于诗歌大众化和通俗化,是《战歌》最鲜明的特征。"①段先生据此梳理了"文协"昆明分会的文学活动,认为除创办文艺期刊之外,昆明分会还举办了"培养青年文艺作者,研究抗战文艺理论及技术问题"的文艺讲习班,从1939年7月25日到8月14日,邀请了朱自清、施蛰存、穆木天、楚图南、马子华和曹禺等人举行了12场讲座;此外,还积极地参与鲁迅纪念活动、诗人节纪念活动和"筹募援助贫病作家基金"活动等,扩大了分会在昆明的影响力,促成了昆明较好的新文艺氛围。相应地,《战歌》上发表的论文和作品也呈现出鲜明的时代特质,发表了朗诵诗、利用民间形式的通俗诗歌等类型的作品;同时,配合重大的历史事件出版专门的特辑或专栏,比如1卷2期为"九一八特辑",1卷6期为"通俗诗歌专号",2卷1期开辟有"双十纪念特辑"。"文协"昆明分会的诗歌活动还包括推出了"战歌丛书",包括溅波的《战火》、罗铁鹰的《原野之歌》和《火之歌》、徐嘉瑞的《无声的炸弹》、穆木天的《号角》、雷石榆的《在战斗中歌唱》、彭桂萼的《澜沧江畔的歌》,这七部诗集中,溅波的《战火》、罗铁鹰的《原野之歌》和彭桂萼的《澜沧江畔的歌》三首为穆木天作序。"文协"昆明分会还选编了《〈战歌〉执笔者诗集》,分别收入了雷石榆、王亚平、穆木天、克锋、青鸟、史轮、袁勃、陈残云、老舍、陶行知、何鹏、虹飞、连城、马子华、彭桂萼、罗铁鹰、溅波、黄宁婴、莫洛等19人的29首作品,以及陈适怀翻译的惠特曼诗作《囚徒之歌》,共计20人的30首诗作(含1首译诗)。这些诗歌出版活动充分显示出《战歌》杂志社以及"文协"昆明分会的抗战诗歌成就。

"文协"成立后,开过几次文艺和时事座谈会,出版过鲁迅逝世三周年纪

---

① 段从学:《"文协"与抗战时期文艺运动》,北京:北京大学出版社,2012年,第257页。

念会、纪念专辑,还专门发表鲁迅的文章和图片。这一时期分会的诗歌活动非常活跃,如举办诗歌座谈会和朗诵会。昆明的一些宣传刊物和报纸,诸如《扫荡报》《昆明晚报》《云南日报》等,均由昆明文协成员编辑。当时,文协分会主办了诗歌月刊《战歌》,穆木天写了诗《初踏进了牧歌的天地》。①"文协"以刊物为中心,展开广泛的文艺大众化讨论,批判一些不利于抗战的思想和言论,发表积极向上的文章鼓舞人心,增长抗日热情。一方面,它在很大程度上推动了昆明的文艺工作,"文协"成员们不仅在学校举办各种形式的讲座和座谈,成立文艺学习小组,给学生们讲清"战时"状况,也为培育文艺新秀贡献了自己的一份力量。另一方面,与同为抗战大后方的重庆、桂林等联手,共同交流切磋,促进抗战文艺运动的发展。"文协"昆明分会成了昆明文艺界一个大型的组织,领导着昆明文艺的发展,对唤起民众救亡意识,鼓舞人民的抗日斗志,起着很大引导作用。

抗战大后方的文艺运动都有相似的特点,即随着内迁潮流的兴起得以兴盛,又随着抗战胜利后知识分子的迁离而归于沉静。昆明这座历史文化名城在抗战时期的命运同样如此,"文协"昆明分会的诗歌活动也随着诗人的纷纷返迁变得萧条起来。但不可否认的是,"文协"昆明分会曾经在短暂的几年时间里引领了昆明抗战诗歌的繁荣,书写了昆明诗歌史上辉煌的章节。

五、"文协"在成都的诗歌活动

大后方抗战诗歌近年来受到许多研究者的关注,特别是重庆抗战诗歌的研究日趋完善,已有专门的专著出版。但是对与之相隔不远的大后方另一文化重镇成都的研究却甚少,究其原因一是由于经历战火洗礼,研究资料匮乏难觅;二是成都分会的抗战文化虽略有所成,但是经费不足造成出版时间凌乱,要整理查找资料和研究都不是易事,即使是会刊《笔阵》也先后经历了三次停刊改革。基于以上原因,本节只能简单地展开对"文协"成都分会抗战诗

---

① 穆木天:《初踏进了牧歌的天地》,《战歌》创刊号,1938年8月16日。

歌活动的分析。

（一）

在经历了近一年的筹备后，"文协"成都分会于1939年1月14日在中华全国文艺界抗敌协会的组织下，推选周文、李劼人、朱光潜、罗念生、马宗融等为成都分会筹备员，在此基础上成立了分会。

"文协"成都分会的诗歌活动具有规模小和时间不固定等特点。"文协"成都分会的会员组成有三种情况：一是外地来蓉的作家，如萧军、任钧、陈白尘、叶圣陶等。大批文人迁居成都的原因有战火的蔓延，也有经济政治文化中心向内地转移的因素，位于云南的西南联大的产生就是最好的证明。二是外地回蓉的川籍作家，如沙汀、周文、何其芳等。由于抗战激烈，国民党疯狂屠杀进步文人志士，许多著名学者文人迁回内地；三是原在蓉作家李劼人、陈鹤翔、罗念生等。[①] 成都本身就是历史文化名城，本地的文化氛围良好。这样的构成虽然是在本土力量的基础上加入了诸多外来因素，使文学实力得以增强，但也造成分会人员不固定、流动性大等弊端，加上当时成都的期刊投稿一般不付稿费，作家需自谋生计，不得已经常迁徙各地，更增加了"文协"成都分会的不稳定性，这些因素致使成都分会的诗歌和文艺活动规模不大，而且活动时间和方式也不固定。分会会刊《笔阵》的出版也是波折重重，《笔阵》于1939年2月16日创刊，1944年5月5日终刊，前后经历约七年时间。其间经历了三次改革，经费的紧张和人员的流动都让《笔阵》多次陷入危机。

"文协"成都分会最重要的一次诗歌座谈会是1939年3月11日分会诗歌研究组举行的诗歌座谈会，主要议题是"抗战以来的诗作检讨"。出席者有任钧、方敬、王冰洋、黄岛晴、陈敬容、水草平、邓均吾、叶菲洛、曹葆华、罗大骧、罗念生、萧曼若。任钧作为主席主持本次会议。会上讨论了关于抗战以来的诗歌创作的问题，诗人们纷纷发言，表达了对抗战诗歌的忧虑和憧憬，主要讨论了对抗战诗歌的认识、题材以及创作技巧等方面的问题。诗人和学者

---

① 王开明：《"文协"成都分会和它的会刊》，《抗战文艺研究》，1983年1期。

第三章 "文协"与大后方抗战诗歌

们对诗歌采取谨慎的态度,不但注重抗战诗歌的创作,而且注重研究当前的创作实际,总结经验教训,改正当时诗歌创作的不足。这次研讨对抗战诗歌发展来说是一次规整与总结。任钧首先从诗歌的质与量上进行了总体的回顾,他认为诗歌的主要潮流是都与抗战相关联,诗歌并没有消沉,反而更加热闹和进步。而罗念生则指出诗歌的路子显得较为狭小,没有与生活紧密结合,而且诗人创作技巧还有待改进。针对这个问题,萧曼若更具体地分析了诗歌技巧:从音节和韵脚角度认为诗歌应在平仄上多多斟酌,有韵脚才能在朗诵时铿锵有力朗朗上口。但他也强调了并不一定每一句都勉强加韵,只是要求整体的和谐。① 从以上几位诗人的发言中,我们可以清楚地看到,在抗战诗歌近乎狂热的创作中,当时全国抗战激情高涨,人人皆为诗人,难免会使诗歌陷入平庸和低俗,而诗人们依然能保持清醒的诗学头脑,对诗歌的现状作出理性的分析,有助于引导抗战诗歌朝着正确的方向发展。

此外,"文协"成都分会于1939年2月21日举行了文艺晚会,主要目的是宣传抗战救国的思想。出席这次文艺晚会的有40多位分会的会员,"晚会节目有朗诵诗,朗诵散文,朗诵希腊文,讲故事,歌咏中则分中文歌,英文歌,俄文歌,西康民歌,还有大鼓,昆曲,平剧等。"②这虽然不是一次专门的诗歌活动,但诗歌在其中扮演了重要的角色,对宣传抗战和团结作家起到了积极的作用。"文协"成都分会注重培养青少年文艺工作者的写作能力,比如在会刊《笔阵》新1卷5期中的《会务报告》中曾这样记载道:"举办'暑期文艺讲习班'对象是会外的文艺青年和大中学生。讲师由本会会员中选聘。谢文炳、卞之琳、石璞、刘盛亚、叶菲洛、萧蔓若、陶雄以及其他许多先生大约都可以担一两班课的。"③举办讲习班不仅可以培养新人的写作能力,而且更重要的是可以将文艺青年团结在"文协"周围,成为宣传抗日的新生力量。

"文协"成都分会的诗歌活动主要体现在创办会刊《笔阵》方面,接下来将以《笔阵》为依托重点探讨分会的诗歌作品。

---

① 水草平:《抗战以来的诗作检讨——成都文协分会诗歌研究组第一次座谈记录》,《华西日报》,1939年3月28日。
② 参阅《会务报告》,《笔阵》新2期,1939年3月1日。
③ 参阅《会务报告》,《笔阵》新1卷5期,1940年8月1日。

（二）

《笔阵》作为分会会刊，是成都抗战文艺状况的集中体现，也是抗战诗歌活动的主要阵营。每一期笔阵都会刊登五到七首新诗，或为诗人原创或为外诗翻译。《笔阵》上发表的诗歌蕴涵了丰富复杂的情感，充满了抗战的激情。

抗战诗歌的创作者是时代声音的领诵者，诗作是反映时代最鲜明特色的产物，诗歌的读者是最广大的民众，从这几方面来考察抗战诗歌，可以发现它是抗战时期主要的也是符合时代特色的文学样式之一。抗战诗歌的特征首先是共同的思想主题，诗歌是时代的先锋，是时代精神最快速直接的反映。抗战是战争时代诗歌共同的主题，这是时代的需要，也是读者的需求，同时也是作家主观创作意图的主要体现。"那太平洋上的波浪翻滚/使反侵略国家列成阵营/在战神掌握中的黑暗与光明、近十年来我们为正义争生存/正像冬天的寒凛中争春天的温馨/在这个尘杀苦斗中/民主正义的人们要翻个身！/对日宣战！/打杀！打杀！"①这是诗人魏精忠所写的《太平洋战歌》，载于《笔阵》新2期。全诗语言并不隐晦，充满抗战热情的呐喊，诗作感情激昂，主题鲜明，大声号召人民团结起来，列成阵营，一起为正义、为生存战斗。甚至毫不含糊地直接对日宣战，最后连续两句"打杀"可突出地反映出诗人作为一名中国人在面对帝国主义的侵略时流露的愤怒与反抗决心。帝国主义像"冬天"一样在人间肆虐流行，我们的战士就像"春天的温暖"一样会赶走严寒，抗战胜利总有一天会降临到中国大地上。又如《笔阵》新2期中诗人柳倩的《只要命令一下叫我们出动》：

只要命令一下叫我们出动/我们即将赶走，即将消灭/在睡梦中的顽强暴敌/我们微笑着审视那/眼前起伏的山峦/私语，向我们同伴/更抚摸着我们的武器/……像怒蛙向田野，向世界/高傲的呼喊/滚吧，掳劫中国的暴徒/这是咱们的世界。②

---

① 魏精忠：《太平洋战歌》，《笔阵》新2期，1942年5月1日。
② 柳倩：《只要命令一下叫我们出动》，《笔阵》新2期，1942年5月1日。

诗歌和题目一样饱含深情地体现出诗人要听候祖国的差遣,只要一声命令就会让多少英雄儿女不顾牺牲地冲向黑暗世界,无论前路是否艰险。在平静的微笑中,我们读出了中国儿女在面对强敌时体现出的大无畏精神。"暴敌""暴徒"等词语是对侵略者严厉的控诉,"微笑""高傲"等词语表现了中华儿女无畏的战斗热情和抗战胜利的信心,而那一声声的呼吁则是抗战带给他们最崇高的荣誉——为祖国付出一切,哪怕是生命。诗人们的声音通过诗歌怒吼出来,诗人们的抗战热情通过诗歌传递出来,最后感染了身边的读者而筑起了民族抗战的长城,誓死将日本侵略者赶出国土。战争让诗人捅破了幽居象牙塔的窗户纸而走出书斋,为千千万万的人民呼喊着自由和解放。由此可见,一场抵抗日本侵略的战争把诗人们从五四启蒙的角色迅速变为救亡的战士,成为一个民族苦难和苦痛的吟诵者。

"文协"成都分会的抗战诗歌在艺术上积极响应总会"大众化"的号召,用人们喜闻乐见的艺术形式和大众化的语言方式表达大众的情感。抗战诗歌作为鼓舞人民的号角必须贴近大众,语言多采用口语形式,在体式上接近民歌。邓均吾在成都分会诗歌研究座谈会上说:"抗战以来,大家都主张做诗应当(一)与抗战有关,(二)大众化。"①战争的炮火使诗人们不得不放弃纤巧的字眼、晦涩的情感。浅显、直接、具有号召性的诗歌是时代的需要,只有大众化的语言才能让民众更容易接受诗歌,只有大众化的情感才能让读者产生共鸣,鼓舞人们的抗战热情。比如下面这几行诗:"站起来/我们是人的儿子!/像寒冷地带的白桦林样的/站直了腰杆/我们为人哭/我们也为人笑/站出来/我们要走人的路!"②《笔阵》新2期所刊登的牧丁的《人的儿子》这首诗使用的是最浅直的语言,比如"站起来""站直了腰杆"等词语短句都是直白的生活语言,而"腰杆"一词则是四川地区特有的方言,以方言口语入诗更贴近大众生活。即使用比喻也使用常见的树木作比,使读者更容易明白诗人表

---

① 水草平:《抗战以来的诗作检讨——成都文协分会诗歌研究组第一次座谈记录》,《华西日报》,1939年3月28日。
② 牧丁:《人的儿子》,《笔阵》新2期,1942年5月1日。

达的情绪。本诗呼吁人们要站起来做人的儿子,维护自己的尊严,像最常见的白桦树一样正直无畏。

"文协"成都分会的抗战诗歌比较注重诗的朗诵性。在分会诗歌研究组的座谈会上,诗人叶菲洛提出"则朗诵诗之提倡,实有着非常重大的意义"[①]。由于生活不安定和物质匮乏,印刷在后方成为一个难题,当印刷难题不能解决的时候,朗诵是一个值得尝试的途径。他的倡议与萧曼若建议诗歌要注意音节与脚韵不谋而合,不仅能使抗战诗歌传播更广泛,更能使诗歌本身更适合朗诵和传读。我们可以看到《笔阵》所发表的诗歌对此有所呼应,比如翻译诗歌《怀乡曲》中的诗句:"极乐的境地中进杯酒浆/有国难奔时的怀乡曲啊!/吸引我再回故乡一趟/回故乡,永远为我所有的故乡!"[②]诗的末尾都押"ang"韵,每行诗的字数大致对当,意思明白晓畅,读起来朗朗上口,十分适合广大民众记诵。这样的诗歌作品有利于传播抗战精神,达到鼓舞人们抗战的目的。

"文协"成都分会的诗歌创作和诗歌活动是整个大后方抗战诗歌的有机构成部分,而且由于成都距离重庆总会的距离较近,老舍等人也偶尔会亲临成都分会参与活动,使得分会的活动有机地融入到了整个"文协"的文艺活动中。

(三)

要真实地反映成都分会的诗歌活动和创作实际,在此有必要梳理和探讨成都分会的诗歌翻译情况。翻译作为一项目的性很强的交流活动,译者的翻译选择必然具有鲜明的时代色彩,必然会受到"世情"的影响。抗战时期大后方的诗歌翻译同样具有明显的"抗战"色彩,而且在形式上也具有大众化的艺术取向。

"文协"成都分会翻译了数量可观的诗歌作品。据现有资料统计,成都分

[①] 水草平:《抗战以来的诗作检讨——成都文协分会诗歌研究组第一次座谈记录》,《华西日报》,1939年3月28日。

[②] 德白歌:《怀乡曲》,SY译,《笔阵》新3期,1942年6月1日。

会发表的翻译诗歌作品有无以翻译的裴多菲诗歌《青年们的五月》(新2期,1941年5月1日)、魏精忠《太平洋战歌》(部分翻译引用雪莱《西风颂》新2期,1941年5月1日)、SY翻译的歌德诗歌《赠丽娜》和诗歌《怀乡曲》(新3期,1942年6月1日)、邹绿芷翻译的奥登诗歌《听见收获物》(新5期,1942年10月15日)、姚奔翻译的惠特曼诗歌《我做过一次奇异的看守》(新6期,1942年11月15日)、卢剑波翻译的意大利诗人Enrico Nencioni的《死亡国》和《生死之流》(新7期,1943年1月15日)、无以翻译的古塞夫的诗歌《孩子的血》(《笔阵》新篇第1号,翻译专辑,1944年5月5日)等8首诗歌。选择这些诗歌来翻译,首先是它们有共同的情感特征,表达的都是人类普遍的情感,即对自由和平的向往和思乡之情。如由裴多菲著、无以译的《青年们的五月》中有这样的诗句:"一切全是一样:语言,感觉;/脱去沉重的压迫,/走呀,去迎向自由,——/心融合着心——那全体人民。"①裴多菲是匈牙利著名的爱国诗人,无以译此诗的目的正是借用原诗中蕴含追求自由追求解放的愿望,来表达中国人力图赶走日本侵略者达到重建家园的美好理想,该译诗的情感正好契合了中国人民的情感诉求,因此成为中国抗战诗歌的有机构成部分。SY译的德白歇作品《怀乡曲》则这样述说道:"一旦实现我们的愿望/回到我们的故乡/卢廷根苹果正多的地方/晚歌时我们要对你致谢一场。"这首诗表达了对故乡的思念和渴望。我们的愿望是打败侵略者,夺回祖国的领土,那时便可以回到阔别已久的故乡。对驰骋疆场的战士们,我们应当对他们致谢。思乡之情也是人类共通的情感,SY译此诗时,必是想到了守护祖国远离家乡的战士。其实诗人们选择的译诗与中国当时的文学诉求相关,无论是抗战还是怀乡,只有将这样的诗歌翻译到中国诗坛才能引起人民情感的共鸣。

比较特殊的是歌德的《赠丽娜》,该诗印发于1800年,由当时的大音乐家Chumann谱上曲子而广为流传,受到许多少男少女的喜爱。这首诗可以说在凝重而激昂的抗战诗歌主旋律中算得上是一段轻松细腻而略带忧伤的插曲。"只管唱,不要念!/这一页使你心欢。/唉,多哀怨的字句,白纸上的黑字这

---

① 无以:《青年们的五月》,《笔阵》新2期,1942年5月1日。

样缠绵。/从你可爱的嘴里吐出,/使人心痛不堪。"这首情诗是写给为爱情所困的友人,劝慰她放开心中的困扰,尽情享受这诗篇和音乐的优美。《笔阵》作为文协成都分会抗战诗歌的阵地,入选了这首诗自有他的意义所在:虽然处于抗战年代,但是人们依然渴望爱情,渴望倾听美妙的旋律,音乐是没有国界,没有语言之分的。诗歌的主旋律始终是美的象征,即使在战争年代,也挡不住诗人对美好爱情的追求。该译诗就像万绿中的一点红散缀在抗战诗歌中,衬托出更加令人向往的美好生活,而革命的热情也更加高涨了,只有打败了侵略者才能过上正常的生活,才能拥有自由而幸福的爱情。

"文协"成都分会的翻译诗歌具有很强的目的性,那就是在便于大众接受的基础上鼓动人民抗战。考虑到大众的接受能力,抗战时的译诗大多译得较浅近直白,这与上文所提到的抗战诗歌大众化表达的特征相一致。抗战翻译诗歌与原诗相比少了书面的格律化的表达,增加了口语的自由化的形式。雪莱的十四行诗、歌德整齐的格律诗等都被翻译成了自由诗。因为翻译诗歌不同于中国诗歌或外国诗歌,法国文学社会学家埃斯卡皮认为文学翻译是一种"创造性的叛逆",翻译是创造性的,它"赋予作品一个崭新的面貌,使之能与更广泛的读者进行一次崭新的文学交流;还因为它不仅延长了作品的生命,而且又赋予了它第二次生命。"[①]特别是抗战诗歌在抗战年代独特的社会作用,它需要被更多人所接受和了解,才能起到宣传的作用。《青年们的五月》是裴多菲所作,是献给一群青年的工人和学生,1948年5月15日在布丹别斯特革命起义的元勋们的。匈牙利同样也遭到过外国的侵略,译者无以将这首诗带到中国,介绍给中国的读者,无疑是想表达同样的抗战热情,鼓舞人民的抗战,纪念在革命中应用牺牲的革命烈士。这首长达十二节的长诗描绘了匈牙利人民为争取国家与民族的独立进行的战斗,长诗的最后一节是:"给我们——合格的奖赏:/在解放的战争中带来了,/让光荣向着你们……只有这样/让我们的祖国辉煌!""让我们的祖国辉煌",这也是译者兼诗人无以乃至全中国人民对中国未来寄予的期望。

[①] [法]埃斯卡皮:《文学社会学》,王美华、于沛译,合肥:安徽教育出版社,1987年,第138页。

虽然抗战时期的译诗在艺术性上有所折损，但是其时代意义值得我们关注。抗战时期的译诗不仅有利于宣传号召全民抗战，同时也能对中国本土抗战诗歌的创作起到促进作用。总体而言，"文协"成都分会领导下的《笔阵》作为抗战诗歌的主要阵地，发表了大量的抗战诗歌，加上分会的各种文学和诗歌活动，发挥了宣传抗战的积极作用。分会诗歌精神倾向始终坚定地站在正义和民族的立场上，为全国的抗战和抗战文艺作出了应有的贡献。

第四章 大后方抗战诗歌的区域文化特征

一、抗战时期重庆、桂林、昆明的文化气候

随着1937年卢沟桥事变的枪炮声,中国历史进入了全面抗战的新阶段,全国人民掀起了抗日救亡新高潮。诗人们也纷纷加入时代洪流,愤怒谴责日本侵略者的罪行,为前方的抗日将士们热情歌唱,抗日救亡成为中国现代诗歌的主旋律、最强音。1937年8月9日,上海诗人协会成立,郭沫若勉励诗人协会要排斥唯美派以及为艺术而艺术的作品,抛去纤细的技巧,提倡雄浑健壮的作风;1937年10月19日鲁迅逝世一周年纪念日,武汉的诗人们在集会上倡导诗歌朗诵运动,开展歌咏活动,以服务抗战;1937年10月24日,广州诗人举行诗歌座谈会,决议将《广州诗坛》改为《中国诗坛》,将诗人们团结起来,推进抗战诗歌运动的进一步开展……

在西南大后方各地,强调诗歌要为抗战服务,利用诗歌这种武器来唤醒民众以利全民抗战也是诗人们的主流诗歌立场。1937年12月16日,由诗报社编辑的《诗报》在重庆创刊,由严华龙执笔,署名编者的《我们的告白》一文中就说:

> 诗歌,这短小精悍的武器,毫无疑义,对抗战是有利的,它可以以经济的手段暴露出敌人的罪恶,也能以澎湃的热情去激发民众抗

敌的意志。

在桂林,诗人艾青在1939年创刊的《救亡日报》副刊《诗文学》发刊词《我们的信念》中则说道:

> 诗,既然作为民族的最高的语言,在民族革命的战争迫近胜利的行程中,它是必然要发达的。因此,我们感到诗的工作的有组织性的必要,《诗文学》是在这意义上产生的。

在昆明,溅波在1938年8月20日创刊的《战歌》发刊词中也说:

> 我们的当前,是血与肉搏斗的时代,弱小民族向强暴的法西斯作勇猛的抗战的时代。在我国,已经展开了空前未有的大决斗,一切的艺术家们都毫不迟疑地参加了每一个战斗的部门,守住自己的岗位,为整个中华民族的存亡贡献了自己的生命。
>
> 诗歌,是战斗中最强有力的武器,这一件武器,在战争中已经发生了巨大的力量。它在组织着人民,鼓舞着人民,使人民向着统一的目标前进。

然而,如果说声调激昂、旋律铿锵的抗战诗歌是时代的"共名",体现了全体中国人民的一致性立场,那么因为中国幅员辽阔,各种地域文化、政治力量强弱的不同,各地的抗日文化在这种"共名"之中也存在比较明显的差异。

1937年10月29日,蒋介石在南京主持国防最高会议并在会上作题为《国府迁渝与抗战前途》的讲话,确定四川为抗日战争的大后方,重庆为国民政府驻地;11月20日,国民政府宣布正式迁都重庆;12月1日,国民政府开始在重庆新址办公,国民政府军事委员会政治部第三厅于翌年也转移到重庆。1937年10月,中共中央特派员张曙时派人到重庆,建立重庆党的特别小组,由漆鲁鱼负责;1938年5月28日,中共中央长江局领导的汉口《新华日报》在重庆苍坪街69号设立分馆,发行《新华日报》航空版;10月25日,该报在武汉停办,正式迁址重庆;10月,八路军驻重庆办事处正式成立,同时,中共《群众》杂志也开始在重庆出版;1939年1月,中共南方局正式成立。1938年7月底,中华全国文艺界抗敌协会总务主任老舍携带印鉴到达重庆开展工作,10月8日,该协会主办的《抗战文艺》也自第17期起开始在重庆出版。总之,当时的重庆,聚集了各种政治派别和大批的文艺团体、文化界人士。大约到1938年10月26日武汉沦陷前后,重庆已经正式成为战时中国的政治、文化中心。

因为重庆的战时政治、文化中心地位,总的来说,重庆堪称抗战文化的一个风向标。不仅国民政府的抗战文化政策从此而出,各种政治、文化势力也都在此发出自己的声音。

1938年3月29日召开的中国国民党临时全国代表大会确定的《中国国民党抗战建国纲领》中强调"三民主义为指导抗战行动和建国的最高准绳;全国抗战力量必须接受国民党和蒋介石的领导";《国民党临时全国代表会议通过陈果夫等关于确定文化建设原则纲领的提案》中更明确指出:

> 我国文化工作之总目标,为三民主义文化之建设,而现阶段之中心设施,则尤应以民族国家为本位。所谓民族国家本位之文化,有三方面之意义,一为发扬我固有之文化,一为文化工作应为民族国家而努力,一为抵御不适合国情之文化侵略。①

1942年,国民党中宣部文化运动委员会制定工作纲领,认为自抗战以来,文化运动虽然有自发的进展,但是缺乏全盘的方案和规划,应该综合各部门的文化工作,集中各部门的文化人才,并由中央主管文化事业各机关一直参加,共同领导,全力克服各种困难,充实各种文化工作内容并统一全国文化运

---

① 《国民党临时全国代表会议通过陈果夫等关于确定文化建设原则纲领的提案》,中国第二历史档案馆编:《中华民国史档案资料汇编(第5辑第2编文化1)》,南京:江苏古籍出版社,1998年,第1页。

动的步骤与方针。本年的《文化先锋》杂志创刊号上发表署名张道藩(时任国民党中宣部部长)的《我们所需要的文艺政策》,又提出四条基本原则:全民性、中国的事实决定中国文艺的方法、仁爱之心、国家民族的观念;1943年9月国民党五届十一中全会又通过了文化运动纲领,确定了心理建设、伦理建设、社会建设、政治建设、经济建设的五大基础,提出"本总理遗教,用文化的力量,发扬我民族精神,恢复我民族自信,增进我民族地位,以完成国民革命,建立自由平等之国家"[①]。

不难发现,重庆的国民政府当局在进行文化建设时强调的是"三民主义"思想与国民党的中心、统治地位,强调的是本身对于抗战文化建设的领导权。对于"异端",他们是要极力防范的。1938年7月,国民党政府颁布了一系列关于抗战期间图书杂志审查的制度和办法、标准。其标准分为"谬误言论"和"反动言论"两类,反动言论又分为七种,其中一、二、五条内容为:

一、恶意诋毁及违反三民主义与中央历来宣言政纲政策者。

二、恶意抨击本党、诋毁政府、诬蔑领袖与中央一切现行设施者。

五、鼓吹偏激思想、强调阶级对立,足以破坏集中力量抗战建国之神圣使命者。[②]

很明显,这些条目针对的正是广大左翼知识分子及进步的中间民主势力。国民党强化新闻图书管制,实际上根本目的是要加强自己的统治,凡是有损于他们统治基础的,都在控制之列。在这方面,共产党以及广大左翼文化人所受的禁锢自然最为明显。1939年1月,国民党在五届五中全会上制定了"溶共""防共""限共""反共"的方针和《限制异党活动办法》,2月26日,

---

① 《国民党第五届中央执行委员会第十一次会议通过的〈文化运动纲领案〉》,中国第二历史档案馆编:《中华民国史档案资料汇编(第5辑第2编文化1)》,南京:江苏古籍出版社,1998年,第28页。

② 《国民党修正抗战期间图书杂志审查标准》,中国第二历史档案馆编:《中华民国史档案资料汇编(第5辑第2编文化1)》,南京:江苏古籍出版社,1998年,第553页。

国民党中宣部秘密传达了《禁止或减少共产党书籍邮运办法》。

《新华日报》是当时中共在重庆的喉舌,担负着传播中共中央声音的重任,很自然地受到国民党的强力排挤与压制。国民党方面不仅依靠封锁发行、利用邮检扣发报纸、垄断纸张等手段干扰该报的发行,甚至殴打报童、迫害读者、捣毁该报营业部。1939年至1945年间,蒋介石曾9次亲自指示国民党中央宣传部、新闻检查局,禁止《新华日报》的文章刊载并要求凡有揭载"荒谬词句",一律予以扣报处分。1941年2月3日《新华日报》给国民党中宣部的呈文中有如此记述:

> 案查本报发行三年以来,各省市县时有禁阅、禁贩、邮扣等事,本社已屡提抗议,而今则发行地之陪都宪兵警察拘禁殴辱报贩报差,没收报纸,日有所闻,近更变本加厉,竟有奸徒假借名义,责难派报业职工会,不应推销本报,此其一。本月一日深夜之间,便衣三五,在本报社址附近,检查本报交通,百般留难,使中央社稿件过分延迟到达时间,以阻碍编排,此其二。本报工作人员出入时,遭不三不四人追踪,而最奇者,追随本报报差送达报纸登记订户住址,并勒令交出订户姓名,百般骚扰,使报差麻烦,读者愤怒,此其三。[①]

另据中国第二历史档案馆藏国民党中央图书杂志审查委员会记载,仅1942年9月19日就销毁书刊127种、1242册,其中包括毛泽东的《怎样争取最后胜利》《新民主主义的政治与新民主主义的文化》、朱德的《抗战回忆录》、郭沫若的《抗日将领访问记》等。一些进步人士的作品如宋庆龄的《中国不亡论》、范文澜的《中国通史简编》、史沫特莱的《国共合作后怎样发展统一战线》、茅盾的《速写与随笔》、邹韬奋的《抗战总动员》等等都遭到查禁;鲁迅的著作则往往被删禁。1941年11月,茅盾的《笔谈》、邹韬奋的《大众生活》等杂志也被拒绝登记。

---

① 《新华日报至中央宣传部呈(1941年2月3日)》,中国第二历史档案馆编:《中华民国史档案资料汇编(第5辑第2编文化1)》,南京:江苏古籍出版社,1998年,第507页。

国民党不仅对广大左翼文化人和进步中间势力进行压制,还力图建立自己的文化思想,以遏制反对者声音的传播。1942年毛泽东《在延安文艺座谈会上的讲话》传到重庆后不久,张道藩在《我们所需要的文艺政策》中就有针对性地提出"六不"和"五要"的政策进行对抗。其"六不"是:不专写社会的黑暗;不挑拨阶级的仇恨;不带悲观的色彩;不表现浪漫的情调;不写无意义的作品;不表现不正确的意识。"五要"是:要创作我们的民族文艺;要为最苦痛的平民而写作;要以民族的立场而写作;要从理智里产生作品;要用现实的形式。

由于当时抗日统一战线的特殊政治形势,国民党方面还是给广大左翼及进步民主人士的创作留下了相当的空间。在时刻戒备"异端"思想的前提下,他们还是希望文学、文化界为抗战贡献自己的力量的。在这一点上,他们和左翼及民主进步人士是相当一致的。《抗战建国纲领》中规定:在抗战期间,只要不违反三民主义最高原则及法令范围,民众的言论、出版、集会、结社予以充分保障。1940年7月,国民党中央社会部还制订了征求抗战文艺作品办法,征求"表现前方军民英勇抗敌事迹者""记述沦陷区内我方奋斗情形者""描写后方生产动态者"以及其他与抗战有关的作品。这些举措无疑给进步文化势力创造了可能不算充分,但却十分可贵地激发民众抗日热情,表现如火如荼的抗日斗争,促进抗战文学繁荣发展的机会。

由于国共政治联合的形成,甚至当时的国民政府军事委员会政治部第三厅(后改为文化工作委员会)中大部分都是著名左翼文化人。以厅长郭沫若为例,这些在抗战全面爆发前还是国民党文化"围剿"对象的知识分子们,到陪都后不仅具有了合法存在的地位,而且大多被政府"封官",具有军衔。除了郭沫若任中将厅长外,胡愈之、田汉都担任少将厅长,阳翰笙担任上校主任秘书,杜国庠、洪深、冯乃超都担任上校科长。这就给这些左翼知识分子开展文化宣传工作带来极大的便利和保障,重庆文学、文化才得以出现前所未有的繁荣,小说、诗歌、戏剧、音乐、美术、电影等等各艺术门类都取得了不俗的成绩。

据不完全统计,抗战时期在重庆出版的文学刊物达40多种。在小说创作方面,茅盾有《第一阶段的故事》《霜叶红似二月花》《腐蚀》等长篇;巴金抗战三部曲《火》中的第二部就写于重庆,1944 年至 1946 年间巴金又完成了反映国统区知识分子生活的《寒夜》;1944 年老舍发表长篇小说《火葬》,长篇巨著《四世同堂》的前两部《惶惑》《偷生》也完成于重庆;1941 年沙汀创作了《淘金记》,而后又陆续完成《困兽记》《还乡记》;张恨水创作了讽刺小说《八十一梦》;七月派青年作家路翎 1945 年完成了长篇代表作《财主底儿女们》……在诗歌方面,自武汉失守后,胡风、艾青等大批优秀诗人来到重庆,此地于是成为国统区最有影响的诗歌流派七月派的重要活动场所之一。艾青在此创作有《火把》(写于由湖南至重庆的途中)、《向太阳》;老舍创作了《剑北篇》;袁水拍创作有《人民》《向日葵》《冬天冬天》《寄顿河上的向日葵》等等;沙鸥以四川方言创作了大量诗歌,结集为《农村的歌》《化雪夜》;臧克家在这个时期创作了诗集《淮上吟》《泥土的歌》以及许多长篇叙事诗、政治讽刺诗;诗人阿垅、绿原、王亚平、方敬、任钧、戈茅等等也都有诗集出版;郭沫若则创作了《蜩螗集》中的大量诗篇。另外,光未然、臧云远等人则积极倡导、实践诗歌朗诵运动;1941 年 5 月,由郭沫若等人发起,还将端午节改为"诗人节"。

重庆抗战戏剧运动所取得的成绩,似比小说、诗歌更引人注意。早在 1937 年 9 月,陈朗、余克稷、梁少侯、章功叙、赵铭彝等人就发起了怒吼剧社,在重庆演出过《保卫卢沟桥》《放下你的鞭子》《沦亡以后》《三江好》等剧目。1938 年 6 月 4 日,中华全国戏剧界抗敌协会重庆分会正式成立,实现了重庆戏剧界的大团结。1938 年"双十节"开始该会举行第一届戏剧节,参演剧团 20 个,戏剧工作者 1500 名,公演剧目达 40 个,观众达到 10 万多人。据统计,从抗战开始到 1941 年 7 月间,先后在重庆演出的剧社、剧团、演剧队有 20 多个,公演剧目有 99 个。1941 年 10 月至 1945 年 10 月的 4 年间,重庆戏剧界又接连举行四届"雾季公演"活动,演出剧目 106 个,参演社团有 20 多个。

在抗战期间,在重庆的戏剧家也创作出大量的优秀剧作,其中既有多幕剧,也有独幕剧;既有反映抗战现实题材的剧作,也有历史剧。郭沫若的《屈原》,阳翰笙的《李秀成之死》《天国春秋》,夏衍的《法西斯细菌》,曹禺、宋之的《黑字二十八》,老舍的《张自忠》等等,都堪称代表性剧目。

和重庆情况略有不同的是,抗战时期桂林的政治、文化气候相对更加宽松自由,这自然跟国民党内部的派系斗争有关。桂林属于广西,是国民党桂系的地盘。桂系具有很强的地方观念。1930年桂系在广西重新立足,奉行"保境图存"的方针政策,建立"李白黄体制"(以李宗仁、白崇禧、黄旭初为核心的领导集体),利用"革命同志会"来加强内部团结,有效地防止了蒋介石对桂系的分化,同时也逐渐改变了对共产党的态度。1936年"两广事变"之后,桂系就取消了原来的"抗日剿共"口号,赞成中共的抗日民族统一战线主张,并主动提出与中共联合抗日:"今后中国人不应再打中国人,重新联合起来,在一条战线上去一致与日本帝国主义拼命!""中国最需要举国一致,共御外侮,中国共产党之宣言拥护三民主义……我们就不可随便攻击,免得引起无谓的摩擦,给抗战不利的影响。"[①]

尽管在国民党发动的第二次反共高潮中,桂系当局也曾积极参与,在广西、安徽等地制造摩擦,但是桂林仍然呈现出和蒋介石政权所在地重庆比较大的政治差异以及由此产生的相对独立、自由、民主的区域文化气候。1940年延安时事政治研究会就曾经指出,广西、安徽等地有相当开明和进步的气象,对于抗战曾给予很大的帮助。桂系当局对共产党以及广大民主进步力量领导下的出版业比较宽容。他们曾经资助桂林《救亡日报》复刊,自身也创办了《抗战文化》杂志并倡导社会各界编辑刊物、出版图书。当时的广西省政府主席黄旭初曾经亲自给省图书杂志审查委员会发出训示:"在此抗战期间应不与文化界发生摩擦。"李宗仁则曾经因为张铁生创办的刊物遭查禁而对广西省书刊审查委员会常委谢举荣当面斥责并令"广西书刊嗣后只由广西图审会审,不得再呈中央。"[②]

林焕平曾经回忆说:

文化人为什么涌到桂林而不到其他地方?这又是国内政治形

---

① 转引自刘绍卫:《中国共产党与广西抗战——政治交往理性的实践》,南宁:广西人民出版社,2006年,第82页。
② 转引自龙谦、胡庆嘉:《桂林文史资料,第38辑,抗战时期桂林出版史料》,桂林:漓江出版社,1999年,第516页。

势使然。蒋介石与桂系李宗仁、白崇禧、黄旭初（下称李、白、黄）的矛盾向来很深。与老桂系李济深的关系尤为恶劣。而迫于抗战形势，蒋介石不能不在一定程度上与李、白、黄妥协。并且不得不委派李济深为国民党军事委员会西南办公厅主任。李济深本人思想向来比较开明，又出于对蒋的怀恨，李、白、黄也出于罗致贤士，巩固自己地盘的需要，于是，他们都对外来的文化人，采取欢迎的态度。原来在上海、武汉、广州、香港的文化人，觉得桂林有比较民主的空气，适合开展文化工作，于是就涌到桂林来了。[①]

桂系当局对中央的这种对抗态度，自然也和广大民主进步人士争取自由、民主的意愿比较一致。当时广西各地的书刊审查制度也并不像重庆那样完善、严格。1938年2月，广西省书刊审查委员会成立。9月改组，经费增加，人员编制扩大。但是桂系当局对此并不重视：人员级别低，工作也缺乏权威性，只能听凭桂系当局的意旨行事或者得过且过，敷衍塞责。1940年8月，中央图书审查委员会派管举先到广西视察后，要求对全省书刊市场进行重新检查，遭到生活书店联合时代书局等15家出版同行的坚决抵制，以致管举先认为桂林已经成为"反动分子"的大本营，"桂林是延安第二"。[②]

正是在这种政治语境之中，大批文化人、各种文化团体、大专院校纷纷奔赴桂林。1936年桂林人口总数为7万，1938年底达到12万，1942年达到31万，1944年达到50万左右，在这激增的人口中就包含大量文化界人士。据统计，当时桂林共有大专院校9所，它们分别是：国立广西大学、国立桂林师范学院、广西省立医学院、广西艺术师资训练班、江苏教育学院、无锡国学专修馆、北平新闻专科学校、西南商业专科学校、榕门美术专科学校。同时有《救亡日报》《广西日报》等10种报纸，另有国际新闻社、中央通讯社、《新华日报》桂林分馆、桂林广播电台等新闻机构。抗战时期桂林的书店、出版社共

[①] 李建平：《桂林抗战文化概观》，桂林：漓江出版社，1991年，第2页。
[②] 转引自龙谦、胡庆嘉：《桂林文史资料，第38辑，抗战时期桂林出版史料》，桂林：漓江出版社，1999年，第517页。

178家(其中民营的166家,政府行政部门12家,另有只知其名,未闻其详的几十家未计入①)。这其中最主要的是中国共产党领导下的进步书店,官办的只有12家。从1937年到1944年期间,共出版图书2200余种。赵家璧曾经回忆说,抗战时期的书刊,有百分之八十是在桂林出版的。虽然这个说法的真实性有待进一步确证,但它确实能反映出抗战时期桂林"文化城"的繁荣和重要地位。

当时的桂林文化团体非常多,它们以各种形式开展抗日文化宣传,譬如出版、举行专题报告会、座谈会、讨论会、纪念会、演出会、朗诵会、讲习班、训练班、街头画展、赴前线慰问、采访等等。这其中主要的力量还是左翼以及广大民主进步文化人士。

文协桂林分会就是共产党领导下的桂林文艺界统一战线组织。1938年11月30日,桂林文艺界召开座谈会,讨论了关于成立文协桂林分会事宜,以巴金、夏衍、盛成为筹备委员;1939年7月,由广西进步人士李任仁、李文钊出面,正式成立筹备组,以夏衍、田汉、艾芜、艾青等23人组成筹委会;10月2日该会正式成立,王鲁彦、欧阳予倩等40人当选为理事。理事此后每年改选一次,先后共有五届。文协桂林分会成立后,出版《抗战文艺(桂刊)》,做了大量的抗日文化宣传工作。1939年该会曾积极组织文艺界、新闻界到桂南昆仑关进行战地访问,1944年田汉、陈残云率领的广西文化节抗敌协会工作队到桂北前线兴安、全州等地进行战地宣传、慰问。1940、1941年两次举办辅导文艺青年的讲习班。另外,文协桂林分会还组织过"文艺上的中国化、大众化""民间文艺研究""民族形式"等讨论;在鲁迅、普希金、高尔基逝世纪念日进行集会,向当局提出"请求撤销原稿审查办法以利抗战宣传",成立"受难同志救济委员会"以支援贫困作家等等。

桂林抗战文化、文学能够取得这么大成绩,跟当地聚集的大批文艺界人士是分不开的。其中文学、艺术方面的知名人士最多,郭沫若、茅盾、巴金、艾青、艾芜、夏衍、田汉、洪深、曹禺、欧阳予倩、萧三、胡风、丁玲、冰心、邵荃麟、

---

① 转引自龙谦、胡庆嘉:《桂林文史资料,第38辑,抗战时期桂林出版史料》,桂林:漓江出版社,1999年,第71页。

熊佛西、臧克家、王鲁彦、黄药眠、何其芳、陈白尘、柳亚子、田间、老舍、王西彦、张天翼、于伶、方敬、葛琴、袁水拍、骆宾基、端木蕻良、聂绀弩、彭燕郊、宋之的、丁西林、姚雪垠、李广田、叶以群、梅林、欧阳山、丰子恺等等,都曾在桂林居停。

至于抗战诗歌方面,桂林的成绩也不小。除了艾青以及胡风等七月派诗人、聂绀弩、彭燕郊、韩北屏、袁水拍、徐迟、方敬、穆木天、覃子豪等人之外,黄药眠在桂林《救亡日报》《半月文艺》《广西日报》《诗创作》《当代文艺》等报刊上发表了不少诗歌,诗人黄宁婴先后在《诗创作》《文艺生活》《中国诗坛》《广西日报》《中学生战时半月刊》《种子》等报刊上发表诗作,1943 年还在桂林诗创作出版社出版了诗集《荔枝红》;其他还有林山、周为、《中国诗坛》社的一大批岭南诗人如蒲风、芦荻、陈残云、征军、李育中、林焕平、楼栖、甦夫、马阴隐、芜军、野曼等等,也都曾在桂林留下战斗的足迹和诗篇。广西本土诗人胡明树、严洁人、阳太阳、胡危舟、陈迩冬、周钢鸣、秦似、柳嘉、麦紫、陈秋帆、欧查等等,也发出了全民抗战的吼声,抒发了自己的爱国情怀。

从某种程度上说,昆明在抗战时期的政治气候和桂林有相似之处。该地作为滇系军阀长期盘踞的地区,和国民党中央政权存在着深刻的矛盾。虽然在 20 世纪 20 年代后期,龙云为了巩固自己的云南彝族上层政权,曾积极向蒋介石政权靠拢,但是蒋介石在抗战期间不断向云南渗透,力图实现云南的"中央化"。这就必然引起龙云的抵制。他利用各种抗日民主力量阻止蒋介石力量的渗透,打击蒋系在滇势力。1939 年 9 月,蒋介石积极扶持的三民主义青年团在昆明成立筹备处,但到了第二年,龙云就不准三青团在云南境内各大学中设立团支部,甚至还曾下令逮捕团员。与此成为鲜明对比的是,龙云同意中共中央派代表长驻昆明,与中共云南地下党员华岗交上朋友,沟通了云南和延安的联系。龙云甚至允许《新华日报》在昆明设立营业分处,公开发行,准许书店经销《新民主主义论》《论持久战》等进步书刊,本人也秘密加入了进步组织中国民主同盟。而龙云的亲信云南宪兵司令、防空司令兼警备司令禄国藩在他的授意下,也常派宪兵保护各界人民举行的民主运动等等。

因此,总的看来抗战时期龙云是积极亲共、坚决抗日的。1937 年 8 月,龙云到南京参加国防会议时就曾表示:"当尽以地方所有之人力财力,贡献国家,牺牲一切,奋斗到底,俾期挽救危亡"①,《云南日报》也根据龙云的讲话发表了题为《云南人民愿以全滇人力物力财力贡献国家抗日》的社论。整个抗日战争时期,滇军共出动 27 万人浴血奋战,在台儿庄战役、南昌保卫战、长沙保卫战中都立下了赫赫功勋。全省军民一致对外,共赴国难,对争取抗战胜利作出了重大贡献,并且使昆明成为"民主堡垒"。

1935 年成立的中共云南省工委按照中共中央的抗日民族统一战线精神,大力促进各种抗日群众组织的成立。各种公开、秘密的抗日群众组织如"云南抗日青年先锋队""云南学生救国联合会"、等等先后建立,抗日刊物不断涌现,抗日救亡文化运动在云南各地,特别是昆明蓬勃开展。

久被视为蛮荒之地的云南,其文化事业的大发展跟抗日战争时期大量内地文化机构、人员不断涌入是密切相关的。私立华中大学、国立中山大学、西南联大、同济大学、私立中法大学、国立艺专先后迁入云南昆明等地。田汉、楚图南、曹禺、老舍、杨振声、光未然、穆木天都曾在此驻足。抗战时期的西南联大,更是会聚了一大批卓有成就的文化名人、学者如梅贻琦、蒋梦麟、闻一多、朱自清、冯至、冰心、冯友兰、傅斯年、赵元任、王力、李广田等等。他们不仅为抗战文化作出了卓越贡献,也为昆明这座城市增添了耀眼的光辉。

另据统计,抗战时期昆明的报纸先后共有 10 种,有《民国日报》《云南日报》《朝报晚刊》《云南晚报》《中央午报》(后改为晚报)《昆明晚报》《正义报》《扫荡报》《观察报》等等。另外,重庆出版的《新华日报》也在昆明设立了营业处。其中中共在《云南日报》成立了秘密支部,在报纸上大力宣传团结抗战、反对妥协救亡思想的文章,刊登毛泽东、朱德等人的著作,指导抗日救亡工作。《正义报》《扫荡报》也发表了不少针砭时弊、揭露黑暗、支持抗战、呼吁民主的作品。

在昆明抗战文化、文学建设中,中华全国文艺界抗敌协会云南分会起到了巨大的领导作用。1938 年 5 月 1 日,该会正式宣布成立,推举张克诚、杨季

---

① 龚自知:《随节入京纪》,《云南日报》,1937 年 7 月—9 月。

生、李剑秋、查宗藩、李家鼎、刘惠之、宋昉、甘师禹、唐登岷等人为理事。1939年1月8日,"文协"云南分会召开第四次会员大会,选举穆木天、朱自清、施蛰存、沈从文、楚图南、杨季生、顾颉刚、彭慧、陆晶清、马子华等人为理事,并将该会名称改为中华全国文艺界抗敌协会昆明分会。1945年10月14日,该会改名为云南文艺界协会。

在文协昆明分会存在的7年间,它先后发行过会刊《文化岗位》(杨东明、杨季生编辑)、《西南文艺》(雷石榆主编)、《战歌》等,分会会员还编辑了《云南日报》《正义报》《扫荡报》《观察报》《昆明晚报》等报纸的文艺副刊,举办"九月文艺竞赛"活动,与西南联大、中国民主同盟云南省分盟开展的民主运动相配合,举办了多次文艺报告会、讲演会、纪念会、文艺晚会,宣传反蒋、反内战、反投降倒退,对昆明抗战文化的发展起到了极大的推动作用。

和重庆蓬勃的话剧运动相似,昆明的抗战戏剧也给抗战文化建设增添了浓墨重彩的一笔。据不完全统计,抗战时期活跃在重庆的剧社、剧团有10几个。它们不仅演出配合抗战形势、鼓舞民众斗志的一大批剧目如《血洒卢沟桥》《放下你的鞭子》《全民抗战》《保卫卢沟桥》《黑字二十八》《台儿庄》《九一八以来》《后方》《三江好》《最后一计》《扬子江暴风雨》《保卫凌空》《民族光荣》(《自卫队》)《塞上风云》《雾重庆》《面子问题》《心防》等等,也演出过《雷雨》《北京人》《傀儡家庭》(即《娜拉》)《少奶奶的扇子》等这样的中外名剧。他们的演出深入城市、农村以及前线抗战部队中间,不仅极富宣传鼓动效果,而且也有自觉的艺术追求,得到了观众广泛的认同与赞赏。1937年9月30日《云南日报》第四版记载:

> 金马话剧社9月29人开始公演《血洒卢沟桥》等剧……每演已激烈情绪,观众为之兴奋!演至敌人残暴情节,观众为之愤慨!
> ……当《避难者》中之少女谓"在当前日寇加紧侵略我们中国局势之下,无论贫富男女,都应该起来救亡"时,全场掌声如雷!
> ……

1938年7月3日《云南日报》第一版记载：

> 艺师在雅集社公演《雷雨》，数日以来，场场满座，秩序绝佳。陈豫源君之导演，王秉心、杨其栋、韦述陶之舞台装饰，皆系精心呕血之作。郎惠仙女士之周繁漪，李文伟之周萍，欧维乾之鲁贵，表演深刻，感人至深。其他风雨雷电之效果，观众赞不绝口，昨晚至场参观者有蒋校长梦麟、杨副司令竹庵、鲁师长子泉、梁旅长星树、周主任幼熙等，对公演成绩极加称许。

在抗战时期迁入昆明的高校中，也并不缺乏多姿多彩的抗战文艺活动，其中尤其以西南联大为最。西南联大文法学院在云南蒙自时，北京大学同学会就曾举办民众夜校，教当地人语文算数和音乐，《大刀进行曲》《打回老家去》《满江红》《救亡进行曲》等等都是他们教授的曲目。当联大学生教唱《松花江上》时，教唱的同学哭了，学唱的人也哭了。自蒙自回到昆明后，联大学生还组织了群社，出壁报，开辩论会、讨论会、时事座谈会，教同学们唱救亡歌曲，在大大小小的活动中，经常歌声不断。在整个西南联大存续期间，南湖诗社、高原文艺社、群社、冬青文艺社、引擎社、新诗社、联大戏剧研究社、木刻研究会、群声歌咏队、联大剧团、青年剧社以及各种壁报开展广泛文艺活动，既丰富了自己的业余生活，也为抗日宣传作了应有的贡献。

西南联大的师生们还广泛地参与到昆明抗战文化的建设之中。教师们在校内、校外举办讲座，在昆明当地报纸上开辟专栏，为昆明的文化普及工作做了大量工作。师生们还积极从事创作，新老作家如朱自清、杨振声、闻一多、冯至、沈从文、李广田、卞之琳、汪曾祺、穆旦、杜运燮、吴讷孙、刘北汜、罗寄一、林蒲、林抡元等等，都创制了大量的作品。这些作品，不仅是抗战文艺的积极成果，而且为中国文学的现代化作出了巨大贡献。当时在西南联大任教的《含混七型》作者燕卜荪让穆旦等人开始接触到现代派诗人叶芝、艾略特、奥登乃至更为年轻的狄兰·托马斯等人的作品和近代西方文论，使中国新诗的创作真正与世界当代诗歌进行了同步接轨，这是抗战时期文艺的新收获,也可谓最有艺术魅力的新收获。

二、抗战时期重庆、桂林、昆明的诗歌刊物及活动

（一）抗战时期重庆的诗歌活动及创作

抗战军兴,诗歌成为鼓动人民起来反抗日本法西斯的有力武器,除了一些综合性的文艺刊物发表诗歌外,重庆也涌现了一大批专门刊载诗歌的期刊、丛刊。这些刊物不仅极大地促进了诗歌的发展,也显示了诗人们在诗歌艺术上新的探索与追求。

1937年12月16日,《诗报》创刊,在署名编者的《我们的告白》一文中交代了该刊的宗旨：

> 诗歌,这短小精悍的武器,毫无疑义,对抗战是有利的,它可以以经济的手段暴露出敌人的罪恶,也能以澎湃的热情去激发民众抗战的意志。
>
> ……我们正想象着一个果实——就是强化诗歌这武器,使它属于大众,使它能冲破四川诗坛的寂寞。

1941年6月,由徐仲年、徐迟、袁水拍、常任侠等人主持的原来在长沙的《中国诗艺》在重庆复刊。该刊坚持诗歌反映时代,主张"内容与艺术并重",反对口号诗、标语诗,还曾编辑出版了《中国诗艺社丛书》。

1941年11月,由姚奔、邹荻帆主编的复旦大学诗垦地社《诗垦地》丛刊在重庆出版。该刊主要作者明显受胡风理论影响,和七月派成员关系密切,先后共出版《黎明的林子》《枷锁与剑》《春的跃动》《高原流响》《滚珠集》《白色花》六集。另外,该社还在当时的《国民公报》副刊《文群》上开辟"诗垦地副刊"专栏。

1942年3月10日,由宋瑚、晏明、菲比、黎焚熏编辑的《诗丛》创刊。该

刊称编者们怀着"一颗灼热的爱情的心,热爱着诗艺,热爱着为争取自由的神圣的抗战","只希望在抗战的池塘里做些小小的蛙鸣",让自己的声音"打进众人的群里去","刺激那些昏迷不醒的人们","抨击那些违背了民族利益的人们"。常任侠、亚鸥、黎焚熏、曾卓、王晨牧、绿原、禾波、臧克家等人都曾在该刊发表作品。该刊于 1945 年第 2 卷第 1 期后停刊,共出 7 期。

1942 年 5 月,由王亚平、柳倩、方殷、高兰、郭沫若、李嘉、臧云远编辑的《诗歌丛刊》创刊。该刊宣称:

> 欲使口号的概念以及一些不健康的诗作在今日诗坛上减少绝迹,就必须勇敢地走进现实的密林中去,镇静而机智地把握主题,处理题材,再以最富于形象性的语言,去创作适于主题的崭新形式,这是中国新诗一致的努力目标,也是我们编辑这诗刊的主旨。

该刊先后出版了丛刊两集《春草集》《夏叶集》。该丛刊停办后,又续出《诗家丛刊》两种:《诗人》《星群》。

此外还有 1944 年 7 月,由湛卢、穆静、东英、斐然、周昌歧等人编辑、万县读者书屋和重庆五十年代出版社经售、李文钦发行的《诗前哨》。该刊由郭沫若题字,共出两集(第二集题名为《收获之歌》)。1945 年 2 月,邱晓崧、魏荒弩主编《诗文学丛刊》,该刊共出两集:《诗人与诗》《为了面包与自由》。

除了创办诗刊之外,1941 年春,文协诗歌晚会负责人高兰、光未然、臧云远、方殷、李嘉、陈纪滢、臧克家 7 人倡议把民间纪念伟大诗人屈原的农历五月初五定为"诗人节",得到广大诗人们的响应和赞同。在这一年的 5 月 30 日的第一届诗人节大会上,于右任任主席,老舍报告筹备经过,郭沫若则发表了讲演,论证了屈原之死并非因为懦弱,而系殉国,冯玉祥则即席赋诗。1941 年 5 月 30 日《新华日报》第 2 版上则专门刊出《诗人节缘起》一文,指出:

> 目前是体验屈赋精神的最适切的时代。中华民族在抗战的炮火里忍受着苦难,东亚大陆在敌人的铁蹄下留下了伤痕,千百万战

士以热血温暖了国土,山林河水为中华民族唱起了独立自由的战歌……

我们决定诗人节,是要效法屈原的精神,是要使诗歌成为民族的呼声,是要了解两千年来中国诗艺术已有的成就,把古人的艺术经验,作为新诗的创作中的养料,是要现代的人们互相检阅,互相砥砺,以育成中国诗歌的伟大的将来,是要向全世界高举起独立自由的诗艺术的旗帜,诅咒侵略,讴歌创造,赞扬真理……

此后,诗人节庆祝活动不仅在重庆,而且在成都、桂林等地也不断举行。在重庆抗战时期如诗般的热烈浓厚的情绪中,诗歌界还曾多次举办诗歌座谈会。1937年12月4日,重庆诗报社就发起了关于抗战诗歌内容及形式的讨论,强调反对日本帝国主义的侵略,揭露汉奸,应该采取多样化的形式,应该让诗歌成为唤醒大众、鼓动民众起来抗日的热情。从1938年10月起,迁到重庆的"文协"也曾发起了数次诗歌座谈会及诗歌晚会,足可以看出在重庆的抗日文艺工作者对诗歌这一体裁的看重。老舍在第二次诗歌座谈会上指出,抗战诗歌的任务有三方面:

(一)在感情上,激发民众抗战情绪。(二)在技巧上,不论音节文字要普遍的使民众接受,普遍的激动民众。(三)思想上,正面发扬抗战意识,反面剪除汉奸倾向。

他同时指出:

利用旧形式,只能装进新的一半去,这因为被形式限制着。我们不能把新的打进去,就只能收一半的效。但歌咏也许只收十分之三的效,比旧形式更多一点困难,完全利用新的,或者完全没有效,所以现在不是种种方法冲突的问题,是实际去做的问题,我们应该积极做起来。①

胡风在第四次座谈会上作了《略观抗战以来的诗》的报告。他在强调诗人参加实际斗争生活,努力将诗和大众结合的积极意义之外,还指出了开展诗朗诵运动、诗画展、街头诗运动、利用旧形式(民歌、童谣等)、"诗人多做歌"等新的抗战诗歌路径,并对抗战以来诗歌存在的概念化倾向、感觉情绪不够——非常冷淡地琐碎地描写生活现象本身的弊端提出了批评。另外,他还指出了抗战诗歌中存在的说理倾向、诗人运用言语的能力不够等问题。

总的来看,强调诗歌应该充分大众化、通俗化,甚至采用旧形式,以配合当前的战争形势是诗人们比较一致的意见。然而这中间也出现过反对的声音。艾青在"文协"第一次诗歌晚会上就指出抗战诗歌的缺点:一些作品里面还存在以"单纯的爱国主义与军事国民精神的空洞叫喊、常用来欺骗读者的那种比较浮意的情感";"概念的罗列与语言的贫乏";"新诗的传统还没有在理论上建立起来;至今为止,中国还没有人把新诗作公允的历史的考察与批判;对于诗的批评的风气没有发达起来,对于诗人的劳作,还没有人给以密切的,与严正的注意;批判的热情还不能帮助诗人在创作生活上得到慰安与鼓励,批评还不能在诗人与社会之间结成可以信任的桥梁";诗人们"没有组织,没有较一贯的计划,没有在这一切都已集体化的时代里发挥自己集体的力量"等等。

1938年10月毛泽东在中共六届六中全会上所作的报告《中国共产党在民族战争中的地位》一文引发了现代文学史上关于文学的"民族形式"的大讨论,并从延安传播到重庆、桂林等地。1940年6月9日,"文协"在一心花园召开"民族形式座谈会",以群、姚蓬子、戈宝权、胡绳、葛一虹、光未然、沙汀、力扬、罗荪、潘梓年、梅林、臧云远等人都参加了此次会议。艾青在会上所作的发言中认为,所谓民族形式,和中国化是一个意思,就是科学化的现代语,所表现某时某刻所发生的现实。他并不赞同老舍、穆木天等人的观点,同

---

① 老舍:《对于抗战诗歌的意见——在"文协"第二次诗歌座谈会上的发言》,《抗战文艺》第3卷第3期,1938年12月17日。

时他认为:"通俗化的工作应该做,但不一定叫作家来做,五言七言诗,大家也是不懂的,新诗,叫大家都懂也是很困难的,我觉得叫知识分子都懂就够了,我们不能因为不懂而来写'大狗跳两跳,小狗叫两叫'。"①

1940年11月23日,《抗战文艺》召开座谈会,讨论"一九四一年文学趋向的瞻望",艾青在大会上所作发言中又重申了自己的主张。他并不完全赞同老舍所说抗战一开始大部分作家都急于为抗战服务,因此被旧形式所强烈诱惑的判断。他认为,抗战以后的诗歌还是继承抗战以前的诗歌"血统"发展下来的,虽然有一部分诗人要暂时借用旧形式来加强抗战宣传,但这并非是新诗的主流。

实际上,经过痛苦反思后,老舍对自己利用旧形式创作的抗战文艺作品也表示不满:

> 对于抗战的现实,我看今天无论那一部门的作家都显出更熟悉了。换言之,就是大家已习惯了战时的生活。举个例说,在武汉的时候有不少作家去作鼓词唱本等通俗读物,到今天已由个人或机关专去作这类的东西。而曾经努力于此道的许多作家中,有不少便仍折回头来作新的小说、诗、戏剧等等。这因为什么?大概是因为在抗战初期,大家既不明白抗战的实际,而又不肯不努力于抗战宣传,于是就拾起旧的形式,空洞的、而不无相当宣传效果的,作出些救急的宣传品。渐渐地,大家对于战时生活更习惯了,对于抗战的一切更清楚了,就自然会放弃那种空洞的宣传,而因更关切抗战的原故,乃更关切于文艺。
>
> ……在武汉时候我最初写通俗文艺,完全是因为客观情势的要求,和当时所能发生的效用……等到抗战的时间愈长,对于现实的认识和理解也愈清楚,愈深刻。因此也更装不进旧瓶里去,一装进去瓶就炸碎了。所以这一年来不能不放弃旧形式的写作。这个否

---

① 《民族形式座谈会笔记》,《新华日报》第4版,1940年7月4日。

定就是我对于民族形式的论争的回答。但所要声明的,我这否定并不是怕别人骂我写旧形式,而是三年来的痛苦经验所换来的结论。①

当然,应该承认,在抗战初期,通俗性的抗战诗歌(韵文)作品,还是得到了很多文艺家、诗人支持的,有人甚至往往并不将它们视为抗战时期的权宜之计。茅盾就曾经说:

> 我觉得鼓词这一体制,实在已经是发展到高阶段的艺术形式,凡是发展到高阶段的艺术形式它是可以灵活运用的,缠绵悱恻,悲壮激昂,无不相宜……所以新鼓词的出现,而且由民族意识强烈,文艺修养有素的作家们来写作,实在是抗战文艺运动中一件大事。②

老舍、田间等等很多知名或不知名的诗人、作家还积极投入了创作实践之中。老舍的《三四一》中就收录了大量通俗文艺作品,田间在《七月》杂志上也发表了许多反映敌后抗日根据地生活的街头诗,抗战后期袁水拍在《新民报》上发表了一连串的《马凡陀山歌》,《新华日报》在介绍敌后抗日民歌的同时也发表了很多表现大后方人民生活和政治腐败的作品。

此外,诗朗诵运动也是重庆抗战诗歌发展中的一项重要内容。"文协"到重庆后曾组织诗歌朗诵队,以光未然为队长,徐迟为副队长,协同郭沫若、老舍、常任侠、方殷、高兰等开展诗歌朗诵活动,经常在重庆中苏文化协会举行诗歌朗诵活动,高尔基、马雅可夫斯基以及诗人们自己的诗歌都成为他们朗诵的内容。郭沫若、老舍也多次朗诵自己的新作。在"文协"的第一次诗歌晚会上,与会诗人们不仅讨论了诗歌语言问题,艾青、光未然、常任侠还朗诵了诗歌。第二次诗歌晚会上,不仅有诗歌朗诵,郭沫若还作了《中国音乐之史的检讨》的报告。光未然的长诗《屈原》在重庆文艺界举行的第一届诗人节晚会上朗诵,著名朗诵诗人高兰在重庆则创作了《嘉陵江之歌》《哭亡女苏菲》

---

① 《一九四一年文学趋向的瞻望(会报座谈会)》,《抗战文艺》第7卷第1期,1941年1月。
② 茅盾:《关于鼓词》,《文艺月刊》战时特刊第8期,1938年3月16日。

等等,都曾引起了较大反响。

(二)桂林的诗歌活动及创作

1938年6月,桂林出现了专门性的诗歌刊物《拾页》。自1938年10月广州、武汉沦陷后,大批文化人转移到桂林,使它一时间人文荟萃,成为抗战大后方最著名的文化重镇之一。在这个阶段桂林的诗歌也获得了长足的发展,先后创办的主要诗刊有:

《顶点》月刊。武汉沦陷后,艾青于翌年初到达桂林,先在《广西日报》任副刊编辑,后因事辞职,转而与在香港的戴望舒合作编辑该刊。该刊于1939年7月10日由新诗社出版第1卷第1期,但也仅仅是这一期后,即因时局动荡,艾、戴两人联络困难而停刊。该刊曾宣称要建设中国新诗,力促新诗从"现状中更踏进一步",使"中国的新诗有更深邃一点的内容,更完美一点的表现方式"。但是它也明确表示,自身"不能离开抗战,而应该成为抗战的一种力量",但是这里的"不离开抗战"也并非是"狭义的战争诗"。

《诗》。该刊于1939年6月在广西桂平创办,由婴子、周为、胡明树等人编辑,原为油印刊物,1940年2月在桂林出刊,由周为、胡明树、韩北屏等人主编。1943年7月,至第4卷第1期时,该刊被广西省政府勒令停刊。该刊主张诗歌应该"和人民在一起",诗歌应该大众化、通俗化,但是反对庸俗化和低级趣味化以及那些对于抗战诗歌的责难:

> 我们反对那些要求我们待"通"了之后才写文章的学者、教授们,我们也反对那些强调我们的弱点,企图抹杀我们的成果的"诗论家"!
> 我们反对那些动不动拿拜伦、雨果、普希金来指责人、压服人,甚至来吓人的"指导者"……
> 我们反对要新诗投降给民歌大鼓词的人们!……
> 我们反对一切新的八股,我们反对庸俗的狭小的保守主义!
> ……

我们反对"标新立异"的诗,但我们更反对那些把所有的"独创"甚至因为其观念不调和的东西都一律骂为"标新立异"的保守主义者!

从该刊对于"诗的散文美""口语化"的推崇来看,明显是受到了艾青诗歌理论的影响。艾青、袁水拍、徐迟、方敬、鲁藜、彭燕郊、欧外鸥等人都在该刊发表过诗歌及诗评文章。

《中国诗坛》。该刊于1937年7月1日创刊于广州,原名《广州诗坛》,自第4期始名《中国诗坛》。广州沦陷后,该刊曾在香港出版三期"复刊号"双月刊,1940年6月1日"新四期"时转移到桂林出版,出至新6期中断,直到抗战胜利后,该刊流亡的同人回到广州后,才续出"光复版",然而本年5月出至第4期又告停刊。

该刊早期编辑主要有黄宁婴、陈残云、陈芦荻、蒲风、雷石榆、欧外鸥等人,后期则有洪遒、吕剑等参与编务。他们力图"追随着先驱们,努力把新诗歌坚强地建立起来,努力以新诗歌当作武器,争取我们民族最后的胜利",继承了原左联中国诗歌会的传统,坚持现实主义的原则,主张大众化、通俗化创作,在诗歌与音乐、绘画的结合以及方言诗创作等方面,取得了巨大成绩。茅盾、郭沫若、臧克家、冯至、绿原、袁水拍、彭燕郊、郑思、柳倩等等都曾为它撰稿。

《诗创作》。该刊创办于1941年6月,1943年初至第19期时停刊,主编胡危舟、阳太阳、陈迩冬。诗创作社的社长则是李文钊。诞生在战火中的该刊,并不仅仅停留在利用诗歌为抗战服务的层面上,他们力图进行理论探索,讨论战争给中国新诗带来的契机。他们力图抓住时代,认为诗人必须"把握每一个自己的时代"[①],他们大多强调在诗歌创作中情感的重要作用,反对"抒情的放逐"。王亚平在《诗的情感——新诗辩草之一》一文中批评当时诗人"情感的泛滥""情感的枯燥"与"情感的暧昧",指出:

---

① 李文钊:《诗的时代——代创刊词》,《诗创作》第1期,1941年6月。

作为今日的中国诗人,必须克服情感上的弱点。诗人要像政治家一样,具有顽固的战斗意识严肃的姿态,与战败敌人的技术。就是说,诗人要理解当前的现实,与历史所交赋的使命,诗人的情感要寄托在民众身上,要溶汇在四万万大众争自由的洪流中,要以民众的悲苦为悲苦,以民众的欢乐为欢乐,深沉而丰厚的培养自己的情感,使情感的根株建植在民众的心灵里。有了这样的情感,才能把握好的主题,(民主的内容)才能创造优□的形式,(民族的形式)才能创造出完美的作品。

主编胡危舟在《新诗短话》中则曾经这样说道:

战争是两种不同目的之浓烈的感情所要求的表现。战争是感情的。战争的时代是诗的时代。谁喊着"抒情的放逐",无疑地,他先会遭到了诗的放逐。
……让我们建设一个诗的新观念——
今天的诗是新鲜的,年轻的,乐观的,自由的,革命的,创造的,人民的,语言的,自然律的。

郭沫若、茅盾、胡风、田间、贺敬之、郭小川、何其芳、黄药眠、徐迟、钟敬文等都曾在该刊发表诗歌作品或诗歌论文。

此外的专门诗刊还有芜军主编的《诗站丛刊》。该刊始于 1943 年 10 月,包括《夜唱》等 4 卷,萌芽社出版,水平书店发行,1949 年 5 月停刊。《诗时代》,1938 年 9 月出版第 1 期,诗时代出版社出版。该刊主要介绍国内诗坛名家及其作品,主要作者有鹿地亘、罗烽、力扬、彭澎、覃子豪、孟超等。

除了专门性的诗刊,还有广大诗人在各种报纸上开辟诗歌副刊专栏,也都产生了巨大影响。其中比较著名的是《救亡日报》开设的"诗文学"副刊。1937 年 8 月 4 日在上海创刊的《救亡日报》始终坚持中共提出的抗日民族统一战线方针,为促进全民族抗日救亡而努力。1939 年元旦,辗转流浪的《救亡日报》在桂林复刊,1939年4月18日开办"诗文学"副刊,由艾青、林林主编,以诗歌创作和诗歌评论为主要内容。在艾青主笔的《我们的信念》一文中表明了该刊的宗旨：

> 诗,既然作为民族的最高的语言,在民族革命的战争迫近胜利的行程中,它是必然要更加发达的。因此,我们感到诗的工作有组织性的必要,《诗文学》是在这意义上产生的。

覃子豪、紫秋、林林、雷奔、钟敬文、陈残云、吕剑等等都曾在该副刊上发表作品。此外1941年秋聂绀弩、彭燕郊主编的《力报》副刊《半月新诗》以及芦荻、韩北屏主编的《广西日报》副刊《漓水·诗月曜》,也都是当时较有影响的诗歌阵地。

在桂林的各种抗战文艺活动中,诗歌也是最重要的内容之一。在这些活动中,文协桂林分会是最重要的领导者。1940年2月11日文协桂林分会在青年会举行诗歌座谈会,讨论诗歌的"新形式"问题,黄药眠任主席。林林、杨晦介绍了普希金的生平和著作,林山、韩北屏、徐迟、刘火子等人参会,与会诗人还朗诵了诗歌《不死的荣誉》《俘虏死了!》。3月3日,该会又举行了诗歌座谈会,仍由黄药眠任主席,讨论了最近的诗歌创作倾向,并将诗人们分成小组开展研究工作。1940年4月14日,文协桂林分会曾经联合中国诗坛社举办"诗歌的民族形式座谈会",对此进行了比较深入的讨论。黄药眠、林林、芦荻、刘火子、林山、陈残云、高咏等都到会发言。

1940年11月27日,文协桂林分会在《救亡日报》刊出举办文艺讲习班招收学员的启事,其中关于诗歌的讲题有四个："中国诗史的发展""旧诗的评价""中国诗与外国诗的比较""民歌研究"。这四个讲题分别由陈闲、莫宝坚、芦荻、林林主讲。1940年8月,黄药眠就曾经为文协桂林分会暑期文艺写作研究班进行公开演讲"形象与诗歌"。

文协桂林分会还曾举办数次"诗歌颂唱夜会",在1944年5月25日举办的第三次夜会上,田间的《给战斗者》、孙钿的《旗》、何其芳的《进军》、光未然的《黄河之歌》、田汉的《虎牢关》、陈迩冬的《南方的号召》、伍禾的《进攻》、洪遒的《喂,朋友,检查一下你的心》、方敬的《今天我们要歌唱战斗》、韩北屏的《心向中原》、田汉的《义勇军进行曲》都成为表演节目。

此外,文协桂林分会诗歌组还积极开展街头诗运动。1940年6月6日曾出版诗歌壁报,受到广泛好评;9日又在李子园青年会召开街头诗歌运动座谈会,进一步推进此项工作的开展。1941年元旦,诗歌组还配合木刻协会、漫画协会,发起街头画展览,婴子、紫秋、韩北屏、孟超、林山、胡危舟写诗配合,内容极为精彩。1940年11月,文协的诗歌组曾发起过征集诗歌材料活动,收集抗战以来的诗歌杂志或者单行本。

除了文协之外,其他专业性的诗歌团体也纷纷举行各种诗歌活动,配合抗战形势。1940年1月,由乐群社主办的诗歌朗诵晚会在乐群社礼堂举行。主席为李伟石,黄药眠即兴演讲诗歌朗诵的起源及意义。在晚会上,彭徽朗诵了高尔基的《海燕之歌》,韩北屏、婴子等人朗诵了艾青的长诗《火把》,胡危舟朗诵了《上海小调》,王石城朗诵了马雅可夫斯基的《好》,李文钊朗诵了《慨古吟》。1941年春节期间,诗创作社则举办了抗战以来新诗展览会,共展出从云南、福建、浙江、山西各省收集的诗集、诗刊、诗歌传单、诗歌壁报、油印诗等等共500余件。

(三)昆明的诗歌活动与创作

据现有资料显示,地处边疆一隅的云南在抗日战争爆发前新文学社团及期刊仅有十余种,且大多数出版时间很短,影响不大。抗日烽火乍起,随着大批文化人流徙进入云南,实际上给当地文化事业带来了新的契机。一些著名的文艺刊物如《文化岗位》《西南文艺》《战歌》《文聚》等等纷纷涌现,雷溅波、罗铁鹰、彭桂萼等当地诗人也在战争进程中茁壮成长。

抗战时期昆明出现的专门性诗歌刊物不算太多,最著名的就是《战歌》。该刊为中华全国文艺界抗敌协会昆明分会的刊物之一,于1938年8月由徐嘉瑞、罗铁鹰、雷溅波创办,救亡诗歌社编辑,生活书店昆明分店发行,月刊。出至第1卷第6期后,该刊因为印刷问题改为不定期刊。1941年1月出至第 2 卷第 3 期后停刊,共出 9 期。

该刊是一种抗战诗歌刊物,其创刊号发刊词中明确表示"要用诗歌和刺刀保卫我们垂危的祖国":

> 我们的当前,是血与肉搏斗的时代,弱小的民族向强暴的法西斯作勇猛抗战的时代。在我国,已经展开了空前未有的大决斗。一切的艺术家们都毫不迟疑地参加了每一个战斗的部分。

朱自清、茅盾、老舍、陶行知、楚图南、冯至、李广田、徐嘉瑞、袁水拍、穆木天、彭慧、蒲风、魏荒弩、雷石榆、蒋锡金、雷溅波、彭桂萼、罗铁鹰等等一大批著名诗人都成为《战歌》的作者,足以说明这份刊物在当时的影响力实际上已经突破云南一隅。

《战歌》出版后,深受好评。茅盾曾称之为"闪耀在西南天角的诗星"[①];袁水拍则认为:

> 我们在各地的文艺杂志报章副刊上可以看到多量的抗战诗歌,告诉我们:一种卓越的、新的、歌咏着反映大时代的谣曲,正在长足的进步中。但是由于这些诗作大多数陪坐在别的文艺创作的背后,作为附庸一样点缀其间,我们感觉到能够具体地显示着蓬勃的诗歌运动的刊物,像《战歌》月刊那样有着充实丰美的内容的专门的期刊,是非常可贵的了。[②]

束胥在 1940 年 7 月 16 日《文艺阵地》第 4 卷第 7 期上的"书报述评"栏目里也高度评价了《战歌》的地位和意义:

> 全国的诗歌工作者,需要有一个很好的集中。现在,让我们看

---

① 参看《文艺阵地》第 2 卷第 3 期,1938 年 11 月 16 日。
② 袁水拍:《战歌月刊(书报述评)》,《文艺阵地》第 2 卷第 11 期,1939 年 3 月 16 日。

到的,则很自然地,在昆明的《战歌》,确已部分地担负起这个任务,也许因为人的集中,也许因为地理的适合,《战歌》是现在我们的一个非常充实的诗刊,一个全国集中性的诗刊。

除了出版刊物,罗铁鹰、雷溅波等人还以救亡诗歌社的名义出版了"战歌丛书",包括雷溅波的《战火》、罗铁鹰的《原野之歌》和《火之歌》、徐嘉瑞的《无声的炸弹》、穆木天的《号角》、雷石榆的《在战争中歌唱》、彭桂萼的《澜沧江畔的歌》。

另外,1944年魏荒弩等人组织百合文艺社后,曾以出版"百合文艺丛书",该丛书均为小诗集,共出版5种,计有包白痕的《无花果》、葛白晚的《海底的路》、常醒元的《蒙古调》、薛诚之的《三盘鼓》、魏荒弩的译诗集《希望》。

由于抗日时期的经济困难,纸张供应紧张,广大诗人们还采取各种形式发表自己的作品。杜运燮编辑的"街头诗页"就是其中之一。它主要采取诗歌传单的形式,贴在昆明市文林街、凤翥街的墙壁、大树上,以宣传抗日的短诗、讽刺诗、打油诗为主,多采用"马雅可夫斯基体"和"田间体"。

山城诗帖则是中山大学学生缪白苗等人于1938年夏在云南澄江创办的诗歌墙报。该墙报为双周刊,一直出版到1940年,共出刊约20期,作者主要有缪白苗、吴风、黎敏子、何维尔、楼栖、黄流沙、稚人、梁劲、郭茜菲、何莎、江篱等等。

除此之外,《诗与散文》也是刊登诗歌作品较多的刊物。该刊由龙显求主编,龙显求、吴敏、张桢炳、廖靖华、杨其庄、王燕楠、刘光武为编辑,宣称要站稳岗位、服务民族、不忘国家,为祖国的自由独立贡献出最后的力量。张光年、吕剑、王亚平、韩北屏、雷石榆、周辂、杨亚宁、雷溅波、包白痕、彭桂萼等等都是该刊作者。该刊于1945年夏天停刊,共出3卷30多期。

当时在昆明的诗人们还把自己的影响扩散到了外地。由西南联大冬青社刘北汜联系,1941年6月开始在贵阳《贵州日报》(原《革命日报》)"革命军"专栏内发表冬青社诗歌作品。共出9期,1942年7月停刊。

昆明的抗战诗歌活动主要是在文协昆明分会的领导下开展的。1938年

3月27日文协在汉口成立后,消息迅速传到云南。云南的文艺工作者们一致认为云南文艺界也应该成立一个和文协同一性质的组织,扩大影响,加强抗战文艺工作。经全体会员同意,原云南文艺工作者抗敌座谈会被改组为中华全国文艺界抗敌协会云南分会,并与中华全国文艺界抗敌协会取得了联系,1938年5月1日举办正式成立大会,张克诚、杨季生、李剑秋、查宗藩、李家鼐、刘惠之、宋昉、甘师禹、唐登岷等人被推选为理事。1939年1月8日文协云南分会第四次会员大会上,改选出第二届理事会,穆木天、朱自清、施蛰存、沈从文、冯素陶、楚图南、杨季生、顾颉刚、方刚、刘惠之、张克诚、张友仁、彭慧、陆晶清、马子华、徐嘉瑞、迟习儒、李剑秋、吴晗、李乔、彭桂萼等31人当选为理事,王秉心、雷溅波、张镜秋、冯至、谢冰心等13人当选为候补理事,文协云南分会改称昆明分会。文协昆明分会成立了由罗铁鹰、雷石榆负责的诗歌组以及马子华负责的小说组,举办座谈会、讨论会和朗诵会,在大中学中推动文艺活动。朱自清、张天虚、雷石榆曾在晋宁金山寺昆华师范学校,罗铁鹰、杨东明在昆明市立女子中学进行演讲,指导学生文艺活动,培养文艺青年。

在文协昆明分会组织的各项文艺活动中,诗歌是最重要的内容之一。1939年7月22日《云南日报》刊登文协昆明分会主办暑期文艺讲习班的通知,其中诗歌部分由穆木天主讲。1945年3、4月间,文协昆明分会和工矿银行职工聘请在昆明的知名文学家举办讲座,闻一多曾经对田间的诗进行专题讲座。此外光未然的诗朗诵、赵沨的男高音都很受广大昆明听众的欢迎。

文协昆明分会还曾经举办"九月文艺竞赛"活动,获奖作品多在会刊《文艺岗位》上刊发。1938年10月31日出版的《文艺岗位》第3、4期合刊上就发表了杨守笃的《纪念九二五的一周年》、张立人的《九月之歌》、光明的《夜战场》、王怀武的《歌吧,歌出我们的胜利》等多首获奖诗作。1941年文协昆明分会会刊《西南文艺》创刊后,也曾发表过浅野公子、鲁马、雷溅波、朱乃、蒂克、包白痕、彭桂萼、黄海平、涵清、李广田、王亚平、孙艺秋、影痕等多人的诗作以及雷石榆的诗评等等。

除了文协昆明分会之外,在昆明的抗战诗歌活动当中,西南联大师生也是不可忽视,甚至可以说是影响更加广泛、深远的一种力量。

早在云南蒙自时期,西南联大的学生们就曾组织过南湖诗社。该社成立于 1938 年 5 月 20 日,由向长清、刘兆吉发起,主要成员有穆旦、赵瑞蕻、刘绥松、陈士林、周定一、刘重德、李敬亭、林蒲、陈三苏等人,向长清负责社内事务,导师是闻一多和朱自清。该诗社并没有明确自己的宗旨,曾经就新诗的现状与前途问题进行讨论。诗社创办有壁报《南湖诗刊》,共出 4 期,刊登诗作数十首,其中赵瑞蕻的《永嘉籀园之梦》、穆旦的《园》等可谓其中翘楚,刘兆吉还曾经采集云南当地歌谣 22 首以及 5 首儿歌刊登其上。此后随着西南联大迁至昆明,南湖诗社改名高原文艺社,后又改名南荒文艺社,扩大了该社团所关注的文学艺术范围,但是诗歌仍然是成员们所关注的重点之一,社员们举行过诗歌朗诵会之类的活动。

1944 年 4 月 9 日,西南联合大学学生何孝达、沈叔平、施载宣等人到西南联大教师闻一多家中,请闻一多担任即将成立的新诗社导师。学生们还把闻一多给他们的谈话作了总结,作为新诗社的纲领:

> 一、我们把诗当作生命,不是玩物;当作工作,不是享受;当作献礼,不是商品。二、我们反对一切颓废的、晦涩的、自私的诗;追求健康的、爽朗的、集体的诗。三、我们认为生活的道路,就是创作的道路;民主的前进,就是诗歌的前进。四、我们之间是坦白的、直率的、团结的、友爱的。[①]

西南联大新诗社成员们不仅进行诗歌创作,还组织诗歌朗诵与讨论活动,出版"诗与画"壁报,举办贫病作家募捐活动。1944 年 10 月 9 日新诗社成立半周年之际,该社举行"声援贫病作家及讨论诗歌前途"大会,会上宣读了由闻一多草拟的给贫病作家的慰问信,该信由闻一多、楚图南、尚钺、冯至、李广田等 123 人签名。楚图南、闻家驷、光未然、冯至还参加了诗朗诵。与会者还就新诗前途展开了热烈讨论。

---

① 史集:《闻一多先生和新诗社》,《云南师范大学学报》,1987 年 2 期。

此后新诗社还举办或参与举办各种诗歌朗诵会活动。1944年中秋节,新诗社在莲花池附近的英国花园附近举行赏月诗歌朗诵会,闻一多、冯至都应邀参加。1945年5月5日,新诗社与文协昆明分会等7个文艺社团在西南联大图书馆前民主草坪举办了第一届文艺晚会;6月14日又和文协昆明分会等在云南大学圣公堂举办诗人节晚会;9月,为庆祝反法西斯战争胜利,举办了"为胜利,为民主、和平、团结而歌"的大型诗歌朗诵会;10月29日,与文艺社、冬青社等联合举办西南联大八周年小晴纪念诗歌朗诵晚会;11月22日,与文协昆明分会及文艺社等社团联合举办每周文艺讲座等等。在后来的"一二·一"运动中,新诗社的学生们还积极参加了罢课委员会、学生联合会,创作了大量的战斗诗歌。集体悼诗《焚在我们死难者的灵前》就是其中的代表作。此后西南联合大学各校复员,北京大学、清华大学、南开大学中仍然有新诗社的组织活动。

除了专门性的新诗社,西南联大的其他各种文艺社团也非常重视诗歌这一体裁。例如1944年5月4日西南联大"文艺"壁报社为纪念五四运动25周年而举办的"五四运动与新文艺运动"文艺晚会上,有冯至主讲的"新文艺中诗歌的收获"一项,虽然该晚会因人为破坏而流产,但是在8日重开的晚会上,除冯至演讲之外,闻家驷的演讲题目也和新诗有关:"中国之新诗与法国文学"。1945年上学期,文艺社举办了纪德作品讨论会、鲁迅讨论会、斯坦倍克讨论会,成立了小说、散文、诗歌、理论四个小组,1945年10月1日举行的文艺社成立二周年纪念晚会上,进行抗战八年以来文艺的总检讨,闻一多演讲了有关诗歌的部分。此后的"一二·一"运动中,文艺社同学的街头诗《不要做帮凶》曾经广为传播,起到了极大影响。

三、重庆、桂林、昆明抗战诗歌的区域文化特征

"区域文化"不同于"地域文化"。如果说地域文化研究关注的是某一特定地域内由自然地理条件、历史风俗等等所形成的文化统一体及其所产生的影响,那么区域文化则更关注某一特定行政区划内由不同的现实社会条件

(无论是政治的、军事的、地理的)所形成的即时性文化共性及差异。由于特定地域的历史沉淀也可能以某种方式呈现于其现实的文化形态之中,区域文化实际上也包含了地域文化中的某些现实性特征。

尽管大后方抗战诗歌因为时代所赋予它的回应民族危机,唤起民众起来抗日的任务,在表现内容、情绪甚至外在形式方面都具有高度的文化统一性,但是因为不同区域内历史文化传统的差异以及诗人个性差异等等原因,仍然表现出不同的区域文化特征。

(一)重庆抗战诗歌的区域文化特征

由于重庆得天独厚的战时首都政治地位,主要的政治、文化势力在此纷纷登场,是战时政治文化的风向标,重庆抗战诗歌具有明显的文化中心性质、政治导向性质。

不仅"诗人节"诞生于重庆,一般来说,大后方重要的抗战诗歌活动都是首先由重庆发轫的。抗战诗歌的通俗化运动,可以说就是以重庆为中心开展的。在抗战爆发不久,老舍就开始了通俗化的文艺创作,其中具有诗歌特质的鼓词是他通俗文学创作的最重要形式之一。在他的《三四一》中包括三篇大鼓词:《王小赶驴》《张忠定计》《打小日本》,此外还有未收入集子中的《游击战》《抗战一年》《新"拴娃娃"》《新女性》《识字运动》《陪都赞》《赞国花》《贺新约》,另有《抗战民歌二首》《童谣二则》《为小朋友们作歌》以及《西洋景词画》《新洋片词》《新画片唱词》《保民杀寇》(军歌)《保我河山》(歌词)《抗战军歌二首》《打》(游击队歌)等等。对此,老舍是有明确的自觉意识的。在1938年12月17日重庆出版的《抗战文艺》第3卷第3期上,曾发表了一份座谈会记录《我们对于抗战诗歌的意见》。老舍在发言中批评20年来的新诗发展路向,认为通俗化是一种可行的尝试:

> 虽说诗歌是走了新的道路,廿年来没有什么成绩可供学习,那是由于未能把握中国语言的诀窍,使今日的抗战诗无所措手足,特别文字技巧方面使打入民间去没办法。有人写鼓词,小调,我不承

认可代替新诗,要新诗人们都睡觉去,但这可以给我们一个刺激,知道民众的爱好。为抗战应当增加新诗的能力,旧的优点要拿出来,通俗也要拿出来……我们廿年来只有纤巧的东西,那是支持不起诗坛的……

他还撰写了《通俗文艺的技巧》一文,指导广大文艺工作者进行通俗文艺创作。应该说,大后方通俗化抗战诗歌的繁荣固然和此前左联时期诗歌大众化运动有密切的联系,和当时文协的领导者老舍的大力倡导和积极实践也是分不开的。在老舍等人的影响下,通俗文艺蓬勃发展,通俗诗歌、诗朗诵运动方兴未艾。1939 年,二战区黄河出版社还曾专门出版了老百姓唱本丛书。

在大后方关于文学的民族形式讨论中,极端对立的两种观点也出现在重庆。在重庆文学报刊上展开的讨论中,诗人们对诗歌的民族形式也出现过富有建设性的理论和观点。自萧三在延安的《文艺突击》1939 年 11 月 16 日第 1 卷第 5 期上发表《论诗歌的民族形式》之后,力扬在重庆的《文学月报》1940 年 3 月 15 日第 1 卷第 3 期上发表《关于诗歌的民族形式》一文,作出回应。力扬认为,文学的民族形式应该继承中国文学里的优良传统——尤其是五四以后各阶段新文学运动的正确路向,同时吸取民间文学的适合于现代的因素,但绝不是因袭,更需要接受世界文学的进步成分,当然不是模拟,而向前发展更进步的更高的形式。五四初期的自由诗显示了许多健全的方向,但是新月派、象征派的作者们搬用西洋形式,刻画与西欧世纪末没落颓废的情调相一致的情调,走上了歧途。在"一·二八"事变后,随着中国民族解放运动的高潮的到来,诗歌大众化问题、民歌民谣利用的问题,也被提起。民族形式的新诗就应该是发展了的自由诗的形式,它必须吸收民间文学适合于现代的因素,接受世界文学进步的成分,并切实地实践大众语的运用,而贯彻以现实主义的创作方法。力扬反对萧三拿鲁迅古诗写得好来作为新诗必须有一个"成形"的论证,认为,有写古诗特殊才能的人,可以写抗战的古诗,因为古诗现在还有其接受者,但这绝不是要大家都去写古诗或是要求新诗必须有一种像古诗一样的"成形"的形式。尽管力扬的某些看法可能显得偏激,但总的来说,他的论点和那种要么主张以"旧形式"为建设民族形式的"中心源泉"论,要么主张将"旧形式"完全扔进历史垃圾堆的看法并不相同,显示出他以更辩证的眼光来看待民族形式问题。

穆木天在关于诗歌的民族形式讨论中,除了主张诗人打进大众中去,诗歌要大众化、通俗化以加强"抗战建国"的力量,完成民族革命的任务以外,进一步提出要创造民族革命的史诗的问题。他认为,新的史诗不能因袭旧的传统,但是必须是有大众性的东西,必须能经过朗读的工作,成为大众的日常的食粮而能代替大鼓词、道情之类的演唱。这种史诗,应当是"大众化的、能够朗读的、有世界的进步的特色而又有民族的特质的、灿新的叙事诗的形式!"[①]这样的观点,显然也超越了那种以"旧形式"和五四新文学相对立的二元论理论模式。

郭沫若在重庆《大公报》上发表的《"民族形式"商兑》一文,显然并不认同那种复活旧形式的做法,因为利用旧形式不过是权宜之计:

> 在目前我们要动员大众,教育大众,为方便计,我们当然是任何旧有的形式都可以利用之。不仅民间形式当利用,就是非民间的士大夫形式也当利用。用鼓词、弹词、民歌、章回体小说来写抗日的内容固好,用五言、七言、长短句、四六体来写抗日的内容,亦未尝不可。例如张一麐老先生的许多关于抗战的绝诗,卢冀野先生的《中兴鼓吹集》里面的好些抗战词,我们读了同样的发生钦佩而受鼓舞。但为鼓舞大多数人起见,我们不得不把更多的使用价值,放在民间形式上面。这也是一时的权变,并不是把新文艺的历史和价值全面抹煞了,也并不是认定民族形式应由民间形式再出发,而以之为中心源泉——这是不必要,而且也不可能。[②]

---

① 穆木天:《建立民族革命的史诗的问题》,《文艺阵地》,1939年第3卷第5期。
② 郭沫若:《"民族形式"商兑》,王训昭等编:《郭沫若研究资料(上)》,北京:知识产权出版社,2010年,第241页。

郭沫若认为,现实生活才是创造民族形式的中心源泉。罗荪则在胡绳主编的《读书月报》上发表文章承认五四新诗的解放意义,认为中国的诗无论如何是不会回到五言七言、长短绝句中去,因为古诗的格律限制成为其发展的障碍。但是,旧诗中的"旋律"则仍然应该成为诗的形式中重要的成分。①

另外,能够显示重庆在大后方抗战诗歌中心性质的是抗战时期成绩最显著,也是最重要的诗歌流派之一七月派也长期在重庆活动。虽然桂林、昆明各地的诗歌运动也非常繁荣,在昆明还有对于中国现代诗歌世界化进程起到了重要影响的冯至、穆旦等人,但是就抗战诗歌而言,无疑还是七月诗派的影响最大。

虽然早期七月诗派曾活动于上海、武汉,但是真正形成一个流派,应该从重庆时期算起,该流派在重庆存续的时间也是最长的。在重庆时期,胡风不仅出版了《七月》《希望》等刊物,而且还勾连起当时内迁到北碚的复旦大学的诗垦地社、成都平原诗社的成员邹荻帆、冀汸、绿原、杜谷以及桂林等地的聂绀弩、彭燕郊等人,使该派的影响传播到各地。七月诗派的外围组织成员在《七月》《希望》停刊时期出版《诗垦地》丛刊、《平原社诗集》等刊物,坚持现实主义诗歌主张,为抗战诗歌绘出了浓墨重彩的一笔。

另外,一般认为国民党在文艺方面可谓"一无所有",这其实并不完全正确,即使在抗战时期,提倡"三民主义文艺"的《文艺月刊》也曾长期存在。该刊1930年8月15日创刊,至1941年11月终刊,历时12年。其办刊地点先在南京,继而武汉,最后就是在重庆,可以作为重庆抗战文艺中心地位的一个佐证。该刊从1937年10月开始,改为《文艺月刊·战时特刊》,共出版55期(包括1939年5月20日的号外1期)。穆木天、艾青、臧克家、郭沫若、J民、雷石榆、王亚平、彭慧、高兰、任钧、杜谷等等著名左翼诗人都曾在上面发表作品。

(二)桂林抗战诗歌的区域文化特征

虽然桂林在抗战中号称"文化城",但是它在抗战诗歌中的中心性远远低

---

① 罗荪:《谈文学的民族形式》,《读书月报》第2卷第2期,1940年4月1日。

于重庆。当然,这种某种程度上的边缘性质实际上带给桂林抗战诗歌一种更加有利的环境。桂林的抗战诗歌表现出更多的自由性,更多的包容度。力扬在1942年《诗创作》第15期上发表《我们的收获与耕耘》一文中,虽然也像其他左翼诗人一样,遵循毛泽东的主张,要打破"洋八股",代之以中国老百姓喜闻乐见的民族诗歌形式,但他对20世纪30年代右翼的新月派诗人们却觉得"应该表示尊敬,而且要向他们学习"。他同时认为,左翼和右翼诗歌,并不像长江、黄河一样南北分流,丝毫没有脉意相通的地方,而是有着许多相互渗透、相互影响的焦点的。这样的观点在此前此后的左翼诗人中都是不多见的。

和重庆相比,桂林抗战诗歌虽然也充满了要利用诗歌为抗战服务的口号,也有《中国诗坛》这样明显继承原中国诗歌会传统的诗歌刊物,但是,在桂林的抗战诗歌中经常出现和重庆这一当时的政治、文化中心的声调并不一致的言论,显示出某种程度的"异质性"。对于当时在桂林的很多诗人而言,虽然他们并不一定主张诗歌要脱离抗战大背景,但是似乎更强调对诗歌艺术本身的建设。

譬如当抗战诗歌通俗化大潮高涨,老舍等人纷纷拿起笔来从事通俗化的鼓词创作的时候,桂林的《诗》编辑们却旗帜鲜明地表示:"我们反对要新诗投降给民歌大鼓词的人们!"其发刊词上一连串的"反对"排比句,表明了一种力图和"中心"保持距离的主张和态度。署名"本社同人"的《诗的语言》一文中,对当时抗战诗歌语言中的弊病进行了批评:

> 在一些人的诗中,语法不用说是一套八股气。用语也多是陈词滥调。即使他所写的是现在的事物,但却丝毫不能表现出现代人的生活气息……
>
> 在一些人的诗中,语法是欧化的,但往往又混进许多中国的旧的稀用的辞藻。至今还有不少人未能跳出这个圈子……
>
> 在一些人的诗中,因为要生硬的实践"民族形式",就无条件地采用民间语言,有些人甚至把一些极下流的骂人语也填进诗句中去

……

该刊并没有因为抗战的时代背景就放松对于完美诗歌艺术的追求。有这样一个例子可以说明这一点。在该刊 1942 年第 3 卷第 5 期上曾经刊登过鲁马的一首诗——《黎明的窗子》,原作为 14 行,但是编辑修改之后剩了 10 行,编辑在附加的修改说明中这样写道:

> 改诗不是易事,我们不很赞成随便改人家的诗稿。但本刊对"有删改权"还是保留着。我们想来一次试验,于是偶然有了一次试验,而且把这试验的结果公布出来,带着问号地公布出来:"改好了呢,还是改坏了呢?"上面就是经我们删改过的诗。原诗恰恰是十四行,不知作者的原意是否在写"十四行诗",这且不管,总之,删改的结果已变为"十行诗"了。现在先把原诗录下,后把删改的用意略加说明……

仔细考察该刊上发表的诗作,确实很少有那种直抒胸臆,用词浅白直露以配合时代特色和任务的"抗战诗",更多的是诗人们紧紧拥抱现实生活,抒发个人的所见所感之作。即令是"与抗战有关"的诗作,也大多写得含蓄蕴藉,并不生硬直白。譬如林木茂的《铁的兵役》:

> 穿过了杨和杉
> 窗的外面
> 建立一座木的贮水塔
>
> 又穿过了杨和杉的枝干的上空
> 竹的水管架设起
> 无昼无夜的输送着自来水
> 往屋后面的厨房间去

往屋前面的淋浴间去

铁的贮水塔拆下来了
铁的水管掘出来了
它们都乘了运输车往铁工厂去了
它们开赴前线参战去了
它们都是有兵役的

今代的人类对于铁
有着难分舍的感情的

我们举起祝出征的手
向他高呼着"二十世纪文明的再会"

作品描写大后方民众将铁器运往铁工厂以支援抗战,并没有慷慨激昂的陈词,而是用一种平静的语调、简练的意象进行陈述,却能反映出这平淡之下蕴含的全民抗战的热情和行动,该作品和那些通俗化的抗战鼓词、弹词乃至口号诗、宣传诗相比,有非常明显的差别。

诗人艾青在桂林创办《顶点》杂志,和《诗》类似,其实也有提倡诗歌的艺术性,并力图对当时流行的口号化的抗战诗歌进行矫正的意味。尽管艾青一般被认为是前期七月派诗人,但是他和七月派领袖胡风之间的观念并不完全相同。胡风对诗歌中利用旧形式的可能性大体上是肯定的:

对于民间诗形式的文艺,应尽量的来研究它的大众化的言语和朴素的形式,来补救诗人语言的不够,来挽救诗的贫乏。
对于民歌和童谣,诗作者应该批判地加以改造,吸收到我们的形式里来。因为,要真正充分地表现我们所要表现的复杂生活,原来的形式不可能,非改造提高不可。①

而艾青则对利用旧形式表示怀疑:

> 如其是为了宣传不得不利用旧形式,我们也应该有利用的界限。宣传和文学是不能混在一起说的。我们的文学革命已这么多年了,一开始,它就否定了旧形式,现在如果又把旧形式肯定了,将来不是又要来一次否定么?②

艾青到桂林后没有和胡风,而是和戴望舒一起创办《顶点》也能透露出他和前者之间的分歧。虽然艾青也不主张诗歌离开战争,但其目的是努力促进新诗走向艺术的"顶点",自然要反对"狭义的战争诗"。这里同时隐含着艾青对于当时抗战诗歌主流的不满。这一点在戴望舒那里也有明白表示:

> 抗战以来的诗我很少有满意的。那些浮浅的、烦躁的声音,字眼,在作者也许是真诚地写出来的,然而具有真诚的态度未必是能够写出好的诗来。③

在此后仅出一期的该刊上,包括艾青的《纵火》以及戴望舒所翻译的《西班牙抗战谣曲钞》等25首诗,艾青的《诗的散文美》、徐迟的《抒情的放逐》以及马耳的《一个记忆——怀裘连·倍儿》三篇文章,确实没有离开抗战的时代背景,也显示出编者对于新诗艺术性的不懈追求。

当然,对于《顶点》编辑、作者们的观点,也并非没有反对者。前文中所述《诗创作》主编胡危舟《新诗短话》中反对"抒情的放逐"的观点,明显就是针对徐迟的《抒情的放逐》一文的。然而,无论如何,这些都可以说恰恰体现了

---

① 胡风:《略观抗战以来的诗——在文协扩大诗歌座谈会的报告发言,惠元笔录》,《抗战文艺》第3卷第7期,1939年1月28日。
② 《宣传·文学·旧形式的利用》(座谈会记录),《七月》第3集第1期,1938年5月1日。
③ 参看1939年3月26日《广西日报·南方》上发表的戴望舒给艾青的信。

桂林这一空间所具有的自由性、多元性与包容性。

（三）昆明抗战诗歌的区域文化特征

从某种程度上来说，昆明和桂林相比，政治气候同样相对宽松，抗战诗歌同样表现出较强的包容性与自由度。然而，因为西南联合大学及其诗人群体的存在，使得昆明抗战诗歌明显更多了一种学院派的特色，更具有一种"沉潜"的性质。

当时的西南联大实行的是"教授治校"。该政策始于民国初年。1917年9月27日教育部部令第64号就规定：大学设评议会，以各科学长、正教授及教授互选若干人为会员，大学校长随时召集评议会，自为议长。遇必要时，得分科议事。西南联大则规定教授会由全体教授、副教授组成，负责审议教学及研究事项改进之方案、学生导育方案等。另外学校还设立校务会议，由常委委员、教务长、总务长、训导长、各院院长及教授代表等11人组成，处理关于大学预决算、学院及学系之设立与废止、大学规程、建筑及其他设备、校务改进事项以及其他常务委员会交议的事项。这样的制度，对于西南联大形成非官方化、民主自由的空气无疑是一种有力的保障。在西南联大中，不仅活跃着左、右两派，也活跃着那些无党派、中间立场的教师学者。1938年8月至1939年曾经从成都到延安并追随八路军转战的卞之琳后来回到位于大后方的四川大学。而四川大学因为卞之琳曾经到过延安，不再聘请其担任教师。卞之琳只好转往西南联大。当然，也正是在这种民主自由的空气中，才能诞生那些学校在主流战争话语中沉潜着的诗歌。

这些沉潜状态的诗人的代表是冯至。1939年8月冯至受聘为西南联大外文系教师。在这个时期，他阅读了歌德、杜甫、陆游、鲁迅、基尔凯郭尔、尼采、里尔克等人的作品，先后开设"德国抒情诗""德国文学史""浮士德与苏黎之""歌德""尼采选读""浮士德"研究课程。在里尔克的深刻影响下，开始用汉语写作十四行诗。他的目光穿越浮嚣的吵嚷，注视着那些平凡而卑微的事物和先贤们：

> 你常年在生死的中间生长，
> 一旦你回到这堕落的城中，
> 听着这市上的愚蠢的歌唱，
> 你会像是一个古代的英雄
>
> （第九首）

在冯至的诗中，小昆虫、秋日的树木、有加利树、白茸茸的鼠曲草、哭泣的村童和农妇、驮马、初生的小狗、小路、山巅、狂风暴雨、蔡元培、鲁迅、杜甫、歌德、梵高都成为咏唱的对象。他张开想象的翅膀，凝神审视生命的意义，将个人的生命体验向着更高的形而上的层次延展。他站在中、西诗歌的交汇点创作上，将二者的艺术经验完美地融合起来，不仅谓十四行诗在异国寻找到了新的生长点，也为中国现代诗歌开辟了一条可能不具有普遍意义，但却是非常可贵的成功路径。

朱自清在《新诗杂话》中极为称道冯至的这些十四行诗。他认为，抗战诗歌走的是"议论和具体的譬喻"的路子，和五四新诗相仿佛，而从敏锐的感觉出发，在日常的境界里体味出精微的哲理的诗人也有，而且比五四时期从大自然里体味哲理的诗人更进一步，因为"日常的境界太为人们所熟悉了，也太琐屑了，它们的意义容易被忽略过去；只有具着敏锐的手眼的诗人才把捉得住这些"。他认为，冯至就是这样的诗人，《十四行集》中的也正是这样的诗。朱自清认为冯至这些诗里生硬的诗行很少，而且诗里有"耐人沉思的理，和情景融成一篇的理"。

闻一多曾经说新诗尽是些"青年"，也得有一些中年才好。朱自清认为，冯至这一集的诗，可以算是"中年"[①]了。闻一多、朱自清所说的"中年"，显然不能仅仅理解为人一生中的某个年龄阶段，而是"成熟"的意思。朱自清对冯至的评价是中肯的，冯至的诗歌确实可以说使新诗达到了一种技巧上达、情理交融的圆熟阶段。

---

① 朱自清：《新诗杂话》，《朱自清全集》第2卷，朱乔森编，南京：江苏教育出版社，1988年，第336页。

当时沉潜在思想与艺术深渊中的,当然不止冯至。尽管战时昆明的物质生活极端困苦,但是西南联大的学生们并没有因此而沮丧,而是全身心地沉迷到深邃的精神生活之中。王佐良曾经这样回忆西南联大学生诗人们的生活:

> 这些诗人们(指当时昆明的一群诗人——引者注)多少与国立西南有关,联大的屋顶是低的,学者们的外表褴褛,有些人形同流民,然而却一直有着那点对于心智上事物的兴奋。在战争的初期,图书馆比后来的更小,然而仅有的几本书,尤其是从外国刚运来的珍宝似的新书,是用着一种无礼貌的饥饿吞下了的……这些联大的年青诗人们并没有白读了他们的艾略特与奥登……在许多下午,饮着普通的中国茶,置身于乡下来的农民和小商人的嘈杂之中,这些年青作家迫切地热烈讨论着技术的细节。高声的辩论有时伸入夜晚:那时候,他们离开小茶馆,而围着校园一圈又一圈地激动地不知休止地走着……①

穆旦、王佐良、杨周翰、杜运燮、俞铭传、罗寄一、陈时、袁可嘉、郑敏等等一大批诗人都可谓是西南联大学生诗人中的代表。当时的西南联大,除了中文系的新文学教师如朱自清、闻一多、沈从文、杨振声等人外,外文系那些外籍教师和深受国外著名大师熏陶的教师们都给西南联大的新诗创作提供了丰富的资源。正如姚丹所说:"如果没有燕卜荪,西南联大学生与世界——当然主要是英美——'当代'诗歌的接轨要迟滞几年甚或不可能发生。"②正是这些教师的深刻影响以及1938年诗人奥登的中国之行,使西南联大的学生诗人群体能够沉潜到当代世界诗歌艺术之中,很快超越了中国新诗的浪漫主义传统,超越了那些直白、浅陋的战争啸叫。譬如穆旦的《诗八首》之一:

---

① 转引自《穆旦诗集》,北京:中国文联出版社,1998年,第114—115页。
② 姚丹:《西南联大历史情境中的文学活动》,南宁:广西师范大学出版社,2000年,第153页。

你底眼睛看见这一场火灾,
你看不见我,虽然我为你点燃;
唉,那燃烧着的不过是成熟的年代,
你底,我底。我们相隔如重山!

从这自然底蜕变底程序里,
我却爱了一个暂时的你。
即使我哭泣,变灰,变灰又新生,
姑娘,那只是上帝玩弄他自己。

这是一首爱情诗。然而,这里并没有爱情失意或得意时的咏唱,而是充满了智性的光芒。诗人并没有歌颂或哀叹,而是彻底而冷静地审视着自己,乃至所有人的爱情。首句中的"火灾"可以理解为诗人对于姑娘的爱情之火,但是,这火却并非是诗人"自主"的,甚至可以说并非是诗人自身的,因为那不过是"成熟的年代"——人的生理成熟的一个自然结果而已。所以这所谓的爱情,也只能是属于"自然底蜕变底程序",爱情不过是转瞬即逝的一个过程,而掌握这一切的,并非是那些相爱者,而是"上帝"。又因为万物都是上帝创造,人也不例外,所以爱情的把戏,也只能归结为"上帝玩弄他自己"而已。和五四时期思想解放大潮下的爱情诗乃至20世纪30年代的爱情诗相比,穆旦诗中体现的显然是一种更富有"现代性"的思想和情绪。

当然,西南联大沉潜着的学生诗人们也并非完全是"两耳不闻窗外事",他们也时刻表现出对于现实战争的关注——因为他们当时的生活不可能完全离开战争。穆旦在1939年曾经创作有《防空洞里的抒情诗》,但诗中所描写的赤裸裸的现实,"一线暗黄的光"、像是蜂拥的昆虫向防空洞里挤"疯狂的跑着的人们""黑色的脸""黑色的身子""黑色的手""窒息"的空气以及人们的无聊交谈等等,都说明这不过是对于"抒情"的反讽。而另一位诗人杜运燮,虽然写出过大量简单而明朗,更接近抗战主流的诗歌如《草鞋兵》《命令》《号兵》《狙击兵》《游击队歌》等等,但这也是他有意向奥登学习的结果:"奥登这种用高度概括力,选择眼前典型事物再加以戏剧化(如把将军和虱子并列等)的写法,读来既生动深刻又耐读有味,给我不少启发。文字上,我也宁愿学奥登的明快干脆,而不学艾略特等的虽有深度但过于艰涩难懂。"①从语汇的选择、意象的组织上,也能看到杜运燮的深沉与尖锐,和那些口号化的抒情诗相比是别有意趣的。

---

① 杜运燮:《在外国诗歌影响下学写诗》,《世界文学》1989年第6期。

第五章 "七月"诗派的抗战诗歌

一、七月派的形成及诗歌理论主张

七月派的形成肇始于1937年9月11日《七月》周刊在上海创刊。抗战爆发,很多文学刊物停刊,茅盾代表《文学》邀请《中流》《作家》《译文》等四个刊物合办了一个小周刊《呐喊》第3期(后即改为《烽火》)。虽然茅盾还曾向胡风要了一首诗发表,但是无论胡风还是他周围的一些作家们,都并不愿意为《呐喊》供稿。这时候有人发起作家"投笔从戎"运动,传来有作家签名的消息,但是并没有通知胡风等人,于是胡风和朋友商量之后决定另外做点事情,出版一个文学刊物。他找到了费慎祥(原北新书局店员,曾在鲁迅帮助下成立联华书店),这时恰逢费慎祥也无事可做,愿意负责印刷和发行,于是确定了这个定名为《七月》的周刊的出版。

《七月》周刊在上海所出的3期中,共计发表15位作者的31篇作品。其主要作者为:胡风(4篇)、萧军(4篇)、曹白(3篇)、端木蕻良(4篇)、萧红(3篇)、柏山(2篇)。另有署名刘白羽、老沙、艾青[①]、胡愈之、丽尼、冯仲足、焕甫、胡兰畦、周海婴的作品各一篇。很明显,这个作者群体主要是以20世纪30年代左联内部一些"鲁迅派"左翼同人为班底的。胡风、萧军、萧红和鲁迅

[①] 艾青1937年7月6日即同张竹茹离开上海辗转流亡,故仅在《七月》周刊第1期上发表了诗歌《火的笑》。

可谓这些"鲁迅派"的核心,曹白、柏山、端木蕻良等人虽然和鲁迅的关系相对疏远,也并非毫无关联。

曹白,即刘平(萍)若,江苏人,曾因木刻而与鲁迅结缘,1935年3月刻鲁迅像并寄给鲁迅,开始通信联络。鲁迅逝世后,曹白是抬棺者之一。柏山,即彭柏山,亦名彭冰山。他1933年加入左联时,虽然介绍人是周扬,但是在左联时期,彭曾得到鲁迅和胡风的多方照应。1934年11月间,当柏山到法租界参加吴奚如领导的印刷工人"读书小组"的会议后准备回家时被捕,翌年1月被判刑5年。在狱中,柏山曾以陈友生之名向鲁迅写信,后来又得鲁迅、胡风寄送药物、钱及书籍。1936年2月,日本《改造》杂志社社长山本实彦到中国访问时见到鲁迅并商定在《改造》上开辟"中国杰作小说"专栏,请鲁迅尽推荐之责。后来鲁迅因病委托胡风代为编选。经鲁迅首肯后,柏山的小说《崖边》被编入专栏内。端木蕻良虽然并未和鲁迅见过面,但是他1936年初到达上海后,曾多次给鲁迅写信,其短篇小说《爷爷为什么不吃高粱米》还经鲁迅帮助发表在1936年《作家》第2卷第1期上,他曾尊称鲁迅为"永远的师傅"①。

抗战之初这些"鲁迅派"文人聚集在《七月》周围,自然跟当时左翼的"文学政治"有关。当时王明是中共长江局书记,他支持左联一部分成员提出的"国防文学"并排斥鲁迅等人提出的"民族革命战争的大众文学"口号。1938年吴奚如到武汉时,王明还向吴多次表示过对鲁迅反对"国防文学"的不满,称鲁迅是个"读书人,脾气古怪,清高,不理解党的抗日民族统一战线政策……"②

由此可见,《七月》从甫一诞生就继承了原来左翼阵营的分歧,甚至可以说,它就是这种分歧的一个结果。关于创办《七月》之前的情况,胡风在回忆

---

① 转引自孔海立:《忧郁的东北人端木蕻良》,上海:上海书店出版社,1999年,第75页。
② 吴奚如:《我所认识的胡风》,晓风编:《我与胡风(增补本)》上册,宁夏人民出版社,2003年,第25页。吴奚如此说不确。周扬最初发表《国防文学》一文,是在1934年10月2日《大晚报》上,《八一宣言》尚未出炉。据周立波《关于"国防文学"》(《"两个口号"论争资料选编》上册,人民文学出版社1982年,第3页)中记载,这个口号原为苏联所倡导,周扬应该是借鉴当时的苏联文学动向提出的。但是考虑到王明和苏联的关系,"国防文学"的口号也和王明不无关联,主张相近。冯雪峰曾说:"周扬、夏衍等提出'国防文学'主张,系依据巴黎出版的《救国时报》和莫斯科出版的英文版《国际通讯》上的王明的文章……"(《有关一九三六年周扬等人的行动以及鲁迅提出"民族革命战争的大众文学"口号的经过》,《新文学史料》1979年第2期)。

录中曾经写道：

> 上海沉浸在抗战热潮中,我所接触到的人都是兴奋的。文化文艺界当然有组织活动,但和"民族革命战争的大众文学"口号有关的人们,除了党员外,好像都没有被吸收参加。①
>
> 大家激动着,时间空空地度过了。这时候,听到有人发起了"投笔从戎"运动,某某作家签了名的消息。但这个活动并没有扩大到我和与我接近的这些人里面来。②

何止上海的抗战文化组织将胡风等人排除在外,1937年7月18日,鲁迅先生纪念委员会在上海举行会议,推选宋庆龄为鲁迅先生纪念委员会主席并设立上海、北平鲁迅先生纪念办事处,上海由茅盾、许广平、田军(萧军)、胡愈之、郑振铎、黎烈文、张天翼7人负责,胡风也没能列名其中。

恰好在这个时期,与胡风不睦的茅盾在众多文学刊物停刊后,代表《文学》,邀请了《中流》《作家》《译文》等联合创办了《呐喊》(后改名《烽火》)。这显然也触动了胡风,"《呐喊》篇幅太小,而且,无论在人事关系上或它那种脱离生活实际的宣传作风上,这些人(指胡风以及和他接近的人)也都是不愿为它提起笔的。"③

在遭到原左翼阵营某些人排挤的情况下力图发出自己的声音,成了胡风创办《七月》的一个重要动机。胡风将原来左翼阵营中和自己比较接近的"鲁迅派"左翼作家拉到一起,成为《七月》的主要作者。这就给以后的七月派奠定了一个基调,也增加了对于文学青年们的吸引力。后来胡风之所以赢得许多素未谋面的青年作者们的景仰和推崇,原因之一就是他的"鲁迅传人"身份。

以胡风为首的七月派的正式形成,应该是胡风到重庆之后的事。1939年

---

① 胡风:《胡风回忆录》,北京:人民文学出版社,1993年,第73页。
② 胡风:《胡风回忆录》,北京:人民文学出版社,1993年,第75页。
③ 胡风:《胡风回忆录》,北京:人民文学出版社,1993年,第75页。

7月《七月》移师重庆,到1945年《希望》创刊,很多"鲁迅派"同人们都逐渐和胡风失去联络。其原因往往是非文学的。萧军的名字在《七月》上还可偶尔见到,萧红和端木蕻良则因为和萧军之间的感情纠葛不仅同萧军分道扬镳,同时也从《七月》作者名单中消失。至于前期曾对《七月》颇为热心的吴奚如,也因为私生活和胡风闹翻。当时吴和女作家梁文若(时为叶以群之妻)谈恋爱,受到周恩来、胡风等人的规劝。吴以为胡风"别有用心",拒绝劝告,胡风则反唇相讥,两人以书信来往互相指责,胡风甚至对吴说:"我等待将来革命成功后受镇压",吴奚如则声明在文学事业上和胡风断交,索还了准备在《七月》上刊发的小说《肖连长》,从此退出了《七月》作者群。另外,辛人从武汉去参加了新四军后,再也未在《七月》上发表过作品。

其他上海、武汉《七月》的作者中,在重庆《七月》上名字出现的次数依次为曹白、阿垅各8次,艾青、田间各5次,吕荧(即倪平)、欧阳凡海各4次,丁玲、聂绀弩、宋之的、柏山、黄既、贾植芳、孙钿各3次,萧军、欧阳山、天蓝、庄涌各2次),鹿地亘、东平、陶雄、邹荻帆各1次。此外,更新的作者如路翎、方然(朱声)、彭燕郊、钟瑄、鲁藜、张元松、孔厥、冀汸、何剑薰、萧荑、艾谟(艾漠,即贺敬之)、鲁莎、雷加、山莓、杜谷等等也已在《七月》上出现。经胡风培养的作者们已经成为《七月》最有力的支撑者,这就使这个刊物基本摆脱了原来"鲁迅派"同人的影响。除了萧军曾在1946年6月16日《希望》第2集第2期上发表了小说《回家》以外,到了《希望》时期,《七月》上的"鲁派"同人几乎完全不见了——包括原来与胡风交好者。其中聂绀弩、彭燕郊因为胡风对于他们"人品"的不满,兼之聂在皖南事变后胡风离渝赴港期间耽误了《七月》的出版而使其夭折,受到了胡风的指责。欧阳凡海也同样因为续办《七月》不力和胡风分手。另外,他扶植的年轻人也有一些离开了他。比如艾青,自皖南事变他到延安后,胡风对他就相当疏远,1947年8月31日胡风在给阿垅的信中布置他"整肃"进步文学界,其中艾青的名字和朱光潜、朱自清、李广田、穆木天都赫然在列。至于其原因,胡风并未明言,只云:"他们是有了影响的。"①艾青一方,自然也要和胡风划清界限。据牛汉回忆,1948年冬天,在河北正定召开的鲁迅逝世纪念会上,艾青曾发言讽刺胡风,说《七月》中的批评文章太粗暴,"编的刊物,不分青红皂白,像公牛闯进了艺术博物馆"②云云。田间到解放区后诗风受到批评,改变自己的风格后,胡风亦谓:"他被那儿的批评压死了!"③

艾青、田间等人和胡风疏远,跟当时他们所处的解放区这一特定环境肯定有关,然而,这并不是说在当时的解放区的诗人一定就会和胡风划清界限。实际上,在《七月》和《希望》上发表作品者,不乏解放区的文学家。如前面所说的丁玲、雪苇以及鲁藜、天蓝、胡征、侯唯动、孔厥、晋驼等等。这些人中有一些虽然和胡风只是一种作者和编辑之间的关系,然而也有一些确实对胡风非常尊崇者——虽然他们甚至和胡风没有直接见过面。当时在延安的胡征、鲁藜、侯唯动、天蓝都比较崇拜胡风,而对周扬不满。1945年胡征在延安整风运动期间,曾被勒令交代与天蓝、鲁藜、侯唯动的关系——胡征忧心的是,日记本上记载了很多跟天蓝、鲁藜、侯唯动的交往,其中经常出现议论胡风的文艺观点和敬仰之情。④侯唯动在延安时锋芒毕露,在延安抢救运动期间,曾与周扬有过直接冲突。他还经常在窑洞墙壁上题写名人语录,其中以胡风的警句为多,诗兴大发时,常面壁而立,凝视语录,朗诵诗般地与胡风滔滔对话。⑤

再有一个必须注意的情况是,从《希望》创刊直到新中国成立前,如果说胡风是七月派的核心,那么七月派围绕他,是有层次的。大致说来,路翎、舒芜、阿垅是这时期"胡风派"的核心,相互之间交流频繁,来往书信中亦多推心置腹之言,其余则相对疏远。路翎自1939年《七月》第5集第3期上发表《"要塞"退出以后》,就受到了胡风青睐,可谓是七月派作家中最受胡赏识

---

① 胡风:《胡风全集》第9卷,武汉:湖北人民出版社,1999年,第10页。
② 牛汉:《我仍在苦苦跋涉——牛汉自述》,北京:生活·读书·新知三联书店,2008年,第116页。
③ 邹荻帆:《往事琐忆——怀胡风先生》,晓风编:《我与胡风(增补本)》上册,银川:宁夏人民出版社,2003年,第274页。
④ 胡征:《如是我云》,晓风编:《我与胡风(增补本)》上册,银川:宁夏人民出版社,2003年,第245—246页。
⑤ 胡征:《如是我云》,晓风编:《我与胡风(增补本)》上册,银川:宁夏人民出版社,2003年,第246页。

者,胡甚至对他有"天才"之誉。后 1941 年胡风拟出《七月》香港版时,还给路翎等人提出"发现新作者"①的任务,路翎乃将当时专注于哲学、学术,对文艺不感兴趣的舒芜拉去见了胡风。

路翎之所以给胡风介绍舒芜,是因为胡风当时急需"理论人才"。胡风自到重庆后,也许是当时文坛上"旧形式的利用""汉字改革与拉丁化问题"的刺激,对理论问题特别关注:"到重庆以后,我感到有一个比较注目的现象,那就是文化界对于理论工作抱了热烈的要求……虽然有一个出版界和出版物,所谓理论文章自不免有时出现,但理论工作在我们的战斗里面有着怎样的任务,以及为了达到这任务,应该怎样把理论工作向前推进,像这一类的努力却是很少看到的。"②面对 1941—1943 年之间的"混乱",他又提出:"未来的理论批评工作,应该是廓清混乱现象,说明混乱现象的内容,也就是在混乱现象里面指出有生的力量和能生的方向。"③

然而《七月》时期的理论人才如辛人、欧阳凡海等都已经离开了胡风,因此胡风四面出击反对"公式主义"和"客观主义"时,未免显得势单力薄。这时舒芜的出现可谓恰逢其时。其后胡风对其确实仰仗之处甚多。当时的胡风为了"布成疑阵",在《希望》创刊号上发表了多篇舒芜论文、杂文,竟然占到全刊篇幅的七分之二。此后的《希望》以及外围刊物《呼吸》《泥土》等等上舒芜的名字也是频繁出现。此后胡风去了上海,舒芜也离开重庆到江苏并显露乖违之象时,胡风一方面批评,另一方面仍然为他的理论才华感到遗憾。1948 年 11 月 4 日胡风在给冀汸的信中批评舒芜在《泥土》第 7 辑上发表的《论"飘飘然"》《再论求友与寻仇》《白眼书》等文章时就说:"他这心情,如不能从底改变,恐怕非把他拖到泥塘里打些滚不可。以他的逻辑力量,真正是可惜的事情。"④

---

① 胡风当时提出在全国组织七八个港版《七月》的"编辑联络站"(路翎、阿垅、何剑薰、张元松被划为重庆三个站点之一),要路翎等人按期自动寄稿。
② 胡风:《理论与理论》,《胡风全集》第 2 卷,武汉:湖北人民出版社,1999 年,第 553 页。
③ 胡风:《企望一个理论批评工作的成年——为〈新华日报〉复刊一九四三元旦特刊作》,《胡风全集》第 3 卷,武汉:湖北人民出版社,1999 年,第 30 页。
④ 胡风:《胡风全集》第 9 卷,武汉:湖北人民出版社,1999 年,第 124 页。

至于阿垅,胡风对他的文学才能虽然并不欣赏,他在当时的七月派成员中却是人脉极广,非常有地位。据罗紫回忆,当时在重庆北碚的诗垦地社成员们对阿垅"都极其尊重,有时,在热烈的谈笑和争论中,阿垅一到,便鸦雀无声。人传,长者阿垅,圣者阿垅"[1]。阿垅自然也十分敬重胡风,胡风安排"整肃"进步作家时,阿垅可谓最得力者,曾发表一系列文章批判李广田、朱光潜、姚雪垠等等,皆由胡风授意。

除了几位七月派骨干之外,一般认为重庆时的七月派还有两个"外围组织"——平原社和诗垦地社。诗垦地社以邹荻帆、姚奔为首,主要成员如绿原、冀汸、化铁等人确实和胡风有来往。诗垦地社中不为胡风所欣赏的曾卓虽然对胡心有不满,也还是推崇胡风的文艺理论。诗垦地社的邹荻帆作为领袖,更是一度和胡风关系密切。1955年胡风事件中邹并未被划归胡风分子,还令邹荻帆的同乡、同学冀汸大为不解:

> 荻帆是在《七月》上发表作品最早的诗人之一;1936年就认识了胡风,并且将他对胡风的印象传输给我,使我也产生了崇敬之情;巴金到北碚,当时在复旦任教的胡风在家里请客,也约荻帆作陪;皖南事变后,胡风避居香港,仍与荻帆保持通信联系;胡风拟在香港创办文学期刊,约稿信也是由荻帆转给我的,要我将稿子直接寄到香港某地"张成收"(这时我才知道胡风姓"张");香港沦陷,胡风一家辗转回到桂林,为南天出版社出版"七月诗丛"组稿,仍是写信给荻帆,由荻帆告诉我和绿原的;荻帆为《诗垦地》向胡风约稿,胡风便寄来了《一个诗人的历程》,发表在《诗垦地》第五辑……这些都表明他和胡风的关系非同一般,至少超过我与胡风的关系。[2]

冀汸确实如他自己所说,政治上非常幼稚。1948年,香港的《大众文艺丛刊》正在批判胡风,邹荻帆在那时也因胡风的关系,在小范围内受到"思想

---

[1] 罗紫:《想着阿垅……》,《新文学史料》,2007年4期。
[2] 冀禟(冀汸):《诗写大地——回忆邹荻帆(下)》,《新文学史料》,1997年2期。

帮助",此后也就和胡风渐行渐远了。

七月派诞生于抗战的硝烟之中,继承了左翼文学的现实主义诗学传统。关注抗战、关注民族命运与前途成为其现实主义诗学主张的重要内容。胡风在《七月》的发刊词中就指出:

> 中国的革命文学是和反抗日本帝国主义的斗争(五四运动)一同产生,一同受难,一同成长。斗争养育了文学,从这斗争里面成长的文学又反转来养育了这个斗争。这只要看一看九一八以后中国文学的蓬勃的发展和它在民众精神上所引起的巨大的影响,就可以明白。

但是,和一般的抗战文学理论并不相同的是,七月派并不强调文学为抗战"服务",通过对于抗战生活的抒写,对民众进行启蒙以完成民族解放的任务,才是其根本目的。

> 在神圣的火线后面,文艺作家不应只是空洞地狂叫,也不应作淡漠的细描,他得用坚实的爱憎真切地反映出蠢动着的生活形象。在这反映里提高民众底情绪和认识,趋向民族解放的总的路线。①

诗人田间也说:

> 在今天,作为一个殖民地诗人的任务,是应该赴汤蹈火的,是应该再把中国和它底人民推动向这神圣底民族革命战争的疆场,更进一步,更进一步,而中国和它底人民,会热叫着殖民地底诗人,再把中国和它底人民唤醒呵!②

---

① 七月社:《愿和读者一同成长——代致辞》,《七月》第1集第1期,1937年10月16日。
② 田间:《论我们时代底歌颂——一个诗歌工作者向中国诗坛的祝福》,《七月》第8期,1938年2月1日。

作为胡风体验现实主义文学理论的一部分，胡风关于诗歌的理论也强调诗人"主观战斗精神"在诗歌创作过程中的作用。他认为，一个诗人，心要从感觉、意象、场景的色彩和情绪的跳动更前进到对象（生活）的深处，"如果他不能获得向生活深处把握的力量，也就是把握生活的思想性和拥抱情绪世界的力量，那他就会在感觉世界里面四分五裂，终于溃败而已。"[①]

胡风强调诗人的主观战斗精神，并不意味着他的诗学走向"个人主义"。因为胡风诗学理论的第二个关键点就是"时代"。这里的时代，也就是时代的生活，也就是人民的生活。"诗人底声音是由于时代精神底发酵。诗底情绪的花是人民底情绪的花，得循着社会或历史的气候；开了的要谢，要结果，而新的要发芽，要含苞，要开放，而它们也要谢，要结果……这说明了诗人底生命要随着时代底生命前进，时代精神底特质要规定诗的情绪状态和诗的风格。"[②]

正是在"个人"和"时代"紧密相连的基础上，建立了胡风的诗学理论。尽管胡风对于一些具体的诗歌技巧问题缺乏非常细致而全面的论述，但是他所定下的诗学框架以及他对于"形式主义"的排斥，对于前此的新月派等等诗歌流派的批评无疑都深刻地影响到了七月派成员们。

七月派中另一个在理论方面有较大贡献的艾青也和胡风理论的根脉相通。1938年7月1日《七月》第3集第5期、1939年8月《七月》第4集2期上曾经连载《诗论掇拾》，集中体现了艾青的诗歌"散文化"理论："有人写了很美的散文，却不知道那就是诗；有人写了很丑的诗，却不知道那是最坏的散文。"在文中，艾青分别对诗人的素养、诗歌的内容与形式、技巧、语言等等进行了体验式的阐发。

艾青对于诗人，首先强调的是其对于自身的"忠实性"。在艾青看来，诗人不是先知，不发布空洞的预言，而是将自己置于人类之中，与之共呼吸、共悲欢、共思虑，共生死，这样才能使自己的诗歌成为人类的呼声，这其实正是

[①] 胡风：《关于诗和田间底诗》，《胡风全集》第2卷，武汉：湖北人民出版社，1999年，第600—601页。

[②] 胡风：《四年读诗小札——代序、并作为〈七月诗丛〉底引言》，胡风编选：《我是初来的》，上海：希望社，1947年。

胡风所强调的诗人对于现实生活的"突入""肉搏"。在艾青看来，因为诗人具有"忠实性"，所以诗歌才能成为"真"；同时也就可以获得善与美："真，善，美，是统一在人类共同意志里的三种表现，诗必须是它们之间最好的联系。"

对于真善美统一性的强调实际上显示出艾青诗学主张更重"内容"，而不是形式，这也和胡风相当一致。在艾青看来，现存的"形式"甚至可以说是"敌对的东西"，因为"只有和所有的形式搏斗过来的，才能支配所有的形式"。当然，其实艾青并不是真的要反对"形式"。他质疑："一首诗里面，没有新鲜，没有色调，没有光彩，没有形象"，"生命在哪里呢？"实际上，艾青只不过是强调诗的内容的优先地位："为表现而有技巧，不是为技巧而有表现"，同时诗人应该保持形式方面的创造性，反对"低能的摹仿，无耻的抄袭，毫不消化的剽窃"以及"僵死的理论，没有情感的语言，矫揉做作的句子，徒费苦心的排列"。

和艾青对于"形式"的鄙弃相一致，他崇尚"朴素美"："朴素是对于词藻的奢侈的摈弃，是脱去了华服的健康的袒露；是挣脱了形式的束缚的无羁的步伐；是掷给空虚的技巧的宽阔的笑。"

总的来看，艾青的诗歌理论是建立在对诗人"立诚"的要求之上的。在此基础上，诗人应该努力达成和人类的共同价值观念——真善美的一致性，并通过创造性、自由的语汇与形式，表达具有诗人独特个性的又具有普遍性的感受与判断。这是一种个性主义的新诗理论，在当时产生了比较广泛的影响。

尽管七月派诗人在很多诗歌的基本理念上表现出相当的一致性，但是这并不代表他们之间完全等同。比如胡风对于抗战诗歌在批判的基础上利用、吸收旧形式因素，基本上是肯定的："对于民间诗形式的文艺，应尽量的来研究它的大众化的言语和朴素的形式，来补救诗人语言的不够，来挽救诗的贫乏。"① 而艾青则明显对此采取怀疑、排斥态度：

---

① 胡风:《略观战争以来的诗——在文协扩大诗歌座谈会的报告发言，惠元笔录》，《胡风全集》第 2 卷，武汉:湖北人民出版社，1999 年，第 551 页。

> 对于利用旧形式问题,我的理解是依然把它看做为了宣传作用。实在的,我从不曾看任何杂志上所刊载的"鼓词""京戏"之类的作品。一提出利用旧形式马上到处是旧形式,热闹得不得了。甚至于有人想利用这种现象来威胁新形式,几乎要把新文学运动一笔勾销。实际上这些用旧形式写的东西并不曾被大众所接受——买那些刊物的依然是知识分子。所以他们既不曾创造了文学,也不曾达到宣传的目的。总而言之,把利用旧形式问题,强调到比任何问题都重要,从文学的发展的历史上看是得不到解答的。反之,我想,如果把利用旧形式的努力,用到创造新形式上去,把新形式大众化,或大众化了的新形式用到宣传上去,大众也不见得一定会拒绝。①

而另一个七月派诗人、理论家阿垅,则更接近胡风的观念并体现出和艾青诗学更大的距离。

阿垅和胡风、艾青一样,承认诗人的真实的体验、情绪在创作中的巨大作用:"诗人是在商品世界之中不失其赤子之心的一种特殊的人","诗人是火种,他是从燃烧自己开始来燃烧世界的"②。他同样强调诗歌内容的优先地位:"诗所有的,必须是健康的内容,和真实的内容;它既不可以是鸦片,也不能够是谜","诗所有的,还应该是丰富的内容,充实的内容。"③至于形式,则应该是配合内容的,是自由的。对于那些过于强调形式的诗人,他嘲笑道:"我们底可怜的形式主义者,是自己先找来六块薄木板拼好,钉好,然后自己钻爬进去,在那个棺材里面向世界歌唱他自己底杰作的。"④

但是关于诗歌,阿垅还有自己的新见解。艾青无疑是十分重视诗歌的"形象说"的,他在《诗论》中曾经说道:"诗比其他文学样式都更需要明朗性、简洁性、形象性。""形象是文学艺术的开始……诗人一面形象地理解世界,一

---

① 胡风等:《宣传·文学·旧形式的利用——座谈会纪录》,《七月》第3集第1期,1938年5月1日。
② 阿垅:《箭头指向——》,《人·诗·现实》,北京:三联书店,1986年,第7—8页。
③ 阿垅:《内容片论》,《人·诗·现实》,北京:三联书店,1986年,第93页。
④ 阿垅:《箭头指向——》,《人·诗·现实》,北京:三联书店,1986年,第11—12页。

面又借助于形象向人解说世界;诗人理解世界的深度,就表现在他所创造的形象的明确度上。"①阿垅却并不看重"形象"。他曾经针对欧外鸥的一首《被开垦的处女地》批评道:

> 对抗着观念,提了出来形象。
> 假使观念是灰白的,这样的形象同样灰白。
> 诗不是观念,同样不是形象。
> 形象是客观主义,或者自然主义;形象是没有生殖力的螺赢,什么地方弄了它底螟蛉来作为儿子,昵声呼叫"像我呀,像我!"的;形象是主观的情感贫弱,捉住一些外面世界的浮光掠影就夸耀为上帝一样伟岸的原始生命底创造的,而自己实则一无所有。②

他还举出陈子昂的《登幽州台歌》作为诗歌不需要形象的例证:"有什么形象在里面呢?没有的。但是这一首诗,不但是诗,而且是好诗之一。"③在他看来,诗歌和小说、戏剧、报告等等不同,那些文学体裁都要求典型的人物和典型的环境,而诗歌则是"诗人以情绪底突击由他自己直接向读者呈出的","客观世界底形象就不是绝对必要的了"。总之,决定一首诗的好坏,靠的还是诗人的情绪:"诗,是典型的情绪的。"④

阿垅对于诗歌形象这样的贬抑难免偏颇。形象即使并非是诗歌的必要因素,也并非是正好和诗相反对的因素,古今中外大量优秀的诗歌都能说明这一点。然而,阿垅这种偏见对于重新认识"形象"在诗歌中的地位和作用,还是具有一些积极的启发意义的。

除此之外,阿垅对于诗歌中的节奏、排列、夸张、对比、语言、理智、灵感、敏感、想象、风格、境界、自我诸问题都有专文探讨,对于七月派诗人绿原、冀汸、化铁、鲁藜、孙钿、天蓝、田间、艾青等人及其诗作也都有详细分析,很能够

---

① 艾青:《诗论》,上海:复旦大学出版社,2005年,第6、24页。
② 阿垅:《形象片论》,北京:三联书店,1986年,第47页。
③ 阿垅:《形象片论》,北京:三联书店,1986年,第48页。
④ 阿垅:《形象再论》,北京:三联书店,1986年,第50—57页。

显示这位军旅出身的七月派诗论家的富有激情的理论特色与批评实绩。

二、七月派抗战诗歌的分阶段流派特征

七月派抗战诗歌大致可以分为《七月》和《希望》两个不同时期。

伴随着抗战烽火诞生的《七月》派诗歌,内容上大多和现实的抗战进程配合紧密。描写抗战军民的英勇斗争,揭露日本帝国主义的暴行以及战争背景下中国人民的痛苦与挣扎,描写共产党领导下的抗日根据地的新气象、新生活,发动群众起来共同抗战,成为《七月》抗战诗歌的主旋律。

翻开《七月》可以发现,有很多抗战重大历史事件都在《七月》诗歌中得到反映。1937 年 8 月 20 日,中华民国政府与苏联政府在南京签订《中苏互不侵犯条约》,规定:"倘缔约国之一方受一个或数个第三国侵略时,彼缔约国约定,在冲突全部时间内,对该第三国不得直接或间接予以任何援助……"实际上,该条约并不仅仅限于"互不侵犯"的消极意义上。该条约签订后,苏联不仅对中国的抗战给予道义支持,还提供了大量军火援助、军事贷款以及军事顾问援助。胡风作为一个左翼文化人,对此显然难以抑制自己的激情,民族主义情绪和意识形态认同交织在一起,写下了《敬礼——祝中苏互不侵犯条约》一诗:

>向南京
>　　我致送一个敬礼!
>向莫斯科
>　　我致送一个敬礼!
>你两个战斗的心脏呵,
>睽离了十年的日子
>又兄弟似地呼应着
>　　跳跃于亚细亚大陆的狂风中
>要在人类解放的历史上

创造了又一个伟大的时期了。

在七月派诗人中,庄涌可谓是最善于追踪战争变迁,从宏观上表现抗战进程的诗人。台儿庄战役(《颂徐州》)、平型关大捷(《同蒲路——敌人的死亡线》)、国军炸毁河南郑州花园口黄河大堤以阻滞日军进攻(《祝中原大战》)等等,都在庄涌的诗中有所反映。

据《颂徐州》诗后所记,该诗创作于1938年5月7日中国军队和日军在邳城血战之时。日军占领南京后在1938年为打通津浦铁路,使华北、华中日占区连成一片,集中了二十几万兵力夹击华东战略要地徐州。中国方面第五战区司令长官李宗仁指挥60万兵力进行防守,4月初发动台儿庄战役,歼灭日军两万多人。为扩大战果,李宗仁又增调20万军队准备再次围歼日军。作为一个邳城(现江苏邳州)人,庄涌满怀热情,关注着家乡的抗战。他希望徐州成为第一次大战期间法、德战争转折点的凡尔赛,对驻守邳城境内连防山的将士们发出战斗的呼唤:"徐州,你中国的凡尔登,/连防山头/用炮火/叱止敌人的进攻;/不准他过去呀(Not has he pass)!/让机关枪/对准他们演说吧——/'向后转,/回老家,/三岛①的樱花盛开啦!'"

如果将庄涌发表于1939年7月《七月》第4集第1期的《同蒲路②——敌人的死亡线》一诗的各个小节连续起来,则几乎可以重现从1937年以来山西抗战的全过程:汤恩伯率领十万大军驻扎南口,破坏了居庸关后摆脱日军的围困,向广灵转移;八路军在平型关伏击日军板垣师团辎重队;中国军队在忻口、娘子关地区阻击日军,失利败退临汾;日军偷袭侯马、运城,打算截断抗日军队的后路;中国守军撤出太原,使日寇捉住的不过是太原的"空城";河津、襄陵、汾阳的敌军联合向军渡、壶口进攻,日军分头向垣曲、吉县、五台三路进攻,进行扫荡,"肃清"山西全境,中国军队在艰难的处境中坚持开展游击战,

---

① 这里指日本。
② 同蒲路,从山西大同经太原到蒲州镇以南的风陵渡,是当时日本华北方面军的重要突击方向之一。1937年9月13日,大同陷落,日军沿同蒲路南下逼近长城一线。中国守军第二战区集中主力防守太原,向北以内长城为第一道防线,以忻口地区为第二道防线,向东以娘子关为第一道防线,以阳泉附近为第二道防线,阻击日军进攻。

打击日军。

诗人艾青则善于表现饱受苦难的中国北方土地以及生活在这片土地上的人们。《雪落在中国的土地上》中脸上刻满痛苦皱纹的农夫冒雪赶着马车,破烂乌篷船里垂头丧气蓬头垢面的少妇;《手推车》中"以唯一的轮子/发出使阴暗的天穹痉挛的尖音"的手推车;《驴子》中"用小小的脚蹄","疲乏的脚蹄"走在"不平坦的荒凉的道路上"的驴子等等,《补衣妇》中抱着饥饿的孩子,家已经被炮火摧毁,只好替行人缝补衣袜维持生计的妇女……构成了诗人眼中的北方风景。

发表于1938年3月《七月》第2集第4期上的《北方》一诗,集中表现了艾青这一时期诗歌的主题。该诗的创作来自艾青刚刚结束的北方之行。1938年1月20日,山西民族革命大学在临汾成立,学校主任李公朴向在武汉的艾青、萧军等人发出聘书,邀请他们到校任教。27日,艾青和张竹茹、萧军、萧红、聂绀弩、田间、塞克、端木蕻良等人一起赶赴临汾,生平第一次看到满目疮痍的北方国土。这时,端木蕻良的一句话使艾青被深深打动:"北方是悲哀的。"

《北方》所描绘的正是这样一幅悲哀的北方图景:沙漠的风卷去生命的绿色与时日的光辉,村庄、古城、山坡、河岸、颓垣荒冢,都披上了"土色的忧郁",行人俯着上身,用手遮住脸颊在风沙里挣扎,悲哀而疲乏的驴子迈着厌倦的步伐踏过修长而寂寞的道路,小河干涸,林木枯死,低矮的住房稀疏而阴郁,天上没有太阳,只有击着黑色的翅膀慌乱地逃窜的雁群……贫穷和饥饿笼罩着整个大地。

诗人在《乞丐》中用更为传神的笔触,用入木三分的细节描画了那些处于生命边缘的饥民形象。来自灾区,来自战地的乞丐们看不到生命的出路,因此只能"徘徊"在黄河两岸、铁道两旁。因为他们的生活是痛苦的,所以只能发出那些使人"厌烦"的声音。当他们没有办法获得可以果腹的食物时,只能用"固执"的眼凝视,看别人吃"任何"食物甚至用"指甲剔牙齿"的样子。他们乌黑的手永远不会缩回去,哪怕对着的是"掏不出一个铜子的兵士"。

除此之外,曾在军旅中经历过洗礼的诗人孙钿、彭燕郊则善于描写战斗的生活,挖掘其中的诗意。仅在《七月》上他们就分别发表过《迎着初夏》(1938年5月16日第3集第2期)、《我们在前进》(1938年6月16日第3集第4期)、《我们还会见到》(1938年10月第4集第3期)、《旗底歌》(1940年12月第6集第1、2期合刊)、《行进》(1941年6月第6集第4期)和《战斗的江南季》(1938年10月第4集第3期)、《岁寒草》(1940年12月第6集第1、2期合刊)、《风云草》(1941年6月第6集第4期)等等。

至于在共产党领导的抗日根据地(主要是延安)的诗人们,则更热衷于表现根据地的新事物、新气象以及诗人们的新感受:"我是一个从人生的黑海里来的/来到这里,我看见了灯塔"(鲁藜《延河散歌·山》)。1939年春辗转到达延安的诗人田间则更倾向于让诗歌发挥宣传、教育群众的作用,创作了大量街头诗和小叙事诗,在《七月》上发表的就有《街头诗小集》(1940年3月第5集第2期)、《烧掉旧的,盖新的……》(1940年10月第5集第4期)、《多一些(街头诗集)》(1940年12月第6集第1、2期合刊)、《小叙事诗集》(1941年9月第7集第1、2期合刊)。这些小诗大多通俗活泼、饶有风趣,比如:"就像我/黑黑的庄稼汉/也走进×××底/大门坎;/大事,/也办;/小事/也办;/办不了的事,/还好找找××主任,/商量商量看。"(《多一些·就像我这里的庄稼汉》)

从艺术特色上来说,《七月》阶段的抗战诗歌不仅情绪饱满而且大多充满了革命乐观主义精神,格调高亢激昂。胡风一贯主张作家要有战斗的热情,去"拥抱""突入"对象,不能"冷静""客观"地对待所描写的生活。他曾经批评抗战诗歌中的"冷淡"倾向:"诗人的感觉情绪不够,非常冷淡地琐碎地写一件事情,生活现象本身。这是诗的致命伤。不经过作者的情绪的温暖,哪里会有诗的生命?"[①] 从《七月》上所发表的诗歌来看,确实大多都体现了胡风的这一主张。胡风本人的诗都是激情澎湃的,在《血誓》中,诗人表示要追随马雅可夫斯基那"呼啸着"的声音,将大量排山倒海似的排比句式和诸如"震颤""怒吼""燃烧""高唱""高笑""血花飞溅"的极富刺激性的词汇结合在一

---

① 胡风:《略观战争以来的诗——在文协扩大诗歌座谈会的报告发言,惠元笔录》,《胡风全集》第2卷,武汉:湖北人民出版社,1999年,第548页。

起,体现了极具力度的暴力美学:

燃烧于四五〇〇〇〇〇〇〇个中华儿女们的血仇
燃烧于四五〇〇〇〇〇〇〇个中华儿女们的血爱
我们年青的笔也要追随着《我们的行进》,
直到仇敌的子弹打得我们血花飞溅的时刻
直到力尽声枯　在行进中间倒毙了的时刻
直到也许我们苦痛于自己的歌声不能和祖国
　　的脉搏　新生的祖国儿女们的脉搏和谐
　　地跳跃　像你似的把一粒枪子打进自己
　　的脑袋里的时刻……

即使是描写艰苦的战斗生活,诗人们也让诗中充满了高昂的斗志与信念,丝毫没有压抑之感:"敌人,快来吧!/我们的枪用不惯了,/需要一支——/打你们那里夺来的/好枪——光荣的枪/我们许久没有畅食了,/需要一些——/打你们那里拿来的/牛肉鱼干——丰盛的食物!"(孙钿《我们在前进》)。

即令是具有"忧郁美"的艾青有关"北方"的诗歌,情绪也是非常饱满的,毫不苍白、冷淡。而在艾青的另一些作品中,则表现出对于抗战必胜的坚定信念以及对于自身的"忧郁"的摒弃。在《复活的土地》①一诗中,他要"悲哀的诗人""拂去往日的忧郁",让"希望苏醒",因为"我们的曾经死了的大地,在明朗的大空下/已经复活了!"他号召人们站起来进行斗争,因为"必须从敌人的死亡中/夺回自己的生存"(《他站起来了》,1937年11月16日《七月》第1集第3期)。

诗人田间的作品则向来以语言质朴、节奏短促有力著称。闻一多曾经这样描述田间的诗:"这里没有'弦外之音',没有'绕梁三日'的余韵,没有半

---

① 该诗见于艾青:《北方》,桂林:南天出版社,1943年。

音,没有玩任何'花头',只是一句句朴质,干脆,真诚的话,(多么有斤两的话!)简短而坚实的句子,就是一声声的'鼓点',单调,但是响亮而沉重,打入你耳中,打在你心上……这里便不只有鼓的声律,还有鼓的情绪。这是鞍之战中晋解张用他流着鲜血的手,抢过主帅手中的槌来擂出的鼓声,是祢衡那喷着怒火的'渔阳掺挝',甚至是,如诗人 Robert Lindsey 在刚果中,剧作家 Eugenc O'Neil 在琼斯皇帝中所描写的,那非洲土人的原始鼓,疯狂,野蛮,爆炸着生命的热与力。"①田间的诗歌和静穆幽远的高蹈艺术无关,但是他鼓舞着抗战人民的生活与爱恨情感,确实堪称"时代的鼓手"。

当然,《七月》时期诗歌高涨的热情与昂扬的格调,也带来一些负面影响。胡风曾经在《论战争期的一个战斗的文艺形式》一文中指出:"情绪的饱满不等于狂叫","作家应该表现出蕴含在事象里面的真实,应该在他底报告里不把那真实换成了概念的发泄,犹如不应该把那换成繁琐的铺陈一样。"他告诫作家们:"不要太相信了热烈的字句罢,能够使万人感动万人兴起的只有当活的生活内容从你底笔尖划出了的时候。"②然而《七月》上的一些诗歌也有这种过度宣泄狂热的情绪,结果罔顾事实,丧失打动人心的力量的倾向。尽管事实上1937年以来中国军队在抗日战争中多有败绩,但是上文中提到的庄涌《同蒲路——敌人的死亡线》一诗中对此却绝口不提,而是予以美化。1937年8月7日,日军第5师团和独立混成第11旅向南口及其沿线长城要隘展开进攻,中国守军在汤恩伯指挥下,虽重创敌军,然终因寡不敌众,突围后败退广灵,庄涌诗中却称汤恩伯军"转动"广灵;1937年9月13日开始日军和中国军队在忻口地区展开会战,中国军队虽继续奋勇战斗,终因力量悬殊,逐渐转为劣势。10月26日,娘子关被日军攻陷。忻口中国守军处于腹背受敌的境况。11月2日,第二战区司令部下令守军撤退,忻口被日军占领。庄涌诗中又称中国军队"线和点都不必死守","转进"临汾。在该诗的最后,庄涌又发出了号召:

---

① 闻一多:《时代的鼓手》,《田间研究专集》,杭州:浙江文艺出版社,1984年,第231—232页。
② 胡风:《论战争期的一个战斗的文艺形式》,《七月》第5期,1937年12月16日。

反攻呵,
向山海关!
胜利的火焰
点燃在山西高原,
放绿了汾河柳,
笑迎了春天!

刻意掩盖失败的措辞与浮夸空洞的口号,完全回避抗战的艰苦性与长期性,既无助于抗战的胜利也无助于抗战诗歌的发展,难怪胡风晚年对庄涌的这类诗歌仍然颇有微词:"作者(即庄涌)是一个中学生,很容易地被一种激情所征服,但他的激情是被战争概念或政治概念所刺激起的兴奋,并不是从和人民实际生活实际相结合的内在要求出发的,所以,这里面的英雄主义不能不是一种表面的形象。"①

创办于抗战后期的《希望》和《七月》相比,选稿范围逐渐扩大,不仅小说、散文的分量大大增加,还增添了许多哲学论文,发表的诗歌尤其是抗战诗歌则逐渐减少。而且《希望》的办刊方针也有明显变化。胡风在《希望》发刊词中就这样说道:

> 今天,民主在流血。为摧毁法西斯主义而流血,为争取人民底自由解放而流血。如果说,没有人民大众底自由解放,没有人民大众底力量底勃起和成长,就不可能摧毁法西斯主义底暴力,不可能争取到民族底自由解放,如果说,不是自由解放了的人民大众,那所要争得的自由解放的民族不过是拜物教底幻想里面的对象,那么,现实主义的文艺斗争底目标,例如对于毒害人民大众的封建主义的控诉,对于燃烧在解放愿望和解放斗争里面的人民大众底精神动向的保卫和发扬……就正深刻地反映了民主主义底要求。②

---

① 胡风:《胡风回忆录》,北京:人民文学出版社,1993年,第107页。
② 胡风:《置身在为民主的斗争里面》,《希望》第1集第1期,1945年1月。

如果说，《七月》是主张在抗战的伟大进程中启蒙民众达到民族解放，那么《希望》就是要到转变为对国内黑暗政治、文化现状的揭露与批判、争取政治民主的道路上来。这样的倾向也不能不体现在《希望》时期的七月派诗歌中。尽管在《希望》发表的是各种仍然可以看到不少对于法西斯敌人残暴文化进行揭露，对于抗战现实斗争进行描画的诗篇，但是当时在重庆大后方的七月派诗人们显然将自己的关注点更多地放在国统区黑暗、腐败、冷酷的社会现实上。冀汸的《寒冷》(1945年1月《希望》第1集第1期)记录了"没有一件好大衣/没有一顶皮帽/没有一双不开口的鞋子"的困窘生活，绿原的《给化铁》(《希望》第1集第2期)则记录了两人在1944年4月16日深夜大风雨中在大街徘徊的情景："在没有标明官衔的大门旁边/你等候我出来……/我出来了，/两个人用一顶草帽做雨伞，/在猩红惨绿的马路上/走过去，走过来，走过去……/又被重庆的警察讯问：/'半夜三更怎么不回家？'/你怕我丧气，常常说/世界的公民是没有家的。/当真，我回头望，也望不见/我们是从哪儿来/但是我们却向一个地方走。"

绿原的小诗《无题》穷形尽相地刻画了某些"政治家"的面貌。夜间，当"政治家"远离了广播、演说以及听众的掌声之后，躺在床上仍然睡不着。然而他思考的并不是国计民生，而是"那副官买鸡卵要三十块钱一个"，于是大怒："该死！/看他明天替我弄点什么布丁吃？"

魏本仁的长诗《祭天》，则对20世纪40年代国统区"战国策"派的主要代表林同济提出的恢复"祭天"礼的主张进行辛辣的嘲讽："我们底跑红的大学教授/林同济/苦闷于这现代的机械现实生活/吃多了肉/也臭骂完了鲁迅/讲完了战国策/伸伸懒腰□起——/主张/祭天！"在现代文明已经席卷全球的时候，作为人类文明代表的大学教授竟然要人们恢复蒙昧时代的"祭天"礼，实在荒唐可笑。魏本仁在该诗的最后指出了"祭天"主张的本质：不要理性，不要科学，不要民主，这种主张其实是一种拜物教，要的是对于民众的奴役以及"祭天"者高高在上的地位！

诗人郑思的长诗《秩序》则揭露了国统区荒谬、怪诞的"秩序"。一方面是经济崩溃、民不聊生："负债者从五层的高楼上跳了下来／用自己的血和生命偿清了债务／寡妇带着一群无法活下去的儿女／把小船划到江心／趁黑夜，在孩子们给饥饿弄得疲倦的时候／她便用竹子削成的尖刀戳穿了自己底喉咙"；另一方面是上流社会生活腐化、荒淫堕落："海洋在大陆边缘起伏／色情的大厦一层层地建筑，升上了天空／收音机用白痴的喉咙大声叫喊／电风扇，悬挂在堂皇的酒吧上／用仆欧一样忙碌的典型的服务精神／为喝酒的嫖客们和老爷们在起劲的旋转／狗见主人，摇着尾巴，又吠着生客／男人，追逐女人／女人，娇媚地吊在男人的臂膀上向同性示威／老爷，在姨太太面前炫耀美国新到的朱古力／奶粉，透明衣，烟斗，雪茄……"而那些上流社会的鹰犬，则只会对老百姓作威作福："尖嘴猴三，肥猪油满腹的大肚皮／无声手枪，巡查队／女人的口红，白兰地，啤酒／老爷们君临在小民们的面前每一个细胞都充满权威／小民们的头颅常常像一朵红色的野玫瑰轰然开放……"

在诗人看来，这就是黑暗社会"秩序"的本质，它颠倒黑白，充满荒诞：一个"老成"的数学博士为了一加一等于七还是等于八的算题急得要跳河；一个年老的"颜色制造匠"向"老爷"展示"黑色"的时候，老爷却说"我说是红色的就是红色的"，最后经过"医官们"检查，一致决议除了衣领上金星闪烁的"老爷"之外，所有人都患了不可治愈的色盲！

正因为诗人们对于现实的黑暗有着深刻的体会，因此他们的诗中不仅不再有，而且鲜明地提出要反对肤浅、盲目而虚伪的"乐观主义"，这是《希望》和《七月》诗歌的一个重大区别。绿原的著名长诗《给天真的乐观主义者们》正好体现了这一主张。该诗以一种"平淡"甚至"冷静"的口吻，叙述上流社会的腐败以及下层社会的悲惨现状，对号称"四大强国"之一的中国的都市社会进行真实刻画与辛辣讽刺：

  扑克，假面会，赛璐珞，玻璃玩具……
  坤伶，明星，交际花，肉感的猥亵作家，美食主义者，拆白党，财政敲诈者……
  茶会，午餐，鸡尾酒晚宴，接风，饯行，烹调术座谈，金融讨论……

　　勋章,奖状,制服,符号,可能的 PASS,鸡毛文书……
　　赌窟,秘密团体,娼妓馆,热闹的监狱,疯人院……
　　鸦片批发,灵魂收买,走私,诱拐,祈祷同忏悔……

　　这是诗人描述的国统区上流社会众生相。这些人对充满血与火的抗战非常冷淡,关心的只有自己的安全和私利:"每次空袭解除了,庆祝常常比哀悼更热烈……/只有这样一回,一位绅士抱着他底夫人忧愁地从私人防空洞出来,有些人大喊:/可恶的鬼子,可恶的鬼子,一位中国贵妇被炸弹吓昏了……/仆欧跟着:'老爷,公馆平安,叭儿狗活着呢。'"空袭结束后,都市里的男人同女人照样"吊膀子",电影院照样放映"香艳巨片",花柳专科医生们照样附设土耳其浴室并"奉送按摩",绅粮们照样欢迎民众们大量献金,译员们照样用洋泾浜英语对驻华白侨解释国情,公务员照样缮写着呈文布告,报纸照样发布胜利消息以及缉拿、悬赏通告……

　　至于那些生活在底层的平民们,是没有"忧愁"的权利的。"……看吧,街道扭曲了,房屋飞去了,/一个男人底头颅像烂柿似的悬挂着……/一只女人底裸腿不害羞地摆在电线一起……/一个孩子坐在土堆上,凝望天空的灰尘,没有流泪……"甚至那些为抗战浴血奋斗出生入死的士兵们,有时也难免逃脱厄运,一旦回到后方,被以"逃兵"之名处死。绿原在诗中就记录了这样一个已经死去的士兵。他悄悄回到故乡,忍受着"爱国分子"们的辱骂,白天行乞,晚上偷盗。然而他终于被逮捕并处以极刑:尸首俯卧着,"仿佛在吸吮从自己底肺里流出来的血……/或者用点辞藻描写,他正用自己底血沐洗自己的罪恶呢……"而那些围观被杀士兵的"看客"们仍然那么麻木,赞叹着刽子手的"勇敢"。另外,据说这个士兵的家里还有一个老母亲,因为思念儿子而哭瞎了眼,只能听到别人骗她的谎话:"她底儿子做了官"……

　　这是一个腐烂的专制社会,是一潭绝望的"死水"。然而诗人们并没有消沉,他们仍然在不停地呐喊,为民主、自由、为自己的权利而战:"我不哭泣/才鞭笞的更重么?/这就完全对了——/鞭子是你底/意志是我底"(冀汸:《我不哭泣》,《希望》第 1 集第 1 期);"不是等待,/不是乞讨,/不是商业上买主与卖主对于折扣的争论,/而是人性的恢复/和/人权的获得,/真正地/言论/出版/结社……的自由!(邹荻帆:《论民主》,《希望》第 1 集第 2 期)。

这些诗人们不仅是诅咒者,也是"立意在反抗,指归在动作"的战士,是"破坏者",因为诗人不愿意再去侍奉"这些烂完了的心肝"——上流社会的统治者们,他们已经无可救药,必须同他们"决裂":

> 一排钉靴
> 踏过去!
> 要这条穿兽皮、插羽毛的街秩序大乱
> ——绿原:《破坏——同其余几首假冒的诗》(《希望》1 集 2 期)

从整体的情感样式来看,《希望》上的诗歌少了《七月》时期的激情澎湃、直抒胸臆的乐观主义,多了深沉的思索,批判的力度明显增强。从前文中的绿原《给天真的乐观主义者们》以及郑思的《秩序》都能明显看出这一点。抗战结束之后,诗人们也对所谓的"胜利"进行了反思,绿原在《终点,又是一个起点》就是这样一首长诗。在诗中绿原追问:"是怎样的/胜利呀,是怎样痛心的胜利呀?"在诗人看来,这是"九死一生"的胜利,是几乎与失败"没有距离的胜利",是人民的鲜血由红变成紫,又由紫变成黑,用自己的血肉之躯从侵略中突围才取得的胜利。然而,这样的胜利,却面临着被篡夺的危险,那些"没有流血,没有流汗,甚至做梦也没有想中国还会胜利"的人,这时还在"阴险地计划中国底第二次难关"。绿原呼吁人民站起来,拿起自己的武器保卫抗战胜利果实,投入新的战斗:"起来,沦陷的城池!/起来,监狱的政治犯!/起来,解放区!/起来,混乱的大后方!"诗人憧憬着民主自由的新中国的出现:

> 让黄河底波涛

跟着扬子江底

波涛，

表现出

中国底

豪壮的风度！

当中国能够毫无愧色屹立于世界民族之林的时候，诗人也并不想用鞭炮、号角、轻汽车、草帽、电影、戏剧来庆祝胜利，而只想用对于那些为民族独立而牺牲的英雄们的追思，用民主的实践以及扎实的工作来庆祝胜利，庆祝祖国的新生。

《希望》和《七月》抗战诗歌在艺术技巧上的最显著不同之处就在于大量讽刺手法——反语、夸张、戏拟等等的运用。当然，这都是建立在诗人们对当时国统区社会现实的真实描写基础之上的。是和诗人对于黑暗专制的正面批判紧密结合的。鲁迅以为，非写实决不能成为所谓"讽刺"，这一点在《希望》诗歌中得到了很好的体现。比如前文中所述绿原《无题》一诗对于抗战中不顾百姓死活只图自己享乐的小政客描摹都是完全写实的，只不过最后一句"可怜他醒一会儿就要瘦了"是作者的反讽。而绿原的《咦，美国！》（《希望》第2集第3期）一诗，从题目上就可以看出作者的调侃态度。在这首诗中，绿原一方面列举事实，支持国民党政府的美国人提出非常严正的警告，另一方面又在诗行中加入英文如"None of your business""Don't try to be smart"，后面再加上"亲爱的先生"等等，戏拟洋人的口吻，表达了他对于美国政府的无比轻蔑。郑思的《秩序》中的诗句可以说基本都是反语。诗中叙述"洋车夫赤膊上的汗粒"和"女郎在车上翘起二郎腿的姿势"让"诗人"产生创作的灵感，本足以令人惊奇，最后的诗节中又利用大胆夸张的手法，展示国统区的奇特"秩序"："法令"竟然规定男人必须生小孩，女人长胡须！一个数学博士为了一加一应该等于七还是八的算术题急得要跳河……看似荒诞不经的描写，其实正好揭露了国统区专制政权的荒谬性。诗人在描写了国统区种种怪状之后，还不忘对他"北方的朋友"大声说"这里的风景很好""这里的一切都很美观"——因为这里有秦始皇似的独裁者,有希特勒似的法西斯,有抓捕异己者的黑名单和锁人的铁链,有美国制造的步枪,有色情大厦里的男男女女,有收音机里白痴似的广播等等。类似的反语的大量运用不仅表现了诗人对于腐朽政权的轻蔑态度,使诗歌具有更强的可读性,批判的力度较之正面抨击也大大加强。

三、七月诗派与重庆

七月诗派并非一个区域性的诗歌流派。构成七月诗派的诗人群体不仅有很强的流动性,而且来自四面八方——既有来自国统区的,也有来自延安以及其他抗日根据地的,因此很难从特定的地域文化角度对其展开讨论。然而这并不能说明七月诗派和其主要活动的区域毫无关系。实际上,特定区域的文化环境不仅为七月诗派的生存提供了条件,而且也为他们的创作提供了诗歌内容及题材。可以说,抗战时期的重庆,就给七月诗派的生存提供了必要的空间。要理解这一点,必须先了解七月诗派的意识形态属性。

毫无疑问,宏观上来看七月诗派属于左翼文学阵营。然而,从20世纪30年代左联时期开始,左翼阵营就并非毫无分歧的统一体。以鲁迅为首的一批文学家,和左联的一些实际领导者如周扬、夏衍、田汉、阳翰笙等人就存在深刻的矛盾。左联解散时爆发的"国防文学"和"民族革命战争的大众文学"口号之争,可以视为这种矛盾的一个具体体现,七月诗派的诞生从一开始也就继承了左翼阵营的内部矛盾。七月派领袖胡风作为"鲁迅传人"和左翼"主流"阵营之间自然也并不融洽。这正是他后来带着《七月》选择重庆作为"根据地"的最重要原因之一。实际上,自1937年10月1日胡风到武汉后,随着战争形势日趋紧张,当时在武汉的中共领导人曾数次关心胡风的去向问题。

1938年1月萧军、萧红、聂绀弩、艾青、田间和端木蕻良等人纷纷离开武汉后,武汉八路军办事处的潘汉年、李克农曾经指示胡风停办《七月》并自主决定去向。此后李克农还介绍胡风去香港参加一个蒋介石举办的对敌宣传机构,然而胡风不愿停止《七月》,最后该提议不了了之。[①]

1938年4月聂绀弩从临汾辗转回到武汉后曾对胡风说刘雪苇希望胡到延安。然而,聂绀弩自己却认为,"能在外面工作就在外面,那样起的作用更大。"[②]

1938年月10月间,吴奚如对胡风说,延安成立了鲁迅艺术学院,正在找教授,希望胡风能去。后来胡风和艾青、宋之的商量,没有得出结论。[③]

此外,胡风还曾经数度介绍一些年轻人通过武汉八路军办事处奔赴延安。

尽管曾经到过延安的聂绀弩和胡风谈话的详细内容不得而知,但是武汉战事吃紧的时候胡风并没有选择去延安,聂绀弩的话也许起到了比较关键的作用。胡风后来选择接受老舍、伍蠡甫的邀请,到重庆的复旦大学任教,是听从友人的意见,自觉疏离左翼主流政治的结果。

胡风到重庆后,生活相当困苦:不仅饱受日军轰炸袭扰,居住环境恶劣,经济上也一度非常窘迫。1940年7月1日,胡风因为在国民党中宣部国际宣传处的关系一直都不甚融洽,于是在该处辞职,随后又拒绝了复旦大学的聘书[④],于是只能靠他的稿费维持生活。

另外,胡风无论是在复旦大学、国际宣传处、"文工会"工作期间以及出版自己的文艺刊物《七月》《希望》时也都不那么顺利,譬如辞去复旦教职,受国际宣传处的崔万秋刁难等等,这当然主要是因为胡风是一个左翼文化人——1939年大概是3月的某天,重庆市卫戍司令部忽然给胡风来了个传讯的条子,还是由"文协"转来的。这让胡风感到很惊奇——以为自己有什么违法的事情要被传讯。和《新华日报》总编辑华西园(华岗)商量后,到了卫戍司令部,虽然是一场虚惊,但是后来有人告诉胡风,这事并不是没有来头的。他们是想恐吓胡风,让胡少说话少写文章。

---

① 梅志:《胡风传》,银川:宁夏人民出版社,2007年,第264页。
② 梅志:《胡风传》,银川:宁夏人民出版社,2007年,第269页。
③ 梅志:《胡风传》,银川:宁夏人民出版社,2007年,第274页。
④ 复旦当时给胡风仍然分配了六节课,但规定兼任教授上课要签到,不到者扣薪。胡风忙于出版刊物,参与文协活动,不可能完全照学校规定时间上课,以为这简直是侮辱和刁难,于是辞职。

然而,即使处于这样的情况下,胡风仍然拒绝了让他去延安的邀请。

1939年5月董必武访胡风时传达周扬的口信,拟邀请胡风去延安鲁迅艺术学院做中文系主任。胡风认为自己"和周扬之间还有些问题没有解决",担心周扬的"性格和作风",婉言拒绝。①

1941年初皖南事变后,中共南方局为表示对国民党的抗议,安排左翼文化人离开重庆去延安或者香港。梅志主张去延安,胡风却表示反对,认为"这么多文化人都挤在延安,恐怕做不出什么事来"。3月17日晚周恩来找胡风谈话时,仍然打算介绍他去延安。胡风虽然口头答应,但心有不甘。周恩来仍将其安排到香港。②

另外,即使在重庆,胡风在很多方面也都表现出和左翼"主流"人士的疏远。1940年11月参加"文工会"后,胡风和郭沫若、阳翰笙、田汉诸人有了进一步交往,尤其是和在武汉就有过较多来往的冯乃超。但是此时的胡风遇到和政治有关的个人行动上的问题,多和冯乃超商量,在文化工作的文艺问题上,除个别事(如"文协"的工作)胡风以为有责任主动和他交流,听取其意见外,胡风自己编刊物是完全独立自主,不受任何人影响的。

这方面还可以举出很多例子。1941年春节前,忽然一天胡风接到叶以群(当时叶以群正在《文艺阵地》任编辑)的信,要他进城去看已经排好了的《七月》大样。胡风猜这是共产党为皖南事变召集文艺方面的紧急聚会。但是胡风以为自己不能去,因为他刚和老舍约好了到家住两天,他的工作在"文协",这时更要和老舍搞好关系,不能对他失约云云③。胡风的这种辩解非常苍白——对于一个左翼作家来说,请朋友吃饭的重要性恐怕无论如何都不会比参加左翼政党的活动更重要。

又如,1943年胡风回到重庆后和冯乃超去看望郭沫若并提出要去看望周恩来时,冯乃超以周恩来事务繁忙为由拒绝了胡的请求。冯乃超又说:胡风在从香港撤退到广东曲江时,打电报给老舍说已从香港脱险归来(而不是通

---

① 梅志:《胡风传》,银川:宁夏人民出版社,2007年,第296页。
② 梅志:《胡风传》,银川:宁夏人民出版社,2007年,第316页。
③ 其实老舍春节后大年初二才被胡风接到家中。后来胡风还陪着老舍到马宗融、伍蠡甫、梁宗岱等家拜访,请朋友到家吃饭。

知"文工会"),这件事做得真好。①

冯乃超在这里明显说的是反语,胡风也许明白。"文工会"虽然以郭沫若为首,左翼倾向明显,但起码表面上还是国民党政府的一个机构,胡风作为一个左翼文化人在其中工作,给"文工会"打电话,并不会产生什么影响统一战线的问题,胡风却给"中间派"的老舍打电话,其和左翼主流诸人的距离之远由此可见一斑。

除此之外,胡风在文学思想观念上和以郭沫若为首的左翼"主流"阵营也并不相同——甚至相悖。虽然左翼都奉现实主义为圭臬,但是茅盾诸人要的是"客观理性",胡风讲的是"主观战斗精神";毛泽东《在延安文艺座谈会上的讲话》强调要知识分子向大众学习,培养工农兵作家,胡风却强调人民大众身上几千年来的"精神奴役的创伤",要注意国统区和解放区"环境与任务的区别"②……

再举一例。何其芳、刘白羽到重庆后,1944年5、6月间的某天晚上,胡风在好友徐冰家听两人谈根据地情况。胡风谓:"他俩来重庆,当是帮助徐冰领导文艺的。在我的地位上(文协研究部主任),有责任创造些条件以帮助他们进行思想工作。我用文协研究部的名义召开了一个欢迎会。他们报告的内容是延安整风、作家的阶级性和思想改造。这是根本原则问题,但他们的报告却引起了反感。梅林在会后发牢骚说:'好快!他们已经改造好了,现在来改造我们了!'我也觉得他们没有注意'环境与任务的区别',但又没机会再开会了。"③

胡风在回忆录中所谈及梅林的态度,其实毋宁说就是胡风自己的态度。他追求独立,和左翼"主流"阵营貌合神离。他在20世纪40年代的文学民族

---

① 胡风:《胡风回忆录》,北京:人民文学出版社,1993年,第295页。
② 1943年,毛泽东《在延安文艺座谈会上的讲话》已经传到重庆,胡风一次在参加冯乃超组织的"文工会"业务会议上,对此文的理解就很能显示他的个性。在关于培养工农兵作家问题上,胡风以为毛泽东文中提到过"根据地文艺工作者和国民党统治区文艺工作者的环境和任务的区别",因此在国民党统治下面的任务应该是怎样和国民党的反动政策和反动文艺以至反动社会实际进行斗争,还不是,也不可能是培养工农兵作家。蔡仪则以为在国民党统治下培养工农兵作家是做得到的——"文工会"有一个勤务兵就被提升为少尉副官(他的家庭出身是破落小地主,念过几年书,就让他当了文书)。
③ 胡风:《胡风回忆录》,北京:人民文学出版社,1993年,第328页。

形式论争中对一些党员作家、左翼作家在这个问题上的论点也都作了指名的批评,甚至包括和他观点非常相近的葛一虹、叶以群等。另外他还和郭沫若发生过一次关于"无条件反射"的争论。1945年《希望》创刊后,胡风又逐渐发动七月派成员们对于左翼自身队伍的"整肃",一大批作家如茅盾、袁水拍、碧野、姚雪垠、陈白尘等等都遭到批判。

可以想见,如果不是在重庆这样的国统区,胡风是很难保持这样的独立姿态并四面出击的。正因为重庆远离左翼政治中心,才给了胡风足够的生存空间以及转圜余地,也才有了七月派的壮大与成熟。在编辑出版方面,胡风在重庆先于1939年6月复刊《七月》(月刊),到皖南事变后为止,前后3年,共出4集14期。第二次到重庆时又于1945年出版了《希望》杂志,在重庆出版了第1卷共4期后移至上海。在"七月丛书"中,《七月新丛》共出4册,也是于1943至1945年在桂林、重庆的南天出版社出版的。

在著述方面,现在所看到的《胡风评论集》中的很多篇章,都是写于或出版于重庆时期。抗战爆发的1937年到皖南事变为止,胡风的评论结集为《民族战争与文艺性格》(《剑·文艺·人民》),另有列为第5集的《论民族形式问题》,1942—1943年的评论则合为第6集《在混乱里面》,到抗战胜利为止的评论合为第7集《逆流的日子》。这些文章,不论是从篇幅还是内容的重要性,在胡风的文艺著述里面都是首屈一指的。

另外七月派后期的核心成员路翎、阿垅、舒芜以及众多诗人如邹荻帆、绿原、冀汸、曾卓等等在抗战期间的主要活动场所也都是重庆,邹荻帆等人还在重庆创办了《诗垦地》丛刊,这从一个侧面也可以证明重庆对于七月派成员的特殊意义。

重庆对于七月诗派的意义,不仅仅在于它给该流派提供了一个具有足够政治宽容度的生存空间,它还给七月派诗人们的创作带来创作的素材、意象与灵感,让他们写下了大量具有重庆地域特色的诗篇。

当然,必须承认的是,七月派成员们当时大多生活上贫困潦倒,对重庆的印象也极为不佳。前文已述,七月派领袖胡风在重庆的生活条件已经相当恶劣,那些当时还在复旦大学(时在重庆北碚)读书的七月派年轻诗人们,境况就更差了——他们几乎都过着半饥饿的日子。据云当时诗人绿原的脸总是蜡黄的,少有血色。阿垅在《绿原片论》中回忆:"那是一个冬夜。他(指绿原)住到我那里。当外面的棉袍脱了下来,那一件衬衣,——那是怎样一件衬衣啊!破烂得万国旗一样!"又云:"有一次,他把一口箱子寄放在我底住处。这是一口普通的箱子,而且是一口坏了的箱子;否则,我无法打开的,就是老鼠吧,也不会在童话世界似的把它当做产子医院了。我底屋子很严密,很少有老鼠跑进来。一天,忽然有一种微弱的呦呦声,细听是在那口箱子附近。移开箱子,再听,发现原来在箱子里面。这口箱子,不重,也并不轻,我想,当然是所谓'财产'了。我只好打开来,在咬了一个洞的黑布棉袍中捉到了四只或者五只初生的小鼠。这是一件这箱子里面的仅有的衣服,后来知道还是借用的。"①

不仅诗人们自己的处境非常艰难,他们笔下的重庆似乎也到处充满了抗战时期特有的破败、混乱,这自然也跟他们自身的左翼诗人身份有关。1940年冀汸初到重庆时就发现:"断墙残垣,瓦砾废墟,满目皆是,但侥幸尚存的商店、舞厅、茶楼、酒肆,也到处都有。衣冠楚楚的男人们,浓妆艳抹的女人们,依然显得'十分幸福'地徜徉其间。战争离他们很遥远,战争也就与他们无关了。这种情景,使我这个刚从战地跋涉到'陪都'的难民非常反感。我满脑子装的还是炸得四肢不全的尸体,冻馁而死者的尸体,嚎哭无助的儿童,为了减轻负载而沿途丢弃的行李……散开了的粉红色的军用电报纸沿着公路向前延伸,仿佛道路有多长它们就会有多长……即将投入战斗的士兵,围成小圆圈,盯着一小盆切碎的榨菜,默默地嚼着已经发霉的米饭……"②

庄涌在《朗诵给重庆听》一诗中这样描绘重庆:

大街上
成群的烟鬼抬竹轿,

---

① 亦门:《绿原片论》,张如法编:《绿原研究资料》,开封:河南大学出版社,1991年,第176、179页。
② 冀禤(冀汸):《诗写大地——回忆邹荻帆(下)》,《新文学史料》1997年,第2期。

七岁的小孩

背负五块砖；

小贩的叫卖

像垂死人的嘶喊，

下坡的车夫，

白了脸，

像决死的勇士，冲上前线！

贫穷,破乱,凄惨,黑暗,

休想用完整的字句，

形容你的全面！

鸦片,麻将,盗贼,娼妓……

贫血病，

迫害狂，

睁一双饥饿的眼！[①]

再看杜谷的《江·车队·巷》中的"巷"：

破碎的巷

坍倒的巷

我看到了

灾难的风暴

刮过我们城市的踪迹

你断裂的窗棂

你倒塌的楼台

你无顶的房舍

[①] 吴子敏编选：《〈七月〉、〈希望〉作品选》上册，北京：人民文学出版社，1986年，第142—143页。

>   你破碎的庭园
>   你烧焦的墙壁……
>   都在雾蒙的天空下
>   裸露着乌黑的疤痕
>
>   扶着那锯齿似的残垣
>   在破瓦堆上
>   一拐,一拐
>   艰难地寻找着的
>   老母亲
>   你脸苦痛地皱结着
>   喃喃地诅咒些什么
>   是的,我知道
>   我们每一个
>   热爱祖国的人民
>   心里都种着仇恨①

七月派诗人的此类诗篇比比皆是。就这些诗看来,七月派一些诗歌中带有的那种忧郁、悲愤的气质,恐怕和抗战背景下的重庆这个创作环境也不无关系。在当时诗人们的眼中,重庆的美丽山水也往往失去了它鲜艳的色彩。杜谷的《江·车队·巷》中的"江"就是喑哑、瘦弱、沉默的,失去了强壮的力量,仿佛在悲痛地啜泣。再看桑汀的《江边·图景》(载于1943年《诗垦地》第4辑《高原流响》)中的嘉陵江:

>   嗨,静静地流,慢慢地流,不声不响地流啊,嘉陵江
>   嗨,在绿色的山丘间,在白云片片的蓝天下,流啊……

---

① 该诗1940年12月写于重庆。绿原、牛汉编:《白色花》,北京:人民文学出版社,1981年,第161—162页。

嗨,流啊嘉陵江,带着忧伤你每天弯过青色的草坡
哎嗨,忧伤啊,你潺潺的流水是你仰天的久久的叹息

嘉陵江啊,你底清澈的江水照见你自己的哀愁
你悄悄而流的波纹该不是你苦痛的表现
但是谁凌辱了你使你暗暗地涕泣
你起伏着胸口像有着无穷的诉说

重庆所特有的"雾",也进入了七月派诗人们的视野。前面提到的庄涌的《朗诵给重庆听》中云:"撒一江黑雾/瞒住青天",因此要西北风:"你刮吧,刮吧!/扫清这恼人的黑雾,/迎接朝阳!"[①]这里的"雾",成为了某种阴暗力量的象征。

从这些诗歌来看,山城重庆给七月派诗人们带去的多是压抑与痛苦的生活经验,并不足道。但是换个角度想想,也许恰恰是这些痛苦经验,才为七月诗派的诗歌带来了某些具体的内容并对其风格产生了影响。钱钟书的《诗可以怨》里就说过,在中国文艺传统里有一个流行的意见:苦痛比快乐更能产生诗歌,好诗主要是不愉快、烦恼或"穷愁"的表现和发泄。而且这种意见西方也有,并不是中国所仅见。[②]照此看来,七月派诗人的"穷愁"、在重庆的不愉快经验某种程度上使得他们成就了其诗歌,不也有一定道理吗?

当然,说七月派诗人从重庆得到痛苦经验只是问题的一方面。从七月派诗人的一些作品来看,他们也并未对重庆这座城市完全失去希望。令他们痛苦、愤慨的是多艰的民生以及与之形成鲜明对比的腐化堕落的上流阶层众生相——由"扑克,假面会,赛璐珞,玻璃玩具……/坤伶,明星,交际花,肉感的猥亵作家,美食主义者,拆白党,财政敲诈者……/茶会,午餐,鸡尾酒晚宴,接风,饯行,烹调术座谈,金融讨论……/勋章,奖状,制服,符号,可能的 PASS,

---

① 吴子敏编选:《〈七月〉、〈希望〉作品选》上册,北京:人民文学出版社,1986 年,第 142—144 页。

② 钱钟书:《诗可以怨》,《七缀集》,上海:上海古籍出版社,1994 年,第 120 页。

鸡毛文书……/赌窟,秘密团体,娼妓馆,热闹的监狱,疯人院……/鸦片批发,灵魂收买,走私,诱拐,祈祷同忏悔……"(绿原:《给天真的乐观主义者们》,1945 年《希望》第 1 集第 3 期)构成的社会图景。诗人们对于重庆的底层社会还是表现了充分的同情与赞美的。1944 年曾卓在重庆的中央大学就读期间,曾看到一个在公路边熟睡的普通士兵,于是写下了诗歌《熟睡的兵》。曾卓在诗中对这个二等兵吴祥兴表示了极大的怜悯——这个士兵曾为了保卫祖国在前线浴血奋战,英勇负伤,而今却在秋雨缠绵中睡在街头,也许贫病将耗去他的生命。不过值得痛心的是,这样的事情就发生在当时的陪都重庆。

阿垅著名的《纤夫》一诗则是为那些沉默的下层人民所画的肖像,讴歌他们所蕴含的巨大力量:

> 伛偻着腰
> 匍匐着屁股
> 坚持而又强进!
> 四十五度倾斜的
> 铜赤的身体和鹅卵石所成的角度
> 动力和阻力之间的角度,
> 互相平行地向前的
> 天空和地面,和天空地面之间的人底昂奋的脊椎骨
> 昂奋的方向
> 向历史走的深远的方向,
> 动力一定要胜利
> 而阻力一定要消灭!
> 这动力是
> 创造的劳动力
> 和那一团风暴的大意志力。[①]

---

① 绿原、牛汉编:《白色花》,北京:人民文学出版社,1981 年,第 13—14 页。

严辰(厂民)①创作于1939年的《江之子》一诗,也是歌颂纤夫的,和阿垅之作可谓异曲同工:

> 呵,我亲爱的江之子,
> 虽然贫穷而落后,
> 可是那些米粮、食盐,
> 那些桐油、棉花、布匹、煤铁,
> 所有生存与抗战的原动力,
> 莫不由宽阔的肩头通过——
> ——没有炫耀,没有骄傲,
> 在沉毅坚强的搏斗中,
> 壮迈地跋涉艰苦的长途!②

另外,即使往往被视为"黑暗势力"象征的雾,有时也不见得就那么令人反感——它至少可以使劳碌的人们免遭当时日军飞机狂轰滥炸的威胁。抗战时期曾居重庆的巴金就曾经说过:"我能一口气写完《火》第二部,也应当感谢重庆的雾季。雾季一过,敌机就来骚扰。我离开重庆不久,便开始了所谓的'疲劳轰炸'。"③绿原的《雾季》(1942年《诗垦地》第1辑《黎明的林子》)中也写道:

> 在我们底工厂里
> 在大烟囱底脚边
> 机器很早很早便热烈地响起来
> 站在马达边司理开关的工人
> 要想穿过这灰茫茫的水份

---

① 严辰在抗战爆发初期曾在重庆流浪,1941年才到延安。他曾经以"厂民"为笔名在《诗垦地》上发表过诗作,应该和七月诗派有联系,虽然一般不把他看做七月派诗人。
② 严辰:《严辰诗选》,北京:人民文学出版社,1980年,第338—339页。
③ 巴金:《巴金自传》,南京:江苏文艺出版社,1995年,第234页。

去看那飞轮底旋转
——将是不可能的呵
然而，轰响的旋律又如此和谐
曾经被空袭麻烦着而熄灭了的炼钢炉
今天，在这劳碌的雾季，它又燃烧起来了
……

在前面所提到的桑汀的《江边·图景》中，诗人当时面对的虽然是一条忧伤的嘉陵江，但是在对未来的梦想与希望中，这条江也会焕发出新的生机与活力：

流啊，愉快地流，勇敢的流，自由自在地流啊，嘉陵江
我们的梦将有鲜亮的日子，鲜亮得将像五月初升的朝阳
当我看见你欢喜的笑脸上漾起一丝丝的欢跃的波浪
于是我唱起星星底歌，太阳底歌，海和土地底歌
对啊，你就这样自由自在地，勇敢愉快地流着啊
我底歌声也自由自在地伴和着你兴奋地调子永远高唱……

由以上可见，对七月派诗人来说，重庆也不是一个令人绝望的城市。诗人们对于上流社会的批判，对于底层社会的同情、赞美，对光明未来的憧憬是共存的。兼之重庆是七月派许多诗人们消耗了青春与心血的地方，因此一些诗人在离开此地之时或以后对它表示留恋就不难理解了。

在鲁迅在世的时候，胡风一直生活在他的光环中。可以说，只有在重庆的时候，胡风才真正得到了七月派领袖的地位。难怪1946年胡风一家人登上飞赴上海的飞机后，胡风还是非常"贪恋"地透过云层望着抗战八年居住过的山城，跟它说再见。诗人曾卓1979年又一次来到重庆后，还写下了《重庆，我又来到了你身边》一诗，表达对于重庆的思念与即将离别的不舍之情："好多年，好多年/有几首诗激荡在我心中/其中有一首是献给你/重庆！""当离

开你回到故乡时/我欢跳着挥手向你告别/而随着岁月的流逝/又萌生着对你的思念/因为,在你的怀中/留下了多少青春等等回忆/因为,是你的/既有圣火又有毒焰的/熔炉/锻炼了我,陶冶了我/给了我结实的身体和火焰的心!"[①]

  抗战时期的重庆,用痛苦、忧郁和希望滋养了七月诗派,七月诗派则将诗歌的荣光回赠给重庆。

[①] 曾卓:《曾卓抒情诗选》,北京:中国文联出版公司,1988年,第109—111页。

第六章　报刊媒介与大后方抗战诗歌

一、报刊媒介场域的生成与大后方抗战诗歌的兴盛

报刊是现代社会的产物,中国现代文学的诞生和发展与报刊媒介更有着不可分割的联系。文学史上有如下论断:"1915年9月《青年杂志》在上海创刊(第二卷起,易名为《新青年》),新文化运动即以此为肇始。"[①]从诗歌史的角度看,研究新月派不能不提到《新月》杂志,研究现代诗派绕不开《现代》,研究"七月"诗派绕不开《七月》。在特定的抗战历史时期,作为电子媒介兴盛前的大众传播主媒介,报刊、诗集等物质化的文本形式自然是诗歌最为重要的传播媒介。在一般的叙述中,大后方抗战诗歌的"发生",是由一批诗人理论上的倡导、各种文学活动的组织和写作上实验的结果,但还应看到,抗战诗歌的发生和成立,同时也是一个自我建构的过程,除了观念、形式的变革之外,还要在传播、阅读和社会评价中建立一个独立的具有内在自足性的空间。在电子媒介兴起前,报刊媒介作为最重要的传播媒介之一,是传播过程最终得以实现的重要媒介。在抗日战争这个特殊的社会环境下,大量刊物西迁、复刊和创办,使以重庆为中心的大后方报刊在短时间内就达到了上百种。众多报刊的出现不仅能使诗人们借助这个载体刊发自己的作品,更是使整个大

[①] 钱理群、温儒敏、吴福辉:《中国现代文学三十年(修订本)》,北京:北京大学出版社,1998年,第5页。

后方形成了一个由报纸和期刊媒介构建的报刊媒介场域,为诗人与诗人、诗人与读者之间架起沟通的桥梁,使抗战诗歌的读者面和影响力从文人圈子扩大到大众,促使诗歌大众化的实现;而作为诗歌的载体,它为大后方抗战诗歌提供了稳固的阵地以发表大量的诗歌创作与诗歌理论,从而直接间接地引导、规范着诗歌的发展方向,极大地推动了诗歌风格、诗歌文体的演变与成熟。因此,报刊媒介呈现出了大后方抗战诗歌的发生与发展历程,对大后方抗战诗歌的研究,须还原大后方抗战诗歌发生的历史现场,考察大后方抗战诗歌的报刊传播实践过程。

媒介场域是伴随着近现代大众报刊的兴起而逐渐生成的,作为一种社会存在,报刊媒介场域是一个信息的集中场,也是文化生产场域,文化资本就成为其占据主导地位的资本形式,它利用场效应,对抗战诗歌进行传播,从而形成了对抗战诗歌信息的"聚焦",为受众与作者建构了一个共同的精神想象空间,实际参与着抗战文化空间的建构。在报刊媒介场域中,要使传播活动得以完成,需要传播者、受众与信息这三个构成要素。在抗战时期,报刊媒介场域的媒介机构是以报刊为主体的创办单位,传播者是文学作家,与传播相关的个人则可以是信息传播的特殊传播者即期刊编辑者,传播信息在此特指抗战诗歌,受众即是指对信息的基本内容发生反应的个人和群体。以上几个实体性要素共同构建起了抗战时期的报刊媒介场域,彼此间构成了一种客观的逻辑关系。因此,报刊媒介场域的构成不仅仅是这些实体性要素,更包括由这些实体性要素生成的客观关系。正是由于这些实体性要素之间形成的客观关系,使报刊媒介场域能够遵循其自身的逻辑规则运转。

在报刊媒介场域中,信息转变成一种符号,一种资本。在文化生产场域中,这种信息符号资本就构成了报刊媒介场域的逻辑起点,这种文化资本的获得则来源于传播者的创造。传播者就是用符号来表现和传递知识、情感、意向等内容的个人或集体。他把这些内容转换成表意的符号通过报刊媒介在个人或群体间相互传递,从而使信息符号还原成精神符号。创作报刊信息的作者越多,那么报刊信息的来源就越多。日本发动全面侵华战争后,大量工厂企业内迁,一些著名高校和重要文化机构也随之西迁,大批的文化界精英比如郭沫若、老舍、柳亚子、胡风、艾青、臧克家等等也随之移居重庆、昆明、桂林等大后方,这为大后方抗战诗歌的繁荣创作了条件。在报刊媒介场域中,有着明确自身规律与逻辑,这就像一个"门槛",使媒介场域不管是在选择新进入者还是选择信息时都会按照自身的要求对新进入者和信息内容进行筛选。信息符号产生后,能否成功地登载于期刊上,首先与作品的主题、思想是否符合当时的历史语境相关外,更为主要的就必须依赖报刊媒介中的编辑对其进行筛选、加工。这就使报刊编辑成为了创作的第二作者,也成为了报刊媒介场域的规律与逻辑的代言人。在编辑过程中,编辑者的基本任务和职责是对作者提供的文稿信息进行有效的选择、分析、组织、加工、改造,最后整合,使之符合报刊自身的传播要求和目的。在报刊媒介的传播过程中,传播机构是主要决定机构。在这个机构中,编辑不仅具有选择权,而且还与报刊的办刊宗旨、运作方式都有着紧密的联系。

抗日战争时期,一种有利于抗战的新的文化机制逐渐形成,形成了一系列无形的规范,对整个报刊媒介场域进行引导,以形成有利于抗战这个主流意识形态的社会文化语境。处于这种文化语境当中,每一个报刊的合法性必须接受社会主流意识形态的检验,这表现在对办刊宗旨、运作方式、报刊内容质量等方面的一种内在规约。报刊的宗旨是一个刊物对自己的理性定位和自我设计。编辑、作家被集结在这个文艺为抗战服务的大环境下,积极地回应这时代律令的召唤。如《抗战文艺》的办刊宗旨是:"使文艺这一坚强的武器、在神圣的抗战建国事业中肩负起它所应该肩负的责任!"[①]编辑老舍对信息进行选择时就主张:"什么题材都是好的,只要他有益于抗战",只要它"是在爱国的老百姓的立场上",为"精诚团结抗战到底"而呼吁和发言的作品,在"稿约八章"中提出"本刊欢迎来稿,但必须与抗战有关"。《抗战文艺》上刊登的文艺作品,都是与抗战相关的作品。又如《文艺阵地》的发刊词:"朋友都有这样的意见:我们现阶段的文艺运动,一方面需要在各地多多建立战斗的单位,另一方面也需要一个比较集中的研究理论、讨论问题、切磋观

---

① 编者:《发刊词》,《抗战文艺》1 卷 1 期,1938 年 5 月。

摩——而同时也是战斗的刊物。文艺阵地便是企图来适应这需要的。"还明确主张"这阵地上立一面大旗大书'拥护抗战到底,巩固抗战的统一战线!'",①阐明了"以文艺为武器,坚持抗战、为抗战服务"的办刊宗旨。

编辑对稿件的取舍态度,传递着编辑的意图。可以说没有一个刊物不反映着编者的意图,因为编辑作为审阅、鉴定、删选稿子的人,他有决定发表什么或不发表什么的生杀大权,他通过对信息的选择来决定要传播什么,引导什么,从而发挥着对作者和读者的导向作用。茅盾在《文艺阵地》的《发刊词》中就明确表示了他的创刊意图:"拥护抗战到底,巩固抗战的统一战线。"也表明了自己的编辑方针:"这阵地上将有各种各类的文艺兵,在献出他们的心血;这阵地上将有各式各样的兵器——只要是为了抗战,兵器的新式或旧式是不应该成为问题的。"②其他如《抗战文艺》《文学月报》《弹花》《天下文章》等刊载的诗歌也都与抗战有关。同时,编辑又把读者的意见和要求导引给作者,不断地通过文学评论和批评的形式来指导作者的创作。如1938年梁实秋在《中央日报》副刊《平明》上发表"与抗战无关"论之后,立刻遭到重庆文化界的批驳。期刊报纸上马上出现了批评这一主张的文章。《抗战文艺》第3卷第2期的编后记中说道:"因为最近有人提出目前可以写'与抗战无关'的文章,而且说'空洞的抗战八股般'那是对谁都没有益处的。我们认为这是抗战走入更为艰苦的新阶段,要想从战斗的现实逃避开去的一种新倾向,然而这倾向却不能让它生长,因为这是与抗战十分有关的,所以在'论坛'里对于这种意见作了一个最严正的批评。"③并在此期中刊出了宋之的、姚蓬子、魏孟克批驳"与抗战无关论"的文章。《文学月报》第1卷第6期张天翼的《论"无关"抗战的题材》等文章对这种"与抗战无关论"进行了批评,这对其他作者起到了警示的作用,同时也引导着作者的创作方向。还有更多关于诗歌的评论文章的发表,也对作家在创作诗歌时的方向性进行了讨论。如《文艺阵地》有艾青的《论抗战以来的中国新诗》,《抗战文艺》第3卷第3期

---

① 编者:《发刊词》,《文艺阵地》创刊号,1938年4月16日。
② 徐枫:《略论茅盾的编辑思想和实践》,《河南大学学报》(社会科学版),1994年3期。
③ 编者:《编后记》,《抗战文艺》1卷2期,1938年5月。

有关于诗歌座谈会的记录文章《我们对于抗战诗歌的意见》,第 2 卷第 11、12 期合刊中有徐中玉《论我们时代的诗歌》,第 3 卷第 7 期有胡风的《略观抗战以来的诗》等,这些文章都从诗歌的语言、诗歌的形式等方面对抗战时期的诗歌创作提出了自己的看法。又如《文艺阵地》的编辑茅盾利用文学评论发挥编辑导向作用,他充分运用刊物这个编辑园地和评论栏作为传播导向最直接的窗口,以编者身份参与评论。他特地在《文艺阵地》上,开辟了"短论"和"书评"两个栏目,不仅刊载别人的评论文章,他自己也时时以短评等形式,提出文艺运动中出现的新问题。编辑选择这些文章刊登出来,能引导更多的作者朝着抗战时期诗歌创作的主流方向发展。编辑就通过选择的信息内容来发挥着他的导向作用。

在编辑的努力下,每个刊物都有固定的作家,有早已出名的老作家,也有培养起来的新作家,不断地为自己的供稿队伍增添新人。如《文艺阵地》的编辑茅盾、楼适夷都非常注重对新作家的发现和培养,"留心投稿者中是否有可造之才,凡是他认为有培养前途的、不惜奖掖备至,对无名作者稿子,他总是仔细审阅,慎重提出意见,关注着他们的每一点进步。"据沈志坚回忆说,"他(茅盾——引者)把《文艺阵地》送我两册,又将各个作家的来稿给我看,一面对臧克家、欧阳山等各个新作家大加赞美。我想他还像从前一样,对于新进作家,多方奖掖,以求中国之文学大放灿烂,难怪一般前进的文学青年都要集其门下而奋勉起来啦"①。又如《文学月报》的第 1 卷第 2 期的编后记中对选刊方然和风涛的诗歌进行了说明:"在这期上,我们从寄稿中,选刊了方然的《离延河》与风涛的《黄河夜渡》。我们希望能以最多的篇幅来刊载新人的作品"。可见编辑在团结作家的时候,不仅只关注有名的老作家,也注重对新人的发现和培养。如《抗战文艺》的作者有老舍、力扬、伍禾、任钧、方殷等,《文学月报》的供稿者有欧阳山、戈宝权、宋之的、葛一虹、张天翼、光未然等,《文艺阵地》的作者有王亚平、蒋必午、韩北屏、任钧、林林、黄药眠、田间等。正是因为编辑团结了一大批作家而来稿众多,才使刊物上的内容形式多样,丰富

---

① 吕旭龙:《茅盾的编辑风格》,《厦门广播电视大学学报》,2000 年 2 期。

多彩。

抗日战争无疑将重庆推上了全国文化的领先地位,使重庆地域化的文学逐渐转为全国性的文学。全国性的文艺刊物和文艺副刊大都在重庆落脚。1938年7月底,胡风主编的《七月》杂志从武汉迁至重庆,40年代最大的诗歌流派"七月派"的主要成员也先后来渝。1938年9月,随着"文协"的内迁,由老舍主编的"文协"会刊《抗战文艺》也迁至重庆,这对重庆诗坛的影响是重大的。跟随"文协"一起来到重庆的郭沫若、茅盾、叶以群等也带来了他们主编的相关刊物,有郭沫若主编的《中原》、茅盾主编的《文艺阵地》、叶以群主编的《文哨》等。这一阶段,诗歌报刊的创办也是方兴未艾。重庆本地的诗歌相关刊物就有《沙龙》《山城》《春云》《诗报》《新蜀报》的文艺副刊《文种》等。《春云》1936年冬筹创,1938年底终刊,其间出刊24期,内容有诗歌、小说、散文、剧评和评论等。1937年5月李华飞接办《春云》,力邀郭沫若、王亚平、覃子豪、任钧、柳倩等诗人撰稿,刊物的诗歌因素得到加强。

抗战时期刊登诗歌的刊物种类繁多,其中,专门的诗歌刊物有:

《诗报》,于1938年12月16日由李华飞、郝威、张天授等人创刊,为半月刊,是抗战时期重庆最早的专门诗歌刊物,主要撰稿人有李华飞、严华龙、张天授、覃子豪、佳禾、曾艺波等。在《诗报》的试刊号上,严华龙执笔的《我们的告白书》一文对外宣示了该刊的创刊目的和宗旨:"诗歌,这短小精悍的武器,毫无疑问,对抗战是有利的。它可以以经济的手段暴露出敌人的罪恶,也能以澎湃的热情去激发民众抗战的意志。"

《诗文学丛刊》,1945年12月创办于重庆,邱晓崧、魏荒弩主编。此刊先后出版两辑:《诗人与诗》《为了面包与自由》。

《诗垦地丛刊》,1941年11月创刊,邹荻帆、姚奔主编。

《诗丛》,1942年3月创刊,宋瑚、晏明、菲北等主编。其宗旨是:在抗日战争旗帜下,团结广大诗人及青年作者,发表讴歌抗战和反映现实生活,揭露黑暗,向往光明的各种题材的作品。

《中国诗艺》,1938年创办于长沙,1941年6月在重庆复刊,徐仲年、徐迟、袁水拍、常任侠等任主编。该刊遵守"内容与艺术并重"的选稿原则,邹荻帆、冯至是其主要撰稿人。1941 年 10 月出至第 4 期停刊。

《诗垦地》,1942 年 2 月 2 日创刊,曾卓、邹荻帆、姚奔任主编。后来成为《七月》停刊后七月诗派的重要阵地,直到 1943 年 5 月 29 日出至第 25 期终刊。

《诗家丛刊》,1942 年 9 月在重庆创刊,1944 年 9 月停刊,停刊后又由王亚平等成立春草诗社,创办《诗家丛刊》。该刊团结进步诗人,宣传抗日爱国思想,具有进步意义。该刊共出三辑:《诗人》《星群》《不凋的花》。

《诗焦点》,约于 1942 年、1943 年上半年创刊于重庆,出至第 2 期后停刊。重庆《国民公报》的诗歌副刊,李岳南主编。主要撰稿人有李岳南、孙艺秋等。该刊以宣传抗日反蒋和民主运动为宗旨,刊物风格偏重民族化,主张形式上的多种尝试和探求。

《诗前哨》,1944 年 7 月创刊于四川万县,湛卢、穆静、东英、斐然、周昌岐等编辑,交万县读者书屋和重庆五十年代出版社经售。郭沫若为封面题字。系 32 开本诗歌丛刊,出了两辑后,于 1944 年 11 月停刊。第一辑为《诗前哨》,第二辑为《收获之歌》。

《诗羽》1945 年 2 月创刊于四川万县,诗羽社主编兼发行,不定期。撰稿人有斐然等,1945 年 7 月停刊,共出 2 期。

《诗文学》,前身为《枫林文艺》,1945 年 2 月创刊于重庆。同年 5 月停刊,共出版 2 期。

《诗叶》,晚报式的不定期刊物,1945 年 2 月创刊于重庆北碚,共出了 4 期。被查封而停刊。

《诗座》,1943 年创刊于重庆,出版 1 期。

《突兀文艺》,月刊,1945 年创刊于重庆,是重庆北碚兼善中学校刊。此刊以发表诗作为主。1945 年 4 月停刊,共出 4 期。

以上 14 种专门的诗歌刊物,占了重庆抗战时期文艺期刊总数的三分之一,可见诗人们创作的大量诗歌大都能呈现在期刊载体上与读者见面。但这些专门的诗歌刊物存在的时间相对较短,故而影响有限。这与其发行量小,题材也只局限于诗歌,客观上造成的读者的单一不无关系。当然,也有一些期刊是因为办刊经费不足,资助中断,政府查封等原因而停刊。

同时期更有许多综合性文艺期刊成为报刊媒介场域的重要组成部分,它们开辟出了大量版面贡献给诗歌这种极富战斗性的文体,发表了许多诗歌、诗评、诗论,为重庆抗战时期的诗歌发展作出了重要的贡献。

《抗战文艺》,1938年5月4日创刊于武汉,中华全国文艺界抗敌协会总会的会刊。1938年10月武汉失守,在重庆复刊。1946年5月4日终刊于重庆。8年内共出版了正刊、特刊77期。先后由茅盾、楼适夷主编。在发刊词中曾说:"文艺——在中国民族解放斗争的疆场上,一位身经百战的勇士!"前期强调文艺必须服务于抗战,以求实现"强固文艺的国防"这一目的。后期,进行了办刊宗旨的全面调整,主张"抗战文艺当把握建国意识"。

《文艺阵地》,1938年4月16日创刊于广州,茅盾编辑兼发行,生活书店总经售,16开本,半月刊。自2卷7期起,由于茅盾去新疆,由楼适夷编辑,至第5卷改出《文艺丛刊》,24开,共出两辑。自6卷1期起迁重庆出版,组成编委会,编委有以群、艾青、沙汀、宋之的、章泯、曹靖华、欧阳山等。改为月刊,16开本,具体由孙罗荪、叶以群执编,出至7卷4期停刊。后又续出《文艺新辑》丛刊,24开本,共出3辑。1944年3月停刊。6年内共出版63期。本刊特意开出"诗抄"这一栏目来刊载诗歌。

《青年文艺》,新1卷共6期,出刊期从1944年4月至1945年2月。由青年文艺社编辑并出版。发行人罗洛汀,由重庆新知书店、桂林新知书店经售。《青年文艺》原在桂林印行,但《青年文艺》新1卷与桂林《青年文艺》虽然同名,其实在内容与人事上都没有什么关系。它是在《文艺阵地》被国民党查禁,出版困难的情况下,由邵荃麟、葛琴同志设法取得了已停刊的桂林《青年文艺》的登记证,到重庆重新出版"革新号",继续《文艺阵地》担负的任务。所以,《青年文艺》新1卷与《文艺阵地》有一条明显的承续线索。

《七月》和《希望》是同一个杂志的两个阶段,均由胡风编辑。《七月》1937年9月11日创刊于"八一三"后战火弥漫的上海,初为16开本的周刊,印行3期后迁武汉。在武汉以16开本的半月刊,印行18期后撤退到重庆,直到1939年7月复刊出第4集第1期(月刊),1941年9月出至第7集1、2

期合刊时停刊。1945年12月续出《希望》，艺术风格与《七月》一致，1946年10月18日《希望》出到第2集第4期时停刊。《七月》与《希望》的作者主要是"七月派"作家群。尤以诗歌见长。

《文学月报》，于1940年1月15日创刊于重庆，罗荪编辑，读书出版社发行，16开本，月刊，出版至第3卷第2、3期合刊，被迫停刊。主要作者有欧阳山、戈宝权、宋之的、葛一虹、张天翼、光未然等。

《天下文章》，1943年3月创刊于重庆，编辑吴熙祖、周彦、徐昌霖，实际长期由徐昌霖负责。发行人戴行遥、唐彝。《天下文章》是选编性的综合杂志，选入者三分之二是当时名刊物已发表过的文章，三分之一是新写之文。《天下文章》出2卷12期后于1945年6月终止。

《中原》，1943年6月创刊于重庆，郭沫若主编，群益出版发行。16开本，月刊，是注重文艺理论的刊物。第1卷出了4期，第2卷出了两期即停刊。主要作者有茅盾、阳翰笙、闻一多、蔡仪、徐迟、力扬等人。

《文哨》，1945年5月4日创刊于重庆，叶以群编辑。16开，月刊，出至第1卷第3期后停刊。主要作者有茅盾、郭沫若、袁水拍、徐迟等。

《中原——文艺杂志、希望——文哨联合特刊》是抗日战争胜利后，复员期间，各个杂志迁移和停刊时候，由《中原》《文艺杂志》《希望》《文哨》等4个杂志联合出版的临时性特刊，共出版了6版。主要的作者有茅盾、何其芳、叶圣陶、艾芜、老舍、郭沫若、陈白尘等。

《萌芽》，中华全国文艺协会重庆分会白年纪兼发行，重庆三联书店经售，1946年7月15日创刊，月刊，共出版4期。是中华全国文艺协会总会迁上海，重庆分会成立后的机关杂志。

《弹花》，文艺月刊，由赵清阁主编。1938年3月15日创刊于武汉，1941年8月中迁于重庆。共出了19期。该刊前10期由华中图书公司出版发行，后9期由赵清阁自筹经费出版。撰稿者有赵清阁、老舍、老向、谢冰莹等。

《抗到底》，于1938年1月1日创刊于武汉，老向编辑，君文发行，16开本，半月刊。偏重通俗文艺的倡导。该刊从第10期起，由何荣编辑，君文发行。从第15期起在重庆出版发行，由何荣编辑，王向辰（老向）发行。出至第

26期停刊。

《时与潮文艺》,1943年3月15日创刊于重庆,是战时重庆的一份综合性文艺刊物。终刊于1946年5月15日,历时三年零两个月,共出版5卷,26期。由孙晋三编辑,齐世英发行。

《文艺月刊》,中国文艺社主办,正中书局出版,1931年创刊于南京。抗战爆发后,1937年10月改版为《文艺月刊·战时特刊》,1937年从南京迁往武汉,1938年6月迁到重庆,1941年11月停刊。前7卷由王平陵负责,从第8卷起成立编委会,名义上由徐仲年主编,汪辟疆、宗白华、王平陵任编委,实际由王平陵、徐仲年负责。偏重于文学理论与文学评论,外国文学评介,与抗战生活相关的作品减少。

除以上期刊外,还有《文坛》《文艺先锋》《文艺杂志》《文艺青年》(文化新闻文艺副刊)《文艺春秋》《文风》《文风杂志》《文学修养》《微波》《浪花文艺季刊》《火之源文艺丛刊(火之源)》《文学》等文学期刊。

除综合性的文艺期刊外,还有大量报刊的文艺副刊也献出版面来发表诗歌与诗论,其中文艺副刊主要有:《新华日报》的文艺副刊《团结》《新华副刊》,《大公报》文艺副刊《战线》《文艺》,《新蜀报》文艺副刊《新光》《蜀道》,《新民报》文艺副刊《血潮》,《商务日报》文艺副刊《文艺战线》,《国民公报》文艺副刊《文群》[①]等等。

随着1941年太平洋战争的爆发,进入抗战后期,不仅重庆新办报纸的数量达到了110家,其中抗战前期为44家,抗战后期为66家;重庆新创办文艺刊物的数量也达到了50家,其中抗战前期为17家,抗战后期为33家。抗战后期,随着商务印书馆、中华书局的迁渝,作家在重庆自办出版社掀起热潮,数量达到120家左右。与此同时,还出版了120种以上的文学丛书,这对重庆诗歌甚至是中国现代诗歌的社会传播都作出了不可磨灭的贡献。

报刊媒介因文化资本的形式有别于政治、经济场域而获得了自己的独立性,但这是一种相对独立,文化的生产必然会受到当时社会政治环境和经济

---

① 靳明全主编:《重庆抗战文学论稿》,重庆:重庆出版社,2003年,第42页。

环境的影响和制约。报刊媒介的信息传播实践是由传播者、传播信息、受众者和与其相关的传播机构来共同完成的。抗战以来，国民党为了维护自身的政治权力，制定了一系列法规、法律、法令。建立起战时审查制度，预先检查成为战时审查的基本前提，原稿审查是战时审查的主要特征，根据书刊的政治倾向来决定查禁与否成为战时审查的重大举措。国民党利用其政治权力在文艺政策上施加了巨大的压力，使当时的文艺报刊不得不受到其制约。在抗日战争爆发之前，那些追求"纯诗"的诗歌生产者，他们的生产可以说只是面对文化精英，同时这些生产者也是需求者，他们需要这些精英分子也生产出同样有艺术价值的诗歌作品。那么，刊登在报刊上的诗歌便是一种只为少部分人，甚至是同人刊物内部生产的。这时报刊媒介场域的自主性是比较高的。但抗日战争爆发后，社会各界空前团结，在文艺界的号召下，文学家们纷纷转向写大众的通俗的诗歌作品，这种诗歌的生产则更多地受到了政治场域的影响，从而使报刊媒介场域从原来自主性相对较高转变为自主性相对较低的大规模生产场域。在转变的过程中，报刊媒介场域主要是受到了社会政治环境的影响，从而降低了自身的自主性，而这种转变也正说明每一个场域的存在是不可能完全自主的。

媒介场域并不是一个静态的客观关系网络，它是由各种势力通过较量和斗争而形成的关系网络，是各种力量较量和汇聚的场所。在这个场所内部，各种力量的较量、转变的原动力"在于它的结构形式，同时还特别根源于场域中的相互面对的各种特殊力量之间的距离，鸿沟和不对称关系"。[1] 场域内部的斗争发生在已经确立有利地位的"行动者"和"新进入者"之间，在这两者之间争夺的就是有价值的支配性资源。每一个场域有不同形式的资本，都有各自占主导地位的资本，有多少个场域就有多少种形式的资本。在报刊媒介这个场域中，资本的形式被符号化，但这种被符号化的信息必须被传达出去才能算是一个完整的传播过程，也才能逐渐地形成一种有利于抗战的文化氛围。而这时，谁能占有更多的版面，谁就能拥有更多的传播空间，从而占领报

---

[1] 丁莉：《媒介场域：社会中的一个特殊场域》，《青年记者》，2009 年 3 期。

刊媒介的有利位置,成为文学发展的主导。抗战诗歌作为一个新的进入者,它试图通过自己的行为,获得更多的版面,从而确立自身在场域中的主导位置。在报刊媒介场域上各种文体相互争斗,抢夺着不多的版面。对于抗战诗歌来说,在它最初进入报刊媒介场域时,最强劲的对手无疑是抗战前期那些多抒发自我感情的现代主义诗歌。

大后方抗战诗歌的最初发生,和全国的抗战诗歌一样,都面临着对20世纪20、30年代的现代主义诗歌的挑战。自五四以来,面对旧诗,新诗以强劲的势头迅速占领了报刊媒介场域的主导地位。在旧诗与新诗发表空间的争夺中,由于这两者在形式、语言等方面的区别很大,新诗自然能以其清新之风给大众带来新鲜的感觉。新诗的不断发展,使诗歌出现了多种风格,有以闻一多为代表的格律诗,以李金发为代表的象征诗,以戴望舒为代表的现代诗,还有以殷夫、蒲风为代表的现实主义诗歌。前面三种形态的诗歌大多是诗人在接受中国新诗艺术的同时,更倾向于在20世纪兴起的西方现代主义中寻找经验。这些具有浓厚现代主义色彩的诗歌更多关注自我内心的感受,注重表现自我幻灭的感觉。与这些现代主义诗歌形成鲜明对照的是现实主义诗歌。随着阶级矛盾和民族矛盾日益尖锐,关注现实的诗歌作品越来越多。左联发起的中国诗歌会以注重诗歌的现实性、提倡诗歌的大众化为主旨,就是对五四新诗浪漫的、感伤的、空泛的、不切实际的浪漫主义弊端的反叛。从30年代的新诗格局来看,则存在着现代主义诗歌与现实主义诗歌两股潮流的并峙局面。抗日战争爆发,中国严峻的社会现实改变了现代主义诗歌和现实主义诗歌在报刊传播空间的位置,甚至可以说,抗战爆发后,几乎所有报刊上的诗歌都是与抗战有关的现实主义诗歌,而那种私人性的、神秘性的、陌生性和朦胧晦涩的现代主义诗歌,已经完全让位于与抗战有关的诗歌,使抗战诗歌在报刊媒介中占有大量的传播空间。如胡风在《略观抗战以来的诗》(《抗战文艺》第3卷第7期)里提到现代派的诗"无内容有'新'的形式,以形式来挽救内容的空虚,使人见了似懂非懂,好像非常玄妙似的。这是积极的形式主义。这些,在战前是存在的,但战后大半消失了。因为它无法表现今天的情绪与现实生活"。这段话也表明抗战诗歌版面争夺的胜利。这胜利得力于两个方面。一方面由于报刊媒介场域的中介性,报刊媒介场域作为社会这个大场域中的子场域,它并不是独立的,它与政治场域、经济场域、公众生活场域存在着密切的联系,同时它还是联结其他场域的纽带。所以它具有其他场域所没有的中介性特征。凭借着这一特性,它可以进入到其他场域,通过对传播信息的垄断作用于其他场域,但同时它也受到其他场域的影响。此时的报刊媒介场域则是受到了政治场域、经济场域和公众生活场域的影响,使其内部的权力发生了变化。抗战爆发,全国人民奋勇抗敌,诗人们的"纯诗"艺术与时代要求出现了不可调和的矛盾,二三十年代的"新月"派、象征派、"现代"派的诗人们,在抗战现实的感召下,加入到现实主义诗歌创作的道路,如何其芳、戴望舒、卞之琳、李广田、方敬、徐迟、穆木天等。何其芳这位以婉约幽渺的诗风而倾倒无数青年男女的田园诗人,在抗日战争的炮火硝烟里,走出精美细致的唯美主义的艺术之塔,他刊发在《中原、文艺杂志、希望、文哨联合特刊》第1卷第3期上的《新中国的梦想将要实现》和发表于《青年文艺》的《都市》等诗歌都可以看出他的诗歌不仅在内容上与他战前的诗歌有了显然的不同,就是在语言上也有了明显的变化。

  大后方抗战诗歌总体上呈现出鲜明的时代特色、强烈的现实性和空前强化的政治意识,这也是抗战诗歌独特的审美价值取向。正是在政治场域的影响下,大后方抗战诗歌在报刊媒介场域中获得了传播空间的主导地位。这种主导性可以从期刊上刊载的抗战诗歌的数量来加以证明。由于相关资料有限,以下数据都是在《抗战文艺报刊篇目汇编》中查阅的结果:

  《抗战文艺》68期期刊上刊发的105首诗歌全部是与抗战有关的诗歌。其中有伍禾的长诗《檄日本飞行士》,锡金的《疯妇人》,厂民的《榴花》,力扬的《白面包与肉类是有毒的》,鲁藜的《想念家乡》,王平陵的《觉醒吧!出卖祖国的奴役!》,艾青的朗诵诗《反侵略!》,臧克家的《送战士》,高兰的《鸡公山!你多么年轻》,厂民的《挥起正义的利剑》,黄药眠的《我怀恋着莫斯科》,任钧的《谢谢敌人》等。

  《文艺阵地》56期共刊发了与抗战有关的诗歌200多首。这些诗歌有林林的《炸弹片》《战尸的愁都》,力扬的《听歌——再给M君》,王亚平的《反抗的铁流》,臧克家的《乡村风景》,艾青的《这是我们的》《荒凉》《捉蛙者》,邹荻帆的《走向北方》,田间的《小鬼》《进行曲》,田汉的《香港线》,厂民的《路》,黄凡的《陇海线上》,黄药眠的《囚徒之春》,向青的《莫记住我,母亲》,曹葆华的《题未定》,黎焚熏的《受难者》,李育中的《今之渔家》等。

《七月》与《希望》共 38 期,发表 226 首与抗战有关的诗歌。这些诗人诗作有高荒的《敬礼》,艾青的《火的笑》《他们起来了》《乞丐》《向太阳》《人皮》《骆驼》,胡风的《血警》《给怯懦者们》,萧军的《伸出我们真诚的手臂》,邹荻帆的《江边》,田间的战地抒情小诗《棕红的土地》《这年代》《回忆着北方》《自由,向我们来了》,蓬麦哲的《归来啊,北平》,田间的《给战斗者》《儿童节》《荣誉战士》,林稍的《春之歌》,袁勃的《五月的歌》,孙钿的《迎着初夏》。在《希望》上更是有专门的诗集来刊发抗战诗歌,如冀的《寒冷》诗集、绿原的《破坏》诗集、胡征的《白衣女》诗集、鲁藜的《夜行曲》诗集、朱健的《低云季》诗集等等。

《文学月报》共 13 期,刊发了 48 首与抗战有关的诗歌。此刊还有专门的诗特刊或诗选辑,如第 1 卷第 4 期有马雅可夫斯基逝世 10 周年纪念特辑,第 2 卷第 3 期有鲁迅先生逝世 4 周年纪念特刊和诗人莱蒙托夫 126 周年诞辰纪念特刊等;第 2 卷第 4 期有专门的诗选辑,刊载了石星的《祭歌》、力扬的《播种》、厂民的《夜织》等。此外在《文学月报》出现的诗人诗作有力扬的《他们战斗在西班牙》,戈茅的《红鼻子和老马飞故事》,高兰的《夜行》,方然的《离延河》,风涛的《黄河夜渡》,王亚平的《血的斗笠》,曾卓的《来自草原上的人》,雪伦的《雾的黎明》,鲁藜的《为着未来的日子》,方殷的《战地散歌》,林间的《野火》等。

《天下文章》11 期,有 44 首与抗战有关的诗歌。其中有专门的诗刊、诗页、诗丛专栏来刊载诗歌。在创刊号上诗丛刊发有艾青的《迎》,邹荻帆的《春天的歌》、曾卓的《野蔷薇》、彭燕郊的《清晨》,还有任钧的《经济诗篇》、姚奔的《梦的抒情曲》、朱昊的《向生之歌》、何其芳的《诗六首》、袁勃的《雁的故事》、臧克家的长诗《第一朵悲惨的花》、王亚平的《纪念诗人节》、禾波的《蛙》等。

抗战诗歌在报刊上刊发以来，所负载的便是一种代表大众的公共内涵，大众的阅读成为它的最终旨归。与只为了抒写自己的幻想、情感的现代主义诗歌是决然对立的。现代主义诗歌虽然之前占有报刊版面的主导地位，但毕竟受众有限。报刊作为一种传播媒介，本就是大众的代言人，刊发于上面的传播信息自然也应具有某种公共内涵，特别是在抗战时期，报刊被社会赋予的责任感更要求凸显出这一特点。与现代诗歌相比，抗战诗歌的语言更能让大众接受，内容更能被大众所理解，并且这时期的抗战诗歌，都带有一种对公众的鼓动功能。读者只要一读到这些诗歌，便会热情澎湃，希望能够到抗战前线去参加战斗。如田间在《七月》第1集第6期上发表的《给战斗者》中的诗句："我们/必须/拔出敌人的刀刃，/从自己的血管。/我们/战斗的/呼吸，/不能停止；/血肉的/行列，/不能拆散。"这首诗歌，格调高昂，激情澎湃，乐观向上，富有极强的鼓动性。鼓动全体人民起来向日本帝国主义者奋起抗争。语言明白晓畅，浅显易懂，能够被大众所接受。在抗战时期，为了使诗歌能让中国民众看懂，让诗歌真正地走向民间，抗战时期的诗人们从各方面进行着诗歌的大众化努力，使诗歌担负起时代赋予它的历史使命。从这一方面来看，抗战诗歌的自身特点也决定了它与那些"私人"的现代主义诗歌的争夺中取得绝对的胜利，从而在传播空间中占有绝对的主导地位。

抗战这样特殊的时代环境，较为开明的文化政策，有众多发表的刊物，加上诗人就诗歌问题频繁举行座谈讨论等活动，交流增多，理论建设的跟进，抗战时期西南大后方诗歌创作空前繁盛，诗歌的创作群也空前壮大，不仅有诗人等文学作家，还有教授、学生等知识分子，也有党军政界的各路人士。这时期西南大后方的诗人群星荟萃，除了一批早已在二三十年代就已经声名远播的作家先后来到重庆、昆明、桂林等西南大后方，还有一些在抗战烽火中声名鹊起的年轻诗人，比如七月诗派成员曾卓、邹荻帆等，还有因朗诵诗成名的高兰、光未然，30年代驰骋左翼诗坛的王亚平、柳亚子、任钧等也来到重庆。在浓厚的诗歌氛围中，重庆诗坛还涌现出一批诗坛新秀，如以方言诗闻名的沙鸥，50年代引领台湾现代诗探索的覃子豪，还有李华飞、玲君、张天授、穆仁、严华龙等，"八年抗战，激愤的大后方诗人，这群民族的精灵和先驱，忍着心灵的巨大创伤,或挥笔呼号,或办刊呐喊,或投笔从戎,用自己的血、泪、汗谱成了一曲曲悲壮的民族精神的颂歌,写下了一首首不朽的民族抗争的史诗"。①很多诗人都出版了诗集,如郭沫若的《战声集》《蜩螗集》,艾青的《雪落在中国的土地上》《北方》《向太阳》《他死在第二次》《吹号者》《火把》等,胡风的《为祖国而歌》,臧克家的《从军行》《泥淖集》《呜咽的云烟》等,方殷的《平凡的夜话》,臧云远的《炉边》《静默的雪山》《云远的诗草》等,任钧的《后方小唱》,绿原的《通话》,庄涌的《突围令》,徐迟的《最强音》《明天》,方敬的《声音》,王亚平的《生活的谣曲》《火雾》等。

抗战时期,大后方的众多报刊对抗战诗歌都给予了足够的版面空间,如《七月》可以说是诗歌的聚集刊物,设有诗专辑、诗集等栏目专门刊载诗歌,仅第6集第4期的诗专辑就用了8个版面刊载,刊载了罗罔的《种子》、鲁莎的《滚车的人》、孙钿的《行进》、艾漠的诗集《跃进》、彭燕郊的诗集《风云草》等诗歌。《天下文章》刊载任钧的一首诗歌《经济诗篇》花了一个版面,邹荻帆的诗歌《城市》、江村的长诗《旷野的悒郁》、姚奔的《梦的抒情曲》、朱昊的《向生之歌》花了三个版面。《文学月报》刊载方然的《离延河》一首诗歌就花了两个版面,李雷的《汾河湾的故事》就整整用了两个版面,风涛的《黄河夜渡》也用了一个版面,曾卓的《来自草原上的人》占了一个版面,王亚平的叙事诗《血的斗笠》占了两个版面,王春江翻译马雅可夫斯基作的诗歌《好》占了三个版面,穆木天译的马克科夫斯基著的《呈给同志涅特》占一个版面,铁弦译的江布尔的诗歌《我的故乡作》三个版面,郑思的《修河底流》用了两个版面,枫林的《走向明天》用了一个版面等等。这里仅举了几个期刊的例子加以说明,其他更多刊物对抗战诗歌的发表也都不吝啬于版面。

报刊除了刊登诗人的诗歌外,还发表有关于诗人、诗歌活动、诗集的出版等各个方面的信息。有专门的栏目介绍诗人诗集的出版情况,如《文艺阵地》第2卷第7期刊有信息:"《恋歌》诗选第一集每册十元、《十年诗草》卞之琳著每册十五元、《诗家》丛刊第一集每册六元、《若干人集》胡明树编每册五

---

① 黄子建:《悲壮的民族史诗——抗日战争时期大后方诗坛观略》,《文史杂志》,1988年6期。

元、'七月诗丛'1.《为祖国而歌》胡风著每册五元、2.《向太阳》艾青著每册五元、3.《无弦琴》SM 著每册六元、4.《旗》孙钿著每册五元五角、艾青诗集《旷野》每册八元。"从诗集的出版繁荣可以看出诗歌创作繁荣,同时也给读者提供了诗歌的信息来源。《文学月报》有栏目《文坛备忘录》,专门给读者提供关于诗人及诗歌活动的信息,如第 1 卷第 4 期:"姚雪垠、臧克家等均已有前方返抵老河口……2 中国戏剧音乐出版社近拟发刊《诗歌连丛》一种,每两月出版一期,每期约三十二开本一百页……第一册将刊载一座谈会记录,讨论问题为诗歌民族形式问题。"第 1 卷第 3 期的《文坛备忘录》有信息:"全国文艺界抗敌协会,入冬以来,工作至为紧张。最近召开两次晚会,一次为讨论战地文艺工作问题,报告及讨论极为详整。一次为诗歌晚会,论题为《如何开展我们的诗歌运动》,并有朗诵等节目。"刊物对这些诗歌活动进行宣传、传播,能够使消息不仅在知识分子间传播,更是让广大的受众能够了解这些信息并关注、参与进来,扩大了读者受众的视野。

二、朗诵诗与《大公报》等相关刊物

新诗朗诵从新诗的诞生以来就一直被诗人们探讨实践着,20 世纪 30 年代初中期,进行朗诵诗探索的一些所谓的纯诗诗人。对此,沈从文在《谈"朗诵诗"》[①]中介绍过两个诗会:一个是在"北平后门朱光潜先生家中按时举行",参加的人有梁宗岱、冯至、孙大雨、罗念生、周作人、叶公超、废名、卞之琳、何其芳、徐芳、朱自清、俞平伯、王了一、李健吾、林庚、林徽因等,几乎囊括了整个北平诗坛的纯诗追求者;另一个是中国风谣学会在中南海的读诗会,参加的有胡适、顾颉刚、罗常培、吴世昌、徐芳等人,他们读新诗,也进行民歌、小曲等的配乐演奏实验。这些朗诵活动为抗战诗歌的大众化追求奠定了基础。像柯可这种有大众化诗学倾向的诗人就已经注意到这时期诗歌朗诵的方式和经验对诗歌大众化的借鉴作用,柯可曾明确提出,朱光潜朗诵小组诗

---

① 沈从文:《谈"朗诵诗"》,《星岛日报》"星座"副刊,1938 年 62—66 期。

歌朗诵取得的经验,应该为汉口等地的诗歌朗诵者所吸取。①

抗战爆发后,为实现诗歌大众化目的朗诵诗运动迅速在全国范围内扩散,较早产生影响的是1937年10月19日在武汉举行的纪念鲁迅逝世周年大会上,这次活动,诗人们比如柯仲平、高兰、萧红、王莹等不仅积极参加,而且及时进行了理论探讨和总结。1938年10月,汉口失守之后,众多文艺工作者涌入重庆,在山城掀起了声势浩大的朗诵诗运动。在抗战大后方的中心重庆的诗歌朗诵运动成为了诗坛的主流,诗歌朗诵的目的不再是文人在书斋的自娱自乐,而是要让诗歌为大众普遍接受,从而为宣传全民族统一抗战贡献力量。"诗歌朗诵,要只是沙龙里的玩意儿,那是没有意义的。诗歌朗诵,是要使诗歌成为大众的东西才行。诗歌朗诵,是必须深入民众,使诗歌从诗歌作者的书斋里,到了街头,才行"。② 朗诵显然成为了诗歌实现大众化的一种方式了。

第一个鲜明提出要致力于朗诵诗创作和开展朗诵诗运动的是穆木天,"在这大时代中,我们要尽量地抒发我们抗战的感情,但是,那种感情不应是狭隘的个人感情的复活,而应是伟大的民族集体的英勇的情绪。同时,更是要把它的触手伸入穷乡僻壤,这就是我们所要求的朗诵运动和大众化运动。"③穆木天是《时调》的主编,《时调》和"时调社"成员也相应成为了朗诵诗运动和大众化运动的极力推广者。很快,朗诵诗运动迅速在全国范围内风行一时,重庆、桂林、昆明等大后方经常举行各种形式的朗诵诗活动,次数人数之多,规模之大,领先全国。抗战诗歌朗诵运动中诞生了"朗诵诗"概念,"朗诵诗"这个概念有双重含义,首先特指一种以朗诵新诗为主要手段,作为宣传工具和政治活动形式,为现实斗争服务的抗战诗歌运动。由于所处的时代背景,"朗诵诗"有着它特定的历史价值,是抗战文学运动的一种形态。其次,"朗诵诗"也指称一种为诗歌朗诵活动而写作的新诗文体形式,创作过程中主要以听众心理需求为依据,决定了其大众化与民族化语言表演形式的鲜明

---

① 柯可:《论朗诵诗》,《星岛日报》"星座"副刊,1938年10期。
② 穆木天:《诗歌朗诵与诗歌大众化》,《时调》,1938年3期。
③ 穆木天:《诗歌朗诵与诗歌大众化》,《时调》,1938年3期。

特征。

　　朗诵诗运动是抗战时期文艺大众化掀起的第一个浪潮,成为文艺为战争服务探索的先锋。一方面是时代的呼唤,更深层的是新诗艺术发展内在的需要。首先,是抗战选择并成就了朗诵诗运动。抗日战争爆发后,全民同仇敌忾,战争的胜利成为全国军民至高无上的目标,这时宣传就显得尤为重要,战争形势的上传下达,坚定全国军民对战争胜利的信仰等等,这都需要文艺发挥宣传和教育功能,完成时代赋予文艺的历史使命。"'文艺的本质就是宣传',在平时颇有一部分人不肯相信,甚至加以攻击,到了战时却愈见显示着这是道破了一片真理……真的,无论你是赞成或反对,文艺的本质不外是宣传。"①如何进行宣传,这是摆在文艺工作者面前的现实难题。诗人们根据诗朗诵运动的前期效果,分析朗诵诗在文艺大众化中显著的优势,很快选定朗诵诗作为突破。"诗歌工作者要负起抗战时期的伟大的救亡的任务。要号召光明和胜利的企求,要打破诗歌自身的厄运,非得替诗歌另找一条出路不可,新的表现方式和传播方法有一个,是朗诵","诗歌能朗诵,将能发展它的新前途,能朗诵的诗歌可以成为我们的最好的表现的形式,能朗诵的诗歌可以促进一部分沦落了的诗歌的新陈代谢。"②锡金认为诗歌与口语相关联使诗歌有了通达民众最直接的途径。另一方面,从诗歌的特质和本源来看,朗诵诗运动也是诗歌本质的一种回归。新诗发展初期,重视诗歌观念的建设,无论是白话入诗,还是平民文学的提出,无不掺入了更多意识形态的内容,而朗诵诗更多的是从诗歌音乐性本质出发,从诗歌本身出发,尽管也是出于宣传目的,但是这对诗歌本身来说,是可以促进诗歌向前发展的。抗战初期,救亡歌曲的盛行,也刺激了朗诵诗的产生。还有国外诗歌朗诵运动的刺激,很多留学国外的诗人早已见识过国外的诗歌朗诵运动,对中国诗人倡导诗歌朗诵运动产生最直接影响的就是苏联的高尔基、马雅可夫斯基、叶赛宁等等,这些都是享有盛誉的朗诵诗人。

　　20世纪30年代新诗大众化成为诗歌界迫切的要求,但很多诗人依旧留

---

① 郭沫若:《文艺与宣传》,《大公报》,1938年3月27日。
② 锡金:《诗歌和朗诵》,《文艺月刊》,1937年第20期。

恋于诗歌的象牙塔,使新诗远离现实。针对诗坛的这种现状,李健吾在《论诗与诗人》一文中引用何其芳的观点点明抗战时期提倡朗诵诗的紧迫性与必要性:"第一,想补救已经快与口语分家的新诗的缺点,第二,想使新诗获得更多的群众。第三,想使新诗同样负起抗战中宣传的责任",同时也意识到"朗诵诗不是歌谣,它也不能代替全部的新诗"[1],表明提倡朗诵诗旨在为新诗大众化发展提供一个新的路向。

虽然在抗战初期对朗诵诗是否是一种新兴的诗体存在争议,但是随着朗诵诗创作与实践的深入展开,朗诵诗从内容、形式、语言、韵律等方面呈现出与其他诗体异质的文体特征,不仅证明了它作为一种独立诗歌样式存在的可能,也表明它是抗战时期鼓动群众积极抗战的最合适的文体形式。首先,朗诵诗在内容上着重选择现实题材,自觉地将自我情感与大众相连,具有强烈的现实性。而朗诵诗"可朗诵"的特性又使它必须具备强烈而浓郁的抗战情感,极具感染力。其次,为了自由而不受约束地表现诗人强烈、现实的情感内容,朗诵诗在形式上多数采用易于被大众接受的自由诗形式。然而,语言在诗歌文体要素中居于首要地位。对朗诵诗而言"能否朗诵,第一就在这文字上的是否通俗化"[2],朗诵诗的"朗诵"主要面向抗敌民众,而他们中有百分之八十不识字,因此高兰还提出:"这不仅是通俗化而已,更是口语化,同时为了配合特殊的环境,在必要时还可以用方言土语,才能发挥其更大的效能"。[3]最后,就韵律方面,朗诵诗一定要有韵律。韵律使朗诵诗不仅易于上口,易于记忆,还可以增强诗歌的朗诵效果,"特别是给没有受过教育的大众朗诵时,有韵的诗歌,一方面便于他们的记忆,一方面又增加诗歌的感染力。"[4]朗诵诗独特的文体特征使它在抗战环境中得以生存、发展,致力于为抗战宣传,逐渐备受关注。

下表是笔者搜集的当时关于朗诵诗的理论文章,从表中可见当时朗诵炙

---

[1] 李健吾:《论诗与诗人》,《大公报》,1939年1月10日。
[2] 高兰编:《诗的朗诵与朗诵的诗》,济南:山东大学出版社,1987年,第21页。
[3] 高兰编:《诗的朗诵与朗诵的诗》,济南:山东大学出版社,1987年,第22页。
[4] 高兰编:《诗的朗诵与朗诵的诗》,济南:山东大学出版社,1987年,第31页。

手可热,众人皆谈。

刊物	时间	题目	作者
《时事新报》	1939.1.15	《谈"朗诵诗"》	梁宗岱
《时事新报·学灯》	1939.1.15	《朗诵诗论》	王冰洋
《战地》	1938(1)	《朗诵的诗和诗的朗诵》	高兰
	1938(1)	《从朗诵诗谈起》	吕骥
	1938(3)	《关于诗歌民歌演唱会·意见和感想》	沙可夫
	1938(3)	《关于诗歌民歌·诗歌民歌晚会记》	骆方
《时与潮文艺》	1945(2)	《诗的朗诵和朗诵的诗》	高兰
《文艺月刊》	1937.20期	《诗歌和朗诵》	锡金
《抗战时代》	2卷5期	《试论诗朗诵和朗诵诗》	韩北屏
《时调》	1937.3期	《诗歌朗诵与诗歌大众化》	穆木天
《大公报》	1937.10.23	《诗歌朗诵和高兰先生的两首尝试》	穆木天
《抗战文艺》	1938.4卷5、6合刊	《论诗歌朗诵的技巧》	李雷
《中央日报》	1941.5.30	《论新诗》	老舍
《战歌》	1938.1卷4期	《论诗歌朗读运动》	穆木天
《中国诗坛》	第3期	《为诗人打气》	茅盾
《抗战文艺》	1938.第3卷	《论诗的朗诵与朗诵的诗》	常任侠
《新华时报》	1938.8.30	《诗歌朗诵运动展开在前方》	臧克家
	1943.4.5	《高兰朗诵诗评》	史纲
	1943.7.1	《谈诗歌的朗诵》	郑林曦
《笔阵》	1939.7期	《朗诵与吟哦之别》	菲洛
桂林集美书店刊行	1942.7月出版	《诗歌朗诵手册》(著作)	徐迟
重庆美学出版社	1943出版	《戏的念词与朗诵的诗》(著作节选)	洪深

这些只是当时讨论朗诵诗的理论文章的一小部分,从刊物的类型之多,论者专业范围之广,可以看出,当时朗诵诗被赋予的时代使命是极其重大的。抗战时期这些理论文章主要就朗诵诗的几个重大问题进行了讨论:一是朗诵诗存在的意义,由于战时特殊的环境以及宣传的需要,朗诵诗成了大势所趋,所以这样的讨论呈现出一边倒形势,而且难以深入到诗歌自身层面;二是关

于朗诵诗内容的讨论,由于朗诵诗最大的特点是可朗诵性,诗人们普遍认为,朗诵诗的内容应该富有战斗精神,应该写"大我",表现时代精神;还有关于朗诵诗形式、技巧的讨论,特别是朗诵诗语言应该讲究韵律和利用大众语的问题。

抗战大后方的朗诵诗运动,除了诗人举行的诗歌朗诵活动,更有相关刊物的积极响应,在提倡朗诵诗的刊物中,《大公报·战线》是首要不可回避的。大公报创刊于1902年6月17日,由满洲人英敛之设馆于天津。其间几经曲折,并于1926年9月1日复刊。抗战爆发前后,上海版、汉口版及重庆版先后发行。《战线》和《文艺》一样,作为《大公报》的副刊于1937年9月18日在汉口发行第1号,直至1943年10月31日第996号,《战线》在重庆登出停刊启示,历时6年零1个月。作为《大公报》的副刊,《战线》影响力一直很大,即使在汉口战火纷扰的情况下,《大公报》也没有减少对《战线》的支持。《大公报》迁到重庆后,发行量接近十万份,居于各报之首。《战线》作为文艺副刊,比杂志有着更加独特的优势,抗战时期很多杂志限于物资匮乏而夭折,相比之下文艺副刊则因稳定的报纸资本支撑而更加长久,另外报纸广阔的销路也为文艺副刊争取了更多的读者,因此文艺副刊备受作家青睐。"传播媒介是文学活动中的重要因素,这种重要性首先表现为对文学的载负,其次表现为对文学的传输与撒播"[1],诗人借助传播媒介将作品推向读者,传播过程中只有作品的价值及诗人的风格被读者肯定、认可,诗人才可以实现自我价值的提升。抗战期间,《大公报》的《战线》是提倡朗诵诗运动用力最勤的刊物,发表了大量朗诵诗作,并发表了朗诵诗相关的理论论文数篇,有力推动了重庆诗歌朗诵运动,促进了抗战诗歌的大众化。

下表是重庆版《战线》上发表的所有朗诵诗和相关理论文章:[2]

---

[1] 张邦卫:《媒介诗学:传媒视野下的文学与文学理论》,社会科学文献出版社,2008年,第131页。

[2] 《战线》对朗诵诗的理论建设部分内容参见程艳芬《重庆版〈大公报〉文艺副刊的抗战诗歌研究》。

时间	作品	作者
1939.1.3	《迎一九三九》	高兰
1939.1.9	《不在逃亡》	钐程
1939.1.17	《我的家在黑龙江》	高兰
1939.2.16	《均县，你这水光里的山城》 《抗战歌谣》	臧克家 老向
1939.11.27	《黄河之水天上来》	光未然
1939.11.29	《因"招牌"想到》	知辛
1939.12.4	《这里是不是咱们的中国》	高兰
1939.12.6	《淮上吟》（上）	臧克家
1939.12.7	《淮上吟》（中）	臧克家
1939.12.8	《淮上吟》（下）	臧克家
1940.1.8	《明天的祖国》	任钧
1940.4.23	《老仆人的悲哀》	高兰
1940.12.7	《祝诗歌朗诵队成立》（论文） 《诗歌朗诵队成立大会记》（论文） 《论诗歌朗诵》（论文）	陈纪滢 姜桂圆 赵风
1940.12.10	《冬天来了》	高兰
1941.6.19	《战斗的笔——为纪念高尔基逝世五周年作》	王进册
1941.8.5	《新诗朗诵运动在中国》（上）（论文）	陈纪滢
1941.8.6	《新诗朗诵运动在中国》（下）（论文）	陈纪滢
1941.8.31	《八月的末尾》	高兰
1941.12.18	《反侵略进行曲》	高兰
1942.2.5	《寄征人》	文生
1942.3.29	《哭亡女苏菲》	高兰
1942.9.2	《崎岖的道路》（论文） 《季鸾先生与朗诵诗》（论文）	臧克家 高兰

备注：除注明是论文者，其余都是朗诵诗

从上表可以看出，在《战线》上朗诵诗的主要撰稿人有高兰、臧克家、任钧和光未然，这几个诗人都是当时朗诵诗最优秀的创作者，互有交往，名噪一时。高兰作为抗战初期诗坛的后起之秀,大部分诗歌发表在《战线》,并在《战线》的极力推介下逐渐成长为抗战时期朗诵诗运动中一名光彩夺目的领航人。而作为《战线》一直以来的编辑,陈纪滢也发表数篇文章,极力推崇高兰,鼓励朗诵诗的创作。高兰抗战时期出版的两本诗集《高兰朗诵诗集》和《高兰朗诵诗》的大部分诗作都曾发表在《战线》上。高兰的朗诵诗一般都是从个人的独特情感出发,关注现实人民的苦难、国家民族的命运。更为重要的是他用一种接近大众的方式表达出来,他写诗力求通俗易懂,"通俗化。更不是庸俗化,乃是深入浅出的,用极艺术的语言,极形象的文字,表达深邃的感情和深切的道理。这并不是一件容易的事,绝不是在字面上用几个大众间所流行的口语,甚至写几句粗劣的骂人话,就算通俗化大众文学了。相反的这需要更高度的文艺修养,和更为深广的生活知识"[①]。《战线》对高兰是极力推崇的,围绕着高兰的朗诵诗作过几回专门的介绍,穆木天不仅写过专文评述,还在《战线》上发表《赠高兰》,表达了与高兰的强烈共鸣。在《战线》上发表过的《我的家在黑龙江》和《哭亡女苏菲》是高兰朗诵诗中朗诵次数最多的两首诗,在当时传诵一时,至今也是名篇。40多年过去后的80年代,很多读者还不能忘情于《哭亡女苏菲》,应读者要求,《星星》诗刊于1980年5月又重新发表了此诗,可见其影响之深远。

抗战时期,在朗诵诗的理论建设方面,《战线》也作出了积极的探索。主编陈纪滢最早对朗诵诗的发展进行了全面梳理,他的《新诗朗诵运动在中国》(上、下)发表在《战线》第806号和第807号,从历时性与共时性的角度全景展望朗诵诗。全文分四部分,第一部分是"历史上的朗诵形式",系统地梳理了从上古至抗战时期朗诵的存在方式及变迁。第二部分是"朗诵诗的产生与发展",他指出:"朗诵诗的产生是以诗歌大众化,打破形式主义,及要收到直接宣传效果为出发点的。也是多少年来新文学上的一种革命"。针对诗坛对"朗诵诗"的诸多质疑,陈纪滢在此也作出回应。首先是是否有必要特别标明"朗诵诗"的问题,他指出:"假若我们的新诗都趋向口语化,又假若我们的诗

---

① 高兰:《诗的朗诵与朗诵的诗》,《时与潮文艺》,1945年2期。

都是接近大众的,那么特别标明'朗诵诗'自然是多余了",但是新诗却依旧没有获得真正的自由,大众化并没有成为普遍的追求,因此他认为可以朗诵的诗是好的,但不是凡是好的诗都可以朗诵,标明"朗诵诗"是极其必要的。其次是朗诵诗的艺术性问题,陈纪滢认为虽然朗诵诗肩负抗战宣传工具的职责,但是"不可忽略它的艺术价值,使它也有永在的价值",受其思想影响,《战线》刊登的朗诵诗拒绝口号化、空洞的呐喊,而是追求社会功用性与艺术性的结合。在第三部分"新诗朗诵运动的实况"中,对从抗战初期以来的朗诵运动进行全面梳理,记录了几次重要的朗诵活动。第四部分是"新诗朗诵运动的展望",陈纪滢看到新诗朗诵诗运动取得成就的同时,也敏锐地意识到朗诵诗运动的领域还需继续发展,"它的对象,绝不仅是智识分子,更应该是士兵、工人、农人、商人以及不分性别的老少人群",这也是对朗诵诗真正实现大众化的一种切实要求。

随着重庆诗歌朗诵运动日益活跃,《战线》诗人在继续从事朗诵诗创作的同时也没有忽略对朗诵诗理论的深入思考和探索,主要涉及朗诵诗的形式、内容、韵律等各方面,对朗诵诗的文体建设起到了积极作用。作为一种独立的诗体形式,朗诵诗最重要的文体特征是"可朗诵性",如何增强朗诵诗的"可朗诵性"以扩大其影响与传播也成为诗人思考的集结点。首先,在于语言。区别于普通诗歌,朗诵诗有两层传播方式:首先诗人以文字(或者说语言的书写形态)进行传播,而声音(或者说语言的声音形态)却是朗诵诗的最终传播方式,因此朗诵诗不仅是文字的诗,更是语言的诗。然而,抗战时期朗诵诗潜在的受众是文化程度不高的广大群众,限于理解与接受的能力,诗人意识到朗诵诗在语言的选择上"应该利用简单明晰的口语写作"[1],积极融入民间语言因素,通过诗人艺术性把握以生成形象的文字,深切地感召民众。

其次,在于韵律。朗诵诗的大众化、通俗化落脚在口语化上,而韵律和节奏直接关系到朗诵的效果,朗诵诗的最终目的是通过朗诵发动和教育大众,朗诵则是朗诵诗传播与接受的关键环节,增强其朗诵效果至关重要。高兰和

---

[1] 李健吾:《论诗与诗人》,《大公报》,1939年1月10日。

光未然特意指出:"朗诵诗必须有韵,必须注意音节的谐和,这也就是文学与音乐的结合","诗应该可以朗诵,可以朗诵的诗就必须有韵"[1],极力强调韵律对朗诵诗的重要性。

最后,在于朗诵的技巧与方法。《战线》对朗诵的技巧与方法展开探讨,以期通过外在因素增强朗诵诗的"可朗诵性",促进朗诵诗的传播。赵沨在《论诗歌朗诵》中追溯诗与音乐的关系嬗变过程,认为诗与音乐本是一体的,在民间诗本可以歌颂,当诗被统治阶级"采"集而利用或成为一部分人的享受之后,音乐便硬化了,诗与音乐也分了家。而到抗战时期的诗歌朗诵运动却意味着诗与音乐的新结合,也重新把诗交还给大众。所以,中国诗歌朗诵有着丰厚的民间积淀,赵沨指出:"诗歌朗诵者不应该专向西洋的诗歌朗诵方法学习。平铺道白,秦腔,河南梆子的道白……尤其是大鼓……等民族艺术的精华,也应该是目前诗歌朗诵者所应该研究,发掘,提炼,汲取,学习的东西。"[2]对于如何朗诵,赵沨、何其芳、郭沫若等也各自提出意见,从朗诵方法来讲,何其芳提出:"朗诵则不是低吟,不是拿起诗歌宣读,也不是唱",意在表明朗诵者首先需要熟记朗诵作品,以自然地配合表情、肢体动作,最大限度地与听众产生情感呼应。从朗诵者的素质要求方面,郭沫若认为:"诗人和朗诵家可以分工合作",为了更好地达到朗诵的效果,朗诵者必须具备很多必要的素质,如对诗歌的理解、音质、语音语调、表情等各个方面,因此朗诵家可以用饱满的情感最大限度地开掘诗歌文本的传播效能,以收到最佳的效果。

《战线》关于朗诵诗理论问题的探讨不仅促进了朗诵诗文体建设,也为朗诵诗创作提供理论指导,在朗诵诗创作中得以践行。除此之外,《战线》还在实际社会中积极推动朗诵诗运动。1939年1月15日,《战线》为高兰举办了诗歌朗诵专场,邀请高兰朗诵他的力作《我的家在黑龙江》,后转载这首诗。1940年1月,为了欢迎王亚平、光未然、高兰等来渝,陈纪滢组织邀请当时在重庆的知名诗人力扬、臧云远、老舍、常任侠、沙雁等参加诗歌座谈会,正是陈纪滢的大力推荐,高兰、王艳平等才成长为备受瞩目的朗诵诗人。后来,"文

---

[1] 陈纪滢:《新诗漫谈简记》,《大公报》,1940年1月29日。
[2] 赵沨:《论诗歌朗诵》,《大公报》,1940年12月7日。

协"组织的重庆诗歌朗诵队也是由陈纪滢策划的,成立大会由陈纪滢担任主席,《战线》上对此次大会有详细记录,并进行理论探讨,可谓用力甚深。1941年5月,重庆文坛以设立"诗人节"来打破自皖南事变以后文坛的沉寂,《战线》也是用朗诵诗的方式积极响应,连续3天出了纪念特刊。1940年11月24日在重庆成立的诗歌朗诵队,就是由《战线》主编陈纪滢策划的,《战线》对诗歌朗诵队的成立也是出钱出力,竭尽全能。

《战线》如此积极推进朗诵诗运动,一方面原因是和《战线》的创刊主旨有关,在抗战这种时代环境下,《战线》积极融入时代氛围,发表稿件必须和抗战有关,故名《战线》,朗诵诗的文体优势正好符合这个时代的抗战宣传和鼓动民众的要求。另一方面和主编陈纪滢自己的个人爱好有关,陈纪滢和著名朗诵诗人高兰私交甚密,以成为除高兰自己之外第二个读到他的诗的人为荣。陈纪滢特别注重诗歌艺术性与社会功用性的结合,致力保持诗歌的本质特征,这与高兰追求艺术性、思想性高度融合的朗诵诗创作主张不谋而合,高兰在《战线》共发表28首朗诵诗,《高兰朗诵诗集》的出版也由陈纪滢作序。

《大公报·战线》作为大众传媒,积极推进朗诵诗建设,为朗诵诗人提供良好氛围,使之成为诗人成长的摇篮,培养了一大批抗战时期优秀的朗诵诗人。而执著于朗诵诗艺术追求与探索的诗人不断为《战线》增光添彩,也正是诗人坚持不懈的艺术追求与高扬的文学理想使得承载其作品的传媒具有了深刻的精神内涵,使副刊生机勃勃而富有生命力,促成诗人与传媒之间的双向共生。如高兰的《哭亡女苏菲》最早刊登在《战线》,后被其他报纸杂志不断转载,强烈地震动了重庆诗坛,在整个社会引起了空前反响。诗歌在内容安排上将个人生活的遭际与普遍民众的情感相连,进而上升为雄浑的民族精神,情感层层递进展开,不断撞击读者的心灵,激发一种情感共鸣;在诗艺上,诗歌注重大众化与艺术性的统一,逐渐摆脱了抗战初期朗诵诗由于创作时间仓促而使诗情未经内在转化的毛病,将诗歌的内在情感与外在形式有机统一起来,造音韵和谐之势,是高兰朗诵诗代表作。高兰、光未然、王亚平等优秀的朗诵诗人不仅使《战线》拥有稳定、高质量的稿源,还大大提高了副刊的知名度和影响力,成为当时大后方宣传抗战的重要文学阵地。当时提倡朗诵诗的刊物还有很多,比如《时调》《时与潮文艺》《文艺月刊》等等,这些刊物聚集了大量的文艺工作者,他们潜心于文艺探索,为抗战时期的文艺发展作出相应的贡献。

三、歌谣与《新华日报》等相关刊物

新诗自诞生以来,民族传统作为一种存于基因深层的资源,特别是在形式层面,无不每时每刻刺激着新诗草创期的诗人们的新诗探索,诗人们总是自觉不自觉地流露出传统意识。新文学运动开始后,各种文学观念冲击着国人的视野,或许是出于政治社会目的,新文学强调人的发现,强调民众地位,其中有一股文学脉流异常清晰:胡适主张"白话文学",陈独秀提倡"山林文学""国民文学"和"社会文学",周作人要建设"平民文学"……以胡适、周作人为代表的一批知识分子,更多地从民族传统出发,建设回归平民大众的文学。

新诗如何亲民、实现大众化?有着强烈历史责任感的诗人们从各个方面进行艰苦的探索,其中,歌谣很自然就进入了诗人们的视线。1918年,五四时期刘半农和沈尹默在全国范围倡导征集歌谣,《北京大学日刊》和《新青年》都刊载了刘半农起草的《北京大学征集全国近世歌谣简章》,歌谣风潮迅速在全国散开。刘半农身体力行,很快采集江阴歌谣,用江阴方言写成诗集《瓦釜集》,这是现代新诗史上第一部用方言写成的民歌体新诗集,刘半农在《〈瓦釜集〉代自序》中声明,用方言和民间歌谣写作诗歌有两个目的,一是为测试方言作诗流布范围和感染力的大小,二为实践周作人提出的民歌儿歌的调子是有生命力的,诗歌可以拿来用的主张。1926年,刘半农又出版了诗集《扬鞭集》,刘半农在序文中无不自得地自认为是一个"在诗的体裁上是最会翻新鲜花样的"人。沈从文充分肯定了刘半农诗歌的自然情感,"刘半农写的山歌,比他的其余诗歌美丽多了。"[①]苏雪林持与沈从文相反的意见,她指出民歌

---

① 沈从文:《论刘半农的〈扬鞭集〉》,鲍晶编:《刘半农研究资料》,天津:天津人民出版社,1985年。

本身在艺术上是粗糙简陋的,文学艺术无法取法,而且认为刘半农的拟歌谣创作只是一种文艺游戏,是"不可无一,不能有二"的诗坛奇迹,万万不能学习。① 痖弦则肯定了刘半农的这种新诗形式的探索,认为这是诗歌的一个发展方向,"当康白情、冰心还在'相思'的陈旧意境中打转时,刘半农之触须已经探测到新的方向了。"② 这一时期对新诗歌谣化用力较勤的还有刘大白,他也创作了很多歌谣体新诗。俞平伯也在这方面作了尝试,诗集《冬夜》中很多作品都是这种努力的结果。在他看来,当时流行的歌谣是由民众自己创造的民众文学,真正的民众文学就要求诗人投入民间生活中去,反映民众生活。③ 歌谣很快引起了一大批知识分子和文艺工作者的重视,1922 年,北大成立歌谣研究会,《歌谣》作为歌谣征集运动中刊行歌谣汇编和录选以及进行讨论主要阵地面世,在这块阵地上,不仅刊载了来自全国收集的歌谣,很多文学研究者,比如朱光潜、林庚、朱自清等人,都发表文章对歌谣和诗之间若即若离水乳交融的关系进行辨析。首先是肯定了歌谣,歌谣来自真实生活,是最真挚情感的表达,"歌谣所给新诗人的:是情绪的迫切,描写的深刻"。④ 针对早期新诗情感造作的弊病,歌谣是一剂清新剂。同期还刊登了卫景周的文章,卫文认为,歌谣有"诗的声音""诗的技术",在某些方面甚至优于诗,所以他认为"歌谣也是诗"⑤。胡适则认为,歌谣这些民间文学是历代文学的"生命源泉",因而歌谣也有着激活新诗的力量。

郑振铎在《中国俗文学史》中极力抬高俗文学的地位,认为它是正统文学的来源。民歌民谣列为俗文学(通俗文学、民间文学、大众文学)的第一大类,民谣自然就成为了诗歌等文学的发展力量源泉。观照西方文学史,文学研究者有着同样的发现。梁实秋在《歌谣》发刊词中回顾了英国浪漫主义运动和歌谣采集的关系,认为歌谣复兴了英国文学,给了华兹华斯等诗人的诗歌一

---

① 苏雪林:《〈扬鞭集〉读后感》,鲍晶编:《刘半农研究资料》,天津:天津人民出版社,1985 年。
② 痖弦:《早春的播种者——刘半农先生的生平与作品》,鲍晶编:《刘半农研究资料》,天津:天津人民出版社,1985 年。
③ 俞平伯:《〈民众文学的讨论〉的更正》,《俞平伯全集》第三卷,郑州:花山文艺出版社,1997 年。
④ 何植三:《歌谣与新诗》,《歌谣》,1923 年 12 月 17 日。
⑤ 卫景周:《歌谣在诗中的地位》,《歌谣》,1923 年 12 月 17 日。

种别样的意味,诗歌应该着重学习歌谣的音律上的特点。同样,对于歌谣和诗歌混为一谈的现象,也有很多质疑的声音。质疑声首先是要区分歌谣和诗。李长之认为歌谣也是个人创作,只不过其作者是民间的天才,文化程度不高,而诗歌是文化程度高的知识分子创作的,歌谣和诗歌的区别在于创作者的文化程度。① 寿生则认为歌谣和诗的区别更为本质,歌谣起源于音律的共鸣,是口口相传的,而这与文人创作诗的状态和形式是完全不同的,歌谣与诗歌不能混为一谈。② 还有从审美角度来区分歌谣和诗的。对诗歌音律颇有研究的林庚认为好诗和好歌谣的区别在于,好诗有着更为普世的价值,而歌谣则是"在当时实际上的许多风俗习惯中,及当时所熟悉的许多故事物件上找情趣"③,所以歌谣和诗不能互相取代。朱自清在这个时期同样重视歌谣的研究,他在清华大学开设了《中国歌谣》这门课程,但是他仍然反对将歌谣和新诗混为一谈。朱自清的区分就更为明晰,"死了的歌谣可以称'歌谣',也可以称'诗';活着的,还在人口里活着的,却只能称为'歌谣',不能称为'诗'。原因大约是,出于平民,艺不精而体不尊"。而且诗的创作是严肃的,歌谣则带有游戏心理。④ 进入20世纪30年代,由于各种原因,歌谣的研究一度中断,这也和当时整体文学氛围有关。其间,"左联"领导下的一些诗人,比如蒲风、任钧、杨骚等,出于政治目的考虑,不满于当时诗歌脱离现实,于1932年成立了"中国诗歌会",提出"大众歌谣"的创作思路。在会刊《新诗歌》的发刊词中,他们宣称自己就是大众,要以写实的精神和大众化的审美形式来反映现实,要用自由质朴的大众歌调来创作诗歌。中国诗歌会在诗歌大众化方面集中力量探索,采用歌谣等多种形式,创作了叙事诗、街头诗、朗诵诗、方言诗等,为新诗的大众化铺垫了道路,是40年代诗歌彻底民间化创作高潮的前奏。但是,二三十年代的这些文人士大夫们与底层民众生活距离甚远,他们"民间化"的立场更多的是策略性地来建构现代意识形态和为"民族国家"范畴服务,民间文化只是有选择性地进入他们自身构建的中国文学表述系

---

① 李长之:《歌谣是什么》,《歌谣》,1936年2月。
② 寿生:《莫把活人抬在死人坑》,《歌谣》,1936年2月。
③ 林庚:《歌谣不是乐府亦不是诗》,《歌谣》,1937年2月。
④ 朱自清:《歌谣与诗》,《歌谣》,1937年2月。

统。"历史地看待这群白话诗人的理论倡导与创作实践,他们对歌谣的大力提倡与学习,似乎历史责任更甚于个人兴趣。"①

随着抗日战争形势的发展,战争相持阶段的到来,文艺为政治服务,新诗采用民族形式,实现新诗的大众化,到民众中去,宣传鼓励民众,组织政治力量,显得十分迫切。另一方面,抗战也给文学带来生机,抗战的持久加深文学的深度。诗歌的歌谣化,新诗对歌谣资源的利用进一步成为抗战诗歌大众化和民族化的重要论题。胡风在《略观抗战以来的诗》一文中提到,"至于说到抗战以来的诗,在积极方面的特征是什么,很难列举,可说的一是诗人的参加实际活动的斗争情形,二是诗人为了把诗歌和大众结合而表现的特殊的新方向"②,至于哪些新方向,胡风列举了几点,"……四、利用旧形式的问题。在诗歌方面有民歌、童谣。对于民间的诗形式的文艺,应尽量的来研究它的大众化的言语和活泼的形式,来补救诗人语言的不够,来挽救诗的贫乏。"③吸收歌谣,消化歌谣,创制歌谣,显得迫不及待。

抗战大后方对歌谣的重视体现在报纸杂志刊载歌谣的情况,重庆出版社2011年1月出版了《中国抗战大后方历史文化丛书》之《抗战大后方歌谣汇编》一书,该书收集了自1937年"七七"事变至1945年抗日战争胜利,地域范围包括重庆、四川、云南、陕西等抗战大后方的歌谣,在序文中提到,从《大公报》《国民公报》《西南日报》《新蜀报》《大江日报》《万州日报》《扫荡报》《新民报》《新民报晚刊》《广西日报》《中央日报》《新秦日报》《西北文化报》《边声》《奋斗》等上千种报纸、期刊及书籍中,搜集出大量具有代表性的抗战民歌民谣。当时还有两本专门的歌谣集,1941年成都市民教馆出版的《抗战漫画歌谣集》和1945年10月国民图书出版社出版的《抗战歌谣》。可见,当时基本上所有的刊物都会或多或少地刊登歌谣,歌谣盛极一时。

歌谣作为新诗大众化的民族资源,在战时被新诗吸收利用并不是很充分,这一方面是诗人们的努力实践时间不长,另一方面是由于战争这样的特

---

① 汪青梅:《歌谣与新诗——歌谣运动的理论论争和创作实践考察》,《文艺争鸣·史论》,2011年11期。
② 胡风:《略观抗战以来的诗》,《抗战文艺》,1939年第3卷第7期。
③ 胡风:《略观抗战以来的诗》,《抗战文艺》,1939年第3卷第7期。

殊环境,民族国家危难之际,诗人无法潜下心进行文艺研究和探索新诗的发展。所以,在这个时期,表明新诗对歌谣这一资源利用的态度则更多的是去发掘或者直接创作歌谣。歌谣因为它自身的特点,受众范围大,民众喜闻乐见,所以很多综合性的报刊都大量刊载歌谣,《新华日报》作为当时很有影响力的报纸,对歌谣的重视是有目共睹的。

国共两党第二次合作的形成,为创办《新华日报》提供了根本条件,两党领导人经过多次磋商,决定在南京公开发行中共党报《新华日报》,但是由于顽固派阻扰和日军逼近,最终,《新华日报》于1938年1月11日在武汉正式创刊,这是中共在抗战时期创办的第一份全国性报纸。创刊之初,受到坚持团结抗战的各党派各阶层人士的欢迎和支持,国共两党领导人和各党派知名人士与社会群贤40余人挥毫濡墨,题词祝贺。《新华日报》由中共中央长江局及党报委员会直接领导,设立报馆最高权力机构董事会,王明任董事长,华岗、吴克坚任总编辑。《新华日报》先后设立了山西、广州、重庆、西安分馆。此外。还在长沙、南昌、潼关、郑州、洛阳、许昌、宜昌、黄陂、贵阳等地设立分销处、代销处,《新华日报》武汉时期销售量最盛时大约为5万份。

1938年10月25日,武汉失守后,报社迁往重庆继续出版,由于报社负责人早有准备,所以《新华日报》在武汉出版最后一期,同日,同一期号、不同内容的《新华日报》在重庆紧接着出版,并没有停顿。迁至重庆后,报社隶属中共中央南方局,周恩来兼任董事长,南方局副书记董必武等直接领导,具体负责人先后有潘梓年、华岗、吴克坚、章汉夫和夏衍。重庆《新华日报》在周恩来的直接领导下,一直出版,直至1947年2月28日被国民党勒令停刊,从武汉创刊到此,《新华日报》历时9年1月零18天,共出版了3231期。关于《新华日报》这一历史时期的主要任务和报刊内容,方程在《武汉文史资料》庆祝中国共产党成立90周年特刊上发表文章《〈新华日报〉在武汉创刊》中有准确凝练概括:《新华日报》是综合性报纸,它围绕坚持团结抗战、坚持持久抗战、争取最后胜利这一主题,主要宣传马克思列宁主义和中国共产党的路线方针政策,阐述巩固和扩大抗日民族统一战线,实行全面抗战路线和持久抗战战略,指明坚持抗战到底争取最后胜利的光明前景;全面报道与客观记载全国军民的抗日斗争,宣传国民党正面战场和八路军新四军的英勇抗战,宣传陕甘宁边区的进步和成就,倡导和推动国民党统治区实行民主政治,肯定和赞扬国民党在军事、政治、经济、文化等方面的进步;对蒋介石和国民党不利于抗战的言行,也作了一定程度的批评与斗争,揭露和打击国民党内存在的妥协投降反共倾向;大量报道国内民众抗日救国运动和国际反侵略战争与国际反日援华运动以及日本的反战运动;揭露日军的野蛮残暴的侵略罪行和汉奸的破坏活动,这种宣传和报道在国内外产生了广泛而深刻的影响。

《新华日报》通过发表文章,进行舆论导向是全方位的。其中,通过对大后方抗战文化的影响来巩固中共的政治力量也是《新华日报》的重要任务,《新华日报》是大后方抗战文化的重要舆论阵地。《新华日报》的一些中共领导人本来就是文化名流,比如夏衍、胡绳等,更有为数众多的大后方进步文化工作者在报上发表大量文章,老舍、茅盾、郭沫若、艾青、冯乃超、胡风、光未然、臧克家、臧云远、柳亚子、力扬等,他们的言论力量在大后方抗战文化中分量很大。《新华日报》几乎囊括了文化的各种形式,涉及其所有领域:文化教育、政治评论、新闻出版哲学宗教、语言文学艺术、电影、舞蹈音乐、自然科学等,"根据笔者的粗略统计,从1938年《新华日报》创刊至1945年抗日战争胜利,《新华日报》共发表社论、代论、短论三千余篇,其中关于文化的四百余篇,诗歌七百余篇,小说四百余篇,散文、杂文、战地通讯二千余篇,各国文学三百余篇,美术作品八百余幅。其他关于文化理论与批评、电影、戏剧、书刊、美术、音乐的评论以及有关的消息报道则将是一个天文数字。"[1]《新华日报》正是以其文化体裁的多样性、惊人的数量和佳作迭出的实绩,成为了抗战文化重要阵地。《新华日报》早在发刊词中就宣告其宗旨:"本报愿在争取民族生存独立的伟大的战斗中作一个鼓励前进的号角","愿为后方民众支持抗战参加抗战之鼓动者倡导","愿将自己变成一切抗日的个人、集团、团体、党派的共同的喉舌"……而对于文化工作者的努力方向和首要任务,周恩来曾作出过明确指示,"今天谈抗战,谈现实文学,也便是需要这样的作品,才能动员大

---

[1] 王泓:《〈新华日报〉与大后方抗战文化》,《学术论坛》,1993年3期。

众,深入人心,而后在方法上、技巧上也便能更适合现在,更大众化更通俗化。"①《新华日报》还组织了关于"民族形式"问题的座谈会,会后潘梓年做了总结,戈茅等与会者都写了相关文章,突出一个主题,即文化的"民族化、大众化、民主化和科学化"。可见,《新华日报》文化导向是大众化、通俗化、民族化等,这些都是为了与民众接近,起到最大的宣传作用。民歌因为自身的特点,与这一文化取向相一致,在《新华日报》上占有一席之地。据笔者粗略统计,从《新华日报》创刊以来至1945年抗战胜利,《新华日报》上发表歌谣42首,具体情况见下表:

发表时间	题目	作者
1938.2.11 第4版	《反侵略进行曲》	
1938.2.13 第4版	《难儿进行曲》	安娥
1938.2.16 第4版	《游击队之歌》	张向荣
1938.3.16 第3版	《抗战山歌》	亨斯
1938.7.27 第4版	《哥哥骑马打东洋》(陕北小调)	高敏夫
1938.7.29 第4版	《反侵略进行曲》	侯甸
1938.12.1 第4版	《义卖歌》	
1938.12.12 第4版	《人人都爱他》(陕北小调)	高敏夫
1939.1.22 第4版	《鄂西民歌》	田家
1939.4.23 第4版	《担稻草》(歌谣木刻)	张望
1940.2.9 第4版	《春礼劳军歌》	冯玉祥
1940.9.12 第4版	《反攻》《空室清野》	白薇
1942.1.19 第4版	《小艺术家赞》	冯玉祥
1942.6.2 第4版	《遥念曲——献给被难的姊妹》	爱锋
1942.6.16 第4版	《渡河》	张彻
1942.8.10 第4版	《思乡》	黄炎培词,孙娥曲
1942.9.4 第4版	《世界青年战歌》	长踪
1942.9.12 第4版	《河边对口曲》	大同

---

① 《新华日报》,1938年10月19日。

续表

1942.11.22 第 4 版	《广西女》(民歌)	
1942.12.18 第 4 版	《农民歌》	夏洪
1943.1.11 第 4 版	《新中国的号手和旗手之歌》	洛辛
1943.2.20 第 4 版	《自由的谣曲》	戈茅
1943.3.3 第 4 版	《不当民兵不嫁你》(敌后小调)	一岗
1943.4.8 第 4 版	《江边小歌》	王亚平
1943.12.3 第 4 版	《救灾对唱曲》(冀西小调)	李新词
1943.12.13 第 4 版	《战地短歌》	索开
1944.1.16 第 4 版	《拟民歌五首》	吕剑
1944.4.2 第 4 版	《农户计划歌》(秧歌调)	柯蓝
1944.4.4 第 4 版	《敌后童谣三首》	
1944.4.13 第 4 版	《"真"与"伪"》(敌后小民谣)	告俊
1944.5.15 第 4 版	《风箱谣》	公木
1944.6.25 第 4 版	《移民歌》	冯云鹏
1945.3.18 第 4 版	《黔桂难民逃亡谣》 《四川民谣》	羽录 羽录
1945.8.20 第 4 版	《抗战胜利八年到》	杰泥

备注:没有署名的歌谣都是无名氏作品。

从上表搜集的歌谣看,首先歌谣主题鲜明,即团结民众抗战,鼓舞群众的抗战情绪,《反侵略进行曲》《抗战山歌》《哥哥骑马打东洋》《反侵略进行曲》《人人都爱他》《妹妹只爱英雄汉》等,这些作品充分发挥了歌谣的优势,利用各种生动形象的形式,或抒发激昂的抗战热情,或权衡抗战与否的利弊。《不当民兵不嫁你》就是其中的典型作品,这首民谣首先发表于《好男儿》1941 年第 6 期第 31 页,题目为《妹妹只爱英雄汉》,而后发表在《新华日报》上。整首小调用男女对唱的形式,用"羊"和"狼"的形象关系来比喻中日关系与形势,在对唱中,女的力劝男人上战场杀敌,如果不去杀敌,"狼"这个贪心货照样要吃"你",谁也躲不过。然后又为男人解决父母无人供养等后顾之忧,最后俏皮地唱道:"你要不去打鬼子呀,/要我嫁给你吗,哼!/想也不用想。"整首歌谣入情入理,在民众中,确实能起到充分的宣传作用。《新华日报》上发表的歌谣还有一个特点,地域范围广,仅四十来首歌谣,但涉及到陕北、湖北、广西、河北、贵州、四川、重庆等地,这一方面说明投稿的作者来自全国范围,另一方面也可以看出,《新华日报》面对的全国读者,宣传范围之大,也是影响力直接体现。更为重要的是,《新华日报》与读者之间的互动是真诚的、直接有效的。《新华日报》的读者意见征询工作做得很细致,首先是通过各种方式征求读者意见,印发读者意见表,举行座谈会,在报上刊登意见启事等等,新华日报每年都举行一两次规模较大的征求读者意见的活动。读者也是踊跃投递自己对该报各个方面的意见和建议,《新华日报》对于每一条读者的意见,无论提出者社会地位、文化水平和年龄大小,都认真研究,并切实改进。这里,重庆《新华日报》的排印效率特别值得一提,中央日报报社、扫荡报社发起组织了一场山城报界排印竞赛,结果,新华日报取得了排字、浇版、上机开印速度三项第一,而且是遥遥领先。抗战时期,重庆新华日报馆的技术设备条件极差,但却是山城出版最早、差错最少、字迹最清楚的报纸,这从报纸的硬件条件上保证了报纸内容的快速有效地达到宣传作用。另外,《新华日报》的纸张来源稳定,而且纸张质量很高,这也保证了报刊在抗战时期艰苦条件下的持续发展。"在《新华日报》经历9年零1个月又18天的日子里,在《新华日报》日发行量最高增至五万份的日子里,《新华日报》从未因缺纸少印过一张,从而保证了中国共产党的声音在大后方国统区最大限度地得以传播。"[1]既有了报纸硬件条件的保证:良好的纸张来源;高效的排印效率,还有与读者的真实有效的互动,《新华日报》上发表的歌谣更能发挥自身与民众亲近的优势,实现宣传作用。

四、街头诗与《七月》等相关刊物

街头诗作为诗歌大众化方式之一,古已有之,而且一直在民间流传。也

---

[1] 刘立群:《抗战时期〈新华日报〉的纸张从何而来》,《党史博览》,2007年2期。

有学者认为街头诗是小诗的一种形式,在经过20世纪20年代末30年代初的一段时期的沉寂之后,在抗战这样的特殊环境下又一次催生了小诗的兴盛,特定的时代背景与社会语境促使小诗改头换面,以"街头诗"的形态呈现。正式提出街头诗是田间等人发起的街头诗歌运动。1938年8月7日,西北战地服务团的战地社与陕甘宁边区文协的战歌社在延安发起了街头诗运动日,田间和柯仲平是主要发起人,"一天,我和柯老相遇,谈起西站团在前方搞的戏剧改革,也谈起苏联马雅可夫斯基搞的'罗斯塔之窗',还谈到中国过去民间的墙头诗。于是我们一致问道:目前,中国的新诗往何处去?怎样走出书斋,才能到广大的群众中去,走出小天地,奔向大天地?我们又一致回答,必须大众化,要做一个大众的歌手。""好吧,我们也来一个街头诗运动。"[1]还发表了《街头诗歌运动宣言》,响应者云集,迅速吸引了三十多位青年诗人参加。后来,几乎所有在延安的文学青年都投入了街头诗运动,街头诗运动很快就在晋察冀等革命根据地广泛地开展开来,浙江、福建、重庆、桂林等国统区也都开展了街头诗运动。

街头诗并不是一种特殊的诗歌体式,而是因为它以街头或墙壁等特殊的传播媒介而得名,正因此,街头诗成为一种独立的诗歌样式,在抗战特殊时代语境下显示出巨大生命力。田间等人提倡街头诗有很多原因,首先就是诗歌大众化的时代要求。而街头诗也正是抗战大后方诗歌大众化的一个重要组成部分。在抗战的历史环境下,"救亡"成为了一切的主题,文艺工作者以自己特殊的方式担任起这一历史重任。在《街头诗运动宣言》中,田间等人明确提出了街头诗运动的方向,"在今天,因为抗战的需要,同时因为大城市已失去好几个,印刷、纸张更困难了,我们展开这一大众街头诗歌(包括墙头诗)的运动,不用说,目的不但在利用诗歌做战斗的武器,同时也就是要使诗歌走到真正的大众化的道路上去,不但有知识的人参加抗战的大众诗歌运动,更要引起大众中'无名氏'也多多起来参加这运动。"街头诗也因自身的特点顺应了时代的潮流和时代对文艺创作的要求。"用民间歌谣的形式来写作墙头诗

---

[1] 《田间自述》,《新文学史料》,1984年4期。

为恰当,既具有短小精悍的形式,又为人民大众喜闻乐见。"[①]街头诗具有"随时、随地、任何人都可以参加"的特点。正如《街头诗运动宣言》所称,"不要让群众会上的空气呆板沉寂","不要让乡村的一堵墙,路旁的一片岩石拜拜空着","更要引起大众中'无名氏'也来参加这一运动",街头诗具有最广泛的地域性和群众性。传播效果通常意味着传播活动在多大程度上实现了传播者的意图或目的。正是街头诗这种特殊的传播方式,"我们自己在奔赴前线的征途中,也一路写,遇上大地的岩石,或被敌人烧毁的村落、房屋,炸断的墙壁、桥梁,都要写上几句,让人记着。"街头诗分别题写在街头或墙头上、岩山上、门窗边、崖壁上、交通要道等地方,并在传播过程中,又派生出其他的方式,如传单诗、岩壁诗、路边诗、战壕诗、枪杆诗、地雷诗、手榴弹诗、背包诗等等。街头诗几乎处处可见、时时可读。田间形象地描述过当时民众观看街头诗的情景,"写在墙头或贴在门楼旁以后,马上便围上一群人,有手执红缨枪的,有手持纪念册的,有牵着山羊的,有嘴含大烟锅的,都在看,都在念。"街头诗的这种传播方式打破传统固有的阅读模式,加速了读者获取信息的频率,读者与作者之间的信息交流也更快,宣传效果更佳。同时,诗歌传播空间的扩大也是诗歌的教育、趣味、宣传空间的无线延展,这使得街头诗无论形式还是内容都真正地贴近了人民的生活,与最广大的民众保持着紧密的联系。田间和柯仲平相遇,谈到了苏联马雅可夫斯基搞的"罗斯塔之窗",这是指马雅可夫斯基将短小的诗作展示在街头的橱窗内,人民群众在街头驻足也能欣赏到诗歌,诗歌走向广场,直接主动和群众见面,这种诗歌的大众化方式使得诗歌的宣传和教育作用更为直接有效。其实,文艺的街头运动早在30年代就有人提出。20世纪30年代,左联提倡文艺大众化运动,瞿秋白就提出街头文学运动,而在中国诗歌会提出使诗歌成为大众歌调的同时,蒲风就开始了方言诗、明信片诗的创作实践。丁玲1931年在主编《北斗》杂志时所提倡的"墙头小说",抗战初期的街头剧运动,这些都对街头诗运动的提出起到了一定的启发引导作用,所以,可以说,街头诗运动也是中国现代革命文学的传承。

---

① 陆维特:《苏北墙头诗运动的回顾和前瞻》,《江淮文化》,1940年1期。

随着街头诗运动的开展和街头诗创作的兴盛,街头诗相关的理论探索也与之相呼应。在宣布1938年8月7日为街头诗运动日后不到一周,林山就在《新中华报》上发表了《关于街头诗运动》一文,在文章中,林山首先阐明了提倡街头诗的理由,接着论述了街头诗的特点,出于文学敏感,林山刻意提出街头诗与标语之间的不同,"比标语丰富、具体、复杂,有大体可念的音律,有情感。"并就当时街头诗运动的开展和创作进行总结,最后得出结论,认为街头诗是很有发展前途的。1938年10月26日,史塔在《抗敌报》上发表题为《关于街头诗》的文章,文章分为"街头诗在陇北""行动的街头诗与形式""边区的诗歌工作者到街头去"等三部分。作者认为,创作、张贴街头诗的目的是为了引起大众对诗歌的爱好,是大家也来写诗,因此,街头诗有利于诗的"真正的大众化"。随着街头诗运动在全国范围内的开展,全国性的讨论也因此展开。在山东根据地,1944年5月出版的《胶东大众》第21期发表了天刑遗作《街头诗歌的研究》,重点论述了街头诗最简捷、最经济、最便利,容易引起群众兴趣,是大众真实生活的反映等三方面的价值,和街头诗的四个来源:群众情感的自然流露,旧形式的改造,集体写作,利用旧有的现成诗歌。在华中革命根据地,1940年7月,陆维特在《江淮文化》创刊号上发表了《苏北墙头诗运动的回顾和前瞻》一文。作者首先分析了街头诗容易为人民接受的原因,其实还是离不开街头诗最接近人民大众的特点。全文主要是分析华中地区的墙头诗开展的情况,最后还指出运动中的不足。在同一期的《江淮文化》上还发表了钱毅的《盐阜区的墙头诗运动》一文,可见当时对街头诗讨论的热烈。在关于街头诗运动的文章中,艾青发表于1942年9月27日延安《解放日报》上的《开展街头诗运动——为〈街头诗〉创刊而写》一文最为重要。文章从更广阔的革命视野与诗论视域上指出开展街头诗的意义。在这些讨论中,还有值得一提的有高岗创作了《街头诗小汇》,并由此引发的关于街头诗的一系列讨论,参与讨论的主要有罗洛汀、沈任重、金丁和叶金等人,引起很大反响。

由于街头诗本身的原因,报纸杂志这种刊物只能作为街头诗的第二传播媒介。在街头诗运动风靡全国时,很多刊物都刊载过很多优秀的街头诗作品和相关理论文章,而《七月》无疑是街头诗运动的重镇。

1937年9月11日,《七月》在上海创刊,胡风是创刊人,也是主要撰稿人。创刊初期为周刊,周刊只出了3期,内容完全集中在抗战方面,主要撰稿人有萧军、萧红、曹白、艾青等,还经常刊登李桦和力群的木刻作品,出版后大受欢迎。后来由于战事越发剧烈,影响刊物的发行,胡风便决定转移,把《七月》移至武汉出版。经过几番周折,终于在武汉登记出版,不过已经改为半月刊。在出版了第6期后,才找到出版公司,解决了经济难题,而前6期都是由熊子民筹款出版。从第7期开始,《七月》改由上海杂志公司出版,直到第18期为止。最后,前6期合为第1集,第7期到第12期合为第2集,第13期到18期合为第3集。此后,战火逼近武汉,胡风于1938年9月28日离开武汉,辗转重庆。到了重庆之后,胡风仍不忘想方设法支撑《七月》的出版。胡风经过多方联系,最终决定由华中图书公司出版,这其中胡风考虑到,华中图书公司的唐性天在政治上更接近国民党,或许能给杂志的出版带来一些方便。1939年7月出版了《七月》的第19期,编辑兼发行署名七月社。在这一期的开篇,发表有短文《愿再和读者一同成长》,全文在叙述了《七月》如何艰难地一路走来,并表示愿意继续坚持抗战主题,和全国人民一起抵抗到底。号召同仁团结起来,通过文艺这种武器抗击敌人,直到全国抗战胜利。重庆版的《七月》由半月刊改为月刊,但是因为此时条件更为艰苦,出了第2期8月出版后,以后的大都是两个月出一期,1940年的第3期和第4期甚至隔了四个月才出版。1941年9月出版第7集1、2期合刊后,胡风受周恩来等人的指派奔赴香港,胡风本拟将《七月》交给聂绀弩继续编辑,但聂绀弩并未照办,该刊也因此停刊。《七月》杂志前后历经4年,共出32期全30册,其中27、28期与31、32期均为合刊。

抗战诗歌一直是《七月》的重要内容之一,自从移刊到重庆以后,诗歌占全刊的分量仍未减轻。而在街头诗兴盛的30年代末,坚持诗歌大众化的《七月》更是全力支持街头诗,这主要体现在《七月》对田间及其诗歌的推崇。田间是街头诗的主要发起人,田间就像一团火苗,到哪里,哪里的街头诗运动就能蓬勃开展。下表是重庆版《七月》上发表的田间的街头诗和关于田间的诗论：

时间	作品	作者
1939 年 7 月第 14 页	《荣誉战士》	田间
1940 年 3 月第 51 页	《街头诗小集》(共 9 首,其中田间 3 首)	田间、史轮、方冰等
1940 年 3 月第 84 页	《关于诗与田间的诗》	胡风
1940 年 10 月第 186 页	《"烧掉"旧的盖新的》	田间
1940 年 12 月第 72 页	《街头诗集》(14 首)	田间
1941 年 4 月第 123 页	《人的花朵》(艾青、田间合论)	吕荧

在《七月》的发刊词《愿和读者一同成长》中,胡风鲜明提出,"在这反映里提高民众的情绪和认识,趋向民族解放的总路线",胡风旗帜鲜明地把《七月》定位为抗战文艺,是抗战武器。胡风的选稿是很认真严格的,秉着创办为抗战服务的文艺理念,抗战诗歌成为了《七月》杂志上重要的组成部分。

从上述统计表可以看出,胡风和《七月》对街头诗旗帜鲜明的鼎力支持主要是对街头诗的首创者田间的大事宣传,或刊发他的诗作,或阐述他的诗论,这在当时对街头诗的宣传起了重大作用。田间作为街头诗的积极倡导者和实践者,以对民众的乐观气息和高昂的战斗情绪的深切把握,创作出一系列激发民众斗志的诗歌。他善于以鼓点式的节奏表现战斗的豪迈,以恢宏的气势渲染一种时代的精神。闻一多称赞田间为"时代的鼓手",指出他的诗歌中有一种积极的"生活欲","鼓舞你爱,鼓动你恨,鼓励你活,用最高限度的热与力。"热爱这大地,可以说,"街头诗是田间一到延安就荷在肩上的一件出色的武器"。田间认为广大人民群众是街头诗的真正读者,"什么是街头诗？它是一种短小通俗、带有鼓动性的韵律语言。它一经诞生,与人民群众相结合,便似乎有了翅膀,可以飞了,它飞往敌后,它飞往战地,它飞往战士的心里。"田间街头诗中必然有利于民众接受的特质,形式上要有极强的音乐性,街头诗几乎每一篇都有韵脚,节与节之间注重协调性和一致性,节奏分明,韵律齐整,读来朗朗上口,其中往往夹杂着几个鼓点式的文眼,在节奏感之外增强了气势。语言通俗化,甚至掺入方言,在受众和文本之间较好地结合。田间以自己的创作实践证明了街头诗乃是诗歌大众化和诗歌传播的一次成功探索。

结合田间具体的街头诗作品,田间街头诗流传最广的应为《假使我们不去打仗》。这首街头诗创作于 30 年代中期,诗歌全文如下:

假使我们不去打仗,
敌人用刺刀
杀死了我们,
还要用手指着我们骨头说:
"看,
这是奴隶!"

这首街头诗首先就故意设置疑问,制造悬念,重在启发读者深入思考,即使是并没有多少文化的普罗大众,他们也能面对这样在当时不可回避的时代问题进行应有的思考。然后作者描述了如果我们不去打仗的场景,具体形象,"敌人用刺刀/杀死了我们,还要用手指着我们的骨头说/'看,这是奴隶!'"田间这首诗描绘的假设情景使人民明白不去打仗那屈辱亡国的后果,激发人们的抗日情绪,强烈地刺激了当时国人生死存亡的忧患意识,这比正面抒写爱国思想和抗日情绪,更有一种震撼人心的力量。

这是一首典型的优秀的街头诗,它面对的是街头的大众,全诗都用质朴的口语,通俗易懂,但是字字如鼓,充满着战斗的鼓动力量。闻一多评价此诗:一字字打入你耳中,打在你的心上。此诗还秉承了街头诗形象生动的特质,在民众之间,诗歌要表达的积极抗日的主题思想更具有说服力。

街头诗在特定的时代环境下产生,也有很多相应的缺点。由于抗战宣传的作用,街头诗在内容、思想追求、情感风格各方面都表现出单一性缺陷,一切都充斥着浓厚的政治教条气味,这也是抗战社会主题统一下的无可逃避的。很多街头诗还是不可逃避地回到了早有诗人警惕过的标语口号水准上来,粗劣的宣传味,浮浅的感情。创作也公式化、模式化,失去了诗歌应有的诗情诗意;它的抒情方式也多是无力的呐喊、大量的议论,显得空洞乏味,失去了诗歌内在的诗美;为了诗歌大众化、通俗化,而对旧形式无度地接受又损害了诗歌的艺术。

五、叙事诗与《文艺阵地》等相关刊物

抗战时期是中国叙事诗发展的黄金时期,这在学术界已达成共识。骆寒超在《论中国现代叙事诗》将中国现代叙事诗分为三个阶段:"从一九二〇年到一九二六年,可以说是现代叙事诗的初创期。从一九二七年蒋介石发动'四一二'大屠杀到一九三七年'七七'卢沟桥事变爆发,这是中国革命史上内忧外患交集的十年,作为'歌诗合为时而作'的中国现代叙事诗,也就进入了第二个阶段。卢沟桥事变爆发则标志着中国现代叙事诗进入第三个阶段。"[①]他同时指出了第三阶段是叙事诗的成熟和繁荣时期,认为在概括生活的广度、反映现实的深度方面,这时期的现代叙事诗都大大超过了前两个时期,"当卢沟桥的炮声伴着我们这个古老民族进入了炮火硝烟的时代,一场对日本帝国主义的侵略作全面反抗的战争便开始了。中国诗人,只要还有一点爱国心和正义感的,无不把自己诗思的视角转向了这个轰轰烈烈的时代,而现代叙事诗也终于迎来了一片大繁荣的景象。"在抗战时期,叙事诗,尤其是长篇叙事诗的繁荣,掀开了中国新诗发展的新篇章。

茅盾早在1937年的《叙事诗的前途》一文中就指出:"这一二年来,中国的新诗有一个新的倾向:从抒情到叙事,从短到长。二三十行以至百行的诗篇,现在已经算是短的,一千行以上的长诗,已经出版了好几部了。"[②]这是关于抗战叙事诗的最早的论述,他还指出,"我觉得'从抒情到叙事','从短到长',虽然表面上好像只是新诗的领域的开拓,可是在底层的新的文化运动的意义上,这简直可以说是新诗的再解放和再革命。"在1939年10月9日力扬发表的《叙事诗·政治讽刺诗》中,也这样提道:"我以为叙事诗是会被大众所爱好而接受的,因为它必须具备了一个完整的故事的缘故……但正因为它

---

① 骆寒超:《论中国现代叙事诗》,《文学评论》,1985年6期。
② 茅盾:《叙事诗的前途》,《中国现代诗论(上编)》,杨匡汉、刘福春编,广州:花城出版社,1985年,第315页。

至少要具备这些条件,一首叙事诗的完成是比较艰苦的。一个诗人要现实的描写了当代各种人类的典型以及和这些任务密切相关的政治变动与思想趋向等等,当然比写一首如心所欲的抒情诗要艰苦得多的。"80年代,苏光文在《抗战诗歌刍论》指出:"抗战诗歌发展过程,大致可分为三个阶段:朗诵诗阶段、叙事诗阶段、政治讽刺诗阶段。以这三种诗体为标志的三个阶段,鲜明地展示出抗战诗歌创作的发展轨迹,也几乎囊括了整个抗战诗歌活动。"[1]他还通过和朗诵诗的对照比较指出了叙事诗的特点:"朗诵诗阶段的诗歌创作偏重抒情短诗,而以叙事诗为标志的叙事诗阶段的诗歌创作则偏重于叙事长诗。叙事长诗在二三十年代的中国诗坛上是不多见的。这一阶段,叙事长诗的创作可以说出现竞写热潮,堪称叙事长诗时代。这与朗诵诗阶段的诗人们的抗日救亡狂涛必须用豪歌来抒写一样,诗人们对抗战本质的认识、对战时生活的理解、对未来的渴求以及自己深沉的思想,便只有用造型的叙事长诗来描述了,从而多侧面多层次地反映史诗般的时代。"抗战爆发初期,诗人们大都创作篇幅短小、感情激烈的诗篇来抒发自己对于抗战的情感,其中不乏许多乐观派诗人,希望能尽快赢得抗战的胜利。战争进入了相持阶段,抗战诗歌的发展也进入了一个相对成熟期,诗人们开始多方探索诗歌的现实主义艺术表现力。在40年代中后期,国统区、解放区和沦陷区都出现了叙事诗写作的潮流,他们开始从抗战初期的短诗创作走向了长篇史诗的创作,在艺术上显得更为成熟,情感上也显得更深层。臧克家曾在《伟大的时代洪亮的诗声——〈中国抗日战争时期大后方文学书系·诗歌篇〉序言》中,对于诗歌的文体,其中就提到了"抗战时期的诗歌,有一个值得注意的现象,那就是长诗,尤其是长篇叙事诗多起来了"。值得注意的是,诗人们对于叙事诗的创作也是具有高度的自觉性的,穆木天在《文艺阵地》第3卷第5期上发表的论文《建立民族革命的史诗问题》专门对于长篇叙事史诗作了一些理论上的探索,他提出:"伟大的时代,必须有伟大的诗歌。伟大的民族革命的时代,必须有伟大的民族革命的史诗。在我们的抗战建国的大时代中,我们的诗歌工作者

---

[1] 苏光文:《抗战诗歌刍论》,《西南师范大学学报》,1986年1期。

的努力的目标之一,就是民族革命的史诗的建立。我们的诗歌工作者,在这个大时代中,要从前方和后方,吸取典型的事件,用生动,而且有大众性的表现形式,把它讴歌出来。"

叙事诗作为社会具体变动的直接影响产物,总是在特殊的历史时期大量出现,与历史,与时代同行。因此,叙事诗有鲜明的时代色彩和现实主义特征。叙事诗的一大阵地《文艺阵地》"为抗战时期寿命最长、影响最广、质量上乘、最受读者欢迎的全国性重要的文艺刊物"[①]。该刊坚持现实主义传统,这也是第一任主编茅盾在编辑《小说月报》时就开始的编辑理念,坚持现实主义使得刊物紧密联系抗战现实。随着抗战的深入,文化工作者们的关注点也逐渐由前方转移向了后方,在诗歌创作上表现为描写大后方的诗歌在数量上逐渐超过描写前线的诗歌。早在《文艺阵地》出版第1卷,就有论者提出抗战存在于前方,同时也存在于后方。在《文艺阵地》第3卷第3期编后记中,主编楼适夷提出要对大后方的农民工人加以关注,他写道:"为了抗战高于一切的任务,我们的文艺的园地里,必然地是充满着战斗的烽烟,和浓烈的血和泥土的气息,但是迎接着这个劳动者的战斗之月,却不能不使我们记得被闲却了的一面。对于英勇地参加了民族斗争的工人阶级,我们的注意是太缺乏了。想着那些在机器旁边替战士制造着武器,为全国进行着生产,在浩荡的原野与崇山峻岭中拿着鹤嘴斧开辟进行民族之血流的通路的工人们,他们在战争中所忍受的辛苦,所输送的力量,也决不下于前线执戈的将士。"到了抗战后期,《文艺阵地》更是明确地提出了建立后方文艺,穆木天在《建立后方文艺》(《文艺阵地》第4卷第1期)中指出:"建立后方文艺!在第二期的抗战中,后方重于前方;那么,后方文艺,也就应当重于前方文艺。直到现在,后方文艺,是被一些文艺工作者,相当地,忽略的,或是,轻视的。这一种缺陷,今后,必须有力地,加以克服。""在后方,是充满着值得我们文艺工作者们去描写的抗战文艺的题材。而且,我们的文艺工作者,必须彻底地去执行自己的巩固后方的任务,我们才能更有力地向着最后胜利迈进。在我们的后方的

---

① 孔海珠:《楼适夷编辑生涯的重要台阶》,《鲁迅研究月刊》,2005年5期。

各省区中,不管是在城市还是在乡村里,充满着很多的在日本帝国主义铁蹄之下的人民的痛苦,充满着很多的足以减消抗战建国的力量的缺点和弱点,而,同时,就是在穷乡僻壤中,有时,也是充满着极强烈的敌忾同仇的热情。后方,有很多值得作家去研究,去表现的民族生活,后方,有很多的社会问题,值得作家在作品中,去讨论,去批判,而且,在后方,也有不少的民众在渴望着文艺。我们的抗战文艺工作者,是应当把他的眼睛转向到这些事实上来。"这为文艺工作者指明了工作的方向。在《文艺阵地》中后期,在诗歌作品中,描写大后方风貌的作品逐渐增多,并最终成为主流。

诗歌是《文艺阵地》刊物的一个重要的栏目设置,每期大概1到6篇诗歌,如以创刊号为例,共有文章29篇,其中诗歌有5篇。经笔者统计,63期《文艺阵地》一共发表中国诗人诗歌223首,此外在文阵丛刊之二《鲁迅先生纪念专号》上登载了鲁迅先生的诗歌26首。作为《文艺阵地》的第一任主编,茅盾利用他在文学界的影响力,拉拢了一大批全国知名作家为杂志组稿,经常在《文艺阵地》上发表诗歌的诗人有艾青、邹荻帆、任钧、厂名、臧克家、力扬、王亚平、林林、蒋锡金、李育中、西渢、鲁夫、向青、高岗、曹葆华、王晨牧、袁水拍、陈残云、黄凡、江农、黄药眠、田间、方敬、令狐令德、郭小川、严杰人等。《文艺阵地》虽然发表诗歌的总数不算多,但是却不乏优秀之作,尤其是涌现了许多和现实生活联系紧密的叙事长诗,如艾青的长诗《吹号者》、力扬的长诗《射虎者及其家族》。经笔者统计,《文艺阵地》一共发表100行以上的长篇叙事诗15首:蒋必舞的《哭,扭断你的小颈子》(第1卷第12期,194行),鲁夫的《大别山》(第2卷,第5期,161行),天蓝的《队长骑马去了》(第2卷第6期,184行),厂民的《路》(第2卷第9期,105行),艾青的《吹号者》(第3卷第3期,160行),黄大姊的《离吉安赴安义》(第3卷第7期,388行),讷维的《秋到江村》(第3卷第11期,100行),关露的《鲁迅底故事》(第4卷第1期,110行),彭慧的《长沙会战》(第4卷第3期,256行),鲁岳的《北运河上》(第4卷第8期,377行),征骅的《拉夫》(第4卷第20期,124行),艾青的长诗《溃灭》片段《玛蒂夫人家》(第6卷第1期,255行),厂民的《雪原上》(第6卷第5期,284行),逢美的长诗《诞生》片段《一幅古老的图画》和长诗《诞生》序诗《中国,我呼唤你!》(第 7 卷第 2 期、第 3 期,137 行),艾青的《索亚》(第 7 卷第 4 期,203 行)。此外楼适夷还翻译了高尔基叙事名篇《少女与死》(第 3 卷第 5 期,257 行)。可以说,《文艺阵地》一直积极地参与长篇叙事诗的创作,为叙事诗的繁荣作出了独特的贡献。

《文艺阵地》所发表的长篇叙事诗的代表作品,当属艾青的《吹号者》和力扬的《射虎者及其家族》。艾青和力扬在抗战期间还都发表了大量关于诗歌的理论文章,他们在进行叙事诗创作时都有相当的文体自觉。力扬的诗歌《射虎者及其家族》(《文艺阵地》第 7 卷第 1 期)是一部具有史诗品质的家族叙事诗,全诗分为《射虎者》《木匠》《母鹿与鱼》《山毛榉》《白银》《长毛》《虎列拉》《我底歌》八个部分,生动翔实地记述了射虎者及其子孙四代人的悲苦命运,老虎、长毛、瘟疫让他们丧生,同时他们还要受到地主阶级(族长)的欺压。射虎者家族的命运也具有普适性,在多灾多难的 19 世纪末 20 世纪上半叶,无数的中国底层劳动人民无不遭受和射虎者家族相似的悲惨命运。因此,这不仅是一部家族的史诗,也是一首中华民族的史诗,以一个家族的遭遇作为民族命运的象征,在历史的忧思中,探索中华民族的出路。在艺术层面上,这首诗歌也有其突出之处,作品人物形象饱满,情感真切,为以抒情见长的诗歌的叙事功能的探索作出了有益的尝试。陆耀东认为,"叙事诗在诗中的特殊性之一是它的叙事成分。它与小说同属叙事类作品,它的特殊性之一是诗,它必须有诗意,虚的成分较多,实中必有虚……叙事诗中的虚,一是表现在抒情成分中,一是由读者在阅读中自己去再创造。"①这篇叙事诗做到了虚实结合,例如在《木匠》一节中诗人写道:"他给别人造着大屋/却只把黑暗的茅屋造给自己/当他早该做爸爸的时候/还是把斧头当作爱妻/他像有遗恨的摔下大斧/也抓起了镰刀和锄头/走向茅草与森林的海/寻觅未开垦的处女地/一年以后,他找到了两个恋人/一个是每季可以收割一石谷的稻田/另一个是:那刚满十四岁的/看来像他自己底女儿的未婚妻/"陆耀东对这节盛赞有加,他说:"由于作品意在表现先辈们为探寻生活之路所经历的种种艰苦,

---

① 陆耀东:《40 年代长篇叙事诗初探》,《文艺评论》,1995 年 6 期。

故对这些历程不作细细铺陈。在这里,以诗的特有方式叙事,精粹简约的笔墨和跳跃的情节,非常适度,看似平常,实际上达到了诗艺的精美境界。"

曾任过《文艺阵地》编委、写过大量新诗诗论的艾青在抗战期间感染到时代精神,出现了创作高峰,出版了多部诗集。艾青在大量诗歌创作实践的基础上,对抗战诗歌作过深入的思考,在《论抗战以来的中国新诗——〈朴素的歌〉序》(《文艺阵地》第6卷第4期)中,他指出:"抗战以来的中国新诗,由于现实生活的不断的变化所给予他的新的主题和新的素材,由于他所触及的生活的幅员之广,由于他所处理的题材,错综复杂,由于他的新的思想和新的感觉的浸润,他已繁生了无数的新的语汇,新的词藻,新的样式和新的风格。"就诗歌的形式变化方面,抗战以来的新诗出现了口语化、散文化倾向,艾青在《诗的散文美》中说:"自从我们发现了韵文的虚伪,发现了韵文的人工气,发现了韵文的雕琢,我们就敌视了它;而当我们熟视了散文的不修饰的美,不需要涂抹脂粉的本色,充满了生活气息的健康,它就肉体地诱惑了我们","天才的散文家,常是韵文的意识的破坏者。"[①]艾青的叙事长诗《吹号者》(《文艺阵地》第3卷第3号)也是难得的叙事诗佳作,诗歌一共5节,描写了吹号者天不亮就起床迎接黎明,到吹号者吹起身号,吹吃饭号,吹集合号,吹出发号,吹进行号,到最后吹响战斗的冲锋号而牺牲,浓缩了吹号者的一生。诗歌第一节描写了吹号者对于号角的爱:"他困惑地凝视着它/好像那些刚从睡眠中醒来/第一眼就看见自己心爱的恋人的人/一样喜欢"。吹号者早早就醒来,是为了迎接黎明的到来,"黎明——这时间的新嫁娘啊/乘上有金色轮子的车辆/从天的那边走来……",诗人这里将黎明比作新嫁娘,将太阳比作车辆的金色轮子,比喻新奇而又贴切,这不仅是吹号者对于黎明的喜爱,也是诗人自己对于黎明的礼赞。第二节写吹号者吹起了起身号,世界上的一切,都被号声给吹醒了,"林子醒了/传出一阵阵鸟雀的喧吵,/河流醒了/号召着马群去饮水,/村野醒了/农妇匆忙地从堤岸上走过,/矿场醒了……",这一段描写充满着农家乡村的美,诗人在赞美美丽的家园。第三节写了在行进的道路上吹

[①] 艾青:《诗的散文美》,《诗歌研究史料选》,龙泉明编,成都:四川教育出版社,1989年,第66—67页。

号者吹着行进号,第四节写了人民怀着激动的心情,在等待战斗的来临。第五节写了战斗的激烈场面,吹号者吹出了冲锋的号角,战士们跃出战壕,残酷的战斗开始了,然而,就在此时,吹号者被一颗子弹打中了。

诗中有两个意象值得注意:太阳和土地,诗歌中也充溢着不同色彩的交融,显示出一种绘画美。"金色轮子的车辆","在东方张挂了万丈的曙光","而当太阳以轰响的光彩","太阳给那道路镀上了黄金","而太阳,太阳/使那号角射出闪闪的光芒……",因为有了这么多的太阳意象,整首诗也就充溢着金黄色的阳光,其感情基调是明朗的。土地意象也多次出现:"在那些蜷卧在铺散着稻草的地面上的/吹号者从铺散着稻草的泥土上起来了","他不埋怨自己是睡在如此潮湿的泥地上","我们呼吸着泥土与草混合着的香味","他倒在那直到最后一刻/都深深地爱着的土地上"。艾青在《我爱这土地》中也写道:"为什么我的眼睛里含着泪水,/因为我对这土地爱得深沉",诗人歌唱了他深深爱着的土地、祖国,满溢着深情。同时,诗歌中还多次出现"黎明":"惊醒他的/是黎明所乘的车辆的轮子","门外依然是一片黝黑,/黎明还没有来","黎明——这时间的新嫁娘啊","他以对于丰美的黎明的倾慕/吹起了起身号"。总而言之,"土地"意象的多次出现表达了艾青对于祖国深沉的爱,而"黎明"和"太阳"意象则表明了诗人对于光明的强烈向往和呼唤。此外,还有本诗中的吹号者,吹出的是中华民族反抗日本侵略的觉醒的、战斗的号角,吹号者扮演了一个启蒙的角色,这使得"吹号者"这一形象突破了单纯的部队里的吹号员角色,富有象征意义。

与《文艺阵地》中的叙事长诗相较,《新华日报》的文艺副刊因篇幅所限,倾向于短小的叙事诗。作为在国民党统治区公开出版的机关报,《新华日报》是中国共产党在国统区领导文艺界抗日民族统一战线的一面旗帜。其最早于1937年筹备于南京。后因武汉失守,故于1938年10月25日迁到重庆。重庆版《新华日报》在重庆发刊近十年,其文艺副刊上活跃的作家近千人之多,其中在副刊上发表叙事诗的诗人就有一百多位,其中有我们熟知的何其芳、臧云远、戈茅、沙鸥等。在重庆版《新华日报》文艺副刊上,刊登叙事诗的文艺副刊的主编有戈茅、袁勃等,他们往往具有编辑和诗人的双重身份。而活跃在重庆版《新华日报》文艺副刊上创作叙事诗的大部分诗人,多为具有爱国情怀的诗歌爱好者们,如旷英、铁马、超岚、张晴、吕剑等近百名诗人。在1938年到1941年这个时间段刊登在重庆版《新华日报》文艺副刊上的叙事诗,每年在5首左右,而在1942年到1947年这个时间段的叙事诗,每年都在20首左右,6年内刊载的叙事诗达到了200首左右,出现了叙事诗创作热潮。诗人们多方面多层次多视角地展示抗战生活,以广阔的视角关注着各阶层人们的生活和命运,塑造了众多的人物形象,记录着时代兴衰在这些人身上的投影。《新华日报》上的叙事诗因其短小精悍、故事性强,语言多用方言口语,贴近民众,能引起人们的共鸣,得到了民众的喜爱。

重庆版《新华日报》文艺副刊上刊登的叙事诗的特点,主要体现在三个方面。首先是叙事诗的价值标准,作为党报,《新华日报》上的叙事诗的价值观念形态就以抗战主题为最高要求,即创作为团结一切可以团结的力量,一致对外。其次,为响应时代的号角,符合民众所需所求,平实、朴素的语言无疑成为重庆版《新华日报》文艺副刊上叙事诗的首选。诗人们以诗歌中所表现人物的"基本材料"为标准来选择语言,要想创造出如白居易诗歌"易处见工"的目的。如纯静的《在雷雨交加的时候》:

今年第一次,/春雷响了,/响在深夜中。/紫色的电,/像几条/赤炼的蛇,/烧亮了漆黑的天。/平静沉闷的夜,/被响雷/震的发颤。/我从梦中惊醒,/站在发抖的窗前;看着黑天,/看着闪电,/看着雨打的麦田。/雨林中,/闪电下,/疾走着一个人,/时而头露出/他的脸/像闪电一般。/一声响,/一次电闪,/他一回头现。/披着雨条,/他走近了/我的窗前。/"喂!借一把伞,我是筑路的张三,"/前面明天要通车,/路,还有一点没修完。/喂!借一把伞,/我要向前。/……把伞,/递给了他,/电又在闪。/他脸上露出了,/诚挚的笑容。/走了,/他走了,/离开了我的窗前。/为了路,/他不愿意/等到明天。①

民歌民谣所体现出来的自然和率真、淳朴和清新，受到了文艺工作者们的注意，诗人们深入民间，与各地区的歌谣进行合作和补充，从民间文学和民间歌谣的艺术形式中获取创作的"灵感"，这种谣曲体的叙事诗歌更加受当地民众的喜爱。以刊登在重庆版《新华日报》的两首叙事诗为例。旦尼《广西女》（节选）：

抗战啦，/广西女，/踊跃上战场，/先是救援队，/到前方，/抗敌心如火旺，/源源来到桂林城，/想打仗，/投入学生军，/昂挺挺，/换上武装，/朝朝夕夕学操枪。②

蓝蓬《争论（陕北小景）》：

两个拉着话，女的说："俺大大在城里买的枣子和糯米，妈妈把它做成枣糕和粽子，还割了一大块猪肉，一捆韭菜，哥哥在家里又杀了两个羊羔，嫂嫂把它做成很可口的菜，我们可吃个美呢。"男的说……女的小嘴更不让人，"俺妈妈是模范纺妇，你看我的花袄好不好，这就是公家奖励我妈妈的布做的。"③

这两首叙事诗，吸取了各地民歌的艺术表现形式，读起来朗朗上口，更贴近人民大众的诗歌传统。

第三，关于"情感"和"叙事"的关系的处理上。有学者认为在叙事作品中，"情感"是次要的，"情感"是有阶级性的。但是无论是什么类型的诗歌，就当以"抒情"为诗歌的形式，因为没有真挚诚实的感情，是不能创作的。

---

① 纯静：《在雷雨交加的时候》，《新华日报》，1944年5月3日。
② 旦尼：《广西女》，《新华日报》，1942年11月22日。
③ 蓝蓬：《争论（陕北小景）》，《新华日报》，1943年9月2日。

"抒情是诗的本分","诗的专职在抒情",但也并不排斥有叙事的成分,重庆版《新华日报》文艺副刊上的叙事诗,"叙事"中"抒情"比例的不当,直接引起了其中大部分叙事看起来像小小说。我们以师劳的《炭渣堆上》为例:

> 她们看到了最早的雾,/打着清晨的寒战。/一声不响,她们俩/用小手捡着那生命的断线。//炭渣堆上,狗仔蹬了蹬后退,/猖猖地斗着,跑出了一溜黑灰;/她们姐妹俩刨着刨着,/手指上的煤灰糊着脸上的泪水。//妹妹说:"我……饿透了"。姐姐说:"我不也是三天没得吃!"/她们揉一揉眼睛,煤灰又蒙上了一层。//"幺妹,你看,那一边,/猪圈旁边的一条阴沟;在那里面,存着/一颗颗的胡豆。"/"呀,多大的颗子啊!"/我们快捡回来;//看,还有米饭哩!/我们拿回去,妈妈也吃。"/看,她们手捡的多么机灵。/饿慌了的小妹妹,/偷偷放了几颗进嘴里,/啊!对于饥饿的唇舌,这有多甜啊。//"你做啥子先吃呀!"/"你也吃的呀!我看到起的!"/唉,她们打起来了,/从两付糊满煤灰的脸上淌下泪水。//姐姐停住了手,又泥上一脸灰。/她听到了弟弟在病里的哭叫;/"噢,好幺妹,我们快捡了回去,/妈妈正在眼巴巴的等着哩!"①

整篇的叙事诗中,无一处抒情成分,全文都是纯客观的叙述。叙事诗当中尽管人物、情节很重要,但是整篇叙事诗当中,没有任何的抒情成分,也是不可取的。在诗歌的抒情和叙事之间,叙事的"叙"与"事",叙事的"情"与"事"都需要有机地融合。

在艺术形式探索方面,有用一个或几个戏剧性冲突场面来突出整个事件的纪事型叙事诗。这种叙事诗多气势宏大,会穿插诗人或故事主人公的内心独白,以及隐设的台词,让感悟也参与到叙事的故事当中,追求一种"记述型的诗",呈现出剧场性叙事情境。这种纪事型诗歌往往带给人亲身经历的震

---

① 师劳:《炭渣堆上》,《新华日报》,1944年4月14日。

撼感，又符合大时代背景，以及全民抗战的号召。但这种诗多场面宏大，由于《新华日报》版面有限，相比其他类型叙事结构的诗歌，刊登这类的诗歌不是很多，常常会一首诗歌占据整个文艺副刊的一个版面，诗歌的字数也在几千字左右。如禾波的《红鼻子王老大》：

> 王老大直伸了腰／第一句又说"好险"／他说不是群众力量大／那里还会来相见／前天我在田埂／放下镰刀打呵欠／一群鬼子拉一串老乡／中间还有我们自己的人／李三哥／张德顺／都被反绑了手……天快亮／黑暗里闪白光／四个守卫的鬼子／靠在墙边／熟睡得像猪样／我们轻轻地移开了门板／／一群哑老虎／五个人分头捆一个敌人／塞住他们的嘴／捆紧他们的手脚／我们像风快／七手八脚的拿到枪／四支枪／还连子弹／／我们在小路分散了／我把枪交给队长天刚亮／听说鬼子今天在农村里烧杀／想是把昨夜的耻辱报复一场……①

除了纪事型叙事诗外，还有一类感事型叙事诗，这类叙事诗多感于老百姓平凡生活中的小事，及时反映社会的动荡和民众的疾苦，以其短小精悍的特性而广泛刊登在重庆版《新华日报》文艺副刊上。佚名曾在《新华日报》上发表的《关于诗歌下乡》中就提出"要写人民熟悉的关于他们自己的生活的东西，要懂得他们内心的感受，诗重要的是要有故事性；诗歌要有教育意义，农民的生活根本就是问题、贫困、受压榨说不出来的"②。这类叙事诗的代表如谢云《新税的契》（节选）：

> 他／怀着新税的笑，／像女人／怀着第一胎，／又欢喜又羞涩，／从区公所／走回家来。／他一面跑，／区署李同志的话，／还在他耳边响，／"恭喜你，买田翻身。"／当时啊，／他心儿乱跳，／满脸通红，说不出一句话，／只拉着嘴不好意思的笑。／怎不欢喜呢，——／几代人了

---

① 禾波：《红鼻子王老大》，《新华日报》，1942 年 4 月 24 日。
② 佚名：《关于诗歌下乡》，《新华日报》，1945 年 4 月 14 日。

啊,/在这块土地上流汗,/在这块土地上做牛马,/今天却凭着这一张契,/就做起主人来了啦!①

又如肖白《在农家晚餐》:

秋天的月光笼罩着,/战争卷过的院落。/我坐在院子里,/让新鲜的空气/洗涤着精神和肉体的疲乏。//"同志,饿了吧?/先吃几个枣。"/房东老太递给我许多枣子,/我回给她像对母亲似的亲切的微笑。//借着月亮的光,/她把窝窝做的像饼干一样。/端出了一盆黄菜,/又把她留给儿子的萝卜丝也拿出来。/她吩咐小孩放盐在菜里,/孩子习惯地不敢多放一粒。//"多放一些盐,/再多放一点,/同志们拼命在战场,/多吃一粒盐/就多增加一把力。"/她吩咐又吩咐着。/秋天的月光笼罩着/战争卷过的院落。/我在农民家里/默默地咀嚼着,农民家里的晚餐——/就像在自己的家里,/深受着人民对×路军的温暖……②

这两首诗歌都是从小事出发,有感而发,几句简单的口语交流就构成一个完整的故事,容易创作,更容易被民众所接受。这种感事型的叙事诗,正是对诗歌形式大众化的一种迎合。

在重庆版《新华日报》文艺副刊上刊登的叙事诗,在叙事视角上多为纯客观叙事。叙事者只描写人物所看到的和听到的,不作主观评价,也不分析人物心理,所有的感想都让读者自己去品味和回想。如何其芳《笑话》:

话说有一天,/天下着雨。/许多人在公共汽车里挤,/一个穿着布短裤的下等人,/居然挤到一位绅士的身边。/这位绅士怕挨着了他的西服,/又要花一笔钱送进洗衣店,/赶快用雨伞来隔在他们中

---

① 谢云:《新税的契》,《新华日报》,1946年8月1日。
② 肖白:《在农家晚餐》,《新华日报》,1944年6月21日。

间。/滴在那个"下等人"的脚上像眼泪。[①]

这两首叙事诗,都是典型的纯客观叙事,叙事者只描写了自己所看到的一个事件。整个叙事诗的叙事者,是第三人,既不是叙事诗中的人物,也不是和事件相关的人物。作者并无任何评价和分析,只是通过客观的描述,就已经达到了所要表达的目的。这类纯客观叙事的叙事视角的作品在重庆版《新华日报》中为数众多,这主要还是和其时代的"国家意志的张扬"分不开的,时代需要客观的、真实的、与时代同行的作品。

重庆版《新华日报》文艺副刊上的叙事诗,进行着多方面的探索,在其宣传性和群众性上都有着自身独特的优势。但是也存在很多的不足,诗歌表现内容不够丰富,多为口号化的宣泄,诗歌的用词和造句上过于简单、平实,内容能够达到一定的社会高度,却在形式上相对落后。寻找适合叙事诗的发展形式,也成为20世纪40年代大后方抗战诗歌创作方向的一个思考。

六、报刊媒介与大后方抗战诗歌的大众化

抗日战争爆发以后,民族矛盾成为中国社会的主要矛盾,结成全民族统一战线进行抗战成为了时代的要求。也就是在这样一个特殊的抗战环境中,新诗在通俗化和大众化方向上有了质的飞跃,在这个时期诗歌的大众化在理论和实践中都出现了前所未有的猛进势头。此前对诗歌大众化的讨论,比如"平民文学""民族形式""大众歌调""利用旧形式"等等,为抗战诗歌的大众化提供了参考。抗日战争爆发后,在国共统一战线建立的前提下,提出"文章下乡,文章入伍"口号,广大的文艺工作者与人民群众接触更多,文艺工作者更加了解民众需求,在客观上,这也为抗战诗歌的大众化提供了实际条件。1938年10月,毛泽东发表了关于民族形式问题的讲话,1940年他又在《新民主主义论》中提出"建立民族的、大众的新文化",由此,在解放区和国统区都

[①] 何其芳:《笑话》,《新华日报》,1944年9月16日。

广泛展开了民族形式的大讨论。民族形式的讨论,也是实现文学大众化的路径之一。为了进一步配合民族抗战,文艺工作者认为需要通过文学,尤其是诗歌,来唤起民众抗战的热情,而这样的前提就是使诗歌适应民众,民众容易理解接受诗歌。诗歌的大众化就成为迫切需要解决的问题。为此,诗人和文艺工作者作了各种尝试和努力。穆木天、茅盾、臧克家都写文章肯定了朗诵诗的大众化方式和现实意义。此外,新诗的歌谣化,用小调、大鼓、钱板、快板等民间形式也是抗战时期实现诗歌大众化的一种重要方式。街头诗也是新诗大众化的重要组成部分,而抗战时期田间是街头诗最热心的倡导者和实践者。街头诗短小通俗,宣传方式独特,效果明显,对新诗大众化有一定的促进作用。艾青对诗歌散文美即口语美的倡导,这为诗歌大众化、为解决诗歌如何接近民众的语言问题提供了很好的方式。同样是解决民众对诗歌语言理解的方式还有方言诗,诗人们利用方言,使得诗歌从语言上亲近民众,实现诗歌的大众化。

　　报刊媒介对大后方抗战诗歌的大众化起着巨大的推进作用。报刊上刊登的关于抗战诗歌中出现的一些主要问题的理论文章,在这些文章中论及最多的就是抗战诗歌的大众化方向的问题。这些文章不仅在诗歌大众化的理论探讨中发挥着重要作用,更是为大众化诗歌的创作实践指明了方向。冯雪峰发表在《抗战文艺》第3卷第8期上的《关于艺术大众化》中就说道:"根据抗战之积极的,革命的本质,那么抗战利益上所必需的一切动员上,政治的斗争上,一切文化思想的斗争任务,在原则上都是艺术的任务,不过为了一切这些任务的实践,我们却需不同的方式和方法,就是要组织一种艺术运动。我们于是采取了艺术大众化的运动。我以为所说的'艺术在抗战中的任务'应当就是'艺术大众化'运动现在一切具体任务之综合的意思。"而他所提到的不同的方式和方法,则是要求戏剧、故事、小说、报告、文学、诗、民谣、歌曲等等"来宣传抗战的意义,处理抗战的问题,描写并批判抗战期的社会生活,接驳与攻击现在的黑暗势力如汉奸活动及豪绅奸商官吏中乘机害民与贪污等现象,描写与典型的斗争事件及战役与英雄,鼓励大众战斗,以及输进新观念"。正如冯雪峰所说,艺术的大众化在抗战这一特殊时期是担当着某种重大的历史责任的,每一种文学形式都被高度地调动起来,充分地发挥自身的作用,从而使艺术真正融入到大众中去。诗歌可以说是推动艺术大众化发展的最为有力的形式,所以诗歌的大众化运动也在如火如荼地进行着,和孙望所说的一样:"因为在长沙仅仅只看见有这么一期发售,然而我已经明白你的动向,大众化的动向"①。

20年代的新诗运动是成功的,它明白晓畅的语言使诗歌融入到更多的群众中去。但在全民抗战的时期,显然新诗的结构用语都需有所改变,并且其能够进入到的群众范围仍然是很局限的。因此,关于诗歌大众化的一系列问题便成为作家们所关注的"热点"。在1942年《诗歌丛刊》的第一集《春草集》中就有《关于新诗的用字和造句》座谈会的记录。参加座谈会的有老舍、姚蓬子、安娥、任钧等。会议从新诗的用字和造句、新诗的音韵和情调、新诗的结构和表现形式三个方面来进行讨论,这次讨论可以说为新诗的发展指明了方向。田间在《七月》第1集第7期上发表的《论我们时代的歌颂》中强调诗人们的歌颂不能离开人民大众:"所谓大众化的意思,我们以为是在于我们底歌颂不能离开人民底战斗意志,和我们诗人自己底生活也在人民底生活之中。我们对歌颂人民能多了解一点,多欢喜一点,就是诗歌平民化底不屈不挠的努力多进步一点,多得一点效果,也多证明一点文学大众化的方向是正确的。在一些地方,为着要我们底歌颂能接近人民,能够吻合人民底生活之路,在一些地方,为着要我们歌颂叫出情感,能叫出事实……我们在祝福着我们底诗人,去找寻道路,去探索方向,去讨论形式",可以看出田间在文中呼吁诗人们在这样的特殊时期,他们应该歌颂的是人民大众,描写人民大众的生活。在《抗战文艺》,1938年第3卷第3期上发表了《我们对于抗战诗歌的意见》诗歌座谈会的发言记录,参加这次会议的有厂民、老舍、方殷、何容、李华飞、梅林、长虹、蓬子、孟克、袁勃、鲜鱼羊、程铮等。厂民说:"诗是给大多数人民来看的,民众是民族的动力,抗战最基本的力量。因此,诗即要为他们而写,或为此种动力的表现,形式与内容都要以此做准则。"显然,在诗歌创作

---

① 洛蚀文:《抗战文艺论集》,上海:上海书店,1986年。

时,诗人们的潜在心理对象就是大众,使创作出来的诗歌能与大众产生共鸣,从而调动民众共同抗日。

诗歌大众化把人民大众当做阅读对象,语言自然就成为诗歌大众化最明显的表现。为了更好地让诗歌大众化,抗战时期的诗歌,多用大众的语言去诉说大众的生活、大众的感情。在《我们对于抗战诗歌的意见》(《抗战文艺》第3卷第3期)中华飞就说:"有一点要注意的是,应该把地方语言充分表现在诗中,同时尽量应用旧的语言。在旧戏里在别的许多场合,那种用得多而成为通俗的语言,就可以为写诗的时候作一种参考",他认为旧的语言只要被人们所熟悉就都可以应用到诗歌的创作中去。但力扬1940年发表于《读书月报》第1卷第11期的《今日的诗》却认为:"但是大众的语言,并不是每一句都是诗,有进步的大众语,也有落后的大众语,诗人必须是一个炼金者,从大众的语言中采取宝贵的金粒,加以提炼。"这说明力扬不主张将大众的语言形式不加选择与批判地利用到诗歌的大众化创作中。

伴随着作家们对抗战文艺的民族形式的争论,抗战诗歌的民族形式就成为了讨论的"热点"。萧三在《文艺战线》第1卷第5期上发表了《论诗歌的民族形式问题》,文章指出:"发展诗歌之民族形式应根据两个源泉,一个是中国几千年文化里许多珍贵的遗产和民间文学。"这个观点是承认中国古典文学给抗战诗歌留下了宝贵的遗产,诗人们可以从中汲取营养,但却完全否认了抗战诗歌与五四以来中国现代新诗的联系。同时,力扬在《文学月报》1940年第1卷第3期上刊发《关于诗的民族形式》,提出了自己对于民族形式的理解和意见,他认为:"在今日特别提出或是说强调这个'民族形式'的问题,是意味着给那些迷恋这欧化而忘却自己民族胃口的先生们以警告,给那些困惑于知识分子的兴味里不敢向群众的行列中迈进一步的以醒惕,给那些在'大众化'的道路上摸索着的以指标,同时也意味着给那些被'旧形式'所俘虏了的以拯救。以掀起文坛上新的风气,加速完成'中国作风与中国气派'的任务,也即是实践大众化更深入的任务。"给予了民族形式一个极高的地位。同时他理解的"民族形式"则是:"继承中国文学里优良的传统——尤其是'五四'以后各阶段新文学运动的正确路向,同时吸取民间文学的适合与现代的因素,但决不是因袭,而需要接受世界文学的进步成分,当然不是模拟,而是向前发展着的更进步的更高的形式。"显然,力扬对于"民族形式"的理解并非是偏执于任何一方,他批判地接受传统文化与外来文化,与其他人相比,他对"民族形式"的理解显得更为全面与科学。

在期刊《诗》1942 年第 3 卷第 4 期刊发的《诗的光荣 光荣的诗》中说到,诗到了抗战时期,受到了战争的洗礼,是进步了的:"诗的样式多样的出现,是诗的一种进步。诗人有意和人民接近,要求人民接受诗,认识诗,同时便创造最能表现人民的生活,人民的最易接受的诗的样式,在各种样式的中间,我们'特别注意朗诵诗这一样式的存在'","以前只能因个人的眼睛通过思想才能领悟的,现在或将来,大家用耳朵接受诗的声音便有所激动。诗的群众必将天天的增加。"①文章中提到朗诵诗的出现是诗歌的进步,并且高度肯定了朗诵诗是诗歌和民众结合得最好的诗歌样式,诗歌大众化的步伐随着朗诵诗的发展向前迈出了坚实的一步。文章中也提到散文美是诗歌的一种进步,也是一种更接近民众的诗歌倾向:"采用白话和语言,自然的章节,是诗的民主的倾向。他的特点是明白和流畅。"②

闻一多发表在《天下文章》1944 年第 2 卷第 4 期的《新诗的前途》这一文章指出了新诗的前途:"除非它真能放弃传统意识,完全洗心革面,重新做起。"③柳倩刊发在《诗歌》月刊 1946 年创刊号上的文章《为民主歌唱》则写了抗日战争结束后,"新诗歌有了它明确的方向,和鲜明的主题。它的任务,当是以全力促进民主的现实,为民主而歌唱了。"茅盾的《为诗人们打气》发表于 1946 年《中国诗坛》的第 3 期,文章总结了抗战八年间诗歌的宝贵经验,同时也认识到更多的不足与缺陷,呼吁诗人们要"充实自己,改造自己","而求与大众共呼吸,同喜憎哀乐"④,仍然要求诗人要注意与群众的结合,创作出更优秀的诗歌。

报刊传播的意义,只有在接受的维度上才能被体现出来。报刊媒介场域

---

① 志同人:《诗的光荣 光荣的诗》,《诗》,1942 年第 3 卷第 4 期。
② 志同人:《诗的光荣 光荣的诗》,《诗》,1942 年第 3 卷第 4 期。
③ 闻一多:《新诗的前途》,《天下文章》,1944 年第 2 卷第 4 期。
④ 茅盾:《为诗人们打气》,《中国诗坛》,1946 年第 3 期。

中的文化原初生产者和特殊的编辑传播者建构了信息空间,而空间要显出它的意义则依赖于读者的阅读。文本信息的传播过程,只有在得到读者的阅读后,才是完整的传播。抗日战争爆发后,全民抗战的形势在国内已基本形成,文艺不再只专属于那些文人墨客,而成为"民族的生活与战斗的反映者,而且是民族精神的指导者。不但是历史现实的最正确的见证者,而且是精神领域的伟大的创造者,他引领着现实世界向着更高阶段发展,鼓舞着人类精神向着更为完善的阶段迈进!……"[1]它成为全民大众的文艺。抗日战争的特殊的历史社会环境,迫使着文艺向着大众的方向推进、发展。抗战时期的读者群扩大到全国人民,不管是文人知识分子,还是在校学习的青年学生,还是处于社会低层的工人、农民都成为新诗的读者群。无疑,读者群的扩大,使读者必然有着不同于以往的阅读期待和文化心态。这种期待视野的转变,就潜在地影响着作者与编辑。

在我国,工人农民是读者群的主要构成,他们知识水平有限,更中意于民间的歌谣小曲这类易懂的表现形式。因此,诗人也会考虑到读者的阅读习惯,通常采用大众所喜欢的诗歌形式。比如袁水拍的诗歌创作就是以群众喜闻乐见的形式,广泛采用了民歌、民谣、顺口溜、小调等形式,写了许多犀利辛辣、痛快淋漓的山歌,他的《马凡陀的山歌》,多用方言俗语,诗句押韵,音节响亮,诗句短小,便于传唱。把社会各个阶层的人民当成读者,使深层次的政治问题通俗化,达到人人皆知的状态。他的山歌成为重庆大众文学的代表性作品,这些诗歌受到广大群众的喜爱,曾传遍战时的大后方。有的青年学生受到激励,甚至怀揣他的诗歌,走上了解放战争的前线。如他刊载在《文艺阵地》第 6 卷第 3 期上的两首马凡陀诗歌,发表于《文艺阵地》第 1 卷第 12 期的《梯形的石屎山街》、第 2 卷第 1 期的《一九三八年的秋雨》,这些山歌无情地解剖、暴露和猛击国民党和美帝国主义的凶恶暴行和无耻嘴脸,同时也表现难民们艰苦的生活,善于描写百姓熟知的场景,加上其口语化的特征,使读者更易接受。

---

[1] 罗荪:《发刊词》,《文学月报》,第 1 卷第 1 期,1940 年 1 月 15 日。

歌谣的创作是《文艺阵地》的一大特色,歌谣更符合大多数民众的审美传统,便于他们理解和接受,是他们喜闻乐见的传统文艺样式,这就涉及到抗战文艺的一个重大的问题,那就是"文艺大众化"。要实现文艺大众化,就绕不开旧形式的运用这个话题,杜埃的论文《旧形式的运用问题》(《文艺阵地》第1卷第2期)中说道:"我们可以说,旧形式载新内容这课题,也就是我国自九一八后所提出的大众化文化运动的一个具体发展。大众化文化运动,为要完成它在新启蒙运动上的伟大任务,自然一方面需要文化人能更密切的接近大众的生活,多多运用和创造大众的日常语言,使它能更适合于大众的需要和理解;但是,在另一方面,它也不能不在某一个时期内,需要运用旧形式,通过旧形式,去取得更显著的效果。"这就指明了文艺大众化过程中利用旧形式的必要性。在题为《文艺大众化问题》的一次讲演中,茅盾还提出:"我们的大众化问题,简单地说,应该是两句话:一是文艺大众化起来,二是用各地大众的方言,大众的文艺形式(俗文学的形式)来写作品,我分析了新文学作品所以不被大众接受的原因,一是文字的欧化,表现方式不是大众所习惯的。我说:'在抗战期间,我们要使我们的作品大众化,就必须从文字的不欧化以及表现方式的通俗化入手。我们为了抗战的利益,应该把大众能不能接受作为第一义,而把艺术形式之是否"高雅"作为第二义。我们应当不怕自己的作品形式的通俗化!'"[①]茅盾利用旧形式主张得到了其他杂志同仁的赞同,《通俗读物编刊》社的向林冰在《关于"旧形式运用"的一封信》(《文艺阵地》第2卷第3期)中写道:"茅盾先生:抗战以还,文艺界对于所谓'旧形式运用'作风,多持否定及怀疑态度,惟先生则独能肯定这一运动,本社同人,无形得到甚大之兴奋与启示。"上述论文的发表,使得在文艺大众化过程中利用旧形式的做法得到了文艺界的认可,为《文艺阵地》的文艺大众化创作做好了理论上的准备,这也显示了《文艺阵地》杂志的一贯特色:理论和创作并重,理论指导创作。《文艺阵地》共发表四川歌谣4首,都是用四川方言写成,句末押韵,句子简单易懂,且很有韵律感便于传唱,例如《文艺阵地》第2卷第8期的第一

[①] 茅盾:《我走过的道路》下,北京:人民文学出版社,1988年,第33—34页。

首四川歌谣:"张大哥,/李大哥,/出门碰着朋友多,/你打我来拖,/你拍手,/我唱歌,/有饭大家吃,/有酒大家喝;/不开花,/哪有果,/落难的豺狼没处躲。"这是老百姓喜闻乐见的传统艺术形式,颇有四川话的地方色彩,有利于抗战的宣传,是文艺大众化的有效方式。《文艺阵地》第2卷第8期的更生的《粤东民间的抗战之歌》里面包含了两首民歌《麦子黄》和《日本兵》,《麦子黄》讲了不堪忍受日本兵压迫的农民最终加入游击队抗日,《日本兵》则控诉了日军烧杀抢夺的滔天罪行。这两首民歌每行的字数一样,句末押韵,且上一句句末和下一句开头相同,这种顶真手法便于记住歌词,同时也便于演唱,很能体现出歌谣的美。恰如作者所说:"这些以抗战事实为背景的民歌,以为深入民间的宣传,因为经验告诉我们,拿那些民歌去唤醒民众的确比唱'义勇军进行曲''牺牲已到最后关头''自卫歌'等,收效来得大啊!"作者所说的不错,因为用老百姓熟悉的东西去宣传抗战,自然比空洞的抒情或者口号更能让老百姓所理解,这种以民歌的体裁,装入抗战的内容,是"旧瓶装新酒"的一个典型案例。

  此外,朗诵诗歌的创作也是因为读者的识字能力有限,那么作者就创造这种只用听就能感受到诗歌的文学艺术性的大众形式。朗诵诗歌拥有一大批读者群,他们大多是教育程度不高的人,作者在创作时心怀读者,考虑到读者的认识、文化水平有限,口头语言的表达能让受众更易接受。因此,朗诵诗的语言和形式通常是直接来自民间,抛弃那些书面语言,更加注重语言和诗句的通俗性和大众化,直接地深入到受众中间去。朗诵诗一经诵读就很容易被大众接受,并且也成功地在抗战时期起到了发动和教育广大群众抗战救国的作用。同时群众对朗诵诗的接受和反应又能推动朗诵诗的发展。许多朗诵诗活动,使受众能现实地感受到朗诵者的激情,并接受到这种情感传递,从而提升人们的抗战激情。高兰是抗战时期著名的朗诵诗人,在重庆时,他也奔走在抗日救亡的急流中,为革命热情地呐喊。他的朗诵诗语言通俗,感情真实激烈,让受众能立即受到其诗歌的感染,激发战斗意识。其间也有许多朗诵诗发表,如他在《文学月报》上发表的《夜行》:"我们——三十五个!/背负着一肩星月,/两袖风寒,/三千万的苦难,/八年来的辛酸,/爬过了,/一重山！/两重山！……/看了孩子们的脸，/是尽力忍着悲苦的，/是高度严肃的痉挛，/多么令人心痛的倔强啊！"此诗写了高兰和青年学生一起参加抗战宣传队时的情景。在诗中，它不仅表现了诗人自己的心声，也生动地描绘了青年学生抗日救亡的热情，并有着抗战必胜的信念："走！走向前！/冲破了寒冷与黑暗，/歌唱胜利的明天！"其语言朴实，感情真挚，深深地感动和感染着群众。

内容上，诗歌既要体现人民群众的情感、要求、理想和愿望，能充分地适应大众的文化程度和欣赏习惯，并且能对读者群众起到一定的启蒙和鼓舞的作用。如丘琴发表在《文学月报》第1卷第1期上的《沁河三唱》就写出了人民对敌人的愤怒与失去家园的伤痛："沁河的水呀——年年流淌。/流不尽那/人民的愤怨/流不尽那/人民的哀伤。/人民的家舍呀，/全变成了火场，/血场……人民们成群地/流走四方——/老军人把泪珠儿/滴落在风前；/年青人/手触着死亡……"这些场面都是人们大众所亲眼看见的，体现的是人民的感情。又如《文学月报》第1卷第2期风涛的《黄河夜渡》："一个行囊，/一支钢枪，/年青的行列——/我们是黄河一样的壮勇。/风涌着雪，/雪涌着风，/山野埋进了风雪中。/黄河古渡，/没有昏黄的一点渔火，/村野变成军事的阵营；/脚步踏进三尺雪地，/我们有钢铁的胸膛/挡住寒风。/狂急的奔腾，/我们犹如一群/勇敢的鹫鹰！/双橹剥开黄涛的浪眼，/七只木船在水面上飞行；/今夜，/坚强的横渡/我去击杀那些敌人。"体现了战士不畏艰险地去参加战斗，也体现了战士们高昂的抗战激情。雪伦的《来自草原上的人》则体现了人民坚信抗战必胜的信心，我们终将把敌人打败："雾是要散去的，/人们深深地相信；/太阳将冲过它的封锁，/把光明和温暖/撒给劳动的人们！"类似这样的抗战诗歌几乎每个期刊都有，他们把最贴近民众的场面展现给读者，把读者的感情表达出来，与读者同喜同哀，让读者与作者产生一种共鸣，从而使诗歌对读者产生影响。同时读者对这些诗歌文本的认同，导向读者一种人格的升华、对抗战认识的提高、坚定抗战必胜的信念，走向一种对抗日救亡的全民认同。

读者是传播过程中的一个重要环节。读者的阅读习惯、审美期待决定了作者的创作方向和编辑的选择内容。同时读者的反馈信息也促进着诗歌的发展。尊重读者的意见，满足读者的需要，教育群众，从而使全国人民有着抗战的激情，这是作家和编辑的共同宗旨。作者和编辑的读者意识使他们与读者联为一个共同体，使彼此间的关系就如鱼和水的关系，超出了纯粹的作者、编辑、读者的个人领域，建立起了抗日救亡的共同心理基础。可以说，正是抗战时期特殊的文学体制和文学语境，把文本生产者、传播者和接受者融为一个整体，他们彼此的文化心态和精神欲求都围绕着抗日这一主题，给人一种崇高感。

抗战时期的诗人坚持现实主义的诗歌创作，抛弃了以往那种让读者"读不懂"的诗歌创作手法，这使以前那些艰涩、朦胧的诗歌逐渐从诗坛消失，取而代之的是反映现实生活，反映抗战真实地现实主义诗歌。现实主义创作手法的运用使读者能够更容易读懂诗歌。如臧克家刊发于《文艺阵地》第7卷3期的《泥土的歌》，第7卷4期的《乡村风景》，发表于《时与潮文艺》第3卷第4期的《废园》等，现实主义手法的运用使其诗歌能真实地反映民众的生活、感情和战时的场景。语言上作者也考虑到读者的认识水平有限，大都采用白话语言，甚至是更为接近民众的口语化语言，如胡风在《略观抗战以来的诗》(《文艺阵地》第3卷第7期)中所说："诗的语言与旁的文学作品不同，是要更洗练，更凝集，更能与读者的心结合。所以，诗人必须有对于语言的感觉能力，把读者的认识和战斗意识提高。"这也提升了读者在阅读时的理解空间。诗人在创作时，开发本土民间诗歌资源，用大众熟悉的方言来写诗，以便能让文化层次较低的读者，能读懂诗歌，喜欢诗歌，从而达到教育民众，鼓励民众抗战的效果。沙鸥可以说就是一位为读者大众着想的诗人，他先后到重庆的巴县马王场和万县白羊坪山区农村访贫问苦，搜集农民方言。因为他站在农民读者的立场上考虑，觉得以方言写诗，能深入广大农村并为农民读者所接受。他的方言诗因语言的乡土化、诗歌情感表现的生活化和对现实生活的真实反映，受到读者大众的喜爱。

对于诗歌大众化的推进，报刊媒介总是不遗余力地刊登各种诗学理论和作品,不管是在抗战前期,还是到抗战后期,报刊媒介总是紧随时代的步伐,关注诗歌的发展动向,让抗战诗歌理论和作品都能在报刊媒介上与读者们见面,从而推动抗战诗歌的发展,也激起民众的抗战激情与抗战精神。

第七章 抗战大后方对外国诗歌的译介

任何时期任何民族的诗歌要取得进步和发展,必须不断地与异质文化进行交流,恰如郭沫若所说:"无论哪个民族的文化,在变革时每有外来的潮流参加进来。外国的文化成为触媒,成为刺激,对于本国文化引起质变。"[1]抗战时期的诗歌也不例外,大后方是中国抗战时期的文化中心,重庆、桂林、昆明、成都等地的诗歌创作者和翻译者在民族危难时翻译了大量的外国诗歌作品,达到了中外文化交流的目的,也抒发了抗战语境下中国人民乃至世界反法西斯战争人民的心声。相应地,要研究大后方的抗战诗歌,就不能不涉及该时期该区域的翻译诗歌,本章主要借助对重要诗人作品的翻译来呈现大后方丰富多彩的诗歌译介。

一、"文协"对抗战诗歌的译介

中华全国文艺界抗敌协会(以下简称"文协")通过诗歌座谈会、诗歌晚会等活动加强国内诗歌界的团结和协作,而且还充分地与外国诗歌开展了交流活动,既把国外充满昂扬斗志的诗歌翻译进中国,又把国内的抗战诗歌翻译介绍到国外,从而将中国抗战文化事业融入到世界反法西斯文化的潮流中。本文试图以"文协"会刊《抗战文艺》上的译诗和翻译观念为依托来论述

---

[1] 郭沫若:《再谈中苏文化交流》,引自《中国翻译文学史稿》,陈玉刚著,北京:中国对外翻译出版公司,1989年,第7页。

其译介抗战诗歌的活动。

（一）

1938年3月27日,"文协"在成立宣言中表达了中国文艺工作者要面向世界,将中国的抗战文艺融入到世界反法西斯战争的洪流中的愿望。宣言号召广大的文艺工作者"在增多激励与广为宣传的标准下","把国外的介绍进来或把国内的翻译出去"①。

翻译介绍外国文艺作品是"文协"工作的重要内容。戈宝权先生在抗战爆发后的1938年12月曾就翻译外国文艺作品工作的滞后状况专门写了《加紧介绍外国文艺作品的工作》一文,分析了抗战大后方文学翻译工作面临的主要困难是"许多重要城市的相继沦陷,外国书报杂志的购置不易以及从事翻译工作者的生活不安定等,俱形成了翻译及介绍工作退步的原因"。而在戈宝权先生看来,在抗战爆发后的一年时间里,美国、西班牙和苏联的作家创作了大量的优秀作品,比如辛克莱在创作了《石炭王》(今通译为《煤炭大王》)和《屠场》之后,于1938年以美国钢铁工人的斗争生活为题创作了一部十大章的巨著《小钢铁》;托尔斯泰以苏联内战和反对军事干涉为主题完成了一部小说《面包》(又名《保卫察里津诺》)和一部戏剧《十四个列强》,肖霍洛夫完成了《静静的顿河》第四部;西班牙人民为争取自由与独立的反法西斯的斗争而创作了一系列的作品,如山得尔完成了《战争在西班牙》,察瓦斯写了《手榴弹》等。这些作品均具有强烈的反抗精神,对于鼓舞国内人民的抗日斗争具有十分重要的"催化"作用。所以,"在目前抗战期间,我们实有积极翻译及介绍外国文艺作品的必要,为了丰富我们的文艺作品写作活动,像苏联以内战及反军事干涉为主题的作品,以及西班牙两年来英勇斗争中所产生的作品,更有介绍的必要。同时促进中苏作家与中西作家之间的友谊……也是我们当前必要的工作。"②

正是由于人们意识到译介外国文艺作品的必要性,抗战大后方在翻译介

---

① 《中华全国文艺界抗敌协会宣言》,《文艺月刊》第9期,1938年4月1日。
② 戈宝权:《加紧介绍外国文艺作品的工作》,《抗战文艺》3卷3期,1938年12月17日。

绍外国小说、戏剧和诗歌等文学样式中取得了显著成就。《抗战文艺》作为大后方主要的文艺刊物,在彰显翻译文学主张和宣传抗战等方面起到了明显的"带头"作用,仅就诗歌而言,我们可以看出其具有鲜明的时代性和战斗性特质。为了对"文协"抗战诗歌译介活动作进一步的探讨,本文姑且先将《抗战文艺》上的翻译诗歌统计如下:《国际纵队歌》,西班牙 E. Weinert,马利亚译,第 2 卷第 4 期,1938 年 8 月 13 日;《哀悼》,法国 N. Babas Varof,马耳译,第 2 卷第 4 期,1938 年 8 月 13 日;《手榴弹之歌》,苏联 V. 古谢夫,铁弦译,第 4 卷第 5、6 期合刊,1939 年 10 月 10 日;《乌克兰人民诗人雪夫琴可底诗》(6 首),苏联林德舍·Jack,周醉平译,第 4 卷第 5、6 期合刊,1939 年 10 月 10 日;《跟着码头工人前进》,英国 A. Brown,王礼锡译,第 5 卷第 4、5 期合刊,1940 年 1 月 20 日;《谟罕默德礼赞歌》,德国歌德,梁宗岱译,第 6 卷第 1 期,1940 年 3 月 30 日;《这是你的战争》,徐迟译,第 10 卷第 4、5 期(编好未出版)。

《抗战文艺》上发表的翻译诗歌,从数量和国别上来看并不多,只翻译了 6 个国家(其中包含未注明国别的诗歌)的 12 首作品,但其具体的内容以及产生的影响却不容忽视。接下来,本文将结合抗战语境对诗歌的诉求来分析和论述这些译诗所具有的特点。

(二)

传统的翻译文学理论建立在语言学的基础上,将翻译行为视为语言和文本意义的转换过程,从而忽略了外部的政治文化因素对翻译的制约作用。翻译文化批评的兴起改变了翻译文学研究的重心而将外部环境纳入研究的范畴,比如源语与译语之间文化地位的强弱、译者的翻译决策与潜在读者的阅读期待、社会政治语境与翻译材料的选择等。为此,我们有必要从社会文化语境出发来分析《抗战文艺》上的翻译诗歌,从而窥见"文协"翻译文学的主张和文化交流的旨趣。

《抗战文艺》上的译诗对原作内容的选择具有鲜明的时代色彩,满足了抗战时期人们对诗歌的需求。"文协"从成立之时起就十分重视翻译文学,在《中华全国文艺界抗敌协会简章》中明确规定会员由三个部分组成:文艺工作者,文艺理论及文艺批评者,文艺翻译者。① 这说明从事文学翻译的人是文艺工作者的构成部分,翻译文学也自然成了抗战文学或者大后方文学必不可少的组成元素。根据接受美学的观点,大部分作家是针对其隐含读者进行创作的,"接受是作品自身的构成部分,每部文学作品的构成都出于对其潜在可能的读者的意识,都包含着它所写给的人的形象",并且"作品的每一种姿态里都含蓄地暗示着它所期待的那种接受者"②。翻译从某种意义上讲也是一种创作,而且翻译作品的针对性更强,译者的翻译活动更是按照其隐含读者的接受情况而展开的。"译者为了充分实现其翻译的价值,使译作在本土文化语境中得到认同,他在翻译的选择和翻译过程中就必须关注隐含读者的文化渴求和期待视野。"③为了鼓舞中国人民的抗战热情,译介苏联诗人像"炸弹"与"旗帜"的作品就成了战时的必需品,一些弱小民族在争取自身民族自由的斗争中取得了胜利,对歌颂他们通过坚决的抗争取得战争胜利的诗歌的译介无疑有助于提高中国人民抗战的自信心。因此,苏联的抗战诗歌和弱小民族抗争的诗歌受到了译者的青睐,比如苏联诗人古谢夫的《手榴弹之歌》《乌克兰人民诗人雪夫琴可底诗》的译介就反映出了这一时期中国人对翻译诗歌的需求。

《抗战文艺》上的译诗在内容上叙述了民众遭遇的不幸,充满被压迫者反抗的声音。在《乌克兰人民诗人雪夫琴可底诗》中共译出了6首诗歌,从译作数量上看雪夫琴可是被译介得最多的诗人,其原因主要还是雪夫琴可是一位"民众歌手",他对苦难的书写契合了中国人民被日本侵略后的内心感受。雪夫琴可的诗风简单朴实,语言生动而富有热情,诗歌节奏感强烈而富有音乐美,强烈的民歌作风赋予了作品很强的可诵性,朗诵起来铿锵有力。除了原作本身具有大众化的审美价值取向之外,译作的语体风格表明译者在翻译这些诗歌的时候充分考虑了当时国内诗歌的大众化语境,在语言上采用了通俗的口语,这也比较贴近原诗人的语言风格。雪夫琴可的诗很接近民众的生

---

① 《中华全国文艺界抗敌协会简章》,《文艺月刊》第9期,1938年4月1日。
② [美]伊格尔顿:《二十世纪西方文学理论》,西安:陕西师范大学出版社,1986年,第105页。
③ 谢天振、查明建:《中国现代翻译文学史(1898—1949)》,上海:上海外语教育出版社,2004年,第3页。

活,诉说了民众在沙皇统治下的不幸遭遇,充满对压迫者反抗的呼声。"在遭沙皇充军时,虽被禁止写诗作画,但他的精神始终未屈服,仍为民众呐喊如故。"[①]对这样一位具有革命精神、为民众呐喊的诗人的介绍,会给我们广大的文艺工作者以精神上的刺激和行动上的鼓舞。对这类民众诗歌的翻译,可以看出乌克兰人民为争取自由而与压迫者进行无情的斗争,即使当诗人已经死了,民众也要起来为争取民族的自由解放而战:"把我埋得深深地,但你们起来/在欢笑中打碎你们的锁链!/用压迫者作恶的血/洒向自由上!/当伟大的新种,/那自由的宗族临盆时,/呵,用亲切而平安的话/来纪念我吧。"诗人要用压迫者罪恶的鲜血来祭奠自由,真实而生动地写出了人们的苦难,在"那间林屋没有恩爱的天堂/我瞧见的只有地狱。/不停的苦工和黑暗的奴役/没有一个人是自由的/去赞美你所赞美的上帝。/我的慈母,被劳碌和不幸/磨老了/还当年纪轻轻,就被丢进了穷人的墓垒。/父亲坐下来和我们一道哭泣——/家中空无所有,藏的都吃得净光——/在这样一种残酷的命运下他低头死去"。这不就是我们中国人民在日本侵略下遭受的苦难的真实写照吗?这不就是我们世世代代无法摆脱的悲哀吗?

《抗战文艺》上的译诗表现了外国民众对中国人民抗战的支持。很多国际友人面对中国抵抗日本的这场正义战争伸出了援助之手,创作了支持中国抗战的诗歌作品,这类诗歌译介到中国之后,让中国民众感到我们的民族解放战争并不是在孤军奋战,而有很多友好的民族和国家都在支持着我们,从而坚定抗战必胜的信念。如英国诗人 A. Brown 的单张诗《跟着码头工人前进》中,当工人们得知这些生铁是用来制造轰炸中国的飞机大炮时,"扫山模墩的码头工人们/不肯为假笑的日本鬼弯腰,/搬运那些残酷的飞机大炮,/去'应惩'倔强的中国人。"英国工人不愿当间接的刽子手去为日本法西斯运送生铁上船,"在米德波罗,我们望着/空垂的起重机,傲然不动,/一些平常的工人吧咧,/却给手眼通天的日本鬼个钉子碰!"面对不可一世的日本鬼子,英国工人充满了正义感,不愿意为他们所进行的非正义的战争服务。外国工人在

---

① 周醉平:《乌克兰诗人雪夫琴可底诗·译序》,《抗战文艺》4 卷 5、6 期合刊,1939 年 10 月 10 日。

面对金钱与正义的时候毅然选择了正义,通过抵制敌人后方的战略物资来支持中国人民正义的反法西斯战争,他们没有因为金钱而出卖自己的灵魂,对中国人民而言这是宝贵的国际友谊和精神支柱。诗人号召人们应该向工人的正义之举学习:"我们若不跟着工人走,/把那些禽兽弄得束手,/炮弹会雨似的向中国的孩子们扔,/只要日本鬼子把心一横。"诗人对中国人民的关切之情溢于言表,使我们看到千千万万的国际友人在不同的地方、以不同的方式在支持着民族抗日战争。1938 年 4 月 17 日,汉口文艺界在德明饭店招待英国诗人奥登和小说家伊粟伍特,二人畅谈了对我国抗战的观感,颂扬了我国军民的努力,奥登还创作了十四行诗《中国士兵》,写的是一个中国年轻的普通士兵在抗日战争中牺牲了,"他的名字和他的容貌将永远消失",但他用年轻的生命换取了民族的独立:

从此他的土地配你们的女儿钟情;
从此他不再在狗跟前受侮辱;从此
有水有山有房屋的地方,也有了人。①

正是有了这样的普通士兵,有了赤诚的爱国情怀和战斗精神,中华民族最终才有了自己的主权和尊严。而这些外国诗人的作品被翻译进中国之后,让中国人体味到了国际友情的温暖,也自然会为中国人民争取抗战的胜利起到鼓舞和提升士气的作用。

《抗战文艺》上的译诗充满了强烈的战斗精神,表现出对法西斯的蔑视。猖狂的法西斯妄图使世界人民屈服在其淫威之下,随着中国军队的部分失利,很多人对日本法西斯更加恐惧,然而外国诗人的作品告诉我们法西斯并不如想象的那么强大:"日本鬼进攻的时候是什么样,/从每个裂隙里向外爬行。/我们用自己口袋里的小炮/向着他们抛扬。/日本鬼退却的时候,是什么样,/他们吓得往丛里躲藏,——/手榴弹从张鼓峰顶/送了他们一场。"(古

---

① [英]奥登:《中国士兵》,邵洵美译,引自《我的爸爸邵洵美》,邵绡红著,上海:上海书店出版社,2005 年,第 187 页。

谢夫:《手榴弹之歌》)这首译诗将日本侵略者丑陋的面目表现得淋漓尽致,天皇武士道的荣光消散无迹,我们用口袋里的"小炮"就可以让他们吓得往丛里躲藏,苏联人民的勇敢形象与日本鬼子的懦弱胆怯形成鲜明的对比,增强了中国人民反击日本的信心。反动的日本鬼子是胆怯的,只不过是"军阀"的走狗,我们对他们要采取蔑视的态度:"喂,手榴弹;喂,手榴弹;/我和你不会灭亡。/手榴弹,呀,我们把任何的敌人/击中,炸光!"我们一定会取得全民族抗战的胜利。

从形式上看,《抗战文艺》上发表的译诗主要是自由诗。自由诗没有固定的格式韵律,节与节之间没有对等的诗行,行与行之间没有对等的字数,这种自由开放的诗体可以使诗人毫无约束地抒发自己的情感。五四以来的新诗实际上暗涌着大众化的发展思潮,从陈独秀的"国民文学"到胡适的"八不"主张,再到中国诗歌会的"大众歌调",新诗在形式和语言上都体现出对传统诗歌"革命"的姿态。到了抗战时期,诗人们由于要创作出大量的诗篇来宣传抗战,自由诗由于形式因素的制约相对较少而具有较为快捷的创作方式,因此成为抗战诗歌最主要的文体。对外来诗歌的译介也要求符合时代的审美需要,主要以自由诗的形式去译介外国诗歌,或者选择外国诗歌中的自由诗进行翻译。在中国诗人对新形式的试验不断取得成功的同时,对外国诗歌形式的译介无疑也是一条较为快速的增多诗体的方法,姚蓬子认为翻译介绍外国作品是中国抗战诗歌形式创新的路径之一:"从创造的路上求得适合于表现新人和新事的新形式与新风格之获得,而增强翻译外国作家的古典的和新兴的伟大作品的工作,则必有助于新形式与新风格之完成。"[①]看来抗战文学尤其是抗战诗歌要完成形式的转变,除了诗人继续沿着新诗开创的道路前进之外,翻译外国的诗歌作为发展新形式的资源也是不可或缺的重要路径。比如 A. Brown 的《跟着码头工人前进》这首诗是"单张诗",王礼锡先生翻译的时候对"单张诗"进行了介绍:"因为单张诗要流传民间,所以不但形式上是平民的,就内容上也是要为平民而颂,具有反抗性与战斗性。他们反对那些

[①] 《一九四一年文学趋向的展望——会报座谈会》,《抗战文艺》7 卷 1 期,1941 年 1 月 1 日。

'把穷人的骨头来做骰子''把活命的面包买去藏匿在库里'的人们。同时,他们也骄傲地唱'我们耕耘,财富积屯;我们不干,贫穷立见'。就在技巧上说,这类歌谣改铸的新词为后来宝贵的诗歌遗产,也是比任何形式的诗歌的贡献要大,这是谁都不能否认的。所以单张诗运动也是一个旧形式的新运动。"①这种"旧形式的新运动"契合了当时中国诗坛正在倡导用旧形式来创作抗战诗歌的主张,它是面对平民而作的,它是反抗的,是革命的。在抗日战争时期,不管我们采用新的或者旧的诗歌形式,我们都要以广大的人民群众为接受对象。"旧的是大多数人所能懂的旧的,新的也要是大多数人所能懂的新的。为了个人的兴趣与爱好,尽可以写古诗,绝句甚至于律诗,或是摹仿外国的十四行的旧体诗,写得比古律绝还难懂……可是做要一个新的运动,就必须面对着群众;要使诗歌能在抗战中发挥他们作用,就必须唱得使大家懂,大家动情。一首诗必须像一篇歌,可以唱;或一篇谣,可以诵;或一篇精炼的演说,可以念,或一个用具体事实来表现的标语口号,可以嚷。"②"单张诗"不仅形式上是平民的诗体,而且内容上也是歌颂平民的,因此受到了中国诗人的喜爱而被翻译进了中国,成为中国诗人创作抗战诗歌时可资借鉴的诗歌形式。

  此外,"文协"对马雅可夫斯基作品的译介也起到了推动作用。马雅可夫斯基的作品因充满了战斗的激情而受到中国抗战诗坛的欢迎,抗战期间"文协"举行了一系列马雅可夫斯基的纪念活动,推动了这位革命诗人及其作品在中国的译介。1940年4月14日是马雅可夫斯基逝世10周年纪念日,"文协"借中苏文化协会举行了纪念晚会,方殷、高兰等先后朗诵了马雅可夫斯基的中文译诗《列宁的礼赞》《好》《呈给同志涅特》《给艺术军的命令》等,戈宝权等朗诵了俄语版的诗歌。当日的《新华日报》出版了"马雅可夫斯基逝世十周年纪念特辑",戈茅的《纪念马雅可夫斯基》指出,"马雅可夫斯基是一位新世界的革命的诗人。"③此外还发表了多篇马雅可夫斯基诗歌的译文,如

---

① 王礼锡:《跟着码头工人前行·译序》,《抗战文艺》5卷2、3期合刊,1939年12月10日。
② 王礼锡:《跟着码头工人前行·译序》,《抗战文艺》5卷2、3期合刊,1939年12月10日。
③ 戈茅:《纪念马雅可夫斯基》,《新华日报》,1940年4月14日。

《诗人的自由》（春江译）、《什么是好的,什么是坏的》（CK 译）、《打击乌兰格尔》（戈宝权译）、《列宁的葬礼》（戈宝权译）等,这些译作不仅充满了战斗精神,而且在诗体上包括了街头诗、朗诵诗、政治讽刺诗等多种形式,从内容到形式都对抗战时期大后方的诗歌产生了重要的影响。

根据以上对《抗战文艺》上的译诗的分析,我们可以看出"文协"对外国诗歌的翻译和介绍具有明确的指向和用意,这些翻译诗歌以及介绍活动是中国抗战时期诗歌活动的有机构成部分,繁荣并丰富了大后方的抗战文艺,散发出民族解放战争的正义之声和诚挚之情。

（三）

"文协"多次致函致电国外的文化机构,向国外出版界介绍中国的抗战情况并感谢他们对中国抗战的援助。为了让世界人民更加了解中国的抗战,"文协"一方面翻译介绍外国诗歌,一方面也将本国的诗歌介绍到苏联、美国和英国等地。"文协"会刊《抗战文艺》发表论文支援中外诗歌交流活动,曾在第 3 卷第 3 期(1938 年 12 月 17 日)上发表了《翻译抗战文艺到国外去的重要性》和《关于翻译作品到外国去》,阐明了将中国抗战文艺作品译介到国外去的重要性。

"文协"的诗歌译介活动是双向的,除了把外国的诗歌翻译介绍进中国之外,也把中国的抗战诗歌翻译到国外去。"文协"为了赢得国际社会对中国抗战的理解和支持,积极开展与国外的文化交流活动,把抗战文艺翻译出去有助于让友邦人士清楚地看到中国反法西斯的战斗的全貌,"因而加强了他们对于政府的英勇抗战的同情和帮助,同时也加强了他们对于叛军的憎恶和痛恨。"[①]通过翻译介绍中国抗战文艺到国外去,才能展示中国人民在抗战中的生活、感情和意志。1938 年 12 月初,"文协"开始开展"抗战文艺的出国运动",这是抗战时期大后方文艺与外国文艺之间直接的交流活动。首先,"文协"将中国抗战文艺的外译对准了苏联,"文协"出版部与当时苏联塔斯社社

---

① 姚蓬子:《翻译抗战文艺到外国去的重要性》,《抗战文艺》3 卷 3 期,1938 年 12 月 17 日。

长罗果夫先生联系并交换意见,罗果夫先生表示苏联各报纸杂志非常欢迎中国的抗战文艺作品,尤其是关于中国抗战文艺运动的报告。接下来,"文协"出版部与苏联对外文化协会驻华代表郭瓦涅夫商谈,也得到了同样令人满意的答复,中国抗战文艺作品翻译成俄文后交塔斯社转苏联各报纸杂志登载,并有系统地筹备一个中国抗战文艺专号,由苏联的《国际文学》杂志社用8种文字出版。作为中国的盟友,苏联对中国抗战文学具有较为浓厚的兴趣,极具影响力的苏联《国际文学》杂志的主编罗戈托夫说:"我们想努力具体介绍中国解放战争中所产生的文学,因为苏联读者对于中国的关心是异常敏锐的……我们的困难是我们的译者不能把中国所出版的新文学尽行知悉,因此不能选出最好的诗或短篇小说。我们难得接到任何书评,关于作家参与解放战争的情形,我们也很少知道,甚至连很多出色的作家传记资料我们也缺乏着……不过凡是关于现代中国的文学与艺术上的任何提供,对于我们都有很大价值。"①

其次,翻译介绍中国的抗战文艺到英美也成了"文协""抗战文艺的出国运动"中非常重要的部分。与同苏联的联系主要通过文学组织和杂志社不同,抗战诗歌与英美的联系主要是通过部分作家的协同和努力。"马尔自离开汉口后,本来就在香港与美国书评家 Brown 先生合作,翻译中国的抗战文艺给英美各杂志。现在出版部就委托马尔以全力有计划的介绍中国抗战文艺到欧美各国去。截至目前为止,已有一个中国抗战小说选在英国付印,至迟本年六月间可以出版。一本抗战诗选在美国付排。一本世界语的中国抗战文艺选集,在匈牙利出版……"②由于"文协"的努力,后来美国出版了《中国抗战小说选》和《中国抗战诗选》;在英国,许多刊物也与"文协"保持联系,出版"中国专号";在匈牙利,用世界语出版了《中国抗战文艺选集》。这些以抗战为主题的文学作品在国外产生了一定的影响,不仅让国外友人进一步了解了中国的抗战,同时也了解了中国的抗战文学。虽然这些交流活动不是专门针对抗战诗歌开展的,但抗战诗歌在其中扮演了非常重要的角色,在国际

---

① 《国际文学编辑罗戈托夫来信》,《新华日报》,1941 年 1 月 19 日。
② 《出版状况报告》,《抗战文艺》4 卷 1 期,1939 年 4 月 10 日。

交流的大舞台上显示了中国抗战诗歌的成就。

"文协"的诗歌译介活动一方面是为了抗战救国的需要,另一方面也让国外友人看到中国人民在反法西斯战争中所体现出来的不屈不挠的精神力量。从文学的角度来看,这些译作滋养了中国的抗战文学,丰富了中国抗战文学的宝库,增进了中国作家的艺术修养和表现能力,同时提高了中国抗战文学在世界反法西斯文学中的地位。

二、大后方对俄苏诗歌的翻译

抗战大后方对俄苏诗歌的大量翻译主要取决于两个方面的原因:首先,俄国文学自五四新文化运动以来在中国就是被视为"被压迫民族的文学"而加以翻译介绍的,其在异域文化之镜中被"折射"成的弱者形象和反抗形象为中国人所"同情",因此俄国文学自20世纪以来就受到了中国读者的欢迎。恰如鲁迅所说:我们从俄国文学中"看见了被压迫者的善良的灵魂,的酸辛,的挣扎"[1]。加上俄国社会革命的胜利以及苏联卫国战争的爆发将其推向了反战国一方,中国和新生的苏联成为抵抗法西斯侵犯的"盟友",因此,苏联时期的作品在较短的时间内就会被翻译到中国文坛,成为鼓舞中国人民为民族自由和独立而战的精神力量之一。由于俄苏诗歌在大后方的翻译数量较大,无法对每一位诗人的翻译作详细梳理和分析,在此只选择古典时期的莱蒙托夫、普希金以及苏联时期的马雅可夫斯基等作较为细致的探讨。

(一)

莱蒙托夫的诗歌作品很早就引起了中国人的关注,1907年鲁迅撰写《摩罗诗力说》的时候就将其作为具有反抗精神的重点诗人加以介绍。然而,莱蒙托夫诗歌作品的大量译介却是在抗战时期,尤其是大后方在莱氏的译介历程中具有重要意义。

---

[1] 鲁迅:《祝中俄文字之交》,《鲁迅全集》第四卷,北京:人民文学出版社,2005年,第472—473页。

对于莱蒙托夫诗歌的翻译,抗战大后方取得了全面的突破,他的主要长诗作品均被大后方译介过来,在莱氏的翻译历程中具有不可替代的重大意义。1942年,星光诗歌社出版了路阳翻译的长诗《姆采里》。1942年9月,重庆文林出版社出版了《恶魔及其他》(莱蒙托夫选集1),收入了铁铉翻译的《姆采里》、李嘉翻译的《关于商人卡拉西尼科夫之歌》和穆木天翻译的《恶魔》等3首叙事长诗,书的末尾收录了戈宝权的《关于〈姆采里〉等诗篇的介绍》作为全书的跋文。1942年11月,上海出版发行的《苏联文艺》上发表了余振翻译的长诗《逃亡者》,尽管该诗最早不是在抗战大后方翻译刊行的,但是到了1946年4月,昆明东方出版社出版了梁启迪重译的《逃亡者》,除长诗《逃亡者》之外,还收录了17首莱蒙托夫的短诗,其中还有译者序言、艾亨鲍姆的《莱蒙托夫评传》以及莱蒙托夫年表。除了这些单独以莱蒙托夫的诗集命名出版的译作之外,许多苏联(俄国)诗歌的翻译集中也收录了莱氏的诗歌,比如1944年6月重庆峨眉出版社出版了由黄药眠翻译的《沙多霞》(苏联抗战诗歌选),其中收录了俄国时期的大诗人普希金和莱蒙托夫的诗歌4首。具有反抗精神的莱氏作品被附加到苏联抗战诗歌的行列,看来大后方对莱蒙托夫诗歌的译介还是受到了战时语境的影响,当然也说明了莱蒙托夫诗歌作品的译介对鼓舞人们抗战具有积极的意义,他作品中的反抗精神是抗战大后方对其译介的重要原因。除此之外,在中国读者的莱蒙托夫接受视野中,该俄国诗人还被冠以"现实主义"的名号,比如李大钊先生1918年撰写的《俄罗斯文学与革命》中认为他的诗歌具有现实主义情怀,其作品的魅力并不在于艺术表现形式上,而在于他的"诗歌之社会的趣味,作者之人道的理想,平民的同情"[①]。

抗战大后方出版的文学刊物通过多种形式对莱蒙托夫的诗歌作品进行了译介。首先是《新华日报》和《中苏文艺》在莱蒙托夫诞辰125周年和逝世100周年之际开辟纪念专栏来翻译或介绍莱氏的作品。1939年10月,重庆出版的《中苏文艺》第4卷第3期开辟了"莱蒙托夫一百二十五年诞辰纪

---

① 此文当时没有发表,后来被整理发表在《人民文学》1979年5期上。

念",其中收入了戈宝权先生撰写的介绍性文章《俄国大诗人莱蒙托夫的生平及其著作》,同时刊发了戈先生翻译的《莱蒙托夫诗选》以及小说作品《塔曼》。1939年10月15日,《新华日报》发表了戈宝权翻译的罗果夫作的《纪念伟大的俄国诗人莱蒙托夫》一文,来纪念这位伟大的俄国诗人诞辰125周年。莱蒙托夫是俄国19世纪初继普希金而起的一位大诗人,莱蒙托夫在一生写了很多的诗歌,其中最主要的两个诗篇是《魔鬼》和《姆采里》,此外则有《我们时代的英雄》一本小说。《新华日报》(1941年)主要刊载了《(苏联)全国筹备纪念莱蒙托夫祭辰》(3月13日第1版)和戈宝权主笔的《诗人莱蒙托夫的一生》来纪念这位伟大诗人逝世100年。《中苏文艺》第8卷第6期文艺专号于1941年6月25日出版,该期刊物特设为《莱蒙托夫逝世百年纪念特辑》,其中收录了葛一虹翻译的诗歌《生命之杯》,李嘉翻译的库司泰·卡泰格洛夫作的《在莱蒙托夫的石像前》,谷辛翻译的《旧俄及苏联作家论莱蒙托夫》,此外还刊有伯林斯基、车尔尼雪夫斯基、托尔斯泰、契诃夫、海尔岑、高尔基等对莱蒙托夫及其作品的评价文章,以及黎璐翻译的V.尼阿斯达德作的《关于莱蒙托夫》、思光翻译的A.托尔斯泰作的《伟大的诗人》、苏凡翻译的D.勃拉果夷作的《伟大的诗》、小畏翻译的斯特拉赫作的《关于莱蒙托夫的名作〈商人之歌〉》。1944年10月,《中苏文化》第15卷8—9合刊中的"中苏文艺"栏目推出了"纪念诗人诞辰一百三十周年"的组诗,以《莱蒙托夫诗抄》为名发表了戈宝权、余振、朱笄翻译的9首诗歌。抗战大后方翻译的这些评介莱蒙托夫的文章让中国人进一步认识和了解其人其作,推动了莱蒙托夫及其作品在中国的传播和接受。

还有大量的译诗散见于大后方的各种报纸杂志。重庆出版的《文学月报》在1940年10月发表了穆木天翻译的长诗《恶魔》和李嘉翻译的《关于商人卡拉西尼科夫之歌》[1],这是莱蒙托夫的长诗《恶魔》在中国发表的最早译本,比后来重庆文林出版社出版的《恶魔及其他》早两年。戈宝权是抗战时期翻译和介绍莱蒙托夫最着力的译者,1943年6月,重庆出版的《中原》杂志上

---

[1] 以上两首译诗发表在《文学月报》2卷3期,1940年10月15日。

以《莱蒙托夫的诗》为题刊发了他翻译的 10 首诗歌:《再会吧,污秽的俄罗斯》《梦》《无题》《我寂寞,我悲伤》《感谢》《小诗(译自歌德)》《天空和星星》《你还记得吗?》《不要哭吧,我的孩子》《姆奇里(第四节)》。这 10 首诗歌中有莱蒙托夫翻译的歌德作品,也有莱氏著名长诗《姆采里》的节译。1944 年 6 月,《文艺先锋》4 卷 6 期上发表了《M. 莱蒙托夫诗选》,译者信息不详。此外,张俗翻译的《孤独》一诗刊登在《文学新报》1 卷 2 期上,魏荒弩翻译的莱蒙托夫的诗歌《无题》发表在《火之源文艺丛刊》2—3 合期上。在桂林出版的文艺期刊也发表了多首莱蒙托夫的诗歌译作,比如 1941 年 9 月 8 日,《文艺》(桂林《大公报》副刊)第 72 期上发表了兰娜翻译的《莱蒙托夫诗选》。1942 年 1 月 29 日,桂林出版的《诗创作》第 7 期推出了"翻译专号",共计推出了 5 首莱蒙托夫的译作:茜北翻译的《且尔克斯之歌》、之汾翻译的《当田野间黄色的麦苗》和《孤帆》、赵蔚青翻译的《恶魔》和《浮云》,此外,赵蔚青还翻译了一首苏联诗人海塔古洛夫刻写莱蒙托夫的诗歌《在莱蒙托夫纪念碑前》。

莱蒙托夫的长诗《恶魔》在大后方出现了穆木天和赵蔚青的两个译本,而另一部著名的长诗《姆采里》出现了路阳、铁铉、邹绛和戈宝权的译本或节译本,这里重点谈谈莱蒙托夫的长诗《姆采里》在抗战大后方的译介情况。就期刊上发表莱蒙托夫长诗《姆采里》的情况而言,戈宝权 1943 年的节译还不算先行者,据查证,早在 1942 年 8 月就有名为邹绛的译者在桂林《诗创作》杂志上发表了长诗的全部译文。1992 年台北国立武汉大学校友会创办的《珞珈》杂志上登载了《乐山时期武大的文化生活》一文,其中有一段关于邹绛的文字:"现在的老翻译家、诗人,当年的外文系学长邹绛(原名德洪)那时就在桂林的《文化杂志》上发表了他译的俄国莱蒙托夫的长诗《一个不作法事的和尚》(又译《童僧》),在《新华日报》的《文艺阵地新集》里发表了他译的 W. 惠特曼的诗《鼓点》,在桂林的《野草》杂志上发表过杂文《沉默之泪》,他在那时就已经崭露头角。"[1]姑且不论对邹绛原名邹德鸿书写的错误,这段文字里面没有记录邹先生发表译文的确定时间,而且译文题目和发表刊物的名称也有

---

[1] http://oursim.whu.edu.cn:8080/show_news.asp?class=&newsid=5218.

较大误差,笔者查阅了抗战以来在大后方出版的文艺期刊上的翻译作品,收集到关于邹绛翻译活动的如下信息:1942年8月15日,在《诗创作》第14期上发表了翻译俄国诗人莱蒙托夫(当时译名为莱芒托夫)的长诗《一个不作法事的和尚》;1942年11月10日,在《文化杂志》3卷1期上发表了翻译美国诗人惠特曼的诗歌《惠特曼诗抄》;1943年4月26日,在《新华日报》副刊上发表了翻译美国诗人惠特曼的诗歌《惠特曼诗二首》;同时在《诗丛》第6期上发表了翻译俄国诗人涅克拉索夫和屠格涅夫(当时译名为涅克拉索夫、屠乞夫)的诗歌《译诗二章》。邹绛先生早期的翻译活动没有引起研究者足够的重视,人们在讨论20世纪40年代中国对莱蒙托夫的译介时,往往忽略了邹绛翻译的长诗《一个不作法事的和尚》以及他的介绍文章《关于〈一个不作法事的和尚〉》。比如有学者在谈莱蒙托夫诗歌的翻译时说:"到了40年代,他(莱蒙托夫——引者)的许多重要诗作都已有了中译。1942年4月,星火诗歌社出版了由路阳据英译本转译的长诗《姆采里》(《童僧》),书末附有戈宝权的《诗人的一生》一文及译者后记;9月,重庆文林出版社出版《恶魔及其他(莱蒙托夫选集1)》,内收《姆采里》(铁弦译)、《关于商人卡拉西尼科夫之歌》(李嘉译)、《恶魔》等3部叙事长诗"。[①] 这段文字对20世纪40年代中国的翻译情况缺乏全面把握,只提及了出版书籍中的翻译文学而忽视了繁复的期刊杂志上的文学翻译作品,这也是当前很多翻译文学史撰写存在的普遍问题。

由于抗战大后方出版的期刊繁多,很多刊物现在已经无法查找,因此,以上关于莱蒙托夫诗歌在大后方翻译情况的梳理必然存在一定的疏漏。但透过这些翻译作品集或散布在期刊中的译作,我们依然可以看到抗战大后方在莱蒙托夫作品的翻译和研究上取得的丰富成果。

(二)

亚历山大·谢尔盖耶维奇·普希金(1799—1837)出生于莫斯科,是俄国

[①] 查明建、谢天振:《中国20世纪外国文学翻译史》上,武汉:湖北教育出版社,2007年,第323页。

著名的文学家、伟大的诗人、小说家及现代俄国文学的创始人,他是19世纪俄国浪漫主义文学主要代表,同时也是现实主义文学的奠基人,被誉为"俄国文学之父"。普希金一生倾向革命,与黑暗专制进行不屈不挠的斗争,他的思想与诗作中表现出来的革命精神引起沙皇俄国统治者的不满和仇恨,他虽遭遇两度流放,但始终不肯屈服,最终在沙皇政府的阴谋策划下与人决斗而死。作为苏联文坛推崇的革命诗人和作家,普希金及其作品得到了抗战大后方文坛鼎力的翻译介绍。

抗战大后方对普希金的翻译也主要集中在诗歌作品方面,普希金的多首歌颂自由民族的诗篇均被翻译到中国诗坛,尤其是他有名的长诗《欧根·奥尼金》被多次翻译和发表,显示出这一时期大后方对这位俄国诗人的青睐。抗战大后方刊发译介普希金作品的主要刊物有《文艺杂志》《文艺生活》《文化杂志》《诗创作》以及《新华日报》。《文艺杂志》在抗战时期刊登了大量的小说、戏剧,巴金、老舍、茅盾、彭燕郊、臧克家、胡风等人都曾在上面发表过重要作品。但与此同时,该刊也刊登了大量的翻译文学作品,比如戏剧、小说、诗歌、报告文学以及文学论文等,尤其以翻译苏联的作品居多,自然也会翻译富于浪漫情怀和现实关怀的普希金的作品。《文艺生活》具有鲜明的时代性和目的性,那就是"致力于文艺抗战工作"[①],在民族解放战争中发挥文艺抗战和文艺救国的社会功能。该刊并非同人性刊物,具有较强的包容性和开放性,恰如编辑自己所言:"这是一个公共园地,并不是某一些人据为私有。"[②]因此,在这个刊物上发表文章的作者有艾芜、邵荃麟、夏衍、郭沫若、茅盾等,发表的文章涉及小说、诗歌、戏剧、散文、杂感、童话、翻译作品、作家作品研究、座谈会记录以及关于工厂历史的作品。夏衍的著名戏剧《法西斯细菌》最初就发表在这个刊物上。尤其值得关注的是,《文艺生活》非常注重苏联作品

---

① 《编后杂记》,《文艺生活》1卷2期,1941年10月15日。
② 《编后杂记》,《文艺生活》1卷2期,1941年10月15日。

的译介,尤其是苏联"工厂史"①的翻译介绍一共刊登了8期,反映出该刊对工人生活和地位演变的关注。同时,在苏德战争爆发后,该刊推出了《德苏战争》特辑、《寄慰苏联战士》特辑,翻译发表了A.托尔斯泰的《我号召憎恨》、爱伦堡的《我看见过他们》、普希金的《决斗》《囚徒》4首与世界反法西斯战争有关的文艺作品。《诗创作》刊登了大量的翻译作品,包括诗歌和诗论,并且借助纪念有革命倾向的世界著名诗人的方式,翻译发表了很多激进的诗歌作品,比如"普希金一〇五年祭"和"惠特曼五十年祭"等。此外,《诗创作》在1942年1月29日出版的第7期专门设为"翻译专号",翻译了苏联(俄国)诗人普希金、莱蒙托夫、海塔古洛夫、雪夫兼珂等,德国诗人海涅、克尔纳等,美国诗人惠特曼,法国诗人雨果、法朗士等,日本诗人最上二郎、南龙夫等,以及英国诗人、西班牙诗人的诗歌作品47首,介绍外国诗人的论文2篇。这是抗战时期大后方对外国诗歌翻译的最集中的一次展示,也是翻译文学的重要收获。此外,《文化岗位》翻译介绍最多的应该是苏联(俄国)文学和文论。爱伦堡关于欧洲战场的报告文学,关于苏联其他加盟共和国或民族的文学艺术,普希金、叶塞宁的诗歌,高尔基的文论和作品等都被大量译介到中国并刊发在《文化岗位》上,这一方面是由于苏联在二战中扮演了重要的角色,也与《文化岗位》是在中国南方局和周恩来的秘密指导下编辑运作的有关,这决定了与中国共产党意识形态相似并有相同信仰的苏联文学成了选译的重点。对苏联文学的这种译介态势直接影响到新中国成立后中国翻译文学的发展趋势,新中国成立后的20年左右时间里,苏联文学不仅在文本创作和文艺评论上影响了中国文学,而且在文学制度上也带给了我们丰富的经验,该时期的翻译文学界几乎被苏维埃文学完全垄断。

抗战大后方对普希金的译介集中体现在诗歌方面,除翻译了普希金的一

---

① "工厂史"这种文学实际上是反映工人在"旧社会"中苦难生活历史的作品。苏联成立后,创作了大量此类文章,由此衬托出新社会中的工人在社会地位和物质上的巨大变化,反映出社会主义制度的优越性。"工厂史"的写作方式不仅影响了中国工人阶级投身革命、变革社会制度的激情,而且对中国文艺创作也产生了深远影响,比如《山花》杂志在1958年11月号上就推出过"工厂史"小说,揭露了旧社会工人辛酸的生活和遭受的惨痛剥削,反衬出新中国成立后个人阶级生活的巨大变迁,有利于稳定和巩固社会主义制度。

篇戏剧、散文、论文和出版了 5 部小说外①,其他译品主要是诗歌。抗战大后方对普希金的翻译则始于 1937 年,是年为普希金逝世百周年,在重庆出版发行的《中苏文化》推出了"普式庚逝世百年纪念号",其中有张君川翻译的普氏的 59 首诗歌以及张西曼翻译的 4 首诗歌。就普希金诗歌作品翻译集的出版情况而言,瞿洛夫选编的《普式庚创作集》收孟十还、克夫、孙用和蒲风等人翻译的 36 首诗歌,1937 年由文化学会出版社出版;蒲风、叶可根译的《普式庚诗钞》收 52 首译诗,1937 年由诗歌出版社出版,这是我国第一部专门的普希金译诗集;罗果夫、戈宝权编辑的《普希金文集》收入了 40 首,1947 年由上海时代书报出版社初版。而大后方出版了普希金的 4 部作品,除 1 部小说外,其余 3 部均为诗歌:《高加索的俘虏》《恋歌》《欧根·奥尼金》,其中后者有甦夫和吕荧翻译的两个版本,而诗体小说《欧根·奥尼金》从 20 世纪 20 年代到 40 年代只有两个全译本,这两个全译本恰好首先就是在大后方出版的,进一步凸显出大后方翻译在整个普希金的译介历程中具有非同寻常的地位和价值。据统计,普希金歌颂自由的名篇在 20 世纪 40 年代被复译了多次,"如《自由颂》《致大海》均为三种,《乡村》《囚徒》《我是荒原上自由的播种者》均为四种,《纪念碑》《给恰阿达耶夫》均为六种,而《致西伯利亚囚徒》的译文竟达九种之多。在普希金接受上的这种题材选择和思想取向,显然是与当时中国的历史使命和时代精神相与鼓呼的。"②大后方同样多次复译了普希金的作品,除长诗《欧根·奥尼金》外,《囚徒》也曾两次译介,一次是向葵 1941 年 1 月 15 日翻译发表在桂林《文化岗位》(《救亡日报》副刊)上,另一次是魏荒弩 1942 年 3 月 15 日翻译发表在桂林《文艺生活》2 卷 1 期上,这表明普希金作品的译本在大后方有很好的传播和接受空间。

抗战大后方对普希金的译介成绩突出地体现为一系列译作的出版。曹辛选编的《恋歌》应该是普希金诗歌译介史上第二部汉语译诗选集,③作为普

---

① 所谓的 5 部小说,其实只有两个长篇和一个短篇小说集,需要特别注意的是,《杜布洛夫斯基》在大后方有三个译本,译名包括《复仇艳遇》和《杜布洛夫斯基》两种。
② 谭桂林主编:《现代中外文学比较教程》,长沙:湖南师范大学出版社,2009 年,第 181 页。
③ 普希金诗歌的第一个汉语诗集应该是蒲风和叶可根合译的《普式庚诗钞》,1938 年 1 月由广州诗歌社出版,该集子主要是根据日译本转译的。

希金诗歌在大后方的第一个选译本,收入了《我是孤独的播种者》《纪念碑》《自由》《囚徒》和《恋歌》等 29 首译作,包括孟十还、魏荒弩、孙用、林林等 20 多位著名译者,书末登载了曹辛撰写的《普希金,俄罗斯诗歌的太阳》一文作为后记。抗战大后方第一次翻译出版了普希金的长诗《青铜的骑士》,使得"普氏的这首长诗首次以中文出版"。① 桂林萤社出版的《青铜的骑士》实际上是一部普希金诗歌集,《青铜的骑士》这首长诗由穆木天翻译并放于该译诗集的首要位置上,且最后以此命名。普希金的另一部长诗《高加索的俘虏》于 1943 年 2 月由桂林中流出版社出版此集,此集共收入普希金的诗作 10 首,包括孟十还翻译的长诗《高加索的俘虏》、瞿秋白翻译的长诗《茨冈》,这两首长诗占了曹辛选编的这部译诗集 142 页中的 124 页。除两部长诗之外的 8 首译诗是《夜》《北风》《三泉》《小鸟》《工作》《给诗人》《马车的生活》和《水妖》,这些短诗主要由孟十还翻译。整个译诗集的结尾附上了由克夫翻译的苏联文论家 H. 阿胥金作的《普式庚怎样创作》一文。尤其值得注意的是,由于之前瞿秋白翻译的《茨冈》没有译完,所以该书加上了盛成翻译的余下部分并作了详细的说明,这应该是《茨冈》这首长诗较早的中文全译本。大后方对普希金的翻译不只是体现在第一次完整出版了《青铜的骑士》《高加索的俘虏》和《茨冈》这三部长诗上,更集中体现在诗体小说《欧根·奥尼金》的翻译上,这是 20 世纪 40 年代中国译介普希金成就的标志。

抗战时期,大后方翻译界首先实现了普希金该部长诗的完整翻译,而且有两个完整的版本:一是 1942 年 9 月,桂林丝文出版社出版了甦生②(冯剑

---

① 戴天恩:《百年书影:普希金作品中译本(1903—2000)》,成都:天地出版社,2005 年,第 36 页。

② 甦夫:又名苏夫、冯苏夫,本名冯剑南,广东人,已故。20 世纪 30 年代初在上海暨南大学读书,约在 1932—1933 年参加"左联",为暨大"左联"小组盟员。此后去日本,但未查见"左联"东京分盟活动中有苏夫之名。苏夫在东京时着手翻译《奥尼金》一书,未译完而回国,具体时间不详。但在 1940 年初即由黄宁婴、周钢鸣等为在桂林复刊《中国诗坛》而工作(《中国诗坛》于 1940 年 3 月复刊)。文协桂林分会于 1939 年 10 月 2 日成立后,苏夫成为分会会员,1940 年 12 月分会举办第 1 期文艺讲习班,苏夫与胡危舟、焦菊隐、司马文森等为讲师。这期间苏夫在桂林君武中学教书,除参加文协各种活动外,还继续翻译并在 1941 年完成《奥尼金》译本。

南)翻译的《奥尼金》;二是1944年2月,重庆希望社出版了吕荧①翻译的《欧根·奥尼金》②。前者是根据米川正夫的日译本和世界语本翻译过来的,有不少错误的地方,特别是根据日译本将一些章节的题目改得跟恋爱小说的标题差不多,比如"少女之恋""夜会女王"等,致使译文失去了"原作的深刻和典雅,带了几分流俗"。③但作为普希金的诗体小说《欧根·奥尼金》在中国的第一个完整译本,甦夫的翻译成就还是不容忽视的,藏有该译本的戴天恩先生这样描述过甦夫的翻译:"桂林版《奥尼金》一书为小32开本,所用纸张为抗战时期常用的土纸,发黄且粗糙,但印刷尚清晰。全书正文294页(其中漏排154、155页,但译文不缺),另有版权页,勘误表(两页)及广告等。书的封面在书名《奥尼金》下,署普式庚著,甦夫译,封面还印有普氏头部画像。目次页前有两页内容,第1页为'——录自私信之一节',第2页为'献诗',前者上方印有'欧根·奥尼金'字样,后者诗前有'给彼得·亚历山大维契·辟列诺约夫'一行字,这与以后的译本有所不同。目次页中,译者对全书8章都给有章名题目:'第一章奥尼金的烦恼'、'第二章诗人的出会'、'第三章少女之恋'、'第四章绝望'、'第五章噩梦——命名日'、'第六章决斗'、'第七章莫斯科'、'第八章夜会女王'。而包括吕荧译本及解放后出版的5种译本均无章名,不知是译者甦夫根据转译本所译,或为其自拟的章名。版权页在第294页之后,除著、译者名外,还写有'中华民国三十一年九月初版'、'定价15元'、'发行兼出版者丝文出版社'、'印刷者广西日报社'、'发行所桂林乐群路四会街1号'等字样。勘误表对书中44个误字做了更正。"④甦夫从1936

---

① 吕荧原名何佶,1915年11月25日生于安徽省天长县。1935年考入北京大学历史系,"一二·九"运动中加入"中华民族解放先锋队",为北平进步文艺团体"浪花社"骨干,1941年毕业于西南联大。40年代在文学评论与译介普希金代表作方面卓有成就,50年代初任教于山东大学,后来在人民文学出版社作为一名编外特约翻译,陆续出版了一系列译著与文艺论集,1954年加入中国作协并被聘为《人民日报》文艺部顾问。1955年6月至1956年5月因反胡风运动中受株连而被隔离审查,出现轻度精神分裂症状。1966年6月被公安部以"胡风反革命分子影响社会治安"为由收容强制劳动。1969年3月5日病逝于北京清河劳改农场,终年54岁。

② 其实,吕荧翻译的这部长诗最早是在1943年1月出版,笔者最近查到了一本抗战土纸本的吕荧翻译的长诗《欧根·奥尼金》,封面上标明是1943年1月出版,但没有标示出具体的出版社。该书的封面与正文中的插画均为庐鸿基设计。后来"七月派"的希望社于1944年重新出版了该译诗集。

③ 吕荧:《〈欧根·奥尼金〉跋》,上海:希望社,1944年,第385页。

④ 戴天恩:《〈奥尼金〉的第一个中文全译本》,《中华读书报》,2004年5月22日。

年在日本的时候开始翻译这部诗体小说,到 1941 年在桂林完成并于 1942 年出版,历时 5 年之久,其中他翻译的第七章"莫斯科"曾全文发表于 1942 年 1 月 20 日在桂林出版的诗刊《诗创作》第 7 期的翻译专号上,足可见出甦夫翻译的态度和质量,只是由于参照版本和时代语境的限制,译本中的错误和出现不尽如人意的地方也就在所难免了。

吕荧的翻译直接取材于最新的俄语版,即 1937 年苏联国立艺术出版局莫斯科版,同时邀请日语基础较好的胡风根据米川正夫的日文版作了校对,显示出良好的翻译素养。难怪几十年后,梅志女士在回忆胡风与吕荧的交往时还念念不忘地提及了吕荧的翻译,并对其翻译态度作了正面的评价:"吕荧对于这本诗体小说,付出了辛勤的劳动。他经常寄稿来给胡风看,随后又来信说明,这句要不得改,那个注释不对要改。后来还请胡风根据日译文校对一遍。日译文有个地方多了几章,胡风告诉了吕荧,他一定要请胡风译出,后来就将译文附在后面了。他本来要请胡风写序的,被胡风推辞了。他自己早就买好了纸,后来又请朋友帮忙,终于在 1944 年出书了。"[①]译者对原文的理解很多时候会左右译文的用语和思想基调,吕荧在跋文中认为普希金的《奥尼金》仅仅是对贵族荒淫生活的揭露和批判,多少也影响了原作追求自由生活的初衷,显示出译者和译文的局限性。

通过以上的统计资料和论述可以表明,普希金在抗战大后方的译介具有划时代的意义,在整个俄苏文学的译介历程中是不可或缺的关键一环。

(三)

世界法西斯战争在给人民带来灾难的同时,也间接地加快了各国文学之间的交流。前苏联文学在这股译介洪流中无疑扮演了重要角色,而抗战大后方因远离战火而赢得了较为宽松的译介环境,许多优秀的俄苏作家作品被翻译介绍到国内。其中,马雅可夫斯基作为苏维埃社会主义诗歌的奠基人,其人其作几乎成为抗战大后方诗歌译介的焦点之一,致使马氏的作品一时间广

[①] 梅志:《人的花朵——记吕荧与胡风》,载《我与胡风》(增补本),晓风编,银川:宁夏人民出版社,2003 年,第 84 页。

为流传,对鼓舞中华民族的抗战激情和抗战诗歌的创作产生了不可估量的影响。

抗战大后方主要文化城创办的文学刊物纷纷刊登马雅可夫斯基作品的中译本,举办了一系列的活动来纪念这位伟大的苏联诗人,并发表了很多评价马氏文学创作评论的译文,彰显出20世纪30—40年代中国文坛译介马雅可夫斯基的实绩。抗战时期,大后方举办了一系列的活动来纪念这位"伟大的人民之子"和"苏维埃知识分子显著的榜样"[①]。1939年4月14日被认为是马雅可夫斯基逝世10周年纪念日,中苏文化协会举行了纪念晚会,胡风主持会议,臧云远介绍了马雅可夫斯基的生平,郭沫若的讲话指出了诗歌的政治作用。继而举行了诗歌朗诵会,光未然朗诵了胡风的献诗《血誓》,方殷、高兰等先后朗诵了马雅可夫斯基的中文译诗《列宁的礼赞》《好》《呈给同志涅特》《给艺术军的命令》等,戈宝权等朗诵了马氏俄语版的诗歌。当日的《新华日报》出版了"马雅可夫斯基逝世十周年纪念特辑",戈茅的《纪念马雅可夫斯基》指出:"马雅可夫斯基是一位新世界的革命的诗人。"[②]此外还发表了多篇马雅可夫斯基诗歌的译文。大后方实际上举办了两次马雅可夫斯基逝世10周年纪念活动[③],马氏于1930年4月14日开枪自杀,到了1940年4月14日,中苏文化协会举行了马雅可夫斯基逝世10周年诗歌晚会,光未然、高兰等朗诵了马雅可夫斯基的原作或译作。1941年4月14日,马雅可夫斯基逝世11周年纪念,《新华日报》发表了纪念诗文,其中有S.C的诗歌《纪念马雅可夫斯基逝世十一周年》等原创诗歌和翻译诗歌;1943年4月14日,《新华日报》出版了"马雅可夫斯基逝世十三周年纪念特刊",发表了一系列谈马雅可夫斯基的文章和翻译的马雅可夫斯基的诗歌;1945年4月21日,"文协"昆明分会与西南联大在昆明联合举办马雅可夫斯基逝世15周年纪念会。

---

① [苏]杜勃洛夫斯基:《伟大的人民之子——玛雅可夫斯基》,范剑涯译,《新华日报》,1940年4月14日。
② 戈茅:《纪念马雅可夫斯基》,《新华日报》,1939年4月14日。
③ 根据已有的资料查证,抗战大后方的确在1939年和1940年两次举办了纪念马雅可夫斯基逝世10周年的活动,显示出人们对这位苏维埃诗人译介的迫切心情。(参阅文天行编:《国统区抗战文艺运动大事记》,成都:四川省社会科学院出版社,1985年,第106—132页。)

为一位外国作家这么频繁地举办纪念活动,这在中外文学史上都十分罕见,这些纪念活动让中国作家和诗人进一步了解和认识了马雅可夫斯基的文学主张和诗歌的情感特征,使马雅可夫斯基成为当时文坛上耳熟能详的外国作家,助推了马雅可夫斯基及其作品在大后方的译介和接受热潮。

据查证,抗战大后方主要翻译了马雅可夫斯基的 16 首诗歌作品和 1 部诗歌合集。这些作品的情感内容主要表现的是苏联人民在共产党的领导下和白匪军英勇作战,最后迎来解放和自救,比如《列宁的葬礼》《打击乌兰格尔》《好》等诗篇。也有诗篇是抒发对共产国际领导人列宁的崇敬之情,比如写于 1920 年 4 月的《乌拉地米尔·伊里契·列宁》是专为列宁的 50 寿辰而作,《与列宁同志谈话》等也表现出马氏的国际共产主义情怀。此外,有译诗是直接针对中国受压迫的大众而作,比如《援助中国》一诗直接抒发了诗人反对帝国主义对中国人民生活的干预和对中国领土的侵略,尽管在他 1930 年去世的时候日本侵华战争还没有全面爆发,但这样的诗歌自始至终都会激励着中国人去反对压迫,为个人及民族的自由和解放展开顽强的斗争。激发人们的抗日精神也就成了诗歌艺术和精神在特定阶段的本质表现,战斗性和民族性自然成为抗战诗歌最重要的属性。马雅可夫斯基的诗歌演绎着战斗的主旋律,他认为"艺术是政治斗争的工具"、革命是"我的革命"①,从而全身心地投入到革命的激流中,把笔当成武器,与拿枪的战士们一起迎向敌人:

  我
  把自己全部
  诗人的响亮的力量
  都献给你
  进攻的阶级
  ——马雅可夫斯基:《乌拉地米尔·伊里契·列宁》

---

① 马雅可夫斯基:《〈马雅可夫斯基选集〉(第一卷)·前言》,北京:人民文学出版社,1984 年,第 14 页。

马雅可夫斯基的诗歌具有高昂的战斗激情且富于煽动性,他号召大众团结起来反对侵略战争,保卫自己的家园。日本发动的侵华战争使中国陷入前所未有的灭族亡种的危难之中,面对日寇惨无人道的杀戮,中国人民澎湃的抗敌情绪需要更快更强地激发和表达出来。然而,"雨巷"的宁静哀婉、"康桥"的浪漫愁思、抽象晦涩的现代主义诗歌等都无法更好地展现人们的情绪;爱国主义激情、满腔愤怒和战斗呐喊需要通过直白的语言和无所束缚的形式宣泄表达出来,唯有如此才能达到鼓舞民众和提高抗战情绪的目的,这也成为抗战大后方诗歌最直接的战时任务。与此相应,翻译介绍国外富有抗战激情的诗篇也成为翻译界迫切的任务和主要工作,当时就有学者撰文认为中国抗战语境需要和欢迎马雅可夫斯基,因为抗战爆发后中国诗歌里"正缺少未来主义爆炸性的力和新形式的美"[1]。也有学者认为中国诗人需要像马雅可夫斯基那样担当起拯救民族的使命:"目今的现实却的确要求我们产生一些惠特曼,或玛耶阔夫斯基……的。没有新的惠特曼,玛耶阔夫斯基担不起现阶段诗人的伟大的任务。"[2]马雅可夫斯基的作品无疑在内容和情感上具有这样的时代性,因此被很多诗人翻译介绍到了抗战时期的中国大后方文坛。

综观马氏诗歌的这些译本,我们很容易领受其对中国人民和社会建设的积极影响:一方面增强了中国人民的抗敌信心,另一方面也让中国人对战后中国社会的建设充满了期待,和苏维埃共和国一样的社会理想开始在大后方民众的心里萌芽。从这个意义上讲,大后方对马雅可夫斯基诗歌的翻译对中国社会的影响是极为深远的,远非止于抗战的短期目标。俄国文论家日尔蒙斯基在《俄罗斯文学中的歌德》一文中说:"文学作品的翻译,尤其是语言大师、作家,而不是职业翻译家翻译的作品,总是为了迎合某一文学—社会集团在特定历史阶段的意识形态的需要。"[3]抗战时期大后方对马雅可夫斯基及其诗歌的译介是特定历史阶段的意识形态的需要,对当时中国抗战诗歌创作产生了积极的影响。

---

[1] 李育中:《玛耶阔夫斯基8年忌》,《文艺阵地》创刊号,1938年4月。
[2] 蒲风:《关于前线上的诗歌写作》,《抗战诗歌讲话》,广州:诗歌出版社,1938年。
[3] 引自谢天振:《译介学》,上海:上海外语教育出版社,1999年,第107页。

三、大后方对美国诗歌的翻译

抗战大后方对美国文学的译介保持着浓厚的兴趣,除翻译出版了大量的美国作品集之外,像《时与潮文艺》等刊物还专门开辟了美国小说的译介专号或专栏。虽然抗战时期是美国诗人惠特曼译介的高峰阶段,且大后方是发表和出版惠特曼作品的主要区域,但美国诗歌在该时期的翻译并不如小说广泛,人们几乎将眼光紧紧地锁定在惠特曼一人身上。

(一)

从有限的翻译选材来看,大后方对美国诗歌的翻译集中体现了时代的文学诉求,充满了反抗之声和自由之志,同时表达了对故国家园的热爱之情。

具体的翻译作品如下:重庆出版的《文艺阵地》杂志4卷4期发表了韦佩翻译的《囚徒自由》[①],这是一组战歌作品的选译,鲜明地表达了中国人民渴望摆脱日本奴役的愿望。在该杂志6卷2期上发表了袁水拍翻译的美国诗人纽加斯的《给我们这一天》[②]则是对流亡者思乡情结的表达,诉说了抗战时期迁居大后方的流散人群的亡国之殇。除对惠特曼诗歌的翻译之外,共产党在大后方创办的《新华日报》在美国诗歌的译介方面也作出了应有的贡献,徐迟等人翻译了美国诗人 J. 达薇特曼、罗拔·波尔以及 M. 昆等人的作品,主要包括:M. 昆的《美国军火工厂里》,朔望译,1940年10月5日;J. 达薇特曼的《为绅士们作》,1942年3月25日;罗拔·波尔的《"今天,我长久地看着地图" 美国驻远东的 位空军队长的诗》,徐迟译,1943年9月27日。此外,《为绅士们作》的复译本于1943年12月22日发表。1945年5月,重庆出版的《文哨》杂志发表了徐迟翻译的美国诗人恩尼·帕艾尔的《在掩蔽壕里》[③]。1946年,重庆出版的《萌芽》杂志刊登了两首美国诗歌译作:一是徐迟

---

① 《囚徒自由》,韦佩译,《文艺阵地》4卷4期,1939年12月16日。
② [美]纽加斯:《给我们这一天》,袁水拍译,《文艺阵地》6卷2期,1942年2月10日。
③ [美]恩尼·帕艾尔:《在掩蔽壕里》,徐迟译,《文哨》1卷1期,1945年5月4日。

翻译的杰克·伦敦的《生命对我有什么意义》(1 卷 3 期,1946 年 9 月 15 日),一是肖刚翻译的 J. 威廉的《一个美国人在印度》(1 卷 4 期,1946 年 11 月 15 日)。这些作品同样是应时代的需求而译,比如《美国军火工厂里》《"今天,我长久地看着地图"——美国驻远东的一位空军队长的诗》便是对战争时期军工厂以及赴远东对日作战的士兵的描写,徐迟的这首译作更是表现了处于抗战前线战壕中的士兵的感受。

值得一提的是,抗战大后方对美国黑人诗歌的译介也同时拉开了序幕。1940 年 1 月 15 日在重庆创刊的《文学月报》为综合性文学期刊,由罗荪主编,出版至第 3 卷第 2、3 期合刊后被迫停刊。1941 年 6 月,《文学月报》第 3 卷第 1 期上发表了袁水拍翻译的美国黑人诗人休士的两首诗歌作品,名为《休士近作诗二章》,包括《黑人兵士》和《尼格罗母亲》。1942 年 9 月桂林出版的《诗创作》杂志上,李葳翻译的考尔布的论文《黑奴反抗之歌》是一篇专门介绍美国黑人诗歌的文章,其中也有一些黑人诗歌的片段,目的就是要揭示出黑人遭受的压迫和剥削,生活在底层的人民需要通过革命的方式来求得自我解放,如同中国人民的民主革命一样,体现出鲜明的国家立场和阶级立场。《大公报》1902 年 6 月 17 日创刊至今,经历了津、沪、汉、港、渝、桂等六个版一百多年的历史,在绵延的历史长河中,它扮演着历史的真实见证者,有过兴盛也有过坎坷。由于笔者在此主要研究它在渝的译诗,所以之前的出版搬迁暂且不详叙。1937 年 11 月 20 日,南京国民政府宣布迁都重庆,《大公报》为危急形势所迫,于 1938 年 12 月 1 日创办重庆版,1945 年 12 月 9 日抗战胜利后撤离重庆。这 7 年间由陈纪滢主编的《战线》停刊两周后《文艺》开始出版,相继在重庆抗战文艺的战线上不懈奋斗,为重庆抗战文学的丰富和发展贡献出自己的力量。1944 年,荒芜在《大公报》上翻译发表了《美国黑人诗钞》[①],这是对美国黑人诗歌的一次较为集中的翻译。中国人民与美国黑人有相同情感体验,"到了 30 年代,当中国受到外族侵略时,又转化为激励。黑

---

① 《美国黑人诗钞》,荒芜译,《大公报》第 50 期,1944 年 10 月 29 日。

人文学中具有抗争主题的作品被译介过来,用以声援抗战。"[1]这也说明了对黑人诗歌的翻译介绍具有鲜明的时代特色。

遗憾的是抗战大后方对美国著名诗人爱伦·坡作品的翻译几乎没有涉猎,除上述作品外,将更多的精力投入到了对惠特曼作品的译介。接下来,本文将详细论述美国诗人惠特曼的诗作在抗战大后方的翻译和介绍情况。

(二)

沃尔特·惠特曼(Walt Whitman,1819—1892)生于美国长岛,他当过乡村教师和报馆工作人员,喜欢自由自在地游荡和冥想。他的《草叶集》收录383首诗歌,到1892年共出过9版,此外还出版了诗集《桴鼓集》、散文集《典型的日子》和长文《民主远景》等。惠特曼的诗歌对普通大众和美国充满了真挚的热爱,对民族未来的构想吸引着世界各国不断地去翻译介绍这些作品。在中国新诗发展历程中,惠特曼无论是在文体形式还是思想情感上都产生了不可或缺的重要影响,中国文坛对其人其作的译介热情也持续了较长时间,尤其是抗战时期的大后方开创了惠特曼译介的崭新局面。

抗战大后方对惠特曼诗歌的翻译是惠特曼译介历史中最光辉的一页,具有举足轻重的地位。大后方对惠特曼诗作的译介成就体现在作品出版和期刊推介上。据统计,抗战时期出版的惠特曼译诗集共有2部[2]:袁水拍选译的《窝尔脱魏脱曼诗选译》(独立出版社,1940—1944年),高寒(本名楚图南)翻译的《大路之歌》(重庆读书出版社,1944年3月)。此外还有陈适怀翻译的31首合集为《囚牢中的歌者》(具体的出版信息不全)。独立出版社是国民党官办的出版机构,抗战期间随着内迁潮流搬到重庆,是20世纪40年代中期以前出版图书最多的出版社之一;陈适怀的译作尽管信息不全,但他在大后方创办的报刊中发表了很多惠特曼的译诗,集子中的作品当是先前译作的合集,因此这一时期大后方在惠特曼作品翻译中占据了垄断地位,抗战时期大

---

[1] 王建开:《五四以来我国英美文学作品译介史(1919—1949)》,上海:上海外语教育出版社,2003年,第192页。

[2] 贾植芳编:《中国现代文学总书目·翻译文学卷》,福州:福建教育出版社,1993年。

后方在出版惠特曼诗歌翻译集中具有里程碑意义,难怪有学者在论述惠特曼在中国的译介历史时说:"1944年是中国惠特曼译介史上极为重要的一年。该年3月,楚图南在经过十数年的研究、翻译之后,终于推出《大路之歌》……《大路之歌》是惠特曼诗歌的第一个中文选译本,它的推出结束了此前国内零敲碎打翻译惠特曼的历史。"[①]不管袁水拍的选译本在前还是高寒的《大路之歌》在前,有一点却是可以肯定的,那就是大后方抗战时期在惠特曼的译介历程中具有不可或缺的主导地位。此外,20世纪40年代在文学期刊上发表惠特曼译诗也以大后方为主,该时期发表惠特曼译诗的刊物主要有《文艺阵地》《中国文艺》《文学月报》《诗创作》《文艺生活》《金沙》《笔阵》《青年文艺》《文艺集刊》《世界文艺季刊》《文艺周刊》《翻译月刊》《文艺知识连丛》《诗创造》等14家刊物[②],在这份不完善的统计中,《文艺阵地》《文学月报》《青年文艺》是战时重庆的刊物,《诗创作》《文艺生活》等是桂林的期刊(《青年文艺》也在桂林出版),《笔阵》则是成都的刊物,当然还有未统计入的《文化杂志》《诗》《新文学》《半月文艺》以及《文化岗位》等大后方期刊也刊登了惠特曼的诗歌译作。大后方一共有11家报刊刊登了惠特曼的译诗,占整个40年代发表惠氏译诗期刊总量的50%以上。

从发表的刊物来说,《诗创作》《文艺生活》和《文学月报》是刊发惠特曼诗歌译作最多的刊物。《诗创作》是专门刊登诗歌作品和理论的刊物,1941年6月19日创刊于桂林,胡危舟和阳太阳任编辑,李文钊任社长,由当时设在桂林新桥北里20号的诗创作社出版。《诗创作》终刊的具体时间不详,而且据国内各大图书馆所藏期刊来看,第1期至第4期目前很难找到原刊,只能从后来的资料中偶尔了解前面4期的情况,比如郭沫若《罪恶的金字塔》就曾发表在《诗创作》3—4合期上。《诗创作》刊登了大量的翻译作品,包括诗歌和诗论,并且借助纪念有革命倾向的世界著名诗人的方式,翻译发表了很多激进的诗歌作品,比如"普希金一〇五年祭"和"惠特曼五十年祭"等。此

---

① 谢天振、查明建主编:《中国现代翻译文学史》(1898—1949),上海:上海外语教育出版社,2004年,第332页。

② 王建开:《五四以来我国英美文学作品译介史》(1919—1949),上海:上海外语教育出版社,2003年,第275—276页。

外,《诗创作》在1942年1月29日出版的第7期专门设为"翻译专号",发表了苏联(俄国)诗人普希金、莱蒙托夫、海塔古洛夫、雪夫兼珂等,德国诗人海涅、克尔纳等,美国诗人惠特曼、法国诗人雨果、法朗士等,日本诗人最上二郎、南龙夫等,以及英国诗人、西班牙诗人的诗歌作品,共47首译作,介绍外国诗人的论文2篇。这是抗战时期大后方对外国诗歌翻译的最集中的一次展示,也是翻译文学的重要收获。《文艺生活》具有鲜明的时代性和目的性,那就是"致力于文艺抗战工作"①,在民族解放战争中发挥文艺抗战和文艺救国的社会功能。该刊并非同人性刊物,具有较强的包容性和开放性,恰如编辑自己所言:"这是一个公共园地,并不是某一些人据为私有。"②因此,在这个刊物上发表文章的作者有艾芜、邵荃麟、夏衍、郭沫若、茅盾等,发表的文章涉及到小说、诗歌、戏剧、散文、杂感、童话、翻译作品、作家作品研究、座谈会记录以及关于工厂历史的作品。夏衍的著名戏剧《法西斯细菌》最初就发表在这个刊物上。尤其值得关注的是,《文艺生活》非常注重苏联作品的译介,尤其是苏联"工厂史"的翻译介绍一共刊登了8期,反映出该刊对工人生活和地位演变的关注。在苏德战争爆发后,该刊推出了《德苏战争》特辑、《寄慰苏联战士》特辑,翻译发表了 A. 托尔斯泰的《我号召憎恨》、爱伦堡的《我看见过他们》等与世界反法西斯战争有关的文艺作品。《文艺生活》发表的翻译作品还涉及到德国、美国、法国、西班牙等多个国家的小说、戏剧和诗歌作品,高寒和陈适怀翻译的惠特曼诗歌就发表在这个刊物上。

惠特曼诗歌风格的转变是大后方对其译介的文体原因。抗战大后方翻译的惠特曼诗歌大多创作于美国内战期间,这一时期惠特曼的诗风也发生了很大的改变,先前那些富于心灵性的玄想和生命中不可知的神秘逐渐被兵荒马乱的战争现实所取代,先前诗行的那种冗长夸饰也被简洁和平实的语言所取代。换句话说,惠特曼在追求祖国统一的战争中所创作的诗篇无论是在内容还是形式上都更多地体现出大众化的审美取向,而这种诗风也是抗战大后方文坛所倡导的创作路向。1938年1月中旬,艾青、东平、聂绀弩、田间、胡

---

① 《编后杂记》,《文艺生活》1卷2期,1941年10月15日。
② 《编后杂记》,《文艺生活》1卷2期,1941年10月15日。

风、冯乃超、萧红、端木蕻良、楼适夷、王淑明等知名作家和诗人以《七月》社的名义举行了"抗战文艺座谈会",主要就抗战时期的诗歌和其他文学样式进行了研讨,就抗战时期的诗歌表现形式而言,胡风认为达达主义是抗战中不健康的文学表现形式,不能把它当做一种新形式加以肯定和推广。楼适夷对什么是抗战时期诗歌最适合的表现形式发表了看法:"我们要求的新形式,要更大众化,可以多方面地表现生活,绝不是向神秘的道路走的。"[①]惠特曼诗歌风格的转变契合了大后方对抗战诗歌的展望,我们姑且以抗战时期重庆出版发行的《文学月报》上的《黎明的旗帜》为例:

  我们可以是恐怖与屠杀,现在我们就是的,现在我们不是那些庞大的,雄赳赳的州群的任何一个(不是五个,也不是十个);
  我们不是集市,不是堆栈,也不是城里的银行;
  然而这些,跟一切的,跟棕黄色的,宽大的国土,跟地下的矿井,是我们的;
  大海的海浪和大大小小的江水,是我们的;
  它们所灌溉的田地是我们的,至于那收获与果实,也是我们的;
  海湾与海峡,来来往往的船只,是我们的——我们是高于一切的;
  我们是高于拥有三四百万平方里的广大地面的——我们是高于那些大都会的,
  啊,歌人!我们是高于那四千万民众的——无论生也好,死也好,我们是无上的,
  我们,即便是我们,也必须在天空里显示着才能,这不但是为着将来,而是为着一千年呢,借着你的声音,把这支歌儿唱给那可怜的孩子的灵魂。
  ——《黎明的旗帜》(节选)[②]

[①] 《抗战以来的文艺活动动态和展望》(座谈会记录),《七月》2集1期,1938年1月16日。
[②] [美]惠特曼:《黎明的旗子》,王春江译,《文学月报》3卷1期,1941年6月1日。

惠特曼在诗歌中使用了诸如"我们""民众""州群"等宣扬集体主义精神的词语,表明他已经从昔日智性化书写的精英立场融入到大众中并成为其中的一员,脚下的土地和行政区划中的自治州不再是分裂的,所有的矿藏和成熟的果实都是属于大众的,美利坚合众国的统一观念在他心里已经根深蒂固。这首诗被翻译到中国后,也激起了中国人强烈的反响:我们岂能让国土沦丧和破裂?属于中国大众的矿藏和果实岂容日本人掠夺?因此,惠特曼的诗歌借助简洁的语言和深沉的情感抒发了中国人积郁心中的苦闷,起到了释放中国人情感的作用,被译介到抗战大后方诗坛也易于传播和接受。

任何翻译都涉及到一定的文化语境和时代需要,惠特曼的翻译也不例外。正是由于中国抗战的需要以及惠特曼作品具有的抗争精神和爱国情怀,大后方译介了他的很多作品,在客观上起到了繁荣文艺创作的作用,同时鼓舞了中国人民的抗战激情与对民族未来的美好期待。

四、大后方对英国诗歌的翻译

随着大批作家和翻译家的内迁,抗战大后方的文学翻译迎来了短暂的繁荣。仅就诗歌翻译而言,该时期大后方除大量翻译了俄苏诗歌之外,英国诗歌的翻译也成为战乱中一道耀眼的风景线,重庆出版的《时与潮文艺》《世界文学》《火之源文艺丛刊》《诗丛》《文艺月刊·战时特刊》《文艺先锋》等杂志和桂林出版的《文学报》《诗创作》《野草》《文艺》(桂林《大公报》副刊)等杂志刊登了方重、袁水拍、杨宪益、施蛰存等人翻译的英诗作品,重庆大时代书局、桂林雅典书屋等出版了曹鸿昭、徐迟、柳无垢等人翻译的莎士比亚、雪莱和拜伦等的诗歌集。从创作时代和创作风格上讲,抗战大后方翻译的英国诗歌主要由古典时期的诗歌、浪漫主义诗歌和当代战时诗歌三部分构成,其中又以浪漫主义诗歌的翻译为盛。

(一)

相较于20世纪20年代创造社对雪莱等英国浪漫主义诗人作品的翻译

而言,抗战时期大后方对英国浪漫主义诗歌的翻译达到了空前繁荣的局面。这一时期,主要的英国浪漫主义诗人如彭斯、雪莱、拜伦、华兹华斯、布莱克、霍斯曼等人的作品得到了不同程度的译介,而且出版了袁水拍和徐迟翻译的两部英国浪漫主义诗歌作品集,显示出大后方在英国诗歌翻译方面的成就。

首先看雪莱诗歌的翻译。波西·比希·雪莱(Percey Bysshe Shelly,1792—1822)是英国杰出的浪漫主义诗人,早期主要作品为《无神论的必然性》(*The Necessity of Atheism*,1811年),这部反宗教的作品是诗人在牛津大学读书时发表的,显示出雪莱从一开始就具有强烈的反叛精神;接着雪莱参加了爱尔兰的民族解放运动,并发表了《告爱尔兰人民书》(*Address to the Irish People*,1812年)。其主要诗歌作品或诗剧包括长诗《麦布女王》(*Queen Mab*,1813年)、《伊斯兰的反叛》(*The Revolt of Islam*,1817年)、《解放了的普罗米修斯》(*Prometheus Unbound*,1819年)、《阿多尼》(*Adonais*,1821年)、《西风颂》(*Ode to the West Wind*,1819年)、《云雀颂》(*Ode to a Skylark*,1820年),以及诗歌理论作品《诗辨》(*A Defense of Poetry*,1821年)。对浪漫主义诗人雪莱诗歌的翻译是抗战时期大后方英国诗歌翻译的重点,雪莱主要作品中的主要篇目都得到了不同程度的译介,顺应了其时大后方的文学和社会环境。陈旭翻译的《夜之献辞》(重庆《火之源文艺丛刊》,1卷5—6合期),林达翻译的《云之歌》(重庆《火之源文艺丛刊》,2卷2—3合期),恕凡翻译的《西风颂》(重庆《诗丛》,第5期),方敬翻译的《假面具》(重庆《文讯》,9卷1期),李蕾翻译的《西风歌》(桂林《诗创作》第8期,1942年2月20日,普式庚一百〇五年祭),立波翻译的《短诗》(《文学报》第1号,1942年6月20日),楚里翻译的《给英国的男子》(《文化岗位》,《救亡日报》副刊,1940年2月17日)。除了报纸杂志发表了不少雪莱诗歌的译作外,桂林雅典书屋1942年还出版了徐迟翻译的名为《明天》的雪莱诗集。这本译诗集的出版与徐迟朋友的鼓励有关,1938年5月因上海沦陷而内迁到桂林的盛舜,开办了名为雅典书屋的出版社,拟出版雪莱的诗集,就邀请徐迟代为翻译,于是徐迟就将在重庆和香港翻译的17首雪莱的诗歌交付雅典书屋出版。《明天》收入的译作依次是《赞知性底美》《给玛丽》《攸加尼群山中作》《西风歌》《敏感树》《歌》《云》

《云雀颂》《问题》《时间》《无常》《哀歌》《希腊寄诗》《明天》《赠诗》《歌:当灯火粉碎》《挽歌》。至于为什么会翻译雪莱的作品并出版这部译诗集,徐迟在书末附上了《雪莱欣赏》一文,认为雪莱"是一个一直到骨头里都是革命的诗人"①,其为了追求自由敢于和一切反对势力对抗的精神值得抗战时期中国人学习,使人们领悟到为实现民族自由和独立而与日本侵略者斗争到底的革命精髓。

文艺阵地社于1944年出版了袁水拍等人翻译的雪莱和拜伦等人的诗歌合集《哈罗尔德的旅行及其他》。《哈罗尔德的旅行及其他》收入方然和袁水拍翻译的雪莱诗作共计6首②,方然翻译的长诗《阿多拉司》(Adonais),现通译为《阿多尼斯》,是雪莱写给济慈的挽歌,阿多尼斯在古希腊神话中是美少年与死而后生的象征,雪莱以此为诗名意在赞美济慈。除在抗战大后方语境外,为什么要推出这样一个翻译诗歌合集,而且收入雪莱诗作的数量最多?最后的《编者附记》(书前的目录名为《译者附记》,正文中用的则是此名)中曾这样评价了雪莱等人的诗作:"雪莱在批评家们的意见中总被描写得像一只翱翔至想象的最高境地的云雀。他诗中的形象好像都不是现实本身,而是他的影子或者象征,但这里一点作品则特别'功利性'的,他所攻击的人物,连姓名都不避讳。"③从中我们可以看出抗战大后方选择翻译的诗歌必须是与现实相结合的"功利性"的作品,正是这样的选材标准使雪莱的现实主义诗作被翻译到抗战时期的中国诗坛。雪莱抨击现实和追求自由解放的作品满足了抗战时期中国人的阅读期待:

空气与河流又恢复它们快乐的音调

蚂蚁,蜜蜂,燕子又重新出现了

---

① 徐迟:《雪莱欣赏》,载《明天》,桂林:雅典书屋,1943年。引自《徐迟译品处女集〈明天〉》(叶嘉新,《出版史料》,2006年1期)。

② 在《哈罗尔德的旅行及其他》一书的目录和正文中均注明袁水拍翻译的《雪莱诗抄》共计有"七首"译诗,但实际上只翻译了5首,包括《致最高法官》《给威廉·雪莱》《一八一九年两个政客的喻言》《卡斯尔累侯爵执政时期所作》《自由》。这5首译诗加上方然翻译的长诗,一共翻译了6首雪莱的作品。

③ 《编者附记》,载《哈罗尔德的旅行及其他》,《文阵新辑》第2辑,1944年2月,第116页。

>新叶与花朵装饰着死去的季节底尸架
>
>钟情的鸟儿在丛林中成对成双
>
>筑起它们底苔色新巢在田野,在枝上
>
>金黄的蛇与碧绿的石龙子
>
>像迸发的火焰,从冬眠中醒转①

曾经被侵略者践踏得满目疮痍的"空气与河流又恢复它们快乐的音调",这样的诗句无疑会唤醒中国人民与日本侵略者斗争到底的勇气,坚定抗日的信心和决心,让中国人民看到抗战胜利的希望。

再看彭斯作品的翻译。罗伯特·彭斯(Robert Burns,1759—1796)是苏格兰民间诗人,他收集整理并复活了苏格兰民歌,其作品在民族面临异族征讨的语境下充满了激进的民主和自由思想,充满了对旧社会的反抗,呼吁全世界人民为了"真理"和"品格"而战。比如《不管那一套》中有这样的诗句:"不管怎样变化,明天一定会来到,/那时候真理和品格/将成为整个地球的荣耀!"彭斯在英国文学史上占有特殊重要的地位,开启了英国诗歌的浪漫主义时代。彭斯的诗歌在情感内容上具有反抗异族入侵、争取自由民主的特点,在语言形式上具有大众化的特质,因此比较符合抗战大后方诗歌的译介选材。抗战大后方的刊物发表了多首彭斯的诗歌译作:公兰谷翻译的《我的心在高原》(重庆《诗丛》,第5期)、袁水拍翻译的《朋斯底民谣》(桂林《文艺》,《大公报》副刊第227期,农历1942年12月12日)、水云翻译的《朋斯诗抄》(桂林《大公报·周刊》第18号,1944年3月5日)、水云翻译的《朋斯诗抄》(桂林《大公报·周刊》第25号,1944年4月23日)。重庆出版的《中原》杂志1卷3期上发表了袁水拍翻译的《彭斯诗十首》,但刊物上实际只刊登了8首,包括《克鲁格顿的悲歌》《朵朵》《台芒和雪薇娃》《你的友情》《玛契林的姑娘》《打后面楼梯跑来》《我的心呀:在高原》《阿真》。② 除了上述期刊上刊

---

① [英]雪莱:《阿多拉司》,方然译,载《哈罗尔德的旅行及其他》,《文阵新辑》第2辑,1944年2月,第43页。

② [英]彭斯:《彭斯诗十首》,袁水拍译,《中原》1卷3期,1944年3月。

登的彭斯译作之外,1944年重庆美学出版社和新群出版社先后出版了袁水拍翻译的译诗集《我的心呀,在高原》,收录了彭斯和霍斯曼的诗歌作品,其中彭斯的作品包括《我的心呀,在高原》《亲热的一吻》《阿富顿河》《安娜的金黄发鬈》《从裸麦田里走来》《我到过克鲁格顿》《约格吻了离别的吻》《好看的蓝斯丽》《蒂比顿芭》《吻颂》《虱颂》《贝格·尼古尔生的挽歌》《悲哀断章》《断章》《勃鲁斯在朋诺克本向他的军队致辞》《克鲁格顿的悲歌》《一朵绯红,绯红的玫瑰》《台芒和雪薇娃》《你的友情》《玛契林的姑娘》《唱呀！可爱的鸟儿》《打后面楼梯跑来》《阿真》《自由树》《幻像》《姜太麦》《来,摇我到查理那儿去》《华盛顿将军生辰颂诗》《离开了我所爱的朋友和乡土》《写在某夫人的怀中记事册上》等30首。

拜伦诗歌的翻译同样丰富。乔治·戈登·拜伦(George Gordon, Lord Byron, 1788—1824)是英国浪漫主义的伟大诗人,代表作品有《哈罗尔德游记》《唐璜》等。拜伦的诗歌塑造了一批英雄形象,他本人积极勇敢地投身革命,参加了希腊反对土耳其入侵的民族解放运动,其作其人吸引着抗战大后方文坛的注意力,成为人们译介的重要作家。大后方刊物上发表的拜伦作品有孙家新翻译的《雪浪堡怀古》(重庆《文艺月刊·战时特刊》,1941年8月号)、徐蝶石翻译的《夜莺》(重庆《诗丛》,第5期)、王统照翻译的《西班牙怀古诗》(重庆《文艺杂志》,3卷2期)、沙金翻译的《给拿破仑一世》(重庆《文讯》,8卷5期)和《大海颂》(桂林《诗创作》第18期,1943年,无具体出版日期和具体译者)等。1943年6月在重庆创刊的《中原》杂志的创刊号上刊登了柳无忌翻译的《拜伦诗钞》,包括《雅典的女郎》《她步行在美丽中》《乐章》《一切都为恋爱》《那么,我们不再去漫游吧》《我的船是在岸头》等6首诗歌。① 此外,《哈罗尔德的旅行及其他》(《文阵新辑》第2辑,1944年2月)收入了袁水拍翻译的拜伦的《契尔德·哈罗尔德的旅行》,这首长诗一共有60小节,每节主要采用9行体诗,译文的末尾附有帮助读者理解作品的注释。该作是拜伦两次游历欧洲大陆(主要是西班牙和希腊两国)后的记录,带有很

---

① [英国]拜伦:《拜伦诗钞》,柳无忌译,《中原》创刊号,1943年6月。

强的自传色彩,主要歌颂了欧洲民族民主解放运动,贯穿着反抗暴政和压迫,追求自由和民族解放的主题。《契尔德·哈罗尔德的旅行》正面歌颂了人们的革命精神,那些抵抗外敌入侵的"效忠祖国"的人应该受到敬仰:

> 不管你在路上遇到什么人,
> 帽子上戴着鲜红的军徽,
> 它告诉你,谁应该受欢迎,谁应该受憎恨,
> 让这些迈步在街头的人倒霉吧,
> 那效忠祖国的记号他们并没有戴:
> 刀锋这样尖锐,突击难于抵抗;
> 高卢敌人一定要深深悔改,
> 如果秘密的短剑在大氅里面隐藏,
> 能够抵抗炮火,能够把刺刀阻挡。①

拜伦在作品中为那些穿着军装抵抗敌人的兵士感到骄傲,同时诅咒那些"迈步在街头"的入侵者。译作在抗战大后方的传播有助于鼓舞大众积极到前线投身抗日战争,让人们意识到抗日是受人尊重的行为,只要中国人民团结一致与日本作坚决的斗争,沦陷区那些扬扬自得的侵略者也会"倒霉",也"一定要深深悔改"。编者在谈该诗作的翻译时说:拜伦"把自己作为受难世界的代言人。他们是美国的奴隶(他极力崇扬华盛顿),爱尔兰的下层人民,意大利的爱国者。对于野蛮的战争他深恶痛嫉,但非常歌颂为自由而战的美国,终且直接参加希腊的革命战争,以三十六岁的青春死在他所向往歌咏的岛上"②。拜伦该作,近乎对遭受日本奴役的中国人民的直白说教,呼吁中国人为民族的自由而战,哪怕像拜伦一样为了保卫自己钟爱的土地献出生命也在所不辞。拜伦作为"受难世界的代言人",他的情感应和了大后方人民的抗

---

① [英]拜伦:《契尔德·哈罗尔德的旅行》,袁水拍译,载《哈罗尔德的旅行及其他》,《文阵新辑》第2辑,1944年2月,第29页。
② 《编者附记》,载《哈罗尔德的旅行及其他》,《文阵新辑》第2辑,1944年2月,第116页。

争诉求和追求理念,满足了抗战中居于"弱小民族""美国奴隶""下层人民"或"爱国者"角色的中国人的心理,因此成为大后方诗歌翻译的主要对象。这一时期,大后方除翻译出版了浪漫主义诗人的作品外,还翻译了多部浪漫主义诗人的传记,比如陈秋凡翻译了日本人鹤见祐辅撰写的《拜伦传》,1943年由桂林远方书店出版。

最后看看华兹华斯及其他浪漫主义诗人作品的翻译。华兹华斯(William Wordsworth,1770—1850)是英国浪漫主义诗人的主要代表之一,大学毕业后曾去到法国,热情地支持法国大革命,认为这场革命可以拯救处于水深火热之中的人民大众。华兹华斯1792年回到英国后,尽管他仍然对革命充满热情,但由于经济上的拮据不得不移居乡间。因此,华氏的诗歌前期充满了革命精神,后来则转向自然和人生意义的探讨。大后方对华兹华斯的译介同样丰富,据目前查阅到的期刊杂志统计,关于华兹华斯诗歌翻译的主要信息如下:曹鸿昭翻译的《亭台诗》(重庆《世界文学》,1卷1期),王树屏翻译的《我像一朵孤云般地遨游》(重庆《火之源文艺丛刊》,1卷5、6期),马秋帆翻译的长诗《永生的启示》(重庆《诗丛》,2期),胡曲翻译的《渥资华斯诗抄》(重庆《诗丛》,5期),秀芙翻译的《水仙》(重庆《文艺先锋》,1卷4期),惠官翻译的《华兹华斯诗抄》(桂林《诗创作》,第17期,1942年12月25日)。除翻译了华兹华斯的诗歌作品外,还刊登了由刘溶池翻译的《渥资华斯论》(重庆《诗丛》,6期)来专门介绍这位英国诗人及其作品的特色,显示出对华兹华斯译介的全面性。此外,威廉·布莱克(William Blake,1757—1827)是英国重要的浪漫主义诗人,伯石翻译的《W.勃莱克诗抄》发表在桂林出版的《诗》杂志上。《诗》是抗战时期桂林较有影响力的诗歌刊物,该刊物创办的目的是想依托诗歌来宣传积极的抗战精神,推动抗战诗歌的发展。经常在《诗》上发表作品的诗人有艾青、袁水拍、徐迟、方敬、鲁藜、彭燕郊等。《诗》月刊上发表了大量的翻译作品,比如诗歌、评论以及对外国诗人诗作的介绍等方面的文章。

抗战大后方对英国诗歌尤其是对英国浪漫主义诗歌的译介达到了高峰。尽管王佐良先生曾回忆说:"三十年代后期,在昆明西南联大,一群文学青年醉心于西方现代主义,对于英国浪漫主义诗歌则颇有反感。我们甚至于相约不去上一位教授讲司各特的课。回想起来,这当中七分是追随文学时尚,三分是无知。当时我们不过通过若干选本读了一些浪漫派的抒情诗,觉得它们写得平常,缺乏刺激,而它们在中国的追随者——新月派诗人——不仅不引起我们的尊重,反而由于他们的作品缺乏大的激情和新鲜的语言而更令我们远离浪漫主义。当时我们当中不少人也写诗,而一写就觉得非写艾略特和奥登那路的诗不可,只有他们才有现代敏感和与之相应的现代手法。"[1]但是王佐良后来承认他们对浪漫主义诗歌的看法是有偏颇的,大后方的英国诗歌翻译主要集中在对浪漫主义诗歌的译介上。抗战大后方对英国浪漫主义诗歌的翻译是中国抗战文学发展的内在需求,也是英国浪漫主义诗歌的特有风格使然,翻译的社会性与翻译选材的当下性共同促成了中国现代翻译史上少有的繁盛景象。王佐良先生对英国浪漫主义诗歌作过高度的概括:"它是在法国革命的思想、情感气候里形成和发展的。文学与政治,诗歌与革命,从来没有这样紧密结合。"[2]相应地,抗战大后方文学面对深重的国难也急需与民族的政治革命结合起来。

正是文学价值取向的一致性促成了英国浪漫主义诗歌与抗战大后方文学的姻缘,大量翻译英国浪漫主义诗歌也就成为抗战时期中外文学交流的必然结果。

(二)

抗战大后方在翻译富有革命精神的浪漫主义诗歌的同时,也翻译了一些古典主义诗歌作品,显示出该时期大后方诗歌翻译选材的丰富性和审美价值的多元性。最为重要的是,方重先生在抗战大后方对乔叟的翻译谱写了中国现代翻译史上的新篇章,不仅具有里程碑意义,而且标志着乔叟在中国译介高峰期的到来。

首先是乔叟诗歌的翻译。杰弗雷·乔叟(Geoffrey Chaucer,约1343—1400)是英国现实主义诗人的代表,因多次出使欧洲大陆而接触到了但丁、薄

---

[1] 王佐良:《〈英国浪漫主义诗歌史〉序》,《读书》,1988年第3期。
[2] 王佐良:《英国诗史》,南京:译林出版社,1997年,第211页。

第七章　抗战大后方对外国诗歌的译介　333

伽丘等作家反宗教的人文主义作品,从而开始转向现实主义创作,其作品真实地反映了不同社会阶层的生活,开创了英国文学的现实主义传统,对莎士比亚和狄更斯等后起的作家产生了深刻影响。抗战大后方成为译介乔叟的重镇,而译介乔叟作品的代表翻译家是方重,刊登乔叟作品译文的代表期刊是《时与潮文艺》。但关于方重这一时期对乔叟的译介至今缺乏准确的梳理,有学者在描述抗战时期国统区的翻译文学时,专辟一节"方重对乔叟诗歌的翻译"进行探讨,认为"1943年,他第一个把英国大文豪乔叟的作品介绍给国人,自此,读者才得以看到'英国诗歌之父'乔叟的作品。当时,初试翻译乔叟作品的方重,还没有足够的勇气和信心涉猎《悼公爵夫人》、诗体传奇《特罗勒斯和克丽西德》,尤其不敢翻译标志着英国文学光辉开端的《坎特伯雷故事》。"①这段引文表明抗战初期关于乔叟的翻译只是零碎的选译或一些简单的故事,此处将方重冠以译介乔叟"第一个"的名号却委实与历史不符,因为1916年孙毓修先生撰写的近代第一部谈论外国文学的专著《欧美小说丛谈》中,开卷第一篇《希腊拉丁三大奇书》,第二篇《孝素之名作》认为"孝素诗集之最传者,《坎推倍利诗》也"。②并且同年林纾在《小说月报》上发表了《坎特伯雷故事集》中的部分故事的节译③,林纾才应该是第一个把乔叟作品介绍给中国人的译者。但从时间上来讲,"1943年"的确是乔叟在中国译介史上具有里程碑意义的一年,因为自清末林纾翻译乔叟的故事之后,仅1935年《论语》"西洋文学专号"上刊登了1篇开明翻译的《巴斯妇人的故事》④,直到1943年乔叟才再度与中国读者相逢。1943年9月15日在重庆出版的《时与潮文艺》2卷1期上发表了方重译介乔叟的文章《乔叟和他的康波雷故事》,同时刊发了其用散文体翻译的乔叟的叙事诗《三个恶汉寻找死亡》,首次向中国读者介绍了乔叟及其作品,并让中国读者首次读到了乔叟创作的故事。紧

---

① 孟昭毅、李载道主编:《中国翻译文学史》,北京:北京大学出版社,2005年,第245页。
② 孙毓修:《孝素之名作》,《欧美小说丛谈》,上海:商务印书馆,1916年。
③ 据查证,林纾在《小说月报》上一共翻译发表了8篇"坎特伯雷故事":《鸡谈》《三少年遇死神》《格雷西达》《林妖》《公主遇难》《死口能歌》《魂灵附体》和《决斗得妻》(参见《小说月报》第7卷12号至第8卷10号,民国五年十二月至六年十月,即1916年12月至1917年10月)。
④ [英]乔叟:《巴斯妇人的故事》,开明译,《论语》第56期,1935年1月1日。

接着,方重选译了乔叟的长诗《童子的歌声》,1943 年 11 月 16 日发表在《时与潮文艺》2 卷 3 期上;1944 年 6 月 15 日,方重选译的《巴斯妇自述》发表在《时与潮文艺》3 卷 4 期上。

  关于乔叟作品单行本的翻译是一个至今有争论的话题。抗战期间书籍保存不善,加上资料收集整理的难度,关于乔叟在抗战大后方译介的资料实在难以收集齐备。从目前的相关资料和研究文章来看,除清末人士对乔叟的作品有所翻译之外,方重是中国现代翻译文学史上翻译乔叟的第一人和最有成就者,由于乔叟的作品是用中古时期的英语写成的,给阅读和翻译原文带来了难度,因此现代翻译史上除方重外很少有人涉猎乔叟作品的翻译。现有的研究文章和翻译文学史的相关论述似乎仍然存在很多不确定的因素,关于方重的翻译和乔叟在中国的译介问题,我们不妨从译者自己的文字中寻找答案。1983 年上海译文出版社重版《坎特伯雷故事》时,方重在"译本序"中说:"30 年代正值国难频仍之际,生活很不安定。日本军国主义侵略我国,直逼武汉时,译者随学校迁至四川乐山。当时曾在重庆出版了土纸本的《特罗勒斯与克丽西德》和《坎特伯雷故事》两个单行本,但印数有限,现在恐已不易见到了。解放后,译者在上海任教,方始有机会参阅各种版本仔细审定译稿,于 1955 年由新文艺出版社初版《坎特伯雷故事集》,于 1962 年由上海文艺出版社初版《乔叟文集》,后者并于 1980 年由上海译文出版社重印。"[①]从方重自己的回忆中我们可以明确其抗战期间在重庆出版了乔叟的两部译作,而非上海或其他地方。谢天振先生在《中国 20 世纪外国文学翻译史》中所叙述的关于乔叟的翻译符合历史实情,至多只是遗漏了现今无法找到的重庆版的《康特波雷故事》,但唯一不足的是对期刊上刊登的乔叟译文没有给出确切的篇名、发表时间和刊物等信息。

  为什么方重先生会在抗战时期倾其所能来翻译乔叟的长篇叙事诗呢?首先是希望把乔叟这位伟大的现实主义作家介绍到中国来,让中国读者能阅读到优秀的外国文学作品。方重先生说:"本书的翻译开始于 30 年代。其时

---

① 方重:《译本序》,载《坎特伯雷故事》,上海:上海译文出版社,1983 年,第 18 页。

译者任教于武汉大学,结合教学写了一本《英国诗文研究集》出版,有感于当时尚未有人把乔叟这位英国文学史上为现实主义文学奠基、为文艺复兴运动铺路的承前启后的伟大作家的作品介绍到中国来,遂发愿翻译。"[1]其次是因为乔叟作品的思想内容与当时中国时代精神有相通之处,充满了反抗气息和民族精神。据《苏联大百科全书》及苏联介绍英国文学论著所写的"作者介绍"中,译者有意突出了乔叟变革现实的思想和人民性,民族性的地位:"这部故事集中的一些不同的故事都纳入于一个'框架',与意大利作家波迦丘所著《十日谈》相似。在这里乔叟表现了当时英国社会各阶层的人物和类型。他是在英国文学史上第一个采用了新兴资产阶级文学的题材和形式的人。他富于乐观主义和幽默;他的人文主义、语言的人民性,以及现实主义的描写天才,都足使他反映国内全民族的上升和资产阶级关系的发展,尤其在他的《坎特伯雷故事集》和一些其他作品中。在这部杰作里,他综合了许多崇高的旨趣,如保卫人权、反对封建社会的专横,和提出明确的民主思想。凡这一切,加上他的艺术才能和对英国文字宝藏的灵活运用,使他成为全世界最伟大的作家之一。"[2]这段话表明乔叟的作品与意大利文艺复兴初期的《十日谈》一样充满了变革现实的勇气,其对人权的捍卫和对专横统治的反对都有助于激发抗战时期人们的民族意识,因此也易于被中国读者接纳。

乔叟是英国中古时期伟大的现实主义作家,方重是中国著名的爱国主义翻译家,二者在抗战大后方的相遇表明译者对翻译题材的选择除了要受译者文学爱好和审美旨趣的影响外,更重要的是要与时代和现实需求相结合,而后者往往也会自动地转化为译者选材的内在心理因素,从而决定了翻译的社会属性。

莎士比亚的诗歌在抗战大后方也有少量的翻译。威廉·莎士比亚(William Shakespeare,1564—1616)是英国文艺复兴时期伟大的戏剧家和诗人,除大量的剧作之外,他创作了154首十四行诗和2首长诗。莎士比亚的

---

[1] 方重:《译本序》,载《坎特伯雷故事》,上海:上海译文出版社,1983年,第18页。
[2] 方重:《作者介绍》,载《坎特伯雷故事集》,上海:新文艺出版社,1955年,第1页。

戏剧在抗战时候得到了大量的译介,尤其在大后方推出了《莎士比亚戏剧全集》①。与此同时,大后方也翻译出版了莎士比亚诗歌的单行本及散译的多首诗歌,成为抗战时期翻译出版莎士比亚诗歌较为集中的地域。据查证,中国最早将莎士比亚长诗《维纳斯与阿多尼斯》翻译到中国来的应该是曹鸿昭先生,民国二十九年九月长沙商务印书馆初版了他翻译的《维娜丝与亚当尼》,之后重庆大时代书局于1943年3月将之纳入"世界文艺名著译丛"再版,表明这已经不是所谓的"初版"②了。曹鸿昭先生1908年出生于河南新野,南开大学英文系毕业后曾执教于南开大学、西南联大、重庆中央大学等校,1947—1969年任联合国中文翻译处高级翻译员,后旅居美国。曹先生是我国现代著名的诗歌翻译家,我们今天所能见到的译作主要有荷马史诗《伊利亚特》《奥德赛》,维吉尔史诗《埃涅阿斯纪》等古典诗歌。抗战时期其翻译的莎士比亚长诗《维娜丝与亚当尼》是一部典范性质的译文,因为曹先生在这部译作中加入了很多"附加成分",以方便读者对译文的理解。比如商务印书馆出版的这部长诗译作是英汉对照本,首先插入了莎士比亚的画像,接着是译者撰写的占据3个页面的"译者序"和译者整理的14页长的"莎士比亚传略",然后是译者针对所翻译的译作撰写的《关于维娜丝与亚当尼》的介绍文章,一封"献信"是原作扉页上本来就有的文字,内容是莎士比亚将把自己创作的长诗献给一位名叫桑普顿的伯爵,希望得到他的认同。译本共计161页。这些文字为我们研究译作提供了非常宝贵的信息。"莎士比亚传略"部分介绍了莎士比亚的一生的生活和戏剧创作历程。"关于《维娜丝与亚当尼》"部分则包括"故事底来源""出版及著作时期""所受的影响""当时人底称赞"以及"概括的批评"等五个方面的内容,使读者对这部叙事长诗的创作背景和相关信息有了一定的了解,从而易于理解和接受长诗的内容。1943年重庆大时代书局出版的时候,省去了"译者序",将正文前的所有部分纳入到"绪言"中,全书正文内容共计118页。需要特别说明的是,长沙在抗战时期可以纳入广泛的

---

① 曹未风译出了莎士比亚的11个剧本,1944年在贵阳文通书局以《莎士比亚戏剧全集》为名出版。
② 贾植芳等主编:《中国现代文学总书目·翻译文学卷》,北京:知识产权出版社,2010年,第249页。

大后方范畴,不管是商务印书馆还是大时代书局"初版"了《维娜丝与亚当尼》,都表明抗战大后方在莎士比亚长诗翻译方面取得了突出的成就,在莎士比亚诗歌翻译领域具有开创意义。

　　抗战大后方除翻译了乔叟、莎士比亚等的古典主义诗歌作品外,也翻译了大量的民歌。初大吉翻译的民歌《罗宾汉》,发表在重庆出版的《世界文学》1卷1期上;佘坤珊翻译的苏格兰民歌《两只乌鸦》,发表在重庆出版的《文讯》2卷4期上;张镜秋翻译的英国民歌《你别离了我》,发表在1939年3月昆明出版的《战歌》杂志1卷6期上,并再次发表在1939年8月26日重庆出版的《文化岗位》(《救亡日报》副刊)上。这些民歌作品反映了英国人民对生活的思考和热爱之情。如果说抗战大后方翻译英国浪漫主义诗歌作品是因为其含有较强的"反抗"性,翻译当代英国诗人如奥登等人的作品是因为其直接与中国的抗战有关,那翻译英国古典时代的诗歌作品和民歌又是基于什么原因呢?我们不妨以张镜秋翻译的多次发表的民歌《你别离了我》为例说明:[1]

> 你便要远别了,
> 离去了可怜的乔奈而过别了!
> 从此没有一个人儿爱我,
> 你也许忘却了我;
> 然而我心总离不了你,
> 你到任何一地——
> 你还能看得见我的容貌,
> 同样喊一声乔奈吗?
>
> 当你穿上了红色的军装,
> 戴上了美丽的帽章;
> 我怕你忘记了所有的,

---

[1] 《你别离了我》,张镜秋译,《战歌》1卷6期,1939年3月。

所有你已经允许了的。
把枪荷在你肩上,
刺刀插在你的腰旁,
一些娇媚的太太把你留恋,
她要做你的新娘!

也行光荣惠临的那天,
你便疯狂似的冲上前线,
决不会想到他们把你杀了,
那末我的本福也便失去了。
或许你战胜的那天,
你做了将军,归自前线。
我想着多么的自傲,
我也得到了一些的荣耀!
我想着多么的自傲,
我也得到了一些的荣耀!

呵!假如我是法兰西的女王,
或是罗马的教皇。
我决不使妇女在家哭丧!
整个世界应该和平,
不使该国王各逞凶残,
为什么他们向人侵略,
要驱使众人出国作战?
为什么他们向人侵略,
要驱使众人出国作战?

该译诗最初刊登在昆明出版的《战歌》杂志 1 卷 6 期上,该期杂志是《通俗诗歌专号》,翻译的民歌自然划入了这个集子中。在抒情主体看来,战争可以把心爱的人儿从身边带走,那份对爱人的依恋和深爱却深深地埋藏在心里。这首诗间接表达了诗人憎恶战争的心理,因为它使爱人分离,让人们的生活蒙上了痛苦的阴影。因此,这首诗虽然是民歌,但内容却是刻写战争的,与中国抗战时期的语境大同小异,表达了普通妇女厌恶战争的态度。值得注意的是,《战歌》杂志中有多首翻译诗歌作品涉及到对战时女性的刻写,或者说通过女性的角度来审视战争的现实,除了这首英国民歌之外,比如罗铁鹰(笔名莱士)翻译的《中国的妇人》一首便是通过"母亲"的行为来表现"中国人民被炸死后令人心碎的情景"[①]。对民歌作品和古典作品的翻译也与当时翻译界鼓励人们重新翻译古典作品有关。1943年《新华日报》上发表了名为《对翻译工作的希望》的文章,其中这样写道:"我希望今年会有一个能与《译文》媲美的译刊出现。我希望今年会有许多翻译界的朋友系统而又大量地介绍世界文学名著,我希望会有人翻译新的作品,也希望会有人翻译旧的——古典的作品,重译古典的作品。在中国,都认为重译是要不得的,而我认为一再地重译,才能得到更完美的译本,譬如普式庚的作品,在美国、在德国、在英国、在法国,甚至在捷克都会有十几种译本,这是不足为奇的。"[②]表明翻译古典主义诗歌作品是译界追求翻译质量的必然行为,有助于中国翻译文学发展的繁荣和翻译质量的提高。

(三)

浪漫主义诗歌的高潮之后,英国诗歌曾一度跌入低谷。到了20世纪初,随着现代主义诗歌的兴起,英国诗歌才又迎来了发展的光明前景。中国诗坛对英国现代主义诗歌的翻译主要集中在哈代、艾略特等人的作品上,大后方对现代主义诗人的翻译主要是由昆明西南联大的校园诗人群发起的。总体上看,现代主义诗歌在大后方的翻译出版都远不及浪漫主义诗歌,甚至也赶不上古典主义诗歌的热度。许多现代主义作家在作品里对丑和恶采取愤怒

---

① 罗铁鹰:《回首话〈战歌〉》,《新文学史料》,1983年1期。
② 李葳:《对翻译工作的希望》,《新华日报》,1943年1月2日。

的态度加以表现,他们认为,个人无法改变世界,因此在作品里表现出颓废或玩世不恭的倾向,在这种观念的支配下,这些作家倾心表现荒谬、混乱、猥琐、邪恶、丑陋等意识,使作品中的场景总有梦魇的特征。他们肯定美好东西的存在,但他们又不愿意用那种虽然极为善良却是非常简单的眼光来认识这个世界。社会的不完美和恶势力的存在,给人类带来了灾难,如果还用一种正直善良的眼光把这个世界说得如何善美,即使不是有意的,至少是无力把握现实的结果,有什么真实可言呢?所以,现代主义诗歌的情感不符合抗战大后方的文学诉求,自然也就译介得十分有限了。

奥登(Wystan Hugh Auden,1907—1973)出生于英国,是继 T. S. 艾略特之后最重要的英语诗人。奥登出生在英国约克郡的一个名医家庭,1925 年入牛津大学攻读文学,同时开始诗歌创作并从事文艺活动,曾是英国左翼青年作家的领袖,于 1937 年赴马德里支援西班牙人民的反法西斯斗争。曾在军队中担任担架员和驾驶员,并写作了诗歌《西班牙》予以声援。他早期是狂热的社会主义激进分子,具有十分明显的左翼倾向,曾到访过德国和中国,后取得美国国籍,成为神学的信奉者。他的诗歌作品主要有两部长短诗集:《短诗结集 1927 年—1957 年》(1967 年)和《长诗结集》(1969 年)。奥登到访中国以后,引起了中国诗歌界的广泛关注,其作品经由卞之琳、朱维基等人的翻译在中国产生了深远的影响。

英国现代主义诗人奥登的作品是抗战大后方译介现代主义诗歌的重点。奥登于 1938 年受《新闻记录周报》的派遣,与伊修伍德(Isherwood Christopher)一起来到中国,亲历了中国抗日战争的艰难形势,写下了一系列关于中国抗战的作品,结集为《战时》(*In Time of War*),1941 年上海诗歌书店出版了朱维基翻译的《在战时》(十四行联体诗并附诗解),当时诗人的译名是 W. H. 奥邓。由于奥登与中国抗战的特殊情缘,其诗歌作品在大后方也有译介,成为被译介的为数不多的英国现代主义诗人之一。1942 年 10 月 15 日,成都的《笔阵》新 5 期刊登了邹绿芷翻译的《所见收获物》;1943 年 11 月 15 日,重庆的《时与潮文艺》第 2 卷第 3 期刊登了杨宪益翻译的 4 首奥登的诗:《看异邦的人》《和声歌辞》《空袭》《中国的兵》。杜运燮翻译的奥登诗歌

《小说家》1943年1月17日发表在桂林《大公报》副刊《文艺》(桂林《大公报》复刊)第227期上。1943年11月,桂林《明日文艺》第2期刊发了卞之琳翻译的奥登中国之行的5首诗歌,题名为《战时在中国》。1979年,卞之琳先生在回忆翻译奥登的诗歌时说:"在40年代初期,我在昆明译过奥登的《战时》十四行体诗组中的六首,曾在昆明和桂林的刊物上发表过,抗战胜利后还在上海被转载过。"①卞之琳翻译的这六首诗歌应该包括《他用命在远离文化中心的场所》《当所有用以报告消息的工具》《名人志》《小说家》《战时在中国》和《服尔泰在裴尔奈》等。② 关于奥登的介绍文章,1944年9月15日,《时与潮文艺》第4卷第1期发表了杨周翰撰写的《奥登——诗坛的顽童》;杜运燮撰写的《海外文讯》一文于1943年5月发表在桂林《明日文艺》杂志上。

在详细考察了中国的抗战之后,奥登在武汉的一个文艺招待会上朗诵了《献给殉国的中国士兵》一诗,写的是一个中国年轻的普通士兵在抗日战争中牺牲了,"他的名字和他的容貌将永远消失",但他用年轻的生命换取了民族的独立。剧作家洪深当场将之翻译成中文,赢得了持久的掌声。卞之琳认为译诗的形式应该和原文形式对应,他在《〈莎士比亚悲剧四种〉译本说明》中对原文中诗体形式的翻译作了这样的说明:"剧词原文主要用'素体诗'(或译着'白体诗',非自由诗体),每行轻重格或称抑扬格五音步,不押脚韵,但也常出格或轻重音倒置,或多一音步,且常用所得'阴尾'即多一轻音节收尾,此外主要就是散文体……译文中诗体与散文体的分配,都照原样,诗体中各种变化,也力求相应。"③除了诗体形式的翻译和原文相对应外,卞之琳认为诗歌的字句也应该和原文保持对等:"剧词诗体部分一律等行翻译,甚至尽可能作对行安排,以保持原文跨行与行中大顿的效果。原文中有些地方一行只是两'音步'或三'音步'的,也译成短行。所根据原文版本,分行偶有不同,酌

---

① 卞之琳:《重新介绍奥顿的四首诗》,《卞之琳译文集》中卷,合肥:安徽教育出版社,2000年,第201页。

② 据查证,卞之琳翻译的《当所有用以报告消息的工具》1946年9月8日发表在《经世日报》的"文艺周刊"上;《服尔泰在斐尔奈》1947年4月发表在天津《现代诗》杂志上;《小说家》1947年4月13日发表在《经世日报》的"文艺周刊"上;《战时在中国》1948年7月发表在《中国新诗》杂志上。

③ 卞之琳:《〈莎士比亚悲剧四种〉译本说明》,《卞之琳文集》下卷,合肥:安徽教育出版社,2002年,第338页。

量采用。译文有时不得已把原短行译成整行,有时也不得已多译出一行,只是偶然。"①卞之琳在介绍奥登的作品时再次申明了按照原作诗律翻译的目的是为了呈现原作的形式艺术:"我照例试用我们今日汉语说话的自然规律的基本单位'顿'(小顿)或称'音组'(短音组)以符合英诗每行长短的基本节拍单位'音步',并照原诗脚韵排列来译这几首诗(指奥登的《"他用命在远离文化中心的场所"》《"当所有用以报告消息的工具"》《名人志》和《小说家》——引者),而且多数是十四行体诗,无非是使我国读者,不通过原文,也约略能看见原诗的本来面貌。"②可见卞之琳对奥登诗歌的翻译不仅注意到了内容与时代语境的契合,而且还注意到了译文的艺术形式,是抗战大后方诗歌翻译中不可多得的"文质兼备"的佳作。

广州和武汉被日军占领之后,远在美国的奥登在《给中国人民的信息》中将中国人民的抗日战争提升到维护人类权力的高度:"在这些悲剧性的艰难日子里,我们想告诉你们,有这样一群英国人(不是少数)了解你们所英勇进行的斗争是为了自由和公正,每个国家都在为之奋斗。你们不只是为了中国,也是为了我们,抗日战争对美国人和欧洲人都具有重大的影响。我们将尽我们最大的力量——尽管是微薄的——支持中国并说服比我们更有影响力更强大的人做同样的事情。在中国度过的日子里,我们无法表达我们对你们面对全副武装的敌人时的勇气与耐性的赞美。在这场战斗中,胜利将在坚持最久的一方。我们祈祷,为你们也为我们自己,不论形势多么恶劣,都不要丧失对正义的信心,坚持斗争直到胜利是这个国家每个人的希望。"③奥登给予中国人民抗战的同情和鼓励使他的作品受到了中国读者的欢迎,对之加以译介也成为该时期文坛的重要事件。后来江弱水先生对奥登的中国之行以及在中国的创作评价道:"当奥登在中国战场上写下他的所见所感时,其诗歌的外部景观已扩展为全世界。从马德里到上海,炮火、报纸和收音机将东西

---

① 卞之琳:《〈莎士比亚悲剧四种〉译本说明》,《卞之琳文集》下卷,合肥:安徽教育出版社,2002年,第339页。

② 卞之琳:《重新介绍奥顿的四首诗》,《卞之琳文集》下卷,合肥:安徽教育出版社,2002年,第576页。

③ [英]奥登:《给中国人民的信息》,《远东杂志》,1939年4月。

方连成了一片,奥登于是成为诗史上对如此巨大的历史景观加以省视并对如此多变的公众事件加以报导的第一人,他的诗歌主题从而上升为对整个人类和各个文明的命运的思考。"①在谈及奥登与中国抗战的特殊关系时,王佐良认为奥登"在政治上不同于艾略特,是个左派,曾在西班牙内战中开过救护车,还来过中国抗日战场,写下若干首颇为令我们心折的十四行诗"②。由此可以见出,奥登的情感始终隶属于反法西斯国家的行列,其对侵略战争的厌恶以及对中国抗战的同情都易于使中国人接受并认同他的作品。

对于英国后期象征主义诗人叶芝的翻译,抗战大后方也没有忽视。《时与潮文艺》1944 年 3 月 15 日推出了"叶芝专号"("W. B. YEATS 叶芝"),朱光潜翻译了 8 首叶芝的诗歌:《印度人的上帝观》《婴宁湖岛》《当你走的时候》等。谢文通翻译了 2 首:《The Choice》《Sun and Stream at Clendover》。杨宪益翻译了 3 首:《流水和太阳》《库洛的野雁》等。此外还刊发了陈麟瑞撰写的论文《叶芝的诗》,认为叶芝的诗歌创作经历了"梦""现实""梦与现实"三个阶段。③ 在唯美主义诗人王尔德的译介方面,伯石翻译了王尔德的作品,以《王尔德诗抄》为题发表在重庆出版的《文艺先锋》7 卷 5 期上。关于哈代的译介,桂林《野草》(2 卷 3 期,1941 年 5 月 1 日)杂志曾以《诗二首》为题发表了哈代诗歌的译作两首;《悦妻记》发表在《时与潮文艺》4 卷 3 期(1944 年 11 月 15 日)上。当代诗人戴维斯(William Henry Davis,1870—1940)曾是牧羊人,因为生活贴近自然的缘故,他的诗清新自然,施蛰存曾翻译过他的《云》,发表在《中国诗艺》(复刊)第 4 期上。

除上述英国诗歌的翻译之外,当时在桂林和重庆等抗战大后方文化城市出版的期刊杂志中,还多次出现了邹绿芷、杨宪益、绿原等人以《当代英国诗抄》《现代英国诗抄》《近代英诗选译》等为名翻译发表的英国诗歌数十篇,显示出抗战大后方在英国诗歌翻译方面的巨大成就。

---

① 江弱水:《伪奥登风与非中国性:重估穆旦》,《中西同步与位移——现代诗人丛论》,合肥:安徽教育出版社,2003 年,第 137—138 页。
② 王佐良:《穆旦:由来与归宿》,《一个民族已经起来》,杜运燮等编,南京:江苏人民出版社,1987 年,第 2 页。
③ 陈麟瑞:《叶芝的诗》,《时与潮文艺》,1944 年 3 月 15 日。

第八章 著名诗人在大后方的诗歌创作

一、臧克家抗战大后方诗歌研究

(一)臧克家抗战大后方诗歌概述

近年来,抗战大后方诗歌研究日益兴盛,无论在理论探索方面,还是在具体的社团、流派、诗人研究方面,都取得了一定的成就。作为中国新诗史上重要诗人之一,臧克家也曾在抗战大后方——重庆生活过近四年,本文所进行的相关研究,主要就是针对诗人在渝时期所创作的诗歌。在这一段时间里,他不但创作了个人唯一一首带有自叙传色彩的爱情长诗《感情的野马》,也写下了与《烙印》并称为"一双宠爱"的《泥土的歌》,还留下了不少与袁水拍《马凡陀山歌》并称"讽刺诗的两座高峰"的讽刺诗作。就创作实绩来看,臧克家无疑在这个"生命的秋天"里获得了可喜的丰收。

吕进先生曾高度评价臧克家为"中国新诗文体建设的重镇",这一评价以其科学性得到了学界的广泛认同。当我们说到新诗的文体建设,臧克家的确是一座绕不开的高峰。臧克家无论是在新诗文体由破到立这一转折上,还是在新诗诗体建设的探索上,都取得了不容忽视的成就。通览其整个诗歌创作历程,我们不难发现他在大后方四年的诗歌创作正是其"新诗文体建设的重镇"最具特色的体现:在诗体探索上,臧克家不但创作了大量的抒情短诗、讽刺诗,也留下了一些叙事体长诗、民间故事诗,他为新诗诗体的多样化发展作出了积极而可贵的努力;在新诗诗体建设由破到立上,他强调"必须把诗写成诗",既力避诗歌与散文的界限不清,又力避新诗与传统诗歌的界线太清,他对新诗含蓄蕴藉的抒情方式、朴素精炼的语言方式、悦耳和谐的音乐方式的追求在这一时期创作的《泥土的歌》中得到了最为真实的呈现。因而,以诗体为切入点对臧克家抗战大后方诗歌进行研究,既能突出诗人这一时期诗歌创作的特色和成绩,又能以诗体为线将其全部诗歌贯穿起来,既兼顾到诗歌的思想和内容,又不忽视诗歌的形式和艺术,从而做到点、线、面的有机结合,可谓纲举而目张。

五年的战地生活,对臧克家来说,有欢乐,更有痛苦,甚至说是"噩梦"。他有着同春鸟一样"早醒的一颗诗心",但却"喉头上锁着链子","嗓子在痛苦地发痒";随着抗战进入相持阶段,国民政府对进步文化人士日益加深的迫害,更坚定了他离开国民党军队的决心。经过月余的长途跋涉,臧克家终于在1942年8月14日抵达了陪都重庆,由此开始了他在大后方近4年的生活。

此时,臧克家即将步入不惑之年,此前人生道路上所经历的波折坎坷,已在他心上打下了深深的"烙印",他对人生和世界的看法已基本上趋于定型,这一切又必然表现在他的诗歌和对诗歌的认识当中。早在此前的1940年,诗人就认识到了"一个诗人必须有一个伟大的思想贯穿着他的作品。他必须得是时代的歌手,歌唱出黑暗,更歌唱光明。不然的话,'诗人是预言家'这句话就无法找到解释了"[①]。作为富有现实主义创作精神的诗人,臧克家这一时期的诗歌作品延续并发展了这一特色,真实地记录了个人的思想和情感,时代的生活和风云。"这些思想和情感与时代环境、政治情势、人民的生活是相联系着的,而后者给予前者以至大至深的影响。"[②]这一时期,随着抗战进入最后阶段和内战的到来,无论是时代环境、政治形势,还是人民的生活、诗人的思想,都发生了巨大的变化。这些变化,在臧克家的诗歌中都得到了充分的

[①] 臧克家:《我怎样学写新诗》,《阵中日报》,1940年3月31日。
[②] 臧克家:《总结不是终结:〈文集小序〉》,《臧克家文集》第6卷,济南:山东文艺出版社,1994年,第2页。

反映。

在思想内容上，臧克家延续了《烙印》的轨道，始终将诗歌扎根在生活这一土壤之中。在他诗作中，有对底层人民悲惨生活的描绘和同情，也有对他们的觉醒的赞美；有对田园风光的速写，也有对政治生活的描摹；有对光明、高尚的歌颂，也有对黑暗、卑劣的鞭挞；有对自我的剖析，也有对他者的画像……无论是在表现生活的广度上，还是在开掘现实的深度上，臧克家这一时期的诗歌都有了较大的提高，在现实主义的诗歌大道上，诗人向"博大雄健"又迈出了坚实的一步。

新的生活，新的认识，总会给诗人一双新的眼睛；在新的视野里，诗人又总会发现宇宙、人生、生活都与以前有所不同了。"诗的内容变了，而适应它的形式也一定随着形式走。内容形式变了，就是风格变了。"[1]臧克家这一时期诗歌创作的变化，既体现在诗歌内容里，也反映在诗歌文体和艺术特点上。山城四年，是臧克家诗体探索的四年。继《自己的写照》《古树的花朵》之后，臧克家又创作了《六机匠》《和驮马一起上前线》《诗诵张自忠》等叙事体长诗，在这些诗作中，《感情的野马》既是臧克家诗歌创作旅程中的唯一抒写爱情的长诗，也是新诗史上为数不多的几朵奇葩之一。在叙事体长诗以外，臧克家还创作了大量的抒情短诗，《泥土的歌》的大部分，《民主的海洋》《生命的秋天》中的全部抒情短诗，都是诗人这一时期的心血。随着抗战接近尾声和内战的开始，有感于黑暗的现实和腐朽的统治，臧克家还写下了少许政治抒情诗。他的政治讽刺诗首首都是"刺向黑暗的'黑心'"的匕首，这也使得臧克家成为除了袁水拍以外国统区讽刺诗的另一座高峰。在诗歌体式上，我们不难发现臧克家这一时期的诗作有以下两种趋势：一方面有由格律体蜕变为自由体的趋势；另一方面，在他掌握了自由体之后，又有愈来愈注意吸取格律因素的趋势。[2]臧克家这一时期的大多数诗作，既不是绝对的自由体，也不是谨严的格律体，而是根据内容的需要，将格律和自由的因素统一起来，在情感的统率下和谐地融合起来。除了新诗以外，臧克家这一时期也创作了一些

---

[1] 臧克家：《我的诗生活》，《臧克家全集》第6卷，长春：时代文艺出版社，2002年，第330页。
[2] 吕家乡：《臧克家诗歌语言和体式的变化》，《东岳论丛》，1984年5期。

旧体诗,尽管目前发现的还不是很多。

在艺术特色上,臧克家这一时期的诗作,既不同于30年代的谨严雕琢,也不同于战地时期的浮躁粗糙,他的诗作逐渐走向了成熟。既有绚丽的《感情的野马》,也有清新的《泥土的歌》,还有明快的《民主的海洋》《宝贝儿》。这一多样化诗风的获得,既离不开诗人艺术追求的调整,也离不开诗人对十几年诗歌道路经验的总结。有一点是毫无疑问的,最理想的诗歌,总是能通过最合适的语言,将深厚的思想表达出来。和同时期的大多数诗人比较起来,臧克家对古典诗歌传统的继承与发展最为明显,他以自己的创作实践走着一条新诗民族化的道路,将诗歌传统完美地融入到了诗歌创作之中。

艾青曾说过:"一个伟大的诗人,他不仅在题材所触及的范围上有广泛的处理,同时在表现的手法以及风格的变化上有丰富的运用。"[1]以这个标准来看,臧克家大后方四年的诗歌创作,无疑是一个大丰收。

在中国新诗诗体探索和建设上,20世纪40年代是一个重要的时期。抒情短诗经过二十余年的发展,一步一步地走向成熟;叙事体长诗较大规模地出现和逐渐走向完善,对此前抒情短诗诗坛独大的局面形成了强有力的冲击;随着社会形势的变化,政治讽刺诗也日趋走红并汇成了一股抗击黑暗现实的激流,成为诗坛上的另一支劲军。诗歌理论家龙泉明先生曾说过,"抒情诗、叙事诗、讽刺诗是40年代诗歌的主要文体,是诗人表现生活情感的主要形式。"[2]

作为歌唱生活的最高语言艺术,诗歌不仅反映生活,也常常随着生活的变化而发生改变,这些改变不但体现在诗歌内容和风格中,也常常表现在诗体上。以诗体为窗口回顾臧克家20世纪40年代的诗歌创作,我们不难发现,抒情诗、叙事诗、讽刺诗几乎涵盖了诗人此时的全部诗作,且在诗人留居重庆时期的作品中表现得最为集中明显。由此,以诗体为突破口,无疑为我们研究臧克家抗战大后方诗歌打开了一扇窗户。

---

[1] 艾青:《诗论》,上海:复旦大学出版社,2005年,第37—38页。
[2] 龙泉明:《论四十年代诗歌的历史发展》,《文学评论》,1997年2期。

(二)深沉的短乐章:抒情短诗研究

臧克家大后方时期的抒情短诗,大部分收在《泥土的歌》和《臧克家集外诗集》里,少部分存于《国旗飘在鸦雀尖》《民主的海洋》《生命的秋天》中。在内容上,这些诗是对《烙印》以来诗作的继承与发展,有对黑暗现实的揭露,有对人生永久真理的抒写,更有对新生和光明的追求。这些抒情短诗大致可以分为以下两类:一类是抒写农村和农民的生活,诗人对农村、农民的热爱和大自然的风光;一类是自我生活的写照,以及诗人对社会、人生的思索。前一类作品饱含土滋味、泥气息,在《泥土的歌》中得到了集中的反映;后一类作品富有现实性、思辨性,反映了诗人这一时期的生活和思维的变化,在《臧克家集外诗集》所收这一时期的作品中多有体现。

臧克家的抒情短诗首先是对广大农村的书写,是动人的"泥土的歌"。臧克家生于农村,长于农村,对农村和农民有很深厚的感情。他不仅熟悉农村和农民的生活,更为他们的悲惨遭遇而不平,这一切,成为了诗人以后创作的一种动力和源泉。自诗人踏上诗坛开始,他就关注着农村和农民的生活与命运,这在《烙印》《罪恶的黑手》等诗集中均有体现,到了诗集《泥土的歌》则到达了高峰,臧克家也由此获得了"农民诗人"这一称号。《泥土的歌》创作于皖南事变之后不久,当时抗战已进入相持阶段,国内政治气氛沉闷,进步的言论和行动受到压制,诗人想像"春鸟"一样放声歌唱,但是却"喉头上锁着链子","不敢高声语"。叶县寺庄和重庆郊区的乡村生活、习俗都与诗人家乡的差不多,于是臧克家心中就油然生发了一种感情,"这感情,仿佛早在心里,一被触动,它便爆发了。"[①]臧克家在《〈泥土的歌〉序句》中写道:我用一支淡墨笔/速写乡村,/一笔自然的风景,/一笔农民生活的缩影:/有愁苦,有悲愤,/有希望,也有新生,/我给了它一个活生生的生命,连带着我湛深的感情。"短短的八行小诗,却囊括了整部诗集的内容,不仅传神地交代了速写乡村这一特色,而且也为这本诗集打下了深沉的感情基调。

---

① 臧克家:《关于〈泥土的歌〉的自白》,《臧克家全集》第12卷,长春:时代文艺出版社,2002年,第27页。

臧克家的抒情短诗表现了对农村和农民的爱。臧克家自幼生长在乡村，16岁之前几乎就没有离开过农村，诗人对农村和农民有着真诚而强烈的热爱。后来，尽管诗人离开了农村，但是在诗人的心上，他一刻也没有离开过，他对那山、那水、那人爱得深沉，"马耳山""西河""六机匠""老哥哥"等形象不止一次地出现于诗人的诗文当中。诗人之所以对农民和农村爱得深沉，是因为在骨子里，诗人从来就把自己看做一个农民。对于这一点，诗人从不讳言，"《泥土的歌》是从我身心里发出来的一种最真挚的声音，我昵爱、偏爱着中国的乡村，爱得心痴、心痛……"[①]诗人把他对乡村和农民的深情厚谊，深深地埋在了心底，无声地留在了笔下诗里。

在《地狱和天堂》这首诗中，诗人这样歌唱道："真有个乐园／在天堂？／让别人／驾着梦飞上去吧，／请为我／反手枷锁在门上。／我，／在泥土里生长，／愿意／在泥土里埋葬。"在这首诗中，诗人通过"天堂"和"地狱"这一对意象的对比，通过个人在这二者之间的选择，明白有力地告诉了世人自己对泥土的热爱。对诗人来说，大地才是他挚爱的母亲，大地才是他真正的天堂，尽管世间充满了苦难。

诗人对乡村的眷恋，到了一种偏爱的程度。让我们一同去欣赏《海》吧，那里边有诗人的至爱：

乡村
是我的海
我不否认人家说
我对它的偏爱
我爱那：
红的心，
黑的脸，
连他们身上的疮疤

[①] 臧克家：《当中隔一段战争——〈泥土的歌〉(1946年)序》，臧克家全集第10卷，长春：时代文艺出版社，2002年，第617页。

我也喜欢。

……

如果说《地狱和天堂》是诗人的自白的话,那么《海》则是诗人的真情告白。诗人像一条鱼,城市是一汪死水,而农村则似一片汪洋,只有在乡村里,诗人才能有"鱼儿归大海,鸟儿归深山"的感觉。面对别人的说长道短,诗人并不介意,反倒详加解释:他爱那饱经风霜的农人,他爱那简朴真实的生活;他像一个孩子,乡村则是他的母亲。对于这首诗,有些读者曾有过一些指责,说诗人怎么能爱农民身上的伤疤,马粪怎么能是香的。其实,无论是"伤疤"也好,"马粪"也好,它们都是经过诗人感情处理过的,已不同于现实生活中的原形,这正如对于不能欣赏音乐的耳朵,再高明的乐曲也不过是一种音流罢了。

喜爱和厌恶总是交织在一起的,只有懂得了厌恶,才更能明白喜爱的意义和价值。诗人热爱农村,因而对于那些厌恶农村或与农民对立的人,不由自主地会产生一种厌恶。对于那些"指着麦苗/叫韭菜,/刚踏进乡村,/便把鼻子掩起来"(《墙》)的人,无论是谁,诗人都会"掉头而去",视如陌路。对于那些在《金钱和良心》的选择中视金钱如生命,视良心如粪土的富贵人、商人们,诗人给以决绝的鄙夷和厌恶。在一爱一厌当中,诗人对乡村和农民的感情,也就不言自明了。

臧克家的抒情短诗是对农村和农民生活的描摹。臧克家不仅热爱乡村生活,也热爱泥土里摸爬滚打的农民,他的心和农民的心连着,"童年的一段乡村生活,使我认识了人间的穷愁、疾苦和贫富的悬殊……我的脉管里流入了农民的血。"[①]在他笔下,农民的悲欢流泻着,诗人的真情翻滚着。诗人不仅将笔触伸向农民的悲苦,也伸向他们的新生;诗人不仅为他们绘形,也为他们的生活摄影。旧中国农民的生活是悲苦的,他们是那么的贫穷,让我们看看他们有哪些《财产》吧:"虱子/和债,/是农人的财产,/在生活的市场中,/

---

① 臧克家:《我的诗生活》,《臧克家全集》第6卷,长春:时代文艺出版社,2002年,第285页。

身子/是他惟一的本钱。"一个一无所有的人是可悲的,而旧中国的农民,却比这更可悲,他们有的是什么?是"虱子和债",这比一无所有更可怕。诗人反面着笔,无一字道旧社会之罪恶,却无一字不在诉说农民生活的悲惨和阶级剥削的罪恶,可谓字字是血,字字是泪。

如果说这一首《财产》还不够形象,只是从侧面给我们揭开了"冰山的一角"的话,那么让我们看看当时的农民们是如何与《穷》交锋的吧:

>屋子里
>找不到隔宿的粮,
>锅
>空着胃,
>乱窜的老鼠
>饿得发慌;
>主人不在家,
>门上搭把锁,
>门外的西风
>赛虎狼。

诗人小处着笔,屋里和屋外、老鼠和主人形成了鲜明的对比。屋子里连一点粮食也没有了,如果有,主人怎么也不可能离开"千好万好不如家好"的屋子到外边去,更何况,外边还刮着凛冽的寒风;连老鼠都饿得乱窜,主人的饮食起居,就更别提了。诗歌的结尾给我们留下了无尽的想象,也留下了无尽的牵挂:这么冷的天,屋子的主人干什么去了?他是去躲债去了,还是出去讨饭去了,或是起黑票"闯关东"去了……门外的西风,像虎狼一般,其实,比虎狼还厉害的,是地主的剥削,是兵匪的劫掠,是政治的压迫。

哪里有压迫,哪里就有反抗;严冬的西风之后,就是春天的东风。当封建的泥土松动时,农民们已开始"受到新的阳光,新时代的风雨,而把自己新生了"。① 在臧克家的诗中,农民的觉醒和新生也得到了充分的反映。毕竟,在20世纪40年代,随着社会形势的发展,农村和农民都有了新的变化,他们在战斗中已经成为了《新人》:"敌人,/把用暴力劫去的/土地和人民,/一起洗过——/用血,/用火。春风再度吹来的时节,/新的土地上,/站立着新的人。"战火让一个民族在浴火重生,战火也给了农民新的生命,他们逐渐认识到命运就掌握在自己的《手》中:"农民的血/滴滴流,/可是,他也有一双/不怕沾血的手。"新生的农民们开始认识到了剥削者是吸血鬼这一本质,他们的汗水和血水,只不过喂大了地主贵人们的肚子,他们在积蓄着力量,等待着用那双"不怕沾血的手"推翻他们的日子的到来。

在写农民悲惨生活和新生之外,臧克家也时常选取一个片段来展现农民们的日常生活。如《家书》写一家人收到在外从军亲人书信时的情境,《他回来了》写军人回家探亲时家庭团聚的情形,《见习》写一个孩子学习农活的过程……在这些描写农民和农村生活的作品中,我们不难发现,"臧克家每用农民的情味,甚至农民的口气去写农民,每把农民的土味气息涂到诗句上来。"②

臧克家的抒情短诗是大自然的风景画。"山水宜人亲",大自然是美好的,它不仅给人类提供了无尽的资源和能量,也以其博大的胸怀陶冶了人类的情操。"天人合一""仁者乐山、智者乐水"等思想,更是在一代又一代的文人心中打下了深深的印痕。歌乐山的风光,记忆中的山水,吹皱了臧克家胸中的一池春水,他拿起诗笔,尽情地在纸上走笔写意。流水有情,青山有意,他在这一片静谧中《沉默》:

青山不说话,
我也沉默,
时间停了脚,

---

① 臧克家:《〈海河的子孙〉缀语》,《臧克家全集》第10卷,长春:时代文艺出版社,2002年,第207页。
② 司马长风:《臧克家〈泥土的歌〉》,《中国新文学史》下卷,香港:昭明出版社,1987年,第208页。

我们只是相对。
我把眼波
投给流水，
流水把眼波
投给我，
红了眼睛的夕阳，
你不要把这神秘说破。

这首诗似一首小令，当我们随着诗人进入这首诗所创造的意境时，仿佛有一种清风拂面的感觉，物我由两忘而达到两契，苍茫大地，唯青山、诗人、流水存焉。什么都不要说，什么也无须说，一切都在这沉默当中。"情趣意象的融化，诗从此出，画也从此出"。[①] 在这里，诗与画融为了一体，"诗中有画画中有诗"，此情此景，不由得勾人想起太白的"相看两不厌，唯有敬亭山"，王维的"行到水穷处，坐看云起时"。大自然的力量是无穷的，山水的妙处是无法道破的。

山水以外，臧克家也沉湎于田园风光之中，他用手中的笔，画下了一幅幅《生的图画》："一双老黄牛／齐步向前，／一只手把犁／跟在后边，／新土翻起浪／放香，／同孩子作伴，／小狗在地上躺，／乌鸦跟起犁／慢扇着翅膀，／一会又落在牛背上。"阳春三月，正值春耕时节，老牛亦懂韶光贵，不待扬鞭步向前。老农单手把犁，跟在后边，翻起的泥土，在阳光下散发出阵阵新香，脚踩温润的泥土，身沐三月的清风，劳动也是那么的惬意。乌鸦也调皮地凑起热闹，一会跟着犁，一会落在牛背上，扇一扇翅膀。这首写于战时大后方的田园诗中，充满了掩不住的蓬勃生机和生活情趣。

《伐木》《人和牛》等篇也是这类诗歌中的杰作。伐木丁丁，日落而息，山水，雾气，诗人一股脑儿将它们汇入自己的诗句。它们是一幅幅的写意，笔底含情，笔外溢趣。

---

① 朱光潜：《诗论》，北京：北京出版社，2009年，第124页。

臧克家的抒情短诗是对自己内心的深刻剖析,是"自己的写照"。一个真正的诗人,必定是一个执着于生活的人;一个热爱生活的人,也必定爱自己,时时不忘剖析自己。"在臧克家的人格理想中,含有民主主义和人道主义因素。诗人解剖着自己,也解剖着社会。"①在臧克家大后方的抒情短歌中,除了那些"泥土之歌",最多的要数"自己的写照"了。他不仅写自己的经历,也写自己对人生、社会的思索。

《崎岖的道路》是臧克家到达重庆后的第一首诗歌,让我们随诗人一起看看他从朝天门码头上岸那一刻的遭遇吧:"流线型的汽车群,/斗着时髦与速度,/载满了波浪头发的女人/掠过我,威风地叫着,/远了,/我以发烧的腿,/追在它后边。(吃它的黑烟)……"臧克家是怀着对陪都重庆的憧憬而来的,但是,当他踏上重庆大地,梦与现实碰面那一刻,诗人惊醒了,梦与现实有着那么多的差异。前方将士们在浴血奋战,百姓生活在苦海之中,而后方的官员贵人们却寻欢作乐,不思收复河山。更可气的是,前线枪林弹雨中幸存下来的诗人,得到的不是尊敬而是鄙夷,就像一个要饭的叫花子,无意间闯入了一个陌生的繁华之地。诗人为此伤心,更为此愤怒,虽然未开口,但字字都是无声的怒骂。除这以外,《跋涉劳吟》《失眠》《月》等诗也是抒写诗人生活的较有代表性的篇章。

臧克家是一个热爱生活的人,更是一个敏于思索的人。丰富的人生阅历,慎思敏感的性格,让他对人情世态的捕捉更加有力。他生活着,思索着,在这些智慧灵动的海洋中,《对话》《窗子》《生命的秋天》《生活小辑》等诗歌可以说是其中最美的几朵浪花。《对话》借"灵"与"肉"之间的对话,描述了诗人内心的矛盾和纠结,在一言一答中,诗人告诉自己,"是时候了,/你应该选定你要去的路,/站,/也该站得腿痛了","再站立着不动,/我将僵成化石"。臧克家这首诗所唱出的,不仅是他个人,也是无数有正义感和良知的人的苦痛和煎熬;更是一个大时代到来之前,千万人在抉择面前的体验。

"四十而不惑",到了40岁,人生也就进入了"生命的秋天",阅历的加

---

① 章亚昕:《臧克家论》,济南:山东大学出版社,2006年,第122页。

深,心智的成熟,将人的眼光磨得更加锋利。在《生命的秋天》中,诗人回顾了自己的前半生经历,从野孩子队里的一员,到搏击生活激流的尖兵,跋过山,涉过水,沐过风霜,历过雨雪,一路的前尘化作了内心的坚定:"四十岁,必须战胜自家,/从老干上抽一枝新芽","我必须再造欢乐的,'欢乐的悲伤'的/第二个童年"。在生活的波澜里,诗人认清了历史的流向,他在思想上告诫着自己,在行动上鞭策着自己,他要和人民共苦乐,可以说,诗人由"农民诗人"到"人民诗人"的转变,正是始于他这一时期思想认识上的转变。由于有了这种认识上的提高,在此以后,诗人也就基本上"结束了'苦闷与郁抑';也改变了'热情凝固了,幻想破灭了,光明晃远了'的心理和看法"①。

臧克家的抒情短诗具有较强的艺术特色。诗歌被称为文学王国里的王冠,而抒情诗更是这顶王冠上那颗最璀璨的宝石。自《诗经》《楚辞》而降,抒情诗以其独特而恒久的魅力,扣动了一代又一代人的心弦。"诗的花,是从生活的土壤里开出来的","诗的花,肥美或是枯瘦,要看它生根的土壤丰饶还是贫瘠"。② 什么样的土壤,产生什么样的果实,生活的广度和深度不仅决定了诗歌视野的阔狭,也制约着诗歌艺术的绚烂或黯淡。对此诗人本人也有着清醒的认识,"什么样的生活,产生什么样的感情,思想;什么样的感情,思想,要求一个什么样的形式去装它。我的生活态度比较谨严,朴实,热情,所以,我的诗也是同样,我讲求凝练……我在苦心寻找思想和情感饱和交凝的焦点。我要求谨严,含蓄。"③与臧克家早期的《烙印》等诗相比,臧克家这一时期的抒情短诗显得自然流畅,不那么拘谨,是诗人在向往"博大雄健"的艺术道路上的一个可喜飞跃;与抗战初期的大部分诗作相比,臧克家大后方时期的抒情短诗显得凝练、含蓄,它们少了战争初期诗作中那些浮躁的热情,空洞的颂歌,和部分抽象化、概念化的描写。主要讲来,臧克家大后方抒情短诗有以下几种特色:

---

① 张惠仁:《臧克家评传》,北京:能源出版社,1987年,第201页。
② 臧克家:《生活——诗的土壤》,《臧克家全集》第9卷,长春:时代文艺出版社,2002年,第70页。
③ 臧克家:《〈十年诗选〉序》,《臧克家全集》第10卷,长春:时代文艺出版社,2002年,第609页。

首先是流动的"三美"。臧克家出身在一个荣华残照的富贵之家,从小就对古典诗歌耳濡目染,对古典诗歌艺术有着浓重的兴趣。青年时期,他曾随闻一多先生学习诗歌,闻一多对诗歌艺术美的构建对他产生了重大的影响。"我本来就喜欢古典诗歌和民歌,喜欢格律化的作品,像闻先生所要求的'绘画的美、音乐的美、建筑的美'的诗篇。"[①]从创作实绩来讲,闻一多的"三美"主张对臧克家有着极为重要的影响,臧克家对闻一多的"三美"有所继承和发展,并且达到了新的和谐与高度。

任何艺术都是世相人生的一种"返照"。人生世相中有其相对来说比较稳定的地方,也有更多的变动不居之处。因此,艺术家构思时,必定会有所取舍,在这一过程中,不可避免地要有艺术家性格和情趣的参与和浸润。其实,诗歌也好,绘画也罢,从根本上讲它们都是要借助于一定的形式,依照一定的艺术规范,将艺术家眼中的社会和自然展现出来。在优秀的艺术作品里,我们既可以听到诗的清音,又可以感到画的神韵。

诗歌是一种流动的时间艺术,绘画是一种相对来说凝固的空间艺术,因而,要想达到"诗中有画"的艺术效果,就要选取那些相对来说具有包蕴性的时刻。在臧克家的诗歌中,我们总可以发现"绘画美"的存在,或是淡墨水写,或是素描速写。请看《人和牛》:

把水牛
拴在松树腰上,
枯草给它
留一道灰色的脊缝,
抬起头向四下里望望,
寂寞压迫它
吗吗地叫一两声;
沿一条直爬到山顶的线,

[①] 臧克家:《我的诗生活》,成都:四川人民出版社,1981年,第98页。

> 看,一个人,那么小,
>
> 直起腰,回回头,
>
> 俯下身去,不下了。

　　这是一幅秋日晚归图,日之夕矣,劳碌了一天的农人,将水牛拴在树上回家休息。一片静寂之中,枯草轻摇,牛儿承受不了这不堪的寂寞,"吗吗"地仰头长叫;小径上的农人,听到了牛叫,心中放不下,回头看看一切安好,就继续前行了。最后,随着日暮降临,这一切融入了苍茫的暮色之中。这是一首诗,更是一幅水墨画,字里行间洋溢着一种安详与和睦。臧克家还是一个速写高手,在他的诗中,聊聊数笔,总能为我们勾画出一幅杰作,再请看《三代》:"孩子/在土里洗澡;/爸爸/在土里流汗;/爷爷/在土里葬埋。"寥寥数笔,道尽了农民的无尽沧桑。一片黄土,做了这幅画的大背景,黝黑的皮肤,闪亮的锄头,坟堆上的荒草,都因了这黄土而存在着,悲欢着。"中国画运用笔法墨气,外取物的骨相神态,内表人格心灵。"[①]从诗中,我们不难看到孩子的不懂世事,爸爸的艰辛与汗水,爷爷留下那一堆黄土。外观,是一个农民家庭的描摹;内察,是几千年农村生活的写照。无言之中,道尽了诗人的无尽悲愤。

　　语言的音乐性是诗歌与散文的一大不同之处。为了冲破旧体诗的樊笼,早期的新诗作者大多追求"做诗如作文",不大注重诗歌的韵律,到闻一多"音乐美"的提出,这才真正开始了"破格"之后的"创格"。作为闻一多高足的臧克家,也充分认识到了诗歌音乐性的重要,"新诗需要音调,那是应该的。音是音节;调是调子。音节不是韵律。音节和调子是音乐性的而不就是音乐。"[②]臧克家早期的抒情短诗,尤其是《烙印》《罪恶的黑手》等诗集中的诗歌,大都押较为严格的韵,或一韵到底,给人以行云流水般的感觉;或中间换韵,给人以跌宕起伏的美感享受。到了40年代,随着诗人艺术实践的增多,诗人对诗歌韵律的认识也逐步深入,"诗的有韵无韵,在诗坛上成了大问题",

---

① 宗白华:《美学散步》,上海:上海人民出版社,1981年,第130页。
② 臧克家:《论新诗》,《臧克家全集》第9卷,长春:时代文艺出版社,2002年,第5页。

"韵,应该是感情的站口,节奏回归强力的站口,韵,不是也不能叫它是坠脚石"。① 由此可见,诗人既不同意诗歌对音韵的忽视,更不同意为了押韵而损害诗意和诗美,诗人强调诗韵回归自然,合乎感情的需要。在臧克家大后方时期的抒情短诗中,严格押韵的诗作并不是很多,有不押韵的如《三代》等,几乎不押韵的如《饥馑》等,大多数诗作则是根据感情的需要,押较为宽松自然的韵。

臧克家这一时期的抒情短诗与早期相比,在诗篇和诗行的容量上,都大大减少,这直接造成了诗歌基本节奏单位——顿的变化。相对来说,诗人早期多用少字顿和多顿行,由此造成一种较为舒缓的节奏,藉以表现较为沉重或庄严的感情;这一时期诗人多用多字顿和少顿行,由此造成一种较为紧促的节奏,表现出一种较为轻快或者昂扬的感情。从本质上讲,这一变化源自于社会生活和诗人思想感情的变化。这里我们以《裸》为例,作一个简要的分析:"几乎是/一年四季赤着胸膛,/是要把良心裸露给人/和皮肉一样?"这首诗的每行的顿数都不多,相对诗行的容量来说,每顿的容量都比较大,如第一行全行一顿,第二行八字二顿,由此造成了一种内在节奏的急促,借此来表达诗人的愤怒之情,更是添力三分。

相对来说,臧克家早期的诗歌较为注重节的匀称、行的均齐,致力于诗歌"建筑美"的构建。后来,臧克家认识到了这种匀称均齐较为刻板单一的弊病,逐渐在艺术实践中对此进行改造,这一变化在其大后方诗歌中表现尤为明显。这些"造型"因素中,臧克家最先放开的是节的均齐,除个别篇什外,这一时期的抒情短诗大多不分节,或者说整首诗就是一节,这是对"节有定行"的一种打破,更是诗节建构的一种创新。在句子的构成上,臧克家对早期那种"豆腐块"似的诗行有所发展,既注重大体上的整齐,也不忽视参差错落之美,从"行有定字"到"行无定字",臧克家获得了一种更为多样和富有生命力的"建筑美"。

"艺术的规律是在变化里取得统一,是在参差里取得和谐,是在运动里取

---

① 臧克家:《〈十年诗选〉序》,《臧克家全集》第 10 卷,长春:时代文艺出版社,2002 年,第 610 页。

得平衡。"①从本质上讲,臧克家抗战大后方抒情短诗中所体现出的流动的"三美",是对闻一多"三美"主张的一种"破"后之"立",是对新诗如何处理"格律"与"自由"的一种有益尝试,是对新诗诗歌美学的积极探索和尝试。

其次是以心观物与以心观心的言说方式。作为歌唱生活的最高语言艺术,诗歌通常是诗人感情思想的直写,但是感情本身并不能传达给读者,这就要求诗人通过一定的言说方式,将心上的诗化为纸上的诗。根据心灵和外物的关系,大体上讲,诗歌的言说方式有以下三种。第一种类似于"自白式",从心和物的关系上说,就是以心观心,追求的是心灵的心灵化,是一种抽象的抽象。诗人审视自己,将自己的内心作为观照对象,创造者在一定程度上也就成了自己的创造品。这类诗要想成为艺术品,一般有一个从原生态心灵到普世性心灵的升华。第二种类似于"咏物式",诗人"以心观物",使所观之物"皆着我之色彩",也就是说诗人对外在世界进行了心灵化的加工,是现实的一种心灵化的表现,诗人追求的是具象的抽象。第三种类似于"拟人式",就心物关系来讲,就是化内心为外物,诗人所追求的是将心灵实现现实化,追求的是抽象的具象。

在臧克家那些有关农村、农民和自然风光的诗歌中,诗人多以内心审视世相人生,在对外在世界的描摹中展示自己的感情;在那些思索人生和剖析自我的诗作中,诗人则多观照内心,追求心灵的提升。以心观物的如《黄金》:"提防着黑夜,/农民在亮光光的场子上/做他们的金黄梦,/梦醒了,/他又把粒粒黄金/去送给别人。"诗人选取农民们收获和交租这一个场景,在梦和现实的比较中,表达了对农民的同情和对不劳而获者的痛恨。以心观心的如《回忆》:"过去/是 个陷人的深坑,/生命只许你往前走,/它不许你回头。"诗人在对过去和自我的审视当中认识到了,希望就在前方,往回走是没有出路的。

结合臧克家抒情短诗的内容,我们不难看出这些诗作中所存在的两类主要言说方式:写所见、所闻,诗人多采取以心观物的方式;写所思所感,诗人多

---

① 艾青:《诗论》,上海:复旦大学出版社,2005年,第8页。

采取以心观心的方式。前者多描写社会生活与自然风光,后者多展示诗人心灵的状态。

第三是对比和衬托的运用。在诗歌艺术中,对比和衬托是一种较为古老而又永远年轻的表现手法。早在"三百篇"中,《伐檀》《硕鼠》等诗就采用了这一手法。在臧克家大后方时期的抒情短诗中,对比和衬托有着广泛的运用。以《泥土的歌》为例,这部诗集中大约有三分之一多的诗歌都有涉及。在我们看来,对比是一种手段,而衬托才是目的之所在。在这些对比当中,有空间层面上不同阶层和不同事物的对比,也有时间意义上今昔的比照。

臧克家是一个喜爱乡村的人,前文所举的《地狱和天堂》《海》就是说明,在地狱和天堂、农村和城市的对比中,诗人更加显明地展示了自己对农村生活的向往和热爱。再如《穷》一诗,通过老鼠和屋主、屋内和屋外的比较,屋主的穷困更是昭然若在目前。在臧克家部分抒情短诗,如《黄金》《笑的昙花》中,对比的双方并不一定全部出场,但是,我们总能感到另一方的存在。相对于那些对比双方都出场的诗作,这些诗作无疑显得含蓄、深刻得多。

第四是含蓄精炼的抒情方式。在诗歌艺术中,含蓄和精炼好像一对孪生兄弟。艺术品都具有一种超出机制,即它的内蕴必定要超出它所包含的那些表象;诗歌作为一门最高的语言艺术,它必定惜墨如金而不是用墨如泼,它要求用尽可能少的字句包含尽可能多的内容。由此可以看出,含蓄和精炼有着一致的内在诉求。对此,臧克家本人也有着清醒的认识,"诗是言语的高峰,诗是艺术的最高峰,诗是蒸馏水。宁可把太多的东西包含在较少的字句里让读者去咀味,去用想象搭桥,去从短鞘中拔出锋锐的匕首;决不可字句比意思多,在读者眼前摊开一把乱草,撒一堆杂几点金星的白沙。"[①]

在开始论述之前,我们有必要纠正一种错误的观点。此前有部分评论者认为臧克家的诗风冲淡而没有表现出当时的社会斗争,这种看法看似有一定的合理性,但是却缺乏科学性和严谨性。他们只看到了表面的冲淡,却没有看到冲淡背后那"一团愤怒的火焰",他们忽视了诗歌内蕴的丰富性,因而也

[①] 臧克家:《一个作品的诞生——秋天谈诗之一》,《臧克家全集》第9卷,长春:时代文艺出版社,2002年,第53页。

就不能全面地理解这些诗歌,上文所提到的《黄金》《笑的昙花》两诗即是最好的例证。具体说来,臧克家抒情短诗含蓄精炼的抒情方式主要通过以下几种途径获得。

第一,在布局谋篇时,通过精巧的构思和对表达内容的提纯,善于从生活中选取一个侧面,以少总多,以一寓万,从而达到"言有尽而意无穷"的效果。《三代》通过一家三代在泥土里的活动,从侧面展现了解放以前农民土生、土长、土埋的悲惨生活;《笑的昙花》以农人嘴角那一现的笑,巧妙地传达出了农民劳而不获与地主不劳而获之间的差别;《墙》借"认韭菜作麦苗"这一件小事,再现了富贵者的四体不勤五谷不分,也表达了诗人对这种人的鄙夷。

第二,诗歌精妙的结尾,往往有画龙点睛之效,这是臧克家含蓄精炼抒情方式获得的另一途径。细分开来,又有以下几种:诗尾点题,收束全诗,在高潮中戛然而止,如《金钱和良心》一诗以"同样的一张法币,/多么不同的生活意义"结尾;诗出反笔,即在诗歌的结尾一改前边的基调,突然来一个一百八十度大转弯,从而开拓出一个新的境界,这类诗有《笑的昙花》《手》等;篇末疑问,这往往是一种明知故问,但却引人以无限的遐想,如《裸》等。诗歌结尾,对作者来说,是创作的终了;对读者来说,却是一个开始。一个好的结尾,往往有不可言说的妙处,"句绝而意不绝,韵变而意不变,此诗家不容昧之几也。"[1]

第三,字句与诗意的锤炼。中国诗歌,历来注重对字、句、诗意的锤炼,且有"炼字不如炼句、炼句不如炼意"的说法。诗歌的含蓄精炼,往往离不开诗句的推敲、锤打。在总结自己的创作经验时臧克家多次提到自己对字句、诗意锤炼所下的苦功,他常常为了一个字、一句诗踱尽一个黄昏,甚至彻夜不眠,他把诗歌当做了自己的生命和事业。"对于自己的诗作,我是相当严格地要求它的字句精炼的……诗的寿命在于思想深刻、感情饱满、表现精炼含蓄。"[2]精炼不一定是优秀诗歌的唯一标准,但不精炼却必定是糟糕诗歌的可靠标志。

---

[1] 王夫之:《姜斋诗话》,《清诗话》上编,上海:上海古籍出版社,1963年,第5页。
[2] 臧克家:《学诗过程中的点滴经验》,《学诗断想》,成都:四川人民出版社,1979年,第165页。

一首诗的精炼，离不开它的立意。巧妙地选取一个切入点，对此进行集中描绘，往往能达到以点带面、点大于面、寓丰富于单纯的效果。由于炼意与上文所提的布局谋篇有一定的联系，这里就不再细谈，我们着重谈谈他的炼字和炼句。诗人本人曾说过："下一个字要像一个穷困悭吝的乡下老女人敲一块金钱的真假一样。说到排列，应该像一个御用的工匠，在龙眼监视之下砌一座花墙那么谨慎，偏偏这工匠又三番两次做不到天子心里去，排了又拆，拆了又排。"① 可见，诗人对于字句的锤炼是极为重视的。

"诗家语"不同于日常语言，它的独特魅力往往来自于对日常语言规范的束缚，除音乐性而外，弹性、随意性也是它的不懈追求。"诗的语言是将日常用语的语言加以捏合，加以紧缩，有时甚至加以歪曲，从而逼使我们感知和注意他们。"② "孩子／在泥土里洗澡"，初看没有什么，甚至会觉得别扭，一般情况下只有水里才能洗澡；细品，觉得确实巧妙，孩子在泥土里嬉戏，就像在水里一样，将泥土撒在自己身上，土地就是他最为广阔的海洋。"崭新的歌子／长在农民的嘴角上"，着一个"长"字而境界全出，由此真实贴切地再现了农民们觉醒后的欢喜与昂扬。

诗歌的逻辑，不同于日常生活的逻辑；诗歌的语言，也不同于日常生活的语言。臧克家对诗歌字句的锤炼，往往体现在那些看似违反常理而又符合诗歌艺术规律的地方，从而收到一种"无理而妙"的效果。但是，这并不意味着诗歌的语言要刻意寻求奇、险，相反，"绚烂之极，归于平淡"才是一种境界。"常语易，奇语难，此诗之初关也。奇语易，常语难，此诗之重关也。"③ 人所难言，我易言之，深入浅出才是诗歌的最高境界，这一点，臧克家做到了，很多论者也认识到了，这里不再一一列举。

在臧克家这一时期的抒情短诗中，大部分是精巧之作，但是也有一些略显粗糙的地方。相对于歌颂，臧克家更喜欢或者说更适于揭露，在臧克家这一时期的抒情短诗，尤其是那些歌颂、赞扬类的诗作中，存在着一些粗浅之

---

① 臧克家：《新诗答问》，《臧克家全集》第9卷，长春：时代文艺出版社，2002年，第11页。
② 维勒克、沃伦：《文学理论》，刘象愚等译，北京：生活·读书·新知三联书店，1984年，第12页。
③ 刘熙载：《艺概》，北京：人民文学出版社，1983年，第11页。

作,让人读了不免有口号、空洞之感。"艺术之生命,正在于把深广的社会生活内容和具体生动鲜明的形象结合起来,集中提炼到最最高度的谐和统一。"①形象是一切艺术的基础,反观那些失败之作,我们不难发现诗人将有些观念硬放进诗里、没有形象化的痕迹。请看《手和脑》:"几时,/用脑子/也像用手,/苦难没落,/幸福便抬头。"诗人强调思想的重要,但是却忽略了形象性,让人读了不免有直露的说理之感。除此之外,少部分字句锤打不够的现象也存在着,如《家书》一诗中"去找'王大先生',他是这庄里的一个'圣人'"一句,去掉"他是"二字也许会精炼些。研究臧克家这一时期的抒情短诗,我们不应该否认这些瑕疵的存在,毕竟,艺术永远处于发展之中。

(三)叙事体长诗研究

早在诗集《罪恶的黑手》的序言中,臧克家就提出了对自己一直写短诗的不满,下决心写一些长一点的叙事诗。随后,臧克家就开始了叙事体长诗的尝试。大体上说,臧克家的叙事体长诗创作可以分为两个阶段,《自己的写照》《淮上吟》以写事为主,从《古树的花朵》开始,诗人的长篇叙事诗转向写人,以在抒情中塑造人物形象为主了。《古树的花朵》《向祖国》《感情的野马》《李大钊》等四部长诗中塑造了众多鲜明的人物形象,深刻地反映了五四前后到抗日战争这一段历史。在中国新诗史上,20世纪40年代曾出现了一个叙事诗的高潮,臧克家、艾青、田间等人都曾写出了不少较为优秀的叙事体长诗。究其原因,可能是随着抗战进入相持阶段,"诗人心境由兴奋状态转入沉炼状态,对现实生活的认识也逐渐加深,又出现叙事诗创作的兴盛局面。"②这些叙事体长诗,是诗人们积极探索诗体建设的新鲜成果。到了大后方以后,臧克家也创作了《感情的野马》《和驮马一起上前线》《诗诵张自忠》等叙事体长诗,如果要选出一首作为诗人这一时期的代表作的话,大多数人肯定要选择《感情的野马》,无论是在内容丰富上,还是在艺术特色上。因而,以

---

① 曹顺庆:《中西比较诗学》,北京:北京出版社,1988年,第40—41页。
② 许霆:《旋转飞升的陀螺——百年中国现代诗体流变论》,北京:人民文学出版社,2006年,第157页。

《感情的野马》为切入点研究臧克家抗战大后方叙事体长诗,虽然不一定能概括全貌,但却可以说明许多问题。

《感情的野马》是一首三千行的爱情长诗,它完成于1943年5月,出版于当年11月。它的前身只是一首八行的小诗,也即现在诗前的序诗:"开在你腮边的笑的花朵,/它要把人间的哀愁笑落,/你的眸子似海深,/从里边,我捞到了失去的青春。爱情从古结伴着恨,/时光会暗中偷换人心;/我放出一匹感情的野马,/去追你的笑,你的天真。"当臧克家把这首小诗所浓缩的故事讲给徐迟听时,徐迟觉得很美,就鼓动诗人把它写成一首叙事体长诗。这就是这首长诗的由来。

在谈到创作这首长诗的缘由时,诗人谈到,他"想写几种人对爱情的看法","当然故事并不这么简单,有战争的恐怖,有山水的明丽,有眼泪,也有欢笑"[①]。在诗人看来,有的人只想拿女人去充饥解渴;有的人不懂得爱情,只是急于寻找一个太太;诗中的男主角,则是一个把爱情神秘化、美化、诗化了的诗人,用幻想和热情创造了一个影子,又膜拜在她的脸前。在这部长诗里,诗人说倾注了他对爱情的所有经验和体会。

可以说诗人在诗作产生后的一段时期内还是相当满意的,到了1947年,诗人的看法可以说发生了一个逆转:"我写了《感情的野马》,虽然它有美丽动人的地方,但是,移到今天,这本诗便不会产生了。"[②]此后,诗人对此诗很少提及,甚至连《臧克家文集》也不曾收入;与此同时,除诗人的有关传记提及外,关于该诗的研究少之又少。这种现象有诗歌主题方面的原因,也不排除时代和政治的影响。研究一部诗歌作品,我们不应绕开它的主题和思想,更不能抛开它的艺术特色;但是,对于那些可能是因为思想和艺术上的矛盾而产生的问题,我们不仅不应该驻足不前,更不应该放弃对此的深思。这首长诗和《泥土的歌》是一个时期的作品,政治气氛的沉闷、自身的矛盾都不可避免地影响了诗人。形势的变化让诗人脱离了火热的斗争生活,陷入了苦闷和

---

① 臧克家:《〈感情的野马〉小序》,《臧克家全集》第10卷,长春:时代文艺出版社,2002年,第600页。

② 臧克家:《诗和生活的历程》,《臧克家全集》第6卷,长春:时代文艺出版社,2002年,第342页。

沉思之中，诗人不愿去写那些浮躁的、粗糙的"战争题材"作品，在没有出路的情况下，只好从回忆中搜索材料了，况且诗人当时极为穷困，写作成了他唯一的谋生手段。其实，如果我们换个角度，从如何看待战争中爱情而不是"几种人对爱情的看法"去看，这首诗的意义和价值也就不同了。

参照臧克家的生活历程，我们不难在这首诗中发现现实的影子：潢川、大别山、安家集都是诗人所到过的地方；台儿庄战役，带领笔部队上前线，都是诗人所亲历过的；文曼魂、裴茵、万军长，总可以在诗人的生活中发现他们的影像。由于故事相对来说的真实性，再加上诗人真情的倾注，因而和诗人其他叙事体长诗相比，《感情的野马》显得分外真实动人，在艺术上也显得尤为精致。

《感情的野马》的主要人物是诗人抱吟和荣誉军人招待所所长文曼魂，诗作主要以抱吟与文曼魂的感情发展为线索，贯穿了他们相识、相知、爱慕、分离这一整个过程；在这个故事里，有战场上的硝烟、官场上的推杯换盏，也有田园的宁静、月下的甜蜜。诗人以巧妙的组织，细腻的笔触，浓郁的感情，绘出了这一朵沁人心脾的花朵。

一场战争过后，驻地获得了暂时的安静，寂寞笼罩了人的心头。"人，像揭过去一章心跳的书，／又像刚还过了一场寒热症，／生活装进了一只口袋，／两头紧紧地扎上了索绳。"人和青山对着脸，一样的寂寞，一样的不声不响，就连时常出现的乌鸦，也不知道哪里去了。故事由此开始。无事可做的万军长和参议抱吟，四处溜达，他们走到了荣誉军人招待所，当他们听到"文曼魂"这个名字时，他们的心情不再那么沉重。"生命沉埋的镜面／像用手新擦了一下，／每个人的胸口里／有　点主意在爬。"抱吟的心里，更是开了　朵春花。第二天，抱吟秘密地去了荣誉军人招待所，虽然未遇文曼魂，却从她的助手口里知道了她的勇敢、天真和善良。

荣誉军人招待所的那间草棚，像一块磁石，隐隐地召唤着抱吟。当他在河边看到文曼魂的时候，"他看见，／波纹偷去了她的身影，／他听见，／水浪学着她的歌声，／太阳在天上为她逗留／青山模仿着她的坚贞"。抱吟走在文曼魂的身后，踩着她的脚印，他感到那天是世界上的第一个早晨。抱吟的心，像一个生锈的齿轮重新焕发了青春,尽管他有过感情的磨难,尽管他太太裴茵已经待产,尽管他告诫自己不要向爱情走近。

抱吟用自己的诗情,把文曼魂塑造成了一个绝美的典型,他在她笑的旋涡里越陷越深。抱吟将这视做开在幽谷里的花朵,香味淡远而甜蜜;抱吟将文曼魂视作掌握着他生命钥匙的,那一尊心上供奉着的女神。对于裴茵,抱吟所能想到的除了厌恶还是厌恶。抱吟被爱情燃烧得不能自持,然而,文曼魂却是异常清醒的。她爱抱吟,但更多的却是带着尊敬和热爱,不同于一般的爱恋。而且,她也不止一次向抱吟表白过:她还年轻不懂得爱情,也不想过早地得到爱情,她所追求的只是工作。带着这种天真的想法,文曼魂和抱吟的关系日益亲密。后来由于医官对文曼魂的追求,抱吟对文曼魂产生了误会,后又颇觉后悔,抱吟陷入了纠结之中。此时,文曼魂也发觉了自己就要坠入情网,于是她依然选择了离开,斩断了心上的情丝。文曼魂像一只小鸟,飞离了安家集。在深思中,抱吟方才醒悟:"她没有骗我,/也没有骗她自己,/她追去了,追一件/比爱情更有价值的东西。"故事至此戛然而止。

臧克家一生所写的爱情诗极少,在大后方时期,除了《感情的野马》外,他还写了《爱情》《情书》两首短诗,《卖狗头罐子的》《牛郎和织女》两首民间爱情故事诗。结合这些诗作及诗人此前的两次婚变,我们不难看出诗人对爱情的看法。这些诗作大都带有一种悲剧性,展示了爱情的破灭和由此所产生的失望。虽然"它给人身上/烙满了伤疤,/然后熄灭了——/留下了冷灰一把",诗人仍没有放弃对爱情的追求,他和郑曼即是在到达重庆后结婚的。

作为一首叙事体长诗,《感情的野马》成功地塑造了文曼魂和抱吟等高度个性化的艺术形象。文曼魂只是一个由于战争而走向前方的少女,她平凡而又普通,然而在这样一个女孩身上却展示了人性的光辉。她有一个美的外表,更有一颗美的心灵。她经受过炮火的洗礼,因而异常勇敢坚强;她对工作异常热情和有责任心,像伤兵们的母亲一样亲切体贴;她天真而活泼,她认为世上不应有弱肉强食存在,每一个人都应快乐地生活着;相对于爱情,她更看重工作,只有工作才是不会凋谢的花朵。至于抱吟,则是一个有着诗人气质,天真、敏感、易于幻想、爱情至上的人,他本人也正是一个诗人。在人物形象塑造上,臧克家综合运用了语言、行动、心理等多种手法,因而人物真实又富有个性,这是该诗的一个亮点,更是其动人之处。

作为对叙事体长诗的一个探索,《感情的野马》是一个华丽的转身,和诗人的有些长诗相比,它少了些空洞和直白,多了些细腻和光彩。尽管至今的研究还不是很多,但是,时间是不会洗去真金的光泽的。

一部成功的艺术作品,不仅因其内容而动人,更因其独特的艺术魅力而吸引人,诗人的青春是短暂的,艺术的美丽却是永久的。主要讲来,《感情的野马》主要有以下特色:

一是独特的叙事抒情结构。作为一种文体,诗歌有着自身的独特规范,也有着无限的超越可能,诗体的创新,即是对此的超越。"叙事诗是'诗',自然是内视点的文学;但它又得'叙事',所以又是外视点文学。"[①]因而,叙事诗既要表现诗人的内在感情,又要再现外在现实,双重的审美视点是叙事诗最本质的审美特征。对此,臧克家也有着颇为独到的认识:"叙事诗一定要是诗,而不是韵语小说或散文。它需要集中、凝练,结合人物特点、故事情节,做高度的抒情。"[②]叙事诗要叙事,但是它的最终归宿在诗,在抒情,因而,一首成功的叙事诗,情与事谐必定是其最基本的要求。

要实现情与事谐,一个合理的叙事抒情结构就显得尤为重要:叙事诗必须回避那些情节较为复杂、人物较多的事,且在故事的展开上,它总是若干个故事片段的接续,片段之间总是留下一些叙事的空白,再由感情将其贯穿起来。

情与事谐是《感情的野马》叙事抒情结构的首要体现。对于叙事诗来说,情感是主,事件是宾,事情的展开要有利于感情的剪裁。通常情况下,叙事要简洁,避免拖沓;抒情要繁密,做到酣畅。全诗共24节,在简繁的安排上,我们不难发现诗人抒情时的慷慨和叙事时的吝啬:第5节写抱吟初遇文曼魂及在感情上的变化写得极为详尽,第6节写抱吟与文曼魂交谈后回家的感受,写得较为详尽;而到了第7节展现新年场景、第8节主要谈他人眼中的文曼

---

① 吕进:《诗的分类(中)》,《吕进文存》第2卷,重庆:西南师范大学出版社,2009年,第487页。
② 臧克家:《学诗断想》,成都:四川人民出版社,1979年,第110页。

魂时,诗人则写得相当简洁;再如第10节写文曼魂和抱吟夜谈及抱吟写信诉说自己的心情写得十分详细,而第11节写抱吟去看望文曼魂时则写得极为简略。就是在同一节内,叙事和抒情所占篇幅的差别也极为明显。如第1节中,聊聊几笔就交代了战争过程,而接下来,却用了大量的笔墨写战后诗人感情上的空虚和寂寞;再如第6节的前半部分,只一句交代了抱吟回到房中,接着铺开的,却是他感情上的变化,"他惊异他的小屋/怎么这么不干净,/像一个人满染了灰色的心情……他的心像一个深蚰/抽不断的愁云。"我们不难发现,作者叙事时往往用墨如金,抒情时常常泼墨似水。

情节的跳跃性是《感情的野马》叙事抒情结构的第二种体现。情节构成故事的全过程,叙事诗也不例外。但是,叙事诗却忌讳情节过分完整,如一片连山;它要求的是"泰山观日出",它需要的是在跳跃中来展现整个过程。如若不然,那就和叙事的散文或小说没什么区别了。《感情的野马》以抱吟和文曼魂的感情发展为线索,但是在故事的展开上,却穿插了新年、开会、行军、宴会、战争等场景将感情的发展断开,在这些场景之后,我们总可以发现抱吟和文曼魂之间感情的发展变化。这种跳跃既避免了故事的单一性,也拓展了生活的宽度。叙事诗的情节似断实连,在情节断开的地方,实际是情味突出的地方。相对于情节完整,情节跳跃有效地避免了情从于事的被动局面,从而实现抒情上的舒卷自如。

《感情的野马》独特的叙事抒情结构还体现在细节的描写上。要实现情节在跳跃中推进而不落入抽象空泛,故事的讲述简洁而不陷于只有勾勒,细节描写就显得尤为重要。"细节描写可以让跳跃的情节具象化,让简洁的故事饱满化。"[①]在《感情的野马》中,生动的细节描写像一颗颗珍珠,为长诗增加了不少光泽。第5节中讲抱吟去看望文曼魂时这样写道:"'只是闲走走,/没有什么目的。'/吹着口哨,叫手杖在头顶画小圈子,/走两步,停一停,/他对自己这么解释。"透过这些诗句,我们不仅可以看出抱吟想去看文曼魂而又为此掩饰,也可以看出他此时的心境,诗句无一字言心情,却又无一处不在言心

---

① 吕进:《诗的品种》,《吕进文存》第1卷,重庆:西南师范大学出版社,2009年,第246页。

情。再如第 10 节中,月夜抱吟送文曼魂回去路上文曼魂同抱吟比高的情景:"她同抱吟比一下高,/手像刀片切在他耳朵的上峰,/她把他的军帽/抓过来,/扣在自己的头顶,/笑着问一声:/'你看,我像不像一个小小的女兵'?"透过这一场景,文曼魂天真活泼的形象,立刻浮现在我们的面前。在这首长诗中,细节描写最为精彩的地方,往往是主人公心理变化或凸显人物性格的地方,上边所举的只不过是其中的两例而已。

二是雕琢之美。如果说《泥土的歌》是山野小径上的小花,那么《感情的野马》则可以称做诗人花园中的玫瑰;如果说《泥土的歌》是一幅素描,那么《感情的野马》可以说是一幅水彩画。它瑰丽,多姿,娇艳,它以浓郁的香气,散发着感情的气息。

优秀的诗人总是借助于意象将抽象的情思巧妙地表达出来,意象的华丽繁密是《感情的野马》雕琢之美的首要表现。这些意象不仅表现人物的情感、性格,也为故事情节的发展推波助澜。"看看天,/天像病人眼中的天花板,/看看水,/水是一条的不响的琴弦,/稻田,/是哭瞎了的眼,/国旗/挑在画图里的高竿",透过天、水、稻田、国旗等这些意象,我们既可以看出战后环境的死寂,更可以看出诗人心头的寂寞,这些意象构成了一个意象群,使寂寞这一感觉格外强烈,给人以强烈的视觉、感觉冲击。在这首长诗中,有这么一段经常被人提及:

  开在幽谷里的花
  它的香最淡远,
  偷来的爱情
  比蜜更甜,
  因为,它的花朵
  不开向太阳,
  不开向人的眼,
  它秘密开在我心的花园,
  我用热情

向它浇灌,

我用苦水

向它浇灌,

借一阵轻风

它把个影儿摇到了我的心间。

抱吟借"花"这个意象,表达了他对爱情的看法:在他心的花园里,他用悲欢将爱情浇灌;他对文曼魂的爱慕,像幽谷里的花朵,淡远而香甜;他愿爱情的花朵只向他一个人开放;他将爱情诗化、美化、神秘化了。意象是含意之象,是以"不言出"来代替"言不出""言不尽"之象。繁密的意象,如一件锦衣上的花团,增加了《感情的野马》的华丽。

诗歌的语言有华美、朴素之分,前者绚烂绮丽,后者洗尽铅华,《感情的野马》语言偏于前者。诗歌语言的华美,离不开奇特的想象,离开了想象的诗歌是难以想象的。想象源于生活,但生活本身并不是想象;想象需要对生活中的形象进行重组、超越。想象力的高下,决定了一个诗人的高度。请看抱吟绕着弯向李菁询问文曼魂时的情形:"像做了一篇文章,这才入了正题/读到了精彩的一段,才觉得/那个大帽子真没意思;像游山玩水,刚入山,心和路,/一般的平淡,深入了水光山色的灿烂,这才从心里发出一声惊叹。"臧克家以写文章前的铺垫和游山玩水时尚未入山为比,来描摹抱吟当时的心境,不仅达意,而且传神,给人以无尽的想象空间。请再看抱吟与文曼魂交谈后是如何地诗情大发:"笔管在他手里/像一匹野马,/字句像珍珠泉里的珍珠,/千颗万颗一齐喷出水面,/带着彩虹的颜色,/炫耀在阳光下。/思想,在先前,/像躲在洞里的青蛙,/今天,/暴雨涨满了池塘,/一个一个争着把头浮出来,/生命鼓动了下颚,/听它们一阵一阵的哇,哇。"诗人的思维上天下地,化无形的灵感为有形的野马、有色的珍珠、有声的青蛙。这些想象似乎不合生活的逻辑,但却符合诗歌的逻辑、情感的逻辑;和生活形象比起来,它似是而非,似非而又实是。大胆的想象升华了现实,它使诗歌从生活的大地上升腾起来。

《泥土的歌》常用对比,比照之间,高下褒贬自出。与此不同,《感情的野马》则以比喻见长。精彩的比喻,让文字飞动起来,"它能给人以活生生的印象,目可视,耳可闻,手可触,鼻可嗅。文艺的姿态才生动,色彩才鲜明,好似绿叶扶映了红花,锦绣上添了灿烂的花朵。"[①]由于前文所引诗句多涉及比喻,这里不再过多展开。

四季有交替,海水有涨落,月亮有圆缺,这一切都给人以律动感。当诗歌恰切地反映了人的情感和自然的变化时,往往给人以一种张弛交错的特殊美感——节奏感。这一节奏感还反映在诗韵上,韵,就像诗歌的粘合剂,它能将一首诗歌粘连成一个和谐、紧凑的整体,给读者的美感享受以暂时的休息的站口。在《感情的野马》中,诗歌的张与弛、舒缓与激越交错有致,完美地体现了人物情感的变化。前文所引抱吟写诗时的情形既是一个典型。再如,抱吟初遇文曼魂时心情较为激动,一扫此前的低沉,"他听见鸟儿/启封了口,/他看见寒山/比画还动人,他感到了太阳的温柔,冬的静,/他胸口里/跃动着生的欢欣";随文曼魂进入屋子之后,抱吟变得沉静下来,他四处打量着房间里的一切;当文曼魂像乐园里的鸟一样地笑飞到抱吟心间时,"他的血,解冻了,/淙淙地流在/血管的河床,/他的口,/也揭去了沉默的封条,/他想飞,/就缺少一双翅膀。"诗歌节奏巧妙地契合了人物心境的变化,张弛之间,升华了情感的流动。

韵,是感情的站口,是感情的催化剂。在叙事诗中,语言被用于吟诵故事,而不单单是叙述故事。"语言的节律化,其实和叙事的意象化、意境化一样,都属于叙事语言的'虚'化。目的是在消弱语言陈述功能的同时,强化叙事诗的抒情功能。"[②]在《感情的野马》中,臧克家用韵繁密,由于是长诗,不可能一韵到底,因而多换韵、转韵,给人以跌宕起伏之感,让人随着抒情主人公感情的变化而改变自己的感受。欢快的感情,多用较为洪亮的"花发""眼前"等韵;相对平缓的感情,多用轻弱的"怀来""遥条"等韵。当然这也不绝对,如前文所引写战后的寂寞的诗句,就用了较为洪亮的"言前"韵。"诗无

---

① 臧克家:《谈比喻》,《臧克家全集》第9卷,长春:时代文艺出版社,2002年,第23页。
② 章亚昕:《臧克家论》,济南:山东大学出版社,2006年,第229页。

定法",创新往往就是对成规的打破。

三是对民间文学和古诗艺术手法的借鉴。臧克家自幼生在农村,熟悉民间文学,小时候他就经常缠着远亲六机匠给他讲故事。臧克家的祖辈、父辈都是读书人,他们有着较好的古典文学修养,臧克家自幼就受到长辈的熏陶,大学又读的是中文系,因而,古典文学知识自然不差。在民间文学,尤其是说唱文学中,"人未出场先行介绍""花开两朵各表一枝"等手法被广泛地运用着。在《感情的野马》中,臧克家对此也有所吸收借鉴。如在诗歌的开始部分,诗人一改以前叙事诗中人物自己出场的写法,采用了民间文学中对人物先行介绍再出场这一手法;再如第8节中,诗人正写着抱吟,忽然一个电话,笔墨转向了文曼魂。在整个故事的展开中,这样的例子还有不少。

侧面着笔,是古诗的一个优良传统。《陌上桑》中不直接写罗敷如何之美,而曲笔出之:"行者见罗敷,下担捋髭须;少年见罗敷,脱帽著帩头。耕者忘其犁,锄者忘其锄;来归相怨怒,但坐观罗敷。"在《感情的野马》中,诗人不直接写文曼魂的勇敢坚强,而是以李菁之口道出;不直接写文曼魂的美丽动人,而是以士兵们围观的举动来展现。诗歌不可太直露,直则无味;"诗出侧面",即是对这一局限的一种克服。

《感情的野马》是一支美丽的歌,它以优美的旋律、动人的情节、丰富的想象、华美的词章,展现了一个略带忧伤的爱情故事。在艺术上,它的成功是不言而喻的。然而,在长诗中,有些地方的叙事略显拖沓,抱吟最后的醒悟显得较为突兀也是存在的。由于诗歌的鉴赏是一种见仁见智的活动,也许,这些只是认识上的偏差或不同。

(四)政治抒情诗研究

抗战进入相持阶段之后,国民党政府的统治更加黑暗,人民的生活更加困苦,国内的阶级矛盾急剧激化。与此同时,共产党领导的革命,正欣欣向荣,给全国人民以希望。一正一反的对比,给了臧克家很大的教育。在抗战大后方时期,臧克家创作了大量的政治抒情诗。"政治诗是诗人对一个事件的宣言;是诗人企图煽起更多人去理解事件的一种号召;是一种对于欺蒙者的揭露,是对于被欺蒙者的警惕。"①由此我们不难看出,广义的政治抒情诗不仅包括对美的歌颂,也包括对丑的讽刺。

诗歌是诗人人生哲学的审美化、诗歌化,诗歌作品总是体现着诗人对人生、社会的见解与认识。1942年以后,随着社会的发展,诗人的个人意识也在不断地进步。在要求民主、反对内战的斗争中,诗人的"小我"与"大我"的结合日益紧密。"诗人不歌颂实为'鹿'之'马',诗人不做夜莺,诗人有自己的黑白,他以自己的心为心,自己的眼为眼,歌颂他认为值得歌颂的,诅咒他认为应该诅咒的";②"诗人,必须忠实于生活,忠实于自己。但是个人的生活又必须插进群众生活的海洋里去。这样,生活才宽广,才宏深。"③毛泽东《在延安文艺座谈会》上的讲话发表以后,诗人更是走向了进一步的自觉,"一切危害人民群众的黑暗势力必须暴露之,一切人民群众的革命斗争必须歌颂之。"④在这样的情况下,诗人一方面借政治讽刺诗去揭露、抨击国民政府的黑暗统治,一方面又通过对苏联、红军、领袖等的歌颂来表现个人的革命思想。

在一个时代的尽头和另一个时代的开始,"战斗"以惊涛骇浪般的声势,将一切生活之念未泯的人卷了进去。和散文、小说比起来,诗歌,尤其是政治抒情诗,更能及时反映时代、社会的变化。大体来讲,政治抒情诗可以分为歌颂和讽刺两类。长期以来,对于臧克家这一时期的政治抒情诗,学界对那些讽刺诗关注较多,对于那些颂歌却关注较少。因而,将那些颂歌纳入我们的研究视野是我们的必然选择。

臧克家的政治抒情诗是对黑暗现实的讽刺("刺向黑暗的黑心")。皖南事变之后,国民政府一方面连续发动反共高潮,对抗战与革命力量加紧摧残与压迫;另一方面却贪污成风、腐败无能,人民处于水深火热之中。前方的将士在浴血奋战,后方却一片歌舞升平;百姓饥寒交迫,官商却勾结起来大发

---

① 艾青:《诗论》,上海:复旦大学出版社,2005年,第5页。
② 臧克家:《吊古·自吊了》,《臧克家全集》第8卷,长春:时代文艺出版社,2002年,第63页。
③ 臧克家:《〈民主的海洋〉小序》,《臧克家全集》第10卷,长春:时代文艺出版社,2002年,第613页。
④ 毛泽东:《在延安文艺座谈会上的讲话》,《毛泽东选集》第3卷,北京:人民出版社,1991年,第871页。

国难财。这一切,让每一个良知未泯的人痛心,更是像麦芒一样刺激着诗人的眼睛。

臧克家是从前方来的,一踏上重庆这块土地,大后方的"歌舞升平"就刺痛了诗人的神经:前方的军民正在炮火中与生命抗争,后方的达官贵人们却好像毫无知觉;更可气的是,他们却在一个前方归来的军人面前耍威风。然而,这还不算什么,"色情的电影,门口挂着'客满'的挡驾牌,/落伍的太太们向老爷发脾气、埋怨、唧哝。报纸到手,眼光先在广告上巡逻一阵,/然后滑到第四版,/想从上边发掘一点奇迹开心……"战争就像在另一个星球上进行,无聊、空虚掏空了部分富贵人的心灵,于是,诗人的眼睛病了——"沙粒磨得它实在太厉害"。

相对于后方达官贵人们的不思进取,国民政府的腐败无能和黑暗统治更加可怕,禁锢言论、搜刮百姓、特务政治、贪污腐败、失地丢土、假民主、假和平更是让人不寒而栗。诗人和朋友们相聚,常以消息做见面礼,尽管他们的怒气像一阵暴雨,却不敢大声发作,"伸一伸舌头,/眼,/朝四下里/扫一圈",隔墙有耳,一句话说不对,就可能飞来横祸;达官富贾们的奢靡生活,建立在老百姓的苦痛之上,"老百姓,肩着一双十字架/替军阀,替财阀,替地主,替资本家,直下到十八层地狱";特务们,有着异常灵敏的嗅觉与可怕的眼睛,他们暴烈的拳头、杂沓的脚步声让人心惊,总有人伴着绳索声,"像一只小雀子/被捏在一只大手中";官场,就像一个大污池,"跳下去的,别再想一条清洁的身子";相比于反共,在和日军的较量中,国民党军队却不堪一击,"名城,一个一个被拔掉,/像拔掉朽烂的牙齿,/土地,一天丢一百里,/比黑死病的传染更快";国民政府口口声声不离的"民主",却不过是一件"破草棚","挡不得雨,也遮不了风",人民就像一面旗子,"用到,把它高举着,/用不到了,便把它卷起来";抗战胜利以后,人民渴望和平,但是却又开了火,"人人不要它,它却来了——内战"。

同时,臧克家的政治抒情诗是对光明与美丽的颂歌。美与丑是并存的,且在斗争中发展。丑恶势力的强大、残暴,更能激起人们对美好事物的追求。在臧克家大后方的政治抒情诗中,对光明与美丽的颂歌也是一个重要组成部分,尽管在数量上比讽刺诗少得多。在这些颂歌中,有对领袖、师长、人民、红军的赞扬,也有对光明的歌颂。在这些诗歌中,诗人以饱满的热情诉说着自己的向往。

在抗击法西斯的战场上,苏联军民是勇敢的,军人们以鲜血守卫着城池,"希特拉的队伍/闯进你们的国土,原来是为了送死和投降";当军人受伤需要输血的时候,民众们"争先恐后地,/微笑着伸出/盘结着钢筋的胳膊"。苏联人民崇高的人性,像一颗红星,给诗人以感动。闻一多,是诗人的老师,也是诗人最尊敬的人。在民族危亡中,闻先生曾为了探索民族出路而沉浸于研究经典,但是,炮火最终让他从书斋中走了出来:"呵,你擂鼓的诗人。/站在思想的前线上,/站在最紧要的关口上,/你擂鼓。"诗人为自己的老师在探索中走向人民而兴奋、而欢歌,何况,闻一多只是千千万万个寻找到光明出路的知识分子的一个。在大后方,少见太阳多见雾的天气让诗人感到压抑,但是相对于政治上的黑暗与高压,这还不算什么。在极度的郁闷中,诗人追求着《阳光》:"扫不开的浓雾,吼叫的风,/不死不活的天色——/这阴沉心境的酵母,/一下子溶消,连记忆也不除外……"在阳光里,诗人感到了生命力的涌动,更坚定了希望就在前方的信念。

在臧克家的颂歌中,最有影响力的,莫过于《毛泽东,你是一颗大星》了:

"毛泽东,你是一颗大星,/不亮在天上,亮在人民的心中,/你把光明、温暖和希望/带给我们,不,最重要的是斗争!/你举着大旗,一面磁石,/从东南向西北,激流一样地冲击……"在对领袖的歌颂中,诗人不仅看到了领袖的伟大人格,也看到了人民对领袖的爱戴和信心;共产党是真的爱人民,视人民为国家的主人,党领导亿万人民翻身,党千方百计满足人民群众的需求;在领袖身上,在共产党人身上,诗人看到了民族的希望和未来。

和一般的抒情诗比较起来,政治抒情诗有它独特的艺术特色,它对真和善的要求更高。一般来说,政治抒情诗要求用语朴素、通俗明快,且要通过对政治事件的赞美或讽刺表达出诗人强烈的感受。臧克家的政治抒情诗也不例外。具体说来,臧克家的政治抒情诗主要有以下特色:

一是朴素的爱与恨。什么样的生活,产生什么样的诗歌。生活不仅决定了诗歌的内容,也影响着诗歌的形式和风格。相对于臧克家大后方时期的抒情短诗和叙事体长诗,诗人的政治抒情诗显得更为通俗平易。这一变化既是诗歌大众化的需要,也是诗人艺术追求上的自觉调整。"雕琢了十五年,才悟得了朴素的美,从自己的圈套里挣脱出来,很快乐地觉得诗的田园诗这么广阔!'生活得,斗争得',如同一个老百姓,最真挚的憎爱用最平易的字表现出来——表现得深,表现得有力,表现得美。"①

臧克家的政治抒情诗多通过"形象"来而不是"意象"来完成诗歌建构。相对于"意象"来说,"形象"更趋于直觉化,由于没有达到知觉的深度,因而通常显得较为简单。对于臧克家来说,艺术有雕琢与平易之分,这主要即在于抒情是侧重意象还是形象的差别。"大体上,倘若以意象为主,则结构内部拥挤,事情浓郁,意脉精细,诗人的构思自然也会格外劳神费力。倘若以形象为主,则脉络舒缓宽畅,语言明快平易,诗意简洁淡出,诗人的布局也就容易得心应手。"②臧克家的政治抒情诗多通过人物或事物形象的刻画来表达自己的感情,有时一个形象就可以支撑起一首诗歌,《重庆人》《人民是什么》等诗即是最为典型的代表。寥寥数笔,或是速写,或是白描,一个典型的形象即呼之欲出,因而,朴素的风格是臧克家的必然追求。

臧克家政治抒情诗的朴素美还表现在语言上。每首诗读来都如话家常,即使不识字的人也听得懂。"好话说三遍狗也嫌弃,/画的饼儿充不了饥","接收人员/呆久些了的时候,/人民/用最刻薄的话/骂他们,用白眼珠子/看他们",这样的诗句,恐怕真是"老妪能解"了。在诗歌外在音乐性上,臧克家的政治抒情诗押韵更加宽泛,甚至出现了不少不押韵的诗节或诗歌:"死寂了一霎,/敲得更起劲了,/这回不再是用手,/声音那么沉重","人民是什么?人民是一个抽象的名词吗?/拿它做装潢'宣言'、'文告'的字眼,/拿它做攻击敌人的矛和维护自己的盾牌"。

政治抒情诗总是体现着诗人的爱憎与褒贬。"讽刺不是耍聪明,也不是

---

① 臧克家:《〈生命的零度〉序》,《臧克家全集》第 10 卷,长春:时代文艺出版社,2002 年,第 618 页。
② 章亚昕:《臧克家论》,济南:山东大学出版社,2006 年,第 99—100 页。

说漂亮话,看得真,感得切,恨得透,坚决,尖锐,厉害,这样情形下产生的诗,才有力。"①臧克家的政治抒情诗不是廉价的、表皮的、口号的,它们多是从生活出发,在高度的肯定或否定中发出的心声。爱,爱得有力;恨,恨得彻底——诗人把深的感情,藏在了浅的字句里。相对于臧克家早期的政治抒情诗来说,他这一时期的政治抒情诗所蕴含的力量不仅是内在的,还时常是外露的。诗人对现实的描写不是采取冷静的态度,而是在对美的颂扬与丑的揭露中喷发着一种更加强烈的主观色彩。

二是政治的美学化与美学的政治化。"政治事件不是诗,通过这事件表现出来的诗人的情感,思想,才是诗";政治抒情诗要想不陷于空洞的口号和概念,诗人就必须做到"把真情交给政治事件,立在一旁的人,不但看不清事件的中心,他的情感也融化不了这事件"。② 可见,一首成功的政治抒情诗,不但要将政治事件美学化,还要将美学政治化,二者缺一不可。诗歌是抒情的艺术,政治抒情诗不过是将抒情的载体限定为政治事件或政治人物罢了。

抗战胜利后,国民党忙于"接收"和运送兵员,占用了大量的交通工具,达官贵人们利用权或钱的优势,回乡的回乡,离去的离去。对于那些无钱无势的人来说,则成了滞留者。然而,这只是事件,不是诗,要想成为诗,还需要诗人的加工,需要感情的熔铸。请看《消息》:"一听到最后胜利的消息,/故乡,顿然离我远去了。"战时,由于炮火的隔离,故乡只是在诗人的心上;战后,诗人本以为可以回乡,但苦于无法回去,焦急悲愤拉长了诗人与故乡的距离。短短的两行诗,看似平常,却道出了诗人的悲愤心情,给人以无限的遐想与触动。冬天是寒冷的,一个时代的冬天更是让人不寒而栗。再请看《冬》:"在战争里,/八个年头的风雪日子,/都在流亡中磨过去了,/今年,胜利后的第一个冬天,/夜最长,也最寒冷。"表面看起来,诗人写的是四季中的冬天;实际上,诗人所写的是政治上的寒冬。在诗人笔下,"冬天"具有了复调性。国民党的黑暗统治笼罩了黎明前的长夜,贪污腐化、特务政治更是让人战栗。但

---

① 臧克家:《刺向黑暗的"黑心"——〈宝贝儿〉代序》,《臧克家全集》第10卷,长春:时代文艺出版社,2002年,第615页。
② 臧克家:《刺向黑暗的"黑心"——〈宝贝儿〉代序》,《臧克家全集》第10卷,长春:时代文艺出版社,2002年,第615页。

是，诗人并没有直接就此落笔，而是借"冬天"这一个意象，表达了自己的愤怒之情。在愤怒的背后，我们更看到了希望，寒冬之后，不就是春天了么？诗含两重意，不求其佳其自佳，诗歌的弹性美也即出于此。

臧克家20世纪40年代的讽刺诗，曾被大多数人视为袁水拍以外的另一座高峰，可见其影响之大。滑稽丑恶的事物，自有其滑稽丑恶之处，但是，"诗人不应为丑本身而去利用丑，但他却可以利用丑作为一种组成因素，去生产和加强某种混合的感情。"①"归谬""以言代行"是臧克家实现政治和情感完美融合所经常采用的手法。

所谓"归谬"，就是把讽刺对象的谬论，依照他的逻辑加以引申，得出更为明显的谬论的一种方法。国民党高官们为了"增加行政效率"而进行裁员，然而，裁员却应先从他们开刀，"四十天／丢了三十个城，／没受罚，反而升了官"，他们真可以"自裁"以谢天下了；国民政府口口声声说人民是国家的主人，实际上呢，"他们的人从不被看重，／可是，在筹粮筹款的时候，／他们又成了国家的主人翁。""归谬法"，让讽刺对象自己打了自己的嘴巴。

"以言代行"，就是通过讽刺对象的口，来反映他们的行为。国民党为了钳制人民，实施了极为严苛的警察制度，让我们看看那些警员们是怎么向老百姓说的吧："这鬼年头，奸险匪徒到处横行，／哪些人同你来往，我必须暗地替你留心……为了这一些大事小节，／我们鞠躬尽瘁，不辞劳苦，／无非是，无非是为了你们的安全，／随时随地好加以保护！"这些警察们嘴上说是关心人民、保护人民，实际上是为了监视人民、控制人民，在他们言不由衷的话语中，读者就像看了一出滑稽的演出，他们滑稽的行为也就不言而喻了。"以言代行"，就像一面"照妖镜"，让讽刺对象丑陋的本质现了"原形"。

三是悲与喜的交集。在臧克家的政治讽刺诗中，我们总可以发现戏剧性因素的存在。"臧克家政治讽刺诗的抒情主人公，如果偏重于抒发对反动派的冷嘲，就形成文体的喜剧性；如果偏重于表现对老百姓的同情，就形成文体的悲剧性。"②前者致力于丑角的戏剧化表演，寓冷嘲于反讽，借"大人物"的

---

① ［德］莱辛：《拉奥孔》，朱光潜译，合肥：安徽教育出版社，2006年，第141页。
② 章亚昕：《臧克家论》，济南：山东大学出版社，2006年，第239页。

丑恶滑稽来抨击腐朽黑暗的现实;后者着重展现"小人物"的悲惨遭遇,由此抒发诗人的同情与愤怒。在有些讽刺诗中,我们甚至还可以看到悲与喜的交集。

国民党的腐朽统治,"大人物"的滑稽表演,造成了民生的凋敝,也为诗人的讽刺诗布下了产床。如果只写人民的困苦,则容易陷于沉痛,只看到眼前而忽视推翻黑暗势力的必要性;如果只写对黑暗社会的冷嘲热讽,则容易陷于一种嬉笑怒骂,看不到改变这种现实的力量所在。因而,将对"大人物"的讽刺和对"小人物"的同情结合起来,既能让人看到现实的黑暗,又能让人看到改变现状的力量所在,两相比较,更看能看出改变这一社会状况的现实性和紧迫性。

前文所举的《裁员》《胜利风》即是臧克家讽刺诗中喜剧性因素的最好体现,"大人物"外表冠冕堂皇,为国为民,实际上却腐败不堪,为了一己之私不择手段。表象和本质之间形成了强大的反差,反讽和戏剧性效果也即由此而出。他们好像在进行一出展示自我丑恶的表演,让人在笑中发现他们的恶,但是如果仅限于此,则易流于浅陋,只有结合普通人的悲苦生活,他们的恶才能彰显。裁员,裁去了老实人的饭碗;人民,是国家的"主人","却躺在地上挨打,/挨了打还不敢说痛";富贵人可以有三妻四妾,而奴隶,"他要的是爱情,/他主人给他的是皮鞭,/是一座监狱"。这些展现"小人物"苦难生活的诗句,字字是血,字字是泪,在血泪的背后,还有一双"反抗的手"。悲与喜的交集,既给人以警醒,又给人以勉励。臧克家讽刺诗不落于浅陋和过于沉重,其原因也正在于此。

二、生命意识的回归与文体自觉:冯至抗战大后方诗歌研究

历经十多年沉默的冯至在40年代为我们带来了文学史上的大惊喜。在抗战的硝烟中,冯至为我们奉上了《十四行集》这样一首生命的礼赞,彰显出了一位融汇中西的知识分子在苦难的岁月里急切的生命关怀与承担意识。而自觉的文体运用又是冯至带给新诗的又一实绩。《十四行集》不仅是冯至

诗歌的顶峰之作,更是中国十四行诗的成熟之作。从十四行诗在中国的发展到冯至的自觉运用,"商籁体"在中国实现了完美的本土化。冯至用哲理的诗句实现了意象的雕塑感与写意美,在变式中突破了十四行诗的西方限制。纯熟的诗体运用,是中国新诗为世界诗坛注入的一股新泉。

(一)诗人冯至大后方诗歌创作概述

因其特殊的时代背景,在战火与硝烟中成长起来的大后方诗歌从一开始便显示出强烈的政治意图:对民族危亡的深切忧虑,对社会大众的深度关怀,急切的抗争意识与斗争精神,抗战主题被提到了前所未有的高度。人们更关心的是诗歌内容而非艺术形式,是诗歌如何快速地传播并带来现实效应而非审美趣味。于是,短小精悍的自由诗形式和大众喜闻乐见的民间文艺形式被大范围应用,朗诵诗、街头诗、诗歌唱应运而生。贴合抗战文艺的发展方向,大后方诗歌的通俗化和大众化得到了发展,但同时也产生了诗歌审美取向的单一,其历史局限性也是不可回避的事实。

如果我们仅简单地从形式和内容来探讨抗战时期冯至的诗歌创作,很多人会以为冯至远涉千里后偏安于西南联大,远离战火与斗争,早已钻进了自己"林间的小屋",在桉树丛中过着吟风弄月的生活了。稍稍翻阅《十四行集》或者《山水》,人们最初感受到的,总有一股宁谧之风冲淡战争的残暴。然而只要静下心来细细品读,你就会被一种神奇的力量紧紧攫住,这是在抗战的艰难岁月中,只属于冯至的表达方式。沉静而内敛的性格造就了他一生的淡泊,即使是在血与火的战争时代,他的吼叫依然独特。西南联大的特殊性形成了文学史上少有的"沉潜时期",历经艰辛迁徙,在战火中喘息的一批知识分子汇聚到这里,他们保存着中国文学最纯洁的内核。"既有战时物质条件的贫乏,也有'笳吹弦诵在春城'精神上的十分富有。"[1]中西文化强烈的碰撞交融,知识分子固有的社会责任感和民族担当意识,在抗战的大后方酿成了佳酿。朱自清、闻一多、冯至、李广田、卞之琳、穆旦等一大批优秀的文艺

---

[1] 杜运燮:《序》,《西南联大现代诗钞》,北京:中国文学出版社,1997年。

工作者在这里艰难探寻,形成了令人瞩目的成就:朱自清《新诗杂话》、李广田《诗的艺术》、卞之琳《慰劳信集》、穆旦《探险队》《穆旦诗集(1939—1945)》《旗》,杜运燮《诗四十首》《南音集》、冯至《十四行集》等。

西南联大时期,已属"师长辈"的冯至奉上了中国现代诗歌史上少有的精妙之作《十四行集》和散文集《山水》,奉上了中国现代最具特色的历史小说《伍子胥》,以及作为中国古典文学学者学术水平标志的《杜甫传》(该书写作从1946年至1951年,1952年人民文学出版社出版)和作为中国德语文学研究者学术水平标志的《歌德论述》(1948年南京正中书局出版)。这是一个文艺工作者对自己最完满的"交代",更是中国文学史上一笔不可多得的宝贵财富。回顾冯至一生的创造,璀璨如星,却并不铺张夺目。

诗人冯至初登文坛还要追溯到五四之后。1923年夏,经北京大学张凤举(定璜)教授推荐,冯至的组诗《归乡》(包括《绿衣人》等二十余首诗)发表在《创造季刊》第2卷第1期(8月版)上,这算得上是冯至在大众面前的初次"亮相"。其后,冯至经历了对爱与美的艺术追求和在残酷现实中的艰难探寻。1936年9月初,留德6年之久的冯至携夫人回到上海。风雨前夕,文坛也呈现出一片死寂。不久,淞沪战争爆发,时任同济大学教授的冯至随校南迁。9月,抵达浙江金华。年底,杭州、金华告急,学校接着后撤,次年1月,抵达江西赣县。半年以后,学校继续向湖南、广西后撤,冯至一家在桂林停留10多天,又乘船经阳朔到平乐,后经柳州、南宁、龙州……1938年12月,经历了1年零8个月的艰难跋涉,冯至一家终于来到了春城昆明,直至1946年7月离开。战争使得偏安西南的昆明成为了一个文化集聚地,众多文人和高校蜂拥而至。1939年暑假,冯至辞去同济大学职务,接受了由北京大学、清华大学和南开大学三所高校组成的西南联合大学的聘请,任职西南联大外文系,开启了他艰苦却又充实的联大8年生活。

抗战的烽火在前线熊熊燃烧,西南的昆明却异常平静。这里地处高原,天朗气清,四季如春。蓝天、白云、绿树,以及质朴的民风,都让千里迢迢避难到此的同仁们得到了稍许喘息的机会。"如果有人问我,'你一生中最怀念的是什么地方?'我会毫不迟疑地回答,'是昆明'。"①这是一个让冯至感觉生活最苦回想起来又最甜的地方,是一个他常常因为生活穷困潦倒而生病,病后反而觉得更健康的地方,是一个书籍匮乏,反而促使他读书更认真的地方,是一个又教书、又写作、又忙于柴米油盐,却不感到矛盾的地方。西南联大时期,冯至完成了《十四行集》《伍子胥》《山水》《歌德论述》及《杜甫传》的大部分和一批颇具战斗性的杂文,这些诗歌、小说、散文和古典文学的研究,成为他又一个无可超越的高峰。冯至一生内敛,情感节制,与那些叫嚣型的诗人相比,他显得有些沉静。即使在全民抗战的火热大潮中,他的存在依然是安静的。然而,正是这份平淡铸就了他辉煌的成果。在当时整个中华民族面临着巨大考验的时候,抗争与屈服、崇高与卑贱、生存与死亡……种种对立呈现在人们的面前,使人们感到既亢奋又沮丧,既憧憬又无望。已入中年的冯至更加沉默,他从外界的喧嚣走向心灵,以自己渊博的智慧和丰富的精神体验,在火与铁的时代为人们开启了一条心灵之路:

(1)1942年5月,由桂林明日出版社出版发行了冯至的《十四行集》,其中收录了十四行诗27首,附录了6首杂诗:《等待》《歌》《给秋心》(四首)。27首十四行诗并没有题目,但内部结构严谨,一气呵成。无论是默默的鼠曲草还是高大的有加利树,无论是水上威尼斯,还是敌机的空袭,或是一队一队的驮马和被不知名的行人踏出的小路。诗人在生活中发现了一直被我们忽略掉的诗意。在平凡中体味伟大的真谛,在细微处感受宇宙万物的神奇,他在沉思中与蔡元培、鲁迅、杜甫、梵高、歌德进行精神交会,在伟人身上找寻生与死、蜕变与永恒的生命真谛,战火中,他关注民生,更关注民族精神的发展。

(2)写于1942年的《伍子胥》是冯至在16年前初读《旗手里尔克的爱与死之歌》便萌生出的念想,诗人从大家耳熟能详的历史故事中道出了自己的历史情怀。他的重点并不在我们熟悉的伍子胥历经磨难后大快人心的复仇行动,而是伍子胥在出奔途中,从城父到吴市,在原野之上生命的沉思与决断,单纯的历史讽喻小说概念已不能描绘这样一个发展型的小说模式。诗性

---

① 冯至:《冯至全集》第四卷,石家庄:河北教育出版社,1999年,第341页。

的语言,心灵的探寻充盈着小说内容,如果问我们从这部诗性小说中学到了什么,那便是置身平凡山水中的蜕变与决断。

(3)《山水》的写作时间长达十几年,最早的《蒙古的歌》写于1930年的北平,而《一棵老树》《一个消逝了的山村》都是在昆明完成的。整部散文集既有出国前的北平散记,有留德期间的游记,更有一路向南躲避战乱的见闻,杨家林场的所思所想。散文清新自然,颇具诗意,更多地体现了诗人纯美的自然观和美学观。

(4)作为杰出的古典文学研究者和德语文学的领军人物,冯至此时的学术研究也是令人叹服的,尤其是杜甫研究和歌德研究。贴合时代的杂文创作更显示出了冯至少有的尖锐,他的批判性杂文散见于《生活导报》《春秋导报》《自由论坛》等,这类杂文对"向内"走的冯至来说并不多,但见解独到深刻,针针见血。譬如《认真》《自慰》《郊外闻飞机声有感》。

1947年,冯至离开居住近8年的昆明回到北平,开启了他新生活的颂歌。回忆冯至40年代的辉煌成就,我们更多地是对这样一位辛勤耕耘而又时刻保持谦虚的伟人的崇敬。在战争的特殊年月中,他摒弃外界的纷扰与喧嚣,一如既然地选择沉思。在最平凡的山水之间,思索着生命的意义。人们需要热情来亢奋精神,保持强劲的战斗精神和不屈灵魂;也需要在血与泪、生与死中完成自我、超越自我,在寂寞中学会长久地忍耐,学会担当与决断,在宇宙中找寻自己的恰当的位置。不同于众多诗人积极"向外"的火热,冯至的"向内"在当时更显弥足可贵。"一个小生命是怎样鄙弃了一切浮夸,孑然一身担当着一个大宇宙",这是真正的心灵建设者应有的态度。

(二)生命意识的回归

1937—1945年,战火蔓延大半个中国。战争激发着文艺工作者们的创作热情,强烈的民族救亡意识、激进的社会责任感充斥着人们的头脑,高昂、亢奋、激进……文艺界也是一片喧嚣。然而,避居昆明的冯至一如既往地沉默,这种沉默出自他天生内敛的性格,更出自一位学者冷静的观察与睿智的决断。我们需要积极的抗战态度,也不能缺少沉着的判断与坚定的思想状态。

尤其是1941年战争进入相持阶段之后，社会大众更应该冷静下来，在最艰难的形势中看到生之希望。步入中年的冯至在抗战时期创造了他的又一个文学高峰，《十四行集》《伍子胥》《山水》《杜甫传》和《歌德论述》的大部分及一批优秀的杂文，循着这些光辉的文学作品，冯至为我们指引了一条希望之路，如何在喧嚣中找寻到生命的价值与意义，如何在生与死中决断并超越，在平凡中感受生命的旷远与自然的伟大……冯至少有的对生命意识的关注在当时可谓一道闪电，让混沌中的人们骤然沉寂下来，返归内心，去寻找生命的真与美。

创作于1941年的《十四行集》不但是冯至创作的高峰，更是中国文学史上不可多得的佳作。这部作品发表之时只有27首没有题目的十四行诗和6首杂诗，但真正伟大的作品不会刻意去长篇累牍，凝练往往铸就经典。时至今日，对《十四行集》的探讨依然为人们津津乐道。品读这部历久弥新的佳作，人们不禁要感叹冯至不动声色却又浸润在每一个字眼中的生命关怀，赞誉它是中国新诗史上"最集中、最充分地表现生命主题的一部诗集，它是一部生命沉思者的歌"，使中国现代诗歌第一次具有了"形而上的品格"①。1941年，搁笔近10年的冯至为躲避空袭来到了距离昆明十多公里外的杨家山林场小屋，仿佛神启一般，"在一个冬日的下午，望着几架银色的飞机在蓝得像结晶体一般的天空里飞翔，想到古人的鹏鸟梦，我就随着脚步的节奏，信口说出一首韵的诗，回家写在纸上，正巧是一首变体的十四行。"②冯至所说的这首便是后来《十四行集》中的第8首。然而这个开端并非偶然。有10年之久，因为无法突破自己，冯至曾长期搁笔。这期间，他留德近7年，深受里尔克与歌德的影响，归国经历战乱之苦，并深入研究杜甫，多年的积淀与经历就在一瞬间爆发了出来，恰如里尔克所言，"诗并非像人们认为的那样是情感（情感我们早都有了），而是经验。为了写一行诗，必须观察许多城市，观察各种人和物，必须认识各种走兽，必须感受鸟雀如何飞翔，必须知晓小花在晨曦中开

---

① 王泽龙：《冯至的〈十四行集〉》，选自《中国现代主义思潮》，武汉：华中师范大学出版社，1995年，第183页。
② 冯至：《十四行集·序》，上海：上海文化生活出版社，1949年。

放的神采……然而,这样回忆还是不够,如果回忆的东西数不胜数,那就还必须能够忘却,必须具备极大的耐心等待这些回忆再度来临。"[①]在长久的体验与观察中,冯至终于找到了倾吐的那个关口,这不是西方存在主义中孤独生命的自我抒写,而是和世间万物休戚相关宇宙大我的生命诗意,是掺杂了中国古典文人的济世情怀与国家意识的生命关怀。于是,从历史上不朽的人物到无名的村童农妇,从千古名城到飞虫小草,只要是与诗人的生命发生深切关联的,诗人都将其倾吐出来,这样,27首十四行诞生了。

27首十四行诗在最初并没有题目,虽然只是简单的数字列举(新中国成立之后的再版加上了题目,也进行了一定的改动,但为了更好地还原诗人当时的情感,这里也将引用原始文献),但却有清晰的内部逻辑,循着诗人对生命的关注,一曲生命的礼赞翩然而至。

首先是生之序曲:

> 我们准备着深深地领受
> 那些意想不到的奇迹,
> 在漫长的岁月里忽然有
> 彗星的出现,狂风乍起;
> ……
> ——《十四行集·一》[②]

诗人开篇以恢弘的视角将我们带入了生的开端,我们时刻都准备"深深地领受",各种我们无法预料的"奇迹",这"奇迹"恰如稍纵即逝的彗星,又如捉摸不定的狂风。我们赞颂一切的生命,哪怕是那些小昆虫,"它们经过了一次交媾,/或是抵御了一次危险,/便结束它们美妙的一生。"[③]生命是纯粹的,也是渺小的,更是珍贵的。在诗人的眼中,"我们整个的生命在承受/狂风乍

[①] 里尔克:《布里格随笔》,选自《里尔克读本》,北京:人民出版社出版,2010年,第189页。
[②] 本文《十四行集》《山水》《伍子胥》皆引自王圣思《昨日之歌》(珠海出版社出版"世纪的回响"丛书·作品卷),这些作品皆是根据生活出版社的旧版所收录的,第73页。
[③] 王圣思:《昨日之歌》,珠海:珠海出版社,1997年,第73页。

起,彗星的出现。"①这不得不让人想到战火下生命的不堪与脆弱,人们时刻都在承受生命之重,不管即将面临的是如何的艰难困苦,我们都在准备"深深地领受",生之意义不在于生死存亡,而在于勇于担当。

"什么能从我们身上脱落,/我们都让它化作尘埃"②,生命需要承受不同的质量,也需要"脱落"掉那些没有意义的东西:

> 把树叶和些过迟的花朵
> 都交给秋风,好舒开树身
> 伸入严冬;我们安排我们
> 在自然里,像蜕化的蝉蛾
> 把残壳都丢在泥里土里;
> ……
> ——《十四行集·二》③

我们不得不将《十四行集》一再地放在战争的背景下解读,因为任何一位文艺工作者都无法脱离当时的环境,作为一位有着强烈的社会意识和民族责任感的人,冯至的《十四行集》强烈的生命诉求正是战争背景下文人一种向内发掘的表现。生命要承受生死离别,要承受荣誉与屈辱,但也应在恰当的时候从身上脱落下那些负担,因为生命是需要时时更新的,蜕变才是生的常态,静止永远都不能为生命保鲜。

紧接着,诗人为我们找到了两种生命的榜样——高大的有加利树和默默无闻的鼠曲草,这是昆明随处可见的两种植物,平凡得让人无视。然而,正是在平凡的生命中,诗人发现了所蕴含的生之不平凡,即诗人在前两首诗中赞誉的生命态度:承担与蜕变。"你秋风里萧萧的玉树——/是一片音乐在我耳旁/筑起一座严肃的庙堂,/让我小心翼翼地走入;"④秋风中伟岸的有加利树

---

① 王圣思:《昨日之歌》,珠海:珠海出版社,1997年,第74页。
② 王圣思:《昨日之歌》,珠海:珠海出版社,1997年,第74页。
③ 王圣思:《昨日之歌》,珠海:珠海出版社,1997年,第74页。
④ 王圣思:《昨日之歌》,珠海:珠海出版社,1997年,第75页。

摇曳着身姿,庄严而又神圣。诗人仿佛感受到"有如一个圣者的身体,/升华了全城市的喧哗"①。战争使人们显得躁动不安,很少有人会静下心来思考生命的意义。而高大的有加利树静默地却耸立着,却已经向人们述说了生命的真谛:"你无时不脱你的躯壳,/凋零里只看着你生长;/在阡陌纵横的田野上。"②(《十四行集·三》)这正是冯至欣赏的生命态度,甚至在最后称有加利树是自己的引导,愿意一步步"化身为你根下的泥土"③。

伟岸自然是生命不可多得的状态,而渺小也同样令人叹服。一丛白茸茸的鼠曲草,平凡得有些不起眼,但在冯至的眼中,它虽默默成就死生,却是不曾辜负了自身的"高贵"与"洁白":"一切的形容、一切喧嚣/到你的身边,有的就凋落/有的化成了你的静默。"④(《十四行集·四》)

生命需要承担,也需要蜕变,这是正当的生命态度。当然,生存的状态可以多样,无论是有加利树还是鼠曲草,都是值得称颂的生命存在。

紧接着是生之困顿。

战争下的生活是艰苦的,人民的苦难也是显而易见的。拉开生的序幕,人生百态尽显:

1. 交流

在第5首诗中,冯至向我们描述了西方著名的水城威尼斯,这当然有诗人留学西欧时的旅居经验。"我永远不会忘记/西方的那座水城,/它是个人世的象征,/千百个寂寞的集体。"⑤众所周知,水城威尼斯的精魂在于连接每个岛屿的桥,上千座桥是人与人交流的象征。"当你向我拉一拉手,/便像一座水上的桥;/当你向我笑一笑,/便象是对面岛上/忽然开了一扇楼窗。"⑥人类的生存赖于交流,没有交流便没有进步。尤其是战争年代,诗人更渴盼人与人之间的深度交流,交流可以驱赶孤独,可以团结力量,可以进步思想。但

---

① 王圣思:《昨日之歌》,珠海:珠海出版社,1997年,第75页。
② 王圣思:《昨日之歌》,珠海:珠海出版社,1997年,第75页。
③ 王圣思:《昨日之歌》,珠海:珠海出版社,1997年,第75页。
④ 王圣思:《昨日之歌》,珠海:珠海出版社,1997年,第76页。
⑤ 王圣思:《昨日之歌》,珠海:珠海出版社,1997年,第77页。
⑥ 王圣思:《昨日之歌》,珠海:珠海出版社,1997年,第77页。

是,"等到了深夜静悄,/只看见窗儿关闭,/桥上也敛了人迹"①,失去了交流的人群是盲目而无助的。中国民众的小民思想妨碍了人们敞开心扉,尤其是在战争的年月中,没有交流,只会产生更多的恐慌和无望。生命的发展亟待人们走出狭隘的思想,打破故步自封的陈旧观念,获取新生需要鲜活的空气。

  看这一队队的驮马
  驮来了远方的货物,
  水也会冲来一些泥沙
  从些不知名的远处,

  风从千万里外也会
  掠来些他乡的叹息;
  我们走过无数的山水,
  随时占有,随时又放弃,
  ……
  ——《十四行集·十五》②

  无交流的悲剧还在延续,我们走过的山山水水,如果无法交流,无法达到心灵的交会,只能成为浮光掠影,一闪而过,看似随时占有,但却也在随时失去。仿佛鸟儿翱翔天空,看似有着"天高任鸟飞"的豪情,却因为相互默默,毫无交流,感到的只是"一无所有"。即使是站在高高的山巅,化身为远景,化身为近处的平原或者平原上交错的蹊径,我们都应该与万物有着心领神会的交流,"哪条路,哪道水,没有关连,/哪阵风,哪片云,没有呼应;"③世间万物原本息息相关,人与人原本心灵交通,却因为我们关闭了心灵的窗口而感到莫名的恐惧与孤独。交流是必须的,与世间的一草一木交流,与陌生的人群交

---

① 王圣思:《昨日之歌》,珠海:珠海出版社,1997年,第77页。
② 王圣思:《昨日之歌》,珠海:珠海出版社,1997年,第85页。
③ 王圣思:《昨日之歌》,珠海:珠海出版社,1997年,第86页。

流,也许"我们的生长,我们的忧愁/是某某山坡的一棵松树,/是某某城上的一片浓雾"①。

2. 爱情

冯至与夫人姚可崑先生携手与共,度过了战时最艰辛的岁月。在后来的《我与冯至》一书中,姚可崑先生记录了她与冯至在条件极其艰苦的情况下,昆明生活的点点滴滴。其间,便提到《十四行集》中有冯至关于他们生活的叙写,尤其是在杨家山林场生活时,面对匮乏的物质条件与精神食粮,甚至是疾病与死亡的侵袭,两人相互勉励,相互扶持,共度难关。战争是残酷的,战争中的爱情更显可贵。这爱情有甜蜜更有忧伤,有相聚的欢欣,更有离别的痛苦,在漫长的生命之涯中,爱情是首唱不完的歌。

> 你说,你最爱看这原野里
> 一条条充满生命的小路,
> 是多少无名行人的步履
> 踏出来这些活泼的道路。
> ——《十四行集·十七》②

在杨家山林场生活时,冯至夫妇经常在山间小道散步。诗歌开篇像是一对亲密的恋人回忆起伴侣喜欢那充满生命的小路,亲切而自然。诗人接着说起心灵的原野上也有一条条蜿蜒的小路,这些路是"寂寞的儿童、白发的夫妇,/还有些年纪青青的男女,/还有死去的朋友,他们都/给我们踏出来这些道路"③。很明显,首句恋人般亲切的表述在这里已彻底转变了方向,诗人所描述的心灵之路,可能是无数先贤们走出的完满人格的精神征途,也可能是战火中无数的革命志士和爱国人士用生命与鲜血铸就的民族之路。爱情,在战火中沉重如斯。

---

① 王圣思:《昨日之歌》,珠海:珠海出版社,1997年,第86页。
② 王圣思:《昨日之歌》,珠海:珠海出版社,1997年,第87页。
③ 王圣思:《昨日之歌》,珠海:珠海出版社,1997年,第87页。

回忆总是美好的,"我们常常度过一个亲密的夜",缱绻的爱意浮于纸上。可是,战火中的不停迁徙让我们根本不知晓这样美丽的夜晚是在怎样的房间里度过,我们所有的记忆是"我们只依稀地记得在黄昏时／来的道路,便算是对它的认识"①,也许明天离开,我们再也不会归来。飘忽不定的战争生活让爱情变得急促,这样亲密的夜晚只能在记忆深处回忆。

"碧云天,黄叶地,晓来谁染霜林醉,总是离人泪。"②爱人的离别是深刻的疼痛,"我们招一招手,随着别离／我们的世界便分成两个",分别的恋人是无归属的婴孩,"身边感到冷,眼前忽然辽阔"③,别离的滋味是五味杂陈,别离的痛楚是肝肠寸断,一次别离,就是一次降生。但是,别离是为了更好的相聚:"我们担负着工作的辛苦,／把冷的变成暖的,生的变成熟的,／各自把个人的世界耕耘。"④(《十四行集·十九》)

爱情可以花前月下、长相厮守,这种"只羡鸳鸯不羡仙"的美好在战争中却很难达到。战火中,为了生存和更伟大的工作,分离是在所难免的。联大时期,姚可崑先生曾只身前往澄江的中山大学教书,独留冯至于西南联大。而奔赴战场的千千万万的战士,又是怎样地与妻儿、恋人分离,为了更伟大的事业,走出了自己的小天地? 人们知道,暂时的别离,只是"为了再见,／好像初次相逢"⑤。美丽的回忆总让人魂牵梦绕,甚至在睡梦中也时时叩响你的心门:"有多少面容,有多少语声／在我们梦里是这般真切,／不管是亲密的还是陌生;／是我自己的生命的分裂。"⑥(《十四行集·二十》)

那日日思念的人儿,那夜夜萦绕耳畔的蜜语甜言,都在睡梦中轻轻走来。思念如阵风,吹入胸怀,却无法将它紧紧攥住。只想在梦里长醉不醒,只因梦里能够与那日夜思念的人儿相聚。

---

① 王圣思:《昨日之歌》,珠海:珠海出版社,1997年,第88页。
② (明)毛晋:《六十种曲·北西厢记》,上海:中华书局,1958年,第77页。
③ 王圣思:《昨日之歌》,珠海:珠海出版社,1997年,第88页。
④ 王圣思:《昨日之歌》,珠海:珠海出版社,1997年,第88页。
⑤ 王圣思:《昨日之歌》,珠海:珠海出版社,1997年,第89页。
⑥ 王圣思:《昨日之歌》,珠海:珠海出版社,1997年,第88页。

3. 战争

战火的喧嚣让诗人沉潜下来思索生命的韧度：生命有着不堪一击的脆弱，也有着百折不挠的坚忍。风雨飘摇的年代，无论是交流的障碍还是爱情的伤痛，都不是战争的直面描写。但处于当时的社会环境，亲眼看到战争的残酷，看到民众的苦难和反动势力的嘴脸，诗人的愤懑之情是无法抑制的，对战争的直面书写也是顺理成章的。

无论是原野上"向着无语的晴空啼哭"的村童或是农妇，还是和暖的阳光下，为了躲避空袭而会聚到郊外的人群，诗人的笔下是战争中赤裸裸的人生百态。那啼哭的农妇（或村童）向天而啼，却毫无声息，"像整个的生命都嵌在/一个框子里，在框子外/没有人生，也没有世界。"① 生命是要承受多大的悲痛才会如此绝望地哭泣？战争带给民众的伤害究竟是什么？妻离子散，家破人亡，颠沛流离，食不果腹……诗人没有去描述火热的战争场面，没有去热情讴歌英勇的战士与无畏的牺牲，诗人只将眼光投向了道旁一个哭啼的普通人，生之大痛仿佛一下子就涌入了心头。

> 和暖的阳光内
> 我们来到郊外，
> 像不同的河水
> 融成一片大海。
>
> 有同样的警醒
> 在我们的心头，
> 是同样的运命
> 在我们的肩头。
> ——《十四行集·七》②

---

① 王圣思：《昨日之歌》，珠海：珠海出版社，1997年，第78页。
② 王圣思：《昨日之歌》，珠海：珠海出版社，1997年，第78—79页。

这是战时昆明常见的一幕,城中的人们为了躲避敌机空袭而来到了郊外的空地上。战火连天,即使是偏安西南的昆明也无可避免,频繁的空袭让人惴惴不安,生命无法保障的危机感时刻萦绕心间。而在接连落了半个月的雨后突然放晴的一天,小狗们被母亲衔到阳光下感受光明的洗礼,即使这一幕没有在它们的记忆里留存,"但这一幕经验/会融入将来的吠声/你们在深夜吠出光明。"[1]战争是漫长的黑夜,但是我们应该看到光明的所在,即使前路艰难,我们也要迎难而上。诗人从一群初生的小狗身上,看到的,是生的希望,是胜利的渴望。虽然,"我们听着狂风里的暴雨",虽然"深夜又是深山,/听着夜雨沉沉",恶劣的环境不能消磨人的意志,反而使人在沉思之后拥抱最张扬的个性。

> 四周这样狭窄,
> 好像回到母胎;
> 神,我深夜祈求
>
> 像个古代的人:
> 给我狭小的心
> 一个大的宇宙!
> ——《十四行集·二十二》[2]

4. 生之光芒

在冯至的眼中,生命要勇于承担,更要勇于蜕变,即使面对种种困顿与艰难,我们依旧能够从人类最优秀的人群中找到生的光芒,这些人类优秀的精英更擅长将生命放置在广阔的空间与无边的时间之中,在平凡之中去体验,感悟生命的息息相关。他们可能只是一位普通的飞行员,为了国家与民族的安危翱翔在蔚蓝色的天空;也可能是"长年在生死的中间生长"的战士,因归

---

[1] 王圣思:《昨日之歌》,珠海:珠海出版社,1997年,第92页。
[2] 王圣思:《昨日之歌》,珠海:珠海出版社,1997年,第91页。

来之后看到堕落的子孙而暗自伤神;也可能是新文学的先驱蔡元培,战士一般战斗的鲁迅,在困顿中不忘民生的杜甫,找寻人生恰当位置的歌德,甚至是要把不幸者渡过来的梵高。

> 是一个旧日的梦想,
> 眼前的人世太纷杂,
> 想依附着鹏鸟飞翔
> 去和宁静的星辰谈话。
>
> 千年的梦想像个老人
> 期待着最好的儿孙——
> 如今有人飞向星辰,
> 却忘不了人世的纷纭。
> ——《十四行集·八》①

千年的鹏鸟梦已经成为现实,旧日的梦想也已实现,但是"飞向星辰"的人却忘不了"人世的纷纭"。战火纷飞的年月里,翱翔在空中的战士们担负着保家卫国的重任,不管天空蓝得多么纯粹,他们早已无暇顾及。他们在学习"怎样运行,怎样陨落,/好把星序排在人间"。抗战的烽火还在燃烧,战士们的热血还在沸腾,翱翔在空中的"雄鹰"们,他们是民族的骄傲。

第9首仿佛有着"现代奥德赛"的味道。长年征战沙场的英雄回到了"堕落的城中",他是为了家园而战,也许归来的只是一个英雄的魂灵,但是家园已经有些狼藉,堕落而变质的子孙让英雄心寒,那"盛年的姿态"早已寻不到了踪迹。但是"你超越了他们,他们已不能/维系住你的向上,你的旷远"②。生命的向上与旷远是冯至一直追寻的状态,面对那些堕落的生灵,我们要找寻自己的位置,维系住生命的品质。这与冯至受到的里尔克的影响是分不开

---

① 王圣思:《昨日之歌》,珠海:珠海出版社,1997年,第79页。
② 王圣思:《昨日之歌》,珠海:珠海出版社,1997年,第81页。

的,"你说,你身边的都同你疏远了,其实这就是你周围扩大的开始。如果你的亲近都离远了,那么你的旷远已经在星空下开展得很广大;你要为你的成长欢喜,可是向那里你不能带进来一个人,要好好对待那些落在后边的人们,在他们面前你要稳定自若,不要用你的怀疑恼怒他们,也不要用你的信心或欢悦惊吓他们,这是他们所不能了解的。"①这是里尔克所赞扬的生命的旷远与向上,也是冯至所欣赏的生命品格。

时刻"暗自保持住自己的光彩"的蔡元培是冯至又一个讴歌的对象。作为新文化运动的先驱与主要推动力量,蔡元培所倡导的"思想自由""兼容并包"的北大学风着实为新文化运动的发展作出了巨大的贡献,也培养了一批又一批优秀的北大学子。冯至赞扬的是蔡元培永葆谦逊的品格,他像长庚或启明星一样,谦逊得与一般的星星没有什么区别,但是在黎明或黄昏的关键时刻,却发出独特的光芒。

> 多少青年人
> 赖你宁静的启示才得到
> 正当的死生,如今你死了,
> 我们深深感到,你已不能
> 参加人类的将来的工作——
> 如果这个世界能够复活,
> 歪扭的事能重新调整。
> ——《十四行集·十》②

这首诗写于1942年3月5日,这天是蔡元培逝世一周年纪念日。冯至对蔡元培的崇敬与辞世的惋惜溢于言表。

多年前,文坛一位举足轻重的人物写了一篇题为《一觉》的散文,对冯至

---

① [奥]里尔克:《给一个青年诗人的十封信》,选自《里尔克读本》,北京:人民出版社出版,2010年,第366页。
② 王圣思:《昨日之歌》,珠海:珠海出版社,1997年,第81页。

及其同仁的文学实践进行了肯定与鼓励。多年后,冯至写了一首诗表达了他深沉的师生情谊与对"导师"的深切敬意。这个人便是鲁迅,这首诗便是《十四行集》中的第 11 首。还在北大读书的冯至曾受教于鲁迅,"浅草—沉钟"社也是得到了鲁迅的指导并赞誉为"中国最坚韧,最诚实,扎实得最久的团体"(《中国新文学大系·小说二集导言》)。作为冯至最为敬重的老师之一,他对鲁迅的感激与敬重是显而易见的。鲁迅一直以来都是作为新文学的斗士出现的,他一生致力于批评国民性和黑暗的社会,因此,他也一生受到种种攻击与威胁。

> 我永久怀着感谢的深情
> 望着你,为了我们的时代:
> 它被些愚蠢的人们毁坏,
> 可是它的维护人却一生
>
> 被摒弃在这个世界以外——
> 你有几回望出一线光明,
> 转过头来又有乌云遮盖。
> ——《十四行集·十一》[①]

冯至赞扬着鲁迅那热烈的战斗精神与批判精神,也为鲁迅被摒弃在时代之外感到痛心不已。

在荒村中忍受饥饿,却仍要"为了人间的沦亡"唱出哀歌的杜甫是冯至又一个讴歌对象。还有那生长在平凡之家,却好像循着宇宙的足迹不断焕发出新的生机的歌德也是冯至重要的精神导师。众所周知,西南联大时期,冯至对杜甫和歌德作了非常深入的研究,并完成了《杜甫传》和《歌德论述》的大部分。在战争的大背景下,饱受迁徙之苦的冯至更深切地感受到杜甫当时的

---

① 王圣思:《昨日之歌》,珠海:珠海出版社,1997 年,第 82 页。

情感,"1937年抗日战争爆发,同济大学内迁,我随校辗转金华、赣县、昆明,一路上备极艰苦。从南昌坐小船到赣县,走了七八天,当时手头正带了一部日本版的《杜工部选集》,一路读着,愈读愈有味儿,自己正在流亡中,对杜诗中'东胡反未已,臣甫愤所切'一类诗句,体味弥深,很觉亲切。"①姚可崑在后来的《我与冯至》中也提到"冯至青年时对杜甫只知道他是伟大的诗人,但好像与他无缘,他'敬而远之'。在战争时间,身受颠沛流离之苦,亲眼看见'丧乱死多门',才感到杜甫诗与他所处的时代和人民血肉相连,休戚与共,越读越感到亲切,再也不'敬而远之',转而'近而敬之'了"。冯至称赞杜甫那种心怀天地,关怀百姓疾苦的无私精神和献身情怀,对冯至来说,只有敢于承担世间苦难的生命才是有价值的,杜甫用自己的血与泪记录着人间疾苦,即使深陷贫穷疾苦,他的胸怀,依然是个大大的宇宙。

新文化运动伊始,冯至和其他的青年知识分子一样,被郭沫若翻译的歌德《少年维特之烦恼》(1922年,上海泰东图书局出版)深深吸引,少年的渴盼与苦恼,躁动与张扬正是那个年代青年的共性。而随着了解的加深,尤其是在留德期间,冯至买下了41册的《歌德全集》,他对歌德渐渐敬畏起来。冯至两位重要的"心灵导师",一位是里尔克,一位便是歌德。歌德的蜕变论、肯定精神、思与行的结合等思想都给冯至以极大的影响。世间万物,只有遵循一定的法则,才能运行,在死与变中,达到生命的平衡,歌德便是按照宇宙的运行完成了自己一生的典范。人的一生如何在平凡中取得不平凡的成绩,如何在宇宙中找寻自己最恰当的位置,冯至从歌德的身上得到了答案。

> 从沉重的病中换来新的健康,
> 从绝望的爱里换来新的营养,
> 你知道飞蛾为什么投向火焰,
>
> 蛇为什么脱去旧皮才能生长;

---

① 冯至:《冯至全集》第五卷,石家庄:河北教育出版社,1999年,第234页。

> 万物都在享用你的那句名言,
> 它道破一切生的意义:"死和变。"
> ——《十四行集·十三》①

还有那用灵魂作画的梵高,他用热情点燃了画布。"向日的黄花""浓郁的扁柏",还有烈日下行走的人群……梵高用艺术拯救苦难的民众,期盼在苦难的人群里画出"吊桥"和"轻倩的船",将不幸者带离苦难。这也是冯至欣赏的对苦难的担当意识,是冯至眼中正当的生命意义,也是人类高尚品格的引航。

5. 生之转机

在众多的光辉人物形象中,诗人找到了生命最诚挚的品质,也在困厄之中看到了生命的转机。

> 这里几千年前
> 处处好像已经
> 有我们的生命;
> 我们未降生前
>
> 一个歌声已经
> 从变换的天空
> 唱绿草和青松
> 唱我们的运命。
> ——《十四行集·二十四》②

生命是短暂的,也是永恒的,只要生命的光芒延续着,即使在没有降生的千年之前,我们也依然存在。世间一切生灵都息息相关,从绿草和青松之间,

---

① 王圣思:《昨日之歌》,珠海:珠海出版社,1997年,第84页。
② 王圣思:《昨日之歌》,珠海:珠海出版社,1997年,第92页。

吟咏着生命的华章,吟咏着自然万物共同的命运。"看那小的飞虫,/在它的飞翔内/时时都是永生。"①一个小飞虫,也是生命的一种,在它细小翅膀的扇动中,我们能够感受到自然万物生命的气息,感受生命的延绵。

"案头摆设着用具,/架上陈列着书籍",这样简朴的生活,更适合生命的沉潜,在静悟里思索生命的真谛,是要有些许的迷惘与困惑,但当静夜里熟睡时,生命便在身体内呐喊:"空气在身内游戏/海盐在血里游戏——/梦里可能听得到/天和海向我们呼叫?"(《十四行集·二十五》)②战争洗劫了一切,但却无法消磨掉生的意志。梦中还能听到蓝天和大海的呼叫,这呼叫是向上的生命品格的呼叫,是生生不息的呼叫。面对我们每天走过的熟悉的小路,我们更喜欢去探寻林间隐秘的小路,陌路的惶恐被豁然开朗的兴奋冲淡,生命的新奇与惊叹往往在不经意间显现。"我们的身边有多少事物/向我们要求新的发现:/不要觉得一切都已熟悉,/到死时抚摸自己的发肤/生了疑问:这是谁的身体?"③对生命的重新发现是诗人一再强调的生命状态,平凡之中蕴含着生命的真理,关联中隐含着宇宙的定律。当生命被诗人一再地强调,其实我们并不必为这些看似形而上的东西深感迷惘,生命就在你的指尖。即使是自己,那在宇宙万物中不断变化的自己,时时都在"蜕变",时时都在改变,只有不断地发现新的自我,才能摒弃陌生感,感受生的实在。

> 从一片泛滥无形的水里
> 取水人取来椭圆的一瓶,
> 这点水就得到了一个定形;
> 看,在秋风里飘扬的风旗,
>
> 它把住些把不住的事体,
> 让远方的光、远方的黑夜

---

① 王圣思:《昨日之歌》,珠海:珠海出版社,1997年,第93页。
② 王圣思:《昨日之歌》,珠海:珠海出版社,1997年,第93—94页。
③ 王圣思:《昨日之歌》,珠海:珠海出版社,1997年,第94页。

和些远方的草木的荣谢,

还有一个奔向无穷的心意,

都保留一些在这面旗上。

我们空空听过一夜风声,

空看了一天的草黄叶红,

向何处安排我们的思想?

但愿这些诗像一面风旗

把住一些把不住的事体。

——《十四行集·二十七》①

作为《十四行集》的最后一首,诗人给了我们一个交代。这首诗仿佛能看到歌德的影子,在《西东合集》中的《诗歌与雕塑》中,歌德赞美"歌啊,你便鸣响;/诗人纯洁的手掬水,/水便凝成球状",这首诗说的是诗情,更是生命。"一个实在本质,不能求广,只能求深,需要一个严格的定型"②,诗人试图从纷繁复杂的世界中把握住生活的内核,剖去现象找寻最实质的东西。生命是漫无边际的海洋,但我们终究要做的,却是从这片泛滥无形的水里,"取来椭圆的一瓶",这些诗也如风中的旗帜,能够"把住一些把不住的事体"。

这是一个完满的收场,诗人也终于对自己有了一个交代。不得不承认,《十四行集》是抗战诗歌的伟大产物,更是新诗史上难得的宝贵财富。"在我的十四行诗中,可以看出在抗战时期一个知识分子怎样对待外界的事物,对待自己钦佩的人物,对自然界、生物的感受。"③诗人保持了一贯的谦逊,极尽平淡地描述了这样一部时刻闪耀光辉的作品。在战争时期,能够摒除尘世的

---

① 王圣思:《昨日之歌》,珠海:珠海出版社,1997年,第94—95页。
② 冯至:《一个对于时代的批评》,选自《冯至学术论著自选集》,北京:北京师范学院出版社,1992年,第465页。
③ 冯至:《谈诗歌创作》,选自《冯至全集》第五卷,石家庄:河北教育出版社,1999年,第249—250页。

纷杂而又时刻保持对现实的关怀,这样的境界是难能可贵的。冯至最早展现了这种诗人的自觉,他将立足点放在了对生命的关怀上,一曲生命的赞歌,唱开了多少人的心扉,又沉潜了多少人的躁动?恰如里尔克在《致奥尔弗斯的十四行诗》中所言:"向寂静的土地说:我流动。/向急速的流水说:我在。"

(三)文体意识的自觉

文体建设向来是中国新诗的软肋。随着新文化运动的兴起,诗歌作为一种崭新的文学形式也确立了下来。尽管从胡适之最初的"尝试",到刘半农、朱自清、俞平伯、朱湘等人的文体建设的种种构想,文艺工作者们的新诗文体的建设之路从未停止,但盲目的西方借鉴和新诗历史的短暂性都给诗体建设带来重重苦难。抗战时期,"中年写作"的冯至为我们奉上了十四行变体诗集《十四行集》、诗化小说《伍子胥》和诗化散文《山水》,对文体的自觉运用和改进,可谓是冯至抗战时期在诗歌界的又一重大成就,尤其是十四行体的自觉践行,是中国十四行诗成熟的标志,也是三四十年代中国新诗成熟的实绩之一。自十四行体在 20 年代传入中国后,经历了 20 年代的定名,30 年代的热潮,在冯至手中完成了融合。在进行十四行体诗创作时,冯至深受中国古典诗歌和里尔克等人影响,呈现出独特的冯至式抒写。

十四行诗又译"商籁体",为意大利文 sonetto、英文 Sonnet 的音译。这种诗体源于意大利民间,文艺复兴时期被文人采用,经彼得拉克和但丁之手,成为一种格律严谨的诗体。16 世纪初,十四行诗传入英国,开始风行。莎士比亚、弥尔顿、华兹华斯、雪莱、济慈、叶芝、奥登、里尔克等欧洲诗史上耀眼的明星,都与十四行诗结下过不解之缘。大体而言,英语语系中的十四行诗结构有彼得拉克体(意大利体)和莎士比亚体。前者由两节四行诗和两节三行诗组成,每行 11 个音节,韵式为 ABBA、ABBA、CDE、CDE 或 ABBA、ABBA、CDC、CDC。后者由三节四行诗和两行对句组成,每行 10 个音节,韵式为 ABAB、CDCD、EFEF、GG。十四行诗音韵回旋,具有很强的抒情性,在欧洲诗史上,这一诗体创造了辉煌的业绩。

20 世纪 20 年代,随着新文化运动的兴起,十四行体传入中国。朱自清曾称闻一多"是第一个使人注意'商籁'的人"①。自然,在闻一多之前,胡适、郑伯奇等人已经进行了十四行诗的创作。20年代,闻一多、徐志摩、郭沫若、穆木天、朱湘、李金发等新诗诗人都有意开始十四行诗的探索与创作,取得了重要成绩,一批十四行诗的理论研究也相继问世。闻一多的《诗底音节的研究》(1921年)、《律诗底研究》(1922年)中,已经开始了"商勒"体的新译名。姚梦侃的《论新诗的音节》(1925年)、《再论新诗的音节》(1926年)也从理论上肯定了十四行体移植中国的可能性与现实操作性。1928年3月,《新月》创刊,在创刊号上发表了闻一多翻译的勃朗宁夫人的一批十四行情诗,并正式定名"sonnet"为"商籁体"。同时,徐志摩对勃朗宁夫人的十四行诗进行了解读与评论,这极大地引发了读者的兴趣。由于《新月》以及《诗刊》的积极提倡,十四行诗在30年代呈现出繁荣局面。对十四行体的引进与定名作出过重大贡献的闻一多在《谈商籁体》一文中,融合中国古典律诗格式,为十四行体作了一次精妙的解读。1942年,冯至的《十四行集》公开发表,标志着中国十四行诗经过二三十年代的进化与发展,终于走上了成熟。连朱自清都称赞"这集子可以说建立了中国十四行的基础,使得想来怀疑这诗体的人也相信它可以在中国诗里活下去。无韵体和十四行(或商籁)值得继续发展;别种外国诗体也将融化在中国诗里。这是模仿,同时是创造,到了头都会变成我们自己的"②。其幽微的哲思、雕塑般的意象以及形式的灵活运用,都让人看到了一个融汇中西的中国诗人诗体的自觉建构,中国新诗一路披荆斩棘,终于实现了新诗的自觉。

在抗战时期,诗人冯至的声音绝对是空前而独特的。他的《十四行集》从面世之初就被冠为"沉思的诗"(李广田语)、"哲理诗""咏物诗""中年写作"等众多头衔。一部薄薄的《十四行集》,吟唱出生命的平凡而伟大,也让人看到了中国诗人对文体的自觉建构。

1. 哲理

产生于抗战大后方时期的《十四行集》在创作之初便充满着戏剧性的偶

---

① 朱自清:《新诗杂话·诗的形式》,上海:作家书屋,1947年,第141页。
② 朱自清:《新诗杂话·诗的形式》,上海:作家书屋,1947年,第143页。

然,却是诗人十多年的经验与沉潜的结果。其诗"从敏锐的感觉出发,在日常的境界里体味出精妙的哲理"①,这当然也与十四行体式宜于表现哲思有关,这一外来形式"由于它的层层上升而又下降,渐渐集中而又渐渐解开,以及它的错综而又整齐,它的韵法之穿来又插去,它本来是最适于表现沉思的诗的"②。但更重要的是,诗人善于从日常生活的平凡事物中发现诗意,在精微之处发掘生命的哲理。

"我们准备着深深地领受,/那些意想不到的奇迹",在广阔的宇宙万物之中,"奇迹"随处可见,哪怕是那些微小的昆虫,"他么经过了一次交媾/或是抵御了一次危险,/便结束它们美妙的一生。"③这就是生命的意义,不在乎有多么强健、多么伟岸,而在于生命的实在,平凡之中的伟大。秋风中飘零着落叶与花瓣,自然万物进入了"一岁一枯荣"的更新阶段,这一惯常的情景中也蕴含着生命在蜕变中永恒的真理。诗人异常钟情于歌德晚年的业绩,他的"节制""蜕变""断念""法则"等思想对冯至影响深刻,冯至甚至赞誉歌德道:"万物都在享用你的那句名言,/它道破一切生的意义:'死和变。'"④

在阡陌纵横的原野之上,高耸的有加利树"无时不脱落你的躯壳",凋零里的成长再一次道出了生的意义。而默默无闻的鼠曲草,虽然渺小,却"不辜负高贵和洁白,/默默成就你的死生"。这是平凡的鼠曲草"伟大的骄傲",也是诗人所赞扬的"正当的死生"。就连西方的水城威尼斯,诗人都能在建筑的独特性中发现人与人交流的重要性。阳光下的小狗,在感受了光与暖之后,未来的这次经验必定成就光的狂吠。这里,诗人一方面表达了自己在抗战中的希望,另一方面,从小狗的身上,发现了"经验"的重要性。

中国自古就有"哲理诗"一路,"竹外桃花三两枝,春江水暖鸭先知"(苏轼《惠崇春江晚景》),"等闲识得东风面,万紫千红总是春"(《朱熹《春日》)。由于有着留德 7 年的经历,冯至的哲理性抒写有着中西结合的精妙。"他从歌德、西方现代派和存在主义哲学那儿汲取了诗的某些思维方式和表现策

---

① 朱自清:《新诗杂话·诗的哲理》,上海:作家书屋,1947 年,第 35 页。
② 李广田:《沉思的诗》,选自《明日文艺》第 1 期,1943 年 10 月。
③ 王圣思:《昨日之歌》,珠海:珠海出版社,1997 年,第 73 页。
④ 王圣思:《昨日之歌》,珠海:珠海出版社,1997 年,第 84 页。

略,加以本土化转换;又从老杜那儿继承了中国诗歌的忧患意识,加以现代化转换;唱出了属于自己的歌。"①一方面,冯至深受西方存在主义的影响,里尔克的"体验""转化",歌德的"断念""蜕变"等思想深深地影响着冯至对外界的看法,另一方面,中国道家与禅宗的体悟让冯至的生命体验少了西方现代主义诗歌的阴郁与悲愤,转而显现出一种从容与沉静。冯至的生命哲学中有着鲜明的中国传统人文精神,却也不乏西方存在主义的精髓,这正是冯至超越他人之所在。也难怪冯至会在《昆明往事》中这样记述自己在杨家山林场创作时的状态,"我在茅屋里越住越亲切,这种亲切之感在城里是难以想象的,在城市里人们忙于生活,对风风雨雨、日月星辰好像都失去了感应,他们都被繁琐的生活给淹没了,在这里,自然界的一切都显露出来,无时无刻不在跟人对话,那真是风声雨声,声声入耳,云形树态,无不启人深思。"②找寻宇宙"大我",在自然万物之中感受生命的决断与蜕变,在生与死中体验生命的真谛。冯至的哲理渗透在他笔下的一花一草、一人一物,真正的哲理,不是束之高阁的古奥,而是在平凡之中显露。

2. 造型

唐湜在评论《十四行集》时曾说:"诗人在奔向一个新的世界,他经历了从浪漫蒂克到克腊西克,从音乐到雕塑,从流动到凝练的转变,这像是自然地气候般的变化,'从浩无涯涘的海洋转向凝重的山岳'。他要把屹立而沉默的无人认识的'新',一个宇宙的觉识表现出来。"③确实,冯至中年创作的《十四行集》深受里尔克"咏物诗"的影响,而里尔克"从他倾心崇拜的大师罗丹那里学会了一件事:工作——工匠一般地工作"④,这"工匠一般地工作"便是"观看",一丝不苟地观看,从直觉形象中反映客观现实,"放弃如无缰之马的感情陶醉,最大限度地浓缩素材,使轮廓固定化,将注意力毫无保留地凝聚在

---

① 吕进:《冯至的十四行——〈什么从我们身上脱落〉解读》,选自《对话与重建 中国现代诗学札记》,重庆:西南师范大学出版社,2002年,第209页。
② 冯至:《昆明往事》,原载于《新文学史料》,后收入《立斜阳集》,北京:工人出版社,1988年。
③ 唐湜:《新意度集》,上海:三联书店,1989年,第118页。
④ 冯至:《里尔克——为纪十周年祭日作》,选自《里尔克读本》,北京:人民文学出版社,2010年,第2页。

形式不断提高的要求上"①,所以他的诗总是富有象征性和雕塑美,呈现出一种"显形"美。而这,正是冯至创作《十四行集》的不懈追求。

意象的雕塑美。诗人感叹"罗丹怎样从生硬的石中雕琢出他生动的雕像,里尔克便怎样从文字中锻炼他的《新诗》里边的诗"②。里尔克的诗歌在罗丹的影响下,呈现出"物"的定型,诗歌的观察与体验,凝练与生动都从他雕塑般的意象敷衍开来。"从一片泛滥无形的水里/取水人取来椭圆的一瓶,/这点水就得到一个定型。"冯至在《十四行集》的最后一首道出了他孜孜以求的目标,那便是像"秋风里飘扬的风旗"一般,"把住一些把不住的事体"。这就决定了对意象的呈像定型,即建构诗的抒情形象。

　　我永远不会忘记
　　西方的那座水城,
　　它是个人世的象征,
　　千百个寂寞的集体。

　　一个寂寞是一座岛,
　　一座座都结成朋友。
　　当你向我拉一拉手,
　　便像一座水上的桥;

　　当你向我笑一笑,
　　便像是对面岛上
　　忽然开了一扇楼窗。

　　等到了夜深静悄。

---

① 霍尔特胡森:《里尔克》,上海:三联书店,1988年,第112页。
② 冯至:《里尔克——为纪十周年祭日作》,选自《里尔克读本》,北京:人民文学出版社,2010年,第2页。

只看见窗儿关闭,

桥上也敛了人迹。①

这是《十四行集》中的第 5 首,表面上是在描绘西方的水城威尼斯,但诗人其实是在借助威尼斯极具特色的建筑结构表现人与人之间的交流与沟通等抽象的概念。威尼斯由众多岛屿组成,相互之间的联系要靠千百座形态各异的桥。诗人将抽象的心灵沟通物化成众多桥梁相连接的威尼斯,化无形为有形。人与人之间的沟通与交流恰似岛屿之间相互连接的那座"桥",没有了"桥",水城威尼斯会成为一群分散的岛屿,人和人的心灵没有交合,也只能是在恐惧与无望的黑暗中度过,永远无法超越自己,实现生命的蜕变。"当你向我拉一拉手,便像一座水上的桥;/当你向我笑一笑,便像是对面岛上/忽然开了一扇楼窗。"诗人将自己所要表达的意思具象化,使得整首诗骨骼清晰,意蕴深远。小城威尼斯的构造恰如人与人之间的关系,只有"桥",那相互沟通与交流的小桥,才能成就威尼斯的独特,也才能完成生命的关联与沟通。这是诗人为威尼斯的一个定型,更是心灵的定形呈像,诗歌的雕塑美跃然纸上。

意象的写意美。唐湜先生认为:"成熟的意象,一方面有着质上的充实,质上的凝定,另一方面又必须有量上的广阔伸展,意义的无限引申。前者是由于诗人的感觉上的尖锐与坚定,后者则由于诗人的思想力的活跃与虚心。"②这个论述很好地概括了诗人冯至在《十四行集》造型上的意象美。一方面,诗人的意象显示出雕刻般的凝神定型,充满着无限的风神;另一方面,诗人凝定的意象并非工笔细刻、精雕细琢般地完整呈现,而是写意式的点睛之笔,在灵光一闪的瞬间抓住意象的神韵,并运用形象化的语言烘托,使之凸显。诗人笔下的有加利树,只是一棵"秋风里萧萧的玉树",但这有加利树究竟有怎样的枝叶,有怎样伟岸的身躯,它在秋日里是如何凋零了叶子,蜕变了躯壳,诗人完全没有作细节上的处理,只是用了更形象化的"音乐""庙堂""高塔""圣者"等这些可感的形象将有加利树植根在我们的想象中。但是这

---

① 王圣思:《昨日之歌》,珠海:珠海出版社,1997 年,第 77 页。
② 唐湜:《论意象》,选自《新意度集》,上海:三联书店,1989 年,第 13 页。

样的留白反而使一棵挺拔、伟岸、充满着向上的生命力的有加利树形象深植人心。这是诗人的高妙,也是诗歌写意式意象抒写的精妙之处。

> 你的热情到处燃起火,
> 你把一束向日的黄花,
> 燃着了,浓郁的扁柏
> 燃着了,还有在烈日下
>
> 行走的人们,他们也是
> 向着高处呼吁的火焰。①

诗人在第十四首讴歌了生命的光芒之一——画家梵高。然而,梵高在诗歌之中重未正面出现过,我们甚至不知道梵高有着怎样的面容,怎样的装束,又是怎样热爱着比生命还要重要的绘画,但是,诗人却巧妙地在画家的绘画中为我们速写出了梵高的肖像。"向日的黄花""浓郁的扁柏""烈日下行走的人们",这些有着浓郁生命力的具体物象为我们描绘出了一个热情似火、嗜画如命、狂躁而不安的生命体,那热情从画布上蔓延下来,可以直抵人心。而梵高那种对生命的关注与苦难意识的承担精神,也是通过一个巧妙的比喻作结,"这中间你画了吊桥,/画了轻倩的船:你可要/把些不幸者迎接过来?"诗中的意象让我们超脱了具体和感官,走入了精神与思想,这样的写意式抒写也让人看到了冯至深受中国古典诗歌浸润的一面。

3. 变式

冯至的《十四行集》是中国诗歌史上十四体自觉运用的成熟之作,除却它深厚的哲思与造型上的意象美,还有十四行体的巧妙运用。很多人都说冯至不是一个合格的学生,因为他的十四行体的借鉴运用有着自己的特色,用他自己的话说:"我写十四行,并没有严格遵守这种诗体的传统格式,而是在里

---

① 王圣思:《昨日之歌》,珠海:珠海出版社,1997年,第84—85页。

尔克的影响下采用变体,利用十四行结构上的特点保持语调的自然。"①《十四行集》的段式采用的是彼得拉克体,即四四三三,并且注意到了闻一多所强调的"起承转合",但用韵方面却并没有完全遵循意体(ABBA、ABBA、CDE、CDE 或 ABBA、ABBA、CDC、CDC),而是采用了变式。

  什么能从我们身上脱落,
  我们都让它化作尘埃;
  我们安排我们在这个时代
  像秋日的树木,一棵棵

  把树叶和些过迟的花朵
  都交给秋风,好舒展开树身
  伸入严冬;我们安排我们
  在自然里,像蜕化的蝉蛾

  把残壳都丢在泥里土里;
  我们把我们安排给那个
  未来的死亡,像一段歌曲,

  歌声从音乐的身上脱落,
  归终剩下音乐的身躯
  化作一脉的青山默默。
  ——《十四行集·二》②

这首诗的节奏与韵脚是"ABBA、ACCA、DED、EDE",这样排列,主要是为了贴合内容的需要。诗人第一节"起",第二节"承"接第一节的韵律,有种层

---

① 冯至:《诗文自选琐记》,载《新文学史料》1983 年第 2 期。
② 王圣思:《昨日之歌》,珠海:珠海出版社,1997 年,第 74 页。

层上升的感觉,而在第三节陡然"转"至第四节"合",这样渐渐地集中又散开的严谨格式更能突显诗人的意图,那生命的蜕变与成长,在自然万物和宇宙万象中,发现那个新的自我。诗人赞同里尔克所认为的十四行诗是最自由的,要给这种固定的形式以变化、提高,甚至任何处理。在这种启示下,"尽量不让十四行传统的格律约束我的思想,而让我的思想能在十四行的结构里运转自如。"[①]如第10首,用韵为:ABBA、CCCC、DDC、EEC;第11首,用韵为:ABBA、ACCA、DDB、DBB;第16首,用韵为:ABAB、ABAB、CDD、DBB;第26首,用韵为:ABBA、BAAB、CAC、DAD。诗人用韵的灵活是跟诗情的复杂性与丰富性有关的,为了达到诗歌内容与形式的协调,冯至在运用十四行体这一外来诗体的时候,采取了变通。

很多学者认为,中国诗人很容易接受十四行诗这样格律严谨的诗体,与中国传统格律诗有相近的审美功能不无关系。当然,在中国古典文学的熏陶下成长起来的冯至也无可避免地沾染着古典意蕴,加之他深厚的西方文学素养,对十四行体的消化与吸收是轻而易举又别具匠心的。《十四行集》中巧取中西之长,杂糅成一部冯至之歌。诗中重复出现的对仗造成了语调上的复沓,悠远的哲思,绵延的语调,使冯至的诗作更加地意味深长。

"从沉重的病中换来新的健康,/从绝望的爱里换来新的营养,/你知道飞蛾为什么投向火焰,/蛇为什么脱去旧皮才能生长",诗句回环式的对称成就了诗意的流动,诗思仿佛涓涓细流,浸入内心深处。"什么是我们的实在?/从远方什么也带不来,/从面前什么也带不走"。生命的陌生和无助在对仗的使用下骤然给人以紧迫感,这种压抑的情愫升华了哲理的现实效应,更加契合诗人的哲理化抒写。

  我们站在高高的山巅
  化身为一望无际的远景,
  化成面前的广漠的平原,

---

① 冯至:《冯至全集》第5卷,石家庄:河北教育出版社,1999年,第97页。

化成平原上交错的蹊径。

哪条路,哪道水,没有关连,
哪阵风,哪片云,没有呼应;
我们走过的城市、山川,
都化成了我们的生命。

我们的生长,我们的忧愁
是某某山坡的一棵松树,
是某某城上的一片浓雾;

我们随着风吹,随着水流,
化成平原上交错的蹊径,
化成蹊径上行人的生命。
——《十四行集·十六》①

这首诗将对仗发挥到了极致,全诗用了四组对仗,使音韵的和谐达到了极致,诗歌中的种种意象仿佛已经脱离了诗歌本身,汇成一股清流,向前涌进。宇宙万物的息息相关,万事万物期望在关联中探寻新的发现,诗人没有用太恢弘的字眼,平淡中朴实的静物却已道出了生命的真谛。

(四)结语

1991年春,87岁高龄的冯至写下了一份诗歌体的《自传》:

三十年代我否定过我二十年代的诗歌,
五十年代我否定过我四十年代的创作,

---

① 王圣思:《昨日之歌》,珠海:珠海出版社,1997年,第86页。

六十年代、七十年代我把过去的一切都说成错。

八十年代我又悔恨否定的事物这么多，
于是又否定了过去的那些否定。
我这一生都像是在"否定"里生活，
纵使否定的否定里也有肯定。

到底应该肯定什么，否定什么？
进入九十年代，要有些清醒，
才明白，人生最难得的是"自知之明"。[1]

这是一位智者的人生态度，在否定与肯定中找寻生命进步的阶梯，而归宗来看，便是那难能可贵的四个字："自知之明"。冯至的一生表面看起波澜不惊，却潜藏着心灵的暗涌。他始终保持着谦逊、真诚的人生态度，从那沉静的外表与优雅的文字中，我们感受着生命在生活中渺小着却也伟大着。

也曾有人这样描绘冯至，"一个具有中国灵魂的诺瓦利斯，一个保持'谦虚的心'的里尔克，一个勇于承担生命重担的伍子胥，一个威廉·迈斯特式的歌德，一个'人民诗人'杜甫……"[2]冯至的一生在中西文化的碰撞交流中成就了完满的自我，他所热爱的诺瓦利斯、里尔克、歌德、伍子胥、杜甫……都是人类精神历程中熠熠生辉的明星，这些令人肃然起敬的精魂在宇宙之间承担起生命的重量，为整个人类的精神找寻永久的家园。

一位诗才卓越的诗人，一位硕果累累的学者，冯至用他的一生践行着生命的诺言，忍耐并且工作。他用心灵倾听世界，为我们留下了那真实而动人的音符。他像一阵轻风，吹开紧闭的心门；像一场细雨，浸润干涸的心田。他像青山默默，没有言语却伟岸；像碧水悠悠，轻倩着生命的活跃。人世间一切

---

[1] 冯至：《自传》，见于香港《诗双月刊·冯至专号》，1991年7月1日；初收入《文坛边缘随笔》（上海书店出版社，1995年）；后收入《冯至全集》第二卷，石家庄：河北教育出版社，1999年，第291页。

[2] 张辉：《冯至——未完成的自我》北京：文津出版社，2004年，第8页。

浮夸的语言到了他的身边,都凋敝成暗淡的花环,因为,真正的伟大是无法用言语去修饰的。我们只能用冯至一生的精神导师里尔克的话来完成这仓促的结局,于他,是那么恰如其分:

> 他们要开花,
> 开花是灿烂的;可是我们要成熟,
> 这叫居于幽暗而自己努力。

三、艾青抗战大后方诗歌研究

(一)流浪中的"太阳"与"火把"

1910年出生于金华畈田蒋村的艾青,原名蒋海澄,因父母听信算命先生"克父母"的卜卦,将他送养至大堰河处。大堰河的勤劳善良给了艾青最初的母亲形象,他在自己的雇农家不但感受到了手足的温暖,也开始初步认识到世界的不公正。5岁之后,艾青被接回父母家,他对一切都显得极不习惯,父母生活的富足和养母的贫弱成为鲜明对比。1928年,初中毕业的艾青考取了杭州国立艺术院,在这里他认识了改变他一生的林风眠。因为林校长的鼓励,艾青怀揣着天真而浪漫的理想,决心前往法国学习绘画。在巴黎的资本主义氛围下,艾青开始了初期的诗歌创作。法国的生活经历对艾青的创作造成了很大的影响,印象派的绘画观念深入到了他诗歌的构造之中,弱国的屈辱情感激发了他深沉的爱国情怀。1932年,艾青踏上了回国的邮轮。因参加革命活动而被投入监狱的他,在1933年1月写下了惊动文坛的《大堰河——我的保姆》,他文字下面的爱和愤怒感动了当时的文坛前辈,不枯瘦不喧哗的平易自然,纵情而又亲切,唱出了被他的情愫所温暖的现实生活的几幅面影[①]。

---

① 胡风语,摘自《吹芦笛的诗人》,1936年12月20日。

1937年"七七事变"爆发,全国陷入战争的火海。艾青和同事们连夜赶制出《天下日报》的新闻大样,面对祖国终究不可避免的厄运,艾青内心一片荒凉凄清。10月份,在杭州蕙兰中学教书的艾青收到胡风来自上海的信件,决定一家人动身去往中部的武汉。在杭州滞留期间,他仍然不竭止地进行文学创作,如《他起来了》发表在1937年11月16日出版的《七月》第1集第3期上,16日出版的《七月》也刊载了他作于上海沦陷之际的《火的笑》。但随着日军的逼近,杭州的工作显得十分困难,1937年的冬天,艾青回到金华躲避战乱。11月,艾青携妻带子一路颠簸来到武汉。武汉作为内迁重庆的停歇点,显得拥挤杂乱,艾青一家暂以汉口车站大智路附近的旅馆为落脚处,物质条件的简陋不但没有挫败诗人的意志,反而让他对光明未来产生更强的渴望。12月13日,艾青听到了南京城陷落的噩耗,国破家亡的悲凉爬满了背脊,艾青感到自己成了亡国的遗民!28日的晚上,艾青写下了《雪落在中国的土地上》。诗文作毕,窗外真正飘起了大雪,漆黑幽暗的大街在风雪之中,和当时的祖国一样呼啸着哀歌。这首诗在《七月》第7期发表后,很快便成为了大后方诗歌朗诵会的重点篇目,很多人借此诗表达自己的亡国悲愤,一首诗感召了一个苦难的民族。1938年1月27日,经由胡风的推荐,艾青来到阎锡山成立的民族革命大学任教,艾青一家又由汉口迁往了山西临汾。路途漫远,艾青在途中创作了《手推车》《驴子》《骆驼》等。3月份的艾青从山西流浪到了西安,他与陶今也、陈执中等人组成了"抗日艺术队",进行抗战宣传。本月末,艾青回到了武汉。在这里完成了第一部抒情长篇《向太阳》。这是他创作的第一首抒情长篇,全诗分为"我起来""街上""昨天""日出""太阳之歌""太阳照在""在太阳底下""今天""我向太阳"9个部分,从过去弱小人物悲惨命运、苦难生活的排列,到千呼万唤始出来的太阳的赞美。太阳是美的,永生的姿态让人们忘却了暂时的坎坷,让人"想起法兰西 美利坚的革命/想起 博爱 平等 自由/想起 德谟克拉西/想起 《马赛曲》《国际歌》/想起 华盛顿 列宁 孙逸仙/和一切把人类从苦难里拯救出来的人物的名字"。太阳的照射使得无限痛苦的迷雾散去,使得沉睡的田园苏醒,也使得伤兵带上淳朴的微笑,少女唱出勇敢的歌。接着,诗人从大我回归到浓缩之后的"小我","我"代表着"人民哑了声音的嘴唇/……未老先衰的/啊！快要佝偻了的背脊",但同时"我"又和新生太阳一样俯视生活在新天地的百姓"我欢喜清晨郊外的军号的悠远的声音/我欢喜拥挤在忙乱的人丛里/我欢喜从街头敲打过去的锣鼓的声音/我欢喜马戏班的演技/当我看见了那些原始的，粗暴的,健康的运动/我会深深地爱着他们/——像我深深地爱着太阳一样"。最后诗人被太阳带来的感动融化,"感到了从未有过的宽怀与热爱/我甚至想在这光明的际会中死去……"。诗人对太阳的赞美丝毫没有扭捏的掩饰,自我内心的与国家民族合一体的崇高感使得他向读者奉献出自己赤裸的真心。爱太阳就和太阳一样奔放热烈,对看不见的未来充满乐观和坚信。他的爱没有过分拔高化,艾青将对祖国人民的爱,用轻松的语气陈述事实本应的庄严。从旧作《太阳》中的山脉、沙丘、繁枝等意象引起,在诗人强大意识流的冲击下,一切外在景物排成了诗行。长长短短的句子任意组合,应和着诗人自己所提倡的"不重形式"。但艾青的诗歌并非犹如散文一般的任意化,含蓄的情感表达就是艾青诗歌最好的内在约束,可以说他的诗歌自有内在的节奏,并在此之下安排外在形式。太阳升起于黑暗,一如当时的中国,两相对比暗示了终将降临中国的福音。大地上一切的生物细细排比,在不断的重复中增强气势,烘托出太阳所具有的光大以及人们期望实现的可能性。最后的"我"脱离了艾青个人的局限,艾青成为了全国人民"大我"的代表。他对未来执着的信任给予了软弱国民无限的勇气,艾青用着色泽纯净的意象表达着自己期望全国奋起的近乎儿童般至纯的感情,不造作不晦涩。没有长句的累赘,没有欲说还休的隐晦,全篇散发着为了自由前行的进取和蔑视当下困苦的豁达。一切将可以拯救民众于水火之中的力量,一切不同于现世的"梦想之国",都在"太阳"的统摄之下,用强大的感召力来驱使人们向未来进发。

7月后,艾青来到湖南衡山,农家的富美促使他写下了一系列温暖幸福的山水诗——《秋日游》《斜坡》《秋晨》。1938年11月17日,艾青写下了《我爱这土地》,发表于1938年12月10日的《十日文萃》上,这首短诗更加巩固了他在诗坛不可撼动的地位。诗人将自己比作柔弱的鸟,昼夜不息地为风雨飘摇的祖国唱着不尽的哀歌。在当时的中国,草菅人命使得民众惶惶不可终日,有的人选择了随波逐流随遇而安。但艾青退一步地以鸟自比,以鸟儿的坚贞不屈来暗示中国的民众也应该为了国家流尽自己最后一滴血。祖国的河流不断奏响悲愤的乐章,祖国的暖风变得凛厉激怒。最后一句的"为什么我的眼里常含泪水?/因为我对这土地爱得深沉……"几乎成为了诗人的代名词,语言的平易和其中欲流而出的对国家的眷恋深爱使得这句诗跨越了时间的变更空间的转移,至今仍广为人传唱。

1938年的10月中旬,艾青从衡山迁至桂林。桂林期间艾青一如既往地保持了极高的创作热情,同时,他也着手编辑出版《广西日报》的副刊《南方》。诗集陆续出版。1939年3月末艾青写成了《他死在第二次》和《吹号者》姊妹篇。7月10日,艾青和戴望舒主编的《顶点》创刊。作为没有稿酬的诗歌刊物,《顶点》成为抗战大后方的诗歌阵地之一,同时也刊登了艾青自己的多篇作品。在桂林居住近一年之后,1939年9月的下旬,艾青从桂林搬到湘南的新宁。远离都市的山寨环境,尽管依旧贫苦,却给战乱之中颠簸的艾青带来一丝少有的温馨,他描绘出了《水牛》《牦牛》《浮桥》等一系列极具人情的世外风景。同时,他的诗论也脱稿完成,这包括了《诗的精神》《美学》《形象》《语言》《道德》《意象,象征,联想,想象及其他》等等的诗歌理论,成为艾青"真善美"及"散文化"诗歌追求的理论升华。1940年的4月,艾青收到了重庆育才学校校长陶行知的聘书,5月4日踏上了奔赴重庆的旅途,并于6月3日到达陪都重庆,暂住在位于临江门附近的文协会所内,之后又辗转到了重庆近郊的北碚。重庆作为避难之都汇集了全国各地的文人才子,故而此期间艾青参加的文学活动比较繁多,仅纯文学会议就达到8次,另外还担任了与《抗战文艺》齐名的《文艺阵地》的编委[1]。重庆虽逃过了陆劫,却躲不过空袭。民众蚂蚱一样的惨死都让诗人目不忍睹,写下了纪实性的《炸后》等诗。而作于1940年5月1—4日的《火把》被称赞为"展开史诗叙事诗的幕景"[2],将艾青推向了"太阳—火把"歌手的桂冠。

---

[1] 周红兴:《艾青的跋涉》,北京:文化艺术出版社,1988年,第260页。
[2] 陈虹:《长翅膀的诗——论艾青诗的"可诵性"》,摘自《艾青作品研讨会论文集》,郑州:花山文艺出版社,1992年。

作为叙事抒情诗的《火把》,讲述的是革命青年唐尼、李茵、克明和唐尼哥哥4人在爱情和革命间徘徊的故事,讲述的是仅仅在一夜的时间内唐尼就有了本质上的变化,国家命运的道路上又多了一个不畏艰难的勇者的故事。没有错综复杂的戏剧情节,没有惊心动魄的噱头卖点,他的叙事抒情诗如吕进所说——"艾青的优秀叙事诗作都回避'叙'情节复杂,人物众多之'事'……诗人的诗笔跳跃前进。它跳过去的,往往是'叙事'成分多的地方,它停下来流连忘返的'片段',往往是最有利于抒情的地方"[①]。对于主要人物的刻画,如唐尼,仅从"邀""会场"两个章节就把她的娇气狭隘琐碎浮躁刻画得栩栩如生。当李茵催促她去参加革命时,她要求李茵慢慢坐下等她打扮,"我梳一梳头发/换一换衣……/你看我的头发/这么乱""——这制服又忘了烫/算了吧/反正在晚上/……李茵/你看我又胖了"这样的对话,如果没有上下文联系,谁也猜不到这是一位马上要去参加示威游行的革命女青年。这样说也许不对,那时的唐尼根本还算不上真正的革命者,她在《大众哲学》《论新阶段》一类的新进文化书籍上堆放着粉盒和口红,她纠结于看见淹死的伤兵自己似乎也要跟着倒大霉。经受火把洗礼之前的唐尼缺乏革命者对国家的使命感和责任感,她仍旧拘于自己爱情的苦恼天地里忐忑不安。在气氛严肃庄重的会场里,她观察的是别人头上新打的丝结和脚底下光亮的皮鞋。革命对于唐尼来说更像一场游戏,一场为找到借口可以寻找爱人的契机。当克明朝她走进时,诗人运用"一个声音在心里响""那是谁"两节又把困于感情而妄想猜测的混乱刻画得生动鲜活。在每个人为着理想兴奋地畅所欲言时,唐尼在不断地追问"(克明)你在哪里?你在哪里?""我要见你 听你一句话/只一句话:'爱与不爱'"。克明对于她来说就是全世界,但这样一心只有阶级革命的爱人注定让唐尼伤透了心,她不时浮现的烦躁和情绪化是她小资产阶级的表露。艾青并没有很长地抒写唐尼与别人的不同,没有面面俱到她行为举止的骄奢。典型场景的运用形成断面式的拼加,但在这拼接之间的空隙,才是诗人最想表达的。以情以想象动人,以读者的再创造作为叙事抒情诗的基

[①] 吕进:《论艾青的叙事诗》,摘自《艾青作品研讨会论文集》,郑州:花山文艺出版社,1992年,第616页。

点,情节不过是基本的砖瓦。如果说唐尼哥哥是为革命甘愿洒热血的最先进的社会分子,是最高理想的化身,那么克明就是处于唐尼和其哥哥之间的摇摆人物。他很爱革命,他"忙着筹备今夜的大会",忙到没有一句话想和女朋友说,这和之前唐尼所说"他很殷勤"截然相反。一方面是对祖国的责任感,一方面是对女朋友态度的游离。正像李茵的劝说"唐尼 爱情并不能医治我们/却只有斗争才把我们救起",李茵的成熟就表现在,她在一片兵荒马乱中,并不像唐尼那样指望外在的依靠,她坚信个人的转变才是真正走向幸福的开始。这样的对话勾勒出了的李茵形象——坚强而乐观,"假如我没有勇气抵抗那些/冷酷的眼和恶毒的嘴/我早已自杀了"。唐尼的现在正是李茵的过去,两个人物相辅相成,由于克明这样人物的外在激化,才使得最后的唐尼蜕变为了新的和李茵一样的革命战士。

在表现上,艾青的细节捕捉也极恰到好处。"诗人的那些最富概括力的诗的细节,使诗篇见微知著,由一知多,寥寥数笔以形象给诗以生命之跳跃"。[①] 当唐尼看到克明和其他女子在一起的时候,她连着发出了很多的疑问:"那是谁? 那穿了草绿色的裙装的/女子是谁? 那头发短得像马鬃的/女子是谁? 那大声地说着话的/又大声地笑着的女子是谁?"一般人常常会用简单的一句问答就完成这个情节,艾青在描写唐尼的焦急不安嫉妒吃醋时,短促的问句犹如子弹一样扫射出来,咄咄逼人。但当二人走近时,唐尼又"谁的火把/最先熄灭了/又从那无力的手中/滑下?"一位慌张憋屈又难以言表的小女子形象跃然纸上。在第7节的"宣传卡车"中,诗人对一系列形象的把握也十分到位,如汪精卫、日本军官、农村妇人。在外在形象上,"那脸上涂了白粉/眉眼下垂 弯着红嘴的/是汪精卫/那女人似的笑着的/是汪精卫",完全的丑角打扮,预示着之后汪精卫和日本军官的戏剧性发展。日本军官是丑恶的象征,"那军官的嘴/像饿了的狗看见了肉骨头似的/张开着",他被农村妇人扇了一耳光之后,转身和汪精卫作出十分低俗肉麻的举动。军官把汪精卫"抱得紧紧地",军官在汪精卫"涂了白粉的脸上香了一下"……两个人狼狈

---

① 吕进:《论艾青的叙事诗》,摘自《艾青作品研讨会论文集》,郑州:花山文艺出版社,1992年,第616页。

为奸,把中国糟蹋得目不忍睹,这种卖国行径到底有多无耻,艾青通过现场性描述,把二人的互相勾搭,汪精卫的不顾廉耻和日本鬼子的穷凶恶极从细节描绘中表达了出来。这样的细节分解更像一幅动态的油画,颜色艳丽分明,情感爱憎凸显。"艾青深邃的诗思正是饱满在这些感受过,思考过,艺术地加工过的诗歌形象之中的。他给一切以形象,然后又尽力脱开笔下的具体形象的局限,表现比形象大许多倍的诗思。"[①]

"火把"是艾青诗歌特质的典型化身,和"太阳"一起象征着不服输的光明。如果说"太阳"是革命的终极目标,那么"火把"就是指引人们成功的标识。因为有"火把"的热烈,才会有最终"太阳"幸福的永存。

在1940年9月25日,艾青见到了影响他一生的周恩来,当时他写下了《清明时节雨纷纷》。之后在1941年1月6日的皖南事变之后,由周恩来帮助,他和罗烽、张仃、严辰夫妇一道,去到了革命圣地延安,陆续又写出了《雪里钻》等优秀作品。至此,艾青诗歌创作形成第一个高峰期。

(二)永远抒唱"忧郁"的乐章

对于艾青诗歌第一高峰期的创作,"忧郁"一直是人们争论不休的问题。直到2011年结束的艾青研究会议上,仍然有不少人提出了他"忧郁"的负面性及挖掘忧郁产生的原因。但艾青的忧郁不是软弱的表露,不是失望悲观的哀鸣。艾青的"忧郁"是"那个时代土地的忧郁和民族的忧郁。也是先知者的忧郁"[②]。这样的忧郁,是以对国家不可推卸的责任感为前提,因自己无法解救而产生的忧国忧民的沉重,是把个人上升为社会人的为天下之忧而忧。艾青这一阶段的诗作里,常出现忧郁和对光明的坚信,但正如诗人自己所说,他的诗歌忧郁却从来不阴沉,他的忧郁也是充满希望的忧郁。

艾青诗作忧郁的原因在哪里?吕荧在将艾青与田间作对比的文章中是这样描述的:"诗人悲痛着大地与人民的受难,但是流浪与行吟的无力的生活

[①] 吕进:《论艾青的叙事诗》,摘自《艾青作品研讨会论文集》,郑州:花山文艺出版社,1992年,第616页。

[②] 吕进:《论艾青的叙事诗》,摘自《艾青作品研讨会论文集》,郑州:花山文艺出版社,1992年,第616页。

更加深了这种悲痛;也许正是因着这种矛盾的苦闷吧,诗人的生命,正如他的诗篇一样,沉浸在一种忧郁质的感情的海里,哀伤,苦痛,迟钝,呆滞。"①吕荧将他的忧郁归结为两点——人民百姓的受难和艾青自身的无力生活。二次世界大战期间,全球都处于一片恐慌之中,被侵略国的人民相比于仇恨,更多的是有着在一片萧瑟中死气弥漫的绝望,而侵略国的民众也深陷于狂热和对未知迷茫的悲凉。双方都处于极其不正常的状态。从法国归国的艾青,在异乡遭受了很多的不平和侮辱。对于一个远游他乡的旅者来说,没有比嘲笑母国更让人愤恨的了。法国街角咖啡店里的名为"中国人"的点心,叫嚣让他"滚回中国"的法国地痞等等②,都让艾青有一种远离祖国的无力感。他感觉自己是流浪在别人土地上不被欢迎的被弃种类,这或许也让他回想到了曾经被亲生父母丢弃的不快乐的童年。所以艾青一生都和被弃的人有着血样的关系,从最开始穷苦的大堰河一家,到被他家看不起的长工,到全国被当权政府抛弃的百姓,到全世界被法西斯任意凌辱的人民。他和贫农阶级的关系是相溶于血肉的,因而骆寒超曾评价说"(艾青)把这个阶级的生活感受和爱憎溶进自己的血液里,和这个阶级的兄弟建立了骨肉之情的,几乎找不出第二个"③。自身的流浪漂泊经历,让艾青和被压迫阶级的感情如出一辙,知识分子最朴实的责任心,使他也放不下周围苦吟的百姓去自顾自地享乐。他有意识地规避个人的知识分子因素,他把血泪和着人民的悲歌,用最为质朴的语言最为炙热的单纯一起流出。因而,他的忧郁是难以避免的,只要人民一日不安定,他就会永远唱着哀伤的歌。

值得说明的是,这样的忧郁并不是消极的代言词,艾青的美学观里,忧郁是一种别样的美,"苦难比幸福更美。苦难的美是由于在这阶级的社会里,人类为摆脱苦难而斗争!"④所以在他的作品中,在一片忧郁的浑朴苍凉之中出现了很多的"太阳""黎明"意象,他几乎可以称为太阳和黎明之王,如《当黎明穿上白衣》《黎明》《太阳》《黎明(又)》《向太阳》《秋晨》《太阳(又)》《秋天

---

① 吕荧:《人的花朵——艾青与田间合论》,摘自《七月》,第6集第3期。
② 蒋晔:《艾青传》,石家庄:河北人民出版社,2008年,第26页。
③ 骆寒超:《艾青论》,杭州:浙江人民出版社,1982年,第7页。
④ 艾青:《美学》,摘自《诗论》,南京:江苏文艺出版社,2010年,第6页。

的早晨》《给太阳》等等,这些都是诗人不屈于黑暗的现实所坚信的信仰,他一面为着祖国和人民悲哀,一面又赞扬着为摆脱这种不幸所挣扎出来的人类的力量,他欣赏着人们在强大灾难面前表现出来的崇高美,他坚信人们总有一天会脱离苦海。艾青的诗是满溢着向上能量的幸福之歌,这样的幸福不同于和谐安稳的居家小乐,但这才是人类最大的福泽。如在1937年5月23日晨创作的《黎明》中,黎明是太阳的化身,是黑暗的仇敌。这首诗中诗人流露出比《太阳》更深切的对光明的期盼。在黎明未到之时,"一切都沉默着,/望着阴郁的雨滴徘徊在我的窗前/我会联想道:死亡,战争,/和人间一切的不幸"。所以他对黎明的渴求犹如对恋人的企望,"有比对自己的恋人/更不敢拂逆和迫切的期待啊——""我只会可怜地凝视着东方,/用手按住温热的胸膛里的急迫的心跳/等待着你——/我永远以艰苦的耐心,/希望在黑铁的天与地之间/会裂出一丝白线——/纵使你像故意折磨我似的延迟着,/我永不会绝望,/却只以燃烧着痛苦的嘴/问向东方:'黎明怎不到来?'"对现实不妥协是"忧郁"的最好解药,尽管雨没有清丽的唯美,尽管雨只能给人死亡的阴影,但"我"仍然希冀着那已经到达天边的黎明。这样的等待恰恰是最美的时刻,这是证明自我坚强勇敢的最好考验。身心疲惫和耐心一样艰苦,但却永不会绝望,艾青的忧郁就是如此,再黑暗的境地也透着光亮,终极关怀着最本真的人生,憎恶着鱼肉百姓的旧世界。

1937年12月28日夜间的《雪落在中国的大土地上》是诗人烙在人们记忆中的一块伤疤。一开头诗人就用"雪落在中国的土地上,寒冷在封锁着中国呀……"给全诗垫下了凄楚死寂的基调。诗人不是诗中所写到的"戴着皮帽"的马夫,也不是"蓬头垢面""失去男人的保护"的少妇,但他和所有人一样,都是"农人的后裔",他"由于你们的/刻满了痛苦的皱纹的脸/我能如此深深地/知道了/生活在草原上的人们的/岁月的艰辛"。艾青的使命感让他感受到了和其他底层人一样的动荡不安,生活在对一切外在的不信任和胆怯凄苦之中。艾青的忧郁随着车轮在中华的大地上蔓延,连风都避不过纷乱穷困,"风,/像一个太悲哀的老妇,/紧紧地跟随着/伸出寒冷的指爪/拉扯着行人的衣襟"。战争让人民生活在地狱的火焰之中,此时的艾青也准备着从沿海逃难到内地,未来的迷茫和当下的潦倒让人无法有丝毫的欢乐,何况诗人更哀痛着比他更艰难的人群,他们失去了自己土地和家畜,失去了亲人甚至失去了对生的希望和意愿。艾青自身却只是一介游民,他偕同家室开始的不过是另一场流浪,他对现实的无力改变更加深了他的愁绪。寒冷"封锁"着中国,这样的封锁似乎和雪夜一样漫长,这样的苦难遭遇太久难让人看到阳光。即便如此,艾青也并没有沉沦消极,他感受到自我的弱小,但仍然试图尽着全力想改变冰冷的现实,"我的在没有灯光的晚上/所写的无力的诗句/能给你些许的温暖么?"忧郁着却又不放弃一丝努力地积极争取,正印证了诗人自己的苦难美学观。

(三) 第一巅峰阶段的散文美

中国的诗体建设可分为五大时期①——黄遵宪为代表的保守萌芽期,胡适、刘半农等人开一代之先的激进草创期,闻一多、徐志摩、郭沫若等人百家争鸣的全面建设期,艾青、臧克家田间等人"让已有诗体更加自由"的特殊改革期和文体回归自觉的偏激重建期。胡适的以文为诗之后出现了周作人的以象征特点区分诗文,但诗歌的语言问题仍然是有待解决的②。如果说郭沫若的出现结束了中国新诗建设中的草创阶段,他的豪情冲破了诗歌的惯有束缚,成为新时期自由诗的先驱,那么艾青在自由诗方面的贡献,他文之"散"的理论使他成为了自由诗运动中的第二旗手。

艾青的诗歌形式不是一成不变的,他一生的创作不断调整适应着时代的千变万化,按他的话说,就是"诗人应该为了内容而变换形式,像我们为了气候而变换服装一样"③,"创造格律的是诗人,而诗人是根据新的生活,新的语言在创造格律的,格律不是一成不变的东西,诗人应该根据他所要表达的题材的需要,自然地形成了这样或那样的形式"④。艾青开放的诗歌理念决定了他的创作永远不会处在自我重复的境地,生活的多彩是他形式不固定的根

---

① 王珂:《百年新诗诗体建设研究》,上海:上海三联书店,2004年,第43页。
② 沈用大:《中国新诗史》,福建人民出版社,2006年,第170页。
③ 艾青:《诗论》,摘自《中国作家》,1986年1期。
④ 艾青:《诗的形式问题——反对诗的形式主义倾向》,摘自《人民文学》,1954年3期。

源,不同的时代主题,不同的人民需求,不同的个人心境,使得艾青的诗歌世界中纷杂地存在着抒情诗叙事诗、哲理、诗等等。

所谓散文美,指的就是口语美。艾青在1986年发表的《诗论》里说:"我说的散文美,就是说的口语美。"①而这样的美,是"没有离开特定范畴的人性,是依附在先进人类向上的生活的外形"②。不光是抒情诗,叙事诗中艾青也会融入欧化的现代口语,平易近人通晓流畅,恰如吕进作出的评价:"诗人(艾青)以常语造成一种总体的诗的氛围。于是,入诗的一切口语都失去了辞典意义和散文气质而披上了诗的光彩。"③

艾青对散文的推崇,来源于艾青扎根于人民大众的生活经验。他曾说:"丰富的语言,是由丰富的生活经验产生的。一个诗人的语言贫乏,就由于他不会体验生活,而语言贫乏是诗人的最大失败。"④"自从我们发现了韵文的虚伪,发现了韵文的人工气,发现了韵文的雕琢,我们就敌视了它;而当我们熟视了散文的不修饰的美,不需要涂抹脂粉的本色,充满了生活气息的健康,它就肉体地诱惑了我们。"⑤散文因其亲民性易于被人们广为接受,本色无需雕琢的自然化是对刻意人工的反叛。本真的美最具有吸引力和实践性。"散文的自由性,给文学的形象以表现的便利,而那种洗练的散文,崇高的散文,健康的或是柔美的散文之被用于诗人者,就因为它们是形象之表达的最完善的工具。"⑥他的散文美是自然的美,朴素的美,是大巧若拙的寻常化,出自生活而得到提高和升华,外表的普通隐含的是和精美结合的自然,而这一切又都是以形式、语言、意象、想象等为基础的。

说艾青的诗歌具有散文美,一个重要方面就是不重外在形态而倚靠内在旋律节奏,自然而然显现的音组的有机结合。他在创作中常常将自己所要加以强调的一部分另起一行,以书写的分离来引起读者注意。因此艾青的诗歌

---

① 艾青:《诗论》,摘自《中国作家》,1986年1期。
② 艾青:《诗论掇拾》,摘自《七月》第4集第2期。
③ 吕进:《论艾青的叙事诗》,摘自《艾青作品国际研讨会论文集》,郑州:花山文艺出版社,1992年,第616页。
④ 艾青:《诗论》,摘自《中国作家》,1986年1期。
⑤ 艾青:《诗的散文美》,摘自《广西日报》副刊《南方》第6期,1939年4月29日。
⑥ 艾青:《诗的散文美》,摘自《广西日报》副刊《南方》第6期,1939年4月29日。

具有极强的生动感,为了使这些主语的附加修饰得到更多的注意留心,他往往也是将这些谓语另起一行。感情的冲荡起伏,使诗人偏向采用较多的重复句式,一唱三叹,荡气回肠。在这样的内在突出下,诗人的诗歌便呈现出对早先格律规律的突破。比如作于1939年春末的《他死在第二次》,全诗讲述的是一位被解救的战士再次登上战场,最后光荣牺牲的故事。当战士初愈后第一次来到车水马龙的大街上,此时的环境不同于战场的风瑟马萧,"在那些平坦的人行道上/在那些炫目的电光下/在那些滑溜的柏油路上/在那些新式汽车的行列的旁边/在那些穿着艳服的女人面前",而战士自己却是"他显得多么褴褛啊",以一句话对战士进行总结。虽没有具体描摹,但"褴褛"二字就足以说明有爱国责任感的应征者和贪图个人享乐者的大不相同,前面的铺陈堆砌也只是为了引出短短的"褴褛"。没有格律诗要求的每行固定押韵,艾青诗歌是以感情抒发为先,再斟词酌句,这也是和他要求以情动人的诗歌观念一致的。这一点和早先郭沫若的"内在韵律说"颇有相同之处。郭沫若的"自由抒写"在中国新诗发展的早期因面对旧格律的繁多,无镣铐的绝端自由是具有进步意义的。郭沫若要求韵"短而简,接近大众",内容和韵律的两相结合,使得诗歌意义激增。但郭沫若在形式上不作要求的极端化,使得诗不再成其为诗。过于忽视诗歌基本要素的缺陷,刚好在艾青这里得到了弥补。艾青的诗歌形式的散文化,是有限制有底线的逐步放松,是在诗歌范围内的自由活动。

  艾青的诗歌创作贯穿了他的一生,也跨越了中国诗坛的现当代。在二战时期炮火连天的岁月里,艾青的诗歌写满了大爱和大恨,对国家母亲的热忱与对侵略者的嫉恶是他创作第一时期里的两条情感主线。他对信仰的近乎儿童般固执的热忱和对世间非真非善黑暗的控诉,以及他追寻太阳和火把的脚步,都成为了阴霾岁月里广大人民心中对未来渴求的慰藉。如果说兵荒马乱之中的人心会不可避免地出现迷茫哀伤,甚至开始涣散坍塌,那么艾青和他诗作的存在就是民族精神的脊梁。为了配合诗歌对广大民众的促进作用,诗歌功效成为这一时期艾青创作的重点。语言浅显不轻浮,通俗不庸白,情感至重的要求突破了一向被推至极致的格律约束,呈现出"散"而不乱的诗体风格。这一时期的艾青留给人们的是色彩鲜明,忧郁之下却处处满怀进取的篇章。对自我民族的忧心是全世界人民永不变更的主题,艾青诗歌突破语言、地域和时间的障碍,给予所有具有责任感的公民无限的内心力量,也在一次次碰撞中焕发出新的文学生机。尽管归来之后的艾青,诗作的风格倾向明显沉淀下来,从年轻人的激烈转变为风霜老人特有的简明睿智,但他仍然继续着前期的对光明的追求。可以说,艾青的一生都是为"太阳"而生的,极力想摆脱黑暗,永远追随光明。正如诗人自己晚年所认为的,他一直在路上,在没有终点的路上。

第九章　大后方抗战诗歌中的旧体诗词

一、概说

五四新文化运动以摧枯拉朽之势,以白话取代文言,使之成为社会的主流文字载体。从1918年元月,《新青年》杂志第4卷第1期发表胡适等人9首白话诗开始,就宣布了新诗的诞生;从此,传统诗词作为文学革命的对立面被打入冷宫,成为文学的弃儿,被排斥在诗的主流之外。1920年秋,由于校方的提倡,清华大学校园里又出现了学习古诗的一股小小的潮流,当时还是学生的闻一多立即在《清华周刊》上撰文《敬告落伍的诗家》予以猛烈抨击,非常肯定地宣称:"若要真做诗,只有新诗这条路走。""若要知道旧诗怎样做不得,要做诗,定要做新诗。"①旧诗的处境简直是到了"老鼠过街"的地步。

在1918年—1937年这20年间,在中国的诗歌舞台上,各种流派的新诗纷纷登台亮相,各领风骚,这是不争的事实。那么,是不是就没有旧体诗的位置了呢?也不尽然。在这20年间,新诗并没有完全取代传统诗词。不但继续写作旧体诗词的仍然大有人在,甚至若干新文化运动的代表人物,也借旧体诗词抒发感情(例如鲁迅、郭沫若、郁达夫、田汉、王统照等都擅长此道),而且还有若干专倡旧体诗词诗社组织及其活动的存在(如著名的南社),还有专

---

① 闻一多:《敬告落伍的诗家》,《清华周刊》第211期,1921年。

门发表旧体诗词的刊物(如《甲寅》《学衡》)。可以说,虽然处于不利的境地,其研习、创作却不曾断绝。甚至南北各都会以至中小城镇,文人经常组织雅集,诗酒风流,唱酬切磋,留下作品。旧体诗词还在日常生活中发生作用呢。

这是因为,历来诗歌形式的发展方式就不是取代、更替,而是不断丰富,多样化;人为地要"打倒"一种形式,如同推翻一个朝代那样取而代之是没有先例的,不符合规律的,事实证明也是不可能的。而且中国传统诗词这一整套形式体系达到了成熟的地步,其生命力之旺健使其能够适应新的时代内容表达之需要。

抗战时期,为什么已经被放逐了的这样一种古老的诗体,会突然间重新获得旺盛的生命力,繁荣起来了呢?这决不是空穴来风,而是有其必然原因与深厚根基的。

首先,这是时代赐予的机遇。日本侵略,是中华民族空前的浩劫,同时也促成了中华民族的大觉醒、大团结、大奋起、大抗争、江山不幸诗家幸,正是如杜甫所处的"国破山河在,城春草木深。感时花溅泪,恨别鸟惊心"那样的时代,家仇国恨,同仇敌忾,怎能不诉诸笔墨,讴歌吟唱?长歌可以当哭,这时候,旧体诗歌自然成为形式的一种选择。

中国历史上,以诗歌反映抵御外侮的战争,反映战乱中人民的疾苦,有着悠久而优秀的传统。早在《诗经》中就有《无衣》《黍离》《君子于役》《扬之水》等名篇,后世的民歌中也有《木兰诗》《十五从军征》这样的不朽篇章。至于中国诗歌的高峰盛唐时代,更有以岑参、高适为代表的边塞诗派,留下多少辉煌的绝唱!下至宋词的苏辛豪放派,陆游的爱国诗篇,又有多少无价之宝!如此丰富优良的传统,当然不能不对当时的诗坛产生巨大的影响。

诗自然要出自诗人的笔下。当时离辛亥革命不过二三十年,活跃在各界的知名人士,包括共产党人在内,大多正当壮年,其青少年时代都受过古典文学熏陶,有很好的旧体诗词根底。所以一旦情积于怀,不吐不快,便很自然地选择了旧体诗词形式来倾吐。于是,祝捷、感时、纪事、抒愤、悼亡、怀人,种种过去习见的题材通通在旧体诗词中有所反映,同时注入了鲜活的时代内容。一些文学界中人,更是本色当行,纷纷大显身手。吴祖光1942年在重庆写的一篇文章中曾经言及于此:"近来复古之风甚盛,许多埋没已久的古书古人古迹都得到机会在伟大的抗战年代里重新出头露面了。只以诗来说吧,甚至二十余年前中国新文化运动中抱着凌厉无前以创造中国的新诗为职志的大师们,也兴高采烈地大做起旧体诗来。事实甚多,不烦枚举。"(吴祖光:《唱合诗》)这样的人物可以毫不费力地拉出一个长长的名单:郭沫若、沈尹默、田汉、张恨水、郁达夫、叶圣陶、老舍、罗家伦、阿英、王统照等等,至于本来就是著名诗词家或古典文学专家的,如柳亚子、赵熙、唐圭璋、潘伯鹰、缪钺、胡小石、向楚、汪东、成善楷、易君左、霍松林等等,活跃诗坛,为抗战诗词多所奉献,就更加顺理成章了。由此可见,从事抗战旧体诗词创作的诗人队伍是相当庞大的。

这样,整个中国诗坛的形势就发生了根本的变化:在新诗人们奋发踔厉,以诗为枪,投入这场殊死的搏斗的同时,传统诗词也焕发青春,重登大雅之堂,发出正义的怒吼,"兵气每于文字见"(卢前句)!一些原本不理解、不认同、不喜爱新诗,却受过传统诗词熏陶、懂得其格律规范的各行各业的人士,因为表达内心情感的需要,就纷纷拿起笔来,创作了大量的旧体诗词作品。新文学中许多骁将早年都受过传统诗歌熏陶,这时也不禁技痒,重操吟事,佳作迭出。队伍之壮,作品之丰,使旧体诗词创作走出低谷,形成高潮,优秀之作传诵一时,产生了良好的社会效果,取得了辉煌的成就,形成了五四以后传统诗词的复兴。这些抗战期间的旧体诗词创作,我们称之为"抗战诗词"。

二、大后方旧体诗词的时代特征

(一)抗战旧体诗词的生态环境

抗战旧体诗词之所以能够兴旺发达,取得重大成就,成为值得珍惜的诗文化遗产,是与其走出了"被边缘化"的困境,生态环境大大改善分不开的。这主要表现在以下方面:

1. 报刊:园地的提供

抗战期间,许多报刊都为旧体诗词开绿灯,提供发表园地,促进了传统旧体诗词创作的繁荣。重庆战时首都的地位使其冠盖云集,人文荟萃,成为当时的全国文化和舆论中心,报业兴盛,《中央日报》《大公报》《新民报》《扫荡报》《时事新报》《新华日报》《益世报》等报在此出版,其中不少报纸办有文艺副刊,发表旧体诗词新作。

这些作品由于年代较久,零星分散,收集整理难度很大。根据《新华日报旧体诗选注》编者谷莺所撰前言,《新华日报》之《新华》副刊从1938年1月11日在重庆创刊到1947年停刊,共刊载诗词300多首。而该书共编选截至抗战胜利的旧体诗词150余首。在这里发表作品的,不妨称为"《新华日报》诗人群"。他们的作品,引人注目者有朱德的名作《出太行》:"群峰壁立太行头,天险黄河一望收。两岸烽烟红似火,此行当可慰同仇。"(1940年7月24日刊)神采飞扬,气势不凡。沈钧儒的七律《经年》也出手不凡:"经年不放酒杯宽,雾压山城夜正寒。"忧国伤时,难以释怀。尾联"痛哭狂歌俱未足,河山杂沓试凭栏。"则远望家山,忧心如焚。

有一家名曰《民族诗坛》的杂志,1938年5月创刊于武汉,10月起迁址重庆。主编卢冀野,发行人项学儒,独立出版社印行。总经销处是正中书局,1941年5月开始由正中书局服务部和中国文化服务社经销。每月一册,到10月第6册为第1卷,此后仍然是六册为1卷,到1945年12月为止,共出版5卷29册停刊。这是一处专门发表旧体诗词、传播旧体诗词知识的阵地,对于抗战旧体诗词的发展自然起到了重要作用。

《民族诗坛》杂志的宗旨是"以韵体文字发扬民族精神激起抗战之情绪"。作品多以控诉日本侵略,表达国土遭受蹂躏的愤怒、憎恨、厌恶、悲哀之情为内容。每期都将有关诗词的论文或者随笔放在卷头,然后按诗(绝句,律诗等旧体诗)、词、散曲、新体诗(现代诗)的顺序刊登作品。

其作品略举二例,其倾向可知一斑:

村东蓝缕妇,云是战士妻。冰天雪地中,母哭儿饥啼。

> 夫婿少也壮,从军赴晋西。血肉当驳火,横飞山之径。
> 遗此小儿女,龙钟况母慈。饥寒胡足论,所望在此儿。
> 血债终须偿,九世犹非迟。
>
> ——贾景德《冬日杂咏》(3 卷 3 期)

这首诗描写了丈夫战死,独自抚养幼儿和老母的痛苦的妻子,嘱托孩子要报仇雪恨。下面的诗刻画了日军空袭的惨状,表达对"倭奴"即日军的仇恨和诅咒。

再看:

> 笛悲鸣,断续时,空袭发警报、奔避不迟疑。
> 母唤儿,夫寻妻,东市尸枕藉,西市血成泥,不见所爱唯悲啼。
> 不用啼,不用哭,谁使人间成地狱,
> 齐心复大仇,杀尽倭奴恨雪足。
>
> ——许崇怡《空袭词》(4 卷 2 期)

这是对日寇暴行的血泪控诉,和深仇大恨的表述。

《民族诗坛》的主要撰稿人有:曾琦、曾小鲁、陈家庆、贾景德、江絜生、李元鼎、李仙根、林庚白、卢前、钱少华、王陆一、许崇灏、于右任、易君左、张庚由。从上稿频率看,于右任、卢冀野、易君左、王陆一、江絜生、张庚由可视为核心成员。

于右任,陕西人,国民党元老。据于右任年谱作者刘延涛和刘凤翰记载,于右任1937年聚集学者、诗人成立"民族诗坛"。另外卢冀野的学生霍松林(现任陕西师范大学教授)也在陈述中提到《民族诗坛》是在于右任的指导下出版的。1938年于右任已年近60,又值担任监察院院长公务极其繁忙的时期,但他却与主编卢冀野同样成为最热心的撰稿人,除第3辑5卷外每期都有作品发表。

卢冀野即卢前,作为主编是支撑杂志的关键人物。1938年7月被选为国民参政会第一期参政员。国民参政会是为集结全国的力量参与抗战而设立的,卢冀野当选参政员据说是因为学术上的声望,他与于右任、陈立夫等国民党要人之间良好的人际关系也起了一定的作用。

易君左,湖南人,毕业于早稻田大学,记者、学者和作家。抗战爆发后任湖南《国民日报》主笔。1938年秋开始任重庆国民党中央宣传部专员等职。与于右任关系密切,跟卢冀野也十分亲近。

王陆一因为同乡关系颇受于右任信任。1928年任国民党中央执行委员会秘书处书记长,1930年任安徽大学文学院院长,从1935年开始任国民党中央委员。

张庚由,也是于右任的同乡,因为有才而深得王陆一喜爱,娶了王陆一之妹。1937年受于右任之聘,进入监察院担任于的秘书。

由以上情况可知,《民族诗坛》具有明显的官方色彩,这对其发展起到一定的支撑作用,这也是过去对此刊较少关注的缘由吧。今天,我们对其以旧体诗词为武器参与抗战的历史事实,在抗战文学史中给予应有的位置,是完全必要的。

2. 诗社:组织的保证

大后方各地都有一些规模不一的诗词组织。

"饮河诗社"是抗战期间在重庆研究和创作旧体诗词的文学团体,1940年由章士钊、沈尹默、乔大壮、江庸等人发起,创办。社名取庄子"鼹鼠饮河,不过满腹"之句。社员借旧体诗词针砭时弊,反映民生疾苦,抒写爱国情怀。即以当时的年轻诗人许伯建为例,从1937年"七七事变"起,就每年写一首同韵《满江红》,直到1944年的《卢沟国难·七周年八叠韵》,始终表现了高昂的抗敌激情、必胜信念。

饮河诗社团结了一大批著名学者和社会名流,包括俞平伯、朱自清、缪钺、叶圣陶、郭绍虞、陈铭枢、肖公权、吴宓、黄杰、谢稚柳、徐韬、黄稚荃、黄苗子、蒋山青、钱问樵、王季思、沙孟海、程千帆、沈祖棻、萧涤非、成惕轩、施蛰存、曹聚仁、萧赞育、叶恭绰、屈义林、陈寅恪、王遽常、游国恩、谢无量、李思纯、夏承焘、浦江清、潘光旦、马一浮等,一时群贤齐聚、俊彦荟萃。

社址在重庆市中区大溪沟下罗家院张家花园3号，附近是中苏友谊文化交流会办公地。入社的重庆人士有田楚侨、柯尧放、许伯建、苟梦陶。柯、许二人还为诗社提供了一定的活动条件。社刊创办了《诗叶》《饮河集》《饮河》刊物，还在《中央日报》《扫荡报》《益世报》《时事新报》《世界日报》上开辟专栏，潘伯鹰任主编，共刊出一百余期。

诗社活动得到重庆诗人柯尧放的大力支持。他们的活动方式是传统文人那种"吟集"，彼此唱和，自印刊物，也在报刊发表诗作，颇有影响。先后参加《饮河集》《诗叶》和《饮河》渝版的作者共一百余人，联系的诗友遍及全国各地。许伯建在《怀宁潘伯鹰先生家传》一文中写道：（潘伯鹰）"为饮河之社，以恢宏大义相鼓吹，声气所洎，应者万里。居恒诗简络绎，尽其晦明慷慨之思焉"，可见"饮河"影响之广。

顺便提及，在抗战胜利之后，"饮河"东迁上海，还继续活动到1949年底；而重庆还保留了"饮河渝社"，至迟坚持到1947年（许伯建《饮河渝社丁亥小重阳社集柬》可证）。

3. 活动：创作的推动

有了诗词组织，有了发表园地，必然就会开展以一些诗词活动，而这些活动必然会促进旧体诗词创作的繁荣。

诗人之间唱和赠答是中国传统诗歌创作的一个重要特色，产生了许多流传千古的佳篇，而且往往不止于友情的表达，还含有丰富的社会内容。抗战期间同样如此，这样的交流也活跃了诗坛，促进了创作，产生了若干优秀作品。

即以"新华日报诗人群"为例，他们在副刊上发表了许多此类作品。其中有一些有着明显的政治色彩，意在配合某种形势的需要。1941年1月皖南事变之后，郭沫若的话剧《屈原》4月在重庆公演，诗人们便围绕此剧纷纷唱和，一共在《新华日报》副刊"《屈原》唱和"专栏先后发表66首诗作，蔚为壮观。

另一种活动方式是诗人们的雅集、诗会。饮河诗社就经常举办这种活动。当时重庆青年诗人柯尧放在南岸老君洞的住所下临长江，可以由此俯瞰山城，便成为"饮河"诗人们经常品茶饮酒，高谈阔论之处，往往兴味高昂，触发灵感,即席吟诗,收获多多。

1940年重阳节前,缙云寺世界佛学苑汉藏教理院院长太虚和尚,倡议举行"庚辰重九缙云登高诗会"。

这是一次激发抗日热情的聚会。应邀者28人,当天实际到会18人,聚集缙云寺,攀登狮子峰。与会者按王维"独在异乡为异客,每逢佳节倍思亲。遥知兄弟登高处,遍插茱萸少一人"分韵,在狮子峰顶,每人拈得一字为韵作诗,当场朗诵。王维诗系28韵,缺席者由到会人员代拈,然后再函告本人,限期作好寄太虚汇集,共得诗31首,编辑成《庚辰重九缙云登高集》,发表于《海潮音》杂志上。

1945年8月15日夜,数十万重庆人民在街头彻夜狂欢,庆祝日寇投降,抗战胜利。柯尧放激情难抑,作长歌《快哉此夜行》,生动地描绘了空前盛况,"直欲买醉思新丰"。事后,此诗引起"饮河"诗友共鸣,纷纷跟进,辑成《陪都闻捷胜利唱和诗》,付梓印行,算是为永远彪炳史册的大后方抗战诗词留下一条刚劲有力的"豹尾"。

如此看来,抗战诗词从复兴到繁荣,是具备了充分的内在与外部条件的,这也是诗歌自身发展规律所决定的结果。设想旧体诗词真正被历史淘汰,整个的抗战诗歌只有自由诗,岂不少了半壁河山!

(二)不容忽视的民族文化遗产

实际上,局部抗战早在1931年"九一八事变"之后就已开始,相关旧体诗词也因势而生。前文所称抗战旧体诗词,则是指写于1937年7月—1945年9月的以抗战为题材或与抗战相关连的旧体诗词作品;而囿于本书的研究范围,又主要指以战时首都为主的大后方产生、发表、流传的旧体诗词作品。

抗战旧体诗词的内容主要是正面歌颂民族抗战图存,揭露日寇滔天罪行,以鼓舞士气,坚定信心;与此相呼应的则是反映中国百姓的苦难生活、艰苦历程,战争带来的深巨创伤:离乡背井,颠沛流离,妻离子散,家破人亡。

抗战旧体诗词的佳作精品,其思想性和艺术性均足以传世的很多。只是囿于长期存在的偏见导致歧视甚至抹杀,这部分宝贵的民族文化遗产没有引起必要的重视,收集整理研究工作亟待加强。比起抗战时期新诗所享受的"待遇",实在是差得太远,令人遗憾。

最新的例证是,2012年结题的,国内10余位著名学者的共同参与下,经过近8年的精心撰写,通过同行专家鉴定,以优秀等级结项的国家社科基金重点项目"中国诗歌通史"仍然沿袭所谓的"新文学"观念,无视中国旧体诗词创作在1911年之后的客观存在,将其顽固地拒之于诗歌的门外!即便是跨越清代和民国的诗歌团体南社,该书也只承认其在清代的历史,而蛮横地处以腰斩酷刑,强行扼杀了它1911年之后的鲜活生命!当然抗战旧体诗词也被蛮横地开除了诗籍!

既然如此,我们编写此书,就更应该对这部分珍贵的民族文化遗产给予充分的重视,以纠正那种显而易见的偏见,有意无意的误导,以期对当代旧体诗词创作和新诗的健康发展产生积极的影响。

(三)恢宏翔实的抗战旧体诗史

抗战旧体诗词有一个方面是新诗无法比肩的。那就是从1931年"九一八"国难日开始,几乎每一场重要的战役、每一个重要事件都留下了相应的诗词作品。前方将士英勇杀敌,壮烈牺牲,后方百姓万众一心,同仇敌忾,字字血,声声泪,贯注浸淫于字里行间。当此"四海惊波围古国,域中烽火念苍生"(王统照《忆老舍与闻一多》)之际,诗人们"蓄将心力补危艰"(田汉句)。这些海量作品,如果按照时间先后排序,就成为一部辉煌的抗战旧体诗史。

全面抗战的第一枪1937年7月7日在卢沟桥打响,举世皆惊。敏感的诗人们纷纷发出愤怒的吼声,歌颂抗战的英雄。其中最可贵的是由50首七绝构成的大型组诗《卢沟桥抗战纪事诗》。作者王冷斋时任宛平县县长,是参与了整个事件的亲历者,这组诗从"七七"一直写到7月28日佟麟阁、赵登禹二位将军英勇殉国,还结合了当时全国大势,不仅具有很高艺术价值,而且每首诗后皆附"本事",堪称信史。王冷斋后来到大后方参加抗战,1946年远东国际军事法庭审判日本战犯,王冷斋赴东京出庭作证。解放后,任第二届全国政协委员、北京市文史馆副馆长,1960年在北京逝世。

7月8日深夜,我军大刀队冒雨突袭敌营,与寇肉搏,一度夺回卢沟桥,王蘧常用班超率36骑攻杀匈奴之典,以《大刀勇士》颂之,豪气干云。按,王蘧常为著名书法家,其抗战诗文,编为《抗兵集》,诗如《八百孤军》《闻平型关捷报歌》《大刀勇士》《胡烈士歌》,文如《论倭不足畏》《胡阿毛烈士传》,都表现了强烈的爱国主义精神,抒发了民族正气。抗战胜利后,王蘧常在暨南大学任教。1949年开始,在无锡中国文学院任副院长。1951年起,入复旦大学中文系任教授,后调哲学系为教授,直至1989年去世。

值得一提的是,就连当年的"第三种人"杜衡也有《卢沟桥衅起》七律,抒写"关河百战终摧虏"的必胜信心呢。

郭沫若是新诗的开创者之一,同时又擅长旧体诗词。1937年7月25日从日本回国投身抗战,他写下一首步韵鲁迅的七律《归国杂吟(之二)》,其结句为"四万万人齐蹈厉,同心同德一戎衣",唱出了时代最强音,立即不胫而走,广为传诵。紧接着,是年10月,上海闵行仓库八百壮士英勇抗敌的事迹传遍中华,又掀起一个吟唱热潮。郭沫若的七绝《弹八百壮士大鼓书付潜修》:"枯肠搜索费沉吟,响遏行云弹雨音。词与健儿同壮烈,自拟身亦在枪林。"既歌颂了壮士抗敌的壮烈,又赞赏了表演的精彩,堪称酣畅淋漓。

此前的上海"八一三"战事、八路军平型关大捷(9月),以及稍后的南京陷落、日寇屠城,无不有诗词反映。

抗日战争虽然开始战局不利,但是也打了不少胜仗,所以祝捷之作很多。庆祝台儿庄大捷的诗作当时不知几多,不少是气壮山河、令人斗志倍增的大气之作,如胡厥文的《台儿庄大捷》、欧阳骛的《闻台儿庄大捷喜赋》就是。为武汉空战胜利,涂康作七言长歌相庆,并且讴歌了飞将陈怀民的英雄事迹:"猛撞敌机愿同尽,足动天地泣鬼神!"

这还只是抗战前期的一些反映"战史"之作。随着战事的进展,几乎所有重大战役、事件,直至抗战胜利,全民狂欢,莫不留下诗之记录,可以彪炳史册。甚至那些易为时间淘洗而为后人所难知的史实也在旧体诗词中得以存留。如1938年2月23日,中国空军出征台北,炸毁日机40架,全部安返。冯玉祥、杨沧白皆有诗咏飞将之奇功。另如1938年秋,空军烈士孙景灏于汉口驾机撞毁敌舰,陈禅心即集唐人诗句以歌之,将其誉为博浪沙锥击秦始皇之壮举。对于敌军暴行,大如重庆大轰炸自是得到充分反映(代表作有杨沧白《哀巴渝歌》),就连奉节这样的小城挨炸也有所记载(重庆诗人李重人《闻奉节被炸简问亲友》,1938)。

抗战旧体诗词所涉猎者,还及于境外战场。如李根源(近代名士、国民党元老。新中国成立后,历任西南军政委员会委员、西南行政委员会委员、全国政协委员等职,1965年病逝于北京)的《滇缅战场纪事诗》共9题11首,起自1944年3月4日,迄于12月15日,历述中国赴缅远征军之战功,其小序曰:"贼胆已寒,国威远张。欣慨之余,随口吟唱。"

一些诗人的眼光还关注整个世界反法西斯战场。这方面的作品以姚伯麟、李竹侯二人为多,由一些诗的标题就可知其内容。如《日关东西遍遭轰炸》(姚伯麟)、《美军在菲律宾中部登陆》(李竹侯)等等。沈祖棻《减字木兰花·闻巴黎光复》如下:

> 花都梦歇,枝上年年啼宇血。还我山河,故国重闻马赛歌。
> 秦淮旧月,十载空城流水咽。何日东归,父老中原望羽旗。

由巴黎念及南京,殷切盼望胜利之情感人肺腑。

抗日战争是空前惨烈的,许多将士"捐躯赴国难,视死忽如归"(曹植《白马篇》),所以也不乏悼亡之作。陶铸的《悼左权将军》写出了同仇敌忾的气势:"此日三军同痛哭,河山誓死逐强梁"而"生前气已吞胡虏,死去魂犹作鬼雄"(濮智诠《悼念赵登禹、佟麟阁将军》)和"拼死留得真面目,图存不惜好头颅"(汪巨伯《悼念王铭章师长》)皆为绝妙对句。

正面描写战争生活,自是旧体诗词应有之义。女诗人李蕙苏填有《减字木兰花·从军乐》三阕,其一为:

> 和衣卧雪,笑拔霜刀映冷月。一响冲锋,跃马声嘶战雾浓。
> 枕戈待旦,斩敌男儿终不倦。奏凯回军,手弄弦声欲上云。

金戈铁马,豪气干云,巾帼不让须眉。

(四)战时生活的生动写照

日寇的入侵给中国人民造成了无穷的灾难。对此,许多作品有沉痛的描述,将作为罪证,作为对日本军国主义者的永远的控诉。像南京大屠杀、重庆大轰炸,无不铁证如山,记录在案。而山河破碎,兵荒马乱;流离失所,背井离乡;妻离子散,家破人亡:"血雨腥风卷落花"(丰子恺《七绝》,1939年),"家仇国恨两悠悠"(柯尧放《送内之湄潭》),"抚时伤事心如焚"(何鲁《黑龙潭》,1937),"睇笑中原泪未收"(汪辟疆句),中国人民无穷的灾难尽都入木三分,有诗为证。这样的诗例太多了。著名词家唐圭璋的《雨霖铃·流亡图》如下:

风狂雨急。向前途去,不辨南北。乡关极目何处?但迷雾里,千山遥隔。负老怀婴,浑不管衣履都湿。只念念谁收?庐舍成灰火犹炽。

茫茫四野天如漆,问无村一饭何能觅?荒庐败苇深处,凝泪眼几星磷匿。忍死须臾,伫望三军,扫荡腥迹。会有日万众腾欢,相伴还京邑。

离乡背井,饥寒交迫,还念在期盼胜利之日。

1938年1月,叶圣陶举家入川避难,行至宜昌,有诗纪实:"下游到客日盈丁,逆旅麇居待入川。种种方音如鼎沸,俱言上水苦无船。"

纯用白描手法,流民惨状如在目前。1942年,他在重庆思乡心切,夜不能寐:"终日驰车不见津,滔滔江水未归人。渝州万籁一时寂,夜雨啼鹃听到晨。"宛敏灏的《新春偶成》:"一从西走避胡沙,道路流离到处家。底事新春动乡思,他乡胡豆又开花。"柳诒徵的《霞坞》:"荷叶街头早稻肥,霞坞雨后翠成围。频年客路飘零惯,但听乡音即当归。"异曲同工,都是难以排遣的离人愁绪啊。

抗战期间,齐白石陷身北平。徐悲鸿时常念其安危:"烽烟满地动干戈,缥缈湘灵意若何?最是系情回首望,秋风袅袅洞庭波。"一往情深,却山遥路远,不通音讯,无可奈何。

田汉是新文化运动骁将,亦以旧体诗词名世,被屠岸称为"巨擘"。1944年他到了贵阳,一首七绝道尽物价飞涨的艰难时世:"爷有新诗不济贫,贵阳珠米桂如薪。杀人无力求人懒,千古伤心文化人。"(《赠人》)。

诗人们的悲愤之情无时不有。成都诗人闵虚谷有两句诗,可以说是那个时代的形象写照:"惊心故国事全非,剩水残山夕照微。""南天魂已断,故国恨难平"(刘大杰《哭郁达夫》,1945年),则更加突出了悲愤之感。"戴花村女歌牛背,不似中原战六年"(屈义林《渝蓉道中杂咏之六》,1943年),就是面对美景,亦不忘国难。刘孟伉《答友》第三联云:"身边妻女从何托,眼底流亡大可哀",不止于一己之苦,更瞩目同胞之哀。

老舍是文学全才,亦擅旧体诗词,抗战期间寓居重庆。作于1941年的《述怀》是一首于沉痛中不失信心,极具代表性的作品:"辛酸步步向西来,不到河清眉不开。身后声名留气节,眼前风物愧诗才。论人莫逊春秋笔,入世方知圣哲哀。四海飘零余一死,青天尚在敢心灰!"

再摘取一些精彩的片段。陈禅心听逃难者说日寇暴行后,集杜诗记之:"焚烧何太频,谈笑行杀戮……积尸草木深,天地日流血。"唐圭璋这样写成都遭受空袭的惨境:"悲恻。弹雨密。料血染游魂,楼化瓦砾。城堙火炬连天赤。"优秀女词人沈祖棻以《声声慢》一曲记述了"闻倭寇败降"的复杂心情,喜余还忧,十分沉痛:"肠断吴天东望,早珠灰罗烬,乔木荒寒。故鬼新茔,无家何用生还!"

毋庸讳言,抗战期间百姓所受灾难痛苦也不能完全归咎于日寇,当时社会也存在着种种腐败行径、丑恶现象。对此,诗人们满怀义愤,不吝笔墨,给予有力的揭露、鞭挞。试举诗词大家向楚《感时之三》以见其犀利:"铜臭摸金手,重重刮地层。人为窃食鼠,官似撞钟僧。民贱妻孥贵,天通鬼蜮能。终南开此径,捷足让先登。"卢前的《内江行》写了"乞儿满街走","一人哀号数人和"的惨状后,结尾直指当局:"邑有流亡责在谁?寄语内江贤父母。"

三、几位有特色的旧体诗诗人

如前所述,抗战旧体诗词数量之多难以统计,而诗人队伍亦极其庞大,名家辈出,众星争辉。本书已经选出号称"当代李清照"的女词人沈祖棻作为个例详说,为了更周到一点,这里再举出几位有特色的诗人予以介绍,仅可略见一斑耳。

卢前,是抗战期间名头很响的学者、诗人。他原名正绅,字冀野,自号饮虹、小疏。江苏南京人。1905年3月2日生,1951年4月17日因肾脏病逝于南京大学医院。卢前毕业于东南大学,曾先后受聘在金陵等多所大学讲授文学、戏剧。主编过《中央日报·泱泱》副刊。卢前自小聪颖,1921年16岁,投考东南大学,虽中文成绩优异,因数学0分,未被录取。一年之后再考东南大学,以"特别生"名义被录取入国文系。当时吴梅应东南大学聘,举家南归,成为卢前的老师,对卢前学术上的影响甚大。卢前后来成为元曲、戏曲专家。在抗战诗坛上,他以大量的曲作见重于时。兹举其《商调·梧叶儿·募寒衣慰问信》为例:"单棉袄,一封书,寄到战场无?争执殳,作前驱。可忘了他们痛苦?"语言浅近,而情长意深。再如《仙侣游四门·劫后成都》:"停车夜宿锦官城,重向御街行。暗中空想楼台景,荒芜独心惊。腥!血债记分明。"记述成都遭到空袭后的一片惨象,声讨日寇罪行。

卢沟桥"七七"事变后,卢前立即写就《水调歌头》一词,加入了抗战旧体诗词的"合唱团",并成为其中的优秀歌者。此词写情势之危急,有云:"火焰已燃眉睫,如箭在弦头!"而以"何以消吾恨,不共戴天仇"诉说对日寇的仇恨,斩钉截铁,掷地有声!

卢前除了自己创作,对抗战旧体诗词的重大贡献还在于,他从1938年5月初到1945年12月,主编了《民族诗坛》,共出版5卷29册,为诗词提供了发表园地,对旧体诗词创作的兴盛起到了重要作用。

陈禅心,1912年9月生,1936年9月加入中国抗日空军第四大队,参加保卫上海、南京、武汉、重庆的大小战斗。在其戎马生涯中著有爱国抗日诗篇

《抗倭集》(全系集句)、《沧桑集》两卷,计 2000 多首,部分在《中国空军》、武汉《民族诗坛》等报刊发表,鼓舞同胞们抗日斗志,因而被郭沫若、柳亚子、于右任、董必武等称誉为"抗日空军诗人"、"爱国诗人"。他对中国古典诗词非常熟悉,名家名作烂熟于心,所以常常以集句方式叙事抒怀,得心应手地把本来毫不相干的诗句集中起来,做到恰到好处,天衣无缝,因而又被时人称为"集句圣手"。

1937 年冬,陈禅心在南京光华门送飞行员晓战,集唐诗得二绝曰:"重叠遥山隔雾看(李白),山川龙战血漫漫(胡曾)。更催飞将追骄虏(严武),千里追风也不难(曹唐)。""越岫吴峰尽接连(李中),男儿酬志在当年(伍乔)。我军气雄贼心死(朱湾),来保江南一片天(沈彬)!"如果隐去原作者姓名,实在很难视为新创之诗;更加匪夷所思的是,除李白外,其他诗人都不算知名。

1944 年,有一位抗日战士、诗人陈国柱将其手稿《沧州吟集》请陈禅心保管,陈禅心竟以陈国柱诗集成 200 首新作,再集李贺句得此:"帐前轻絮鹅毛起,七星贯断姮娥死。真是荆轲一片心,半卷红旗临易水。收取关山五十州,地无惊烟海千里。明星灿烂东方罐,人之得意且如此!"抗战胜利后,陈禅心分别集王建、常建、李贺句得诗三首:《日妇哭夫》《哀战地日寇遗骸》和《吊中华抗日无名英雄》,简直是无所不能! 其腹笥之丰,运用之巧,叫人叹为观止。

所幸陈禅心是一位长寿诗人,解放后是福建省文史馆馆员,出版诗词集、文史著作 14 本,各大图书馆广为收藏。1995 年他已 83 岁,还曾来渝参加纪念抗战 40 周年学术研讨会呢。

前文提到,中国新文学营垒中人,亦不乏擅长旧体诗词者。其中田汉毕生不弃旧体诗词,量丰质高,且于抗战诗词着力最多,成就斐然。他的抗战诗词中有许多感时纪事之作,亦具有诗史之价值。

1937 年"八一三"沪战爆发,田汉即自南京奔赴前线,沿途写有《京沪征尘》七绝一组,其中有"无数人家归不得,泪痕应比弹痕多"这样惨痛的诗句。其《过大世界》也是惨不忍睹:"宛如霹雳下晴空,舞断歌残一击中。凄绝铁门纤手落,指尖犹有蔻丹红。"

紧接着,田汉又在淞沪前线写下组诗《访闸北前线》,直击战场烽烟,讴歌抗敌勇士,其中不乏佳作。

11月上海沦陷后,他踏上了流亡之路,所写组诗《从上海到长沙》,计有七绝30首,在历经战乱劫波之后,犹自发出了"长沙岂止三千户,众志犹堪御暴秦"的铮铮之声。其中《晤某将军》则表现了必胜的信念:"国事原来尚可为,无边英气郁浓眉。河山尽使成军垒,直到倭奴屈膝时!"

1938年11月,田汉率国民政府军委会三厅抗战演剧队由长沙赴衡阳,又写下《衡阳道中纪行》组诗,共七绝11首,记录了文化人在抗战中的艰苦生活和精神风貌。其一为:"猎猎秋风卷柳丝,将军慷慨誓雄狮。画囊在背琴悬肘,齐向山村出发时。"英姿飒爽,意气风发,历历在目。

除了这几组抗战早期的力作,田汉一直保留了以诗纪实的习惯,写下许多单篇,成为抗战期间方方面面的生活实录。他是著名的捷才,往往"援笔立就",堪比"温八叉"。多产的快手,而能保证艺术质量,在抗战旧体诗词中独树一帜,实在难能可贵。

其他如郭沫若、茅盾、老舍、叶圣陶、张恨水等新文学作家抗战期间均在四川大后方坚持旧体诗词创作,成就斐然,就不一一介绍了。

四、碧城箫管应难再——沈祖棻抗战词研究

抗战旧体诗词成果极其丰富,名家辈出,各擅胜场,如果选择一人作为代表论述,实属不易。踌躇再三,最后认定了杰出女词人沈祖棻。这是因为,终其一生,她作为20世纪中国旧体诗词大家已有定评,许还山《忆旧游》谓"共赞如椽笔,是《涉江》宏博,学界无争"(《沈祖棻研究会会刊》2012年5月,总20期,天马图书有限公司);沈祖棻的恩师,词学泰斗汪东盛赞沈氏"诸作皆风格高华,声韵沉咽,韦(庄)冯(延巳)遗响,如在人间。一千年无此作矣"。而且沈氏词作的顶尖之作正是产生于她历尽颠沛流离的抗战八年之中。这是中华诗词的瑰宝,永远值得珍惜。

(一)沈祖棻生平述略

依据浙江《海盐县志》《苏州市志》和沈氏夫君程千帆《沈祖棻小传》,综

合整理如下：

> 沈祖棻字子苾，别号紫曼，笔名绛燕、苏珂。祖籍浙江海盐，1909年1月29日出生在苏州一个世代书香之家。自幼受家庭熏染，热爱文学。及长，入中央大学中文系攻读，毕业后又考入金陵大学国学研究班，得汪东、吴梅等大师悉心指点，又从传统词家吸取精华，转益多师，词艺乃大有长进。

1937年9月，南京遭到日寇的狂轰滥炸，沈祖棻和程千帆避难至安徽屯溪，匆促完婚后，就是饱经离乱之苦的八年艰苦岁月。在抗日战争的鼙鼓声中揭开扉页的400首《涉江词》成为现代词作的精品，从形式的运用发展到内容的广泛深刻皆称翘楚，再加上她与宋代女诗人李清照几乎相同的国破家亡，流离失所的境遇，从而被方家视为"当代李清照"。

1942—1946年，沈祖棻在成都金陵大学和华西大学教授古典文学。1949年以后，她在武汉大学等多所高校任教，深受学生赞扬和爱戴，并有《宋词赏析》《唐人七绝浅释》等著作出版。

1942年，沈祖棻在成都金陵大学成立了正声诗词社，该词社的诗词在《西南新闻报》上连载了一年多。

1957年，程千帆被错划右派分子，9年后发生"文革"，沈祖棻不免备受屈辱苦难。1972年以后，她于多年停笔之后，开始写作旧体诗，辑为《涉江诗》。至此，她为自己的创作别开生面，由单纯的词人成为20世纪成就卓著的诗词家。

"文革"结束，她却不幸于1977年6月27日遭遇车祸而不幸逝世，享年仅68岁。

（二）初涉词坛："沈斜阳"的美誉

1932年春天，沈祖棻完成其导师汪东先生布置的课业，以一首《浣溪沙》交卷：

芳草年年记胜游,江山依旧豁吟眸。鼓鼙声里思悠悠。

三月莺花谁作赋?一天风絮独登楼。有斜阳处有春愁。

此词写于"九一八"事变之后不久,其中的"鼓鼙"显然有所指涉,而"春愁"也绝非少女之思春也。汪东慧眼识人,深为震撼,从此对她青眼相看,沈祖棻也便专力于词,终成大器。

此词享誉词坛,使年轻的女词人赢得了"沈斜阳"的美称。我们亦不妨将此视为沈氏抗战词之滥觞,不啻一支凄婉的序曲。

(三)无愧于"诗史"之名

众所周知,杜甫以"三吏""三别"为代表的一大批诗篇深刻反映了"安史之乱"的现实,因而被誉为"诗史"。自那以后,能够获此殊荣的诗人不多。而评价沈祖棻的抗战词作,人们不约而同地使用了"诗史"概念。这是因为,沈祖棻痛感山河破碎,饱受离乱之苦,不但以其诗笔抒写了自己的切肤之痛,而且表达了亿万同胞同仇敌忾的精神,歌颂了前方战士舍生忘死的英雄气概,也反映了后方社会的诸多腐败现象。

我们不妨从以下方面来予以分析:

一、诗史者,离不开重大史实的真实描述。沈词就恰好正面歌颂了抗日英雄的丰功伟绩、拼死决心和日寇令人发指的罪行。且举二例:为衡阳保卫战而写的《一萼红》和描写重庆大轰炸的《霜叶飞》。

衡阳是连接东南和西南的战略要地,兼具航空、水运、铁路、公路、战略等价值。衡阳保卫战是发生在1944年6月22日到1944年8月8日之间,抗日战争后期空前惨烈的一场城市争夺战。中国守军以血肉之躯坚守了47天,延缓了日军打通"大陆交通线"战役的步伐进程,加剧了日本内阁的危机,并最终导致了东条内阁的垮台。《一萼红》就是衡阳保卫战的诗的记录。

词前有序曰:"守土将士誓以身殉,有来生再见之语。"上半阕为:"乱笳鸣,叹衡阳去雁,惊认晚烽明。伊洛愁新,潇湘泪满,孤戍还失严城。忍凝想,践巷陌,胡骑自纵横。浴血雄心,断肠芳字,相见来生。"

真是一字一泪,力抵千钧。战士们决一死战,相约来生重逢的情景,至今读之,仍然催人泪下。

重庆大轰炸也是日寇犯下的与南京大屠杀一样的滔天罪行。沈祖棻1939年所写的《霜叶飞》即是亲历实录。其序有云:"寇机肆虐,一夕数惊。久病之躯不任步履,艰苦备尝,幸免于难,词以记之。"词曰:

晚云收雨。关心事,愁听霜角凄楚。望中灯火暗千家,一例扃朱户。任翠袖,凉沾夜露。相扶还向荒江去。算唳鹤惊乌,顾影正,仓皇咫尺,又催笳鼓。

重到古洞桃源,轻雷乍起,隐隐天外何许?乱飞过鹉拂寒星,陨石如红雨。看劫火、残灰自舞。琼楼珠馆成尘土。况有客,生离恨,断肠归路。

此词以血为墨,记录了一次寇机轰炸重庆的全过程及其灾难性后果,读来令人发指。

沈祖棻1942年3月在成都有感于时事,于病中作《浣溪沙》10首,内容广泛,眼界开阔,甚至涉及整个二战形势,写出了诗人的见解、困惑与希望。在艺术上很有特色,采用古人"游仙"方式,因而旨隐词微,若显若晦,托意遥深。

二、沈词真实生动地反映了大后方人民的家国情怀,感世伤时,每有佳句,扣人心弦。诗人的爱国赤诚感天地泣鬼神!请看:

故国青山频入梦,江潭老柳自萦愁。(《浣溪沙》)
望故国,千尺胡沉,叹零落锦囊,枉抛心力。(《解连环》)
但伤心,无限斜阳,有限江山!(《高阳台》)
如此月痕如此夕,江山应有血!(《谒金门》)
忍看斜阳红尽处,一角江山。(《浪淘沙》)
何日东归,父老中原望羽旗。(《减字木兰花》)

乱世死生何足道,汉家兴废总难忘。(《浣溪沙》)

明朝怕,剩水残山,春归无地。(《烛影摇红》)

置于一己遭际之上的,总是祖国、民族之命运!总是汉家江山、中原父老!

三、当是时也,山河破碎,生民涂炭,民不聊生,沈祖棻身处其境,自有深切感受而形诸笔墨。

如《卜算子》中珠米薪桂的日子:"野蓬不盈筐,都市归来晚。日日量珠斫桂炊,强说加餐饭。"《清平乐》写的则是囊中羞涩的窘况:"两三上市新蔬,担前问价踌躇。几日囊中钱少,归来何止五鱼。"

就是好景依旧,明月犹照,可哪有闲情雅趣呢?请看《调笑令》:"人静,人静,满地横斜树影。小廊如水澄清,今夜千山月明。明月,明月,警角声中愁绝!"

凡此种种,实则从日常生活反映那个特定时代民众的痛史。

四、在抗战期间的大后方,前方吃紧,后方尽吃,不公不平的丑恶现象与前方将士的浴血苦战,与众多百姓的茹苦含辛形成鲜明反差,具有强烈正义感的沈祖棻对此深恶痛绝,在其词作里有许多生动的表现。

这些作品往往以"组词"的方式呈现,盖因形形色色,林林总总,单篇难尽其意也。其中的代表作可以举出她在重庆所作《浣溪沙·客有以渝州近事见告者,感成三首》,有评者认为"其笔锋之尖锐,感情之沉痛,似南宋林升《题临安驿》;而揭露阶级矛盾之深刻,不亚于杜甫《赴奉先五百字咏怀》"[①]。另一组《减字木兰花·成渝记闻》也淋漓尽致地揭露了社会上种种怪事乱象,所谓"立此存照"是也。

(四)"闺怨"的时代内容

抒写爱情的篇什在沈祖棻的词作中占有极其重要的地位。而那个特定

---

① 吴志达:《沈祖棻评传》,《武汉大学学报·社会科学版》,1985年4期。

时代与她的个人身世一经结合,以她的绝世才华倾吐为词,就使这些篇章发散出耀眼的光芒,成为中华诗歌宝库里的熠熠珠玉。

沈祖棻有幸与同学、湖南才子程千帆结缡,一生历尽坎坷,但是二人甘苦与共,相濡以沫,传为佳话。沈祖棻有"当代李清照"之誉,而就饱经离乱而言,人们又把程沈类比于赵李。是幸耶不幸?反正离多聚少的八年造就了沈祖棻丰富的感情生活,给她的爱情诗提供了充盈的源泉。

1937年9月,日寇占领上海,程、沈二人双双逃离岌岌可危的南京,在安徽屯溪匆匆完婚。沈祖棻把这段经历写成《菩萨蛮》组词4首,成为罕见的"新婚流亡曲"。他们沿途品尝难民的艰辛:"罗衣尘涴频难换,鬓云几度临风乱。""长安一夜西风近",又不能不心忧国家的命运,还得记挂着远处的家乡、离散的亲人:"何日得还乡?倚楼空断肠。"

他们未能品味新婚的甜蜜,很快就因命运的驱遣各奔东西,叫人联想到杜甫的《新婚别》。此后,沈祖棻在很多时候便只能以填词来寄托相思之情;由于不可能是那种卿卿我我的单纯的相思,往往掺和着更为丰足的情感,所以汪洋恣肆,不以组词出现不能尽其意畅其言也。当然也只有她这样才赡学富方能为之。如《临江仙八首》中的"昨夜西风波乍急,故国霜叶辞树","经乱关河生死别,悲笳吹断离情",《浣溪沙四首》中的"不分流离还远别,却因辛苦倍相关。严城清角正吹寒",都是泣血呕心之句,亦非承平时期所可见也。

于闺怨别愁之中蕴含巨量的时代共同意识,实在是对沈氏所受磨难的反馈,一种天赐的珍品。

由于本书时限所囿,只能论及沈祖棻的《涉江词》;就是《涉江词》也舍去了1945年之后的部分。事实上,她晚年很短的几年里所作的《涉江诗》亦有极重的分量;诗词合璧,才能谈论她创作的总体价值。这是不能不作说明的。

然而,仅就《涉江词》中的抗战诗词而论,沈祖棻在中国文学史上的崇高地位也是不容置疑的。已故的孔凡章先生是中国20世纪诗词名家,擅长七言歌行长诗。此体发端于白居易《长恨歌》《琵琶行》,而至清初吴梅村再出《圆圆曲》以继之,时人雅称"梅村体"。孔先生在成功地创作了以梅兰芳为主人公的《芳华曲》之后,又于晚年作《涉江曲》,写沈祖棻身世,对《涉江词》评价极高。我们不妨引用他的诗句,略加阐释,作为本节的结尾:

"易安一去无消息,后来闺秀空颜色。"——这是肯定了"当代李清照"的评价,并且有了"绝后"的意思。

"涉江双集今犹在,碧城箫管应难再!"——碧城乃神仙居住之地,以碧城箫管喻沈祖棻的诗词,"应难再"也是绝后的意思,不过语气婉转一点罢了。

结　语

抗战旧体诗词的光辉成就,虽然迄今尚未得到足够的认识,取得应有的地位,但是,真正的珍珠决不会长久被历史的尘土淹没。当我们回顾抗战诗词辉煌成就的时候,不能不结合当前诗歌创作的现实,思考一些问题,从而获取一些启示。

首先,让我们惊叹的是中华诗词艺术的强大生命力。如前文所述,古典文学在新文化运动中曾经遭到一次横扫式的几乎致命的打击,但是在抗战期间竟又奇迹般地复苏了。

其次,我们不能不惊叹于诗词(曲)形式对于崭新的社会生活内容的容受与适应能力。优秀的诗人运用这种古老的形式,完全可以得心应手,意到笔随。

这一事实,同样由新时期以来,20世纪传统诗词的第二次复兴所证明。抗战旧体诗词创作高潮随着抗战的结束而消退。50年代以后,由于众所周知的原因,旧体诗词创作再次遭遇厄运。如今,旧体诗词创作的复兴已见端倪,其高潮经过20余年的酝酿,已经是呼之欲出了。也许就参与者的广泛而言,如今已经大大地超过了抗战时期。但是毋庸讳言,由于形成的知识断层、认识误区,人们的古典文学修养与六七十年前相比,那就大为愧色了。就连大学的古典文学教授,不能作诗填词的,也是大有人在。但是无论怎么说,当今的旧体诗词创作中之佼佼者,同样证明了旧体诗词形式对于今天社会生活的适应能力,证明了旧体诗词是大有发展前途的。更令人鼓舞的事实是,2011年由国务院参事室和国家文史馆共同创建了中华诗词研究院,成为官方的研究机构,而诗词集也获得了鲁迅文学奖的参评资格。这就为新世纪诗词的发展提供了良好的条件。

　　让我们更加珍惜抗战旧体诗词这笔无比丰厚的文化遗产,认真学习其精髓,汲取其精华,为有力地促进旧体诗词创作在新世纪的繁荣兴旺而努力吧!

后　记

　　作为重庆市首批文科研究重点基地,中国诗学研究中心几经选择,经过科学论证,确定了"大后方抗战诗歌研究"为基地的重大课题。2009年,我领衔的该课题成功申请了中共重庆市委设置的重庆市哲学社会科学重大项目。

　　本课题由我主持,熊辉担任主持人助手,课题组成员由万龙生、张传敏、张立新(按音序排名)及多名研究生组成。熊辉是文学博士、教授,博士生导师,中国新诗研究所所长;万龙生是《重庆日报》原编委、重庆诗词学会副会长、《东方诗风》主编;张传敏是文学博士,副教授,博士生导师;张立新是文学博士,副教授,硕士生导师。我则是二级教授,博士生导师,中国诗学研究中心主任。自课题立项以来,课题组成员跑遍了重庆、昆明、桂林及北京保存抗战时期文献资料的主要图书馆和档案馆,经过近4年的"案牍之劳形",才得以完成这本《大后方抗战诗歌研究》。

　　大后方文学研究在近几十年来有所缓慢地推进。1989年重庆出版社出版了10集20卷的《中国抗日战争时期大后方文学书系》。其中第6集是诗歌共两卷,出版社邀请诗人臧克家担任主编,中国新诗研究所承编。《臧克家全集》第11卷(书信)收入臧克家给我的8封书信,有4封都是商量此集的编选,尤其是序言的撰写的。1994年,四川教育出版社出版文天行、吴野撰写的《大后方文学史》;1995年,西南师范大学出版社出版苏光文的《大后方文学论稿》,这些都是当年产生了影响的著作。近年,重庆学者,尤其是重庆师范大学的抗战文史基地推出不少成果。但是专门研究大后方诗歌的著作暂付阙如。重庆是当年抗战大后方的陪都,重庆学者理所当然地应该在抗战研究这个领域做出更多的成绩,重庆市委宣传部在这个问题上的决策的确是具有高远目光的,课题组同仁也非常乐意在特别单薄的大后方诗歌研究上作出自己的开拓。由于大后方抗战诗歌涉及到的史料十分繁多,整个工作的开展是比较艰难的。课题组成员不仅需要科学的独到的学术眼光,而且需要有细致的研究作风和吃苦耐劳的爬梳资料的精神。使我感到欣慰的是,课题组成员都具有这样的学术品格,使本书的撰写计划顺利实现。

这是一部合著。课题启动的时候,由我提出全书的设计方案和具体章目,然后由课题组成员分头撰写,熊辉进行沟通。前后多次交流讨论涉及到的一些学术问题,最后由我从内容上文字风格上统稿。

各章撰写的分工如下:

吕　进——绪论、第八章、后记

熊　辉——第一章、第二章、第三章、第七章

张传敏——第四章、第五章

张立新——第六章

万龙生——第九章

此外,研究生董运生、陈海岩、李悦、陈程、徐晓峰参与撰写了少量内容的初稿,庞利芹、蔡银强、王奎军等参与了资料搜集工作。

感谢重庆市委宣传部对本课题的大力支持,感谢关心和帮助本课题开展的各界人士。

吕进

2013 年 3 月 10 日